教育部人文社会科学重点研究基地山东大学文艺美学研究中心基金资助

文艺美学研究丛书（第二辑）

文艺美学的学科拓展

曾繁仁　谭好哲　主编

人民出版社

目　录

序

《文艺美学研究丛书》第二辑就要出版了，我感到特别高兴。第一辑主要是中心几位年龄稍长的老师们的成果，而第二辑则是我们中心15年科研工作的集成，包括了中心老、中、青几代学人、中心学术委员会成员以及中心培养的博士和博士后的部分成果。

在本文集出版之际，我想谈几点感想。其一是关于科研工作的特色问题。很显然，科研工作首先要坚持基本问题研究，在此前提下要尽量形成自己的特色，因为没有特色就等于没有新意，没有特色就不会有任何影响。即使是某一个热点问题，许多同人在进行这种研究，你的研究就需要有所推进，推进就是特色，开拓相对新的方向更是一种特色。15年来，本中心在形成自己的科研特色上做了一些努力，在坚持文艺美学基本问题研究的前提下在审美文化、生态美学、审美教育、语言学文论、媒介文论等领域取得不少成果，也获得了学术界不同程度的认可和肯定。其二是研究队伍的年轻化。历史在前进，学术在发展，一代又一代学人前后衔接，这是历史发展的必然。回想短短的30年，学术的发展真是呈现长江后浪推前浪的态势。因此，学术发展的希望在年轻一代，目前主要在于20世纪70年代之后出生的学者。本文集收集了15年来本中心科研人员特别是年轻学者的成果，呈现了年轻学者的发展实力和学术风貌，这是非常可喜的事情。其三是教学与科研的结合。我们中心毕竟还是教学单位，立德树人是我们的基本任务，科研与教学的统一是我们的方向。因此，我们也收录了中心所培养的博士后在站期间和博士在读期间发表的部分成果，体现了中心人才培养的水平和新生代学人的学术实力。其四是学术界的支持。学术研究从来都是一种公共的事业，我们中心作为教育部人文社会科学重点研究基地，得到了教育部和学校

　　特别是得到学术界同行专家尤其是老一辈专家的关心和支持。许多老一辈专家出任本中心的学术委员会和专家委员会成员，为中心的科研工作、学术会议、管理工作等方面都贡献了自己的力量。本文集收录了担任过本中心学术职务的学者特别是老一辈学者的成果，反映了中心15年学术工作的现实，也表达了我们对于所有参与过中心工作的学者的敬意。

　　15年弹指一挥间，抚今追昔，感慨万千，借此机会，我衷心地感谢文集中所有的作者对于中心所作出的贡献以及对我本人的支持、关怀和爱护。

曾繁仁

2016年4月10日

论文艺美学的学科交叉性与综合性

谭好哲

自 1976 年台湾学者王梦鸥《文艺美学》一书出版至今，文艺美学作为一个独立学科的发展问题一直受到学界的热切关注，并已取得了许多极具价值的研究成果。然而迄今为止，与文艺美学的存在合法性相关的学科定位和学科性质等问题依然处于讨论之中，尚未获得共识性论定，致使不少人为之焦虑，以至于对其存在的可能性问题产生怀疑。应该说，这种状况是符合学术发展常态的。先有学术研究之实，尔后才有学科独立之名，人文社会科学领域的许多研究学科都是沿着这个轨迹走下来的。就此而言，20世纪 80 年代前期和新近一个时期大陆学界对文艺美学学科定位和性质的讨论与再讨论，正是文艺美学走向自觉与成熟的体现。这种讨论将为文艺美学的学科独立提供坚实的学理依据，同时也为其进一步发展开拓出新的学术空间。

作为一个新兴学科，文艺美学与此前已取得学科独立之名的美学和文艺学有着极为密切的关联。因此，欲讨论文艺美学的学科定位和性质，就不能不涉及它与美学、文艺学的关系问题。对此，学界大致上有三种不同意见：一是把文艺美学作为美学的下属分支学科，甚至更具体作为一般美学和部门艺术美学的中介学科；二是把文艺美学作为文艺学的下属分支学科，国家教育部的学科专业及专业方向设置就是如此；三是把文艺美学作为美学与文艺学相互交叉的产物，从学科交叉性来论定其位置和性质。关于第一、二种意见，正如有的同志所指出的，由于一般美学和文艺学的"不证自明性"本身就是十分可疑的，也就是说"美学是什么"和"文艺学是什么"作为问题迄今尚待探讨，因此试图从一般美学和文艺学的学科论定出发对文艺美学的学科位置和性质等进行逻辑上的推演必然面临学理上的困难。① 其实，如果进一步思考一下，"一般美学"和"一般文艺学"这种提法本身就是成问题的。就美学而言，在美学史上，有的美学家把美学视为研究一切审美现象及其性质和规律的科学，有的将美学称为艺术哲学，还有的则把美学理解为研究审美心理的科学，如此便有了各种不同形态的美学研究和美学理论。各种不同的美学研究和理论在对象、范围上有大小之别，在思考、学理上有深浅之分，但很难作属种、层次上的划分。我们不能用研究对象和范围的大小来划分属种关系，说研究所有审美现象的美学就是一般美学，研究艺术现象的就是特殊的局部的低层次的美学，比如说柏拉图的美学是一般美学，因为他探讨了人类生活各种领域中的审美现象，而亚里士多德和黑格尔的美学以文学艺术为思考对象，就是比柏拉图低一个层次的美学，这肯定是讲不通的。同理，就文艺学来说，我们认可它包括文艺理论、文艺批评、文艺史三个部分或三大部类的看法，但通常并不从属种关系上来理解文艺学与文艺理论、文艺批评和文艺史的关系。而就狭义文艺学——文艺理论而言，也是各不相同的，有的偏重于文学艺术的哲学思考，有的偏重于文艺活动的心理探索，有的偏重于文艺作品自身结构的分析，有的偏重于文艺社会性质的认定，有的偏重于文艺审美特性的体悟，有的偏重于文艺伦理价值的研究，并无一种一般的文艺理论。可以说，现实存在的"文艺学"只是一个集合了诸多具体的研究学科和理论形态的类概念，并找不到一种与诸具体文艺研究学科和理论形态之间存在属种关系的"一般文艺学"。因此，把文艺美学作为"一般美学"或"一般文艺学"的低层次分支学科，试图由此定位来理清并厘定其学科位置和性质的思路是存在问题的，因为我们显然难以从一个未曾有的或者说未定的前提出发来得出一个明确的结论。退一步说，假使真有所谓的"一般美学"和"一般文艺学"，而且其自身的学科定位和性质也是清楚明了的，这同样也会存在问题。因为这很可能导致把文艺美学学科位置和性质问题的探讨变成"一般美学"和"一般文艺学"定位与性质的简单逻辑推演，把文艺美学理论的建构变成美学、文艺学相关理论的机械复制，比如从美学是研究人与现实的审美关系出发推论出艺术是对人与现实的审美关系

① 王德胜：《文艺美学：定位的困难及其问题》，《文艺研究》2000 年第 2 期。

的反映和表现，由美学原理中的悲剧和喜剧定义推演到艺术的悲剧和喜剧，如此等等。这样一来，理论展开的过程和方式倒是简单化了，但思维上的创造性和理论内容的创新却失去了，这对学术理论的发展来说是十分可怕的。因为简单明了的思维操作激发不起探究者的兴趣，理论内容上的自我重复也只会使人厌倦。可以说，一方面把文艺美学的学科建设悬置于一个未定的逻辑预设之下，另一方面又急于从一般原理出发，对文艺美学问题做简单化的学术克隆。这在某种程度上正是造成文艺美学在学科发展上一度处于疲软和停滞状态，在学术进展上缺少广具影响的重大研究成果的一个原因所在。此外，除如上所述的理论困难之外，第一、二种意见还面临另外一个必然引发的问题：如果说文艺美学是美学的一个分支学科，那么它是不是与文艺学就没有关系了呢？反之，如果说文艺美学是文艺学的一个分支学科，它与美学又是一种什么关系呢？囿于以往的学科划分，这也是一个不太容易说清楚的问题。

正是考虑到如上所述的理论困境和追问，所以目前学界越来越多的人倾向于认定文艺美学是在美学与文艺学两个学科相互渗透、融合基础上产生的一个具有交叉性、综合性的新兴文艺研究学科，因而应该跳出执着于美学或文艺学一个学科探讨文艺美学的学科位置、学科性质以及理论架构的思路。这种认定和看法是有其学术史的根据的。我们知道，文学艺术活动是人类最主要的审美活动形式，将文艺视为一种审美现象，探讨和阐发其生成与发展的规律性，自古代中国的先秦时期和西方的古希腊罗马时期就已开始了，并已形成了源远流长的悠久学术传统。在古代，由于学术研究还没有达到精细分工的程度，美学与文艺学研究并未截然分离。我国古代公孙尼子的《乐记》、刘勰的《文心雕龙》以及古希腊柏拉图的许多对话和亚里士多德的《诗学》等，都既是文艺理论史上的经典，也是当时最重要的美学文献。近代以来，随着人类精神活动在分工上的日渐精细，学科独立意识的不断增强以及同时伴随着的认识和思维上的形而上学局限性，在很长一个时期，对文学艺术的研究大致上是在文艺学和美学两个学科领域内或两种名目下进行的。相比较而言，美学对文学艺术的研究更注重哲学的抽象和审美心理的分析，而文艺学对文学艺术的研究则更多实证性的考察和社会价值的认定。不过，虽有这种大致的区分，真要明确地划定美学与文艺学各自独立的对象、范围、内容和相互之间的学术边界依旧是非常困难的。"美学之父"鲍姆嘉滕把美学定义为感性认识的科学，但作为这一定义的一个主要限定，他首先把美学称作"自由艺术的理论"，其《美学》一书的大部分章节都是根据前人的经验讨论艺术创作规则问题。受谢林《艺术哲学》一书的影响，黑格尔在其美学演讲录中更是直截了当地将美学的研究范围圈定为"美的艺术"，明言美学这一学科的正当名称应是"艺术哲学"，或更确切一点说，叫"美的艺术的哲学"。车尔尼雪夫斯基虽然不同意黑格尔派的美学观点，但却同意美学就是整个艺术、特别是诗的共同原则的体系。19 世纪后半叶尤其是进入 20 世纪以后，在实证主义和历史主义思潮影响之下，传统的自上而下的思辨性哲学美学日渐式微，美学研究逐渐疏离或抛弃了传统的形而上学性问题，而转向了与文学艺术有关的课题的探讨，与此相应，文艺学研究也在对艺术自律性的关注中逐渐把艺术审美问题作为自己的主要课题，因而美学与文艺学的交叉、综合乃至合流便成为现代学术发展的一个新的趋势。纵观西方现代的美学和文论，可以发现其中大部分内容处于交叠状态，许多理论和流派既属于美学又属于文艺学，难以死板硬性地划归哪一个方面。在我国，这种交叉、合流之势也是极为明显的。自 20 世纪五六十年代的美学大讨论至今，许多著名美学家如朱光潜、马奇、蒋孔阳等先生都是主张美学就是研究艺术的科学。尽管也有一些美学家提出了美学是研究美的科学，或研究审美关系的科学，或以美感经验为中心研究美和艺术的科学等等不同的看法，但他们同样也都不否认文学艺术是美学的主要研究对象。如主张美学是研究美的科学的洪毅然先生实际上就认为美学的主要研究对象应该是艺术美，说美学研究"宜以偏重研究艺术中的'美'及'美感'诸相关问题为主"①。李泽厚先生主张美学研究应包括客观现实的美、人类的审美感和艺术美的一般规律，但也认为"艺术更应该是研究的主要对象和目的，因为人类主要是通过艺术来反映和把握美而使之服务于改造世界的伟大事业的"②。据此，他把以艺术为主要对象作心理的或社会历史的分析考察的审美心理学、艺术社会学与对基本美学问题作哲学思考的美的哲学三者并列为当代美学的

---

① 洪毅然：《新美学纲要》，青海人民出版社 1982 年版，第 5 页。
② 李泽厚：《美学论集》，上海文艺出版社 1980 年版，第 1 页。

三个方面或三种内容。应该说，文艺美学作为一个独立学科的产生是与学界对美学的研究对象和学科性质问题的上述思考有着密切关系的。此外，我国的美学研究长期以来热衷于谈玄论道，而对具体文艺审美问题的关注则很不够，就整个学科来说，纯概念的思辨和哲学推演远胜于鲜活灵动的审美体悟，美学不美（不涉及、不解决具体的审美问题），使一般人逐渐失去了对这一学科的兴趣。同时，由于受极左政治思潮和庸俗文艺社会学的影响，我国的文艺学研究长期以来沉溺于文艺与阶级、党派、政治的关系之中，而不敢于谈论或极少谈论文艺自身的本体存在和审美属性，使文艺学研究成为阶级斗争的工具、政治社会学的附庸。文艺美学研究的兴起在相当程度上也是出于对美学与文艺学这样一种研究状况的反拨。使美学研究从概念思辨的天国下降到文艺审美的现实中去，使文艺学研究从"唯政治"的歧途回复到艺术的审美本性上来，这双重的用心在文艺美学的学科建构上得到了汇聚，于是创建文艺美学学科的呼声便在 80 年代以来的大陆学界得到越来越多人的响应与认同。由此来看，文艺美学的诞生实非偶然，而是有其学术史背景和当下理论语境的。

基于文艺美学的上述学科生成背景和理论语境，我们自然不应该简单地把它作为美学的一个分支学科或文艺学的一个分支学科，更不应简单地从特殊分支学科的角度考察其学科性质，而应把它视为美学研究也是文艺学研究的一种新的现代形态，并从这一角度分析和理解它与美学、文艺学的关系，从这一关系全面而充分的比较中论定其学科地位和性质。仅从学科交叉的角度来看，文艺美学类似于文艺心理学和文艺社会学，都是在两个学科的知识背景上发展起来的新兴文艺研究学科，既依托文艺学的现代进展，又借助另一个学科的理论视界。然而它们之间又有所不同，心理学和社会学原本都不是或主要不是以文艺现象作为研究对象，而以往的许多美学却主要是以文学艺术为研究对象，也就是说，文艺美学所依托的两个先在学科在对象、内容、方法上本来即有诸多一致的地方，这是文艺美学更易于作为一个独立学科而存在的优势所在。不过，从整体上看，美学与文艺学虽有交叠、合流的一面，也的确还有不相交叠、双水分流的一面，文艺美学在学科位置上主要应属于两个学科交叠、合流的部分。具体来说，美学在西方古代，主要有两种形态，一是哲学美学，即从一定的哲学理念出发或从构筑哲学体系的需要出发论述美学问题，柏拉图的有关美学对话堪称典型；一是艺术美学，即在文艺理论体系的构建中阐发自己的美学观点，亚里士多德的《诗学》可为代表。近代以降，西方的美学研究一方面承续着古代艺术美学的传统向前发展，如莱辛的《拉奥孔》和车尔尼雪夫斯基的《艺术与现实的审美关系》等；另一方面哲学美学又在发生着新的裂变，有的仍然守持着哲学美学的流风余韵，如鲍姆嘉滕的《美学》，有的衍生为审美心理学，如康德的《判断力批判》，有的则向艺术美学靠拢，并在哲学的观照和统摄下演变为艺术哲学，如谢林和黑格尔的美学。这样到了现代，美学学科便历史地形成为三大主要形态：美的哲学（审美哲学）、审美心理学、艺术哲学。从基本的学科性质和研究内容来看，文艺美学实质上也就是艺术哲学，是一门在富有哲学意味的更高理论层面上探索和把握文学艺术活动和现象的审美特点和规律的科学。与美学由古至今的演变相对应，文艺学（广义上的）在长期的发展过程中也历史地形成了文艺理论、文艺批评、文艺史三大部类和形态。作为具有哲学性质的理论学科，文艺美学主要与文艺理论（狭义的文艺学）相关。但文艺美学也不等同于文艺理论，因为文艺理论在其现代知识背景的发展中，受实证思潮和历史主义的影响较深，大多偏重于在历史研究与批评实践的基础上取自下而上的思维逻辑，对文艺现象进行经验性概括，但也有不少文艺理论是从一定的哲学美学观点和视野出发自上而下地建构自身的理论体系，在思维逻辑上是演绎式的，具有较强的美学省思和哲学思辨意味，文艺美学主要与这后一种理论研究取向相关。所以，在文艺理论（狭义文艺学）的不同学科形态所构成的整体学科结构系统中，文艺美学与文艺心理学、文艺社会学、文艺伦理学等处于并列的关系之中，但与后几种理论相比，又更多地具有元理论的性质，是文艺理论的基础性学科。总之，我们可以说文艺美学既与美学相关，是美学的一种形态，也与文艺学相关，是文艺学的一种形态，是由美学与文艺学两大学科相互交叉、叠合与合流而形成的一个新兴学科，交叉性与综合性构成文艺美学学科的一个突出特点。

根据上述文艺美学的学科定位于学科特性的分析，我们可以得出如下几点初步的认识：

首先，文艺美学属于基本的美学理论形态之一，也属于基本的文艺学理论形态之一，它与其他文艺理论形态有着同样的研究对象，但侧重于对象的审美属性和特点，在理论品质上更具有哲学意味，它与其他美学理论形态有着同样的哲学意味，但在研究对象上更专注于文学艺术这一方面。艺术的对象和富于哲学意味的美学思考，赋予文艺美学与其他美学理论形态和文艺理论形态有所分别的存在风貌和理论品质。

其次，由于文艺美学的学科交叉性，决定了它与某些传统的美学理论和文艺理论在对象、内容甚至体系架构上必然具有一致性或曰重复性。这种重复性既表明了现代美学与文艺学的交叠、合流之势，同时也表明了以"文艺美学"对这种既存状况进行重新命名的必要性。我们完全不必仍然抱着美学与文艺学二分的固有成见，以"重复"为由否定文艺美学的学科独立性。命名是可以约定俗成的，也可以弃旧创新。我们以往和现今所运用的"文艺学"、"文艺理论"概念来自于苏联，而"美学"、"艺术哲学"的概念则主要来自欧美学界。实际上这些概念在使用上并没有什么截然的分野和学术通约性。在西方人的理论架构中，艺术哲学即对于美学的不同理解之一，把艺术哲学等同于美学，这已成为西方现当代美学研究中的主流见解，同时在西方尤其是英语语系中则没有"文艺学"、"文艺理论"的提法。[①] 既然如此，我们又为什么要死抱着美学与文艺学二分的成见不放，而不去大胆地冲破这些概念所设定的学科建制藩篱，用"文艺美学"这一更具涵盖性也更贴合对象实际的学科名称来对美学、文艺学研究的交叉、合流状况加以整合呢？

再次，文艺美学的学科交叉性，决定了这一新兴学科在其学科生成和理论生长中的综合性特点。以学科交叉为基础，走综合创新之路，将是文艺美学学科发展的契机和优势所在。从学科生成来说，文艺美学学科建设当前的一个任务是从学术史的角度整理、总结其思想资料和学术材料。这是实现学术理论上综合创新的先在条件。在进行这一工作的时候，一定不能囿于以往固有的学科成见，无论古今中外，凡属与人类的文艺审美活动相关的理论认识材料，只要能纳入文艺美学学科视野中的东西，都要大胆地拿来，以充实文艺美学学科建设的武库。"捡到篮子里的都是菜"，这句俗谚用在这里也是适合的。如果说在西方，由于属于美学和文艺学的东西有时还是分离着的，因此不是所有的材料都可以拿来为我所用的话，那么对中国古代的材料

---

①　姚文放：《论文艺美学的学科定位》，《学术月刊》2000 年第 4 期。

则应持有更为开放的眼光和阔大的尺度，不要轻易地以非此即彼的心态对思想材料做简单化的取舍。由于学科分化相对来说不够精细的缘故，我国古代的美学思想大多是以文艺美学的形态存在着的，因之我国古代的文艺美学理论资源应该说是甚为丰厚的。在文化研究日渐盛行、民族文化身份认同越来越受到关注的当今理论发展态势之下，充分地发掘和研究我国古代的文艺美学理论资源，并尽可能便之在创造性的转化中进入现代文艺美学科学系统的建构之中，将会是一项极有意义和价值的工作，这不仅有利于彰显中国古代美学的传统特色和现代价值，也将为现代文艺美学的科学建构奠定坚实的基础。从理论生长来说，文艺美学的学科综合性主要体现在三个方面：其一，从研究范围上看，中国当前的文艺学研究大多是在文学和不同的艺术门类中分别展开的，尽管许多理论用了"文艺理论"之名，实际上往往只不过是文学理论或某一具体艺术门类的理论研究，而文艺美学将以所有的艺术领域为对象，有一种更加宏阔的对象视野，这对以往相对单一的文学研究或艺术学研究将是一个拓展和丰富。范围扩大了，领域延伸了，这就需要研究者具有更多样的艺术素养和更强的理论综合能力，而由此产生的理论也必将更具包容性和涵盖性。其二，从理论层次上看，文艺美学作为艺术哲学，要求研究内容实现更高层次上的理论综合。哲学是人类理论思维的皇冠，它要求更学理化的理论支点和更深邃、广阔的理论视野，也要求更高的抽象思维能力和理论综合水平，这是通常的文艺研究所不具备的。为了凸显文艺美学的这一学科特色，当前的文艺美学研究在密切关注当代美学、文艺学发展态势的同时，也应紧密追踪当代哲学的前行步履，从而使自己的研究更具时代的气息和哲学的品位。在哲学学派和理论学说林立的当今时代，单是哲学立场和观念的选择取舍，就需要极为不俗的学术眼光和较强的综合比较与分析的能力。如果说研究范围上的扩大主要有助于文艺美学理论综合的量的方面的拓展的话，那么凸显文艺美学的哲学品位则主要将会推进其理论综合上的质的方面的提升。其三，与前面两点相联系，文艺美学本身的哲学性、综合性，也要求研究方法上的综合性。通常的文艺理论研究往往偏重于社会学的、心理学的和其他一些比较具体的、实证的或是经验感悟式的研究方法。而文艺美学作为一个哲学性学科，一方面倾向于采取具有普遍性的哲学方法，要求对人类的艺术审美现象和规律进行具有理性高度和学理深度的理论抽象与综合，同时由于它在研究对象与内容上又与丰富多彩的各种艺术活动和理论研究密切相联，在学科形态上是各种具体文艺理论研究的提升，这就使其具有充分吸取一般文学理论、艺术理论研究方法的特点和特长。这样，文艺美学在研究方法的层次性、综合性上便显出通常的文艺理论研究所不具备的优势，从而在研究方法上真正实现经验与理念、历史与逻辑的结合，达到归纳与演绎、分析与综合的统一。

（原载于《文史哲》2001 年第 3 期）

文艺美学：文艺科学新的增长点

钱中文

我国文艺美学的探讨尚在起步阶段，如何定位是个很有趣味且需要进一步讨论的问题。

从事文学理论研究的人都有这样的经验，文学理论如果不借鉴美学的成果乃至哲学的思想，就会显得单调乏味，失去理论应有的光华与高度。20世纪西方文论流派众多，是和多种哲学思潮的不断更迭以及语言学的转折分不开的。在文艺现象的阐释中，有纯美学的研究，也有专注于文学理论的研究，同时出于实践的需要，也出现了一种既非纯粹的美学理论研究、也非纯粹的文学理论的形态，而是介于两者之间的一个新的学术领域，这就是文艺美学。从历史上看，可否这样认为，西方有纯粹的美学研究，也有纯粹文学理论的系统探讨，在不少作家以及一些现代哲学家那里，也有较多的文艺美学这种形式的探讨。而我国古代文论中，像西方那种纯美学式的研究、体系式的理论研究也是有的，但相对来说不很发达，但是对创造主体的审美活动充满诗意、富有灵性的体语，对于艺境的空灵的体认，并在这类活动中形成的文艺美学，却是特别发达的。我国古代文论，大量诗话，大体是一种文艺美学的形式，或是说，是文艺美学的古代形式。如果这一观点多少有点道理，那么我以为这对于我们理解中外文论各自的归属，即所属学科方面，可能有所帮助。而不至于像有些功底浅薄的学者，以外国的美学、文学理论体系要求于我国的古代文论，结果一加对照，竟然把我国的古代文论对照掉了。

文艺美学与美学研究的对象和目的，有共同之处，但又不尽一致，而自有其独特性。文艺美学与文学理论的关系亦然。所以，可以在一般意义上对中外文论进行比较研究，因为既然是文论，都是在文艺创作的基础上形成的美学、理论与观点，双方就必然具有共通性。但是要把我国古代文论主要是文艺美学这种形式，完全纳入外国美学与文学理论的范畴、观念、体系中去，就总让我国古代文论觉得浑身不很自在，失去了其自身的独特性。因为双方的观点，用以表述的范畴，所赋予的含义，往往是在有着极大差异的中外文化背景上、艺术的不同的层面上提出来的。相反，把外国美学的范畴、观念，完全纳入中国的文艺美学中去，也是很困难的。这里自然涉及文化的共同性与异质性问题，需要专门、深入地探讨。

经验告诉我们，"文艺美学"作为一门学科，是将各个门类的艺术打通起来、综合研究的一门学科，或是以一种艺术为主，兼及其他门类的艺术。文艺美学为我们提供、开辟了新的学术领域。文艺美学是文艺科学的新的生长点，作为一门学科，是名实相符的，有着良好的发展前景。当前，不同于传统文化研究的"文化研究"正在兴起，并且形成了一股思潮，不同学科的学者都卷了进去。人文科学与社会科学都受到它的影响，看来文艺美学也不会例外。在文学理论方面，当前，那种阉割了文化内涵的纯审美研究主张已悄然隐退，文化诗学早就兴起，而今得到了更加有序的发展。至于文艺美学，则有着天生面向艺术的多维原则，有着面向人类文化的多向性。所以文艺美学扩向文化美学，也是很自然的事。

说到名实问题，文艺理论就不是如此。由于过去受到翻译和行政力量的影响，这门研究文艺现象的学科名称并不科学。我们平常所说的"文艺学"、"文艺理论"，都来自俄文，正如不少学者已经指出，正确的译法应为"文学学"、"文学理论"。长期地将错就错地使用，结果把文学理论与文艺理论、文艺学这样的不同的艺术研究部门等同了起来。在文学理论的探讨中，往往要征用与文学有着横向联系的其他艺术门类的经验来解释文学现象，这是十分自然的。但是文艺学、文艺理论应当是指研究各种文艺现象的理论，而非单指文学现象的研究。那么，我们是不是可以趁确立文艺美学这一学科的机会，改正我们不科学的惯常的用法，进行一次学术的规范呢？关于这点，是已有不少学者呼吁过的。改正的办法是，将文艺学、文艺理论与俄文翻译脱钩，把研究各种文学艺术现象的学科的命名，作为我们自己的艺术文化的学科范畴，名正言顺地称作"文艺学"，而将研究文学的理论称作"文学理论",而不一定叫"文学学",因为"文学学"叫起来十分拗口,几乎无人理会与使用。文艺美学与文学理论,仍然属于文艺学。文学理论不再称文艺理论。这样做,不知是否可行?

一种学科要取得健康的发展,出发点与方法是十分重要的。20世纪西方社会,经历了理性的灾难、毁灭性的战乱、社会思潮的急剧转换、信息技术统制中的非人性的一面的扩张,在思想界不断在宣扬非理性乃至反理性主义,对未来人的生存状态一筹莫展,以不确定性为特征的后现代性取代了现代性。人从技术、物质的创造上,显示了其无比的潜力,但是由于物的挤压,在精神上却日益走向空虚与平庸。在这种情况下,我以为我们人文知识分子应当有一个清醒的立足点,这就是新理性精神。

新理性精神是高度的科学精神与新的人文精神的结合,是重建文化、文学艺术价值、精神的一种想法。它是针对当今人文科学的现实状况,借助于现代性、交往对话精神与人文诉求而提出的一种理论建构的设想。

新理性精神相信现代性是一种"未竟的事业"。现代性意味着以现代意识、现代精神观照当前的文化、文艺现象,是一种反思与批判,既有解构、也有建构的意识,它不是一种一味对价值、精神进行消解的意识。尽管我们可以吸取后现代性中的不少合理的因素,但是我们的学科发展,无疑应以现代性诉求为其主导。

新理性精神提倡交往与对话。传统文论中有知人论世之说,知人论世也就是熟知对象,理解对象,所说道理自然就恰如其分,入骨三分,这是对话的一种形式。但是长期以来,话语霸权的独语思想,非此即彼、绝然二分的思想方法,一直统治着学界。倡导一种说法,就一定要把别人的思想打倒;不同意我的观点,就把你说得一钱不值。这种真正形而上学的思想方法与极端的科学主义思维方式,有违人文科学的积累方式,曾经给我们的思想建设制造了无数灾难性的损失。我们应该倡导宽容、对话、理解、评说,要把对方看作是自有价值、各自平等、相互独立、互为存在的意识个性与存在。

新理性精神倡导人文的诉求。在20世纪的文学艺术、文艺科学中,人文因素不断被消解,以致在一些作家那里,已经失去了血性与良知、怜悯与同情,剩下的只是语言游戏的欢快与所谓语言的技巧策略。在文学研究的领域，则成了科学主义、工具理性横行的地方，这自然也是现实生活的反映。而倡导过西方文化研究的学者，有的已经认为，这种泛文化研究的致命弱点，正是人文传统的消失，人文精神的淡薄，甚至是"人文的堕落"。人文精神的失落是一种普遍现象，甚至是一种真正全球化的现象。失去人性和理想的人，必然会走向物质与自然本能的追求，成为非人，这一趋向正在蔓延。但是人除了需要物质的满足之外，还要有自己的精神家园，否则何以为人，何以为生！因此我们要呼吁重建文学艺术的价值与精神。文艺美学、文化美学、文化诗学、文化研究的建构，不仅在于打通文学艺术与其他文化领域的界限，在更加广阔的文化背景上促进新的文学艺术、新的文化的创造，同时也是为了弘扬与赓续新的人文精神，使人日渐成为完美的人、真正的人！我想文艺美学，以它自身的独特点，特别能在这方面起到应有的作用。

（原载于《文史哲》2001 年第 4 期）

哲学解释学视野中的美与真

李鲁宁

伽达默尔把解释学的哲学基础奠基在海德格尔的存在论之上，因而也就取消了其按照传统美学从形而上到形而下的线索探究的可能性。在存在论视域中，一切都是存在的给出者，一切都在时间中被存在"让""在"，伽达默尔于是不可能首先提出一种永恒的美的本体论，把本该在时间中以无数形式展现自身的美之事物用有限的概念概括起来，这对人类有限的前见来说是根本无法完成的。伽达默尔对美进行的是存在论探究，他把艺术理解为与人相似的在者，在时间中与有限性和历史性的人类相互作用，在这种相互作用之中、在艺术品与理解者的不断生成之中、在永无休止的审美经验之中，伽达默尔力图把握美在其自我表现中所体现出的种种存在方式。

一、艺术的真理要求与康德美学的逻辑对立

伽达默尔以这样一段颇有意味的话结束了其代表作《真理与方法》全书："我们的整个研究表明，由运用科学方法所提供的确实性并不足以保证真理。这一点特别适用于精神科学。但这并不意味着精神科学的科学性的降低，而是相反地证明了对特定的人类意义之要求的合法性，这种要求正是精神科学自古以来就提出的。在精神科学的认识中，认识者的自我存在也一起在起作用，虽然这确实标志了'方法'的局限，但并不表明科学的局限。凡以方法工具所不能做到的，必然并且能够通过提问和研究的学科来达到，而

这种学科可以确保获得真理。"① 由此观之，伽达默尔在《真理与方法》中的确有意张扬真理而排斥方法，真理与方法显然是一种对峙关系。伽达默尔所追求的真理是一种存在的真理，这种真理无法被近代自然科学方法论把握，相反，在精神科学范围内用自然科学方法获得的确定的知识只是对真理的一种抽象化。由此，伽达默尔表现出了《真理与方法》的一个基本主题，即反对被近代科学方法论意识弄得过于狭窄的真理观念，通过对艺术、历史、哲学等精神科学的经验方式的考察，恢复真理观念的固有内涵，并进而把与方法论意识连接在一起的科学的、确定性的真理观概括为一种次一级的、从属的、人为抽象的、主观化的真理观。所以，伽达默尔在《真理与方法》的"导言"中说，"因此本书所关注的是，在经验所及并且可以追问其合法性的一切地方，去探寻那种超出科学方法论控制范围的对真理的经验。这样，情神科学就与那些处于科学之外的种种经验方式接近了，即与哲学的经验、艺术的经验和历史本身的经验接近了，所有这些都是那些不能用科学方法论手段加以证实的真理借以显示自身的经验方式"②。

　　为了论证精神科学中尤其是典型地体现在艺术经验中的真理问题的本真存在方式，伽达默尔首先要论证艺术经验中存在着对真理的经验，即艺术中存在着认识，而要达此目的，伽达默尔便无法绕过近代美学巨擘康德。康德把真归到纯粹理论理性，把善归到纯粹实践理性，事物的美只剩下形式的先验的合目的性，因此康德在其《判断力批判》中否定了鲍姆加登美学的感性认识学说，认为人类所获得的审美愉悦从根本上说不是认识的愉悦，而是事物的形式跟主体的想象力与知性的和谐游戏处于先验的吻合状态。伽达默尔认为康德之所以在审美活动中排斥真理，排斥美的认知意味，根本原因在于康德的真理观受近代自然科学的认识论影响，把自然经验视为包含了物自体信息的客观经验，通过主体的先验知性范畴的整理，便可得出具有普遍性、必然性的知识，这种确定性的知识才是真理的唯一模式；而把审美经验视为与主观趣味相适应的情感体验，主体所获得的审美愉悦根源于主体在对

① ［德］汉斯－格奥尔格·加达默尔：《真理与方法：哲学诠释学的基本特征》，洪汉鼎译，（台北）时报文化出版企业有限公司 1993 年版，第 620 页。
② ［德］汉斯－格奥尔格·加达默尔：《真理与方法：哲学诠释学的基本特征》，洪汉鼎译，（台北）时报文化出版企业有限公司 1993 年版，导言。

象身上看出的合目的性形式，而跟对象是否具有客观必然的审美属性无关，但康德的合目的性美学在伽达默尔看来不但与人们现实的审美经验相矛盾，而且自身内部也存在矛盾，所以伽达默尔把论证美与真的独特合流作为解释学美学的基本任务。

二、通过人文主义传统揭示的康德美学的内在矛盾

伽达默尔认为，康德美学由于建立在判断力的先验合目的性之上，从而在西方精神科学历史上表现出了一个转折，"这种先验哲学基础一方面表示过去传统的终结，另一方面又同时表示新的发展的开始"①，新的"发展"是指康德美学确立的审美趣味的普遍性、审美意识的自主性以及美的形式化、主体化倾向；被终结的"传统"便是伽达默尔所谓的西方人文主义传统。人文主义传统对伽达默尔的解释学美学具有重要意义，解释学美学所努力证明的历史流传物的真理要求同样也为西方人文主义传统所坚持，只是随着近代自然科学方法论逐渐取得了支配地位，这种人文主义的真理要求才失去了合法性，而伽达默尔的解释学美学可以说在新的层次上重申了这种合法性。

伽达默尔选取了人文主义传统的四个主导概念来进行分析，它们是"教化"、"共通感"、"判断力"、"趣味"，之所以选择这几个概念，是因为它们同样也被康德美学思想使用，通过分析这些概念的传统内涵，康德美学思路的转变也就非常清楚了。"教化"的字面意义就是"塑造成形"，对于人来说也就是人脱离原初的直接性和本能性的东西，向人性的普遍性提升。伽达默尔非常欣赏黑格尔对教化的理解，黑格尔认为人类教化的本质在于使自身成为一个普遍的精神存在，而要成为一个普遍的精神存在，则必须出离自身，沉浸于异己的他物之中，并最终在他物中以更高、更充分、更丰富、更普遍的形态返回自身。"由此可见，构成教化本质的并不是单纯的异化，而是理所当然以异化为前提的返回自身。因此教化就不仅可以理解为那种使

---

① ［德］汉斯－格奥尔格·加达默尔：《真理与方法：哲学诠释学的基本特征》，洪汉鼎译，（台北）时报文化出版企业有限公司 1993 年版，第 64 页。

精神历史地向普遍性提升的实现过程，而且同时也是创造物得以活动的要素。"① 在这里，伽达默尔发现了教化过程的两个重要特征：一方面受到教化的意识由于不断地理解包括文化传统在内的异己之物的真理内容而不断超出自身，扩展自身，向普遍性迈进；另一方面异己之物也因其真理内容不断地被理解而与任何时代的教化意识始终处于同时性状态，从而在教化中保持为一种活动的在者。通过以上分析可以看出，教化的可能性在于一切文化创造物的真理内容在受到教化的意识中达到富有意义的显现，因此它在人之为人的过程中具有重要意义。教化过程的结果是人的"共通感"、"判断力"、"趣味"等能力的建立。"共通感"是人的一种社会感，是人在社会生活中与他人达成一致的能力。伽达默尔主要援引了维柯的看法，他说："在维柯看来，共通感则是在所有人中存在的一种对于合理事物和公共福利的感觉，而且更多的还是一种通过生活的共同性而获得、并为这种共同性生活的规章制度和目的所限定的感觉。"② 共通感是一种类似于社交品性的能力，只有具有了共通感的人才与他人、社会、民族乃至整个人类具有形成一致意见、达成相互理解的可能性，显然，人文主义所倡导的共通感主要指体现于社会生活中的意义、价值、真理观念的共同感，是个体的人对社会意义系统的归属感；"判断力"是人面对具体事物将其归入一般范畴的能力，这种能力奠基于共通感之上，基本上可以说有什么样的共通的意义系统（包括道德、伦理、政治、宗教等价值观念）就会有什么样的一致判断，社会生活中的人们正是依靠各个具体的判断经验才产生一种共同的相互归属的感觉，所以伽达默尔说："判断力与其说是一种能力，毋宁说是一种对一切人提出的要求。所有人都有足够的'共同感觉'，即真正的公民道德的团结一致，但这意味着对于正当和不正当的判断，以及对于'共同利益'的关心。"③ 所以，判断力显然与共通感一样，作为人文教化的结果，充满了社会伦理、政治色彩，绝非仅仅限于形式上的先验判断；"趣味"是个人对世界开放的倾向性，受过

① ［德］汉斯－格奥尔格·加达默尔：《真理与方法：哲学诠释学的基本特征》，洪汉鼎译，（台北）时报文化出版企业有限公司 1993 年版，第 25 页。
② ［德］汉斯－格奥尔格·加达默尔：《真理与方法：哲学诠释学的基本特征》，洪汉鼎译，（台北）时报文化出版企业有限公司 1993 年版，第 36 页。
③ ［德］汉斯－格奥尔格·加达默尔：《真理与方法：哲学诠释学的基本特征》，洪汉鼎译，（台北）时报文化出版企业有限公司 1993 年版，第 51 页。

人文教化的趣味是一种普遍化的趣味，它与个人的偏爱保持距离而始终倾向于"好的趣味"，因而"趣味概念无疑也包含认知方式。人们能对自己本身和个人偏爱保持距离，正是好的趣味的标志。因此按其最特有的本质来说，趣味丝毫不是个人的东西，而是第一级的社会现象。趣味甚至能像一个法院机构一样，以这法院机构所指和代表的某种普遍性名义去抵制个人的私有倾向"①。"趣味这一概念在被康德作为他的判断力批判的基础之前就有很长的历史，这漫长的历史清楚地表明趣味概念最早是道德性的概念，而不是审美性的概念。趣味概念描述一种真正的人性理想，它的这一特征应当归功于那种对'学院派'的独断论采取批判立场的努力。只是到了后来，这一概念的用法才被限制到'美的精神性东西'上"②。所以，趣味是一个相当广泛的概念，它不但对自然美和艺术美等审美领域具有评判能力，更代表了道德、伦理、政治诸方面的倾向性。

由上述可知，"教化"、"共通感"、"判断力"和"趣味"这四个人文主义概念都包含着浓厚的道德意味和认识价值，通过这些概念的现实功能，不能被近代自然科学方法论对象化、客观化的精神科学的真理才得以实现和传承。康德美学也使用这些概念，但对这些概念都做了主观化和形式主义的理解，否定了美之事物包含着真理性认识的可能性。首先，康德哲学、美学中的先验逻辑就否定了人文主义的教化理想。人文主义认为人通过文化创造物的理解不断地超出狭窄的个别性、特殊性，逐渐实现人性的多方面的可能性，而康德哲学、美学认为人先验地具有知性范畴和审美判断力的先验原理，只需在后天经验中实现人的主体意识的自由，也就是说，康德的思路恰好与教化的思路相反，不是从特殊性向普遍性的生成，而是以先验普遍性来统摄经验特殊性；康德在谈到审美判断的普遍有效性时曾经援引了"共通感"，但这种"共通感"已经失去了其社会道德、政治内涵，成为一种纯粹形式上的共通感觉；"判断力"也失去了其认知意味，成为一种仅仅形式上的合目的性的反思；"趣味"在康德美学中也被称为"纯粹趣味"，成为一种

① ［德］汉斯－格奥尔格·加达默尔：《真理与方法：哲学诠释学的基本特征》，洪汉鼎译，（台北）时报文化出版企业有限公司 1993 年版，第 56 页。

② ［德］汉斯－格奥尔格·加达默尔：《真理与方法：哲学诠释学的基本特征》，洪汉鼎译，（台北）时报文化出版企业有限公司 1993 年版，第 55 页。

与自然美完美契合的、舍弃了任何意义感的、完全形式化了的倾向性。总之，在康德美学中，美就是一种主观的合目的性的形式，与之相应的是，美感就是不包含任何真理性认识的无功利的愉悦。所以，伽达默尔认为，"康德为证明趣味领域内这种批判的合理性所付出的代价却是：他否认了趣味有任何认识意义。这是一种主体性原则，他把共通感也归结为这种原则。按照康德的看法，在被视为美的对象中没有什么东西可以被认识，他只主张，主体的快感先天地与被视为美的对象相符合。众所周知，康德把这种快感建立在合目的性基础上，对于我们的认识能力来说，对象的表象一般都具有这种合目的性。这种合目的性——主体性的关系，就理念而言，实际上对于所有人都是一样的，因而这种关系是普遍可传达的，由此它确立了趣味判断的普遍有效性的要求"①。

但康德把美学立足于自然美和纯粹审美趣味并没有一劳永逸地解决美学问题，这不仅表现在从纯粹审美趣味出发无法把握艺术中的审美现象，而且也表现在康德美学的内在矛盾之中。对于自然和艺术这两种美的形态，康德显然更为推崇自然美，因为自然美对应于纯粹趣味判断，是种自由美，而艺术中除了纯粹的装饰花纹、无标题音乐、无歌词乐曲等少数特例外，大部分都依附于某个概念之下，因此大部分艺术都是依存美，对应于"理智的"趣味判断。而康德显然又发现了艺术经验中打动人心的往往是透过艺术形式表现出的作品的意义内容，而不是单凭纯粹趣味依赖于形式取得审美快感，所以，如果把艺术意义上的审美经验考虑在内，那么康德美学中的许多观念，如"无功利的愉悦"、"无目的的合目的性"等就必须作出修正。康德美学的内在矛盾在于，他一方面把美归结为形式，另一方面又在美的理想中把道德因素引入美的规定性，显然两者无法吻合。康德说："美的理想……我们只能期待于人的形体。在人的形体上理想是在于表现道德，没有这个对象将不普遍地且又积极地（不单是消极地在一个合规格的表现里）令人愉快"②。既然把"道德"、"伦理情操的表现"引入美的理想，认为没有这种表现，对象就不会一般地积极地使人愉悦，那么按照美的理想作出的审美判断

---

① ［德］汉斯－格奥尔格·加达默尔：《真理与方法：哲学诠释学的基本特征》，洪汉鼎译，（台北）时报文化出版企业有限公司 1993 年版，第 67—68 页。

② ［德］康德：《判断力批判》上卷，宗白华译，商务印书馆 1964 年版，第 74 页。

就已经不是一种单纯的趣味判断，因此，伽达默尔得出结论，"某物要作为艺术作品而使人愉悦，它就不能只是富有趣味而令人愉悦的"①。因此康德就应超越自然和纯粹趣味的立足点，把美学建立在艺术领域之上，因为就美的理想来说，艺术美要比自然美具有优越性，艺术美能够更为直接、更为主动、更加有意识地表现人的伦理情操。但康德始终没有这样做，他转而论证自然美与人的道德兴趣的关联，"美的自然能唤起一种直接的兴趣，即一种道德上的兴趣……自然是美的这一点，只在那样一种人那里才唤起兴趣，这种人'已先期地把他的兴趣稳固地建立在伦理的善之上'。因而对自然中美的兴趣'按照亲缘关系来说是道德性的'"②。但在伽达默尔看来，这种自然美的道德兴趣仅只是一种象征关系，并不是说自然美就其内容而言直接向人发出道德吁求，在道德的表现性上，自然美远远不如艺术具有优越性。也许正是由于康德美学的这种趣味与道德、自然与艺术的内在冲突，伽达默尔一方面批判了康德美学的主观化、先验化、抽象化、形式化，另一方面又不认为康德是一个形式主义者。

三、席勒的审美区分所造成的美学困境

与康德相比，席勒则完全站在艺术的立足点上探讨美学问题，但席勒并没有论证艺术与现实人类社会的真理性关联，而是把主要精力放在了审美教化之上，放在了"游戏冲动"塑造之上，希望通过审美的人来造就一个审美的国度，"在力量的可怕王国的中间以及在法则的神圣王国的中间，审美的创造冲动不知不觉地建立起第三个王国，即游戏和外观的快乐的王国。在这个王国里，审美的创造冲动给人卸去了一切关系的枷锁，使人摆脱了一切强制性的东西，不论这些强制是身体的，还是道德的"③。席勒所精心编织的审美王国并没有对艺术与现实的关系提供强有力的论证，它只是在虚幻中

---

① 〔德〕汉斯－格奥尔格·加达默尔：《真理与方法：哲学诠释学的基本特征》，洪汉鼎译，（台北）时报文化出版企业有限公司1993年版，第74页。

② 〔德〕汉斯－格奥尔格·加达默尔：《真理与方法：哲学诠释学的基本特征》，洪汉鼎译，（台北）时报文化出版企业有限公司1993年版，第80页。

③ 〔德〕席勒：《席勒散文选》，张玉能译，百花文艺出版社1997年版，第276页。

提供了一种审美意识的自由，这种审美意识发挥了康德美学中审美判断力的先验特征，使康德美学中所开始的主观化过程进一步加深。伽达默尔这样描述了席勒的审美教化思想："审美教化的理念——如我们从席勒那里推导出的——则正在于，不再使任何一种内容上的标准生效，并废除艺术作品从属于它的世界的统一性。其表现就是普遍扩大审美地教化成的意识自身所要求的占有物。凡是审美地教化成的意识承认有'质量'的东西，都是它自身的东西。它不再在它们之中作出选择，因为它本身既不是也不想是那种能够衡量某个选择的东西。它作为审美意识是从所有规定的和被规定的趣味中反思出来的，而它本身表现为规定性的零点状态。对它来说，艺术作品从属于它的世界不再适用了，情况相反，审美意识就是感受活动的中心，由这中心出发，一切被视为艺术的东西衡量着自身。"① 伽达默尔认为，在审美意识中以及由审美意识实现的审美体验是一种抽象化活动，它撇开了一部作品与其周围生活世界的生命关系，撇开了一部作品获得其意义的宗教的或世俗的效果，单纯地从审美外观来规定一部艺术作品，这部艺术作品就成为一部"纯粹的艺术作品"，事实上席勒在此又回到了康德的"纯粹审美趣味"，不但没有恢复人文主义传统的深广内涵，反而在抛弃了一切意义上的束缚之后更加强调了审美意识的主观自由，伽达默尔把席勒的审美意识活动称为"审美区分"。

"审美区分"是指审美体验的自我意识从审美质量出发进行选择，而将作品的目的、作用、内容、意义作为非审美性因素抽象掉了，而这些因素恰恰是作品实现其真理性内涵的主要基础。伽达默尔认为，这种审美区分会给人们的审美经验带来彻底的混乱，造成艺术作品绝对的非连续性和碎片化。例如法国诗人保罗·瓦莱利就认为，审美理解中不存在任何合适性标准，不但诗人不具有这种标准，而且作品本身也不具有这种标准，理解者对作品的每一次接触都有新创造的权利，伽达默尔认为这是一种"站不住脚的解释学虚无主义"，它把作者的绝对创造权利交付给了读者，但"理解的天才实际上并不比创造的天才更能提供一个更好的指导"，因为读者的创造

---

① [德] 汉斯－格奥尔格·加达默尔：《真理与方法：哲学诠释学的基本特征》，洪汉鼎译，（台北）时报文化出版企业有限公司 1993 年版，第 127 页。

根本忽视了作品自身的言说，在读者主观性的主宰之中，作品的真理要求被淹没了①。又如卢卡奇在探讨美学中的主客体关系时指出，审美对象的统一不是一种真正的现实性，艺术作品是一种空洞的形式，是审美体验的单纯会聚，这样的审美对象就具有了一种"赫拉克利特式的结构"，是一种绝对的非连续性在者，它在审美理解中不是成为自身，而是趋于自我瓦解；奥斯卡·贝克尔也跟随卢卡奇，直接把艺术作品规定为瞬间性的存在、当下的存在，它"现在"是这部作品，它"现在"已不再是这部作品。因此，从审美体验出发，不但艺术作品无法保持其同一性，而且艺术家与理解者也失去了同一性。总之，无论是从理解者的无限创造性出发，还是从审美体验出发，都会导致作品的绝对的碎片化，而这与人们的审美经验是完全矛盾的。在实际的审美经验中，艺术作品是连续地实现自身的，保持着自身意义内容的统一性和连贯性。所以，伽达默尔说，"我们无论如何不能怀疑，艺术史上的伟大时代只是指这样的时代，在这些时代中，人们不受任何审美意识和我们对于'艺术'的概念的影响而面对艺术形象，这种形象的宗教或世俗的生命功能是为一切人所理解的，而且没有一个人仅仅是审美地享受这种形象"②。

四、美与真的原始关联及其走出近代美学的可能性

伽达默尔认为，造成审美意识与审美经验的矛盾的根本原因还在于从康德开始的对美的主观化和形式化的理解，以及与之相应的审美意识的自主性及其到处实现的审美区分。而在这种近代美学主观化和形式化的进程中，艺术作品的宗教的或世俗的意义、它的道德的、政治的内涵，总之，艺术本身的真理要求被彻底忽视了，要走出这种困境，只有重新确证美本身所包含的真理因素和艺术本身所内蕴的认识价值，而伽达默尔的解释学美学所着力论证的也正是这种美与真的原始关联。为此，伽达默尔提出了自己美学思想

---

① ［德］汉斯－格奥尔格·加达默尔：《真理与方法：哲学诠释学的基本特征》，洪汉鼎译，（台北）时报文化出版企业有限公司 1993 年版，第 140—141 页。

② ［德］汉斯－格奥尔格·加达默尔：《真理与方法：哲学诠释学的基本特征》，洪汉鼎译，（台北）时报文化出版企业有限公司 1993 年版，第 122 页。

的基本观念，即"艺术就是认识，并且艺术作品的经验就是分享这种认识"，"在艺术中难道不应有认识吗？在艺术经验中难道不存在某种确实是与科学的真理要求不同、但同样确实也不从属于科学的真理要求的真理要求吗？美学的任务难道不是在于确立艺术经验是一种独特的认识方式，这种认识方式一方面确实不同于提供给科学以最终数据、而科学则从这些数据出发建立对自然的认识的感性认识，另一方面也确实不同于所有伦理方面的理性认识，而且一般地也不同于一切概念的认识，但它确实是一种传导真理的认识，难道不是这样吗？"①

伽达默尔是在古希腊模仿论基础上来论证艺术的真理要求的。在伽达默尔看来，模仿活动具有一种最原始的特性，即模仿让被模仿之物出场，不管这种被模仿之物是现实的还是历史的，是真实的还是虚幻的，这种模仿活动与被模仿之物之间的存在论关系使模仿毫无疑问地具有了认识功能，而艺术作为人类的一种有意识的、卓越的模仿活动全面发挥了这种认识功能，所以伽达默尔认为对于艺术来说，人在其中发现了自己存在的真理，精神发现了精神性的东西。他说："因此，模仿作为表现就具有一种卓越的认识功能。由于这种理由，只要艺术的认识意义无可争议地被承认，模仿概念在艺术理论里就能一直奏效"②，"如果我们看到了模仿中存在的认识意义，那么模仿概念可能只描述了艺术的游戏。所表现的东西是存在于那里——这就是模仿的最原始关系。谁模仿某种东西，谁就让他所见到的东西并且以他如何见到这个东西的方式存在于那里"③。但伽达默尔从来不认为模仿论是艺术对现实的亦步亦趋，从来不认为艺术是对现实原封不动的模拟，这也是一切攻击模仿论的艺术观念的共同之处。伽达默尔认为，通过模仿而达于此在的是事物的更真实状态，是事物的本质性展现，"我们所探讨的原始的模仿关系，因而不仅包含所表现的东西存在于那里，而且也包含它更真实地出现在那里。

---

① 〔德〕汉斯－格奥尔格·加达默尔：《真理与方法：哲学诠释学的基本特征》，洪汉鼎译，（台北）时报文化出版企业有限公司 1993 年版，第 144—145 页。
② 〔德〕汉斯－格奥尔格·加达默尔：《真理与方法：哲学诠释学的基本特征》，洪汉鼎译，（台北）时报文化出版企业有限公司 1993 年版，第 168 页。
③ 〔德〕汉斯－格奥尔格·加达默尔：《真理与方法：哲学诠释学的基本特征》，洪汉鼎译，（台北）时报文化出版企业有限公司 1993 年版，第 165 页。

模仿和表现不单单是描摹性的复现，而且也是对本质的认识"①，"本质的表现很少是单纯的模仿，以致这种表现必然是展示的。谁要模仿，谁就必须删去一些东西和突出一些东西"②。由此可见，伽达默尔在艺术与现实的关系处理上还是相当辩证的。

既然伽达默尔在模仿论的基础之上恢复了艺术与真理的紧密关联，那么这种体现在感性形式中的真理是怎样一种真理呢？伽达默尔认为，这种与美本质相联的真是一种存在的真，艺术美正是由于这种存在的真理而无法被自然科学的方法论所对象化、客观化。伽达默尔显然追随了海德格尔的真理观，把真理解释为在者的无蔽，在艺术中，在者达于本真的此在，但在者的无蔽和敞开仅只是真理的一个方面，因为真理还有更为深沉的方面，这就是在者的遮蔽和保存。伽达默尔认为海德格尔在 1936 年关于"艺术作品的本源"的演讲中所强调的"大地"观念正是看出了真理的这一至关重要的方面，即，真理并不是单纯的显现和无蔽，"作为无蔽性，真理总是这样一种显现和掩蔽的对立，两者必然互相依附。这显然意味着，真理不仅仅是某个存在的纯粹在场，以至于似乎它站在正确表象的对面"，"作为无蔽，真理本身有一种内在的对峙和两可性。如海德格尔所说的那样，存在好像对其呈现怀有某种敌意"③。艺术作品作为在者真理的体现，同样既是在者的敞开又是在者的遮蔽，这使得作品在谜一般的冲突和对峙之中保持自身的存在深度，而免于被方法客观化，事实上作品只在理解中存在，而理解不是方法，理解只能获得作品的真理在具体境遇中的显现，而不是真理的全部。"理解这个事实有助于我们理解艺术品的性质。很清楚，在浮现和隐蔽性之间存在着一种构成作品本身存在的对峙。正是这种对峙的力量构成艺术品的形式——水平并产生了使其他一切东西相形见绌的异彩。它的真理不是它的意义的简单表现形式，相反，是它的意义的深奥和深刻。于是由于它的这种性质，艺术品是世界与大地、浮现与隐蔽之间的冲突。"④ 理解伽达默尔的真理观，对于

① ［德］汉斯－格奥尔格·加达默尔：《真理与方法：哲学诠释学的基本特征》，洪汉鼎译，（台北）时报文化出版企业有限公司 1993 年版，第 167 页。

② ［德］汉斯－格奥尔格·加达默尔：《真理与方法：哲学诠释学的基本特征》，洪汉鼎译，（台北）时报文化出版企业有限公司 1993 年版，第 167 页。

③ ［德］加达默尔：《哲学解释学》，夏镇平译，上海译文出版社 1994 年版，第 221 页。

④ ［德］加达默尔：《哲学解释学》，夏镇平译，上海译文出版社 1994 年版，第 221 页。

我们理解他的审美理解的历史性、意义生成的事件性等美学思想具有重要意义，伽达默尔正是从其真理观出发来建构解释学美学的意义和理解理论的。

在美与真的关系上，伽达默尔的理解与海德格尔的美学思想存在很大的相似性，海德格尔同样认为美与真具有存在论上的关系，"美是作为无蔽的真理的一种现身方式"，"艺术就是真理的生成和发生"①，在美与真的背后，海德格尔看到了在，在是一切事物的给出者，是一切事物的基础，所以美、真统一于在。海德格尔的存在论思想无疑也是伽达默尔的主导思想，但并不是他的唯一思想，伽达默尔对古希腊人文主义思想的接受也使他的思想呈现出一种与存在论颇具张力的色调，这就是来自柏拉图的理念论色调。伽达默尔并没有像海德格尔那样仅仅将柏拉图主义视为形而上学，而是通过存在论对柏拉图的理念学说进行综合，以超越传统的实体形而上学理念论，使之成为一种"理念存在论"或"在场理念论"，这构成了伽达默尔美论的根基。

（原载于《文史哲》2001 年第 6 期）

---

① ［德］海德格尔：《海德格尔选集》，孙周兴译，上海三联书店 1996 年版，第 237—308 页。

论文学语言的审美特性

王汶成

一、"语言共核"与文学语言的审美特性

我们每天都在用语言表情达意、与别人进行思想交流，这种表达和交流的功能应该是语言最常见的功能。但除此之外，语言还有其他一些功能。雅各布布森曾提出语言有六种功能的理论。他发现任何语言交流活动都涉及六个因素：发话者、受话者、使用的代码、代码所传递的信息、交流采取的联系方式和交流所赖以进行的特定语境。与这六个因素相对应，语言就有了六种功能：指称功能（交流指向于语境）、表情功能（交流指向于发话者）、意动功能（交流指向于受话者）、交际功能（交流指向于联系方式）、元语言功能（交流指向于代码）、美学功能（交流指向于信息本身）①。雅各布布森讲的这六种功能，实际上可以合并为两种功能：一种是把语言作为意指符号传达意义，可以称之为意指功能，即如雅各布布森说的指称功能、表情功能、元语言功能；一种是指语言符号在传达意义的基础上又以自身的存在造成了某种效果或影响，可以称之为符号的效果功能，即如雅各布布森所说的意动功能、交际功能和美学功能。

英国哲学家 J. L. 奥斯汀首先注意到了语言的"意指"和"效果"这两大功能的区别，他在《怎样用词语做事》一文中提出了言语行为理论。他认为，描述世界或传递语义信息并不是话语的唯一功能，话语完成之后还

---

① ［英］特伦斯·霍克斯：《结构主义和符号学》，瞿铁鹏译，上海译文出版社 1987 年版，第83—86 页。

可以产生某种效果，可称之为成事性言语效果。如有人对一位士兵说："你可要多留点神，不然就会列入给上级的报告里！"这句话传达了某种信息，同时也起着"警醒"的效果，可能会使这个士兵以后的行为更加谨慎①。这就是说，人们不仅可以以言表义，还可以以言行事，让说出的话产生某种效果，这种效果当然是多种多样的，取决于说话者的目的，可以是承诺、命令、恐吓等等，也可以给听话者带来审美的愉悦，即美学的效果。因此，日本美学家川野洋指出，人们说出的话语可能会带有两种信息，用他的话说就是："符号在再现自身之外的某种事物的同时，也通过这种再现表现自己本身。"他把前一种信息称为"语义信息"，把后一种信息称为"审美信息"②。

　　参照上述有关语言功能的理论，我们认为，文学语言的主要特点就是偏重于追求某种表现效果，具体地说，就是追求语言表现的审美效果，由此形成了文学语言的主要特性就是审美性。这里需要进一步说明的是：文学语言的审美特性不能脱离语言的意指功能，总是以语言的意指功能为基础和前提的。任何一种语言的运用都首先是传达一定的意义，然后才谈得上产生一定的效果，包括审美效果。如此理解文学语言的审美特性，就使得文学语言与非文学语言都具有了共同的语言"内核"，即传达某种思想观念的意指性。正如英国语言学家查普曼所说："文学文体的力量来源于'语言共核'，连最具'文学性'的特征也来源于'语言共核'。文学偏离常规并不会破坏它与'语言共核'使用者的交流。"③ 既然包括文学语体在内的所有的语体都具有"语言共核"，那么，文学语言与日常语言、科学语言等就有了相通之处，它们之间的边界也经常会出现相互渗透、相互交错的情况。韦勒克认为，把文学的、日常的和科学的几种语体在用法上严格区分开来是非常困难的。"因为文学与其他艺术门类不同，它没有专门隶属于自己的媒介，在语言用法上无疑地存在着许多混合的形式和微妙的转折变化。"最后，他得出结论说："我们还必须认识到艺术与非艺术、文学与非文学的语言用法之间的区别是

---

① 桂诗春编著：《实验心理语言学纲要》，湖南教育出版社 1991 年版，第 325—326 页。

② ［日］川野洋：《语义信息与审美信息》，《文艺研究》1985 年第 6 期。

③ ［英］雷蒙德·查普曼：《语言学与文学》，王士跃、于晶译，春风文艺出版社 1988 年版，第 16 页。

流动性的，没有绝对的界线。"① 由此看来，那种试图把文学语言与日常语言、科学语言截然分开并认定文学语言与非文学语言毫无共同之处的观点是不妥当的。正确的看法应该是：这几种语体都共有同一个语言内核，它们都指涉意义，都可以运用语言所具有的全部功能来实现自己的传达目的。它们之间的区别，仅仅存在于它们各自对语言的某一种或几种功能的不同的偏向和侧重上，由此就形成了他们各自的主要特性。日尔蒙斯基说："如果把语言形式当作'活动'去审查它的结构，那么我们就能发现，语言有多种目的意向，这些意向决定着词的选择和组词的基本原则。"② 比如，科学活动是以对世界的认知为目的的，科学语言就必然以突出语言的描述事实、阐述思想的意指功能为其主要特性；日常生活是以各种实用意图为目的的，日常语言就必然以突出语言的种种实用的效果为其主要特性；文学活动是以审美交流为目的的，文学语言就必然以突出语言的审美的效果为其主要特性。这就是说，每一种语体都有与众不同的主要特性，但同时又都不脱离"语言共核"，而就文学语言来说，我们既可以把它当作思想情感交流的媒介，也可以把它当作一个审美客体，从中或多或少地体验到审美的愉悦。

这表明，文学语言的审美特性是以作为"语言共核"的意指功能为基础和前提的，并借助意指功能或在意指功能发挥作用的过程中显示出来，由此又决定了文学语言意指功能的特殊性。一般非文学语言的意指功能，特别是科学语言的意指功能，追求语言表达的准确性、明晰性，即从词语到词语所表达的意思（或者说从词语的能指到所指）之间越直接、越简捷、越没有阻碍越好，尽管这个指标在实际的语言交流中很难完全达到。然而，文学语言的意指功能则与此截然不同，它所要求的不是语言表达的透明度，而是语言表达和要表达的意义之间的延宕和阻隔。就是说，一般语言结构的能指和所指两个层面之间没有间隔，是直接对应的；而文学语言的结构则是由"言"、"象"、"意"三个层次构成的，从"言"到"意"中间横隔着一个"象"，这样一来，文学的语言表达过程就不再是快捷的、透明的，而是被延宕的、受阻碍的了。巴尔特曾把文学语言的意指功能这一特点概括为"两

---

① [美] 韦勒克、沃伦：《文学理论》，刘象愚等译，三联书店 1984 年版，第 10 页。

② [俄] 日尔蒙斯基：《诗学的任务》，载方珊主编《俄国形式主义文论选》，三联书店 1989 年版，第 218 页。

级符号系统"、"双重所指"。请看他下面的一段话："我们记得，一切意指系统都包含一个表达平面（E）和一个内容平面（C），意指作用则相当于两个平面之间的关系（R）。这样我们就有：ERC。现在我们假定，这样一个系统 ERC 本身也可变成另一系统中的单一成分，这个第二系统因而是第一系统的引申。……第一系统（ERC）变成表达平面或第二系统的能指……或者表示为（ERC）RC。……于是第一系统构成了直接意指平面，第二系统（按第一系统扩展而成的）构成了含蓄意指平面。于是可以说，一个被含蓄意指的系统是一个其表达面本身由一意指系统构成的系统。通常的含蓄意指显然是由复合系统构成的，后者的分节语言形成了第一个系统（例如，文学中的情况就是这样）。"① 在这段引言里，巴尔特所说的"第一系统"、"第二系统"、"直接意指"、"含蓄意指"等等，都意在表明文学语言意指关系的非畅达性、间离性。不仅有"言"和"象"构成的第一级系统，还有"象"和"意"构成的第二级系统；不仅有从"言"到"象"的直接意指，还有从"象"到"意"的含蓄意指。

　　我们认为，正是在意指功能的这种处处被拦挡、被阻截、被延宕的过程里，包含着文学语言审美特性的全部内涵。审美就是受阻碍的意指，就是被推迟、被延长的意指。中西文论有关文学语言审美特性的所有的说法，如"有意味的形式"、"反常化"、"玩味"、"言有尽而意无穷"等等，其实都是从不同的角度对意指功能受阻截这种情况的一种描述。意指功能可以被阻截在文学语言的任何一个层面上，都能同时产生审美功能。例如，被阻截在"语形"这个层面上，就会有对韵律、节奏、声调的审美感受；被阻截在"语象"这个层面上，就会被滞留在虚构的文学世界里而流连忘返。而意指功能受阻最多、最烈之处还是在"象"和"意"之间，因为"言"与"象"之间的意指关系受约定俗成的语言规则的支配，只要懂得使用这种语言的人都比较容易从"言"进入"象"；但是，"象"与"意"之间的意指关系的建立则往往是个人创造性的产物，其中的奥秘，并不是每个人都能看破的，因而也不是每个人都能从"象"进入"意"的。例如，鲁迅先生在《阿Q正传》中多处写到阿Q的"癞疮疤"，每个读者都可通过这些描写，想象出这

---

① 　[法] 罗兰·巴尔特：《符号学原理》，李幼蒸译，三联书店 1988 年版，第 169—170 页。

个癞疮疤的样子，但若进一步问鲁迅先生为何花笔墨写这个癞疮疤？这个癞疮疤的形象有什么含义？这就不是每个读者都能看出的，也不是每个读者都能得到同样的看法。由此可见，文学语言的审美特性不仅要以它的意指功能为基础和前提，而且也是它的意指功能的特殊性所造成的一种效果、一种感受。

当我们把文学语言的审美特性与它的意指功能的特点联系起来考虑时，就会发现，所谓的文学语言的审美特性主要包含着三重含义：一重是与语言的外部指涉性相对的自我指涉性（自指性），一重是与语言的直接指涉性相对的间接指涉性（曲指性），一重是与语言的真实指涉性相对的虚假指涉性（虚指性）。下面我们将进一步探讨文学语言审美特性的这三重内涵。

二、文学语言审美特性的三重内涵

首先是文学语言的自指性。象征主义诗人瓦雷里为了说明诗语的特点曾把非文学语言比作走路，把文学语言比作跳舞。他认为，尽管在这两种情况下都是脚的运动，但前者有一个外在目的，而后者的目的就在自身，它是为双脚的运动而进行双脚运动的①。就是说，文学家用语言说出的话语是为了使这些话语突出和显示自身，这就是文学语言的自指性。但是，真正把文学语言的自指性作为一个重大理论问题提出来并加以全面深入研究的，是以俄国形式主义为代表的现代形式主义者。现代形式主义者为了排斥思想内容、抬高语言形式的地位，必然竭力强调和论证文学语言的自指性特征。穆卡洛夫斯基这样说："诗的语言的功能在于最大限度地把言辞'突出'……用来突出表达行为、语言行为本身。"② 雅各布森也说："诗歌的显著特征在于，语词是作为语词被感知的……词和词的排列、词的意义、词的外部和内部形式具有自身的分量和价值。"③ 毫无疑问，现代形式主义者关于文学语

---

① ［法］瓦雷里：《诗、语言和思想》，见袁可嘉主编《现代主义文学研究》，中国社会科学出版社 1989 年版，第 847 页。

② ［捷克］简·穆卡洛夫斯基：《标准语言与诗的语言》，见胡经之主编《西方文艺理论名著选编》（下卷），北京大学出版社 1986 年版，第 416—417 页。

③ 转引自［英］特伦斯·霍克斯《结构主义和符号学》，瞿铁鹏译，上海译文出版社 1987 年版，第 63 页。

言自指性的论述，像他们的其他论述一样，不可避免地带有形式主义的偏激，即完全脱离作为"语言共核"的意指内容谈文学语言的自指性。但是，他们对文学语言的自指性的强调，是针对传统的"重内容轻形式"的内容主义文论的缺陷而来的，因而具有理论上的进步意义，而且他们就此问题提出的许多观点也极具启发性。我们认为，自指性的确是文学语言的一个极为重要的特征，这个特征在现代形式主义出现之前，一直没有得到文论家们应有的重视和充分的理论阐述。

文学语言的自指性就是语言在表达某个意思的同时又尽力凸显自身以吸引读者的注意力，而一个作家要想实现这一点，唯一的办法就是打破常规，创造出新的语言表达方式，这也就是俄国形式主义者们一再强调的"反常化"的程序。最先提出"反常化"这一概念的什克洛夫斯基认为，艺术中的"反常化"语言与日常生活中的"自动化"语言的不同就在于，"反常化"语言可以增加"感觉的难度与范围"，"感觉被阻挡而达到自己力量的最大高度和最大延时性"①。因此，"反常化"是使语言得以突显自身而达到自我指涉的基本途径。杜甫诗句"香稻啄余鹦鹉粒，碧梧栖老凤凰枝"，就是词序反常化的一个著名的例子。正常语序应是"鹦鹉啄余香稻粒，凤凰栖老碧梧枝"，但正常的语序显然不如反常化的语序更能突出词语自身从而强化读者的注意和感受。诚然，反常化程序不只是体现在语法上，它在文学作品里、在文学语言的各个层面随处可见。诚如什克洛夫斯基所说的："我个人认为，反常化几乎到处都存在，只要那儿有形象。"②总而言之，正是反常化程序使文学语言突显自身的自指性成为可能。

与此相关的另一个问题是，文学语言何以需要自我指涉？或文学语言自指性的目的是什么？提出这个问题，可能是某些极端的形式主义者不以为然的。因为，在他们看来，自指性本身就是目的，不能再有其他的外在目的，文学创作不过是一种纯粹的文字游戏。然而，如前所说，人说出某句话总是有所为的，或者传达某个意思，或者制造某种效果，或者两者兼有，文

---

① ［俄］Б. Б. 斯克洛夫斯基：《作为程序的艺术》，见胡经之主编《西方文艺理论名著选编》（下卷），北京大学出版社1986年版，第338、385页。

② ［俄］Б. Б. 斯克洛夫斯基：《作为程序的艺术》，载胡经之主编《西方文艺理论名著选编》（下卷），北京大学出版社1986年版，第384页。

学语言也不例外。当然，我们也不否认，有的作家在创作中是以"游戏于辞令之间"为乐趣的，主观上可能不怀有其他的目的，但客观上只要有人在听，他说的这些话就可能产生某些效果。这就像跳舞一样，跳舞对舞者来说可能是一种自娱行为，是一种自我陶醉，但对观者却可能造成影响。这大概就是所谓的无目的的目的性。所以，文学语言的自指性也必然是有所为的，有目的的。这目的主要就是运用自我指涉作用而强化它所产生的审美效果，使它更容易打动和感染读者，更容易激发起读者的审美感知和审美情感。

作为"新批评"先驱的瑞恰兹，曾把文学语言由于自指作用而造成的审美效果概括为语言的"情感用法"。他认为语言的陈述可以区分为两种用法。"我们可以为了陈述所引起的联想，不论真联想或假联想，而用陈述。这就是语言的科学用法。但我们也可以为了陈述引起的联想所产生的感情和态度方面的效果而用陈述。这就是语言的情感用法。"① 瑞恰兹在这里说的"情感用法"，不是指运用语言表达或宣泄情感，而是指设法使语言陈述本身产生审美效果或唤起审美情感。但瑞恰兹对怎样达到这种审美效果却没有更深入的论述。我们可以把他的这个观点与俄国形式主义的"反常化"理论联系起来。就是说，俄国形式主义解决了这个问题的前半部分，即自指性何以能的问题，瑞恰兹解决了这个问题的后半部分，即自指性何以为的问题。而对文学语言自指性问题较全面的解释，似应把这两方面的理论结合起来，即通过反常化实现自指性，又通过自指性造成审美效果。

文学语言审美特性的第二重含义是文学语言的曲指性问题。如果说文学语言的自指性是与实用语言的对照中见出的，那么文学语言的曲指性可从与科学语言的对照中见出。科学语言追求认识上的客观性和确定性，因而在表达上要求所表达的意思越清楚越显露越好；而文学作者却经常采用一些曲折迂回的表达手法表达他的意思，使他所表达的意思不费一番思索和揣测就很难被读者把握到。这就是文学语言的曲指性。中国古典诗词追求"意境"的创造，因而也最讲诗意表达的曲指性。在中国古代诗论中，是以"含蓄"这个概念来谈论文学语言的曲指性的。刘勰称含蓄为"隐"，"隐也者，

---

① ［英］艾·阿·瑞恰兹：《语言的两种用法》，载胡经之主编《西方文艺理论名著选编》（下卷），北京大学出版社1986年版，第67页。

文外之重旨也", 要求作诗要"深文隐郁, 余味曲包"①。南宋诗人姜夔更是明确提出诗歌要"语贵含蓄", 认为"句中有余味, 篇中有余意, 善之善者也"②。这些论述表明, 中国古代文论家对文学语言的曲指性问题一直是非常重视的, 而且有较深入的理解。

所谓文学语言的曲指性其实就是指通过形象间接地指涉意义, 这涉及文学语言的比喻和象征的特征, 也即中国传统文论中讲的比、兴。比、兴虽然都是指用形象间接抒情达意, 但又稍有不同。刘勰说"比显而兴隐", 可谓一语中的。他认为, "比者, 附也", "写物以附意", 着眼于物与物之外在的相似性, 其意指较为直观明显; 而"兴者, 起也", "依微以拟议", 即选用微妙的事物来寄托思想感情, 因为用意隐微, 故而不容易看出。例如, "姑娘美如一朵花", 这是比喻, 姑娘之美与花之美有相似之处, 比较好理解; 而"五星红旗高高飘扬", 则是象征, 其含义就较隐蔽, 因为"五星红旗"与"中华人民共和国"并没有外在的相似性, 前者之所以能代表后者是出于人的一种规定, 并且与一定的文化传统有关, 不了解这文化传统的人就很难理解其中的含义。所以, 唐代的皎然说:"取象曰比, 取义曰兴。义即象下之意。凡禽兽草木人物名数万象之中义类同者, 尽入比兴。"③ 在这里, 皎然既指出了比和兴的不同之处, 即前者偏重于"象", 后者偏重于"义", 因而前者较显露, 后者较隐晦; 又指出了两者的共同之处, 无论比或兴, 都是"立象以尽意", 都是求得"象下之意"。因此, 比喻和象征实质上就是文学作者用以曲折地表情达意的两种手法。

既然文学语言的曲指性要求通过形象间接地指涉意义, 那么所指涉的意义就必然是含混的、不确定的, 这就造成了文学语言的复义性特点。"新批评"的著名人物燕卜逊在其《复义七型》一书中, 专门研究了诗语中的复义现象。他指出:"'复义'本身可以意味着有意说几种意义, 意味着可能指二者之一或二者皆指, 意味着一项陈述有多种意义。"他认为, 复义现象在

①　刘勰:《文心雕龙注释》, 周振甫注, 人民文学出版社 1981 年版, 第 431 页。
②　姜夔:《白石道人诗说》, 见北京大学哲学系美学教研室编著《中国美学史资料选编》(下卷), 中华书局 1980 年版, 第 72 页。
③　皎然:《诗式》, 见北京大学哲学系美学教研室编著《中国美学史资料选编》(上卷), 中华书局 1980 年版, 第 282 页。

诗歌中是普遍存在的，正是各种含义的混合和交织赋予诗歌以美感，而"复义的作用"也就构成了"诗歌的基本要素之一"①。燕卜逊把复义性视为诗歌的"基本要素"，自有值得商榷之处，可是他所指出的诗语的复义性及其美感作用，却是难以否认的事实。在中国的传统诗论中，诸如"言外之意"、"象外之象"、"韵外之致"、"味外之旨"等说法，其实都是在谈论文学语言的复义性，只不过在理论表述上呈现出传统文论所特有的直观感受的特点罢了。

在我们看来，无论是"立象以尽意"的比喻和象征，还是复义性特点，都是文学语言的曲指性衍生出来的一些特征，这些特征的作用就在于强化和深化了文学语言的审美效果和艺术感染力。布鲁克斯在谈到文学语言的曲指性时指出："诗人想要'说些'什么，那么他为什么不开门见山地说呢？为什么他只愿意通过隐喻来说？通过隐喻，他就冒片面或晦涩之险，甚至冒什么也没说之险。但这种险是必须冒的。因为直接陈述导向抽象化，它威胁着要使我们根本离开诗歌。"②布鲁克斯的意思是说，只有间接陈述才能保证诗歌语言的形象化和多重含义，只有通过曲折地表情达意，也就是文学作者在写作作品时不要把话说死说尽，更不要把话说得过于直露，应用尽可能少的词语表达出尽可能多的意思，即古人所说的"言近旨远"、"言在此意在彼"、"言有尽而意无穷"，才能给读者留有更多的想象和回味的余地，以便较长久地保持他们的阅读兴趣，满足他们的审美需求。

文学语言审美特性的第三重含义即虚指性。所谓虚指性，是与实指性相对而言的，是说文学语言所指涉的内容不是外部世界中已有的实事，而是一些虚构的、假想的情景。文学语言的这种虚指性是由文学创作活动的虚构性所决定的。韦勒克甚至把"虚构性"看作是文学的"核心性质"。他说："文学的本质最清楚地显现于文学所涉猎的范畴中。文学艺术的中心显然是在抒情史、史诗和戏剧等传统的文学类型上。它们处理的都是一个虚构的世界、想象的世界。"又说："小说，诗歌或戏剧所陈述的，从字面上说都不是

---

① [英]威廉·燕卜逊：《复义七型》，见赵毅衡主编《"新批评"文集》，中国社会科学出版社 1988 年版，第 306 页。

② [美]克林思·布鲁克斯：《反讽——一种结构原则》，见赵毅衡主编《"新批评"文集》，中国社会科学出版社 1988 年版，第 334 页。

真实的；它们不是逻辑上的命题。"① 对文学作品里这种指涉虚构情景的陈述，有的语言学家称为"虚假陈述"、"伪陈述"、"模拟陈述"等，以此与描述客观事实或实事的"真实陈述"区别开来。当然，在具体的文学作品里，被设想的情景是各式各样的，从最接近现实的情景到与现实完全相反的情景都可能出现。但是，这些情景又有一个共同特点，这就是虚构性，尽管虚构的程度和方式不同。它们都是虚构的，都是对可能的或不可能的事态的构想，而不是对已然事态的纪实。如果是对已然事态的纪实，就成为新闻报道或历史记载了。正是从这个意义上，我们把文学陈述看作是虚假陈述或虚指性的陈述。

按照一般的理解，虚假陈述就是对事实的错误判断和命题。但是，这种一般的理解只适合于以对已然事实的认知为目的的陈述，而不适合于文学陈述。因为文学陈述不是以对已然事实的认知为目的，而是别有所图。文学作者讲述那些被构想得曲折离奇的故事，就其主观动机来说，显然不是要告诉人们现实中何时何地发生了什么事情，更不是有意用谎言欺骗别人，而是想用这些虚构的陈述在读者那里制造出某种审美的效果，使读者在精神上有所获。贺拉斯早在一千多年前就说过："虚构的目的在引人喜欢。"② 既然这样，判定文学陈述价值的高低，就不能以是否符合已存的事实为标准，而应以是否产生审美效果为标准。否则，就会得出老子"信言不美，美言不信"的极端结论，从而以判定"信言"的标准全然否定了"美言"的价值。美国理论家乔纳森·卡勒曾提出"述行语"的概念。他指出，"述行言语不是描述而是实行它所指的行为"，"文学言语像述行语一样并不指先前事态"，"面对莎士比亚十四行诗的开头'我心爱的姑娘的眼睛绝不像那太阳'，我们并不去问此话是真是假，而是问它做了什么，它和这首诗里其他的句子是怎样协调的，以及它与其他行之间的配合是否愉快（给人以快感）"，所以，"把文学作为述行语的看法为文学提供了一种辩护：文学不是轻浮、虚假的描述，而是在语言改变世界、及使其列举的事物得以存在的活动中占据自己的一席之地"③。卡勒的这一述行语理论对准确地理解文学语言的虚指性特征具

---

① ［美］韦勒克、沃伦：《文学理论》，刘象愚等译，三联书店1984年版，第13页。

② ［古罗马］贺拉斯：《诗艺》，杨周翰译，人民文学出版社1962年版，第155页。

③ ［美］乔纳森·卡勒：《当代学术入门·文学理论》，李平译，辽宁教育出版社1998年版，第100—102页。

有启发意义。因此，文学语言的虚指性只是说陈述所指涉的内容是虚构的，并不意味着"说谎"。或者说，文学语言正是通过善意的"说谎"来实现它所特有的审美价值和功能的。文学语言作为一种虚指性的陈述，它的审美效能主要体现为通过所描述的虚构情景激起读者的惊奇和喜怒哀乐的情感，使之获得审美的愉快，这需要文学语言必须具有可信性的基础。那么，如何增强虚构情景的可信度呢？最常见的手段就是"逼真"，即力求提供细节上的真实。细节上的真实可以造成极高的可信度，诱使读者进入描述的情景，即使这情景在整体上是极为荒诞的。如卡夫卡《变形记》开头的一句话："一天早晨，格里高尔·萨姆莎从不安的睡梦中醒来，发现自己躺在床上变成了一只巨大的甲虫。"这里就有让人感到相当真实的细节描写，有具体的时间、地点，有人物的具体的活动。尽管每个读者在读这句话时，都知道整句话所讲的事件是根本不可能发生的，但由于有细节的逼真作为衬托，读者将被一步步诱入情景，甚至还会不由自主地体验到主人公变成大甲虫的恐惧和苦痛。由此可看到"逼真"手法的作用，它可能使最不可信的东西变得可信。此外，作者还可以使用其他多种手段强化他所描述的虚构情景的可信度，如依靠被描绘情景的浑然一体的连贯性和整一性来维持读者的信任，使用一种纯真的、可亲近的叙述语调来消除读者随时可能产生的疑心，甚至故意通过动摇读者对所述情景的信任感，诱使读者相信情景的描述者是唯一可信赖的人，从而加强了描述的可信度。简言之，很难想象一种文学陈述没有一定程度的可信性，就能具有使读者产生审美愉悦的效能。

最后，需要特别指出的是，文学语言的虚指性并不必然排斥反映现实的真实性，事实上，文学语言描述的虚构情景常常体现为虚中有实、幻中有真。这种把"幻"和"真"紧密联系起来的辩证观点，是我们探讨文学语言的虚指性时应该认真借鉴和吸取的。

（原载于《求是学刊》2002 年第 3 期）

试论当代存在论美学观

曾繁仁

当代美学学科建设应在综合比较方法的指导下，以当代存在论美学为基点，对各种美学见解加以综合吸收，在此基础上创建以马克思主义实践观为指导的、符合中国国情的当代存在论美学观，实现由认识论到存在论的转向。其实，新时期以来，我国许多理论家已不约而同地将美学与文艺学的关注点集中于人的现实生存状况①。因此，我对当代存在论美学观的研究实际上是在许多学者研究工作基础上的一种"接着说"。只是因为认识论美学的影响至为深远，所以希望我的这种"接着说"能引起更多同行专家的共鸣，当然也希望能得到批评。

一

当代存在论美学观的提出绝不是偶然的心血来潮或刻意地标新立异，而有其经济社会、艺术和学科发展的必然根据。众所周知，西方存在主义哲学—美学思潮起源于 19 世纪末、20 世纪初，兴盛于"二战"之后，20 世纪 60 年代以来即融汇于各种人本主义哲学—美学思潮之中。它的发展是同资本主义现代化过程中的一系列矛盾的尖锐化相伴随的。诸如富裕与贫穷、

---

① 新时期以来，我国理论家对人的现实生存状况非常关注，如钱中文说："新理性精神将从大视野的历史唯物主义出发，首先来审视人的生存意义。"（钱中文：《走向交往对话的时代》，北京大学出版社 1999 年版，第 339 页）胡经之认为，"艺术，不仅是人对世界的一种反映方式，它也直接是人的一种生存方式"（胡经之：《文艺美学》，北京大学出版社 1989 年版，第 393 页）。

发展与生存、当代与后代、科技与人文、物质与精神、人与环境等等都是一系列难解的二律背反。这些二律背反在资本主义现代化的进程中又递次地表现为人的"异化"。战争的严重破坏与环境的恶化等严重问题，越来越严重地威胁到人的现实生存状况，引起全人类的高度关注。我国目前正在进行社会主义现代化建设，取得令人瞩目的成就。我国凭借制度自身的优势，同资本主义国家相比，对于各种矛盾问题具有更多的调节能力和空间。但事实证明，现代化之中的许多二律背反常常是过程性的，甚至是难以避免的，只是有程度的大小与解决的快慢之分。例如，市场化与传统道德的冲突、城市化与精神疾患的蔓延、工业化与自然环境的破坏、科技发展与工具理性的膨胀等等。尽管这些并不是无解的矛盾，但也的确是难以避免的。这些矛盾都极大地威胁到人的现实生存状况，使人的现实生存状况面临美化与非美化的二律背反。也就是说，现代化一方面促进了生活富裕、精神文明、社会繁荣，人们处于一种从未有过的美化的现实生存状况。同时，生活节奏的加快、竞争的激烈、贫富悬殊、环境的污染、战争与恐怖活动的威胁等等又使人们经常处于一种情绪压抑、焦虑不安乃至被种种"现代病"所困扰的非美的现实生存状况。这种生存状况的改变主要依靠经济社会的发展、制度的改善和法律的完备，但也必然对美学和文学艺术提出更高的要求。因为，审美是一种不借助外力而发自内心的情感力量，是人的自觉自愿的内在要求，具有不可替代的巨大作用。所以，改善当代日益严重的人类现实生存状况的非美化这种现实需要，成为当代存在论美学观产生的现实土壤。这种现实需要必将改变审美仅仅局限于自我愉悦的范围，要求其拓展到社会人生，成为一种审美地对待社会、自然与人自身的"审美的世界观"。这也就是当代存在论美学观不同于传统美学观的深刻内涵之所在。

　　与时代的步伐相伴，现代艺术发生了巨大的变化。现代艺术已不再是传统的感性与理性对立融合的现实主义与浪漫主义艺术，而是愈来愈走向感性与理性的脱节，形象与情节愈趋减弱，形式与色彩愈趋变易与夸张，理性愈加隐没，从而走向意识的流淌。这就是当代的抽象派绘画、象征派诗歌、荒诞派戏剧、魔幻现实主义与意识流小说等等。这类作品已不是对现实的反映，而是对人的现实存在意义的探寻和追问。毕加索创作于二战中的著名壁画《格尔尼卡》，结合立体主义、现实主义和超现实主义手法，通过跨越时空、变形夸张、聚焦渲染，充分表现了人类的痛苦受难，控诉了兽性的膨胀和法西斯战争，同传统的美学原则与艺术手法已相去甚远。我国一些当代作家运用传统现实主义手法创作的作品，也在实际上偏离了传统美学原则，渗透着浓郁的当代色彩。我国作家万方所著的中篇小说《空镜子》①写的是传统的婚恋故事，但却渗透着浓郁的荒诞气氛，弥漫着一种人在命运中的期待、无奈和惆怅。小说几乎没有传统的开端、高潮和结尾，只是让生活流伴随着意识流不经意地向前流淌，但却蕴含着对爱情与婚姻的意义与价值的追寻。作品并没有给我们提供典型形象，而只有对意义的追问。面对已经发生巨大变化的现代艺术，传统美学实在是脱离得太远了。而当代存在论美学却能够对其进行艺术的阐释和理论的支撑。1991年诺贝尔文学奖获得者南非作家纳丁·戈迪默就这样说："我认为，我们是被迫走向个人的领域。写作就是研究人的生存状况，从本体论的、政治的和社会的以及个人的角度来研究"②。

当代存在论美学观的产生也是美学学科发展的必然要求。西方美学根源于古希腊美学，是一种理性主义的认识论美学。这种美学以"和谐"为其美学理想，以感性与理性的二元对立与统一为其主线，而以黑格尔的"美是理念的感性显现"为其最高形态。所谓"理念的感性显现"，即是感性和理性的直接统一、完全融合，是一种达到极致的古典形态的最高的美。但此后，这种古典形态的认识论美学即逐步宣告解体，而代之以否定理性、思辨与和谐的现代美学，存在论美学即是西方现代美学的主要流派之一。这种由认识论到存在论的美学转向，实际上始于康德在《判断力批判》中对美的知性特征的挑战。在他的美是"无目的的合目的性的形式"中包含着美的"无功利性"、"纯粹性"与"合目的性"等问题，成为存在论美学的先声。19世纪末、20世纪初克尔凯戈尔与尼采首先提出"存在先于本质"、"生命意志本体"等存在主义命题，萨特从理论与创作的结合上建立了存在主义的美学体系，而海德格尔则将这一理论进一步向前推进。目前，当代存在主义已经作为一种哲学—美学精神和方法渗透于各种极为盛行的美学流派

---

① 方方：《空镜子》，《十月》2000年第1期。
② ［南非］纳丁·戈尔默等：《作家与世界：诺贝尔文学奖得主四人谈》，《新华文摘》2002年第8期，第161页。

之中。虽然包括存在论美学在内的西方当代美学在理论与思想上都有其十分明显的局限性，但它们所包含的生产力、科技与社会发展的先进内涵却值得我们借鉴。从美学由传统到现代转换的角度，我们应该跟上世界的步伐。众所周知，我国近代以来，以王国维、蔡元培为开端，美学研究受到西方传统的认识论美学的深刻影响。早期基本上偏重于介绍，20世纪中期以后逐步发展形成的典型论美学与实践论美学，但总体上仍属于西方传统的认识论美学。特别是20世纪60年代之后逐步发展的实践论美学，对我国独具特色的美学理论的发展无疑起到了极大的推动作用。但它并没有完全接受马克思主义实践观的现代哲学内涵，而是总体上仍沿袭传统认识论体系，坚持主客二分的理论结构和客观性诉求等，已经愈来愈显示出理论的陈旧以及同现实的严重脱离。实践论美学力主美的本质的客观论。这是一种传统的以主客二分为基础的本质主义的命题，属于科学认识的范围，而不属于美学的范围。因为，只有科学才通过实验的手段探寻对象客观存在的本质属性。而美却属于情感的范围，没有主体就没有客体，没有审美也就没有美。早在二百多年前，康德就在《判断力批判》中指出："没有关于美的科学，只有关于美的评判；也没有美的科学，只有美的艺术。因为关于美的科学，在它里面就须科学地，这就是通过证明来指出，某一物是否可以被认为美。那么，对于美的判断将不是鉴赏判断，如果它隶属于科学的话。至于一个科学，若作为科学而被认为是美的话，它将是一个怪物。"[①] 如果我们真的至今仍然相信美的本质的客观性，那也只能犹如康德所说是将科学的证明混同于美学而令人感到奇怪。因此，美的本质的客观性或者是客观的美实际上是一个并不存在的伪命题。实践论美学还坚持审美的反映论。这仍然是西方认识论美学的翻版。众所周知，古希腊关于艺术本质的最重要的理论就是"摹仿说"。柏拉图在《理想国》中提出了著名的"摹仿的摹仿"理论，即现实是对理式的摹仿，而艺术则是对现实的摹仿。他在讲到艺术家的摹仿时提出了著名的"镜子说"，即艺术家对现实的摹仿犹如镜子一般是在外形上的映现。审美的反映论实际上就是西方古典美学"摹仿说"的发展，是将审美归结为认识的典型理论形态。其实，康德已经将真善美作了认真的区分，并为审美确定了不

---

① ［德］康德：《判断力批判》上卷，宗白华译，商务印书馆1964年版，第150页。

同于认识的独特的情感领域。我们从切身的艺术欣赏实践中也能深切地体会到审美同认识的严格区别。我们欣赏梅兰芳先生的代表作《贵妃醉酒》，并不主要是获得有关杨贵妃的某种知识，而是对梅派唱腔和优美舞姿的欣赏，在欣赏中不知不觉地进入一种赏心悦目、怡然自得的审美的生存状态，乃至于百看不厌。实践论美学在艺术理论上是倡导"艺术典型论"的。应该说，艺术典型论也是西方古典美学的重要内容。古希腊时期亚里士多德提出"按照人应当有的样子来描写"①，就包含着艺术创作应通过个别反映必然的艺术典型论的内容。而古罗马和新古典主义时期则由于形而上学的作祟，导致了艺术创作"类型说"的盛行，这实际上是一种倒退。德国古典美学则将成功的艺术创作称作"审美理想"，是理念与形式的"自由的统一的整体"②。这是对古典的艺术创造的最贴切的概括。但到俄国的别林斯基与高尔基，对艺术创作又作了形而上学的表述，提出影响极大的"艺术典型"理论。高尔基说："但是假如一个作家能从二十个到五十个，以至从几百个小店铺老板、官吏、工人中每个人的身上，把他们最有代表性的阶级特点、习惯、嗜好、姿势、信仰和谈吐等等抽取出来，再把它们综合在一个小店铺老板、官吏、工人的身上，那么这个作家就能用这种手法创造出典型来，——而这才是艺术。"③应该说，高尔基所提出的"艺术典型论"是较为僵化的，是在德国古典美学之上的一种倒退。作为反映感性与理性、现实与必然、个别与一般统一的"审美理想"或"艺术典型"的理论，总体上反映了古典形态的艺术创作的基本特点，但却不适合现代艺术。因为现代艺术不再是形象与意义的统一，而是两者的错位，它所追寻的目标不是形象（存在者）的反映，而是对隐藏在存在者之后的存在的显现，是对存在意义的追问。对于我们前面提到的毕加索的著名壁画《格尔尼卡》，我们如何能找到艺术典型的影子呢？

上面，我们对实践论美学所包含的美的本质的客观论、审美反映论与艺术典型论作了简略分析，意在说明这一理论已难以适应时代的要求，也难以反映当代审美的现实。当代中国美学的发展需要突破实践论美学，实现由认识论到存在论的转换。但突破不是抛弃，而是在充分肯定实践美学历史地

① ［古希腊］亚里士多德：《诗学》，罗念生译，人民文学出版社1962年版，第94页。

② ［德］黑格尔：《美学》第一卷，朱光潜译，商务印书馆1979年版，第87页。

③ ［苏］高尔基：《论文学》，孟昌等译，人民文学出版社1978年版，第160页。

位的前提下，保留其有价值的内容，力创新说。

二

　　当代存在论美学观最重要的理论内涵是以胡塞尔所开创的现象学方法作为其哲学与方法论指导，使其从传统的主客二元对立的认识论模式跨越到"主体间性"的现代哲学——美学轨道。这种跨越或转换所具有的重要的理论与实践意义愈来愈显示在人们面前，并且已经和将要产生极其重要的影响。

　　胡塞尔所开创的当代现象学与其说是一种哲学理论，还不如说是一种哲学方法。诚如当代存在论美学的奠基者海德格尔所说，"'现象学'这个词本来意味着一个方法概念"，"'现象学'这个名称表达出一条原理；这条原理可以表述为：'走向事情本身！'——这句座右铭反对一切飘浮无据的虚构与偶发之见，反对采纳貌似经过证明的概念，反对任何伪问题——虽然它们往往一代复一代地大事铺张其为'问题'"①。这就是说，通过将一切实体（包括客体对象与主体观念）加以"悬搁"的途径，回到认识活动中最原初的意向性，使现象在意向性过程中显现其本质，从而达到"本质直观"。这也就是所谓"现象学的还原"。而在这个"走向事情本身"或是"现象学的还原"的过程中，主观的意向性具有巨大的构成作用。因此，"构成的主观性"成为胡塞尔现象学的首要主题。从这种现象学的"走向事情本身"的哲学方法中，我们在看到其哲学突破的同时，也看到了明显的唯我论色彩，现象学也因此受到当时理论界的尖锐批评。对此，胡塞尔本人亦有明显的觉察，并于1931年出版的《笛卡尔的沉思》中提出"主体间性"（又译交互主体性）理论加以弥补。他在该书的"第五沉思"中说道："当我这个沉思着的自我通过现象学的悬搁而把自己还原为我自己的绝对经验的自我时，我是否会成为一个独存的我（Solusipse）？而当我以现象学的名义进行一种前后一贯的自我解释时，我是否仍然是这个独存的我？因而，一门宣称要解决客观存在问题而又要作为哲学表现出来的现象学，是否已经烙上了先验唯我

---

① ［德］海德格尔：《存在与时间》，陈嘉映、王庆节译，三联书店1987年版，第35页。

论的痕迹。"① 对于自己的发问，他接着作了解答。他说："所以，无论如何，在我之内，在我的先验地还原了的纯粹的意识生活领域之内，我所经验到的这个世界连同他人在内，按照经验的意义，可以说，并不是我个人综合的产物，而只是一个外在于我的世界，一个交互主体性的世界，是为每个人在此存在着的世界，是每个人都能理解其客观对象（objekten）的世界。"② 他还进一步对这种主体间性（交互主体性）作了解释。他说："我自己并不愿意把这个自我看作一个独存的我，而且，即使在对构造的各种作用获得了一个最初理解之后，我仍然始终会把一切构造性的持存都看作为只是这个唯一自我的本己内容。"③ 也就是说，他认为在意向性活动中，自我与自我构造的一切现象也都是与我同格的（即"唯一自我的本己内容"），因而意向性活动中的一切关系都成为"主体间"的关系。这里仍然渗透着浓郁的先验唯我论的色彩，但哲学上的突破已显而易见。由以上简述可知，现象学方法在哲学与美学领域的确具有划时代的突破意义。它突破了古希腊以来到近代以实证科学为代表的主客对立的认识论知识体系，开始实现由机械论到整体论、由认识论到存在论、由人类中心主义到非人类中心主义的哲学与美学的革命。现象学方法所特有的通过"悬搁"进行"现象学还原"的方法与美学作为"感性学"的学科性质以及审美过程中主体必须同对象保持距离的非功利"静观"态度特别契合。胡塞尔指出，"现象学的直观与'纯粹'艺术中的美学直观是相近的"④。而且，在海德格尔改造了的"存在论现象学"之中，现象的显现过程、真理的敞开过程、主体的阐释过程与审美存在的形成过程都是一致的。伽达默尔也曾认为，解释学在内容上尤其适用于美学。正是从这个意义上，存在论现象学哲学观也就是存在论现象学美学观。由于存在论现象学哲学观在当代哲学世界观转折中处于前沿的位置，因此，当代存在论美学观具有了当代主导性世界观的地位。它标示着人们以一种"悬搁"功利的

① ［德］埃德蒙德·胡塞尔：《笛卡尔式的沉思：先验现象学引论》，张廷国译，中国城市出版社 2002 年版，第 122 页。

② ［德］埃德蒙德·胡塞尔：《笛卡尔式的沉思：先验现象学引论》，张廷国译，中国城市出版社 2002 年版，第 125 页。

③ ［德］埃德蒙德·胡塞尔：《笛卡尔式的沉思：先验现象学引论》，张廷国译，中国城市出版社 2002 年版，第 204—205 页。

④ ［德］埃德蒙德·胡塞尔：《胡塞尔选集》，倪梁康选编，三联书店 1997 年版，第 1203 页。

"主体间性"的态度去获得审美的生存方式，这就是当代人类应有的一种最根本的生存态度。正如克尔凯郭尔所说，人们应"以审美的眼光看待生活，而不仅仅在诗情画意中享受审美"①。众所周知，原始时代主导性的世界观是巫术世界观，农耕时代主导性的世界观是宗教世界观，工业时代主导性的世界观是工具理性世界观，而当代作为信息时代主导性的世界观则应该是以当代存在论美学观为代表的审美的世界观。这种审美的世界观要求人们以"悬搁"功利的"主体间性"的态度对待自然、社会与人自身，使之进入一种和谐协调、普遍共生的审美生存状态。这对于解决当今社会现代化过程中的一系列二律背反，促使人类社会的健康发展具有极其重要的意义。

海德格尔对胡塞尔的"先验现象学"加以发展，使之成为"存在论现象学"。他说："存在论只有作为现象学才是可能的。现象学的现象概念意指这样的显现者：存在者的存在和这种存在的意义、变式和衍化物。"② 在这里，海德格尔将胡塞尔先验现象学中由先验主体构造的意识现象替换为存在，并使现象学成为对于存在的意义的追寻，从而建立了自己的"存在论现象学"。海德格尔的"走向事情本身"即是回到"存在"，其所"悬搁"的则是存在者。而人只是存在者中之一种，海氏把他叫作"此在"，其不同之处是"对存在的领悟本身就是此在的存在规定"③。也就是说人（"此在"）这种存在者有能力领悟自己的存在，可以说具有一种自我的认识能力，而其他的树木花草、岩石、建筑等存在者则不具有这种能力。这就是说，当代存在论美学观的出发点即是作为此在的存在。回到人的存在，就是回到了原初。回到了人的真正起点，也就回到了美学的真正起点。这完全不同于传统美学的从某种美学定义出发，或是从人与现实的审美关系出发等等。事实上，审美恰恰是人性的表现，是人原初的追求，是人与动物的最初区别。杜夫海纳将审美称作"它处于根源部位上，处于人类在与万物混杂中感受到自己与世界的亲密相关系的这一点上"④。我国古代的《乐记》也将能否欣赏音乐、分辨音律作

---

① [丹麦] 克尔凯郭尔：《一个诱惑者的日记》，徐信华、余灵灵译，三联书店 1992 年版，第 405 页。

② [德] 海德格尔：《存在与时间》，陈嘉映、王庆节译，三联书店 1987 年版，第 45 页。

③ [德] 海德格尔：《存在与时间》，陈嘉映、王庆节译，三联书店 1987 年版，第 16 页。

④ [法] 米盖尔·杜夫海纳：《美学与哲学》，孙菲译，中国社会科学出版社 1985 年版，第 8 页。

为人与禽兽的区别，所谓"知声而不知音者，禽兽是也"。由此可见，所谓审美即是人同动物的根本区别，是人性的表现。而最初的审美活动实际上就是一种人性的教化、文明的养成。因此，审美恰是人区别于动物的一种特有的生存状态。从人的生存状态的角度审视审美，研究审美，就是对审美本性的一种恢复，也是对美学学科本来面貌的一种恢复。当代存在论美学观对此在的存在意义的追问，即其审美本性的探寻，实际上是一种具有崭新意义的人道主义，是一种区别于传统"人类中心主义"的人在世界（关系）中审美地存在的人道主义精神。正如海德格尔所说，这是"一种可能的人类学及其存在论基础"①。

关于审美对象，传统美学总是把它界定为一种客观的实体，或是自然物，或是艺术作品等等，而且特别强调了审美对象具有不以人的意志为转移的美的客观性。但是以现象学为方法的当代存在论美学观却完全否定了审美对象作为物质或精神的实体性，而是把审美对象作为意向性过程中的一种意识现象（存在），通过现象学还原，在主观构成性中显现。胡塞尔在1913年所作《纯粹现象学通论》中通过对杜勒铜板画《骑士、死和魔鬼》的分析，阐述自己对审美对象的理解。他认为，审美对象既不是存在的，又不是非存在的。这就是说，审美对象不是物质实体对象，它须借助主体的知觉和想象显现，因此"不是存在的"。同时，审美对象又不是纯粹理念的精神实体，要以感觉材料为基础，通过意识活动赋予其意义，因此，"又不是非存在的"。对于胡塞尔的阐述，杜夫海纳说了一句更为明确的话："美的对象就是在感性的高峰实现感性与意义的完全一致，并因此引起感性与理解力的自由协调的对象。"② 也就是说，审美对象是意向性活动中凭借主体的感性能力对存在意义的充分揭示，从而达到两者的"完全一致"。在这里，起关键作用的还是主体的感性能力、审美的知觉，无论对象本身的情况如何，只要主体的感性能力、审美的知觉没有对其感知，那就不能构成审美对象。杜夫海纳指出："艺术作品则不然，它只激起知觉。如果作品有效果，那么刺激就强烈。这是否说没有'现象的存在'呢？是否说博物馆的最后一位参观者走

_____

① [德]海德格尔：《存在与时间》，陈嘉映、王庆节译，三联书店1987年版，第22页。

② [法]米盖尔·杜夫海纳：《美学与哲学》，孙非译，中国社会科学出版社1985年版，第25页。

出之后大门一关，画就不再存在了呢？不是。它的存在并没有被感知。这对任何对象都是如此。我们只能说：那时它再也不作为审美对象而存在，只作为东西而存在。如果人们愿意的话，也可以说它作为作品，就是说仅仅作为可能的审美对象而存在。"① 这一段话说得是非常精彩的。它告诉我们审美对象只有在审美的过程中，面对具有审美知觉能力的人，并正在进行审美知觉活动时才能成立。它是一种关系中的存在，没有了审美活动不可能有审美对象，但并不否认它作为作品———一种可能的审美对象而存在。马克思不是也讲过"对于没有音乐感的耳朵说来，最美的音乐也毫无意义，不是对象"② 吗？那么，既然审美对象的成立主要由主体的审美意向活动中的审美知觉决定，那么审美还有没有普遍有效性或共通性呢？对于这一问题，康德是通过"主观共通感"予以回答的。当代现象学方法在一开始走的也是这条道路。也就是说，主观判断的普遍性决定了审美的客观性和普遍有效性。阐释学美学家伽达默尔则从审美与艺术所具有的"交往理解"与"同戏"等人类学共同特点来阐释艺术作为人的基本存在方式必将具有共通性的道理。这实际上已经是"主体间性"（交互主体性）理论的一种深化，应该说更符合当代存在论美学的理论本性。

　　关于艺术的本质，传统美学有艺术是现实的摹仿和反映等等表述。但当代存在论美学放弃这种传统观点，从存在论现象学的独特视角，将艺术界定为真理（存在）由遮蔽走向解蔽和澄明。正如海德格尔所说："艺术的本质就应该是：'存在者的真理自行置入作品。'"③ 他进一步解释道："在艺术作品中，存有者的真理已被自行设置于其中了。这里说的'设置'（SetZen）是指被置放到显要位置上。一个存在者，一双农鞋，在作品中走进了它的存有的光亮里。存有者之存在进入其显现的恒定中了。"④ 在这里"存在者的存在自行置入作品"与"存在者之存在进入其显现的恒定中"含义相同。所

① ［法］米盖尔·杜夫海纳：《美学与哲学》，孙菲译，中国社会科学出版社1985年版，第55页。
② 《马克思恩格斯全集》第42卷，人民出版社1979年版，第126页。
③ ［德］海德格尔：《林中路》，孙周兴译，（台）时报文化出版企业有限公司1994年版，第18页。
④ ［德］海德格尔：《林中路》，孙周兴译，（台）时报文化出版企业有限公司1994年版，第17页。

谓"真理"并不是通常所说的对事物认识的正确性，而是指把存在者的存在从隐蔽状态中显现出来，揭示出来，加以敞开。这是一种现象学的方法，因而，从这个意义上说，"真理"就是"存在"。所谓"自行置入"也不是放进去，而是存在自动显现自己。这样，可以将海德格尔的这句话简要地理解为：艺术就是在作品中加以显现的存在者的存在。海氏以梵高的著名油画《农鞋》为例，说明这不是一件普通的农具，它的艺术的本质属性与描绘的惟妙惟肖无关，而与作品对存在者存在的显现有关。这个存在就是真理，也就是艺术的本质。海德格尔进一步指出："作品建立一个世界并创造大地，同时就完成了这种争执。作品之作品存有就在于世界与大地的争执的实现过程中。"① 在这里，世界是同大地相对的。"大地"原指地球、自然现象、物质媒介等，具有封闭性，而"世界"则指人的生存世界，具有开放性，两者对立斗争就是真理的显现过程。而大地与世界的内在矛盾构成了艺术发展的内在矛盾，这种矛盾不同于古典美学中感性与理性的矛盾，而是存在显现过程中的矛盾，是封闭与敞开、隐蔽与显现的矛盾。"世界与大地的争执"，实际上是通过比喻的诗性语言反映了存在的两种状态。在这两种状态的斗争中，存在得以显现，艺术得以具有重大的人生价值。但这一"世界与大地的争执"的理论仍是强调世界对大地的统帅，未能完全摆脱"人类中心主义"的影响。只有到20世纪50年代后期，海德格尔提出"天地人神四方游戏说"时，才真正摆脱了"人类中心主义"的理论束缚，使其美学思想成为当代存在论美学观的典范表述。海德格尔1959年6月6日在慕尼黑库维利斯首府剧院举办的荷尔德林协会所做的演讲中指出："于是就是四种声音的鸣响：天空、大地、人、神。在这四种声音中命运把整个无限的关系聚集起来。但是，四方中的任何一方都不是片面的自以为持立和运行的。在这个意义上，就没有任何一方是有限的。若没有其他三方，任何一方都不是存在。它们无限地相互保持，成为他们之所是，根据无限的关系而成为这个整体本身"，"因此，大地和天空以及它们的关联，归属于四方的更为丰富的关系"②。真理（存在）就在这天地人神之相互依存的整体中显现出来，实现人类的审美

① ［德］海德格尔：《林中路》，孙周兴译，（台）时报文化出版企业有限公司1994年版，第30页。

② ［德］海德格尔：《荷尔德林诗的阐释》，孙周兴译，商务印书馆2000年版，第210页。

的存在。可以说，"天地人神四方游戏说"实际上是对"主体间性"（交互主体性）理论的进一步具体化和深化，将"主体间性"理论同当代存在论美学观相结合，因而这一理论在当代美学发展中具有极其重要的作用。

正是基于"天地人神四方游戏"达到真理的敞开这一艺术的本质，海德格尔建立了自己的当代存在论美学理想，那就是人类应该"诗意地栖居"。他引用诗人荷尔德林的诗句："充满劳绩，然而人诗意地栖居在这片大地上。"并说："一切劳作和活动、建造和照料，都是'文化'。而文化始终只是并且永远就是一种栖居的结果。这种栖居都是诗意的。"① 海氏认为，人的存在的根基从根本上说就应该是"诗意的"，而所谓"诗意的"就是尽可能地去神思（寻找到）神祇（存在）的现在和一切存在物的亲近处。所谓"诗意的"，就是天命与人的现实状况的统一，就是天人合一。正是从这个意义上，诗意的生活成为人类追求的目标，"诗是支撑着历史的根基"②。诗，也就是艺术，成为海德格尔寻求人生理想的根本途径。他的艺术的理想、美的理想，也就是人类理想的存在、审美的生存，成为其社会人生的理想。"人类应该诗意地栖居于这片大地"是哲人海德格尔苦苦追寻的目标，也是他的美学目标。

在传统美学之中，艺术想象是艺术审美活动的重要形式，是由现实美到艺术美的必要途径。但当代存在论美学观却从人的存在的全新维度来理解艺术想象，将艺术想象看作是人的审美的存在的最重要方式。萨特是将想象与自由联系在一起研究的，认为人要摆脱虚无荒谬的现实世界，获得绝对自由，唯有通过艺术。他说，艺术是"由一个自由来重新把握的世界"③，其原因在于艺术能唤起人们的想象。他说："现实的东西绝不是美的，美是一种只适合于想象的东西的价值，而且这种价值在其基本结构上又是指对世界的否定。"④ 而想象则是一种意向性的活动，尽管想象要凭借对象的形象的浮现，但主观的构成性却在想象中起到巨大的作用。现象学方法认为，艺术想

① [德] 海德格尔：《荷尔德林诗的阐释》，孙周兴译，商务印书馆 2000 年版，第 106—107 页。
② 胡经之主编：《西方文艺理论名著选编》下卷，北京大学出版社 1989 年版，第 583 页。
③ 转引自朱立元主编《西方现代美学史》，上海文艺出版社 1993 年版，第 542 页。
④ [法] 让－保罗·萨特：《想象心理学》，褚朔维译，光明日报出版社 1998 年版，第 292 页。

象中的这种主观构成性是完全凭借于感性的，是一种感性的组织、感性的统一原则。杜夫海纳指出："审美对象的第一种意义，也是音乐对象和文学对象或绘画对象的共同意义，根本不是那种求助于推理并把理智当作理想对象——它是一种逻辑算法的意义——来使用的意义。它是一种完全内在于感性的意义，因此，应该在感性水平上去体验。然而，它也能很好地完成意义的这种统一与阐明的职能。"① 在艺术想象中通过感性去阐明意识经验或存在的意义，这就是一种"归纳性的感性"。正是因为在现象学方法中艺术想象自始至终是不脱离感性而不求助于理智的，所以可以说现象学恢复了美学作为"感性学"（Aestheticae）的本来面目。萨特还认为，艺术想象通过创作与欣赏的结合来完成，"作品只有被阅读时才是存在的"②。艺术家在艺术想象中否定现实世界的表面现象，同时也重新把握其深层的存在的意义，就在这样的过程中获得了美的感受。萨特认为，"美不是由素材的形式决定的，而应该由存在的浓密度决定的"③。萨特把想象归结为人的一种获得自由的存在方式以及现象学突出想象感性的组织作用值得我们深思，但由此导致对现实的完全否定则是不正确的。

实际上，从海德格尔开始就将阐释学引入现象学，成为阐释学现象学，作为当代存在论美学的重要理论资源之一。海德格尔认为，由于存在论现象学将"此在"即人的存在意义的追寻引入现象学，而解释则是追寻人的存在意义的重要方法。所以，"此在的现象学就是诠译学（Hermeneutik）"，"是一种历史学性质的精神科学方法论"④。也就是说，"此在"作为"此时此地存在着的人"，就显示出了时间性和历史性，它所具有的存在的意义就具有了历史的生成性，只有在历史的生成中才能理解一切意识经验。作为海氏的学生伽达默尔发展了这种解释学现象学，并将它同美学紧密结合，形成一种新的当代存在论美学形态——解释学美学。伽氏认为，"解释学在内容上尤

---

① ［法］米盖尔·杜夫海纳：《美学与哲学》，孙菲译，中国社会科学出版社 1985 年版，第 64 页。

② 转引自［日］今道友信《存在主义美学》，崔相录、王生平译，辽宁人民出版社 1987 年版，第 200 页。

③ 转引自［日］今道友信《存在主义美学》，崔相录、王生平译，辽宁人民出版社 1987 年版，第 231 页。

④ ［德］海德格尔：《存在与时间》，陈嘉映、王庆节译，三联书店 1987 年版，第 47 页。

其适用于美"①。这就是说，解释学同艺术文本在审美接受中存在及其历史生成紧密相关。这就在很大程度上克服了传统美学偏重文本忽视接受、偏重作者忽视读者的倾向，为方兴未艾的接受美学开辟了广阔的天地。伽氏还进一步把"理解"作为人的一种存在方式，提到了"本体论"的高度。他说："理解并不是主体诸多行为方式中的一种，而是此在自身的存在方式。"②伽氏在其解释学美学中提出了著名的"视界融合"和"效果历史"的原则。所谓"视界融合"就是在理解过程中将过去和现在两种视界交融在一起，达到一种包容双方的新的视界。这一原则包含了历时与共时、过去与现在、自我与他者等诸多丰富内容，但更多的是过去和现在的关系，即从现在出发，包容历史，形成新的理解。所谓"效果历史"即是认为，一切理解的对象都是历史的存在，而历史既不是纯粹客观的事件，也不是纯粹主观的意识，而是历史的真实与历史的理解二者相互作用的结果，这就是效果。显然"效果历史"也包含着丰富的内容，但主要是自我与他者的关系。这不是一种传统认识论的主客二元关系，而是一种现象学中的"主体间性"，是一种"自身与他者的统一物，是一种关系"。因为观者与文本都是反映了"此在"的存在状态，是一种你与我之间（主体之间）平等对话的关系。

三

当代存在论美学观应该借鉴大量的古代与现代的理论资源。从古代来说，应该借鉴西方古典存在论哲学—美学资源。首先是借鉴公元前 6 世纪古希腊哲学的资源，譬如哲学家阿那西曼德提出万物循环规律与人的生存的关系，对当代存在论不无启发。再就是借鉴康德以来的西方近代哲学家关于艺术与人的生存关系的思考。例如，康德关于美是无目的合目的性的形式的理论，把作为彼岸世界的信仰领域引入审美，探讨了审美与人的存在的关系。席勒有关美育与异化的探索，也涉及人的存在领域。而尼采所倡导的酒神精

---

① ［德］伽达默尔：《真理与方法：哲学解释学的基本特征》，王才勇译，辽宁人民出版社1987年版，第242页。
② ［德］伽达默尔：《真理与方法：哲学解释学的基本特征》，王才勇译，辽宁人民出版社1987年版，第2版"序言"第37页、第39页注①。

神实际上也是崇尚一种生命力激扬的生存状态。叔本华关于艺术是人生花朵的理论，也将艺术与人生相联系。当代，福柯的"生存美学"理论也会给我们以深刻启发。福柯面对前资本主义对身体的奴役和现代资本主义从内部即从精神上对身体的控制，包括监督、惩罚、规训等，提出"自我呵护"的著名命题。他说，"呵护自我具有道德上的优先权"。这就是说，他认为人的关注重点由关注自然到关注理性，再到关注非理性，当前应更加关注自身，使人与自身的关系具有本体论的优先权。为此，他提出，"我们必须把我们自己创造成艺术品"，由我们自身的艺术化发展到把我们每个人的生活都"变成一件艺术品"①。这实际上是建立在对现代化负面影响反思超越的基础上，要求建立一种从自我开始的艺术化（审美的）生存方式。

在这里，我要特别提到 20 世纪 70 年代以来逐步兴盛的当代生态哲学与美学给当代存在论美学观所提供的十分重要的借鉴作用。1985 年，法国社会学家 J–M·费里指出，"生态学以及有关的一切，预示着一种受美学理论支配的现代化新浪潮的出现"②。这种新的美学新浪潮在西方当代表现为以文艺批评实践形态出现的生态批评繁荣发展，而在我国则表现为 20 世纪 90 年代前后兴起的生态文艺学与生态美学。生态美学是一种包括人与自然、社会以及自身的生态审美关系、符合生态规律的存在论美学。这种理论的产生有其社会与理论的背景。现代化过程中因工业化与农业化肥、农药的滥用和过分获取资源所造成的严重环境污染和资源的枯竭于 20 世纪 70 年代之后凸现出来，使人的生存面临更大的威胁。加之城市化加速和竞争的激烈所造成的精神疾患的迅速蔓延等等，都要求人类从自己长期生存发展的利益出发，必须确立一种人与自然、社会以及自身和谐协调发展的新的世界观。而从理论的角度看，20 世纪 70 年代以来，逐步产生了一种抛弃传统"人类中心主义"的新的生态生存论哲学观。长期以来，我们在宇宙观上都是抱着"人类中心主义"的观点。公元前 5 世纪，古希腊哲学家普罗泰戈拉提出著名的"人是万物的尺度"的观点。尽管这一观点在当时实际上是一种感觉主义的真理观，但后来许多人仍是将其作为"人类中心主义"的准则。欧洲文艺复兴与

① ［英］路易丝·麦克尼：《福柯》，贾湜译，黑龙江人民出版社 1999 年版，第 172 页。
② 转引自鲁枢元《生态文艺学》，陕西人民教育出版社 2000 年版，第 27 页。

启蒙运动针对中世纪的"神本主义"提出"人本主义",包含人比植物更高贵、更高级,人是自然的主人等"人类中心主义"观点,进而引申出"控制自然"、"人定胜天"、"让自然低头"等等口号原则。这些"人类中心主义"的理论观点和原则都将人与自然的关系看作敌对的、改造与被改造、役使与被役使的关系。这种"人类中心主义"的理论及在其指导下的实践是造成生态环境受到严重破坏并直接威胁到人类生存的重要原因。正是面对这种严重的事实,许多有识之士在20世纪中期才提出了生态哲学及与之相关的生态美学。1973年,挪威著名哲学家阿伦·奈斯提出"深层生态学",主要在生态问题上对"为什么"、"怎么样"等问题进行"深层追问",使生态学进入了深层的哲学智慧与人生价值的层面,成为完全崭新的生态哲学与生态伦理学。阿伦·奈斯的"深层生态学"提出了著名的"生态自我"的观点。这种"生态自我"是克服了狭义的"本我"的人与自然及他人的"普遍共生"①,由此形成极富价值的"生命平等对话"的"生态智慧",正好与当代"人平等的在关系中存在"的"主体间性"理论相契合。与此相应,美国哲学家大卫·雷·格里芬提出"生态论的存在观"② 这一哲学思想。这种"生态论存在观"实际上就是当代存在论哲学的组成部分,以其为理论基础的生态存在论美学观实际上也就是当代存在论美学观的组成部分,而且丰富了当代存在论美学观的内涵。从"存在"的内涵来说,将其扩大到"人—自然—社会"这样一个系统整体之中。从"存在"的内部关系来说,将其界定为关系中的存在,是关系网络中的一个交汇点,人与自然也是一种平等对话的关系。从观照"存在"的视角方面也进一步拓宽,空间上看到人与地球的休戚与共,时间上看到人的发展的历史连续,从而坚持可持续发展观。从审美价值内涵来说,一改低沉消极心理,立足建设更加美好的物质与精神家园。

四

当代存在论美学观目前仍在探索与形成当中,而它作为当代西方哲

---

① 雷毅:《深层生态学思想研究》,清华大学出版社2001年版,第48页。

② 〔美〕大卫·雷·格里芬:《后现代精神》,王成兵译,中央编译出版社1998年版,第224页。

学—美学理论形态之一，自身具有不可避免的片面性，因而其局限是十分明显的。首先，这一理论自身尚不完善。许多基本的理论问题还有待于进一步解决，包括同传统存在论的关系问题、基本范畴问题、特别是如何将这一理论进一步落实到具体的审美实践与艺术实践等等，均有待于进一步探索。当代存在论本身存在许多自相矛盾，难以统一之处。而这一理论所具有的后现代解构特点与对现象学方法的借用又不可避免地导致对唯物主义实践论的远离，从而使其在哲学的根基上尚欠牢固。同时，这一理论是一种外来的理论形态。还有一个更为艰难的同中国实际结合加以本土化的问题。另外，有些重要的理论问题还有待于解决，包括人的存在与科技、现代化的关系问题等等。因此，我们面对西方当代存在论哲学—美学理论不能生吞活剥地加以接受，而应以马克思主义为指导，紧密结合中国国情，建设具有中国特色的以唯物实践观为指导的当代存在论美学观。

首先要奠定唯物实践观在当代存在论美学观建设中的指导地位，发掘并坚持马克思的实践存在论观点。马克思充分肯定了人的存在的重要性。他首先充分肯定了有生命个人的存在。他在《德意志意识形态》中指出："任何人类历史的第一个前提无疑是有生命的个人的存在。"① 同时，他还十分明确地提出了物质生产在人类生存中的作用。他说："所以我们首先应当确定一切人类生存的第一个前提也就是历史的第一个前提，这个前提就是：人们为了能够'创造历史'，必须能够生活。但是为了生活，首先就需要衣、食、住以及其他东西。因此第一个历史活动就是生产满足这些需要的资料，即生产物质生活本身。"② 他十分强调存在的实践性，"通过实践创造对象世界，即改造无机界，证明人是有意识的类存在物"③。对于存在的社会性，他也作了充分的论述。他说，"个人是社会存在物"④，而存在的社会性不仅表现于直接同别人的实际交往表现出来和深得确证的那种活动和享受，而且表现在科学之类的活动。由此可见，马克思在此强调了存在的"实际交往性"，这已包含了"主体间性"（交互主体性）的理论内涵。他还特别强调了人是一

① 《马克思恩格斯选集》第 1 卷，人民出版社 1995 年版，第 67 页。
② 《马克思恩格斯选集》第 1 卷，人民出版社 1995 年版，第 78—79 页。
③ 《马克思恩格斯全集》第 42 卷，人民出版社 1979 年版，第 126 页。
④ 《马克思恩格斯全集》第 42 卷，人民出版社 1979 年版，第 96 页。

种"感性的存在物"。他说:"因此,人作为对象性的、感性的存在物,是一个受动的存在物;因为它感到自己是受动的,所以是一个有激情的存在物。激情、热情是人强烈追求自己的对象的本质力量。"① 但是,人的感性的存在,并不是纯感性的、完全的自然存在物,而是经过"人化的",是"人的自然存在物"②。马克思有关实践存在论的理论是十分丰富的,我们应该予以很好地研究,将其同当代存在论美学观相结合。当然,我们在这里强调马克思主义唯物实践观、包括实践存在论的指导作用,是从哲学前提的角度讲的。也就是说,在当代存在论的研究中应该坚持唯物实践观的哲学前提,而不能重犯过去以哲学观取代美学观的错误。例如,我们说社会实践是人的最重要的存在方式,但绝不是说"社会实践"本身就是美。因此,这种以唯物实践观为指导的当代存在论美学观同传统的实践美学还是有着根本区别的。

当代存在论美学观的研究开辟了中西美学交流对话的广阔天地。因为,我国古代哲学与美学理论从其理论形态来说实际上就是一种存在论哲学与美学,主要围绕天人关系与人生问题展开哲学与美学的探讨。从现有的材料来看,海德格尔存在论哲学与美学思想的形成就受到中国道家思想的深刻影响。1930 年,海德格尔就在学术研讨中援引《庄子》一书中的观点。1946年海氏即将老子的《道德经》作为一个课题研究,在他的书房里则挂有"天道"的条幅。③ 而他 1959 年提出"天地人神四方游戏说"也肯定受到中国道家"天人合一"学说的影响。而且,在当代西方"生态论存在观"哲学与美学思想的形成中也吸收了大量的中国古代特别是道家的"生态智慧"。因此,当代存在论美学观的建立的确在美学研究领域为打破"欧洲中心主义",建立中西美学的平等对话提供了极好的条件。而且,当代存在论美学观的建设也有赖于吸收中国传统文化中有关存在观的哲学与美学遗产。首先是中国古代"天人合一"的哲学思想,尽管有从"天道"出发与"人道"出发的区分,但其所阐述的"道"却没有西方的主客二分,而是"天人之际"、交融统一,应该成为思考人在与世界宇宙、自然万物关系中存在的出发点。而庄

---

① 《马克思恩格斯全集》第 42 卷,人民出版社 1979 年版,第 122 页。
② 《马克思恩格斯全集》第 42 卷,人民出版社 1979 年版,第 169 页。
③ 见李平《被逐出神学的人——海德格尔》"诗人哲学家的道缘",四川人民出版社 2000 年版,第 229—238 页。

子的"心斋、坐忘",所谓"堕肢体,黜聪明,离形去志,同于大道"①,应该说同"现象学"的"悬搁"与"现象还原"有相近的意思。中国传统"意境说"中所谓"诗家之景,如蓝田日暖,良玉生烟,可望而不可置于眉睫之前也,象外之象,景外之景"②。王夫之的"现量说"所谓"'现量',现者有'现在'义,有'现成'义,有'显现真实'义。'现在',不缘过去作影:'现成'一触即觉,不假思量计较;'显现真实',乃被之体性本自如此,显现无疑,不参虚妄"③。这些表述已同"现象学"中现象显现之义相近,值得互比参考。而渗透于中国古代艺术中的艺术精神,特别是古代诗画,则更多是表现一种"景外之景,象外之象,言外之言"的人的生存意义。这样的例子在中国传统艺术中实在是比比皆是,举不胜举,应该成为思考与建设当代存在论美学观的重要资源。

以上我写出了自己对于建设当代存在论美学观的思考与学习心得,片面之处在所难免,但我只是作为当前美学理论创新中多声部合唱中的一种声音,提出来以求教于美学界同人。

（原载于《文学评论》2003 年第 3 期）

---

① 《庄子·大宗师》。
② 司空图:《与极浦书》。
③ 《相宗络索·三量》。

文艺美学诞生在中国

——在台湾中国文化大学"回顾两岸五十年文学"研讨会上的发言

杜书瀛

严肃的学术研究是一种创造性的精神生产活动。某个时代某个民族的学者或学术群体对人类社会的贡献，就在于同前人相比，他或他们在学术活动中是否能拿出具有创新意义的有价值的成果，以促进学术的发展，以利于人类的进步。在历史上，中华民族的优秀学人曾作出过独特贡献。那么现代如何？仅就20世纪以来百年左右的人文学科而言，如果说俄国学者贡献了"俄国形式主义"，英美学者贡献了"新批评"，法国学者贡献了"结构主义"以及之后的"解构主义"，德国学者贡献了"接受美学"……那么，中国学者呢？

我认为，中国学者贡献了"文艺美学"。

海峡两岸学者共建

文艺美学是20世纪70—80年代中国学者提出并命名的一个具有原创性的新学科，而且两岸学者都付出了努力。

1971年，台湾学者王梦鸥出版了一本篇幅并不很长的书，叫作《文艺美学》①。这是我所知道的第一部使用"文艺美学"这个术语和名称的论著，仅此，就有开创之功。该书上下两篇共十一章，上篇七章论述西方自古希

---

① 王梦鸥的《文艺美学》最早由台北新风出版社于1971年11月出版。大陆学者看到的多是远行出版事业公司1976年初版、5月再版的版本。

腊至 20 世纪文艺美学思想的历史发展，下篇四章论述文艺美学的几个基本理论问题。在这本书中，虽然作者并没有对"文艺美学"作为一个学科的对象、性质、内容、范畴、方法等加以阐发，看起来，这个书名和术语的使用似非刻意建立什么新学科，也许当时还没有建立新学科的自觉意识；但是，作者显然清醒地意识到、并且十分看重文艺与审美的内在关系。在下篇第一章"美的认识"中，他在引述了韦礼克与华仑著《文学论》中的一段话"艺术是服务于特定的审美目的下之符号系统或符号的构成物"之后，说道："倘依此定义来看，则所谓文学也者，不过是服务于特定的'审美目的'下之文字系统或文字的构成物而已。它之不同于其他艺术，在于所用的符号不同，但它所以成为艺术品之一，则因同是服务于审美目的。是故，以文学所具之艺术特质言，重要的即在这审美目的。反之，凡不具备这审美目的，或不合于审美目的，纵使有文字系统或构成，终究不能算作艺术的文学。"重视文学艺术的"审美目的"，认为它是"重要的""文学所具之艺术特质"，舍此则"不能算作艺术的文学"；并且把文学艺术的审美特质作为重要的观察角度和研究内容。这，正是后来文艺美学的倡导者们所竭力强调的文艺美学作为一个特定学科的重要品格之一。

几年之后，"文艺美学"作为一个新学科，被大陆学者有意识地提了出来，并进行了积极有效的学科建设。首先是北京学者胡经之在 1980 年春中华美学学会上提出，应在大学艺术和文学系科开设文艺美学课程，并在 1982 年的《文艺美学及其他》一文中对这一学科做了说明："文艺美学是文艺学和美学相结合的产物"，是"关于文学艺术的美学"，"文艺学和美学的深入发展，促使一门交错于两者之间的新的学科出现了，我们姑且称它为文艺美学"①。此后一些年，许多学者以浓厚的兴趣和勇于探索的精神，或撰文陈说，或开会研讨，对文艺美学作为一个新学科是否能够成立、如何定位，以及它的对象、性质、内容、范畴、方法等等，发表见解，切磋琢磨。更值得重视的是，多年来，有一批学者对文艺美学情有独钟，长期潜心研究，执着著述，发表和出版了一批打着"文艺美学"标志或没有打着"文艺

---

① 胡经之：《文艺美学及其他》，载文艺美学丛书编辑委员会编著《美学向导》，北京大学出版社 1982 年版，第 6 页。

美学"标志实际上却是文艺美学的论著；创办了文艺美学刊物；编辑出版了文艺美学丛书；此外，还出版了一批部门艺术美学和古典文艺美学专著、丛书。①1984 年，胡经之、盛天启等发起成立北京大学文艺美学研究会，在此前后许多大学开设文艺美学课程，培养文艺美学研究生。② 还有的大学成立了专门的文艺美学研究机构。③ 总之，学界同人共同努力，取得了学科建设的实绩。依我之见，如果从 1971 年王梦鸥出版《文艺美学》算起至今 32 年或从 1980 年胡经之有意识倡导开设"文艺美学"课程算起至今 23 年，文艺美学作为一个独立的新学科，虽然仍有不同意见，但总体上看已经基本确立，渐成气候。关于文艺美学学科建设情况以及它所以能够成立的标志性工作成绩，我在 2001 年出版的《艺术的哲学思考》一书中"论人类本体论文艺美学"④ 一节里，曾作过粗略的论述，现再作些补充。

第一，初步认定了文艺美学的学科性质。大多数学者认为，文艺美学

---

① 兹以时间先后为序，略举几种：例如由胡经之等编辑并且由许多十分活跃的学者撰写、包含不少文艺美学论文的《美学向导》（北京大学出版社 1982 年版），胡经之主编的《文艺美学丛刊》（1982 年起曾出过数期），叶朗、江溶、胡经之等发起并主编的北京大学《文艺美学丛书》（北京大学出版社 1983 年起已出版数十种），胡经之主编《文艺美学》论丛（内蒙古人民出版社），王朝闻主编的《艺术美学丛书》（20 世纪 80 年代中期起由多家出版社分别出版，已出数十种），周来祥《文学艺术的审美特性和美学规律》（贵州人民出版社 1984 年版），王世德《文艺美学论集》（重庆出版社 1985 年版），杜书瀛《文艺创作美学纲要》（辽宁大学出版社 1985 初版、1987 再版），胡经之《文艺美学》（北京大学出版社 1989 初版，1999 再版），童庆炳《文学活动的美学阐释》（陕西人民出版社 1989 年版），栾贻信、盖光《文艺美学》（华龄出版社 1990 年版），曹廷华《文艺美学》（西南师范大学出版社 1990 年版），杜书瀛主编《文艺美学原理》（社会科学文献出版社 1992 初版、1998 再版），童庆炳《文学审美特征论》（华中师范大学出版社 2000 年版），专刊《文艺美学》（山东大学文艺美学研究中心编辑，2001）等等。此外，古典文艺美学专著则有皮朝纲《中国古代文艺美学概要》（1986）、张少康《古典文艺美学论稿》（1988）、陈永标《中国近代文艺美学论稿》（1993）以及大陆学者曾祖荫在台湾出版的《中国古代文艺美学》，西方文艺美学专著则有董小玉《西方文艺美学导论》（1997），等等。
② 最早开设文艺美学课程和培养文艺美学研究生的是北京大学，接着是山东大学。20 年来，它们已经培养了十几届上百名文艺美学研究生。至 20 世纪 90 年代，全国大部分高等学校艺术和文学学科也都开设了文艺美学课并培养文艺美学研究生。国务院学位委员会和国家教育委员会 1997 年颁布的《授予博士、硕士学位和培养研究生的学科目录》中，正式把文艺美学确立为"中国语言文学"的二级学科"文艺学"的主要研究方向之一。
③ 2000 年，教育部人文社会科学重点研究基地山东大学文艺美学研究中心正式成立，这是我国第一个以"文艺美学"命名的国家级研究中心。
④ 杜书瀛：《艺术的哲学思考》，辽宁人民出版社、辽海出版社 2001 年版，第 180—187 页。

是介于文艺学和美学之间的一门交叉学科和边缘学科，是文艺学和美学相杂交、相结合的产物。它同文艺学以及美学一样，属于人文学科。但它既不等同于文艺学——它具有文艺学的某些品格又不完全是文艺学；也不等同于美学——它具有美学的某些品格又不完全是美学。它可以被称为关于文学艺术的美学，也可以说它是对文学艺术进行美学研究的文艺学，因此，当初胡经之"姑且称它为文艺美学"。这个命名，20多年来已经得到学界大多数同行认可和使用，它概括了这个新学科来自于双亲（文艺学和美学）的特性，相对而言，叫它文艺美学是符合实际的。

第二，与学科性质的认定联系在一起的是学科位置的测定，或者说学科性质的认定同时也意味着学科位置的测定。因为文艺美学介于美学和文艺学之间，既相关于美学，又相关于文艺学，因此可以分别从美学和文艺学两个系统测定它的位置。在美学系统中，纵向看，文艺美学处于一般美学和部门艺术美学之间的中介地位上。有人说："文艺美学和普通美学既有联系，又有区别。而这种联系和区别，又类似于各部门美学和文艺美学之间的关系。如果说，相对于普通美学而言，文艺美学是特殊；那么相对于各部门美学来说，文艺美学则又是一般。……文艺美学以普通美学的逻辑终点为自己的逻辑起点，而部门美学则又以文艺美学的逻辑终点为自己的逻辑起点。这样，就形成了整个美学科学中的不同层次、不同系统、不同学科。"① 就是说，一般美学（普通美学）结束的地方正是文艺美学开始的地方，文艺美学结束的地方正是部门艺术美学开始的地方。横向看，文艺美学同现实美学（生活美学）、技术美学等一起，并列共同组成美学的分支学科。在1992年出版的《文艺美学原理》中，我曾画了一个坐标图②：

一般美学
|
现实美学—文艺美学—技术美学……
|
部门艺术美学
（文学美学、绘画美学、音乐美学、戏剧美学……）

① 周来祥：《文艺美学的对象与范围》，载周来祥《周来祥美学文选》（上），广西师范大学出版社1998年版，第580页。
② 杜书瀛主编：《文艺美学原理》，社会科学文献出版社1992年版，第6页。

在文艺学系统中，文艺美学是文艺学诸多分支学科中的一支，它与文艺社会学、文艺心理学、文艺哲学、文艺伦理学等等处于并列关系，如下图：

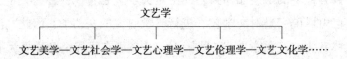

第三，与学科性质的认定、学科位置的测定联系在一起的是学科对象的确定。文艺美学有自己的特定研究对象。周来祥认为，"假如说，一般美学研究各种审美活动的共同规律，那么文艺美学则是在此共同规律的基础上，对艺术美（广义上等于艺术，狭义上指美的艺术或优美的艺术）独特的规律进行探讨"；而各部门艺术美学（文学美学、绘画美学、音乐美学、戏剧美学等等）则"研究特殊的文学艺术形态的审美特点与审美规律"①。也许周来祥"共同规律"、"特殊规律"等用语带有太强烈的"普遍主义"、"本质主义"色彩，但他这段话的主导倾向和整个意思具有一定的合理性。我在1992年出版的《文艺美学原理》中也曾论证道：审美活动有着十分广阔的领域，日常生活中有大量的审美活动，生产劳动和科学技术活动中也有大量审美现象存在，文学艺术更是审美活动的专有领地，一般美学以上述所有审美活动为对象范围，它要研究日常生活、生产劳动、科学技术、文学艺术等等所有这些领域审美活动带有共同性的一般形态，并且还要在一定程度上研究这种一般形态的特殊表现，研究一般形态和特殊表现的复杂关系。它的研究结果、得出来的结论，应该有更广阔的概括性和适应性。与此相比，文艺美学的对象范围要小得多，它集中研究文学艺术领域中的审美现象，——研究文学艺术的审美特性或者以审美为视角研究文学艺术的特性，它所得出的结论适应于文学艺术领域而不适应于或不完全适应于其他领域（日常生活、生产劳动、科学技术）的审美活动。譬如，文学艺术总要创造一定的审美物像，即用一定的物质手段和材料把存在于艺术家头

---

① 周来祥：《再论文艺美学的对象、范围与任务》，载周来祥《周来祥美学文选》（上），广西师范大学出版社1998年版，第584、588页。

脑中的审美意象固定下来、外化出来，使读者或观众能够感受得到；而日常生活中的审美活动则不必如此，到香山看红叶的人不必先用画笔和颜料把红叶的美画下来（即创造出审美物像）再去欣赏。研究如何创造审美物像，就是文艺美学不同于一般美学以及生活美学、劳动美学、科技美学……的特点之一。① 这仅是一个例子，类此，还可以举出许多。这是将文艺美学同一般美学及生活美学、科技美学、劳动美学等等相比。假如将文艺美学同部门艺术美学相比，则可以看到文艺美学的对象范围比部门艺术美学要广。文艺美学的研究对象包括所有门类文学艺术领域的审美活动；而部门艺术美学则只着重研究它那一门类自身领域的审美活动的性质和特点，如文学美学——文学领域，绘画美学——绘画领域，音乐美学——音乐领域，戏剧美学——戏剧领域等等。如果说文艺美学研究文学艺术所有领域审美活动的一般形态，并且在一定程度上研究一般形态的特殊表现，研究一般形态与其特殊表现的关系，那么，部门艺术美学则专门研究自己特定领域审美活动的特殊形态、特殊性质、特殊表现。文学艺术的每一特定门类都有其不同于一般形态的特殊性，各个门类之间也有互不相同的特点。例如，仅从不同媒介这个角度而言，文学用语言创造审美形象，绘画用线条、色彩创造审美形象，音乐用音符、旋律创造审美形象，戏剧用包括演员在内的一切舞台艺术手段创造审美形象……它们之间虽有相通之处但并不相同，这都是各个部门艺术美学研究对象的特殊性，是它们同文艺美学的不同之处，也是各个部门艺术美学之间相区别的地方。顺便说一句，从对一般美学、文艺美学、部门艺术美学不同对象范围的考察以及与此相联系对它们学科性质和学科位置的认定，我们可以断定，一般美学可以包括而不能代替文艺美学，文艺美学可以包括而不能代替部门艺术美学，它们都有各自存在的价值和必要。

此外，从文艺学系统来看，文艺美学因其着重研究文学艺术的审美特性，而与文艺社会学、文艺心理学、文艺伦理学、文艺文化学、认识论文艺学、政治学文艺学等等的研究对象相区别，这似乎不用多说。

_____

① 　杜书瀛主编：《文艺美学原理》，社会科学文献出版社 1992 年版，第 8 页。

由以上几点，我们能够得出结论：文艺美学已经成为一个独立的学科。①

对思想禁锢和僵化模式的反拨

台湾的情况且不说，仅就 20 世纪 80—90 年代的中国大陆而言，文艺美学作为一种新的学术现象和研究热点，作为一个新学科，它之所以会在这个特定时期萌生、形成、确立、发展，绝不是宿命论的注定，或决定论的必然，而是有其特定的历史文化机缘。如果对文艺美学这个新学科得以命名的前后情况作历时性和共时性的具体考察，就会发现：第一，它同周围的社会文化环境和历史变迁有着直接或间接、隐蔽或明显、紧密或松散的关系；第二，它自身存在着得以生发、成长的内在机制和学术理路。

众所周知，自今上溯 50—60 年（尤其是 20 世纪 80 年代前的数十年），中国大陆的政治文化特别发达。与此相应，各个方面的学术事业，特别是人文学术，就其主导而言，与政治文化关系极为密切，可以说只有得到政治文化的庇荫才能生存和发展，——它们或者直接就是政治文化的一部分，或者经受着政治文化无可抵御的渗透，或者被置于政治文化的强大笼罩之下。文艺理论和美学尤其如此。这对数十年来文艺理论和美学的学术状况造成严重影响，使之处于不正常状态甚至出现某种学术怪胎。打个比方说，这打破了文艺理论和美学的"生态平衡"。

本来，文学艺术与其他社会文化现象有着千丝万缕、难分难舍的联系，文艺与政治密切相关自然也并不令人感到奇怪，就如同文艺与经济、文艺与认识、文艺与审美、文艺与道德、文艺与宗教、文艺与哲学等等密切相关一样。文学艺术可以有多种价值因素和品质性格，例如认识的、政治的、宗教

---

① 当然也还有不同看法，如北京学者王德胜发表在《文艺研究》2000 年第 2 期上的文章《文艺美学：定位的困难及其问题》，就对文艺美学作为一个学科是否能够成立提出质疑。但他的文章主要是就文艺美学的前提学科文艺学和美学的性质、品格诸问题提出质疑，认为作为文艺美学学科设计前提的一般美学和文艺学本身的特性仍然不确定，美学和文艺学的关系是混乱的，因此，文艺美学的定位也是困难的。这样，王德胜先生就把问题引向美学和文艺学的存在合理性，照此思路，还可以再对文艺学和美学这两个学科的前提进一步提出质疑……这个问题虽然重要，但需另外讨论，显然非一篇短文所能负担，也不是本文的任务。

的、伦理道德的、社会历史的、意识形态的、游戏娱乐的以及审美的等等，但在我看来，它之所以叫作文学艺术，就因为其中的审美价值、审美品格最为突出、最为重要，据主导地位。我在 1992 年出版的《文艺美学原理》里曾说，"艺术生产必须以审美价值的生产为主导、为基本目的"，"除了审美价值的生产不可或缺之外，其他价值的生产并不是注定不可缺少的"，艺术价值是一种以审美价值为主导的综合价值①。现在我仍然坚持这些基本观点，但要作一些补充说明。文学艺术总是历史的具体的存在着。在特定的历史时代、特定的社会环境和文化场域之中，具体的文学艺术活动和文学艺术作品，虽不失其审美价值和审美品格，但常常相对突出了其他某个方面的价值和品格。例如有的时候文学艺术的宗教价值和品格相对突出，像我国敦煌莫高窟、大同云冈石窟、洛阳龙门石窟、天水麦积山石窟等从南北朝以来长达千余年的佛教艺术（雕塑和壁画等等），像中世纪欧洲基督教艺术、拜占庭艺术（宗教建筑、教堂镶嵌画、壁画，宗教雕刻、绘画等等）、穆斯林艺术（清真寺建筑、几何图案和植物图案的装饰画等等），以及文艺复兴以来意大利、法国、德国、英国、荷兰、西班牙等国家和地区带有浓厚宗教色彩的艺术（雕刻、绘画、教堂音乐等等）。有的时候文学艺术的认识价值和品格相对突出，像 19 世纪法国巴尔扎克、英国狄更斯等批判现实主义作家的小说，恩格斯说"他（指巴尔扎克——杜）汇集了法国社会的全部历史，我从这里，甚至在经济细节方面（如革命以后动产和不动产的重新分配）所学到的东西，也要比从当时所有职业的历史学家、经济学家和统计学家那里学到的全部东西还要多"②。有的时候文学艺术的政治价值和品格相对突出，像中国 20 世纪抗日战争时期的"抗战文艺"、延安的"革命文艺"，法国作家阿尔封斯·都德写于 19 世纪 70 年代普法战争之后的爱国主义小说《最后一课》、《柏林之围》。类此，还有突出伦理道德、社会历史、意识形态、游戏娱乐等等价值和品格的作品。但不管哪种价值和品格相对突出，它们都必须同审美价值和品格融合在一起，才能称得上是文学艺术。从与此对应的理论把握和学术研究层面上说，在一定历史时代和一定社会文化环境下，把上述

① 　杜书瀛主编：《文艺美学原理》，社会科学文献出版社 1992 年版，第 44—45 页。

② 　《马克思恩格斯选集》第 4 卷，人民出版社 1995 年版，第 684 页。

不同类型的文学艺术现象所突出的价值和品格作为特定的对象或从特定的角度加以侧重的理性思考和研究，则可以有不同类型的理论形态，如宗教学文艺学、认识论文艺学、政治学文艺学、美学文艺学（文艺美学）、文艺伦理学、文艺社会学、文艺经济学……上述所有这些文艺学的分支学科都有自己独立存在的价值和必要，虽然有时候它们可能彼此冲突、相互抵牾，但更应该看到它们可以互补、互惠、彼此增益。而且，我认为只有上述所有这些文艺学分支学科协同发展，联合工作，才能比较全面而准确地把握内涵如此复杂丰富的文学艺术的全貌。我主张多元化、多学派的文艺学，我赞赏真正百花齐放、百家争鸣的理论局面。假如仅仅注意文艺与一、二种文化现象的关系而忽视其他关系，仅仅重视一、二种文艺学分支学科而忽视其他学科；或者以某一、二种关系涵盖、代替、吞并、笼罩其他关系并凌驾于其他关系之上，以某一、二种文艺学分支学科涵盖、代替、吞并、笼罩其他学科并凌驾于其上，采取白衣秀士王伦排斥异己的方针，或者奉行只此一家、别无分店、占山为王、唯我独尊的路线，必然会给学术事业造成伤害。

中国大陆 20 世纪 80 年代以前的文艺理论和美学的学术研究，虽然不能说完全没有取得某些成绩，却也正犯了上述这样一个严重毛病：即以政治文化涵盖、代替、吞并、笼罩、凌驾其他一切学术活动，视文艺学和美学为自己的附庸和婢女，只允许与主流政治文化相一致的文艺学和美学存在和发展，否则即为叛逆。这样，在一个相当长的时期内，少数几种与主流政治文化密切相关、保持一致的文艺学品种得以发展和膨胀，成为目空一切的霸主；而数量更多的没有"保持一致"或被认为没有"保持一致"、没有"紧跟"或被认为没有"紧跟"、结合得不紧密或被认为结合得不紧密的文艺学学派，则遭到压制、蔑视，定为异端，逐渐萎缩以至消亡。这导致整个文艺学的学术格局成为一种畸形样态。当时成为宠儿的文艺学品种有：第一，文艺政治学（或政治学文艺学）。文艺与政治（严格说是主流政治）的关系得到特别惠顾。一个最响亮的口号是"文艺必须为政治服务"（有时更具体明确地说"文艺必须为无产阶级政治服务"），再由此引申"文艺是阶级斗争的工具"。本来，毛泽东当年在抗战环境里作《在延安文艺座谈会上的讲话》，强调文艺从属于一定的政治路线，强调文艺服从于抗战的总目标，有其特定含义，在当时包含积极性、合理性；而后来的倡导者把它普遍化、本质化，发展为"文艺必须为政治服务"、"文艺是阶级斗争的工具"的"唯政治论"和"阶级斗争工具论",走上极端。如此,则消解了文艺政治学本来具有的积极意义和合理因素,成为庸俗文艺政治学。第二,文艺社会学(社会学文艺学)。当时的倡导者似乎特别重视文艺与"社会历史"的关系,特别重视从"社会学"角度观察文艺,这本无可厚非;但他们其中有的人深受当年苏联庸俗社会学的影响,采用贴标签、特别是贴阶级标签的方法考察文艺现象,并且只强调文艺与社会意识形态的关系而无视其他,其口号是"文艺是一种社会意识形态"且仅仅是一种"社会意识形态",谁若离开意识形态观点论述文艺,则违反"祖法",是为谬种。这可以称之为"唯意识形态论"。发展到极致,把文艺社会学本来具有的积极性、合理性取消了,成为庸俗文艺社会学。第三,文艺认识论(认识论文艺学)。文艺本来包含着认识因素,毛泽东当年在延安提出"文艺是现实生活在作家头脑中反映的产物",虽非独创,但并未说错。然而,后来的某些倡导者则把所谓坚持文艺上的"唯物主义认识论"观点推向绝对,认定文艺仅仅是对现实的认识、仅仅是对现实的反映,顶多在"认识"或"反映"前面加上定语"形象",叫作"形象认识"或"形象反映";倘若有人说"文艺也表现自我",则立即被扣上"唯心主义"的帽子。如此,则把文艺认识论的积极因素和合理因素消解殆尽。这可以称为文艺的"唯认识论",或者叫作庸俗文艺认识论。庸俗文艺政治学、庸俗文艺社会学、庸俗文艺认识论作为主流政治文化的三个连体宠儿,得天独厚,畸形膨胀,压制乡里,称霸文坛,舆论一律,步调一致,剪除异端。一段时间内,特别是"四人帮"肆虐的那段日子,一方面,离"为政治服务"、"阶级斗争工具"不敢谈文艺,离"社会意识形态"不敢谈文艺,离"唯物主义认识论"不敢谈文艺;另一方面,谈文艺不敢谈"人性"、"人情",谈创作不敢谈"表现自我",分析作品不敢分析"文艺心理"(文艺心理学被视为唯心主义)……许多学者的脑子如同被点进了凝固剂,硬化僵持,刻板机械,生产不出新鲜的有生气的思想来。在文艺界,不管是在理论家那里还是在作家那里,相当严重地存在着忽视甚至蔑视文艺自身独特品格的现象,而文艺的审美特性尤其不受待见。

　　直到 20 世纪 70 年代末,政治路线和思想路线发生根本改变,文艺理论和美学才借此东风,出现重大变化。但是,这种变化不是自动发生的,而是经过学界同人的自觉努力，即有意识地对以往的思想禁锢和僵化模式进行反拨。不是以往不注意区分不同精神生产方式的特点吗？此刻则大谈文艺创作的"形象思维"问题，20 世纪 70 年代末掀起"形象思维"研讨热潮；不是以往忌讳说"人性"、"人情"吗？此刻则为《论"文学是人学"》① 平反，又是再版，又是研讨，不亦乐乎；不是以往只重视文艺与政治、文艺与社会、文艺与认识等等关系（有人称之为文艺的"外部关系"②）的研究吗？现在则"向内转"，借鉴西方的"新批评"、"俄国形式主义"、"结构主义"以及"弗洛伊德主义"和"格式塔"等流派的文艺心理学，进行文艺的内在品格（有人称为文艺的"内部关系"）的研究；不是以往蔑视文艺的审美性质吗？此刻则涌起一股前所未有的"美学热"……正是在这种具体历史环境和文化氛围中，乘时代变迁之风，文艺美学应运而生。

　　文艺美学是"美学热"的一部分——它是美学队伍中一支新的生力军。文艺美学是文艺学研究"向内转"的重要表现——审美关系是文艺最重要的所谓"内部关系"之一。尤其是，文艺美学以文艺的审美特性为视角、为对象，"审美"地研究文艺，同时研究文艺的"审美"。它深入研究文艺不同于其他社会文化现象的特殊性，是对以往庸俗文艺政治学、庸俗文艺社会学、庸俗文艺认识论的有力反驳。在文艺美学看来，文艺不但不是阶级斗争的工具，也绝非任何他物之附庸、婢女。它不是如以往所说那种派生的低一级的次一等的"雕虫"之"小技"、"丧志"之"玩物"，而是人类本体论意义上的活动。它同人类其他生命活动方式和形态处于平等地位，是同样重要的活动。它以自己特有的样态、手段和途径，对人类通过自己万千年社会历史实践而熔铸和积淀的自由生命本质进行确证、肯定、欣赏和张扬。它直接成为人的本体生活的组成部分，成为人的生命存在的一种形态。台湾诗人蒋勋有一首诗，题目叫作《笔》："好像是我新长出的一根手指 / 所以我总觉得出 / 你应该流红色的血液 / 而不是这黑色的墨汁。"这首诗表现了诗人以生命为

---

① 钱谷融《论"文学是人学"》发表于 1957 年 5 月号《文艺月刊》，立即被作为典型的"人性论"理论受到批判。1980 年第 3 期《文艺研究》重新发表此文，1981 年，人民文学出版社又出版单行本《论"文学是人学"》，文艺界以此为题开研讨会，学者纷纷著文，对钱谷融的观点予以热烈赞扬。

② 关于"外部关系"、"内部关系"的说法，曾有激烈争论，这里姑且用之，另处细说。

诗的美学态度。文艺本该如此。在文艺美学看来，文艺虽然可以具有某种意识形态性，存在某种意识形态特点，但它决不如庸俗文艺社会学者所说仅仅是一种社会意识形态；文艺虽然可以包含某种认识因素，但它决不如庸俗文艺认识论者所说仅仅是认识。那种庸俗文艺社会学和庸俗文艺认识论理论不符合文艺实际，无法解释许多十分普通的文艺现象。试举几例：齐白石所画大虾洋溢出来的审美情趣，中国古画史上的"曹衣出水"、"吴带当风"，中国文学史上的四言诗体、五言诗体、七言诗体和欧洲的十四行体，古希腊建筑中的陶立安柱式、爱奥尼柱式、科林斯柱式……是什么"意识形态"？它又"认识"了什么？

顺便说一说，为匡正以往，也有人提出"文艺是审美意识形态"、"文艺是审美反映（认识）"。这比说文艺仅仅是社会意识形态、文艺仅仅是反映（认识），大大前进了一步。作为文艺学的一个重要派别、一种重要观点，"审美意识形态论"（"审美反映论"）的提出，无疑从某个方面把握住了文艺的一个重要特性，对文艺学的学术事业是有益的、有贡献的，它与文艺学的其他有价值的理论派别一样，应该继续发展，而且应该一起携手前进。但也应该看到，这种理论同样有它的界限和不足。如前所说，文艺中的审美，与意识形态、与反映（认识），可以有联系，但又是不同的两种东西。一方面，"审美"中还具有意识形态所包含不了的东西，同样它也具有反映（认识）所包含不了的东西；另一方面，文艺中也有"审美意识形态"和"审美反映（认识）"所包含不了的东西。所以，仅仅说"文艺是审美意识形态"、"文艺是审美反映（认识）"，尚不能说出文艺的全貌，也不能完全说清文艺的最根本的特质。

文艺美学不仅是对上述僵化理论的反拨，同时也是对学界长期存在的"本质主义"、"普遍主义"思维模式的冲击。前年北京学者陶东风著文对文艺学教学和研究中的"本质主义"、"普遍主义"思维模式提出批评，虽然某些地方我不能完全苟同，但基本意思我是赞成的。数十年来文艺学、美学研究中的确存在那种"本质主义"、"普遍主义"的"僵化、封闭、独断的思维方式"①，非要把本是历史的、具体的文艺现象本质主义化、普遍主义化，找

---

① 陶东风：《大学文艺学的学科反思》，《文学评论》2001 年第 5 期。

出"放之四海而皆准"的"普遍规律"和万古不变的"固有本质"。前述庸俗文艺政治学、庸俗文艺社会学、庸俗文艺认识论的那些命题，就是将具体的、历史的文艺问题本质主义化、普遍主义化的结果，成为本质主义、普遍主义的标本。文艺美学对它们的反拨，同时也是对其僵化思维模式的反拨。但是我想指出，反对本质主义、普遍主义，并非绝对不要"本质"、"规律"、"普遍"这些概念。我主张：可以要"本质"，但不要"主义"；可以要"普遍"，但不要"主义"；可以要"规律"，但不是"放之四海而皆准"。"本质"、"普遍"、"规律"，都是相对的、历史的、具体的，而没有、也不可能有抽象的、超历史的、超时空的、万古不变的、放之四海而皆准的。然而，却不能因此而绝对否定事物（包括文艺现象）有变动中的相对稳态，多样性中的相对统一性，运化中的相对规律性……不然，世上的事物就会完全不可捉摸、不可掌握。

内在根据与学术理路

文艺美学作为一个新学科之所以能够在 20 世纪 70—80 年代的中国应运而生，除了外在的"运"即外在条件之外，还有内在的"因"即内在根据。

从文艺理论自身的学术发展理路来看，关注文艺本身的"审美"特性以及"审美"地关注文艺本身的特性，是其题中应有之义，也就是说，是其本然的内在要求，是任何外力无法取消的内在品性。我们在上面的文字中约略说过：文艺可以有认识的、政治的、道德的、宗教的、审美的等等多种因素，唯审美因素不可或缺。现再补充一句：审美因素如同一种酵母，其他因素必须经审美因素的发酵，与审美因素相融合才有意义，才能"和"成文艺有机体，才能创造出以审美因素为发酵剂、同时也以审美因素为核心的多种因素综合的艺术价值。为什么呢？此乃文艺本性使然。关于这个问题，我曾在《文学原理——创作论》① 中做过一些理论探索，提出过一些假说。现再略作申说。第一，从发生学的角度来说，文艺与审美从一开始就结下了不解之缘。一般地说，人猿揖别之初，人对世界的掌握是混沌一体的。那时的初

---

① 杜书瀛：《文学原理——创作论》，人民文学出版社 2001 年版，第 27—39 页。

始意识主要是感性观念；稍后，出现了原始思维，出现了情、意的分化，有了喜悦、惧怕、敬畏等等的情绪、情感，也有了征服的意志。原始人在生存道路上取得的每个进步，既增加了对世界的了解（原始的知），也增强了前行的信心、意志（原始的意），同时也产生了对人自身生存意义的肯定以及由这种肯定所带来的由衷的喜悦（原始的情）。这种肯定和喜悦，就是最初的审美因素，只是尚未从其他因素中分化、独立出来而已。经过若干万年，随着人类实践的发展，审美因素逐渐趋于分化和独立。据考古发现，距今数万年前的山顶洞人已有类似于今天的颇富"装饰"意味的物品，如钻孔的小砾石，钻孔的石珠，而且都是用微绿色的火成岩从两面对钻而成，很周正，都是红色，似都用赤铁矿染过。① 如果说这些物品是人类审美活动开始分化和独立的萌芽，那么经过距今数千年前（至少五六千年以前）陶器和玉器上所表现出来的审美活动因素进一步独立发展，到夏商周青铜器、诗、乐、舞的繁荣，则可看到审美活动完成了分化、独立的历程。审美活动原本同原始的宗教巫术和祭祀礼仪活动等混沌一体，但它总是追求自己独立的活动形式和专有领地。当歌（诗）、乐、舞等出现的时候，它也就逐渐找到了自己的独立活动形式和专有领地；再往前发展，当歌（诗）、乐、舞主要不是祭祀礼仪的依托、不是宗教巫术的附庸，而是以创造审美价值为己任时，它们就成为一种独立的实践—精神活动② 形态，成为一种独立的社会文化现象，文艺就诞生了。审美不仅是文艺得以生发的前提和原动力，同时也是文艺自身具有标志性的内在品性。文艺理论不能不对此作理性思考。第二，随着文学艺术和审美活动相得益彰的发展，人们可以清楚地看到，文学艺术越来越成为审美活动的高级形态和典型表现。人们稍一留心就会发现，审美活动是人类现实生活中普遍存在的现象，俄罗斯美学家尤·鲍列夫在其《美学》中甚至说"审美活动——这是在全人类意义上的人的所有活动"③。然而，又必须

① 参见贾兰坡《"北京人"的故居》，北京出版社 1958 年版，第 41 页。

② "实践—精神"的形态或方式的说法，是指人类各种不同的掌握世界的方式，来源于马克思。在《〈政治经济学批判〉导言》中马克思说："整体，当它在头脑中作为被思维的整体而出现时，是思维着的头脑的产物，这个头脑用它所专有的方式掌握世界，而这种方式是不同于对世界的艺术的、宗教的、实践—精神的掌握的。"（《马克思恩格斯选集》第 2 卷，人民出版社 1995 年版，第 19 页）

③ ［苏］尤·鲍列夫：《美学》，中国文联出版公司 1988 年版，第 18 页。

注意到：既然文艺是审美的专有领地和主要活动场所，那么，一方面，审美在文艺中总是借其得天独厚的地位和条件，获得充分的发展；另一方面，文艺也对现实生活中的审美活动进行集中、概括和升华，成为它最充分、最典型的高级表现形态，并不断创造出新的审美样式、新的方式、新的领域。这些都要求文艺学给以新的理论把握和理论解说。这样，研究文艺的审美特性和审美地研究文艺的特性，就自然而然成为文艺理论自身的内在需求和无可回避的趋向，也成为它不可或缺的主要内容。

从历史上看，关注和研究文艺的审美性质，不论在中国还是在世界上的其他民族，都古已有之。例如，孔子就对文艺的审美魅力深有体会，在齐闻《韶》三月不知肉味，说"不图为乐之至于斯也"①。在另一个地方，孔子还从审美的角度对不同作品作了比较，说"《韶》'尽美矣，又尽善也'"，而"《武》'尽美矣，未尽善也'"②。柏拉图在《大希庇阿斯篇》中谈到菲狄阿斯雕刻的美。③ 亚里士多德在《诗学》第七章也谈到史诗的情节长度与美的关系，说"情节只要有条不紊，则越长越美"④。黑格尔甚至把他的美学称为艺术哲学，即美的艺术的哲学，专门研究艺术美，因此有人认为黑格尔美学就是文艺美学。⑤ 中国和西方以及世界其他民族，两千年来关于文艺的审美问题的探讨，从未间断过，且不断深入发展。所以从这个角度说，文艺美学作为一个独立的学科虽然是 20 世纪 80 年代才得以命名，但文艺美学思想却绝不自 20 世纪 80 年代始，正如同美学（Aesthetics，感性学）虽自 1750 年德国哲学家鲍姆加通那里得名，然美学思想绝非从那时起。由此我们也可以得到启示：文艺美学作为一个学科在 20 世纪 80 年代于特定社会环境和文化场域中得以命名，从学术自身的内在理路看，有它悠久而又深厚的历史传统作为基础和根据。

上面我们分别从逻辑的和历史的两个方面论述了文艺美学作为一个学科产生和发展的内在根据。下面我们还要说一说，文艺美学的提出、建立及

---

① 《论语·述而》。

② 《论语·八佾》。

③ ［古希腊］柏拉图：《文艺对话集》，朱光潜译，人民文学出版社 1980 年版。

④ ［古希腊］亚里士多德：《诗学》，罗念生译，人民文学出版社 1982 年版，第 25—26 页。

⑤ 柯汉琳：《文艺美学的学科定位》，《文艺研究》2000 年第 1 期。

其学术研究的开展，从两个层面即文艺学层面和美学层面上深化了对文学艺术的理性把握。

先说文艺学层面。前面曾提到，文学艺术可以有多种品质和性格，多种因素和层次，因此也就可以从多种角度、用多种方法对其进行多方面、多层次的研究，由此也就可以形成文艺学的多种分支学科（如文艺认识论、文艺社会学、文艺心理学、文艺伦理学、文艺文化学、文艺美学……），而每一种分支学科都可以发挥自己的优势和特长，作出自己独到的贡献。一般的文艺学研究，着眼于文学艺术的一般性质和品格，这当然也是必要的；但要做到对文学艺术各个方面各个角落更加细密更加精致的了解和把握，则需发展各个分支学科的研究；如果已有的分支学科还不够用，那就再建立新的，如 20 世纪 80 年代建立和发展文艺美学。中国 20 世纪 80 年代以前的文艺学研究，主要发展了文艺政治学、文艺认识论、文艺社会学，这本是应该的和必要的，也取得了某些成绩；但众所周知，它们在某个时期被推向极端，走上畸形。尽管如此，我认为，如果去掉庸俗化，今后文艺政治学、文艺认识论、文艺社会学还是需要的，并且是应该加以发展的。文艺美学的建立，并不是要取代文艺政治学、文艺认识论、文艺社会学，而是要开辟文艺学研究的另外一个领域，即开辟对以往被忽视了的文艺固有的审美领域的研究。审美是文艺本身更加具有本质意义的性质和特点。建立和发展文艺美学，开展对文学艺术审美特性的研究，不但对以往庸俗的文艺政治学、文艺认识论、文艺社会学弊病是一种匡正；而且相对于文艺学的一般研究而言，也是一种深化和具体化。譬如，文艺美学可以比一般文艺学更加深入和具体地探讨文学艺术中的内容美和形式美的特殊关系，可以从美学角度探讨表现和再现、写意和写真、形似和神似、情与理、虚与实、动与静、疏与密、奇与正、隐与秀、真与幻等等一系列关系，探讨如何通过上述关系的恰切处理从而产生无穷无尽的审美魅力，等等。当然，文艺美学还有其他许多具体内容。所有这些研究任务，不但是一般文艺学所不能细致地照顾到的，而且也是文艺学的其他分支学科所不能代替的。

再说美学层面。相对于一般美学而言，文艺美学也为美学研究开辟了一个具体的专门的领域，使其更加深入和细密；这同文艺美学相对于一般文艺学的情况相似。文艺美学不像一般美学那样研究人类所有审美活动，而是加以专门化，把它的力气用在它所特别关注的地方，即集中研究文艺领域的审美活动。这也同美学的其他分支学科区分开来：它不同于技术美学专门研究科技活动中工艺设计的审美特性，也不同于生活美学专门研究日常生活中的审美现象……如此，则文艺美学的任务既不能被一般美学也不能被美学的其他分支学科所取代。我认为，文艺美学的出现使得美学研究更加专门化，更加细密和具体，这是美学研究的进步，是一件好事。但是有的美学家不这么看。1988 年我和同事访问莫斯科的时候，曾同当时的苏联科学院高尔基世界文学研究所高级研究员、美学家尤·鲍列夫就这个问题交换过意见。我对鲍列夫说："中国学者提出文艺美学这一新的术语，也可以说是一个学科。您怎样看这一问题？苏联有无类似的提法？"鲍列夫说："我认为'文艺美学'，还有什么'音乐美学'，其他什么什么美学，这种提法不科学。苏联也有人提什么什么美学，但我认为并不科学。正像（他指着桌子）说'桌子的哲学'、（指着头上的电灯）'电灯的哲学'等等不科学一样，这样可以有无数种'哲学'。同样，如果有'文艺美学'、'音乐美学'，那么也可以提出无数种'美学'，这就把美学泛化了、庸俗化了。"① 而我的意见同鲍列夫相反。在我看来，文艺美学不是美学的泛化和庸俗化，而是美学自身的具体化和深化。一般美学因其研究对象的宽泛性，故它所得出的命题和论断，既适于日常生活的审美活动，也适于生产劳动中的审美活动，也适于科学技术中的审美活动，也适于文学艺术中的审美活动……具有更广阔的涵盖面，更概括、更抽象。然而，正因为其更概括、更抽象，因此对某一特定领域来说则不够具体和细致。譬如，科学技术和生产劳动中涉及的许多特殊的美学问题，特别是"工艺设计"（Design，迪扎因），如飞机座舱的颜色如何适应乘客眼睛的美感需要，机器的设计如何既符合科学原理又美观，等等，就需要专门加以研究和解决。同样，文艺领域自身有着许多特殊问题，也需要专门研究解决。例如，人的情感是美学研究中必然要涉及的问题。但一般美学只是研究和揭示审美活动中人的情感所具有的地位、意义和作用，日常生活中的情感与审美情感的关系，审美情感的性质和特点，审美情感与道德情感有什么不

---

① 有关我同鲍列夫的谈话内容，见笔者主编的《文艺美学原理》，社会科学文献出版社 1998 年第 2 版，第 8 页。

同，等等。但是，审美情感在文学艺术中具有极其不同的意义和作用。文艺美学要研究和揭示：在文学艺术中审美情感是怎样作为想象的诱发剂、又怎样作为形象的黏合剂发挥作用的？艺术家的审美情感是怎样通过语言、画笔、雕刀、音符等等流注进他所创造的形象中去的？作者和读者（观众）怎样以特殊形态进行情感交流和对话的？读者（观众）的审美情感是怎样既受作者情感的规范又不断突破这些规范的？读者（观众）的情感在何种程度上使作品的形象变形甚至变性的？等等。随着社会的前进，人类审美活动也不断发展，而各种不同的审美活动领域也越来越充分地表现出自己的特点。在这样的情况下，假如美学研究仍然仅仅停留在人类审美活动一般性质和共同品格的探讨上，则会变得空泛、抽象，与各个领域具体、生动、丰富、多样、各具特色的审美活动实际离得太远，美学也就难以充分发挥它应有的作用。客观现实本身要求美学理论同它相适应，于是从一般美学中发展、分化出生活美学、技术美学、文艺美学等等，是美学自身发展的顺理成章的事情。这些分支美学在一般美学的基础上，更加深入、具体地研究各自领域审美活动的特殊性质，使审美活动的一般性质和特殊性质密切联系起来，使美学理论与各种各样丰富多彩的审美活动实际紧密联系起来，这是近年来美学研究的一大进步。因此，文艺美学不但不是美学的泛化和庸俗化，相反，是美学的深化和精细化，它将推进美学理论从空泛走向切实，从抽象走向具体。文艺美学以及其他分支美学的出现，是美学理论发展的一个新成果。

文学艺术和文艺美学的未来

最近20—30年来的世界，越来越明显地笼罩在"全球化"的天空之下。生活在各个地区、各个民族、各个国家的人们，就其总体而言，大都在"市场化"脚步的催促声中，选择、追求、竞争、奋斗、发展……社会生活、审美活动、文学艺术、学术文化，也自愿地或被迫地承受着"全球化"、"市场化"无孔不入的渗透而往前运行；在它们或急或慢的前行身影之中，敏感的学者发现了一些值得注意、值得深思、值得研究的动向和特征，其中与本文讨论的文艺美学问题关系最紧密的就是：生活的审美化和审美的生活化；艺术与生活的界限越来越模糊不清；艺术是否会终结或消亡的问题再次受到关注……在这种情况下，人们不能不思考：美学、文艺美学向何处去？美学、文艺美学还有没有存在的理由和价值？

据我所知，上面所说"敏感的学者"中，有两个代表人物值得一提，他们是美国学者理查德·舒斯特曼（Richard Shusterman）和德国学者沃尔夫冈·沃尔什（Wolfgang Welsch）。他们在最近十余年发表了许多具有广泛影响的文章和著作，特别关注"全球化"语境和"市场化"氛围中出现的生活审美化和审美生活化的动向和特点，提出应对措施，主张突破以往那种脱离生活实践而只局限于艺术领域的狭义美学模式，展现自己新的理论蓝图。

在舒斯特曼看来，审美活动本来就渗透在人的广大感性生活之中，它不应该、也已经不可能局限于艺术的窄狭领域；相应的，美学研究也不应该局限于美的艺术的研究而应扩大到人的感性生活领域、特别是以往美学所忽视的人的身体领域、身体经验的领域。就此，舒斯特曼提出应该建立"身体美学"。他认为，不能将哲学视为纯粹学院式的知识追求，而应看作是一种实践智慧，一种生活艺术；哲学与审美密切相关，传统的哲学应该变成一种美学实践，应该恢复哲学最初作为一种生活艺术的角色。这些思想集中表现在舒斯特曼 1992 年出版的《实用主义美学》和 1997 年出版的《哲学实践——实用主义和哲学生活》① 之中。舒斯特曼说："一个人的哲学工作，一个人对真理和智慧的追求，将不仅只是通过文本来追求，而且也通过身体的探测和试验来追求。通过对身体和其非言语交际信息的敏锐关注，通过身体训练——提高身体的意识和改造身体怎样感觉和怎样发挥作用——的实践，一个人可以通过再造自我来发现和拓展自我知识。这种对自我知识和作为转换的追求，可以构成一种越来越具体丰富的、具有不可抵制的审美魅力的哲学生活。"又说："哲学需要给身体实践的多样性以更重要的关注，通过这种实践我们可以从事对自我知识和自我创造的追求，从事对美貌、力量和欢乐的追求，从事将直接经验重构为改善生命的追求。处理这种具体追求的哲学学科可以称作'身体美学'。在这种身体的意义上，经验应该属于哲学实践。"②

---

① 这两本书已有中文版。《实用主义美学》，彭锋译，商务印书馆 2002 年版；《哲学实践——实用主义和哲学生活》，彭锋等译，北京大学出版社 2002 年版。

② [美] 理查德·舒斯特曼：《哲学实践——实用主义和哲学生活》，彭锋等译，北京大学出版社 2002 年版，第 202—203 页。

德国美学家沃尔什也认为，目前全球正在进行一种全面的审美化历程。从表面的装饰、享乐主义的文化系统、运用美学手段的经济策略，到深层的以新材料技术改变的物质结构、通过大众传媒的虚拟化的现实以及更深层的科学和认识论的审美化，整个社会生活从外到里、从软件到硬件，被全面审美化了。美学或者审美策略，已经渗透到了社会生活的各个层面。美学不再是极少数知识分子的研究领域，而是普通大众所普遍采取的一种生活策略。因此，要重新理解审美与实践之间的关系，把美学从对美的艺术的狭隘关注中解放出来："美学已经失去作为一门仅仅关于艺术的学科的特征，而成为一种更宽泛更一般的理解现实的方法。这对今天的美学思想具有一般的意义，并导致了美学学科结构的改变，它使美学变成了超越传统美学、包含在日常生活、科学、政治、艺术和伦理等之中的全部感性认识的学科。……美学不得不将自己的范围从艺术问题扩展到日常生活、认识态度、媒介文化和审美—反审美并存的经验。无论对传统美学所研究的问题，还是对当代美学研究的新范围来说，这些都是今天最紧迫的研究领域。更有意思的是，这种将美学开放到超越艺术之外的做法，对每一个有关艺术的适当分析来说，也证明是富有成效的。"① 沃尔什还说："自从鲍姆加通对科学的审美完善的设计、康德的审美的先验化、尼采对知识的审美和虚构的理解，以及 20 世纪科学哲学与科学实践在完全不同的形式中所发现的科学中的审美成分，真理、认识和现实已经显示自己显然是审美的。首先，审美要素对我们的认识和我们的现实来说是基础的，这一点变得明显了。这是从康德的先验感性——接着鲍姆加通的准备——和今天对自然科学的自我反思开始的。其次，认识和现实是审美的，这在它们的存在形式中得到了越来越多的证明。这是尼采的发现，这一点已经被其他人用不同的术语表达出来了，并达到了我们时代的构成主义。现实不再是与认识无关的，而是一个构成的对象。尽

---

① 沃尔什的话，笔者采用了北京大学彭锋博士的译文，见《从实践美学到美学实践》，《学术月刊》2002 年第 2 期，特此致谢。沃尔什的原文见 Wolfgang Welsch, *Undoing Aesthetics*, Translated by Andrew Inkpin, London：SAGE Publications, 1997, pp.2-6, 38-47。该书已由陆扬、张岩冰译成中文，书名为《重构美学》，作者中文译名为沃尔夫冈·韦尔施，上海译文出版社 2002 年版。读者可参见该书第 1 编"美学的新图景"（第3—138 页）和第 2 编第 9 节"走向一种听觉文化"、第 10 节"人工天堂？对电子媒体世界和其他世界的思考"（第 209—263 页）。

管附加的现实具有的审美特征，非常明显只是第二性的，但我们越来越认识到，我们最初的现实中也存在一个最好被描述为审美的成分。审美范畴成了基础范畴。"①

舒斯特曼和沃尔什都认为，审美渗透在感性生活领域，生活审美化和审美生活化是一个普遍趋向，目前全球正经历着全面审美化进程。面对这种现实，他们从重新解读鲍姆加通寻求突破传统的狭义美学的框框，发掘鲍姆加通"美学"（"Aesthetics"）的"感性学"含义，将美学研究范围扩大到感性生活领域，使美学成为研究感性生活、研究广大审美活动的学科，成为一种"身体实践"，成为"第一哲学"，成为一种更宽泛更一般的理解现实的方法。对照我们所能了解到的国外某些文化情况以及我们所看到的中国目前的文学艺术和美学实际，虽然我并不完全赞成舒斯特曼和沃尔什的看法，但如果不作绝对化的理解，他们是有部分道理的。现在的确出现了某些方面某种程度的审美生活化和生活审美化、艺术与生活界限模糊的现象。大众文化、流行歌曲、广告艺术、卡拉 OK、街头秧歌、公园舞会、文化标准化……所有这些现象都使人难以把审美与生活绝然分开，也很难把生活与艺术绝然分开，同时也难以把审美与功利绝然分开（广告中有审美，但最功利）。这些新的现象，生活中这些新变化，对传统美学的"审美无利害"、纯文学纯艺术、艺术创作天才论、艺术个性化……等等观念，进行了猛烈冲击。它们是审美、也是生活，是生活、也是艺术，是"制作"、也是"创作"，是"创作"、也是"欣赏"……它们已经远远越出以往神圣的纯洁的"艺术殿堂"，普通得像村姑、像牧童、像农夫、像工人、像教师、像蓝领也像白领……它们的参与者不用打上领带、撒上香水、一尘不染地走进音乐厅，而是席地而坐听演唱，有时自己跑上去又歌又舞，是演员也是观众，散场时拍拍屁股上的灰就走；还有，现在"贵族们"穿上了"下等人"的服装，而所谓"泥腿子"则西服革履，在某些场合你辨不清身份……

在某些人看来：既然审美与生活合流了（审美即生活、生活即审美），艺术与生活模糊了（生活即艺术、艺术即生活），那么，艺术是不是就此终结或曰消亡？艺术如果终结了、消亡了，文艺学、美学、文艺美学还有必要

① 《从实践美学到美学实践》，《学术月刊》2002 年第 2 期。

存在吗？

　　但是我认为不必忙着下判断、作结论。必须仔细考察和思索一下：艺术是不是真的"熔化"了、消失得无影无踪了、不存在了，从而，黑格尔的"艺术终结"断言成为现实了。

　　未必如此。

　　我的基本看法是：

　　第一，必须承认生活与审美、生活与艺术关系的这些新变化、新动向。文艺学、美学、文艺美学必须适应这些变化和动向作出理论上的调整，对新现象作出新解说，甚至不断建立新理论。就此而言，舒斯特曼和沃尔什的理论新说是很有价值的。

　　第二，对上述生活与审美、生活与艺术的这些新变化、新动向也不能夸大其词，如詹明信所描述的那样："在后现代的世界里，似乎有这种情况：成千上万的主体性突然都说起话来，他们都要求平等。在这样的世界里，个体艺术家的个体创作就不再那么重要了。艺术成为众人参与的过程，不只是一个毕加索。"似乎艺术、艺术家在这种"平等"、"人人参与"、"标准化"……之中，失去意义和价值了，艺术与生活完全合一了；似乎人人都成为毕加索，从而毕加索就销声匿迹了，艺术家就不存在了。其实，这是一种误解。人类的整个生活和艺术并不都是这样。以往把艺术放在象牙之塔中与生活隔离，看来是不对的；现在倘若把艺术完全视同生活，也不符合事实。以往的那些所谓高雅艺术（剧场艺术、音乐厅艺术、博物馆艺术……）和艺术家作家的创作，并没有消失，恐怕也不会消失。人是最丰富的，人的需要（包括人的审美需要、审美趣味、艺术爱好）也是最丰富、最多样的。谁敢说，古希腊的雕刻、贝多芬的音乐、曹雪芹的《红楼梦》、泰戈尔的诗……过几百年、几千年就没人看了、没人喜欢了？谁敢说，以后就永远不能产生伟大作家、伟大艺术家？帕格尼尼时代的普通人小提琴没有帕格尼尼拉得好，今天的人小提琴没有吕思清拉得好，将来，恐怕还会出现普通人与帕格尼尼、吕思清式的小提琴家之间的差距。艺术天才还会存在，艺术个性还会存在。面对"全球化"浪潮下产生的所谓"文化标准化"，更应该强调艺术个性。詹明信曾说："全球性的交流，包括互联网，距离感的消除，这些都是积极的，可喜可贺的。……全球化在各地都在促进标准化。这种标准化影响到文化问题，使文化也产生了标准化，相同的媒介在全世界到处宣扬。目前的文化远不是差异大的问题，而是越来越趋向同一的问题。我们有一件好东西，就是文化差异，是可喜的。我们也有两件坏东西，一件是经济标准化，另一件是文化标准化。"① 我赞成这种反对文化标准化的态度。审美趣味永远千差万别（"趣味无争辩"是对的），艺术个性永远千种百样。

　　第三，即使就上述生活与审美、生活与艺术的新变化、新动向而言，也还要作具体分析。审美融合在生活里了，艺术融合在生活里了，这并不是表明审美和艺术真的消失或消亡，而只是表明它们转换了自己的存在形式。在这里我还想引述美国学者詹明信与中国学者在北京《读书》杂志进行座谈时说过的两段话。詹明信说："在六十年代，即后现代的开端，发生了这样一种情况：文化扩张了，其中美学冲破了艺术品的窄狭框架，艺术的对象（即构成艺术的内容）消失在世界里了。有一个革命性的思想是这样的：世界变得审美化了，从某种意义上说，生活本身变成艺术品了，艺术也许就消失了。这看上去是黑格尔的思想，因为黑格尔说，艺术被哲学取代了。但从事这方面研究的人们说，黑格尔并不是说艺术的对象没有了，因为生活需要更多装饰。"又说："……艺术对象的消失被德里达称之为自由了，从这个意义上说，艺术变成了空间而不是客体。……在美国，当今一种重要而兴旺的艺术形式，它正在取代简单的油画和旧的框架意义上的艺术形式，没有艺术对象，只有空间。对艺术对象不进行研究。艺术对象的消失被解构主义者说成是艺术的死亡，是一种毁灭。"② 詹明信并不赞同"审美消失论"和"艺术消失论"。现实生活中发生了审美生活化和生活审美化、艺术和生活的界限不清的现象，这都是事实。但这只是表明艺术的对象、构成艺术的内容，消失在世界里了，只是说艺术的对象（构成艺术的内容）转换了存在的位置和形式，却并不是说它们不存在了，更不是说审美和艺术不存在了。譬如，广场歌舞、狂欢，当然可以视之为人们的一种特殊生存形式，但它是人们生存的娱乐、审美、艺术形式，而不是人们生存的生产形式。审美和艺术融合其中了，但还是可以从中找出它们的影子来。它们并非从此消亡和终结。或者

① 詹明信等：《回归"当前事件的哲学"》，《读书》2002 年第 12 期。
② 詹明信等：《回归"当前事件的哲学"》，《读书》2002 年第 12 期。

按詹明信的说法，只是因为"文化扩张"、"生活本身变成艺术品了"，因此，原来意义上的艺术对象（构成艺术的内容），消融在"文化"、"生活"、"世界"里了，这即产生了所谓"艺术的消失"或"艺术的终结"。其实，艺术还照样存在，审美、装饰照样需要，只是它不是像过去那样与"生活"、"文化"、"世界"隔离开来、独立出来，而是与"生活"、"文化"、"世界"融合在一起，从而也就不易于被人们单独挑出来指指点点而已。美、崇高、丑、卑下、悲、喜……永远存在，艺术永远存在；可能存在的方式、形态有变化。如詹明信所说："但在如今的社会里，艺术和文化运作具有经济的性质，其形式是广告，我们消费事物的形象，即物品形象中的美。"①

因此，审美活动和文学艺术不断发展变化，审美和艺术可以有新的方式、形式、形态，变换无穷。然而，我坚信审美不会消亡、艺术不会消亡。由此，对审美和艺术的把握和思考不会消失，文艺学、美学、文艺美学也会存在下去，并且随社会现实、审美活动、文学艺术的不断发展变化而发展变化。

仅就文艺美学而言，第一，目前就急需对审美和艺术的新现象如网络文艺、广场文艺、狂欢文艺、晚会文艺、广告艺术、包装和装饰艺术、街头舞蹈、杂技艺术、人体艺术、卡拉OK、电视小说、电视散文、音乐TV，等等，进行理论解说。第二，的确应该走出以往"学院美学"的狭窄院落，吸收舒斯特曼和沃尔什的有价值的意见，加强它的"实践"意义和"田野"意义。文艺美学绝不仅仅是"知识追求"或"理性把握"，也绝不能仅仅局限于以往纯文学、纯艺术的"神圣领地"，而应该到审美和艺术所能达到的一切地方去，谋求新意义、新发展、新突破。

总之，文学艺术不会消亡，文艺美学不会消亡，它们会应新的历史文化环境和自身内在发展的需求，不断变化、前进。

（原载于《文学评论》2003年第4期）

---

① 詹明信等：《回归"当前事件的哲学"》，《读书》2002年第12期。

当代社会文化转型与文艺学学科建设

曾繁仁

最近，我参加了一个"全球化时代文艺学学科建设研讨会"，会议围绕信息化与大众文化兴起的背景下文艺学学科的发展讨论得十分热烈，争论得不可开交，在美与非美、文学与非文学，乃至文艺学学科的哲学根据、对象、方法与主要范畴等基本问题上都难以统一。有一位与会的从事现当代文学研究的学者会后对我说，他对这种情况深感惊异，认为文艺学学科目前已到了崩溃的边缘。我对他的这一评价也深感震动，不免引起对当前文艺学学科建设的一番思考。

我认为首先应该正视我们所面临的当代社会文化转型的形势，才能正确认识文艺学学科当前所出现的争论与今后的发展。从社会的角度说，当前所面临的是从传统的计划经济到社会主义市场经济、由农业社会到工业社会与后工业的信息社会以及由乡村状态到大幅度城市化的转变。而从文化的角度说，则是从印刷的纸质文化到电信与网络文化、由知识阶层的精英文化到受众空前的大众文化、由文化的封闭到全方位开放的转变。而对文艺学学科来说更为重要的是当代出现的哲学理论形态的转型，即哲学领域由古典形态到现代形态的转型，表现为由主客二分到有机整体、由认识论到存在论、由人类中心到生态中心、由欧洲中心到多元平等对话的转变等等。这些社会与文化的转型必然对传统的文艺学理论体系形成巨大冲击。从传统的文艺学来讲，历来以认识论作为其哲学根据，在权威的教材中宣布"艺术就是作者对于现实从现象到本质作典型的形象的认识"。但当代形态的文艺理论对于这种混淆文学艺术与科学的认识论文艺观是否定的。而对于文艺学的对象——文学艺术现象，由于电影电视、网络文化与大众文化的勃兴，审美进一步走向生活，走向经济，出现了一系列在文艺、生活与商品之间难以划清界限的广告、服饰乃至影视剧、影片、VCD 等等。因而，文艺学的研究对象也难以蠡清。而在传统文艺学的主要范畴上，由于上述文化现象的出现与对主客二分"解构"的各种现代理论的流行，因而也出现诸多歧异，乃至于颠覆传统的情形。例如，文学与生活、形象与典型、文本与读者等等，由于审美的生活化与当代存在论美学的意义的追寻、接受美学的阐释本体等理论现象的传入，以上传统范畴的固有内涵均难以成立。在研究方法上，由于文化研究的盛行，也导致了对传统审美内部的研究方法的解构等等。凡此种种，都说明在新的形势下文艺学学科建设的确面临空前尖锐的挑战。

这种挑战可以说是一种冲击，但其实也正是一种发展的机遇，促使我国当代文艺学学科，面对新时代，改革旧体系，充实新内涵，真正走上与时俱进之途。因为，社会的发展与需要恰是推动科学前进的最大动力。恩格斯在 1894 年曾经说过："社会一旦有技术上的需要，则这种需要就会比十所大学更能把科学推向前进。"其实，上述社会文化的转型就意味着当代社会对文艺学学科的需要发生了根本的变化，文艺学学科应主动适应这种需要与变化，而不是不闻不问，更不是去抵制，当然也抵制不了。我觉得这里有一个对文艺学学科现状的自我审视问题。我想从三个角度来说。从马克思主义文艺学建设的角度，无疑我们取得了巨大成绩，产生了毛泽东文艺思想与邓小平文艺思想等具有中国特色的马克思主义文艺理论形态。但也不可否认，我们在具体研究中出现过以西方古典形态的主客二分思维模式和僵化教条理论模式误解马克思恩格斯基本理论的现象。例如，在我国美学与文艺学领域影响深远的"实践美学"，其主要提出者就认为"美学科学的哲学基本问题是认识论问题"，"从分析解决主观与客观，存在与意识的关系问题——这一哲学根本问题开始"。这显然在对马克思实践观的理解上是一种倒退和误解。而对于 20 世纪以来的西方现代文艺思想，我们也不能做到正确评价，虽然这种理论思想在改革开放以来大量传入，迅速传播，但对其理解和评价总难统一，长期以来我们从传统的思维定式出发总体上对其持否定态度，对其价值意义缺乏客观公允的评价，特别对其克服主客二分认识论思维模式，走向存在意义的追寻与"非人类中心"所具有的重要价值认识不够。在中国古代文论的研究中，以钱钟书、宗白华为代表的一大批学者作出了不可磨灭的贡献，但也存在用西方古典形态"感性与理性"对立统一的"和谐论"美学与现实主义文学理论等硬套中国古代建立在"天人之际"、"阴阳相生"、"位育中和"基础之上的"中和论"美学与文艺思想的情形。以上回顾旨在说明我国当代文艺学学科自身的确存在不适应时代要求，相对落后，亟须改革的一面。而新时代的社会文化转型又的确给文艺学学科建设注入了新的活力与营养。影视与网络的发展无疑是文艺传播的革命，而大众文化的发展则是对传统精英阶层文化霸权的一种冲击，并使文学艺术的参与者从未有过的扩大，而文化诗学则给文艺研究增添了强有力的新视角和新方法。当然，社会文化的转型也有其不可否认的负面作用。其表现为大众文化的低俗趋势、文化产业对经济效益的盲目追求、工业化所导致的工具理性泛滥、城市化与社会竞争所形成的精神疾患蔓延、网络化所造成的文化的平面化等等，集中表现为当代人的生存状态的非美化现实。这一切恰恰为当代文艺学学科的发展提出了新的课题。海德格尔认为，面对当代工具理性的泛滥必将有一种新的美学和文艺学形态应运而生。他说："一旦我们始终去沉思这一点，就会产生一种猜度，即在那种促逼的暴力中，亦即在现代技术无条件的本质统治地位中，可能有一种嵌合的指定者（das Verfugendeeiner Fuge）起着支配作用，而从这种嵌合而来，并且通过这种嵌合，整个无限关系就适合于它的四重之物。"这就是"天、地、人、神"的四方游戏及由此形成的人的"诗意地生存"。这正是当代形态的存在论美学与文艺学的应运而生。

文艺学学科的当代发展还必须转变观念。面对新的社会与文化现实，传统形态的文艺学将逐步得到改造。在哲学根据上，主客二分的传统认识论将代之以现代形态的有机整体哲学。而传统的文艺学学科自身严密而清晰的超稳定的边界也将打破，而代之以跨学科与多学科的交叉融合。当然，文艺学学科也不是无任何边界，让人无法把握，而是具有相对的学科边界。例如，在美与非美、文艺与生活的边界问题上，可以具有社会共通感的"审美经验"与"人的诗意的生存"作为其方向。在文艺学学科的理论形态上也不应是一元的，而是在马克思主义基本理论统帅下呈现多元共存、多姿多彩之势。而随着对当代西方"解构"理论的某种认同，文艺学学科领域的"欧洲中心"也将逐步打破，而代之以中西平等对话，特别是在摈弃主客二分西方传统思维模式后，应进一步加强对中国古代"言志说"、"意境说"与"气韵说"等古典存在论文艺观与现代文艺学优秀遗产的重新阐发与继承弘扬。

　　为了应对当代社会文化转型的挑战，当代文艺学学科的发展应立足于建设。最重要的是确立马克思主义基本理论的指导。首先是确立完整的准确的马克思主义实践观对当代文艺学学科建设的指导，剔除长期以来对马克思主义实践观的误解，还其本来面貌。事实证明，马克思主义实践观恰是对传统主客二分思维模式的突破，突出地强调了一种抛弃物质的或精神的实体的主观能动的社会实践活动，标志着由古代传统的客观性、主观性范畴到现代的关系性与实践性范畴的过渡，恰是对西方现代哲学——美学对于社会实践的严重忽视是一种根本性的弥补与纠正。特别是马克思主义实践观中的美学观，对于当代文艺学学科的建设更加具有极其重要的意义。我认为从完整地准确地理解马克思主义实践观与美学观出发，应该将《1844年经济学哲学手稿》与《关于费尔巴哈的提纲》结合起来理解，将前者作为后者的重要补充。由此，我们认为应该这样来全面概括马克思的实践观：哲学家们只是用不同的方式解释世界，而问题在于改变世界，人也按照美的规律来建造。这样，审美观就成了马克思的实践观必不可少的、有机的组成部分，从而马克思主义实践的审美观就理所当然地成为马克思主义美学与文艺学的基石。按照马克思的理论，包括文艺在内的审美是产生于社会实践基础之上的、人同世界的一种特有的"人的关系"——审美的关系，这种审美的关系是人的一种极其重要的生存方式，即"诗意的生存"。当然，我们也应该继承发扬我国现代毛泽东和邓小平文艺思想所创立的"文艺为人民"的正确方向。我们认为，恰是新的时代为我们完整地准确地理解马克思主义实践观及建立在其基础之上的美学观和文艺观提供了必要的前提，从而也为马克思主义文艺学学科的建设奠定了更加坚实的基础。

　　写到这里，我想起当代理论家伽达默尔讲过的一句话："当科学发展成全面的技术统治，从而开始了'忘却存在'的'世界黑暗时期'，即开始了尼采预料到的虚无主义之时，难道人们就可以目送夕阳的最后余晖——而不转过身，去寻望红日重升的时候的最初晨曦吗？"我想过去的主客二分的工具理性时代已是必然要变成历史，那就让我们逐步目送其夕阳的余晖，而转身以自信的勇气在马克思主义实践观与"文艺为人民"正确方向的指导之下，从"人的诗意的生存"出发建设当代形态的文艺学学科，作为新时代文学艺术发展的理论指导，创造更加美好的人与社会、自然及自身和谐协调的生存状态，去迎接 21 世纪朝阳的最初晨曦。

（原载于《文学评论》2004 年第 2 期）

"和谐论"文艺美学的理论特征和逻辑构架

周来祥

　　为了使人们便于理解和掌握"和谐论"的理论体系，我把自己在学术上的一些追求概述一下：

　　一、我认为文艺美学作为一个学科，既是传统美学发展的必然产物，又是 20 世纪诞生的一个新兴学科，有的同志说它是中国美学家对世界美学一个独特的创造和贡献，是有道理的。因为时间短，目前学术界对文艺美学的对象、内容和学科定位，有不同的意见，是正常的、有益的。我根据长期反复的思考，试从研究视角、方法、对象、内容和相关学科的关系五个方面，界定文艺美学的内涵、性质和学科位置。我认为文艺美学既是哲学美学和艺术部门美学的中介环节，又是文艺社会学、文艺心理学的并列学科，但似乎不是美学与文艺学交叉产生的既非美学、又非文艺学的第三种学科，也不是黑格尔式的艺术哲学之一。

　　因为传统的艺术哲学只有单一的哲学视角和哲学方法，所以文艺社会学主要是社会学的视角和方法，文艺心理学也主要是心理学的视角和方法，它们都着重从一个方面揭示文艺的本质和规律，而文艺美学则将哲学的、社会学的、心理学的视角和方法综合起来，力图多视角、全方位地展现艺术的审美本质和美学规律。它是哲学美学、艺术哲学的一个新发展。它是整个美学科学的一个构成部分，在学术范围和学科性质上是属于美学学科的，同时它又吸收和融合了文艺心理学、文艺社会学的视角和方法，也可成为彼此互动互补的文艺学的并列学科。

　　二、在理性的科学认识和感性的伦理实践之间的艺术本质的审美规定上，我也在着力弘扬和发展古今中外的美学思想和艺术理论。古希腊的摹仿再现美学，在自然和人本、客体与主体的素朴统一中偏重于客观本体的认知；古代中国偏于抒情的表现美学，在自然和人本、客体和主体的素朴和谐中偏重于主体心灵的呈现。西方 17 世纪理性派和经验派的对立，特别是康德之后，在自然与人本、主体和客体的二元对立基础上，日益转向主体情感的表现。从康德开始客观本体日益转向人类理性主体，以后又嬗变为柏格森的生命主体。海德格尔则由康德抽象的主体，走向感性的生存着的"此在"（Dasein）。雅斯贝尔斯则由海德格尔原始的主客体未经分化但又非个体的"此在"，走向"我"这一"非知识性"个体的决定论。如叶秀山同志所分析的：他认为"我"不是由因果律决定的，不是"我"的过去决定了"我"的现在，"我"的现在决定了"我"的未来，而是"我"吸收了过去和将来，我是决定性的，"我"自己决定我是（什么）。① 这种"我"的存在论意义上的个体决定论，把个体主体凸现到首要地位。解构主义的德里达，则在否定客体本体的基础上进一步否定了一切本质、中心，把一切归于个体主体的虚构，它用主观相对主义勾销了客体、绝对和普遍真理。总之他们拒绝传统的客观的理性认识论，拒绝知识哲学，只强调存在、主体、人、生存的个体的本体性，只承认艺术是"存在的本真的"呈现，是人的主体的"呈现"，而否认艺术的客观性、认识性、真理性。这有部分的真理性，但也似更为极端和片面。而近现代的中国美学，虽然在西方文化、美学的冲击和影响之下，却没有像西方那样极端，而是在曲折中走向更高的和谐。和谐美学的艺术审美本质论综合了古代和近现代的美学并予以辩证地发展，真正突破了西方近代的二元对立，审美地把理性的科学认识和感性的伦理实践、自然主义和人本主义、客体再现和主体呈现辩证地和谐地统一起来，力图在二者之间巧妙地恰到好处地把握艺术的审美特征。马克思在《〈政治经济学批判〉导言》中所说的艺术是对世界"实践—精神的掌握"方式，也正应该从这个角度来理解。1983 年我曾写过《论马克思关于艺术掌握世界的方式》一文。在这篇文章中，我认为艺术掌握"既不是单纯的物质实践，也不是单纯的精神思维，而是两者的融合"。也就是说，它"既与感性实践活动的感性、具体、物质性相联系，又与科学认识活动的理性抽象精神性相联系，同时在根

① 　叶秀山：《思·史·诗》，人民出版社 1988 年版，第 240 页。

本上又不同于感性实践和理性认识。它是感性与理性、心理与认识、情感与理智、具体和抽象、物质实践性和精神意识性的和谐统一"①。

三、我把艺术审美本质界定为审美关系的典型形态，界定为理性科学认识和感性伦理实践之间的第三种审美意识，界定为以情感为中介的感知、表象、想象、情感、理解有机统一的心理结构整体。这一规定既吸收了康德在智、情、意的三大划分中把审美判断归于情感领域的论述，又超越了康德把美归于形式的倾向。因为美、艺术本身就是真与善和谐统一的产物，这就从根本上否定了脱离真、抛弃善的唯美主义。同时处于这一之间的审美艺术，也防止了把艺术等同于理性科学认识的公式化概念化倾向，也遏制着把艺术等同于感性伦理实践的意志化理想化倾向。前者貌似于再现客观生活的现实主义，后者冒充为抒发内心情感、追求主体理想的假浪漫主义，它们都超越了这二者之间的界限，而易于滑入纯理智认识或纯意志实践的非艺术领域。

四、与把美和艺术砍成两橛的观点不同，我把美和艺术、美的形态和艺术的形态紧密地联系在一起。美和艺术的本质，美的形态和艺术的形态，只有物质存在和精神意识的区别，而在结构上、本质上是一致的。从美的本质到艺术的本质，从美的形态到艺术的形态，是美学理论发展的逻辑必然。美的本质是由审美关系决定的，而艺术正是审美关系的典型形态。同样，古代的美是偏于和谐的，古代艺术也是和谐美的古典主义艺术；近代是偏于对立的崇高，近代艺术也是偏于对立的浪漫主义和现实主义艺术；现代反和谐的丑，规范了丑的现代主义艺术；在对立中走向极端化和悖论的荒诞，陶铸了荒诞的后现代主义艺术；而新型的辩证和谐美，与社会主义、共产主义艺术有本质上的一致。美和艺术这种本质上的共性又正好说明文艺美学是美学的一个分支学科，是美学学科发展的一个理论中介和逻辑环节，而不是脱离美学轨道的第三种学科。

五、理性主义美学偏重于艺术审美本质抽象的总体的研究，黑格尔宏大的《美学》三卷，缺失艺术作品的具体剖析。20 世纪非理性美学似正好相反，它们拒绝抽象的总体研究，而日益关注艺术作品具体而微的解析。19

---

① 　周来祥：《论马克思关于艺术掌握世界的方式》，《文史哲》1983 年第 3 期。

世纪初俄国形式主义开始转向语言、形式的具体探索，英美新批评派把文本提到本体论的高度，现象学美学在"走向事实本身"的口号下，专注于艺术作品的思考。现象学美学家英伽登 1931 年写了《文学的艺术作品》，1939年写了《对文学的艺术作品的认识》，1962 年写了《艺术本体论研究》，到1969 年又写了《体验、艺术作品和价值》，他用了 30 多年研究艺术作品。而他所说的艺术作品就是艺术的本体，他所说的艺术本体论，也就是艺术作品论，二者没有什么差别，实质上是以具体的艺术作品论，取代和否定了艺术抽象的总体研究。"和谐论"文艺美学体系则取二者之长，力避二者之短，既对美和艺术抽象总体把握，又对艺术作品的审美构成作具体探索，尽力把抽象思考的艺术总体和具体分析的艺术作品辩证结合起来，以相互补充、相交印证、相映生辉。

六、我认为重视方法论，是文艺美学作为哲学、美学学科的标志之一。没有深刻的方法论，不能称之为哲学理论，也不能称之为美学理论。我历来主张研究方法是学术科学的生命线。美学要创新、美学理论要有原创性，首先方法要创新，要有自己方法论的特点。"和谐论"文艺美学的方法论与其理论体系是一个硬币的两面，它运用以辩证思维为统帅的多元综合一体化的方法，构筑了一个纵横结合网络式圆圈型的逻辑框架。"和谐论"文艺美学体系以黑格尔、马克思的辩证逻辑思维为根基，以抽象上升到具体、历史与逻辑相统一为主线，展开了一个从艺术的萌芽（亦即其本质的抽象规定）开始，经古代美的古典主义、近代对立崇高的浪漫主义、现实主义、丑的现代主义、荒诞的后现代主义、向现代新型辩证和谐美的社会主义艺术发展的历史画卷。"和谐论"文艺美学体系又吸收融合了现代自然科学方法及现代哲学、现代美学的方法。它对美的本质、艺术审美本质的分析，借鉴了系统论的方法，是一种超越对象性思维的关系系统思维。在美的形态和艺术形态的研究上也渗透着现象学的方法、结构主义的精神，它是在构成美和艺术的各种元素或和谐或对立的矛盾构成上，划分着古典美和艺术、近代崇高和崇高性艺术、现代辩证和谐美与社会主义艺术的根本差异。结构主义与系统论骨子里也是相通的，它们都可以升华到哲学方法论的高度，由马克思主义的辩证思维予以整合和融汇，成为丰富、发展、完善辩证思维的一个富于生命力的构成部分。但是黑格尔的辩证思维长于纵向动态的历史观照，缺乏横向静态的共时分析。而现代自然科学方法是一种横向、静态、共时的思维模式，20世纪的现代哲学、现代美学也多专注于共时的横向研究。它开始倾向于艺术家研究，后又转向艺术作品论、文本中心论，最后又转向受众中心论创造美学，特别是文本美学、接受美学，成为20世纪西方美学的主要内容，但它缺失了黑格尔、马克思宏大的高瞻远瞩的历史眼光。"和谐论"文艺美学体系力图在马克思主义辩证思维的基础上，取二者之长，弃二者之短，把纵与横、动与静、历时与共时高度融合起来，使之既包括美和艺术由古代到现代的历史嬗变的多彩画卷，又包括横向的艺术创造、艺术作品、艺术接受的静态解析，力争成为目前最全面、最丰富、最完整的文艺美学体系。而这种纵横、动静的结合，不仅表现在其内容的组合和构成上，而且渗透于各个范畴、各个观念的分析上，使它纵向中有横向，横向中有纵向；动中有静，静中有动；历时中有共时，共时中有历时。如美和艺术由古代、近代向现代历史的嬗变，是纵向的、历史的、动态的，但对古代、近代、现代美和艺术本身的剖析，则是相对静止的、横向的。再如绘画、音乐、舞蹈、文学、戏剧等各种艺术样式，既有自己产生、发展、成熟、嬗变的历史，又都是相互并列的姊妹艺术。特别像视觉艺术绘画、听觉艺术音乐，几乎和人类同时诞生，也将永伴着人类生存的历史。只要有人类，恐怕就要有绘画和歌声。同时在横向的研究中，也渗透着纵向的历史感。如内容与形式这对古老的范畴，虽然任何时候都是存在的，但在古代强调二者素朴的和谐，近代则把二者对立起来，现实主义艺术、再现艺术偏重内容，浪漫主义艺术、表现艺术则偏重形式。20世纪初俄国形式主义，开始把形式提到本体的地位，现象学和存在论的美学则致力于消解内容与形式的二元对立。现代马克思主义美学则应把内容与形式更高的辩证和谐作为美和艺术的最高理想。人物与情节的关系也如此，一方面要阐明二者一般的美学关系，一方面要揭示其组合的不同的历史原则。古代艺术偏重于情节，古希腊亚里士多德在《诗学》中把情节放在第一位，人物处于第二位。中国古代文学富于故事性，人物在故事的演进中展示出来。近代艺术则把人物提到核心的地位，为了塑造典型人物，打破了故事的完整性和情节的单一性，甚至剪取和集中一些互不相关的细节，多侧面多层次地刻画典型性格。现代主义淡化人物和情节，后现代主义则把人物作为一种符号，情节可以随意编造。还有艺术是感知表象、情感、想象和理解高度融合的审美心理结构，在历史上也各有偏重，古代艺术倾向于四者平衡、协调，近代艺术趋于分裂对立，现实主义更强调感知、表象、理智，浪漫主义更追求情感想象理性，表现主义和荒诞艺术则把想象推到幻想、梦想、直觉甚至荒诞离奇的极端，强调本能、无意识和荒诞意识。新型和谐美的社会主义艺术则追求再一次把四者更高更理想地融合起来。这样便形成一种动静结合、纵横交错、螺旋上升的网络结构，我力图用这种发展着的辩证思维方法和复杂的网络结构，多视角、多层次、动态的、立体的、全方位地完整地揭示文艺的美学原理和历史规律。

（原载于《文史哲》2004 年第 3 期）

美学与艺术也是一种生产力

陈 炎

一

"生产力"是政治经济学中的一个重要的概念，也是历史唯物主义中的一个核心范畴。根据后者的理解，生产力决定生产关系、经济基础决定上层建筑、社会存在决定社会意识……在这种层层演绎、不断推进的人类文化结构中，生产力便成为最革命、最活跃、最具有根本意义的力量。按照《中国大百科全书·经济学》的权威解释，所谓生产力，也就是"人类在与自然的物质变换过程中把自然物改造成为适合人类需要的物质资料的力量"[①]。具体说来，"生产力是由劳动者和劳动资料、劳动对象等要素组成的。具有一定的生产经验（或科学知识）及劳动技能的劳动者，是生产力的主体，在生产过程中发挥着主导地位"[②]。认为劳动者是生产力的主体，在生产的过程中发挥着主导地位，这无疑是正确的，但是，将这种生产力的"主体"能力归结为"生产经验"、"劳动技能"、"科学知识"三个方面的说法，却存有值得商榷之处。在我看来，作为生产力主体的劳动者，至少具备体力、智力、审美判断力（包括情感和想象能力）三种与生产相关的主体能力，而这三种能力的历史性展开，便显现为生产力发展的三个阶段。

在以农、林、牧、渔业为代表的第一产业占主导地位的前工业时代，人们要利用自身的肉体力量与外在自然进行直接的物质交换，即通过肩挑手

---

① 《中国大百科全书：经济学》（光盘版），中国大百科全书出版社 2000 年版。
② 《中国大百科全书：经济学》（光盘版），中国大百科全书出版社 2000 年版。

挖的原始方式来对自然界进行改造。在这一时期，社会生产力的主要因素无疑是人的体力。正因如此，人的体能受到了高度的重视。关于这一点，我们可以从农村公社时代的工分制度中得到直观的印证。除了体力之外，人们在打猎、捕鱼、放牧和耕作中也需要一定的经验，故而人的经验也是这一时期生产力的重要因素。经验与科学不同，它作为个体的生产者日积月累而获得的感性知识，尚未演变为理论化、系统化的知识形态，因而只能在具体的生产过程中直接传授，不宜通过教育途径间接获得。在这种情况下，人的生产经验常常随着年龄的增长而增长，甚至随着个体的消亡而消亡，这也正是古代社会普遍尊重长者的原因所在。当然，在这一时代里，牲畜在生产活动中也占有重要的地位，但是无论如何，任何畜力都是由人力控制和驾驭的，否则它便不可能成为一种生产力要素。从这一意义上讲，畜力只不过是生产工具而已。

到了以机器制造业为代表的第二产业占主导地位的工业时代，社会生产力的主要因素出现了变化，即由人的体力和经验让位于科学和技术。当然，这并不是说人的体力和经验不再是生产力要素，而是说单纯的体力和直观的经验已不再是生产力的重要因素。在这一时代里，由于有了机械化生产，人们更多地不是通过肌肉的力量与自然对象发生直接的物质交换，而是借助机械的力量间接地改造自然。正如在渔猎和农耕时代，任何畜力都是由人来控制和驾驭的一样，在工业时代，任何机械都是由人来制造和使用的。不同之处在于，控制和驾驭牲畜主要依靠的是人的体力和经验，而制造和使用机械主要依靠的是人的科学和技术。科学和技术不同于体力和经验，它们不是先天具有的，也不是在生产过程中逐渐积累下来的，而是通过系统的教育和培训才能够掌握的。因此，在工业化时代，教育的普及与提高，便成为一个社会提升其劳动群体生产力水平的主要途径。在科学的发明与技术的创造过程中，人的脑力劳动渐渐显得比体力劳动重要起来，智力的优越者比体力的优越者受到了越来越多的重视，学历和文凭渐渐取代了日积月累的生产技能，有知识的精英也便取代了有经验的长者而成为社会生产的核心力量。当机械化的生产流水线作业取代了打猎、捕鱼和田野耕作的时候，四肢发达、头脑简单的"壮劳力"便渐渐失去了用武之地。与此同时，科学技术在生产活动中的"贡献率"也越来越高，人与人之间天然的肉体能力差别和后天的经验积累差距已显得不太重要。于是，"尊重知识、尊重人才"也便代替了"尊重体力、尊重经验"而成为一种历史的必然。也正是在这样一个时代里，人们提出了"科学技术是第一生产力"的历史性主张。

　　然而，随着物质财富的积累和生活水平的提高，人类产业结构的调整还在继续。正像马克思所说的那样，"社会为生产小麦、牲畜等等所需要的时间越少，它所赢得的从事其他生产，物质的或精神的生产的时间就越多"①。农、林、牧、渔业的充分发展，满足了人们直接的物质需求；机器制造业的充分发展，使人们的物质需求有了更多的剩余和保障。在物质财富相对充裕的情况下，人们有可能用更多的时间来从事精神财富的生产，从而使产业结构发生新的变化。

　　早在 20 世纪 20 年代，澳大利亚和新西兰就产生了一种有关产业结构的区分，人们把农业称之为"第一产业"，而把工业称之为"第二产业"。在此基础上，费希尔提出了"第三产业"的概念，用以概括满足人类物质需求以外的更高级的精神需求的生产活动。"随着现代经济的发展，满足物质生活需要以外的更高级的需要的产业迅速发展起来。于是在社会经济的发展中出现了这样的趋势：在农业中就业的人数相对于工业中就业的人数趋于下降，接着，在工业中就业的人数相对于服务业中的就业的人数也趋于下降。经济学界把这种经济发展趋势称之为'配第一克拉克定律'。"②20 世纪 70 年代以来，世界上绝大多数国家的第三产业发展速度超过了第一产业和第二产业，时至今日，第三产业已成为发达国家国民经济增长的主要部门。

　　按照一般的分类原则，"第一、第二产业是直接从事物质资料生产的产业部门，第三产业不是直接从事物质资料生产的部门，它们在产品上有物质形态和非物质形态的区别"③。然而在我看来，这一区别毋宁从消费经验的角度上入手更为合理：第一产业和第二产业主要诉诸人们的物质需求，而第三产业则更多地诉诸人们的精神需求。正是在这种以诉诸人们的精神需求为主要形式的"第三产业"中，劳动者除体力、智力之外的审美判断力便有了更多的用武之地。也正是在这一意义上讲，在以服务业为代表的第三产业占主

---

① 《马克思恩格斯全集》第 46 卷（上），人民出版社 1979 年版，第 120 页。
② 《中国大百科全书：经济学》（光盘版），中国大百科全书出版社 2000 年版。
③ 《中国大百科全书：经济学》（光盘版），中国大百科全书出版社 2000 年版。

导地位的后工业时代，美学和艺术作为生产力的要素也便具有了越来越重要的地位。

二

在"后工业时代"，美学与艺术作为生产力的主要因素，主要是通过以下三种途径来加以实现的。

首先，是制造直接用于审美欣赏的精神产品。艺术作为直接用于审美欣赏的精神产品，并不始于今日，而是古已有之。但是，在生产力低下的古代社会里，由于广大的劳动者既没有足够的剩余时间来进行精神享受，也没有足够的文化素养去进行艺术追求，更没有足够的资讯手段来获得审美资源。于是，在古代社会里，审美和艺术活动基本上属于少数有闲阶层的事情，且与宗教和政治紧密相连，它主要是一种意识形态活动而非商业行为。无论是在奴隶时代还是在封建时代，贵族阶级都曾拥有数量可观、质量上乘的艺术作品，但这些作品很少进入流通领域，以商品的形式来实现其普遍的社会价值。

只有到了工业社会尤其是后工业社会以后，由于生产力水平的提高，使广大民众在必要的劳动之外获得了较多的金钱和时间，从而有条件进行审美和艺术活动。由于劳动的科技化要求，使得广大民众必须具备一定的文化素养，从而能够进行审美和艺术活动。由于大众传媒的出现，使得广大民众可以借助便捷的资讯手段来获取审美和艺术资源，从而便于进行审美和艺术活动。在这种情况下，审美和艺术活动才真正从皇室贵族的殿堂中走了出来，成为广大民众消费的对象。而在一个消费决定生产的商品经济时代里，审美与艺术虽然仍具有意识形态功能，但其最为重要的是商品属性。换言之，能否为商家带来足够的经济回报，是一本小说、一部电影、一台戏剧能否问世的关键所在。在这只"看不见的手"的操纵下，艺术家的情感和想象能力，便成了创造财富的可贵资源，美学与艺术的生产力要素也便最大限度地被释放出来。

谈到这里，人们首先想到的是电影业。据统计，2001 年美国好莱坞的票房收入为 83.5 亿美元。而《京华时报》2002 年 5 月 8 日提供的数据显示，美国电影史上单日票房纪录如下：1.《蜘蛛侠》（首天）4141 万美元。2.《哈利·波特》（第二天）3351 万美元。3.《哈利·波特》（首天）3233 万美元。4.《盗墓迷城2》（第二天）2859 万美元。5.《星战前传之魅影危机》（首天）2854 万美元。一部电影能够创造如此之大的经济价值，这是以往任何时代也不能想象的事情。在这一方面，我们不必尽举美国的例子。在国内，张艺谋的《英雄》虽不及上述影片卖座，但也取得了令人瞩目的经济效益。仅在横跨 2002、2003 年度的播映中，投资方新画面影业公司便获得了 8000 万元人民币的票房收入。在物质生活日益富足的情况下，人们有着越来越多的金钱和闲暇来进行艺术的消费。时至今日，购买上百元钱的门票去听一场音乐会，去看一场艺术表演，去出席一场电影的首映式，已不是什么天方夜谭的事情了。张艺谋执导的歌剧《图兰朵》在韩国首尔演出了 11 场，票价炒到2000 美元 1 张，共有 14 万左右的观众观看了演出，组织者约赢利 30 亿韩元。

与电影、戏剧这些传统艺术行业分庭抗礼的是音像制品业，作为全世界录像制品巨头的大明星娱乐公司的年营业额已高达 100 亿美元，其老板韦恩·赫伊岑格也像比尔·盖茨一样成为全世界最富有的企业家之一。不同之处只在于，比尔·盖茨是依靠科技而起家的，而韦恩·赫伊岑格则是依靠艺术而致富的。这两种不同的致富途径是否体现了当今时代二种不同的生产力要素呢？当然了，正像科技界的精英不限于比尔·盖茨一人一样，娱乐界的大腕也不限于韦恩·赫伊岑格一个。时至今日，除了传统的电影娱乐界之外，广告传媒界、游戏制造业也成为越来越多的"淘金者"的乐园。据美国普华永道会计师事务所公布的一项报告显示，在全球经济不甚景气的情况下，2002 年娱乐与传媒产业的收入仍有较大规模的增长，首次突破 1 万亿美元大关……面对这种不胜枚举的事例，我们怎么能够否认"美学艺术也是一种生产力"这样一个显而易见的事实呢？

其次，审美和艺术作为生产力的要素，还可以通过生产艺术作品的衍生物来加以实现。所谓艺术作品的"衍生物"也常被称之为"影视后产品"，它是借助影视作品的轰动效应而将其中的人物、情节加以衍生、扩展后所派生出来的玩具、服装等时尚物品。我们知道，希尔顿的小说《消失的地平线》曾衍生出"香格里拉饭店"五星级品牌，而迪士尼的电视剧《米老鼠与唐老鸭》曾衍生出"迪士尼乐园"的主题公园。《星球大战》和《黑客帝国》

播映后，市场上不仅充斥了相关的仿真玩具，而且出现了电影中的 T 恤衫、帽子以及风衣等大大小小上百种商品。至于随之而来的电影海报、音像制品、电子游戏、图书、邮票之类更是数不胜数。据统计，美国电影后产品约占电影业总收入的 73%。如此算下来，美国电影业的实际收入将是其票房收入的 2—4 倍。在这一方面，中国的影视业虽觉悟甚晚，也开始尝到了甜头。《英雄》一片不仅创造了国产影片的票房之最，也开始了国内研发"影视后产品"的先河：以 1780 万元出售 DVD 和 VCD 版权；跟踪《英雄》拍摄的纪录片《缘起》卖到了 30 万元的好价钱；接下来，根据《英雄》改编的同名小说已开始印刷，与中国邮票总公司合作发行的《英雄》人物邮票也在筹措之中。① 这种借助艺术作品来刺激消费的商业行为，显然会使当年导致"洛阳纸贵"的《三都赋》相形见绌了。

　　最后，也是最为重要的是，美学和艺术作为生产力的主要因素，不仅可以通过直接的观赏对象及其衍生作品加以实现，还可以通过赋予实用产品以"审美附加值"的形式打上其自身的烙印。举个例子：农民收获一斤棉花，在市场上可以卖几块钱；工人将其织成布，可以卖几十块钱；裁缝将其做成衣服，可以卖几百块钱；如果经过类似皮尔·卡丹式的艺术大师设计成时装，就可能卖到几千块甚至上万块钱。可见，由几块钱的棉花变为成千上万块钱的时装，这其中既有"科技的附加值"，更有"审美的附加值"。因此，我们为什么只承认科学技术是一种生产力而不承认美学艺术也是一种生产力呢？

　　其实，越是在科学技术全面发展的历史条件下，越是在商品生产已基本满足了人们生活实用目的的前提下，美学艺术的生产力功能就越发重要。就像人们吃饭一样，先要果腹、吃饱、有营养，然后才能讲究色、香、味俱全。过去，人们能填饱肚子就已经十分满足了，而现在的饭店，不仅要厨艺精良，还要讲究装潢、氛围和格调。这一切，无不渗透了人们的情感和想象，并以"审美附加值"的形式实现其经济效益。再以建筑为例，现代建筑与后现代建筑的最大差别表现为：前者是功能主义的，后者则有着超越使用功能之外的精神追求；前者是科学至上的，后者则有着超越科学之外的人文

---

① 杜爽：《电影后产品：财富续集也疯狂》，《中国经营报》2003 年 8 月 25 日。

含量。更为重要的是，后现代建筑的这种精神追求、这种人文含量，又不同于古代建筑宗教化、伦理化的内容，而是以审美为核心要素的。从这一意义上讲，一座后现代建筑显然要比一座现代建筑有着更多的"审美附加值"。饮食和建筑如此，其他商品生产或消费行为无不如此。一件商品，当满足了人们的使用功能之后，其审美的艺术功能才会渐渐地凸现出来。我们还记得，十几年前，当移动电话还像砖头一样大小的时候，设计者的最大愿望就是减少其体积和重量，使人们用起来方便，时至今日，当手机达到了这一目的之后，设计者除了进一步强化其使用功能之外，便将更多的注意力转移到美观、时尚方面来了。在商店里我们可以看到，一款样式新颖、别致、美观的手机，与同样功能但样式平平的手机相比，在价格上会有着惊人的差异。手机如此，其他商品无不如此。在当今的市场上，几种颜色的搭配，几条弧线的设计，甚至一个包装的选择，都有可能决定着商品身价的高低。

除此之外，在市场经济时代，商品在宣传促销上也少不了借助于艺术的魅力。在"供大于求"的竞争环境下，美轮美奂的广告宣传可以吊起顾客那日益疲惫的胃口。尼尔森媒介研究中心的数据显示，2002 年，中国大陆的广告花费总额增长 20% 左右，达到 100 亿美元。这其中，仅"新浪网"一家全年的广告收入就超过了 1 亿元人民币。该研究中心亚太区董事长霍本德（Forrest L. Didier）预测："因为中国广告市场保持着每年两位数的增长率，中国有望在 2010 年以前超过日本，成为仅次于美国的全球第二大广告市场。"① 显然，广告传达的是商业信息，而商业信息的传达又需要美学和艺术来加以包装。难怪有人认为，在电视和网络媒体普及的情况下，我们已经进入了一个"眼球经济"的时代。也就是说，在供大于求的市场条件下，谁能通过大众传媒而吸引消费者的视线，制造出新的消费热点，谁就能在竞争中立于不败之地。

因此，无须更多的论证，"美学与艺术也是一种生产力"的观点，已经在我们周围的一切生活用品和交换方式中得到了充分的体现。当然了，从文学作品到舞台演出，从唱片录音到影视欣赏，从艺术展览到电脑游戏，这其中仍免不了科学技术所提供的条件，但其中最为直接、最为重要的已不是技

---

① 《中国媒体资讯》，《北方晨报》2003 年 6 月 30 日。

术而是艺术，已不是科学而是美学了。

三

　　通过上述分析，我们看到，说生产力的主要因素是人，是没有错误的，但在不同时代，生产力对人之不同能力的需求却有着不同的侧重。从这一意义上讲，列宁关于"全人类的首要的生产力就是工人，劳动者"①的说法只适用于工业社会。在前工业时代，全人类的首要的生产力显然不可能是工人，在后工业时代，全人类的首要生产力也未必是工人。当然了，同工人一样，工业时代的科学家和后工业时代的艺术家也都是劳动者，只不过他们劳动方式不同，劳动所依据的体力、智力或审美判断力不同罢了。说得彻底一点儿，人类生产力要素的历史性丰富，也正是人的体力、智力和审美创造力的逻辑性展开。

　　认清这一点，不仅使我们的研究更具有历史唯物论主义的科学性质，也有助于我们更加自觉、更加有力地发掘生产力的潜在资源。由于历史的特殊原因，使得当代中国已将前工业、工业、后工业三个历史阶段压缩到共时的社会环境之中。如果非要为我国现阶段的社会性质作出评价的话，我们只能说是以工业社会为主导的，兼有前工业社会和后工业社会经济要素的发展中国家。因此，仅就我国当前的情况而言，科学与技术无疑仍占有"第一生产力"的重要地位。但是，我们同时也应该看到，由于中国城乡经济发展的不平衡性，更由于进入 WTO 以后，中国经济与外国经济日益紧密的交往关系，使得我国经济生活和文化生活中的后现代因素日益增加。在这种情况下，美学与艺术作为生产力要素，已经产生并将继续产生着越来越大的历史作用。

　　针对我国现有的发展状况，1995 年党中央国务院提出了"科教兴国"的发展方略，2003 年党的十六大报告首次将大力发展社会主义文化产业的问题提到了议事日程上，而江泽民同志有关社会科学与自然科学"同等重要"的观点，也可从这一角度上加以理解。从历史的高度看待这一问题，我

---

① 《列宁选集》第 3 卷，人民出版社 1972 年版，第 843 页。

们有必要在教育发展和文化战略两个方面提出相应的对策。

在过去，由于对"审美和艺术也是一种生产力"的认识不到位，致使我们的教育发展长期以来有着重理而轻文、重智力开发而轻情感培养的偏颇和局限。作为一种新的生产力要素的前提条件，人的"审美判断力"包括情感和想象能力，它不仅不同于体力，而且也不同于一般所谓的智力。有鉴于此，心理学家于"智商"之外，又增加了一个"情商"的指标，以衡量人们的审美判断力。而"情商"的提高，主要依靠的不是人的逻辑思辨能力，而是形象思维能力；主要依靠的不是科学知识，而是人文素养。从这一意义上讲，大力发展我国的人文社会科学，不仅有利于精神文明建设，还有利于物质文明建设。最近一个时期，人们开始意识到素质教育的重要性，但人们所说的素质教育又常常拘泥于政治素质。正因如此，学校常将党史、农民战争史作为提高学生政治素质的主要课程，而相对忽视了审美文化教育也是"素质教育"的有效途径。事实上，从形而上的层面看，审美文化教育的实施，对于我们这样一个没有宗教传统的民族来说，有着沟通人类情感、获得精神寄托的重要意义。这也正是当年蔡元培先生提出"以美育代宗教"的原因所在。从形而下的层面看，审美文化教育的实施，有助于全面发掘我国劳动力资源的潜在能量，并能进而将这种潜在能量转化为显在的价值。

过去，由于对"审美和艺术也是一种生产力"的认识不到位，致使我们的文化建设有着重科学而轻艺术、重西方而轻东方的偏颇与局限。在不少人看来，西方的科学技术比我们发达，西方的审美与艺术也一定比我们先进。结果是非但没有赶上西方人的艺术水准，反而将自己原有的宝贵经验也丢失了。具有讽刺意味的是，我们这个曾经产生过无数艺术巨匠，就连科举考试也要写诗作赋的审美大国，现在却因本土作家拿不到诺贝尔文学奖而痛心疾首。可试想一下，如果该奖在两千年前颁发，屈原是不是一个合适的人选呢？如果该奖在一千年前颁发，李白、杜甫是不是很有竞争力呢？如果该奖在两百年前颁发，谁又敢与曹雪芹一比高低呢？因此，在21世纪的今天，是到了我们总结经验教训，回到中国传统的审美文化，从中汲取营养的时候了。

要真正使美学与艺术成为一种能够创造社会财富的生产力，不仅要改变我们已有的教育目标和文化策略，也要改变我们已有的美学模式和艺术观念，使美学走出逻辑思辨的象牙之塔而走向五彩缤纷的审美实践，使艺术走出"文以载道"的政治壁垒而走向热火朝天的现实生活。只有当美学能够指导具体的艺术实践而且艺术能够满足人们日常生活需要的时候，"美学与艺术也是一种生产力"的口号才能由上述的理论设想变为真正的物质力量。

（原载于《文史哲》2004 年第 3 期）

试论文艺美学学科建设

曾繁仁

一

文艺美学是在我国新时期改革开放之初的 1980 年由中国学者胡经之教授提出的，它是一个极富中国特色的新兴学科。正如文艺理论家杜书瀛研究员所说："文艺美学这一学科的提出和理论建构，是具有原创意义的。虽然它还很不完备，但它毕竟是由中国学者首先提出来的，首先命名的，首先进行理论论述的。"① 从1980年至今，20多年来，经过几代美学工作者的努力，目前，文艺美学已经成为被广泛认同的我国文艺学、艺术学和美学高层次人才的科学研究方向，正式列入教育部培养研究生学科专业简介，全国重要高校大多开设文艺美学必修课或选修课，专职从事文艺美学教学科研的人员数以千计，文艺美学学科呈现繁荣发展之势。

文艺美学学科的产生绝不是偶然的，而是 20 世纪 70 年代以来，中国和世界思想文化与美学、文艺学学科发展的必然结果。它是我国改革开放新形势下，美学与文艺学领域拨乱反正的必然结果。从20世纪50年代后期以来，我国美学与文艺学领域受极"左"思潮影响日益严重，被极端化了的"文艺为政治服务"的口号占据绝对统治地位。十年"文革"更是走向践踏一切优秀文化的地步，以其所谓政治取代一切，将一切美与艺术统统宣布为"封资修"而予以扫荡。这样的被扭曲的历史，终于在 1976 年以后，特别是 1978 年改革开放之后结束了。随着政治领域的拨乱反正，美学与文艺学领域也相

---

① 深圳大学文学院：《美的追寻——胡经之学术生涯》，北京大学出版社2003年版，第41页。

应拨乱反正。这就是对十年"文革"极左美学与文艺学思想的批判，是对美与艺术应有地位的恢复。文艺美学正是这一拨乱反正的产物，是对美与文艺这一人类文明表征的应有尊重。如果说，20 世纪 50 年代后期以来特别是十年"文革"是对美学与艺术应有地位的严重偏离，那么，新时期之初"文艺美学"的提出，则是对其应有地位的回归。

文艺美学学科的产生也是中国学者长期思考如何总结中国古典美学经验，将其运用于现代并介绍到世界的一个重要成果。宗白华先生在 20 世纪 60 年代初就指出："研究中国美学史的人应当打破过去的一些成见，而从中国极为丰富的艺术成就和艺人的艺术思想里，去考察中国美学思想的特点。这不仅是理解我们自己的文学艺术遗产，同时也将对世界的美学探讨作出贡献。现在，有许多人开始从多方面进行探索和整理，运用了集体和个人结合的力量，这一定会使中国的美学大放光彩。"[1] 宗白华先生还谈到，在西方，美学是大哲学家思想体系的一部分，属于哲学史的内容，是哲学家的美学，但中国美学思想却是对艺术实践的总结，反过来影响艺术的发展，如谢赫的《六法》、公孙尼子的《乐记》、嵇康的《声无哀乐论》等等。当然，还有宗先生没有谈到的大量的文论、诗论、乐论、画论、园林建筑论等等。因此，可以这样说，中国古代的确极少有西方那样的哲学美学，但却有着极为丰富的文艺美学遗产。对于这些遗产的发掘整理与当代运用一直是诸多美学家与文艺学家的强烈愿望。在新时期之初，在冲破各种樊篱的良好学术氛围中，文艺美学学科的提出恰恰反映了宗白华先生等广大中国美学家总结弘扬中国古代特有的美学传统的强烈愿望，因而得到了广泛的认同。

文艺美学学科的产生也是我国美学与文艺学领域经历的由外向内转向的反映。20 世纪 40 年代以来，我国美学与文艺学领域在研究方法上侧重于政治的、社会的分析，出现政治标准高于艺术标准这样的明显倾向，后来干脆以政治标准取代艺术标准。1978 年新时期以来，美学与文艺学领域开始纠正偏颇的美学与文艺学思想。随着"文艺为政治服务"理论的不再提倡，学术领域出现了明显的由外向内转向的趋势。这就是美学与文艺学的研究由侧重社会政治的外部研究转向侧重艺术与形式的内部研究。于是，盛行于西

---

① 宗白华：《艺境》，北京大学出版社 1987 年版，第 275 页。

方 20 世纪 50 年代的新批评理论家韦勒克和沃伦的《文学理论》开始流行，学术界对文学艺术内在的审美特性及其规律重新重视。这也成为文艺美学得以产生的重要学术背景。

而从更宽广的世界思想文化与哲学背景来看，文艺美学的产生则同 20 世纪以来世界范围内由抽象的思辨哲学—美学到具体的人生美学的转变有关。众所周知，整个西方古典美学从柏拉图开始都侧重于"美本身"（即美的本质）的探讨，发展到德国古典哲学与美学更演化成完全脱离生活实际的有关美的本质（美的理念）的抽象逻辑探讨。1830 年黑格尔逝世，宣告德国古典哲学与美学的终结，从叔本华开始，直到 20 世纪初期的克罗齐、尼采，乃至此后的诸多美学家开始了对抽象思辨哲学—美学及与其相关的主客二分思维模式的突破，从抽象的本质主义逐渐走向具体的艺术与人生。因此，整个 20 世纪的美学与文艺学主潮，抽象的美与艺术之本质主义探讨式微，而对于具体的审美与艺术的探讨成为不可阻挡的趋势。李泽厚先生在概括这一世界美学与文艺学发展趋势时指出："他们很少研究'美的本质'这种所谓形而上学的问题，而主要集中在对艺术和审美的研究上，而审美的研究主要通过艺术（艺术品、艺术史）来验证和进行。"① 文艺美学恰恰是对我国长期以来美学领域局限于本质研究的一种反拨。五六十年代和七八十年代的我国两次大的美学讨论，都存在脱离生活与艺术的严重缺陷，无论是客观派、主观派、主客观统一派，还是社会性派，都将自己的理论支点放到抽象的美与艺术本质的探讨之上，而对鲜活生动的文艺事实与实际生活置之不顾。文艺美学恰恰是对这种偏向的纠正。正如文艺美学的提出者胡经之教授所说："从我自己的体验出发，如果美学只停留在争论美是客观的还是主观的这样抽象的水平上，这并不能解决艺术实践中的复杂问题。审美现象，乃是一种特殊的社会现象。美学，要研究审美现象，实乃审美之学，必须揭示审美活动的奥妙。人类的审美活动产生于实践活动（生产、交往、生活等实践），这审美活动又生发为艺术活动。"②

关于文艺美学的学科定位，目前有文艺美学是美学的分支学科，是美

① 李泽厚：《美学三书》，安徽文艺出版社 1999 年版，第 547 页。
② 胡经之：《胡经之文丛》，作家出版社 2001 年版，第 41—42 页。

学与文艺学的中介学科，是艺术哲学，是美学、文艺学与艺术学之边缘学科等多种界定，大约有七八种之多。当然也有的学者完全否定文艺美学学科存在的合理性与必要性。他们认为文艺美学最多只是美学学科中的一个重要理论问题。这些意见均应共存，继续进行讨论。但我们却认为，文艺美学学科是 20 世纪 80 年代产生的一个正在建构中的新兴学科。它既不是美学与文艺学的分支学科，也不是两者之间的中介学科，更不同于传统的艺术哲学，而是既同文艺学、美学、艺术学密切相关，但又同其有着质的区别的正在建构中的新兴学科，具有明显的建构性、交叉性、跨学科性和开放性。所谓建构性，是从皮亚杰发生心理学借用的一个概念，是对知识形成过程的一种科学描述，它着重强调了主体与对象的相互作用。作为文艺美学，其建构性表现在学科本身由众多美学工作者积极参与，还表现在这个学科正处于构建过程中。所谓交叉性，说明文艺美学学科所特具的对美学、文艺学和艺术学各有关内容的包含和兼容。正由于其交叉性才决定了它的跨学科性。不仅跨越以上学科，而且跨越教育学、心理学、社会学等等，充分体现了现代新兴学科的特质。而正因其是建构的，所以是开放的、动态的，是处于不断发展之中的。过去、现在和将来都已经或将要吸收众多文艺美学工作者的科研成果，它永远是这一学者群体集体研究的产物。华勒斯坦认为，任何学科"必须拥有一个有机的知识主体，各种独特的研究方法，一个对本研究领域的基本思想有着共识的学者群体"①。按照这样一个标准，文艺美学具有以艺术的审美经验为基本出发正在形成的学者群体，基本具备华氏对一个学科所提出的要求。因此，我们完全可以将其称为一个正在建构中的新兴的学科。

二

当代文艺美学学科之所以能够成立，最重要的是它具有自己特有的有机的知识主体，或者也可以叫作是自己特有的理论体系。这个理论体系之重要表征就是具有自己特有的理论出发点。这一点是非常重要的，因为否定文艺美学学科具有独立存在价值的最重要根据，就是认为它没有自己特有的理

---

① ［美］华勒斯坦等：《学科、知识、权力》，三联书店 1999 年版，第 13 页。

论出发点，因而构不成自己的理论体系。苏联美学家鲍列夫就明确提出不赞成"文艺美学"这一提法，其理由之一就是认为文艺美学没有自己特定的独有的对象，因为美学就是研究各种艺术领域的美学问题，如果文艺美学也研究这些问题就没有存在的必要。这种看法颇具代表性。由此可见探索文艺美学特有理论出发点之必要。

目前，在文艺美学的理论出发点上可谓众说纷纭、异彩纷呈。有的将其仍然归结为文学艺术审美本质的研究；有的从分析审美活动着手剖析其艺术把握世界的方式；有的着重探索文艺主客体具体关系的存在方式，双重主客体的组合；有的从人类学这个视角考察和揭示文艺的审美性质和审美规律；有的从文艺本质入手着重论证文艺的结构之"再理解—表现—媒介场"三个层次等等。以上只是举其代表者介绍，不可能一一涉及。应该说这些探索均有其道理和价值。但我们认为最重要的是要符合文艺美学这一新兴学科提出的主旨，符合其产生的时代特征，具有鲜明的时代感。前已说到文艺美学学科是在改革开放的新形势下，在世界和中国哲学—美学转型的背景下，突破极"左"思潮和主客二分思维模式，充分反映中国传统美学特点的产物。因此，文艺美学学科的理论出发点就应放到这样的背景与前提下来思考。由此，我们将文艺美学学科的理论出发点确定为文学艺术的审美经验。

这个审美经验包含这样两个部分：一个是直接经验，就是审美者对文学艺术作品直接的审美体验。包含历史上既有的审美意识资源，如莱辛之读《拉奥孔》，王国维之读《红楼梦》，也包含研究者本人对文艺作品直接的审美经验，这就是英国美学史家鲍桑葵所说的审美意识；另一方面的内容是间接经验，就是对各种文艺美学理论形态的研究，这是属于他人的经验，特别是众多理论家的经验，具有很高的水平，也是非常重要的。但以往的美学、文艺学和艺术学都以此为研究内容，而文艺美学学科却不仅局限于此，还将直接的审美经验包括其中，这就使美学研究直接面对审美经验，从中提炼出美学思想与审美意识，而不再完全是隔靴搔痒，从而使文艺美学学科具有了强烈的时代感、当代性与个性以及可读性。但这样对研究水平的要求也就提高了。美学工作者应该努力提高自己的理论水平与审美素养，从而使自己的审美经验具有更多的社会历史内涵与时代意义。我们之所以将文学艺术的审美经验作为文艺美学学科的理论出发点，十分重要的原因是同当代哲学与美学的转型密切相关。前已说到，从 19 世纪后期开始，特别是 20 世纪以来，哲学与美学领域发生巨大的变化，即由思辨哲学到人生哲学，由对美的本质主义探讨到具体的审美经验研究的转型。诚如李斯特威尔在《近代美学史评述》中所说："整个近代思想界，不管有多少派别，多少分歧，都至少有一点是共同的。这一点也使得近代的思想界鲜明地不同于它在上一个世纪的前驱。这一点就是近代思想界所采用的方法，因为这种方法不是从关于存在的最后本性的那种模糊的臆测出发，不是从形而上学的那种脆弱而又争论不休的某些假设出发，不是从任何种类的先天信仰出发，而是从人类实际的美感经验出发的，而美感经验又是从人类对艺术和自然的普遍欣赏中，从艺术家生动的创作活动中，以及从各种美的艺术和实用艺术长期而又变化多端的历史演变中表现出来。"①V.C. 奥尔德里奇也认为，审美经验已成为当代"讨论艺术哲学诸基本要领的良好出发点"②。托马斯·门罗则更明确地指出，"美学作为一门经验科学"，应该打破单一的哲学美学格局，使之走向实证化、经验化。③ 可以说，西方现当代的主要美学流派都以审美经验作为其主要研究对象，只不过各种流派所说"经验"的内涵不同而已。众所周知，审美经验论之发端是英国的经验主义美学。它们以审美经验作为其美学研究的出发点，以培根、休谟、柏克为其代表，均将审美经验归结为以主体之体验为基础。即使是柏克对审美经验客观性的探求也是立足于人的主体感官的共同性。康德《判断力批判》中的审美判断力作为主观的合目的性，也是一种对于具有共通感的审美快感（经验）之判断。但黑格尔在这一方面却从康德倒退到本质主义的美学探讨。黑格尔尽管其审美内涵中包含着形而上之内容，但仍是以审美经验为其基础。从 20 世纪开始，几乎所有的西方当代美学流派都立足于审美经验。克罗齐的直觉表现说可以说是开了将经验与情感表现相联系的当代美学之先河。此后，克莱夫·贝尔的审美是"有意味的形式"，更同经验密切相关。而真正打出艺术的审美经验旗帜的则是杜威。1934 年，杜威出版《艺术即经验》一书，标志着经验派美学逐步走向成熟。但只有法国现象学美学家杜夫海纳使经验论美学真正具有浓郁的哲学色彩与深刻的内

---

① ［英］李斯托威尔：《近代美学史评述》，上海译文出版社 1980 年版，第 1 页。
② ［美］奥尔德里奇：《艺术哲学》，中国社会科学出版社 1987 年版，第 22 页。
③ 参见朱立元《现代西方美学史》，上海文艺出版社 1993 年版，第 670 页。

涵。他于 1953 年出版具有深远影响的重要论著《审美经验现象学》，提出"艺术即审美对象和审美知觉相互关联"的重要美学观点。此后，经验论美学即渗透于存在论、符号论与阐释学美学等各种新兴美学理论形态之中。

我们以文艺的审美经验作为理论出发点的另一个十分重要的理由是，这一点十分切合中国文艺美学遗产。中国古代有着悠久而丰厚的文艺美学遗产和传统，但中国的文艺美学传统同西方传统迥异。中国没有西方那样的有关美与艺术之本质的思辨性思考，大量的美学遗产都是体悟式的艺术审美经验的阐发。著名的意境说就是对作者情景交融、物人一致之审美经验的阐发，正如王昌龄在《诗格》中所说，所谓"意境""亦张之于意而思之于心，则得其真矣"。而所谓"妙悟"则是对审美经验的主体艺术想象特性做了深刻描述。陆机在著名的《文赋》中对"妙悟"之艺术想象做了生动的描述："其始也，皆收视反听，耽思傍讯，精骛八极，心游万仞。其致也，情曈昽而弥鲜，物昭晰而互进，倾群言之沥液，漱六艺之芳润，浮天渊以安流，濯下泉而潜侵。"对于审美经验中艺术想象之描述可谓生动具体、绘声绘色。我国古代著名的"趣味"说则着重从审美欣赏的独特视角阐述审美经验。司空图在《与李生论诗书》一文中说："诗之难，而文之难，而诗之尤难。古今之喻多矣，而愚以为辨于味而后可以言诗也"，并提出"知其咸酸之外"、"近而不浮，远而不尽，然后可以言韵外之致"等基本观点，都是对审美欣赏中经验的深刻体悟。我们认为，要想建设具有中国特色的文艺美学学科，应该很好地总结中国传统美学这一丰厚的文艺美学遗产。

关于文学艺术审美经验之具体内涵，正因为其极为复杂，所以我们试图通过综合的途径，以马克思主义唯物实践观为指导，以审美经验现象学为方法，吸收各有关资源之有益成分，并加以综合。由此，我们从一个基本特征和九个关系的角度加以具体阐述。一个基本特征就是艺术的审美经验，如康德所说，是一种关系性、中介性内涵，而不是实体性内涵。这就是艺术的审美经验所特具的不凭借概念的个人的感性体悟与趋向于概念的社会共通性的二律背反。正如黑格尔所说，这就是康德所说的关于美的第一句合理的字眼①，这就是康德有关审美判断特具的"二律背反"特性的对于审美经验的

---

① 参见［英］鲍桑葵《美学史》，商务印书馆 1986 年版，第 344 页。

界说。正因为审美经验特有的这种二律背反，才使其具有一种特殊的张力、魅力、模糊性和情感性。对于审美经验阐述的九个方面的关系是：第一，经验与社会实践。在西方美学理论中，文艺的审美经验完全是主体的产物，因而是唯心主义的。但我们却将文艺的审美经验奠定在马克思主义唯物实践观的基础之上。我们认为从具体的审美过程来看，不一定能明确看出社会实践之基础作用，但从总体上看，从社会存在决定社会意识的角度看，审美经验的基础肯定是社会实践。当今西方哲学—美学在突破思辨哲学主客之二分思维模式突出主体作用之时，为了避免陷入唯我主义，也曾试图回归"生活世界"。但这种"回归"未免孱弱，而从哲学的彻底性来看，还是马克思主义的唯物实践论之社会实践观更能从根本上说清经验的来源内涵。但唯物实践观的理论指导与社会实践的基础地位仍是在理论前提的位置之上，而不能代替具体的审美经验。只有这样才能避免过去以哲学代美学、以普遍代特殊的弊端。第二，经验与主体。当代经验论美学之经验当然是以主体为主的，但又不是英国经验主义纯主体之经验，而是包含着消融了的主客二分，包含着客体之经验。有的是通过行动（生活）来消解主客二分，如杜威实用主义的艺术经验论；有的是通过主体的接受或阐释来消解主客二分，如阐释学美学；有的则是通过现象学直观的"悬搁"来消融主客二分，如现象学美学。第三，经验与想象。文艺的审美经验之发生是必须通过艺术想象之途径的。艺术想象犹如一个大熔炉，能将感性、知性、情感等等熔于一炉，最后形成完整的审美经验，并使审美者进入一种特有的审美生存的境界。第四，经验与表现。当代经验论美学的最重要特点是将经验同情感之表现密切相连。例如，克罗齐的"直觉即表现说"，阿恩海姆的"同形同构说"，杜威也强调审美经验之"情感特质"。第五，经验与快感。经验论当然肯定感觉、快感，并以其为基础。但当代经验论美学又不仅仅局限于快感、感觉。如果仅仅局限于快感那就会脱离审美的轨道。康德曾在《判断力批判》中提出"判断先于快感"的命题，虽然已经过去了二百多年，但我们认为这仍是美学的铁的定律，难以推翻和颠覆。许多美学家在承认快感的同时，也是强调对快感之超越的。例如，杜威论述审美经验与日常经验之相异性也是试图超越日常经验之生物性。杜夫海纳运用现象学"悬搁"之方法，更是强调对"此在"的超越走向形而上的审美存在。第六，经验与接受。当代经验论美学同当代阐释学相结合，强调阐释的本体性。这样，在阐释学美学之中，所有的"经验"都是此时此地的，都是当下视域与历史视域、阐释者视域与文本视域的融合。这样，我们就将当代经验论美学与接受美学、新历史主义等结合了起来。第七，经验论与心理学。经验论美学肯定包含许多心理学内容，如感觉、想象、意向、情感等等。但审美的经验论又不等同于心理学，如果等同的话，文艺美学就将走向纯粹的科学主义，从而完全遮蔽了文艺美学特有的而且是十分重要的人文主义内涵。这是包括现象学美学在内的许多美学家特别忌讳的事情。所以在承认审美经验所必须包含的心理学内容时，还更应承认其具有拓展到社会的、哲学的与伦理学的深广层面的功能。第八，经验与真理。这是当代经验论美学同存在论美学紧密相连所必具的内容。当代存在论美学将审美活动同认识活动相分离，由此审美经验并不导向认知理性的提升，而是通过艺术想象实现对遮蔽之解蔽，走向真理敞开的澄明之境，从而达到人的"审美地生存"、"诗意地栖居"的境界。所以，审美经验、艺术想象、真理的敞开、诗意地栖居都是同格的。这正是当代文艺美学所追求的目标。第九，经验与对象。传统美学都把审美对象界定为一种客观的实体、自然物与艺术品等等。但我们认为审美对象是意向性过程中的一种意识现象，在主观构成性中显现。也就是说，审美对象只有在审美的过程中，面对具有审美知觉能力的人，并正在进行审美知觉活动时才能成立。它是一种关系中的存在，没有了审美活动就没有审美对象，但并不否认作品作为可能的审美对象而存在。

以文学艺术的审美经验作为文艺美学学科的出发点，实际上是对当代美学与文艺学学科的一种改造。长期以来，我国美学与文艺学学科都在一种传统认识论哲学的指导之下，将美学与文艺学的任务确定为对美与文艺本质的认识。这不仅抹杀了审美与文艺之情感与生命生存的特性，将其同科学相混淆，而且抹杀其作为人的存在的重要方式的基本特点，将其降低为浅层次的认识。以文学艺术的审美经验作为理论出发点就既包含了审美与文艺的情感与生命体验特点，同时又包含了它的由"此在"走向"存在"之生命与历史之深意。这是对传统的本质主义与认识论美学的一种反拨，也是对审美与文艺真正本源的一种回归，必将引起美学与文艺学学科的重要变革。而且，以文学艺术的审美经验作为文艺美学学科的出发点也是对当代社会文化转型中正在蓬勃兴起的大众文化的一种理论总结与提升。从 20 世纪中期以来，以影视文化、大众文化、文化产业为标志的大众文化方兴未艾，表明这一种新的文化转型已经不可避免地来到我们面前。这是一种由纸质文化到电子文化、由精英文化到大众文化、由纯文化到文化产业的巨大转折。在这种大众文化的背景下，审美与文学艺术发生了日常生活审美化的巨大变化。唱片、光盘、广告、模特、网络文学等等新的文学艺术生产与存在的样式纷至沓来，目不暇接。审美与生活、艺术与商品、文化与文艺、欣赏与快感之间的界限一下子变得模糊起来。于是从新世纪之初就出现了有关文学艺术的边界、日常生活审美化的评价，文学的文化研究的评判等等问题的讨论与争辩。我们认为这种讨论是非常有意义的。我们试图以我们所理解的文学艺术的审美经验这一文艺美学学科的基本理论作为认识以上大众文化背景下各种文化现象的一种理论指导，也以此对这次讨论提供一种也许是不成熟的见解。我们认为，当代文艺美学的审美经验理论应对当代大众文化中审美的生活化和生活的审美化两个相关的部分起到指导作用。其实，审美的生活化与生活的审美化是两个紧密相连、统一为一体的部分，都是对资本主义工业文明以来艺术与生活分裂、走向异化的严重问题的解决。所谓审美的生活化，是解决艺术与生活的脱离、承认并正视审美所必然包含的快感内容与文艺所必然包含的生活内容，使艺术走向生活、走向万千大众，成为人们休息娱乐的方式之一。同时也不可否认某些艺术产品具有的商品属性，并给人们带来某种经济效益。早在 1934 年，杜威出版《艺术即经验》一书，即针对艺术脱离生活的现状和大众文化之方兴未艾，充分论证了审美经验与日常经验之间的"延续关系"。但这只是我们所说的审美经验理论所包含的一个方面的内容，也只是当前大众文化背景下文学艺术的一个方面的属性。

另一方面，也是非常重要的方面，就是生活的审美化，也就是我们所说的审美经验不仅包含着原生态的生活，更要包含对这种生活的超越；不仅包含必不可少的感性快感，更要包含体现人类生存之精髓的意的审美化，这是一种提升。没有回归与提升结合，那么真正的审美与文学艺术都将不复存在，而只有两者的统一才是审美与文学艺术要旨之所在。因为没有前者，审美与文艺必将脱离大众与当代文化现实，而没有后者则审美与文艺又不免陷于低俗与平庸。而只有两者的有机结合才是审美与文艺发展的坦途，也才能为文艺美学学科建设奠定坚实的基础。杜威在《艺术即经验》一书中着重论述了审美经验不同于日常经验的"完整性"和"理想性"，成为全书的中心界说，值得我们借鉴。

以文学艺术的审美经验作为文艺美学学科的理论出发点也是为中国传统美学在当代进一步发挥作用开辟广阔的空间。中国美学发展从20世纪初，特别是以1919年五四运动为界发生了某种程度断裂。此前是传统形态的美学，此后受到"西学东渐"的深刻影响，则是接受西方美学理论话语。这前后两种美学形态尽管不可避免地有所联系，但在理论内涵、话语范畴和精神实质上均有明显区别，是一种明显的理论断裂。因此，有的学者认为，这两者"不可兼容"，而是"宿命的对立"。中国传统美学的现代价值问题被严峻地提到我们面前。而以文学艺术的审美经验作为理论出发点的文艺美学学科则为中国传统美学进一步发挥当代作用开辟了广阔的天地。因为，我国传统美学的确没有西方美学那样借以反映审美与艺术本质的概念范畴，而主要以对创作与文本的体悟作为理论的基点。这恰是一种文学艺术的审美经验。从先秦时期的"诗言志"说、"兴观群怨"说，到汉魏时期的"心物"说、"意象"说，到唐宋时期的"意境"说、"妙悟"说，到清代的"情景"说、"性灵"说与"境界"说等等可谓一脉相承，都是对文艺审美经验的独特表现，反映出中国古代美学的特有精神，具有十分丰富的内涵与极其重要的价值。这些美学理论不仅给我国文艺家与美学家以滋养，而且也对包括海德格尔在内的诸多西方美学家以理论的滋养。我们相信，文艺美学学科的发展，特别是我们以文艺的审美经验为理论出发点，并自觉地以之总结弘扬中国传统美学理论，中国传统的美学理论必将在新时期发挥更加重要的作用。

在我们论述以文艺的审美经验作为文艺美学的基本理论范畴时，遇到了审美是不是文艺的基本特征这样一个问题。在这个问题上，我们坚持审美是文学艺术的基本特征的观点。但我们所说的审美不是狭义的优美，而是广义的美，也就是包含着优美、崇高以及悲剧、喜剧和丑这些广泛内容之美。只不过在审美心理效应上都是一种肯定性的情感评价，而不是相反的否定性的情感评价，诸如恶心、嫌弃之类。这就要求作者在作品中包含一种审美的价值取向。

三

　　列宁在《黑格尔辩证法（逻辑学）的纲要》一文中认为，在马克思的《资本论》中，逻辑、辩证法和唯物主义的认识论是同一个东西。[1] 由此说明，方法论与理论体系及世界观是一致的，从而彰显出方法论的重要作用。我们认为，文艺美学以文学艺术的审美经验作为理论出发点，就决定了它必然采取以自下而上为主的研究方法，这是一种由具体的审美经验出发的研究方法，迥异于从抽象的本质或定义出发的传统研究方法，从而使研究对象由传统的理论文本扩充到鉴赏文本，进一步扩充到文学艺术的审美体验。

　　这种研究方法更加全面，更加符合文艺美学学科的实际，也会更加彰显出理论家的理论个性。但这种自下而上的方法又不是托马斯·门罗所说的自然科学的实证的方法，而是现象学理论家杜夫海纳所使用的审美经验现象学的方法。这是一种在审美直观中将主体与客体、感性与理性之对立加以"悬搁"，并进而直接面对审美经验的方法。诚如胡塞尔所说，"现象学直观与纯粹艺术中的直观是相近的"[2]。这种审美经验现象学方法并不完全排除、同时包含一定的自上而下的内容。因为任何理论研究都必须借助一定的具有共通性的理论规范，否则就会完全成为只有个人能够理解的自言自语，从而缺乏应用的理论价值。更为重要的是，文艺美学不只是对单个审美经验的研究，更要研究其中所包含的具有人类共通性的对在场的超越，走向人类"诗意地栖居"和对人类前途命运的终极关怀。这就使审美经验本身包含了深刻的意义与鼓励人类前行的精神的力量。文艺美学的产生就是一种由外部研究到内部研究的转向，因此文艺美学当然应该以内部的研究为主，也就是以审美经验为核心深入剖析其对象、生成、前见、发展、形态与比较等等，从而构成独特的理论体系。但这种内部研究又不完全是独立自足的，并不排除外部的研究，包括社会的、意识形态的和文化的等等视角。从社会的角度，我们向来认为文学艺术不仅是审美的现象，而且是一种社会的现象，具有政治

---

① 《马克思恩格斯列宁斯大林论辩证唯物主义与历史唯物主义》，上海人民出版社1997年版，第207页。

② ［德］埃德蒙德·胡塞尔：《胡塞尔选集》，倪梁康选编，三联书店1997年版，第1203页。

的、经济的、时代的等诸多社会属性。从意识形态的角度我们向来认为，文学艺术作为意识形态之一种，从一个特殊的侧面反映了社会政治与经济乃至生产关系与生产力的诸多特性。而从文化的视角说，当前文化研究的方法已经成为文艺研究的最重要方法之一，诸如，种族的、女权的、后殖民的、生态的、文化身份的等等崭新角度的确能给文学艺术以崭新的阐释。但我们向来认为文化研究只不过是文艺研究的重要方法之一，而不是全部。因此，我们并不同意当前西方某些研究者以文化研究取代或取消文艺研究的做法。我们认为对文艺的最基本的研究方法还应是最符合审美特性的审美经验现象学研究方法。19 世纪上半叶，黑格尔创立了逻辑与历史统一的研究方法，这是一种思辨哲学的研究方法。这种方法对于经济学、哲学等社会科学是十分适合的，但对于以情感体验为其特征的美学，是否都要运用这一思辨哲学的方法，尚有待于进一步讨论。著名的新黑格尔主义者、美学史家鲍桑葵在其《美学史》研究中就采用了历史突破逻辑的方法，使这本美学史在诸多方面颇具创意。由此，我们认为对于我们所说的以文学艺术的审美经验为其理论出发点的文艺美学学科也不能采用思辨的方法，而应采用以审美经验的研究为主、辅之以逻辑的研究方法。因此，我们的基本着重点在历史的、当代的、文艺的审美经验事实，包括作者自身的审美体验，主要以此为据提炼出理论的观点。

　　当然，也要借助当代流行的各种理论的概念和话语，但不为其所束缚，而以审美经验的事实为依据，对其进行必要的补充、充实、发展和突破。我们的另一个主旨还试图将当代的对话理论作为重要的方法维度。也就是说，我们不想采取传统的教化与灌输的方式，而是采取作者与读者平等对话的方式。因为，我们的理论出发点是审美经验，经验既具有社会共通性，同时也具有明显的个人感悟性。所以，我们所提供的只是我们的一种感悟。期望以此唤起他人的共鸣，甚至产生一种新的不同的体验和感悟。在这一点上，读者是有着充分的自由度和广阔的空间的。这就是一种新型的互动式的科学研究，希图激起读者更大的主动性，充分调动其探索新问题的兴趣。同时，我们还试图采用心理学的、阐释学的以及语言学的各种研究方法。方法的多样性也是我们的探索之一。

　　我们试图对文艺美学学科进行一种新的探索，有探索就必然会有失误。

因此，我们热诚期望广大学术界的朋友参加到探索的行列之中，给我们以批评与指正。文艺美学作为一门新兴的学科，仅仅走过了 20 余年的历史，需要有更多的学者、朋友给予更多的关注和培养，使之健康成长。我们期待文艺美学这一新兴的正在建构中的学科在大家的呵护下进一步走向成熟，成为中国学者对于世界美学园地的一个新的贡献。

（原载于《学习与探索》2005 年第 2 期）

论哲学、美学中主客二元对立思维模式的产生、发展及其辩证解决

周来祥

一、什么是哲学、美学中主客二元对立的思维模式

什么是哲学、美学中的主客体二元对立呢？我觉得存在两种根本不同的理解：一种认为只要把存在划分为主体与客体，就是二元对立；一种认为划分主客体并不就是二元对立，这种一分为二，可能走向二元对立，也可能走向和谐统一，关键在于承认不承认人与物、主体与客体之间是否是相互联系、相互依存、相互渗透、相互沟通、相互转化、相辅相成的，拒绝这一点就是二元对立，肯定和实践这一点就不是二元对立。

我们先来看第一种观点。有学者说："主体性哲学建立在主客二元对立的主体论基础上，这种本体论把存在分割为主体与客体两部分，古代哲学以客体作为主体的依据，近代哲学以主体作为客体的根据，它们都不能避免二元论的弊端。"① 这就是说，只要把存在划分为主体和客体两部分，那就是主客体二元对立，这样的主客二分的历史，就是二元对立的历史。不同的是，古代的对立以客体为根据，近代的对立以主体为根据。事实是这样吗？逻辑是这样吗？答案可能很不相同。

我觉得客观存在是统一的，也是差异的、矛盾的。差异、矛盾是绝对的、永恒的、无处不在的，统一是相对的、暂时的、有条件的。万事万物的差异、矛盾的性质、形态是不同的，大体上可以划分为两种，一种是对立

---

① 杨春时：《现代性视野中的文学与美学》，黑龙江教育出版社 2002 年版，第 123 页。

的，一种是非对立的，或者说是杂多的。二元对立是指差异矛盾的两个方面在本质上是截然相反的，如美与丑、真与假、善与恶、肯定与否定、前进与后退、正与反、是与非、阴与阳、黑与白等。同时，对立的双方又互为依据，失去了正，就没有反；失去了美，就没有丑。非对立的杂多则不具有这种本质上的不同，如酸、甜、咸、辣，又如红、黄、蓝、白，其性质各自独立，彼此不受影响，失去了红，仍有黄、蓝、白，失去了酸，仍有甜、咸、辣。黑格尔作为辩证法的大师，对我们仍有意义。尽管 20 世纪以来，批判、否定黑格尔成为一种时髦，谁不骂几句黑格尔，似乎就不现代，就不后现代，就不够时尚，但深入剖析一下近代、现代、后现代的哲学和美学思潮，便会发现它们最致命的弱点，恰恰就是丢掉了黑格尔辩证法的精髓，落入了极端对立的桎梏。现在呼唤回到黑格尔，回到马克思，回到辩证思维，也可能是适时的。黑格尔早在《小逻辑》中就论述了杂多和对立两种不同的矛盾形态。他说："异第一是直接的异或杂多（die Verschiedenheit）。所谓杂多即不同的事物各自独立，其性质与别物发生关系后互不受影响，而这关系对于双方是外在的。由于不同的事物之异的关系是外在的，无关本质的，于是这'异'就落在它们之外而成为一第三者，即一比较者。"① 又说："异的本身就是本质的异，有肯定与否定两面：肯定的一面乃是一种同一的自我关系，亦即坚持其自身的同一，而非其自身的否定。而否定的方面，即是异之自身，而不是肯定。于是每一方面之所以各有其自身的存在，乃由于它不是它的对方，同时每一方面均借对方而反映其自身，只由于对方的存在而保持其自身的存在。因此，彼此本质的异即是'对立'。在对立中，相异者，不是任一别物，而是与它正相反对的别物，这就是说，每一方面只由于与另一方面有了关系方得到它自己的性格，此一方面只有从另一方面反映回来，方能自己照映自己，另一方面亦然。这样每一方面都是对方自己的对方。"② 按照黑格尔的论断，宇宙中的万事万物都是相互差异、相互矛盾的，而差异、矛盾大体划分为两大形态，一是"杂多"，一是"对立"。前者是外在的异、非本质的异，后者是内在的异、本质的异；前者之间是相似与不相似的关系，彼此

---

① ［德］黑格尔：《小逻辑》，商务印书馆 1962 年版，第 259 页。
② ［德］黑格尔：《小逻辑》，商务印书馆 1962 年版，第 263 页。

独立，互不相涉，后者则是肯定与否定的关系，是"正相反对"的关系。一方的存在是由于它的截然相反的对方的存在而产生的，失去了对方，也就失去了自己。

不仅事物的矛盾有非本质的杂多和本质的对立，而对立也有绝对的对立和辩证的对立之分。绝对的对立认为，既然对立的双方是正相反的，那么彼此之间就不可能相互影响、相互渗透、相互融合，更不可能相辅相成、和谐统一。如康德认为物自体是不能认识的，在主观和客观、此岸世界与彼岸世界之间划了一道不可逾越的鸿沟；还有他提出的时间与空间等一系列二律背反的命题，大体上都处在这种对立之中。这种绝对对立的不能沟通的观念，是真正的即我们所说的主客而元对立。这种绝对对立的观念，在西方影响深远，根深蒂固，可以说自康德以来的西方近代哲学、现代哲学和后现代哲学（除去谢林、黑格尔、马克思等人）都贯穿着这一根本的观念。在它们那里，压根儿就不相信客体与主体等对立双方之间，能够沟通，能够和谐，能够统一。所以，当存在主义寻求消解二元对立的途径时，首先要把客体世界设置为主体自身，这样主客体的关系就变成主体之间的关系（"主体间性"），这样一来，主体与主体之间就可以相互融合、相互沟通了。"主体间性"的提出，正反映了绝对对立观念之深。而辩证的对立则与此相反。它认为矛盾的双方不仅是对立的，而且是统一的；不但截然相反，而且相互联系、相互影响、相互渗透、相互合作、相互融合、相辅相成、和谐统一。它们之所以可以和谐统一，恰恰因为相互对立，在相互关联的对立中，埋下了相互融合、和谐统一的种子。它们对立地产生与发展，同时又实现了相互融合、相互转化、和谐统一。这是一而二、二而一的事物矛盾的两个方面。辩证的对立统一观念，对于长期陷入人文主义和科学主义对立的西方近现代文明来说，是很难读懂的，也是很难理解的，恐怕在今后相当长的时间里也还是很难被接受的。应该说明的是，这种辩证的对立不是西方某些人所说的绝对的二元对立。不能一提主客二分，就说是二元对立，甚至把辩证的对立也说成是绝对的二元对立，把马克思主义的辩证思维也说成是主客二元对立的思维模式，那是不科学的，也是不恰当的。正如列宁所说："辩证法是一种学说，它研究对立面怎样才能够同一，又怎样（怎样成为）同一的，——在什么条件下它们是相互转化而同一的，——为什么人的头脑不应该把这些对立面看作僵死的、凝固的东西，而应该看作活生生的、有条件的、活动的、彼此转化的东西。"① 问题还可以进一步，不但有两种不同的对立观念，而且对二元对立的解决，也有两种不同的方法，一种是强调斗争的方法，一种是强调协调的、和谐的方法。古希腊的德谟克利特强调斗争，而毕达哥拉斯则主张和谐。一般地说，西方的传统更强调斗争，而中国的传统更强调和谐（当然在中国也曾有过偏于斗争的历史）。前者突出对立，激化矛盾，主张以斗取胜，认为斗争是发展的动力，不斗争矛盾就不能解决，事物就不能发展；后者则淡化矛盾、缓和对立，协调沟通，以和取胜，认为"和实生物"，和则万事兴，和则两利，斗则两伤。对于和解来说，主客体的对立性就更加淡化、更加微弱了。而一味地强调绝对的二元对立，则会拒绝和解、和谐的解决方法，丢掉中国的中和、和谐的传统，甚至不能适应时代的精神和需要。

二、哲学、美学中主客二元对立思维模式不是从古就有的

应该说，主客二分的思维模式不是从人类社会产生以来就有的。从旧石器时代到新石器时代末，人类逐步走出自然界，并同动物逐步分离。那时，人与自然还没有明显的界限，主体与客体并未分化，客体是主体，主体也是客体。人类的幼年时期与一个人的孩童时期一样，都把世界看作是人自身，远古流传下来的神话正是他们的典型杰作，如我国的蛇身人首的女娲、埃及金字塔的狮身人面像等，真实地记载了人与自然的合一，说明了原始人还没有真正的人的意识，还没有人的自觉。动物图腾的广泛存在，也说明原始人结成的社会群落，常把自己看成是某一动物的后裔，是龙或凤的同类，唯独还没有人自己，但这种主客未分的合一，是原始的，是未开化的。若向往这种未分的状态，要保持这种状态，那就不可能有人类的诞生，也就不可能有真正的人类文明的发展。正是在这个意义上，我认为人的独立化、主体与客体的分化，并不全像海德格尔所说的那样，是人类文明的不祥之兆，而首先是有伟大的历史功绩的。可以说，人从自然走出，人把自己与禽兽分

---

① 《列宁全集》第 55 卷，人民出版社 1990 年版，第 90 页。

开，正是人类文明的真正开端。舍此，原始人就会永远留在远古的混沌中。

从远古到古代，从原始群落到奴隶的、封建的古代社会，从人兽同体到人的独立，从主客浑然到主客二分，是人类文明创造和发展的关键一步，但这种主客二分有三大特点：一是主体与客体有明确的区分，客体就是客体，主体就是主体，自然就是自然，人就是人，甚至人已开始羞于与禽兽同类，"禽兽不如"这句话逐渐成为人类最大的耻辱。第二，这种主客二分并未走到对立，而是相互依存、相生相克、相互融合、和谐统一的。古希腊哲学认为世界的本源是水、火、气，德谟克里特说是原子，人与万物具有同一性，它们源于共同的宇宙本体，又复归于自然本体，这也是一种天人合一，是存在论上的天人合一。柏拉图创造了以绝对理念为核心的理论体系，而亚里士多德提出了形而上学的思想体系，他们都把人放在理念发展和宇宙结构的整体中来理解，同样也是天人合一的。这种主客和谐、天人合一的精神在中国古代更为显著。老、庄首创自然哲学，提出"道生一，一生二，二生三，三生万物"的观念，而作为万物之一的人，对待自然的态度是，尊重自然，亲和自然，"要无为而为"，顺应自然，要"以天合天"，皈依自然，"天地与我同在，万物与我为一"。天与人是何等的亲密无间啊！与老、庄偏于自然相较，孔、孟儒家则偏于社会。儒家哲学可以说是偏于善的伦理哲学。他们认为人是社会群体中的一员，人与人之间要和睦相处。孔子的学说以"仁"为核心，提倡"仁者，爱人"，即人与人之间的相爱相助。儒家的大同世界就是一幅人人相爱、天下和谐的人间美景。这种思想在中国延续了几千年，到明代李贽出来，首倡"童心说"，才逐步冲破这种和谐的观念，真可以说是源远流长了。第三，这种统一以客体为基础，客体存在是绝对的，主体依附于客体，主体未能得到充分的独立的发展。人依附于自然，个人依附于群体、社会，人的自由、人的自满自足是建立在有限的基础上的，因此古代和谐美的理想和艺术是素朴的有限的和谐。第四，人从自然中走出，为了要生存，要发展，面对这个从中走出的自然界，反而感到陌生、惊奇、神秘、可怕，因而，世界是什么的问题便成为古代哲学思考的首要问题，认识论哲学也便成为古代哲学的一大特征。在认识中，主观能否符合客观，思维能否符合存在，人的认识能否符合客观世界的本质和规律，古代哲学家也提出了和谐统一的主张。古希腊爱利亚学派的巴门尼德说："能被思维者和能存在者是同一的。"我国古代的老子也认为，通过"心斋"、"坐忘"、"涤除玄鉴"，可以获得一个澄明的世界。孔子虽然很少讲认识论，但在他"五十而知天命"、"七十而从心所欲不逾矩"的人生经验中，也可看出人是能够认识外界事物的本质规律的，并达到主体的自由。古代哲学不但在存在论上讲"天人合一"，主客体统一，而且在认识论上也讲主客观统一，思维与存在的统一。总之，古代哲学是在一元论的基础上讲主客二分的，这种主客体关系是素朴的、和谐的、统一的，它还不是在二元论基础上产生的绝对的主客对立，不能把二者混为一谈。不能说，古代哲学也存在主客二元对立，那样就会违背历史，违背实际。正是在古代哲学的主客体素朴辩证统一的基础上，产生了古代素朴的和谐美与和谐的古典美的艺术，产生了古代素朴和谐的人与对象、主体和客体的审美关系。从客体对象说，对象是和谐的，不是分裂对立的，对象客体对人只呈现出它的和谐的、美的形象，而遮蔽了它的崇高的、丑的、荒诞的面目；相对于分裂、对立、多元的近现代来说，它是单纯的、贫乏的、不复杂的。从主体方面说，人的心理结构也是单纯的、和谐的，它没有经过感知、意志、情感、理性和无意识的裂变，它还没有感知、欣赏和容纳崇高、丑、荒诞、悲剧的能力，所以古代艺术对丑是排斥的，古代绘画很少描绘丑，即使间或遭遇到丑，也是将丑美化，纳入整体的古典和谐之中。古代人难于欣赏主客体之间尖锐对立的崇高，对荒山大漠、悲惨绝望，不是视而不见，就是将其壮美化。古代人把压抑的崇高，把非经一跃方能进入自由境界的崇高，描绘成豪放的、挺拔的、洒脱的、一直处于自由境界的壮美，这也就是中国古代艺术只有优美与壮美两种和谐美的类型的根本原因，也是中国古代只有大团圆式的"古典悲剧"而没有严格的近代意义的悲剧的根本原因。和谐美的对象与和谐的未分裂的主体的审美心理，相互依存、相互对应、相互渗透、相互融合、相辅相成，构成了古代素朴和谐的人与对象的审美关系。这种关系是一元的，不是二元的，不是多元的；是单纯的，相对近代是不丰富的、不复杂的、不够深刻的；是有序的、稳定的，相对于近代不是无序的、激荡的、开放的。它只能构成和谐的古代的审美关系，而不能构成近现代的二元对立的崇高的、丑的审美关系和后现代的荒诞的多元审美关系。

三、哲学、美学中主客二元对立思维
模式在近代的产生与发展

真正的主客二元对立模式是从近代开始的，而这时的二元对立绝不是像某些学者认为的那样，只是一种谬误。其实恰恰相反，若没有主体的彻底自觉和独立，若没有形成主客之间的二元对立，也就没有近现代文明，没有康德，甚至没有黑格尔，没有德国古典哲学，没有马克思。同样，也就没有近代的崇高美学、现代的丑的美学和后现代的荒诞美学及无差别美学。主客二元对立是近现代文明的助推器和催生婆，不能一笔抹杀。

近代主客二元对立与古代主客一元统一的哲学，正好形成了完全相反的特征：第一，古代哲学以客体为基础，是一种客体哲学。近代哲学则从客体转向主体，康德是这一转折的关键人物，他结束了古代的客体哲学，开创了近代的主体哲学。康德哲学的精神，实质上是研究人如何从自然人、感性人，经审美人，到达社会人、理性人。自此，主体、理性的地位逐步攀升，一个大写的人日益独立于天地之间，神的光环日益暗淡，人代替了神，成为宇宙的主宰。第二，与古代的主客和谐统一的素朴辩证哲学不同，近代的主客处于绝对对立的状态，主体与客体本质上根本不同，相互没有联系，不能沟通，不能互补，不能融合，一句话，不能达到统一。主客是二元的，它们之间的对立是根本不能解决的。最早提出这一问题的是大陆理性派的笛卡尔，"我思故我在"是他一个著名的命题，他把人的本质规定为"思"，即思想，他把主体人的思想实体与客观存在的物质实体水火不相容地对立起来，由此认为世界是由人与物、思想与存在、主体与客体的二元构成的，第一次形成了主客二元对立的世界观。第三，这种主客二元对立的世界观自笛卡尔以来不断发展，日趋极端化和绝对化，大体经历了近代、现代、后现代三个时期①。

第一个时期大约是从 18 世纪到 19 世纪中叶，从理性主义和经验主义

① 参见黄玉顺《超越知识与价值的紧张——"科学与玄学论战"的哲学问题》，四川人民出版社 2002 年版。

的对立，到康德哲学的综合和德国古典哲学的终结；在美学上是从柏克到康德的崇高美学和车尔尼雪夫斯基的生活美学，在艺术上是从浪漫主义的呐喊反抗到现实主义的解剖、批判。从培根经霍布斯、洛克到休谟，强调了认识的感性经验方面，提出了归纳法，形成了经验主义哲学；从笛卡儿到斯宾诺莎，强调认识的理性方面，发展了范畴、概念的演绎法，举起了理性主义的旗帜。两军对垒，各执一端。康德的《纯粹理性批判》，力图把理性派先验的概念范畴和经验派后天的感性经验结合起来，但他不但没有克服二者的对立，反而把这一对立更加深化了，因为他的先天综合判断，只能认识现象，而不能认识"物自体"，"物自体"是不可知的，从而把思维与存在、此岸世界与彼岸世界之间划上了一道不可逾越的鸿沟。第二个时期，大约从19世纪末到20世纪中叶，从人文主义与科学主义对立的形成发展，到海德格尔存在主义哲学的创造。科学主义重视工具理性，强调科学技术，压抑、贬低人文科学、人文精神；人文主义则相反，它重视人的意向、生命和本性，批判和抗拒现代科技对人的物化、单面化、碎片化。两者对立，但也有共同之处。一是双方都是片面的，都各讲一面的道理，都在自己的领域作出片面的但又是独创的贡献；二是两者都是非理性的。本来科学是讲理性的，是讲本质和规律的，但20世纪的科学主义思潮，却以感性经验为标榜，这从法国孔德的实证主义，经英国穆勒、斯宾塞、奥地利马赫的经验批判主义，到语言分析哲学、科学哲学和结构主义，都抛弃形而上学，力图建立经验基础上的实证科学，因此它们不过是近代经验派哲学的现代演化。与此相应，美学上是丑的升值，丑冲破崇高的外壳，彻底扬弃和谐的因素，登上了现代文化主角的宝座；艺术上是现代主义的兴起和向全世界的蔓延；而文学批评是从俄国形式主义、英美新批评的文本论到结构主义和符号学的嬗变。本来，人是理性的动物，人本主义本应是理性的思潮，但20世纪的人本主义却偏于研究人的非理性方面，从叔本华的意志哲学偏向人的意志、意向、意欲开始，经尼采的超人哲学、柏格森的生命哲学，到弗洛伊德专注无意识、潜意识的精神分析哲学，一步一步地向人的本能深化，这一方面丰富了对人的主体的认识，另一方面也使理性的人坠落到感性本能的深渊。在美学上，这一切表现为叔本华的意志论美学、尼采的超人美学、柏格森的生命美学、弗洛伊德的精神分析美学、海德格尔、萨特的存在主义美学等。与人文主义比较起来，科学主义更为强大，更占优势，特别是分析哲学几乎风靡欧美，独霸一时。分析哲学大体上有三大特征：一是以经验为基础，二是以分析方法代替黑格尔式的思辨方法，三是语言分析和逻辑分析相结合。分析哲学的精神之父维特根斯坦，创构了逻辑原子主义，认为"原子事实"构成经验，语言和科学就是表述这个经验世界的，哲学就是运用逻辑的方法对科学和语言所陈述的这个经验世界进行分析。因此，分析哲学以分析的方法取代演绎的逻辑思辨，又以语言分析为关键。它认为，语言运用的正确与否，是造成一些哲学问题长期争论不休的根本原因，因此，正确地运用语言，就会消解由于错用语言而产生的假问题。同时，语言的结构又不是随意的，它是按照逻辑规律组织起来的，这样一来，语言分析又必须深入为逻辑分析。在分析哲学的精细分析中，发现了日常用语的不精确。因此，弗雷泽、罗素等人致力于创造一种人工语言，以提高语言陈述的精确度。总之，分析哲学就是一种排斥人的、纯经验的、纯客观的哲学。与科学主义执着于经验、语言、逻辑之外的客体不同，人文主义却紧紧地抓住意志、意向、生命、无意识这些人的主体特性。人本来是感性与理性结合的生灵，20 世纪的人文主义却只对意欲、本能、无意识情有独钟；人本来也是从自然界诞生的，人文主义却试图割断这一历史的联系，反而认为世界就是主体的创造。叔本华作为意志论的代表，可以说是人文主义的滥腹。他认为，"世界是我的意志"，意志就是自在之物本身。尼采进一步提出权力意志，认为世界本身就是权力意志。柏格森的生命哲学则认为世界是一种"意识之流"、"生命之流"，把客体说成是主体的意识和生命本身。而到了弗洛伊德的精神分析学说，则已经不见了客体宇宙，剩下的只有"本我"、"自我"和"超我"了。其中，尤重于"本我"，这是一种生命冲动，是性本能，是完全先天的潜意识的。这个与客体彻底决裂的主体，也算走到了尽头。主体和客体的裂变和对立日益尖锐，既带来片面的开拓、丰富和创造，又带来了极端化的褊狭和弊端，这是 20 世纪中叶以来人文主义和科学主义对立发展第三个时期的基本特征，也就是后现代主义文化的主导倾向。从客体方面说，客观世界由绝对实体（理性本体），经现象世界（感性本体）蜕变为一种平面的、破碎的、混乱无序的世界（荒诞世界）。康德的物自体是一种绝对的、理性的本体，是一种自在之物；维特根斯坦的逻辑原子主义则把由"原子事实"构成的经验世界，作为宇宙的本体，它已失去了康德的理性特色；而到了后现代的反本质主义、反中心主义、反逻辑主义，则进一步把世界平面化、无序化、破碎化。从主体方面看，由理性主体经过感性主体而异化为分裂的个别主体。从康德追求社会的人、理性的人，到尼采高喊"上帝死了"，也就是理性的人死了。尼采期待的"超人"和柏格森倡导的生命主体，都是张扬的感性的人。到福科的"人也死了"，则连感性的潜能也耗尽了，最后是"主体的黄昏"，余下的只有多元的单个的人。在美学上便是由崇高经丑向荒诞的演进，在艺术中便是由近代的浪漫主义、现实主义，经现代主义而向后现代主义的嬗变。主体与客体的关系，也随着这种主体与客体的日益疏离而不断发展，不断改变。在近代崇高和近代浪漫主义与现实主义里，主客体由对立、斗争而趋向于和谐，趋向于统一，即使在主体遭遇挫折、失败乃至牺牲的命运中，他仍然抱着必胜的信念。在丑和现代主义艺术中，感性的人失去了普遍的理性，无法把握日益疏离的客观世界，他困惑，他无奈，但他仍在绝望地挣扎，仍有一颗未死的心，主体与客体处在一种无法解决的对立、纷争、激荡之中。在荒诞和后现代主义艺术中，主客体是两个极端的矛盾结合体，一个是主客体的对立走到极端，一个是主客体对立的消解也走到极端。荒诞剧、黑色幽默是前一个极端的代表，而女权主义、后殖民主义、新历史主义，特别是大众艺术、消费文化则反映了后一种倾向。在这里，分裂、对立的现象世界，同时就是一个多元的相对的世界；耗尽一切潜能的非理性的个体的人，也是多元的相对的人。二者构成的正是德里达后现代的、多元的、相对的解构关系。这两个极端，正是后现代矛盾集合体的必然产物，是这个矛盾体命定的两面，但它的历史走向，当前似正在由对立的极端，一百八十度地急转弯，日益走向无差别式的消解的另一个极端。崇高与荒诞作为过渡形态，有其近似之处，即两者既是对立的又趋向和谐，但它们却有一个根本的不同：崇高是理性主体的高扬，是理性痛苦而又乐观的凯歌；荒诞则是感性主体的消亡，是感性主体的无奈、尴尬、非悲非喜的荒诞剧。本来对立已经发展到混乱的极端，却幻想它突然间就化为无差别的美妙人间，这本身就是一个荒诞。

主体与客体二元对立的日益极端化，人文主义和科学主义的日益分裂，引起有识之士的关注，他们开始思考弥合和消解这种对立的途径。法兰克福学派的阿道尔诺较早地关注到这个问题，提出"主体与客体同一"的一元论，反对主客体对立的二元论，认为这种"同一"就像阴阳两极产生的磁场一样，二者是相互影响、相互融合的，这是一个新的理论动向。胡塞尔的现象学提出"意向性"理论，这种意向性包括意向主体、意向对象（客体）和意向活动三个方面。显然，他企图用意向活动连接乃至弥合主体与客体之间的断裂，可惜这种意向活动只是一种意识活动。假若他再向前跨出一步，向主体的意志实践活动靠近一步，将取得更为积极的成果和影响。海德格尔提出存在主义，力图以存在论，特别是以人与自然、感性与理性尚未分化的"此在"，来消解主客体的二元对立。存在主义者还提出"主体间性"理论，把人与自然界、人与他人的关系都说成是主体与主体的关系。他们认为主体与客体世界是不能沟通的，但把客体看作主体，主体与主体就可以沟通了，就融合了。其实，客体对象世界是否定不了的，把它说成是主体，它并不就是主体。同时，把你、我、他之间都看成是主体间性，而不同时是互为主客体，也是自相矛盾的。因此"主体间性"概念不久在西方现代哲学中就不再提了。如在杜弗朗的美学中，被海德格尔等人所抛弃了的客体（对象）和主体这一对范畴，又重新恢复了它们的地位。存在主义不仅没有消解二元对立，反而加剧了二元对立，加剧了主体的衰亡。康德的主体是理性的主体，是普遍的社会的主体。海德格尔由康德的抽象主体，走向感性生存着的"此在"。雅斯贝尔斯则由海德格尔的主客体未分化的但又非某个体的"此在"，走向"我"这一非知识性的个体决定论。如叶秀山所阐释的那样，这个"我"不是由因果律决定的，不是"我"的过去决定"我"的现在，不是"我"的现在决定"我"的未来，而是"我"吸收了过去和将来，"我"自己决定"我"是什么[1]。这种"我"的存在论意义上的个体决定论，把个体主体凸现到首要的地位。解构主义的德里达，则在否定客体本体的基础上，进一步否定了一切本质、中心，把一切都归于个体主体的虚构，它用主观、相对、多元勾销了绝对性和普遍真理，由二元对立发展为多元解构。当然解构主义也有它否定权威、解放思想的积极意义，它对传统的挑战同时为新的美学的发展带来了巨大的机遇和发展的空间。总之，他们拒绝客体存在和理性认识论，拒绝知识哲学，只强调主体存在、个体生存的本体性。就这样西方

---

[1]　叶秀山：《思·史·诗》，人民出版社 1988 年版，第 240 页。

的近现代哲学，便在消解主客体二元对立的努力中，悖论式地走到了主客体二元对立的极端。看来西方靠现代主义和后现代主义，靠存在主义和解构主义来消解二元对立注定是不可能的了。

四、马克思对主客二元对立辩证的科学的解决

马克思在历史上第一次对主客体对立作出辩证的科学的回答。马克思发展了黑格尔的辩证思维，引入了劳动、实践的观点，从本体论和认识论两个层次，从发生学、历史发展阶段论的历史视角，全面系统地论述了主体与客体分裂以及对立和统一的辩证过程。当然，在当时愈来愈严重的形而上学思维的笼罩下，西方现代哲学家很难理解也很难充分重视马克思这一理论的伟大意义和丰富的科学内涵，以至于马克思之后直到海德格尔、德里达的西方哲学、美学，仍在原来的轨道上愈走愈远，在某种意义上不能不成为一个巨大的理论悲剧。

马克思认为主体和客体的产生与划分，都是从劳动实践开始的，正是劳动实践创造了人，创造了主体，使人脱离了动物界，使人获得了自由的本质；又正是劳动实践，创造了"第二自然"，创造了属人的自然，创造了人的客体世界；还是劳动实践同时创造了主体和客体的对象性关系，使陌生的客体世界成为主体的对象，同时也使主体成为对象客体的主体。也就是说，生产不仅为主体生产对象，也为对象生产主体。不仅主体与客体的划分、裂变、对立是在劳动实践中产生的，而且劳动实践也内在地规定着二者的同一性、和谐性。主体与客体、人与对象世界为什么能够和谐统一呢？这是因为劳动实践本身是一种二重化的活动。在劳动实践中，一方面，人按照自然界的客观规律，同时依据自己主体的目的和要求，来改变自然、创造世界，使世界成为人的本质力量的实现和自我确证，正如马克思所说，"人的劳动不仅引起了自然物的形式的变化，同时还在自然物中实现他的目的"①，这样被改造了的自然界便成为人类的创造物，"表现为他的作品和他的现实"，成了"人自己"。因此，"劳动的对象是人类生活的对象化；人不仅在意识中理智

---

① ［德］马克思：《资本论》第 1 卷，人民出版社 1963 年版，第 192 页。

地发现自己，而且能动地、现实地实现自己，从而在他所创造的世界中直观自己。"① 这就是说，正因为对象客体是"他的作品和他的现实"，是"人自己"，对象才成为人的对象，客体才成主体的客体；另一方面，劳动生产不仅使自然人化，也使人对象化，也创造着人类自身，也创造着理智、意志、情感以及各种感觉能力。马克思说："社会人的感觉不同于非社会人的感觉。只是由于人的本质的客观地展开的丰富性，主体的、人的感性的丰富性，如有音乐感的耳朵，能感受形式美的眼睛。总之，那些能成为人的享受的感觉，即确证自己是人的本质力量的感觉，才一部分发展起来，一部分产生出来，因为，不仅五官感觉，而且所谓精神感觉、实践感觉（意志、爱等），一句话，人的感觉，感觉的人性，都只是由于它的对象的存在，由于人化的自然界，才产生出的。五官感觉的形成是以往全部世界历史的产物。"② 这也就是说，正因为人是对象化的人，人是在人化的自然中产生和发展起来的，主体方可能成为客体的主体。这样一来，通过劳动实践，客体成为主体的客体，主体成为客体的主体，主体和客体方能真正地相互沟通、相互交往、相互融合、相互转化，才能从本体论上、从发生学上科学地辩证地解决二者之间的二元对立，达到和谐的统一。而存在主义的"主体间性"理论，只是把客体设想为主体，以实现二者的结合，这实质上不过是一种诗意的解决、审美的解决，是一种美好的乌托邦。这一点在理论上是落后于马克思的，是轻视或忽视马克思的结果。怎么能把它当作是超越马克思的最合理的学说呢？

更为重要的是，主客体二元对立的解决，不只是一个理论问题，而且是一个现实问题，是一个历史的问题、实践的问题。马克思指出："主观主义和客观主义，唯灵主义和唯物主义，活动和受动，只是在社会状态中才失去它们彼此间的对立，并从而失去它们作为这样的对立面存在；我们看到，理论的对立本身的解决，只有通过实践方式，只有借助于人的实践力量，才是可能的；因此，这种对立的解决绝不只是认识的任务，而是一个现实生活的任务，而哲学未能解决这个任务，正因为哲学把这仅仅看作理论的任务。"③ 理论上的解决，并不就是历史的现实的解决，因为主体和客体二元对

---

① [德] 马克思：《资本论》第 1 卷，人民出版社 1963 年版，第 97 页。
② [德] 马克思：《资本论》第 1 卷，人民出版社 1963 年版，第 126 页。
③ [德] 马克思：《资本论》第 1 卷，人民出版社 1963 年版，第 127 页。

立的产生，并不只是头脑中形而上学思维在作怪，更重要的是还有生产力发展的水平、近代资本主义制度的痛疾、人与社会关系的裂变与异化等更为根本的因素的制约。正因为如此，尽管马克思早在 19 世纪中叶就对主客体二元对立作了理论上的回答，但在马克思之后的西方近现代哲学中，人文主义和科学主义、主体与客体的二元对立仍在继续发展。可以说，只要没有生产力的高度发展，只要资本主义制度没有终结，只要人与社会关系的异化仍然存在，那么，主客体二元对立的观念便不会真正地彻底地消解。从这个角度看，海德格尔的出现，存在主义消解主客体的悖论，"主体间性"的神话，就不是某个人的失误，就不是某个人的极限和悲剧，而是一种历史的过程和必然，这是谁都难以逃脱和超越的。只有历史的超越，才可能有现实的个人的超越。

　　马克思正是从这种历史的现实的条件出发，从深刻的历史唯物主义原理出发，认为只有当人类社会发展到共产主义，生产力的高度发展，创造了能满足人类日益增长的物质和精神需要的丰富产品，资本制度的根除，人以个性为基础的全面发展，人与人、人与自然高度和谐的社会构成，才可能提供这一历史解决的可靠条件，这种主客体二元对立才可能彻底地得以解决。只有到那时，人与对象、主体与客体、自然与人文的对立才可能现实地根本地达到和谐统一。马克思说："这种共产主义，作为完成了的自然主义，等于人道主义，而作为完成了的人道主义，等于自然主义，它是人和自然界之间、人和人之间的矛盾的真正解决，是存在与本质、对象化和自我确证、自由和必然、个体和类之间的斗争的真正解决。它是历史之谜的解答，而且知道自己就是这种解答。"① 他又说："全部历史是为了使'人'成为感性意识的对象和使'人作为人'的需要成为（自然的、感性的）需要而作准备的发展史。历史本身是自然史的即自然界成为人这一过程的一个现实部分。自然科学往后将包括关于人的科学，正像关于人的科学包括自然科学一样，这将是一门科学。"② 他认为这种统一的关键在于人成了社会的人，人与人结成了新的和谐社会："自然界的人的本质只有对社会的人说才是存在的，因为只有在社会中，自然界对人说来才是人与人联系的纽带，才是他为别人的存在

---

① ［德］马克思：《资本论》第 1 卷，人民出版社 1963 年版，第 120 页。
② ［德］马克思：《资本论》第 1 卷，人民出版社 1963 年版，第 128 页。

和别人为他的存在，才是人的现实生活的要素；只有在社会中，自然界才是人自己的人的存在的基础。只有在社会中，人的自然的存在对他说来才是他的人的存在，而自然界对他说来才成为人。因此，社会是人同自然界完成的本质的统一，是自然界的真正复活，是人的实现了的自然主义和自然界的实现了的人道主义。"① 正是在主客体既对立又和谐的基础上，产生了辩证和谐美学和社会主义艺术，产生了人与对象既对立又和谐的审美关系。在这种新型的审美关系中，审美对象各构成元素的组合是既对立又统一的，而人作为审美主体之审美心理诸因素的构成也是既对立又和谐的。辩证和谐的客体对象与辩证和谐的主体的审美心理结构相对应，形成了现代人的审美关系。它既具有古代素朴和谐关系的单纯性，又具有近代崇高关系的复杂性、丰富性；既具有前者的和谐性、一元性，又具有后者的对立性、多元性；既具有前者的有序性和稳定性，又具有后者的无序性、激荡性和开放性；它是一种最丰富、最全面、最和谐的崭新的审美关系。从这个观点看，主体与客体、人与自然、人与社会的和谐，既不能像海德格尔的存在主义那样，到远古的人与自然、主客体尚未分化的"此在"中去寻找，也不能像生态主义那样，只向自然界、生物界的平衡、和谐中去寻找。西方当前出现的生态主义有三个特点：一是以自然为本，二是反人类中心主义，三是认为人是自然界生物链中的一个环节，人和动物是完全平等的。它是人文主义和科学主义对立极端发展的产物，是自然生态遭到严重破坏，人类生存环境急剧恶化的产物，因而它对维持生态平衡，保护人类的生存环境，具有重要的现实意义；它批判人的主体的无限膨胀，蛮横地摧残奴役自然，也有其合理的一面。但它以自然为本的反人类中心主义实质上是反对以人为本的，是反人文主义的。西方有人称其为新自然主义，是有一定道理的。因而，生态主义同样是极端片面的，与在共产主义社会自然主义和人文主义的彻底统一不可同日而语，更难由此直接引申出人与自然、人与社会、人与自身的和谐统一的生态美学来。真正的生态美学只有用自然和人文统一的和谐美学予以吸收和发展才是可能的。

（原载于《文艺研究》2005 年第 4 期）

---

① ［德］马克思：《资本论》第 1 卷，人民出版社 1963 年版，第 122 页。

审美也是一种终极关怀

陈 炎

文明的人不仅需要肉体的温饱，而且需要精神的慰藉，其慰藉的最终指向便是一种终极关怀。大致说来，人类的终极关怀主要有三种形式：一种是给多样的现实世界以统一之本体存在的哲学承诺；一种是给有限的个体生命以无限之价值意义的宗教承诺；一种是给异化的现实人生以情感之审美观照的艺术承诺。随着人类文明的发展，哲学之本体论和宗教之形而上学纷纷面临着学理上的危机，在这种情况下，艺术之文化形式需要自觉地承担起为人类提供终极关怀的历史使命。

一

在西方哲学史上，终极关怀的问题最初是以"形而上学"的命题出现的。因此，研究这一问题，首先需要知道"形而上学"是怎么回事。在西方，这个词最早是一部著作的名字。亚里士多德过世后，安德罗尼柯承担起为其整理和编纂遗著的工作。在编完了《物理学》一书之后，他遇到了一个难题：下一部的著作无以命名，因为它探讨的是一种看不见、摸不着的宇宙本体，是一个与现实世界完全不同的超验领域。为了慎重起见，安德罗尼柯便将其命名为 ta meta ta physica，意为"物理学之后"，译为拉丁文便是 metaphysica。再后来，这个词被传入中国，翻译家根据《易传·系辞》中"形而上者谓之道，形而下者谓之器"一句，而将其译为"形而上学"。

所谓"器"，像酒壶、茶杯一样，是一种实实在在的物品，宽泛地讲，是人类所面对的各种各样的现实事物；所谓"道"，如理念、太一之类，是一种抽象玄思的对象，宽泛地讲，是人类看不见、摸不着的超验本体。对于前者的研究，是自然科学的任务；对于后者的研究，则是哲学的使命。在古希腊时代，自然科学还没有划分出光学、化学、电磁学之类的学科，所以亚里士多德心目中的自然科学，就是广义的"物理学"；在古希腊时代，哲学还没有划分出认识论、伦理学、美学之类的分支，所以亚里士多德心目中的哲学，就是广义的"形而上学"（本体论）。物理学要研究各种各样的现实事物，这些研究可以改善我们的现实生活，其意义是显而易见的。形而上学要研究看不见、摸不着的超验本体，这种研究的意义何在呢？

在希腊人看来，有关现实事物的知识是有效的，同时又是有限的。在这些经验现实的背后，还隐藏着更为内在、更为本质的超验对象，即所谓的"存在"、"始基"、"本体"之类。研究经验现实的物理学或自然科学，可以给我们增添改善生活的智慧；研究超验对象的形而上学或哲学，虽然不能给我们带来直接的好处和现实的利益，但却可以满足我们的精神需要，它不是智慧而只是"爱智慧"（philosophia）。爱是一种精神的需求、情感的需要，那么，古希腊人何以一定要"爱智慧"呢？

在我们所知的一切物种中，人是最为聪明的，也是最为贪婪的。人不仅要创造出大量的物质财富来满足自己的肉体需要，而且要创造出大量的精神财富来满足自己的精神需要。聪明使人意识到，他的存在是有限的；贪婪使人不满于如此短暂的有限生命，而要追求无限的存在。从埃及法老修筑的金字塔到中国皇帝建造的地下宫殿，人们总是希望有限的肉体生命能够无限地存活下去。不幸的是，肉体生命只能延长，不能永驻。因此，人们不得不在肉体之外寻找精神的寄托，这也便是"爱智慧"的动因所在。古希腊时代的哲学家之所以不满足于对现实世界进行就事论事的研究，而要超出自然科学的领域去探讨超验而永恒的宇宙本体，与其说是为了给自然科学的研究提供一个更为坚实的基础，不如说是为了给人类的存在寻找一个更为永恒的家园——终极关怀的存在依据。这便是形而上学，或曰"本体论"研究的意义所在。

围绕着纷纭复杂的客观世界统一为何物的问题，古希腊的哲学家形成了判然有别的两大阵营。其中的一派企图从某种物质质料入手，将这种特殊的质料上升到形而上的高度；另一派则坚持从某种物质形式入手，企图从对象的形式中抽象出一种外在于客观世界的形而上本体。前者由伊奥尼亚学派的泰勒斯（水）、阿那克西曼德（无定形）①、阿那克西美尼（气）和赫拉克利特为开端，经阿那克萨戈拉（种子）、恩培多克勒（水、火、土、气）的过渡，直至留基波和德谟克利特（原子）而达到成熟；后者由南意大利学派的毕达格拉斯（数）开端，经爱利亚学派的巴门尼德和芝诺（存在），至苏格拉底和柏拉图（理念）而达到成熟。按照我们传统的说法，前一派叫作唯物主义的哲学路线，后一派叫作唯心主义的哲学路线。其实，把世界的本质说成是"水"并不见得比将其说成是"数"更为高明，二者都不过是古代人对宇宙本原的一种素朴的猜想而已。这种猜想的方式本身就受到当时生产力水平的限制，因而不可能超出内容和形式这两个方面。

在上述哲学的基础上，亚里士多德提出了自己著名的"四因说"（质料、形式、动力、目的）。在"四因"中，他特别重视"质料"和"形式"两大因素的地位，认为前者是事物的原料，后者是事物的本质，二者相加便构成了具体的个别事物，因而它们共同构成了世界的本原。实际上，亚里士多德的这种观点，只是对上述两大派别的综合而已。正是由于亚里士多德的出现，使得以后的经院哲学没有也不可能有什么新的建树，而只不过是割裂开来的亚氏哲学：唯名论者坚持并强化其"质料"的部分；实在论者坚持并强化其"形式"的部分。

到了近代以后，由于本体论的研究长期得不到深入，哲学家们便把研究的重点转向了认识论。因为只有解决了人类如何认识世界的问题，才能够对世界的本原问题作出进一步的回答。而围绕着人类如何认识世界的问题，近代哲学家分成了英国经验派和大陆理性派两大阵营。前者注重认识的经验内容，因而从感觉经验出发，将认识成果看成是经验材料的组合与归纳；后者注重认识的理性形式，因而从思维能力出发，将认识成果看成是理性形式的演绎与推理。从表面上看，这两派哲学家一类重质料、一类重形式，仍然是古代两条哲学路线的延续。然而不同的是，经验论者从近代自然科学中吸收了归纳法，唯理论者从近代数学中汲取了演绎法，使得这种延续获得了新

---

①　叶秀山认为，阿那克西曼德的"无定形"也就是"水"，参见叶秀山《前苏格拉底哲学》，人民出版社 1982 年版。

的生产力水平的基础与前提。然而，单靠经验归纳，虽然可以使我们获得新的知识，但却难以保证这种知识的普遍有效性，因为归纳的材料总是有限的，其结果只能是或然而非必然的；反之，单靠逻辑演绎，虽然可以保证推论结果的严密可靠，但却无法产生新的知识，因为逻辑演绎所依据的最初前提并不是演绎自身所能提供的。

正是在这种情况下，康德融感性和理性、归纳和演绎、经验材料和先验形式于一体的二元论出现了。康德认为，感性不能思维，知性不能直观，唯有二者的结合始能获得知识，从而较好地回答了"先验的综合判断如何可能"的认识论难题。但是，按照康德的理论，人类的一切知识都是以具备先验时空观念的主体从外在世界中获得感官经验的具体材料为前提的，而超验的宇宙本体并不处在时间和空间之中，因而是不可认识的。这样一来，康德的认识论成果非但未能为形而上学的研究提供新的路径，反倒构成了对传统本体论研究的巨大挑战。因此，康德无奈地说出了那句意味深长的话：我爱形而上学，形而上学却不爱我。

康德之后，以唯意志论、生命哲学、存在主义为代表的人本主义哲学，虽然企图从人类主体的意志、欲望、本能入手，寻找到一条窥视宇宙本体的独特门径，但由于缺乏必要的工具，却只能使这种研究停留在体悟和推测的基础上。与之相反，以经验批判主义、逻辑实证主义、实用主义为代表的科学哲学，则主张将世界的本质这类形而上学命题视为既无法证实也无法证伪的"假命题"排除在哲学研究的大门之外，从而使本体论的研究再次被悬置了起来——终极关怀没有了着落。

二

在人类的文化行为中，不仅哲学具有本体论的内容，而且宗教也具有形而上的意义。与哲学不同的是，宗教不是以理性的方式来探讨宇宙的本体，而是以信仰的方式来追随世界的主宰。与哲学不同的是，宗教不是将宇宙的本体抽象化，而是将世界的主宰人格化。然而，无论是哲学的"爱智慧"，还是宗教的"爱神祇"，其内在的原因是共同的，其至深的动力都是要为有限的人类寻找一种无限的寄托和依据：终极关怀。

正像费尔巴哈所指出的那样，"宗教是人类精神之梦"。人类的现实生命是短暂的、脆弱的、有限的，而人类的愿望却是自由的、万能的、无限的。为了克服这一矛盾，人类才发明了宗教，企图在幻想中构造一个神圣的天国来满足人类的渴望、实现人类的理想。他指出，宗教的本质就是人的本质的对象化，人同自己分裂，将理想化的人格视为超人的宇宙主宰，然后再加以尊崇与膜拜，并指望其来挽救自己有限的存在。人的本质在宗教的对象化过程中受到了异化：神越是被人类塑造得完美，就越反衬出人类的软弱和无能；神越是被人类捧得高高在上，就越反衬出人类的卑贱低俗；人越是肯定神，就越是否定自身……以至于神成了至高无上的主宰者，而人类反倒成了罪孽深重的奴隶。而事实上，不是神创造了人，而是人创造了神。

正像历史上的哲学家们力图论证本体存在的科学性一样，历史上的宗教家们也在不断地论证其神祇存在的合法性，这种论证的重要工具便是"目的论"。从目的论的角度来看，万事万物的存在都不是任意的、偶然的，而是这个宇宙的主宰、至高无上的神有意安排的。鸟之所以有翼，是为了能飞；兽之所以有腿，是为了能行。而在许多宗教家看来，这世界上之所以有鸟、有兽，是为了更高的目的——人的存在。换言之，至高无上的神祇之所以创造这个世界，无非是为了给他的子民——人类提供一个生存环境罢了。明白了这一点，我们才能够理解神的智慧；明白了这一点，我们才懂得感谢神的恩惠；明白了这一点，我们才能够皈依神的怀抱……问题在于，随着人类文明的深化，以目的论为主要工具的神学和以机械论为主要工具的科学之间产生了越来越多的分歧。哥白尼、布鲁诺的"日心说"告诉人们：我们所居住的这个地球并不是宇宙的中心，而只是太阳系的一颗行星，这便使上帝为人类创造世界的理论难以自圆其说了。达尔文、赫胥黎的"进化论"告诉人们：自然界的发展本无什么既定的目的，作为高等动物的人只不过是从猴子进化而来的，这便使上帝缔造人类的学说显得有些荒诞不经了……

从学理上讲，由于宗教家所憧憬的天国不是经验的此岸世界，而是超验的彼岸世界，它无法为我们的感官提供任何确切的经验材料，因而是无法认识的。用康德的理论来说，它可以构成信仰的实体，但却无法成为知识的对象。换言之，信奉哪路神仙完全是信仰者自己的事情。他可以坚持自己的信仰并为之献身，但却没有权力将这种信仰说成是一种放之四海而皆准的真理让他人也来信奉。正是在这种情况下，尼采才说出了那句惊世骇俗而又颇为无奈的话："上帝死了！"

上帝死了，而我们却活着，我们被上帝抛弃了；上帝死了，他把我们所一向遵循的行为准则和价值标准也一同带进了坟墓，因为这一切的一切，原本是上帝赐予我们的；上帝死了，而太阳还在发光，地球还在运转，那么宇宙的目的何在呢？难道这一切的一切不都是按照上帝的意志创造出来的吗？……这是西方人乃至一切面临信仰危机的有神论者的真实心理。用什么力量来抗拒这场危机呢？用理性吗？理性固然是批判宗教的有力武器，但它自身却不能解决信仰问题。用科学吗？科学固然可以减轻肉体的痛苦，但却无法减轻精神的痛苦。理性和科学告诉我们：每一个人出现在这个世界上，不是由于上帝的安排，而是由于偶然的机遇。然而理性和科学却没有告诉我们：作为大千世界的匆匆过客，每一个人应该怎样对待自己偶然获得的生命，应该如何超越自己有限的人生……正像法国著名的存在主义者加缪所说的那样："一个能用理性的方法解释的世界，不论有多少毛病，总归是个亲切的世界。可是一旦宇宙的幻觉和光明都消失了，人便觉得自己是一个陌生人，他成了一个无法召回的流放者，因为他被剥夺了对于失去的家乡的记忆，而同时也缺乏对未来世界的希望；这种人与他自己的生活的分离、演员与舞台的分离，真正构成了荒诞感。"①

麻烦还不限于此。正像不同的哲学家所构造的宇宙本体不同一样，不同的人创造的神也是不同的，犹太教徒创造了耶和华，基督教徒神话了耶稣、基督，佛教徒尊崇释迦牟尼，穆斯林则独信真主安拉……这些由不同教派所尊崇的宇宙主宰不仅莫衷一是，而且彼此对立。从"十字军东征"到"9·11"事件，不同的宗教极端势力试图运用武力来征服乃至摧毁异教徒。但是，要建立一种普世认同的宗教就像建立一种普世认同的哲学一样，至今还只是一种梦想。这样一来，正像哲学本体论的建立渺渺无期一样，宗教形而上学的努力也似乎变成了泡影——人类的终极关怀又一次落空了。

---

① ［法］加缪：《西西弗斯神话》，见《现代西方文论选》，上海译文出版社 1983 年版，第357 页。

三

人类还有什么办法来完成对自身的终极关怀呢？或许，最后的希望应寄托于艺术。

在西方的传统观念中，艺术的功能主要是用来摹仿或再现客观的现实世界。这种由柏拉图所创立的"摹仿说"，虽然经过亚里士多德的改造而获得了更多的合理性，即将所谓"影子的影子"、"摹仿的摹仿"、"与真理隔了三层"变成了"写诗这种活动比写历史更富于哲学意味，更被严肃的对待；因为诗所描述的事情带有普遍性，历史则叙述个别的事"①。然而无论如何，认识毕竟是认识，摹仿毕竟是摹仿，如果包括写诗在内的艺术活动仅仅具有认识论的功效，那么其独特的价值与意义又该如何确证呢？

在中国的传统观念中，艺术的功能主要是用来规范和诱导人们的社会行为。这种由孔子所创立的"诗教"、"乐教"的理论，虽经后世的儒者多方面补充而获得了更多的内容，即将原来的"兴、观、群、怨"变成了"经夫妇，成孝敬，厚人伦，美教化，移风俗"②、"补察时政"、"泄导人情"③的工具。然而无论如何，教化毕竟是教化，伦理毕竟是伦理，如果包括诗、乐在内的艺术活动仅仅具有道德教化的功效，那么其独特的价值与意义又该怎样寻求呢？

显然，作为不同人类群体共有的文化现象，艺术的出现应有其更为深刻、更为独到的功能。在我看来，艺术作品中虽然包含着认识内容，但认识内容的多少不是艺术价值的关键所在。否则，徐悲鸿笔下那幅不太合乎解剖学规范的《奔马》便不会价值连城了。在我看来，艺术实践中尽管包含着教化的成分，但教化成分的强弱也不是艺术价值的关键所在。否则，贝多芬谱写的那首不含道德内容的《月光》便不会被千古称颂了。在我看来，艺术之所以为艺术，不在于认识，不在于教化，而在于给人以情感的慰藉。这种慰

---

① ［古希腊］亚里士多德：《诗学》，人民出版社 1962 年版，第 29 页。

② 《毛诗序》，见《中国历代美学文库》（秦汉卷），高等教育出版社 2003 年版，第 24 页。

③ （唐）白居易：《与元九书》，见《中国历代美学文库》（隋唐五代卷），高等教育出版社 2003 年版，第 91 页。

藉可以有不同的层次，但都是对遭受异化痛苦的人们所进行的精神关怀，我们可以将其简单地分为初级关怀和终极关怀。所谓初级关怀，是对人们生活情绪的放松、抚慰、宣泄，并通过这种形式使其恢复到健康状态。比如我们在一天的辛苦劳作之后，到影院去观赏一部惊心动魄的美国大片，到歌厅去唱几首脍炙人口的流行歌曲，虽然没有什么强烈的精神波澜、深刻的灵魂触动，但总归是一种浅层次的精神享受。所谓终极关怀，则是对人类生存意义的感悟、理解、追问，并通过这种形式获得一种精神的升华。比如我们在孤独、寂寞或遇到情感危机的时候，去音乐厅欣赏一部交响乐，去歌剧院观看一部悲剧，虽然不见得开心、解闷儿，但常常会有一种心灵的触动、情感的升华。对于不同层次、不同状态、不同境遇中的欣赏者来说，这两种艺术各有其存在的理由。但是，就艺术自身的价值而言，后者显然要比前者更有意义。这也正是《三字经》比不上《古诗十九首》、《金瓶梅》比不上《红楼梦》的原因所在。

一部优秀的艺术品，哪怕是写平平常常的生活琐事，也总能上升到终极关怀的高度来加以理解。譬如唐代大诗人白居易的五言律诗《草》："离离原上草，一岁一枯荣。野火烧不尽，春风吹又生。远芳侵古道，晴翠接荒城。又送王孙去，萋萋满别情。"从字面上看，通俗易懂，仿佛没有什么深奥的哲理，但它之所以被人们千古传颂，自有其终极关怀的重要意义。这是一首送别诗，首联写送别的场景：荒原古道上长满了离离青草，那"一岁一枯荣"的生命历程就像代代不息的人生一样，在宿命的轮回中不断燃起新的希望。颈联借题发挥，进一步追索草的生命历程，"野火烧不尽"显然寓意了人生的苦难，"春风吹又生"则暗示了生命的顽强。溯往日，追来者，人类不正是从这种具有悲剧意味的苦难现实中一步步地走过来的吗？腹联再次回到"草"的描摹中来，以"芳"、"翠"二字使草的气味和颜色跃然纸上，而"古道"和"荒城"则在时间和空间的双重维度下引发了对自然与社会、个人与历史关系的自由联想，并通过联想而重温生命的价值与意义。尾联最终落脚到送别的主题上来。巧妙的是，诗人不去直接抒发自己对友人的依依惜别之情，而是以拟人的手法将此情融入此景，以草的"萋萋"来承载人类所难以承载的情感……一首短诗如此，一场戏剧、一部电影、一篇小说更是如此。从《俄狄浦斯王》绝望的挣扎，到《浮士德》顽强的探索；从《哈姆雷特》沉痛的反思，到《等待戈多》麻木的期待；从《离骚》的上下求索，到《归去来兮》的古今游荡；从《牡丹亭》的生死之恋，到《红楼梦》的色空之谜……古今中外，凡是超越民族和地域从而具有永恒价值的艺术品，无不具有形而上的终极关怀。

需要特别指出的是，艺术作品的终极关怀，既不像哲学那样诉诸人的理智，也不像宗教那样诉诸人的意志，而是以诉诸人的情感为主要特征的。因此，这种终极关怀并不是要给多样的现实世界提供某种统一的存在本体，也不是要给有限的个体生命寻找某种无限的灵魂归宿，而是要给异化的现实人生呈现某种审美的情感慰藉。由于这种慰藉能够将有限的生活境遇指向无限的生命意义，因而便有了足以同哲学和宗教相媲美的价值与功能。

在西方的历史上，不少思想家早已看到了艺术所具有的这种终极关怀的价值与功能，并将其作为反抗异化现实的有力武器。卢梭认为，人类越发展，道德越堕落，理性并不能给人类自身带来真正意义上的幸福，因而祈灵于浪漫主义的艺术活动。康德认为，艺术活动中的审美判断力可以使人的想象力和知性得以协调，从而将分裂的纯粹理性和实践理性结合起来，成为一种知、情、意相统一的整体。席勒认为，只有艺术所创造的"活动形象"，才能重塑现实生活中支离破碎的人格，以进入一种审美的乌托邦。黑格尔认为，艺术和宗教、哲学一样，是"绝对精神"自我回归的必由之路。叔本华认为，艺术可以使走火入魔的"意志"得到暂时的麻痹，从而使骚动不安的主体获得片刻的安宁。尼采认为，真理是丑恶的，宗教是虚伪的，只有艺术能够给人的生命以积极的力量。弗洛伊德认为，同宗教与科学一样，艺术可以将被文明所压抑的"本我"解放出来，将其"升华"为审美的情感。韦伯认为，在宗教的救赎失去作用的情况下，艺术的救赎便成为抵御文明异化的有效途径。海德格尔认为，诗歌可以使被异化的语言得以复归，艺术可以使被遮蔽的存在重新澄明……

与西方社会相比，中国古代的哲学本体论并不发达，宗教也并不占据意识形态的主导地位，因而古人的终极关怀往往是通过艺术的审美观照而加以实现的。这种文化的"代偿功能"是中国古典艺术特别发达的主要原因。我们知道，文明的人类之所以陷入异化的痛苦，乃是因为生产力和生产关系的利刃斩断了人与自然、人与社会的原始纽带。因此，作为治疗异化痛苦的古典艺术，最常用的方式是将人与自然、人与社会的断痕重新修复起来，从而将短暂的现实人生与永恒的自然存在联系起来，将有限的个体生命与无限的族类生活联系起来。于是，人们可以在"采菊东篱下，悠然见南山"的意境中获得一种"此中有真意，欲辨已忘言"的感悟；于是，人们可以在"前不见古人，后不见来者"的境遇中释放一种"念天地之悠悠，独怆然而涕下"的悲情；于是，人们可以在"人有悲欢离合，月有阴晴圆缺"的遗憾中寻找一种"但愿人长久，千里共婵娟"的慰藉……换言之，无论是思乡还是怀旧，无论是事业还是爱情，如果我们沿着这种世俗情感的延长线不断追索的话，便总能在人与自然、人与社会的衔接处找到一种指向无限的生命意义。这一意义也许永远也不能完全揭晓或彻底实现，但这种追索本身已具有了终极关怀的功能与价值。

在现代化的工业社会中，艺术的终极关怀有着尤为突出的现实意义。一方面，西方传统的哲学与宗教渐渐式微；另一方面，中国传统的人与自然、人与社会的原始联系也渐遭破坏。随着世俗化、商业化、现代化生活的到来，人们的物质生活越来越丰富，人们的精神世界越来越孤独。在这种情况下，艺术的认识功能、政治导向在下降，艺术之终极关怀的人类学意义在上升。在一个商业化、信息化、全球一体化的时代里，艺术的这种功能使其有望成为超越哲学观念、宗教信仰的强有力的意识形态，打破国界、种族的坚硬壁垒，实现人类精神的重新整合。只有在这一意义上，我们才能真正理解蔡元培有关"以美育代宗教"的深刻含义。

（原载于《中国人民大学学报》2006 年第 2 期）

论中国古典文艺美学思想发展的五大阶段

仪平策

中国文艺美学思想资源丰博深厚，源远流长，在世界美学史上独树一帜。通观中国美学几千年的发展历程，其文艺美学思想的发展可以说一直占据着重要的、主导的乃至核心的地位。我们以为，综观地看，中国文艺美学思想的发展历程大致可分五个基本的、主要的阶段。

一、中国文艺美学思想的历史起点

从学理上说，既然文艺美学思想是中国美学思想的主体，那么在中国美学思想的历史起点那里就应该包含着文艺美学思想的萌芽。当然关于中国古典美学思想的历史起点，这在学界还一直是个见仁见智的问题。有启于老子说，始于孔子说，发生于春秋说，滥觞于西周说，等等。这些说法其实各有道理，因为选择什么作为美学历史的（也是逻辑的）起点，归根结底，受研究者对中国美学思想的主流精神、总体特征等等的基本认识所制约所规定。因此，对中国美学思想的总体把握和具体阐释倘有所不同，那么在历史起点问题上也就必然互有差异。从这个意义讲，企望对中国美学思想的历史起点有一个绝然统一的看法是不可能的，也是有违学术规律的。

我们拟将迄今发现最早的上古文献汇编《尚书》中所提出的美学话语作为包括文艺美学在内的中国美学思想的历史起点。之所以作这样的选择，主要基于以下几点考虑：

其一，它是中国古典和谐美理想的最早阐述者。我们知道，中国古典美学的最高理想、最高范畴是"和谐"。而从可察见的资料看,《尚书》是最早提出和谐美观念和理想的文献。其主要标志是,《尚书·舜典》中提出了"八音克谐"、"神人以和"的著名命题。这两个命题的中心意思即是强调"和谐"。"八音克谐"即讲八种不同的音调要达到一种整体的协调与和谐;而"神人以和"则是在神和人的二元关系中要实现均衡通融,和谐如一。我们还知道,从美学史的角度论,判断某件事物(或概念、命题、学说等)是不是历史的(同时也是逻辑的)起点,就看该事物(或概念、命题、学说等)是不是蕴含着中国美学总精神、总理想、总特征、总趋势发展演变的"胚胎"因素、"萌芽"形式。按这个方法原则,《尚书》中"八音克谐"、"神人以和"的命题,自然可以视为以"和谐"为最高审美理想和美学范畴的中国古典美学的历史(也是逻辑)起点,当然也是中国文艺美学思想的历史起点。这是我们有关中国(文艺)美学"历史起点"的一个基本的依据、基本的理由。

其二,《尚书》中的"八音克谐"、"神人以和"说,显然是一个与原始的巫术宗教文化密切关联的(文艺)美学命题。因为人、神关系,正是原始文化中的巫术、宗教和艺术所关注的焦点(原始社会文化中的巫术、宗教、艺术等原本浑然不分),而自西周始,这种作为文化焦点的人、神关系便开始让位于人与人的关系,出现了由"神本"向"人本",由"神治"向"人治"的转化了。因而从历史年代和文化形态看,这个"神人以和"的观点应是较早、较古老的,其至少不迟于崇尚道德理性,强调"远神"、"保民"的西周时期。我们知道,时间的早晚先后也是判断某个事物是否历史起点的重要因素。所以可以把《尚书》中这一时代通于上古、形态较为原始的命题视为中国古典(文艺)美学思想发展的一个历史起点。

其三,《尚书》中"八音克谐"、"神人以和"的命题直接涉及音乐问题(实际上,在上古时代,音乐、诗歌、舞蹈等往往是融为一体的。谈音乐,自然也涉及诗歌、舞蹈等艺术样式。在这个意义上,该命题直接涉及文学艺术的审美问题),因而也大致是一种文艺美学命题,或至少是一个具有鲜明的文艺美学属性的命题。除此之外,与该命题相关联的上下文句,也大都谈及的是文学艺术问题,如"诗言志,歌永言,声依永,律和声"这段言论就是如此。这里尤为重要的是,从迄今可见到的资料言,被朱自清称之为中国历代诗论的"开山的纲领"①的"诗言志"说即最早出自这里。其实，"诗言志"说也正是中国文艺美学的一个"开山的纲领"。凡此种种都说明，早在中国美学发展的历史起点阶段，中国文艺美学思想的主导身份、核心地位就已突出地显露了出来。

二、中国文艺美学思想的奠基阶段

中国文艺美学思想虽于《尚书》中即已萌芽，但当时还多是一些比较抽象的意义笼统的话语，也还与宗教的、巫术的、政治的等等思想形式浑然难分。也就是说，中国文艺美学思想在这里尚未获得具体的质的规定性，还缺乏自身特定的理论根基。所以，《尚书》之后，中国文艺美学开始了一个较长时期的酝酿奠基阶段。这个过程大致从先秦持续到东汉末。

这里所谓"奠基"的"基"，主要有两层意思，一是文艺美学所依凭的哲学、伦理学、美学等层面的理论根基。我们知道，文艺美学作为美学的一个分支，离不开哲学、伦理学等方面的理论支持。虽然中国美学与西方美学不太一样，其与哲学、伦理学的关系不是那么很密切，至少不能说像西方美学那样是哲学体系的一个组成部分，但仍然以哲学、伦理学等基本理论中的思想观念、价值取向、思维方式等为基本依据和思想资源。二是文艺美学思想本身的发展也需要有自己的理论根基，尤其在诸如基本概念、范畴、命题、学说及其所体现的理论模式、思想倾向、话语方式等方面，都需要建立起文艺美学自身的理论架构和基础。这里，我们也将围绕着这两层意思来梳理一下"奠基"阶段的大致情况。

首先，文艺美学所依凭的哲学、伦理学理论根基的构筑和奠定，是这一阶段中国文艺美学思想的突出特点。这里所说的哲学、伦理学理论根基，主要指的是儒、道两家的学说。对于中国文艺美学来说，儒、道两家学说的意义主要是，在美学的基本"问题"、中心"视界"、价值抉择、话语方式等方面，也就是美学重点谈论什么、关心什么、取舍什么、如何言说等方面，为文艺美学奠定了思想基础。人们经常说"儒、道互补"，从美学上说，

---

① 朱自清：《诗言志辨》，华东师范大学出版社 1996 年版，第 4 页。

这个"互补"的含义也就主要表现在两者在美学的基本"问题"、中心"视界"、价值抉择、话语方式等方面的互补上。比如，儒家主要关注个体和群体、情与理、质与文等的关系，道家则偏于关注人与自然、我与物、道与技等的关系，两者的这一基本"问题"、中心"视界"的差异便在哲学上、美学上显示出一种理论的互补性。这种理论层面、思想层面上的互补性，也便构成了中国文艺美学思想的基本理论框架和思维范式。从另一角度也可以说，这种儒、道学说的互补性，正是我们解读、阐释中国文艺美学的基本精神、价值取向、思想特点等等的主要路径和内在根据。当然，从具体理论效应说，这一阶段文艺美学思想所依凭的理论根基大致以儒家为主，道家的影响相对次之。

其次，文艺美学自身的特有命题、学说、概念、术语及其思维路数、话语模式等的初步创立和确定，是这一阶段中国文艺美学思想的主要进展。文艺美学作为美学的一个特殊界域，同时也作为中国美学的一种典型形态，有自己特有的理论框架和术语系统，有自己特有的思想倾向和话语方式。这一阶段的中国文艺美学思想虽然尚未臻于自觉，但却在这方面初步建立起了自己颇具民族特色的理论话语和思想根基，提出了一些基本的理论术语、概念、范畴、命题，揭示了一些基本的理论矛盾关系，显示了某些主导性的美学思想倾向。如前述"诗言志"说，自《尚书》中提出后，遂成为这一阶段文艺美学思想的主流性、中心性命题，《左传》、《论语》、《国语》、《孟子》、《庄子》、《荀子》、《史记》、《毛诗序》等等，都在不断复述着、强调着"诗言志"说，从而使之慢慢积淀为中华民族文艺美学的一大传统。除"诗言志"说外，这一阶段还产生了其他诸多文艺美学概念、术语、命题和学说，比较重要的、有代表性的如："乐而不淫，哀而不伤"说、"兴、观、群、怨"说、"尽善尽美"说、"以意逆志"说、"礼乐皆得"说、"立象尽意"说、"得意忘言"说、"温柔敦厚"说、"发乎情，止乎礼义"说等等。这些命题、学说都对后世文艺美学思想的发展产生了深远的影响。同时值得一提的是，这一阶段的文艺美学思想还深刻触及并合理解说了艺术审美经验、审美活动的内在矛盾关系，特别是情与理、我与物、美与善、礼与乐、天与人、有与无、意和象、道与技、虚与实、巧与拙、文与质、刚与柔等等之间的审美矛盾关系。正是通过对这些审美矛盾关系的富有民族特色的处置和阐发，中国文艺美学思想才在世界上形成了自己独有的话语系统和思维范式，才做到了对文学艺术的审美特征和美学规律的深刻理解和独特解释。显而易见，从中国文艺美学思想发展的角度说，这样一种理论的构建和进展是有重要的奠基性质和意义的。当然也可以看出，在这一阶段文艺美学思想的演变中，儒家思想的影响因素更占主导一些。

三、中国文艺美学思想的自觉阶段

魏晋以降，中国文艺美学思想步入了自觉阶段。这里所谓自觉，主要是说文艺美学思想开始脱离对"他者"亦即哲学、宗教、伦理、政治等等非审美意识形态的依附性状态，而有意识地寻找、建构自身独立的、特殊的理论定位和文化品格。应当说，魏晋以降整个中国文学艺术、审美文化都在逐步走向自觉，这已是一个几成学界共识的结论。但也有对此仍持有不同意见的情况。比如有些学者认为中国文学的"自觉"不自魏晋始，而是在此前就已出现，比如汉代的辞赋，就已经具有很高的文学性了，这难道不是文学的自觉吗？于是就提出中国文学的自觉乃从汉赋开始的观点。看来，问题的关键在于，什么是考量中国文学走向自觉的客观标志？换言之，文学性的高低大小，是不是衡量文学是否"自觉"的标准呢？恐怕这里面还是有些问题的。且不说文学性的高低大小是个难以确定的事情，即使是认为具有了较高的"文学性"，那么这样的文学就一定是"自觉"的文学了吗？汉代辞赋可以说具有了较高的文学性，那么再往前看，《诗经》、"楚辞"的"文学性"比汉代辞赋是高还是低？恐怕谁都不能肯定地说比汉赋还低。那如此说来，岂不是从《诗经》时代，"楚辞"时代，中国文学就已经步入"自觉"了呢？再进一步，如果按照"文学性"的大小高低来衡量，那么神话又怎样？难道神话的文学性就很低了吗？如果答案是否定的话，那岂不是说，从神话时代中国文学就已经走向"自觉"了？显然，判断中国文学是否步入"自觉"，不能将"文学性"这一概念视为一个客观尺度，因为这里的"文学性"更多的是一个直接从文学本身的感性世界中"感悟"出来的经验性、直观性、"鉴赏性"词汇，一种描述性的、体验型的术语，因而也基本是意义不能确定的宽泛朦胧的一个"说法"。那么，判断文学，再进一步说判断文学艺术是否达到自觉水平究竟要依据什么呢？我以为，最可靠的依据就是理论形态的文艺美学思想。因为非理论形态的、具体感性的文艺作品、文艺现象本身，其发展水平固然也有一定的检验标准，但其感性直观的具体形态，毕竟还有其难以达诂的不确定的、模糊多义的一面。然而，理论形态的文艺美学思想就有所不同了。比起感性具体的文学艺术来，文艺美学思想有着概念思维的相对严整性和理性内涵的相对明确性。它以理性的概念形式表达着自觉的理性认知，所以就较少理解上的模糊性和多义性。即使中国古代文艺美学的概念、范畴、命题等等多与审美的、艺术的实践经验直接相关，因而不是那么严密、那么精确，但它总是源于一种思维的抽象，来自一种理性的思考，总表现为一种理论的概括和界定，总表明着一种理性话语的自觉，所以总体上还是相对明确的、严整的。所以，唯有理论形态、思辨形态的文艺美学思想，才能以一种理性思维的概念形式，确定而集中地显示着文学艺术观念在发展中所达到的自觉程度。换言之，唯有文艺美学理论所达到的自觉水平，才可以明确地反映着文学艺术、审美文化所达到的自觉水平。从这个意义上说，文艺美学思想的发展水平是检验、判断文学艺术、审美文化是否臻于自觉的一个客观指标，重要尺度。

　　具体地看，之所以说魏晋以降的中国文艺美学思想已步入了理论自觉的阶段，是因为它同此前历代文艺美学思想相比已有了很大的区别。单从魏晋南北朝时代说，就主要表现为几个重要变化，一是它出现了较为专门而独立的文艺美学思想形态。先秦两汉时代也有文艺美学思想，但总体上说，这些文艺美学思想大都点缀、散见在哲学的、伦理的、政治的、经术的等等话语体系中，本身还不是很专门，很独立。即使像《乐记》、《毛诗序》等看似专谈艺术的著作，其理论功能和旨归实际上也主要不在美学，而在政治、伦理之学，隶属于儒家整个礼乐教化体系。但自曹丕《典论·论文》始，魏晋以来便出现了大量专门阐述文艺美学义理的著作。这是中国古代美学发展的一个新现象、新转折，为前代所少有。二是它所把握、思考的对象基本集中在文学艺术问题上，重在解释文艺的审美特征、性质、结构、功能、技巧和意义等。该时期具有代表性的美学著作，如曹丕《典论·论文》、嵇康《声无哀乐论》、陆机《文赋》、谢赫《古画品录》、宗炳《画山水序》、刘勰《文心雕龙》、钟嵘《诗品》、萧衍《论书》、姚最《续画品》等，皆为专以文艺审美问题为对象的文艺美学论著。这也是过去时代所少见的。三是它在思考、论及文学艺术问题时，不再像过去那样，主要关注其社会的、伦理的、政教的功能和目的，而是将焦点凝聚在文学艺术自身，关注和强调的主要是其缘情的、表意的、畅神的、审美的、娱人的等等特殊性质和意义；或者说，首先是突出文艺审美的本体意义，在此基础上，再兼及文艺的社会教化功能。这种认识，应该说已经达到了相当高的理论水平。就文艺美学本身的发展看，这也更加符合了该学科固有的学术内涵和品格。就以上三点看，魏晋以降的文艺美学思想已向我们明确给出了一个信息，那就是它作为中国美学的一个特定界域，作为中国审美文化的一种理论形态，已渐趋独立，已步入自觉。正是在上述几个方面的意义上，我们才可以确定无误地断定，中国文艺美学思想唯有发展到该时期才真正臻于自觉的水平。

值得注意的是，魏晋南北朝时期所出现的中国文艺美学思想的趋于自觉，同当时儒家因素的相对"退场"，而道家（玄学）、佛学的影响居于中心的文化语境嬗变是有内在关联的。这应该是值得美学界、理论界高度重视、深入探究的一个美学史、文化史现象。

四、中国文艺美学思想的成熟和深化阶段

唐宋之际是中国文艺美学思想的成熟和深化阶段。此前魏晋南北朝时期文艺美学思想虽趋于自觉，但在许多方面还刚刚发展，观念还不太清晰，理论上还有些不太圆熟的地方。比如该时期提出了"缘情"说、"气韵"说、"传神"说、"畅神"说、"主意"说、"滋味"说等等，这些说法的具体含义是什么？彼此之间的同异关系是什么？它们是门类性的术语，还是总体性的范畴等等，这些显然还需要梳理，需要甄别，需要融通，需要整合（综合），同时还需要在整合基础上的理论创新和深化。这便是唐宋之际的文艺美学思想必须加以解决而且也确实基本解决了的问题。

唐宋时期文艺美学思想有两大特点，一是由综合而成熟，一是由转型而深化。

所谓由综合而成熟，是说该时期文艺美学思想的成熟是以各种文艺美学因素的大综合为基础、为特色的。主要体现在两个维度，一是古今的综

合，一是南北的综合。当然这两个维度的综合态势也是相互联系彼此叠合的。因为从历史上看，中国文艺美学观念所展现出的南北差异也往往对应的是古今分野。自南北朝以来，北方的文艺美学观念往往与秦汉时代（即"古"）有着更多的义理渊源；而南方的文艺美学观念则往往代表着中国文艺美学思想发展的一种新动态、新趣尚（即"今"）。所以，当南北朝后期的文艺美学观念呈现出一种南北综合的态势时，实际上这同时也是秦汉之"古"与六朝之"今"的文艺美学观念的一种综合。总之，这里体现的是文艺美学观念一种南北、古今交融综合的趋势。这种综合趋势，在大一统的李唐王朝表现得愈发强劲和全面，愈发成为唐代文艺美学思想发展的基本走向和特征。唐代在社会政治层面本属南北一统，所以在文化、艺术、美学层面，也自然表现为南北交融。这一南北交融的格局，基本秉承了南北朝后期的演变方向，即既是南北因素的融汇，也同时是古今因素的糅和。所以，在唐代的文艺美学话语中，我们既能听到那种秉承北朝呼应秦汉服膺儒家的美学遗响，亦即偏重社会、伦理、风教、功用的文艺美学观念，如陈子昂强调风骨兴寄，张怀瓘（论书）提倡风神骨气，杜甫讲究亲近风雅、韩愈标榜"文以明道"，白居易主张六经为首等等，也能听到那种延续魏晋弘扬南朝循守道、佛的美学新声，亦即偏重个人、情感、韵味、审美的文艺美学趣尚，如李世民（论书）讲究"凝神绝虑"，王维（论画）注重"意在笔先"，李白独贵"元古"、"清真"，皎然高倡"意静神王"，司空图推崇"韵外之致"等等。值得注意的是，既是南北也是古今的这两大文艺美学倾向，在唐代并不呈明显的对峙状态，当然更没有表现出某种内在裂变和冲突，而大体上是圆融统一的。具体说，在偏重社会、伦理、风教、功用的一脉观念中，对偏重个人、情感、韵味、审美的趣尚也抱着一种认可乃至容纳的态度，如杜甫主张"转益多师"，就表达了这种综合态度。所以他既讲究"致君尧舜"，又喜欢"清词丽句"；张怀瓘也既推重王羲之的"簪裾礼乐"、"尽善尽美"，也推崇王献之的"率尔私心"、"逸气纵横"，表现出一种综合意识。他者亦大体如是；同样，在偏重个人、情感、韵味、审美的一脉趣尚中，也对偏重社会、伦理、风教、功用的观念持有一种肯定和融会的立场。如独标超现实的"清真"、"天真"之美的李白，依然要发出"《大雅》思文王，颂声久崩沦"的现实性喟叹；崇尚"风流自然"之文风的皎然，也仍要讲"诗者，志之所之也"①（《诗式》）的"老话"。高倡"韵外之致"的司空图，也依然强调"诗贯六义"②（《与李生论诗书》），如此等等，毋庸赘述。总之，唐代文艺美学思想体现了一种鲜明的南北交通古今综合的理论特点。

从社会的思想文化语境来看，这一文艺美学观念的大综合态势，与这一时代儒、道、释三教走向合一的意识形态格局与趋向实际是互为表里的。

所谓由转型而深化，是从整个古代史的角度看，正如安史之乱是整个中国古代封建社会由上升而步入衰落的一个转折点一样，整个中国古代文艺美学思想发展到中唐时期似乎也开始了一种深刻的转型。这一转型的主要标志概有两点：一是中国的文艺美学思想虽然总的理论趣尚是偏重主体、抒情、写意、表现，但在这个总的理论趣尚的基础上，又以中唐为界呈现出一种前后的变化和转型，即由此前比较偏于客观、外向、摹形、写实开始转向侧重主观、内向、畅神、写意；在艺术的理想形态上，则由此前的偏于阳刚、壮美转向偏于阴柔、优美。所以中唐以后，以"尚意"为主、以阴柔为重的文艺美学思想逐渐成为主流。比如自此开始人们所津津乐道的"韵味"说、"兴趣"说、"妙悟"说、"含蓄"说、"情致"说、"寓意"说、"闲静"说、"婉约"说、"萧散"说、"平淡"说等等，皆是这一文艺美学主流之体现。这实际上也可看作中国文艺美学思想偏重主体、抒情、写意、表现这一总体理论趣尚的一种深化发展。二是古代文艺美学思想在盛唐时代已经臻于圆熟的综合态势，从中唐开始则逐步显露出了具有某种矛盾性裂痕与冲突的双重性结构。这种双重结构到了宋代尤趋明显。其表现是，文艺美学观念中种种矛盾因素，已开始改变那种调和的、融会的、中庸的、统一的结构势态，而向一种内在悖谬的、龃龉的、分裂的双重性结构悄然演变。甚至，在同一个美学家的文艺观念中，都表现出这一明显的双重性结构。我们看到，在宋代文艺美学思想中，"既有大张旗鼓的以古理圣道之政教内容为要旨的古文运动和诗文革新运动，又有阵营庞大的唯句法格律之形式趣味是求的'江西诗派'及其多样变种，既有标榜'宗经复古'、'明道致用'、'垂教于民'等等的伦理功用主义文学观念的空前盛隆，又有倡扬'吟情悦性'、'不涉理格'、

① 何文焕：《历代诗话》，中华书局 2004 年版。
② 《司空表圣文集》，北京图书馆出版社 2004 年版。

'高其韵味'、'唯造平淡'以及'妙悟'、'兴趣'等等的写意表现美学思潮的全面崛兴"①。即使在同一个美学家的话语中，也鲜明地存在着这种内在龃龉的双重性结构。这方面"最典型的莫过于张戒。他一方面旗帜鲜明地反对重表意、主格律的'苏黄二体'，强调诗以'言志'为本，以'咏物'为余，主张诗应'思无邪'，应发挥其'经夫妇，成孝敬，厚人伦，美教化，移风俗'的伦理功能；但另一方面，却又大力标榜'意味'、'情味'、'韵味'说，认为诗要到达'有味'的境界，'非至闲主静之中，则不能到'；表现在诗的创作上，则应'其词婉、其意微'、'不迫不露'、'含蓄蕴藉'。在前一方面，他独推杜甫为尊，认为杜'独得圣人删诗之本旨'，在后一方面，他又倾心于专以'咏物'为本的陶潜、韦应物，孟浩然、王维等人"②。这种内在矛盾龃龉的双重结构现象意味着什么呢？意味着古代文艺美学思想在深化发展的过程中，已开始显露出某种内在的裂变信息，显露出某种超古典的、代表新时代、新形态的文艺审美观念的历史性曙光。这是唐宋时期，特别是宋代文艺美学思想值得注意的一种新结构，新动向。

五、中国文艺美学思想的近代蜕变和古典总结阶段

元明清时期可以说是中国文艺美学思想的近代蜕变和古典总结阶段。这里有两个主要的特征，一是这一时期出现了近代性质的文艺美学思想的酝酿和蜕变；二是古典文艺美学思想在该时期走向历史性反思和总结。

近代性质的文艺美学思想的酝酿和蜕变，表现在两个层面、两个阶段上。其一是明中叶出现的浪漫主义文艺美学思潮。李贽的"童心"说、汤显祖的"主情"论，公安三袁的"独抒性灵"说等，是这一浪漫主义美学思潮的最强音。虽然这一浪漫主义美学思潮没有真正突破和超越古典的文艺美学思想系统，但毕竟在古典世界的漫漫暗夜中已然放射出了一抹近代文艺美学思想的绚丽曙光。从中国美学自身发展的内在轨迹说，这种近代性质的思想蜕变，由于将艺术和审美的焦点集中在个体、自我、情感、自然、理想等方

① 仪平策：《中国美学文化阐释》，首都师范大学出版社 2003 年版，第 271—272 页。
② 仪平策：《中国美学文化阐释》，首都师范大学出版社 2003 年版，第 277—278 页。

面，表现出跟社会、群体、伦理、名教、现实等方面的尖锐分裂和对立，因而在很大意义上也可以看作自宋代以降古典美学思想内部出现的具有某种矛盾性裂痕与冲突的双重性结构在新的历史条件下的凸显和质变。这一新的历史条件就是明中叶开始出现的资本主义生产关系萌芽。正是这种资本主义的萌芽因素，加速了宋代以降中国文艺美学思想结构的内在龃龉和裂变过程，催化了浪漫主义这一近代性质的文艺美学思潮的崛然而起。至清代，这一浪漫主义美学思潮在袁枚的"性灵"说、石涛的"自我"说、廖燕的"我意"说等等那里得到进一步延伸和发展。

其二是元明清之际，特别是清代出现的（批判）现实主义文艺美学思潮。首先是大不同于中国文艺美学传统的现实主义美学观念的出现。中华民族的、传统的文艺美学思想从先秦"诗言志"说开始，就一直偏于强调主观抒情讲究畅神写意，是一种侧重于表现论的文艺美学系统。不过，这一传统在明清之际虽然未有根本改变，但却出现了与这一传统大相迥异的思想倾向，那就是开始重视艺术客观写实、理性认知的再现论特征。如毛宗岗推崇"真而可考"的"叙实"文学①（《读三国志法》）；叶燮论诗强调在"才、胆、识、力"这"四者"中，"先之以识"②（《原诗·内篇》）等等。这在理论上显示出了一定的超古典的近代现实主义的美学性质。其次是这种现实主义还带有近代意义的批判倾向。从美学上讲，现实主义本质上就是批判的。因为它讲究对于现实世界的客观反映真实再现，自然不能回避、甚至还要特别关注现实中客观存在的丑恶现象，因而必然要持一种现实批判的美学立场。其突出表现，其一是一反古典美学以和谐的"美"为最高理想的观念，强调不和谐的"丑"的描写，如郑燮所提出的"美丑（恶）俱容"③思想，就带有批判现实主义色彩。其二是要求艺术家楔入社会现实的深处，反映民生疾苦写尽世间疮痍。如张竹坡在《金瓶梅读法》中以"入世最深"为号召，要求写出"患难穷愁人情世故"，脂砚斋则提出"家常细事"、"亲历其境"④（《红楼梦》第七十七、七十六回批）的主张，等等。批判现实主义

---

① 邹梧岗：《第一才子书》，清代刊本。

② 叶燮：《己畦集》，清代刊本。

③ 郑板桥：《郑板桥集》，中华书局 1962 年版，第 107 页。

④ 《脂砚斋重评石头记》，庚辰本（北京大学藏本）。

文艺美学除了讲写实，重批判外，还有一个重要特点在人物性格、人物典型塑造方面，反对类型化、单一化，而强调个性化、多面化。金圣叹称赞《水浒》"叙一百八人，人有其性情，人有其气质，人有其形状，人有其声口"①（《序三》），这是推重人物塑造的个性化；说武松"固具有鲁达之阔，林冲之毒，杨志之正，柴进之良，阮七之快，李逵之真，吴用之捷，花荣之雅，卢俊义之大，石秀之警者也"②（《水浒传》第二十五回回首总评），这是肯定人物性格的多面化。脂砚斋认为《红楼梦》所塑造的贾宝玉是"今古未有之一人"。为什么是"今古未有之一人"？因为这是一个非类型化、非单一化的人物，是一个个性独特、性格复杂的人物。究竟是怎样复杂的个性？脂砚斋说他"说不得贤，说不得愚，说不得不肖，说不得善，说不得恶，说不得正大光明，说不得混帐恶赖，说不得聪明才俊，说不得庸俗平（缺一字），说不得好色好淫，说不得情痴情种"③（《红楼梦》第十九回批语）。这一连串"说不得"，点明了贾宝玉性格的多面性、复杂性，因而也是超越古典类型化观念的个性化人物。这种个性化的美学观念，甚至从人物塑造为主的小说美学延伸到了以情志表达为主的诗歌美学。比如叶燮提出的"作诗有性情必有面目"④（《原诗·外篇》）说，即要求诗歌创作要体现出作者自己的"面目"（个性）来。总之，开始自觉地重写实、讲批判、主个性等，就构成元明清之际、特别是清代超越古典的、近代性质的现实主义文艺美学思潮的主要特征。

元明清之际，特别是清代文艺美学思想还有一个重要特征，就是开始走向一种历史性反思和总结过程。从清代的社会语境看，满清的入关和统治，中国古代文艺美学思想经过长期的演变发展，到清代已是积累深厚，意涵丰博，亟待整理和总结。自觉承担起这一古典美学总结使命的清代美学家有王夫之、叶燮、石涛、刘熙载等，以王夫之为代表。王夫之文艺美学思想的总结性特点，主要体现在这么几个方面：其一，"以意为主"。他在《姜斋诗话》（卷二）中说："无论诗歌与长行文字，俱以意为主。"这个"意"，

---

① 金圣叹：《第五才子书施耐庵水浒传》影印本，中华书局 1975 年版。
② 金圣叹：《第五才子书施耐庵水浒传》影印本，中华书局 1975 年版。
③ 《脂砚斋重评石头记》，庚辰本（北京大学藏本）。
④ 叶燮：《已畦集》，清代刊本。

正是中国古典文艺美学的一个核心范畴。中国古典文艺美学从先秦"言志"说、到魏晋"缘情"说、再到唐宋以降的"尚意"论，沿袭的是一条明晰无误的偏于表现之路。"志"、"情"、"意"三者，字义虽有分别，而内涵则无大异，都是偏于主体的情感、性情、心意、精神等等意思，亦即大致属于人的心理活动、内在感受、生命体验等层面的含义。王夫之所谓"意"，也基本不离这个含义。如王夫之又讲"诗以道情"；"情之所至，诗无不至"①（《古诗评选》卷四，李陵《与苏武诗》）等，所以王夫之的"以意为主"说，可以视为中国古典文艺美学主流理论、主导趣尚的一个总结。其二，王夫之虽然主"意"，但并不将"意"片面化、极端化，而是自觉贯彻中国古典美学的中和精神，强调艺术中各种矛盾因素的均衡兼备，持中不偏。也正是在这里，王夫之的理论总结意义尤显彰著。王夫之对中国古典文艺美学中基本的矛盾性范畴、矛盾性关系都有论及。比如在文与质关系上，王夫之指出"离于质者非文，而离于文者无质"②（《尚书引义》卷六《毕命》），因而文质关系应以介乎"文质之中"③（《古诗评选》卷五谢庄《北宅秘园》）为境界；在形与神关系上，认为"两间生物之妙，正以神形合一，得神于形，而形无非神者"④（《唐诗评选》卷三杜甫《废畦》），这一"神形合一"说显然是传统"形神兼备"说得更加精致化、完备化的论述；在情与理关系上，王夫之在《姜斋诗话》（卷二）中提出"内极才情，外周物理"的重要观点。虽然这个"理"的内涵和外延已经大于传统文艺美学所谓的"理"，但"情理相和"的话语模式依然是古典的，带有鲜明的概述、总结意味；在情与景关系上，王夫之更是系统总结了"情景合一"的古典文艺美学思想，使这个问题在古典传统的意义上得到了深入全面的阐发（兹不详述）。

　　总之，元明清之际的中国文艺美学思想，既是古典文艺美学思想的一种历史性反思和总结，也是超古典的近代文艺美学思想的历史性萌芽和上升，是这两种不同历史形态的、相互矛盾彼此对立的文艺美学思想形态的碰撞、纠缠、交错、冲突的重要转型阶段。这是一个十分重要的历史阶段。它

---

① （清）王夫之：《王夫之品诗三种》，文化艺术出版社 1997 年版。
② （清）王夫之：《尚书引义》，中华书局 1976 年版。
③ （清）王夫之：《王夫之品诗三种》，文化艺术出版社 1997 年版。
④ （清）王夫之：《王夫之品诗三种》，文化艺术出版社 1997 年版。

既储藏着经过整理和总结的中国古典文艺美学思想的丰富宝藏，也产生着、成型着真正源自中国本土的、具有民族特色的近、现代文化与美学精神，更重要的是，还初步展示着古典美学与近现代美学之间那种真正源自中国本土的、独具民族性格的矛盾结构模式和对立形态。显然，认真研究这一中国本土的、民族性的中国文艺美学在古典与近现代之间的历史转换特点，对于研究当今乃至未来中国文艺美学思想的发展模式和演变趋势，将是至为重要的一大课题。

（原载于《理论学刊》2007 年第 6 期）

误解、误评与误构

——论现代中国美学对西方美学的误读

尤战生

在我国，作为独立学科的现代意义的美学始于 20 世纪初期，它是在西方美学的直接影响下建立起来的。在我国现代美学的后来发展中，虽然马克思主义美学取得了主导地位，但西方美学依然是我们学习和借鉴的重要理论资源。可以说，我国现代美学无论在学科体系的确立、美学范畴的划定、研究范式的转换等重大问题上，还是在具体美学命题的提出、个别美学问题的论证等细部问题上，都深受西方美学的影响。从某种意义上说，现代中国美学的历史不但是本土美学学科发展和建构的历史，同时也是我国学界不断研究并借鉴西方美学的历史。如果按照布鲁姆"影响即误读"的观点来看，现代中国美学史又是一部我国学界不断误读西方美学的历史。从绝对意义上来说，这种误读是无法避免的，因为自身的文化传统和思维习惯构成了我们面对西方美学的"前理解"，启蒙与救亡的双重变奏形成的独特文化语境又使我们在面对西方美学时有着特殊的理论期待，处于影响焦虑中的自我文化构建冲动也使得我们只能把西方美学当作他者的话语。但误读从根本意义上的不可去除并不意味着我们可以随意解释西方美学，并不意味着我们对西方美学的任何方式的误读都是合理的，有价值的。并且，在各种不同方式的误读中，有些误读是难以避免的，但有些误读则是能够避免并且应当避免的。本文认为，如果从误读的方式来看，我国学界对西方美学的误读大体有三种类型：误解、误评与误构。下面就对这三种误读类型的特点、表现及其对我国美学发展的影响作逐一解析。

一、误 解

在我国学界对西方美学的误读中，有一种误读是对西方美学的某些理论观念或某些基本史实做了错误的理解、阐释或认定，本文称之为"误解"或"误解型误读"。这类误读是我们在学术研究中应尽量避免的，因为它是我们在中西学术交流中的障碍，对我们借鉴西方学术成果以构建自己的美学理论也无益处。产生这种误读的原因很多，但其中最重要的有两点，一是对西方美学的学术传统、运思方式及其理论语境缺乏了解，二是源于学术研究中求真精神和严肃态度的不足。因此，要想最大限度地消除这种误解，就既需要我们加强与西方学界的交流和对话，也需要我国学界理论工作者强化学术研究的自律性，戒除浮躁学风。误解型误读主要又呈现为以下三种形式：

第一，对西方美学的某些理论观念或理论命题的误解。这类误解并不少见，比如，我国学界不少学者对"人诗意地栖居"这一理论命题的理解就存在着一定程度的误读。这一命题由存在主义美学家海德格尔提出，至今仍对我国美学界产生着深远影响。在海德格尔的理论中，这一命题起码包含着三层意思：第一，诗意居住应当是人类生存的理想；第二，"诗意是人类居住的基本能力"[①]；第三，诗意居住在现代技术社会中并不容易获得。海德格尔充分认识到在"狂热的度量和计算的荒谬的过剩"[②] 的现代社会中，当我们把自然万物只是当作有用的资源而不再把它们当作物来对待并从而取消了我们与它们之间的"遥远的亲近"[③] 关系时，当我们被"常人"所控制而失去自我本真生存时，我们就沉沦了。而诗意居住作为对非本真生存的超越，是沉沦的现代人的生存理想。这是海德格尔的第一层意思。海德格尔的第二层意思是说，人作为此在与万物不同之处就在于他具有超越沉沦的能力，他作为短暂者有追求永恒和神性的能力。所以他指出："一种居住可能是非诗意

---

① ［德］海德格尔：《诗·语言·思》，彭富春译，文化艺术出版社 1991 年版，第 199 页。

② ［奥地利］弗洛伊德：《性欲三论》，赵蕾、宋景堂译，国际文化出版公司 2000 年版，第 199 页。

③ ［德］海德格尔：《诗·语言·思》，彭富春译，文化艺术出版社 1991 年版，第 157 页。

的，只是因为它在本性上是诗意的。"① 也就是说，人能认识到或体验到自身生存的非诗意性本身就说明人具有诗意生存的能力。再说第三层意思。海德格尔对实现诗意居住并不乐观。在他看来，"诗意乃是一种度量"②，是"人用神性度量自身"③，这种"度量"要求我们能够"向死而生"，要求我们不断地追求生存的超越性和个性化，而这对于深受技术社会和文化工业控制的芸芸众生来说是非常艰难的。海德格尔在谈到真理时非常深刻地指出，真理就是去蔽与遮蔽的辩证法，是"天空"和"大地"的斗争。同理，人也不可能时时以"神性"、"天空"度量自身，诗意居住不是人能够长久占据或获得的状态，毋宁说它是人在沉沦中的挣扎，所以诗意居住同样要遵循沉沦与超越的辩证法。我们只有把以上三层意思综合起来，才能完整理解海德格尔"人诗意地居住"这一命题的含义。但是我们看到，国内有些学者在谈及海德格尔的这一美学命题时，很少涉及第三层意思，也就是说，他们对诗意居住作了简单化和浪漫化的理解，忽视了海德格尔对诗意居住的艰难性和辩证性的深刻认识。为什么会出现这种误解呢？主要是因为对海德格尔的整体哲学思想及其理论语境缺乏认真研究，而简单地以中国传统文化中的"天人合一"思想、"隐逸"思想、"出世"思想等"前理解"去统摄海德格尔思想的结果。在我国的这些传统思想中，超越、艺术化生存都不是艰难的事情。以这种前理解面对佛教，艰难苦修就被转化成了禅宗的瞬间顿悟，这种前理解同样会把海德格尔的"诗意居住"作简单化和浪漫化的解释。

第二，对西方美学中的某些理论家或某些理论作片面化理解或解释也是一种突出的误解现象。我们过去在重视研究俄国革命民主主义美学时，强调它对文艺的人民性的认识，而忽视了它对文艺的批判性的论述。这显然是片面化的解释。在新时期之后，弗洛伊德成为风靡中国学界的人物，然而学界在介绍和研究他的理论时，也在一定程度上存在着片面化倾向。弗洛伊德最为人知的理论就是他的性欲理论。在他的理论中，性欲成为支配人的行为的深层动力，文艺创作也不过是性欲的升华而已。弗洛伊德反对过度压抑性欲，认为过度的压抑容易造成精神的创伤。但他也不主张性欲的放纵，因为

---

① ［德］海德格尔：《诗·语言·思》，彭富春译，文化艺术出版社 1991 年版，第 199 页。
② ［德］海德格尔：《诗·语言·思》，彭富春译，文化艺术出版社 1991 年版，第 193 页。
③ ［德］海德格尔：《诗·语言·思》，彭富春译，文化艺术出版社 1991 年版，第 192 页。

他认识到："我们的文明是建立在压抑本能的基础上的。每个人都要贡献出一部分自己的财产——他个性中的一部分支配欲、好胜心、侵略性以及报复心等等倾向，从这些贡献中积累起文明在物质和精神方面的共有财产。"① 弗洛伊德越到晚年越清醒地意识到，只有在压抑本能和欲望的基础上，人类才获得了友谊、团结、安全、清洁、秩序和美，如果放任性欲和攻击本能的满足，不但文明无从谈起，而且人类也只能走向自我毁灭。然而我国学界和文艺界从弗洛伊德那里接受的主要是对性欲的肯定和张扬，而对他提出的压抑性欲的必要性主张基本忽略。从 1985 年张贤亮的《男人的一半是女人》发表开始，作家界受弗洛伊德理论影响，出现了一股写性爱小说的热潮，这股热潮体现出的基本价值取向就是对性压抑的非人道的批判。此时，批评界也开始热衷于用弗洛伊德的性欲理论和梦理论解读文艺作品。这股热潮是多方面因素综合作用形成的，但理论界对弗洛伊德理论的片面化理解和片面性介绍无疑起了推波助澜的作用。

　　第三，对西方美学的某些史实在认定上的失误无疑也是一种误解。这方面一个典型的例子就是我国学界对"非理性主义"在现代西方美学中的地位和影响的夸大与历史事实不符。现代西方哲学和美学中确实出现了一股非理性主义的潮流，这一潮流在一定时期也产生了较大影响，尼采、叔本华和柏格森都是这一潮流的理论代表。但我们必须认识到，现代西方哲学的主流还是理性主义。在现代西方科学主义哲学中，几乎没有非理性主义的地盘。即使人本主义哲学也并不是非理性主义的一统天下。现代西方人本主义哲学在对工具理性的批判中因不同的批判策略和价值取向而分化为两条路向，一条路向因张扬感性的地位和价值而走向了审美主义甚至非理性主义。代表性哲学家就是我们前面所说的叔本华、尼采、柏格森等人。另一条路向虽然反对工具理性但不反对理性本身，他们希望建立一种新的价值理性以取代狭隘的工具理性。哲学解释学、法兰克福学派的批判哲学、哈贝马斯的交往行动理论走的就是这后一条路子。可见，非理性主义只是现代人本主义哲学内的一脉支流，它甚至无法涵盖人本主义哲学。同样，非理性主义、反理性主义

_____

① ［奥地利］弗洛伊德：《性欲三论》，赵蕾、宋景堂译，国际文化出版公司 2000 年版，第 224 页。

也不是现代西方美学的绝对主流。因为许多美学家在承认感性的独立价值时并没有主张感性就优于理性，有些理论家即使承认感性优于理性也没有走向对理性、特别是价值理性的全面否定。因批判理性而走向过度张扬感性的典型代表主要就是叔本华、尼采、柏格森等一些哲学家，这样一种潮流并没有成为西方现代美学的主流。所以说，国内有些学者在以"非理性转向"来描述 20 西方美学的发展趋势和特点时，就在一定程度上夸大了非理性主义在现代西方美学发展中的地位。此外，我们认为，谈美学的"非理性转向"在语义逻辑上也有不妥之处。虽然西方美学曾长期附属于认识论，但自鲍姆加通以来，美学就被赋予了"感性学"的含义，并且逐渐获得了脱离认识论的独立地位。谈"非理性转向"无非是想表述从理性到非理性的转变，但美学本来就不是"理性学"，或者说它在 20 世纪前就已经不再是"理性学"了，到 20 世纪后美学也没有完全否定理性，所以这种表述有些欠妥。

二、误　评

在我国学界对西方美学的研究中，也存在着对某些理论家或某些理论观念的价值评判与西方学界通行的评价差异较大的情况，我们称其为"误评"。有些误评是建立在误解的基础上的，而有些并不是，其原因主要在于我们用以评判的价值标准、理论取向与西方学界存在明显差异。这种并不基于误解的评价性差异又可区分为两种情况：一种情况是评价差异源于学术上价值取向的不同，另一种情况是误评源于政治意识形态等非学术性的价值观差异。其中，这后一种情况在我国学界曾大量存在，特别是从新中国成立后到"文革"结束前这段时间，由于政治意识形态对学术研究的干扰，我们对西方许多美学家及美学理论的评价都带有简单化和政治化的倾向。这种倾向对我们目前的学术研究仍有一定影响。这样一种基于非学术原因的误评对我们的美学研究具有巨大的负面作用，它会使我们把许多有积极价值的美学思想弃之不顾，它也会降低学术研究自身的品格。因为人文学科的研究不仅仅是理解的问题，评价也是其重要组成部分，评价环节的失误会使人文学科的价值大打折扣。另外，评价环节的失误也会引起理解层面的误读。比如说，叔本华、尼采、弗洛伊德等人在 20 世纪上半叶曾对我国现代美学产生了重大影响，但新中国成立后的几十年，由于意识形态原因造成的误评，就几乎没有学者谈及他们了，在朱光潜著名的《西方美学史》中，他们的名字都没出现过。这种情况的长期持续就使学界忽略了他们甚至使学界根本不知道有这样一些理论家及其理论的存在。这显然就造成了误解的后果。再比如说，由于俄国革命民主主义美学与苏联社会主义美学之间特殊的亲缘关系，别林斯基、车尔尼雪夫斯基、杜勃罗留波夫在我国学界相当一段时间内成了地位仅次于马克思主义经典作家的美学家。在朱光潜的《西方美学史》中，从章节设计和占有篇幅来看，别林斯基和车尔尼雪夫斯基都可以和康德、黑格尔平起平坐。这种评价显然过高。基于非学术原因的误评带给我国美学及美学研究的影响是消极的，它在一段时间内甚至造成了我国美学及其他人文学科的停滞和凋敝。因为在政治化误评肆虐的时代，误评很少不同时伴随着误解。

　　基于学术原因的误评则从根本上难以消除，而它对学术研究的影响也很难简单作出评价。这种误评更多地表现为不同学术观念之间的分歧与差异。比如说，克罗齐从自身表现主义理论出发对古希腊的形式美学作出了贬低和否定。这种误评是建立在对古希腊美学特征深刻认识的基础上的，它也能在一定程度上启发我们对古希腊美学的理解。我国学界对西方现代分析哲学与分析美学的误评也属于这种基于学术原因的误评。分析哲学与分析美学在现代西方学界影响深远，但我国学者对其评价普遍不高，对其研究和介绍也普遍较少。主要原因在于我国现代美学的本质论传统和人文主义传统。基于本质论传统，我国学界很难认同分析美学把美和艺术的本质问题视为假问题的观点；基于人文主义传统，我国学界大多数学者也对技术化的语言分析方法普遍陌生并且也不感兴趣。但分析美学在我国遭受冷遇并不表明我国学界对其就缺乏认识。李泽厚在《美学四讲》中对分析美学的价值作出了一定肯定，他指出：“分析美学对艺术欣赏和批评中各种复杂问题，通过语言分析，作了细密的探讨和科学的清理，把问题提示得更为清晰，使人们不能再停留在含混笼统的一般谈论中了。”[1] 他同时也指出：“另方面，又不必因噎废食，不必因语词概念的多义含混而取消美学的生存。”[2] 可见，我国学界对

---

①　李泽厚：《李泽厚十年集》第 1 卷，安徽文艺出版社 1994 年版，第 426 页。

②　李泽厚：《李泽厚十年集》第 1 卷，安徽文艺出版社 1994 年版，第 426 页。

分析美学的认识还是比较全面的，对其误评的原因也主要基于学术观念的差异。基于学术原因的误评对学术研究带来的影响，难以简单评说。如果从积极方面来看，这类误评能为我们理解对象提供新的观念和思维角度。从消极方面来看，过度的唯我独尊式的误评又会阻碍我们与对象之间的对话交流。如果我们在研究西方美学时，时时从自身学术取向出发，处处坚持"以我观物"，就会妨碍我们对西方美学的借鉴和吸取。要想减少学术性误评的负面影响，就应当有倾听对方的耐心，有对对象的充分尊重和宽容。

在有些情况下，误评的产生既有非学术原因，也有学术的原因，二者往往交融在一起。我国美学界在新中国成立后推重黑格尔而相对轻视康德就属于这种情况。在 20 世纪前半叶，黑格尔对我国美学界的影响晚于康德也小于康德。但新中国成立后，随着马克思主义的主流意识形态地位的确立，以及黑格尔作为马克思主义思想重要来源的政治性认定，对黑格尔的评价就开始超过了康德，对其研究也越来越多。应当说，黑格尔之所以能取得超过康德的地位，与列宁不无关系。在《马克思主义的三个来源和三个组成部分》一文中，列宁指出，德国古典哲学、英国的政治经济学和法国的社会主义是马克思主义的三个来源；在德国哲学中，"最重要的就是辩证法"，马克思用德国古典哲学的成果、特别是用"黑格尔体系的成果丰富了哲学"，"把哲学向前推进了"。[①] 正是列宁对马克思哲学与黑格尔渊源关系的认定，促使以苏联为榜样的中国也掀起了研究黑格尔的热潮。但从另一方面我们也要看到，黑格尔之所以被学界推重，也有学术方面的原因。因为他对审美和艺术的理性特征及认识功能的强调更能切合我国当时的功利主义美学，他的典型理论、内容形式关系理论确实能为我国的现实主义文论提供佐证和补充，而康德美学的形式主义特征使其很难和中国当时的美学相契合。

三、误　构

我们这里所说的"误构"是指中国学界在研究西方美学的过程中，通过借鉴西方美学思想的成果或受西方美学启发，而走向自我理论创构的文化

---

① ［苏］列宁：《列宁论文学与艺术》，人民文学出版社 1983 年版，第 2 页。

行为。因为误构的主要目的不是对西方美学的研究，所以它不能保证对西方美学的理解准确无误。但一般来说，有重大价值的理论误构都以相对准确的理论理解为前提。因为误构是一种自我理论创构，所以它和所借鉴的成果之间存在着分歧和差异。利奥塔在《后现代状态》一书中指出，当元叙事遭受普遍质疑后，知识的合法性问题产生了危机。哈贝马斯所设想的通过商讨而达成的共识也无法解决知识的合法化问题。这不但因为共识的达成不太可能，而且因为共识就不该成为商谈的目标。在他看来，后现代知识的合法化根据"不在专家的同构中，而在发明家的误构中"①；后现代知识的价值就在于"可以提高我们对差异的敏感性，增强我们对不可通约的承受力"②。我们并不完全赞同利奥塔的观点，因为知识在最基本的理解层面上还是可以达成共识的，我们也并不认为知识的目标就在于有意地去追求差异和分歧。但是我们必须意识到，人文科学虽然不能像一般社会科学那样为解决实际的社会问题提供具体的实用帮助，但它应当面对实际的社会人生问题去建构人学知识，不能使自身成为无根的玄学。同时，它还应当对现实的社会人生提出总体的价值评判并对其发展作出价值引导。这是人文科学的意义所在，也是它的根本使命。出于对人文科学的这种认识，我们认为，不断流动变化的现实社会和人生就决定了人文科学知识将处于不断的重构之中，具有差异性的社会语境也决定了积极的文化借鉴必然是一种误读。以这样的观点来审视现代中国美学对西方美学的研究，我们就会发现，走向误构实在是一件再自然不过的事情。

中国学界研究西方美学本来就不是只为着满足认知的兴趣，其主要目的从小处看是为了借鉴西方的美学资源以完成本土美学的建构，从大处说是为解决 20 世纪中国国家和民族的问题而寻找文化上的出路。在这种目的的推动下，20 世纪中国美学界在西方美学的研究中最为关注的就不是如何准确理解与合理评价西方美学的问题，而是如何借鉴西方的美学资源，以构建中国文化和文化中国的问题。在 20 世纪上半叶，为构建强大的文化中国，康德、黑格尔、叔本华、尼采、克罗齐、弗洛伊德等人的各色理论在我国学

---

① ［法］利奥塔：《后现代状态：关于知识的报告》，车槿山译，三联书店 1997 年版，第 4 页。
② ［法］利奥塔：《后现代状态：关于知识的报告》，车槿山译，三联书店 1997 年版，第 3—4 页。

界纷纷亮相。在 20 世纪下半叶，特别是新时期以来，为构建既具现代性又有民族特色的中国文化，西方现代主义、后现代主义的各个流派又在中国学界集体接受了一次检阅。这种亮相和检阅仓促而又粗略，这种仓促和粗略很难保证我们对西方美学研究的准确深入，也不容易产生真正有价值的理论误构。但是，我们也不能否认，在总体的喧嚣和仓促中，还是有些学者能够秉持求真精神去研究西方美学，并把这种研究成果与自我文化的创构结合起来。20 世纪上半叶以王国维、蔡元培、朱光潜等人为代表的现代美育理论和 20 世纪下半叶李泽厚的人类学本体论美学都是对西方美学的成功误构。

我国 20 世纪上半叶兴起的美育理论是在误构西方审美自由理论的基础上发展起来的。西方审美自由理论的代表人物主要有康德、席勒、叔本华等人。康德明确提出"审美无利害"命题，席勒则以游戏界定审美的本质，叔本华认为审美活动是对生存意欲的摆脱。他们几人虽然都认识到审美具有间接的功利作用，但基本上都不强调要以审美活动去服务于现实的目的。在他们看来，审美鉴赏活动虽然具有"合目的性"，但其本身是"无目的"的。如果说他们还没有完全否认审美和艺术的功能，他们所主张的也只是诸如陶养性情，完善人性这样一些内在价值。而王国维等美学家则把美学变成了美育学，强调审美教育不但具有怡情养性、摆脱痛苦等内在价值，而且还担负着培养全人、促进德育，乃至拯救社会的重任。王国维曾指出："美育者，一面使人之感情发达，以达完美之域；一面又为德育与智育之手段。"[1] 可见，他不仅主张美育的情育功能，而且强调它应有推进德育的作用。蔡元培对美育的实用功能的强调更为明确。他不但认为"美育者，与智育相辅而行，以图德育之完成者也"[2]，而且指出，借美育"造成完全人格，使国家隆盛而不衰亡，真所谓爱国矣"[3]。他甚至认为，因为法国人在优美中养育人格，法国军人就能从容不迫；德国注重壮美的陶养，所以其军队能一往直前；中国的北伐革命要取得胜利，"北伐军必须有美的、纯然无私的、勇敢的艺术精神"[4]。

---

① 王国维：《王国维美论文选》，刘刚强编著，湖南人民出版社 1987 年版，第 3 页。
② 蔡元培：《蔡元培选集》上卷，沈善洪主编，浙江教育出版社 1993 年版，第 305 页。
③ 蔡元培：《蔡元培选集》上卷，沈善洪主编，浙江教育出版社 1993 年版，第 493 页。
④ 蔡元培：《蔡元培选集》上卷，沈善洪主编，浙江教育出版社 1993 年版，第 639 页。

朱光潜"以出世精神做入世事业"①的人生理想就说明他提倡"人生艺术化"是有着实用考虑的。当代学者杜卫将这种既不同于西方审美主义，又别于中国古代的政治或道德功利主义的美学和美育理论命名为"审美功利主义"，就准确地抓住了这种理论鲜明的误构特征。这种审美功利主义思想是我国学者在中国特殊的社会语境中对西方美学做的一次成功误构，它不但有着特殊的历史价值，而且其本身的理论价值也值得肯定。这种误构虽然对西方审美自由理论有所误解，但对其总体把握基本还算是准确的。杜卫在《"审美无利害性"命题的中国化及其意义》一文中对这种误解、误读已有详细考察和深入探讨，我们此处就不再详述。

　　20世纪下半叶中国美学取得的一个重大成果就是李泽厚对康德美学的成功误构。李泽厚在康德哲学中发现了"自然向人生成"的思想，并看到了这种思想与马克思"自然人化"思想的契合之处，于是他创造性地将两种理论整合起来，创造出独特的实践论美学或者说人类学本体论美学。在这种理论整合中，李泽厚以康德、席勒等人的审美主义为主要依据，确立了审美以情感为本体的基本观念，他又结合马克思"自然人化"思想，对这种情感本体的生成机制作了社会历史性的分析，并且在马克思"自然人化"思想的启发下，他又把这种情感本体由审美领域扩大到人类社会历史领域，使其上升为人类本体。从与康德美学的关系来看，李泽厚的人类学本体论美学显然是一种误构。首先，李泽厚对康德美学做了马克思主义化的改造，赋予了它社会历史性的特征。其次，李泽厚把康德的审美情感本体论发展为人类情感本体论。在康德哲学中，审美是联系自然与文化、认识与道德的中介，情感是沟通真与善的桥梁。在李泽厚的理论中，则是真、善统一最终达到美，情感摆脱了"桥梁"、"中介"地位，而成为终极本体。比起20世纪上半叶的审美功利主义思想，李泽厚的人类学本体论美学具有更加自觉的理论误构意识。因为前者的误构更像是独特社会语境挤压下的集体无意识行为，而后者则主要是个体自觉的理论建构。李泽厚曾明确把自己的康德哲学研究称作"六经注我"式研究。在《康德哲学与建立主体性论纲》中他还写道："其实在某种意义上，更加可以说一切哲学史都是当代史。用这种角度看一下康德

---

① 朱光潜：《朱光潜全集》第10卷，安徽教育出版社1993年版，第525页。

哲学，看看它能为当代马克思主义哲学提供些什么东西，这是我感兴趣的问题。"① 由这段话可以看出李泽厚自觉的理论误构意识。此外，我们想说明的是，李泽厚的人类学本体论美学并非金瓯无缺，它仍然存在着一些理论上的问题和困境，对此，后实践美学有着比较充分的认识。其实，后实践美学也是国内学界在借鉴当代西方美学的基础上作出的富有创造性的理论误构。本文对此不再展开论述。

综上所述，本文认为，现代中国美学误读西方美学的方式主要有三种：误解、误评和误构。误解是指对西方美学的观念或史实作出了错误的理解或认定。它对我国的美学发展具有完全消极的影响，因此是我们应当着力避免的。误评是指对西方美学理论的价值评判和西方学界的共识存在偏离。除基于误解的误评外，还有基于政治意识形态的误评和基于不同学术取向的误评。基于学术原因的误评既有启发认识的积极作用，也有阻碍学术对话的负面影响。另外两类误评则是我们应当尽量克服的。误构指我国学界在借鉴西方美学成果的基础上进行的自觉的自我理论创构。建立在准确理解与合理评价基础上的误构是一种高层次的理论研究，是最有意义的理论误读。我国学界在未来的西方美学研究中，应当尽力消除误解，减少非学术性误评和唯我独尊式的学术性误评，自觉走向富有创造性的理论误构。

（原载于《山东社会科学》2008 年第 1 期）

---

① 李泽厚：《李泽厚十年集》第 2 卷，安徽文艺出版社 1994 年版，第 459 页。

现实关怀与问题意识：
中国当代美学发展的出路

王汶成

  首先需要解释的是，我们这里说的"当代"不是指 1949 年新中国成立以后，而是指 1979 年改革开放以后，我们这里说的"中国当代美学"也主要不是指中国当代美学的整体，而是单指中国当代美学的理论。就中国当代美学的整体来说，它应该包括三个方面：美学理论、艺术和审美批评、艺术和审美实践，这三个方面虽然相互关联和相互交融，但实际上又是各成系统，各自独立，形成三方面平行发展之势，不能统而论之。

  进入新世纪以后，美学界对改革开放以来近 30 年的美学发展历程的反思越来越多，之所以有这么多的反思，倒不是因为历史开始了一个新纪元，而是因为恰巧在世纪之交的特定历史条件下中国美学遭遇到一些新情况，出现了一些新问题，亟须通过一个反思的过程以找出问题、摆脱困境和谋求进一步发展的可能性。在反思中，许多论者已经认识到使中国当代美学陷入困境的根本问题之一就是美学理论与现实的艺术和审美实践的脱节，这个问题不仅体现在 20 世纪 80 年代的实践美学上，也体现在 90 年代的后实践美学上。因为无论实践论美学还是后实践论美学都是本体论美学，它们或者以物质生产实践为本体，或者以生命、生存为本体，这种被种种"本体"框定的美学体系终究会被日新月异的艺术和审美实践的发展所冲破而陷入困顿。所以当今的美学理论所面临的不只是某些范畴和观念刷新的问题，甚而是整个美学研究范式需要转换的问题。笔者基本赞同上述论者的意见。笔者认为中国当代美学摆脱困境的出路之一就是理论与实践的靠近和结合。但需进一步追问的是：造成中国当代美学中的理论与实践脱节的原因是什么？如何解决这个"脱节"的问题？

一、决定中国当代美学发展进程的四大向力

从总体上看，中国当代美学是在四个不同向度的力量牵制和撕扯中形成和发展的。首先是"自身发展"这一向力。这个向力又体现为两个相对因素的合力作用，一个是现代性的追求，一个是传统的潜在影响。众所周知，中国的现代化进程是在帝国主义列强船坚炮利的严峻逼压下、在救亡图存的危急情势中被迫开始的。所以中国现代化进程的现代性除了有其一般的世界性内容外，还有其特殊的民族内容，这就是第一步通过共产党领导的新民主主义革命摆脱半殖民地半封建的严峻局面以争取民族独立和"自立于世界之林"的民族地位，第二步是通过共产党领导的社会主义革命和改革、通过民主法制的建设、通过发展科学技术和社会生产力以实现民富国强的现代化目标。1979 年以来改革开放 30 年的历程正是这第二步现代性追求的继续和深入。整个中国近百年的现代性追求是在克服了种种客观阻力和主观干扰中不断推进的，但从其自身发展的角度看，最大的困扰和麻烦还是来自传统的牵制力量。一方面，中国的现代性追求的"现代"性质决定了它的目标不可能从自己的传统中自发生成，必须要摆脱传统的束缚以超越传统才行；另一方面，中国现代性追求的展开又离不开传统这个基础。中国的现代性追求不可能另起炉灶、重新开始，它必须要在与传统的接续和承继中进行，而且传统作为一种"集体无意识"还对现代化进程直接构成一种潜在影响，当前"和谐"、"仁爱"以及"孝敬"等的重新倡导就是这种潜在影响的体现，也是在现代化进程中现代与传统两方面并非绝然对立、可以进行部分的链接和融会的一个明证。中国五千年的文明史及其创造的灿烂文化和近百年现代化进程中形成的新传统，完全可以成为现代性追求可资挖掘和利用的一笔巨大文化资源和理论财富，而不能仅仅被认为是现代性追求的拖累和负重而企图予以"彻底决裂"甚而至于"连根拔除"。中国当代美学作为中国学术现代化进程的重要一翼，是与整个中国社会的现代化进程连成一体的，也同样遭遇到现代性追求与即成的美学传统的矛盾和冲突，也同样遭遇到不断突进前行的现代导向力与已有的传统牵制力之间的交互作用而形成的情感缠扰和理论

困惑。回顾中国当代美学近30年的历程，80年代主要是通过"拨乱反正"和大规模外借西方理论以求得新突破和新进展，于是有了实践美学的复兴和扩建，有了"新的美学原则的崛起"，有了"现代主义"的风行。这种基本以"破旧立新"为主的发展态势必然导致对美学传统的轻视和掩蔽，从而使美学理论的现代建构逐步陷入无根无基的飘浮状态。而到了90年代，日益高涨的全球化浪潮的冲击，使得人们越来越意识到了企图摆脱本土美学传统的不可能性和有害性，于是又出现了所谓"国学热"，出现了所谓"失语症"的议论，出现了"古代文论的现代转换"的呼声，出现了后实践美学的种种理论创新的尝试。尤其是进入新世纪后，由于受更新的社会历史文化语境的影响，中国美学理论的建构愈益呈现出向古代和近代以来形成的美学传统靠拢贴近的趋向，这种趋向绝不是单纯为了恢复美学传统和回到美学传统，而是因为真正认识到了美学传统在美学现代化进程中本应具有的价值和作用，以便把美学的现代性追求重新拉回到中国自身的美学传统这一坚实可靠的基础之上。近年来兴起的文艺美学、生态美学等理论，之所以被人们认为是中国自产的原创性理论，就是因为这些理论不是从西方直接搬来的，而是全面借鉴和吸取了古今中外的美学资源，尤其是对中国本土的美学传统进行了现代性转化而构建起来的。只有这种深深扎根于本土美学传统的现代美学理论，才有可能取得与西方美学理论对等交流的话语权，才有可能在将来形成的世界美学系统中真正占有一席之地。所以，就中国当代美学自身发展这一向力看，不能以为只有现代性追求这一因素在起作用，还要对以往形成的美学传统这一因素给以充分的重视。毕竟，中国当代美学自身发展这一向力的具体态势是由这两个不同因素交互作用的结果。

　　制约中国当代美学发展进程的第二个向力来自西方美学理论的影响。如前所说，中国的现代化取向不是自发的，而是被迫的。这种情况先在地决定了中国现代化道路所赖以凭借的主要思想文化资源不可能发掘于内，而只能求取于外，即向那些率先走上现代化的发达国家学习和借鉴，把它们先进的科学技术、哲学思想、文化学术直接拿过来为我所用，发展我们自己的现代化事业。而且，历史已经证明，整个中国现代化进程中的每一步关键性进展都是先从引进西方先进的思想文化资源开始的，五四新文化运动是这样，新时期的改革开放也是这样。同样，中国美学的现代化进程也是从外求于西方美学理论开始的，没有西方美学理论的引进，就没有王国维、梁启超、蔡元培等对中国现代美学的开创，也不会有朱光潜、宗白华、蔡仪等对中国现代美学体系的建构，更不会有中国当代美学近30年在理论创新上所取得的所有重大进展和成果。从这个意义上讲，西方美学（包括西方古典和现代美学、马克思主义美学、苏联美学、西方马克思主义美学和种种后现代主义美学）的影响，作为牵制中国当代美学进程的一个强势向力，对中国当代美学的进展起到了决定性的推动作用。但上述论断只是讲了问题的一个方面，问题还有另一个方面，这就是客观情势决定了要推动中国现当代美学理论的进展必须先从引进西方美学理论开始，也就是先从另一个"他者"那里"拿来"现成的理论，随后再利用这个理论发展我们自己民族的理论。这种做法虽很有必要，也比较便捷，但长此以往，以致形成一种"外求式"为主导的理论创新模式之后，就很可能造成两个消极的后果：一个是以为西方美学理论总是先进的、新的，使中国的现当代美学理论建构在很多时候都是跟在西方美学理论的后面"跑"，随着西方美学理论的话语去"说"，以致很少或无暇顾及这种理论是否适合中国国情，是否可以与中国已有的理论对接以解决中国自己的问题；由此又造成了第二个消极后果，这就是在很大程度上使一部分中国现当代美学理论沦为西方美学理论的一个"注脚"、一个"镜像"，从而也在很大程度上使一部分中国现当代美学理论在"他者"面前丧失了"本我"的地位，丧失了本民族的特点和特色。正因如此，中西问题也就成为贯穿中国现当代美学的最大难题，这个问题的困难主要不是在理论上，而是在实践上。从理论上讲，无论是"中体西用"还是"西体中用"，都主张通过中国理论的西方化或西方理论的中国化以达到中西融合，都有一定的道理可以说通。但这些理论主张在实践上却殊难把握，极易出现偏差而走向极端，不是走向"排外自守"，就是走向"全盘西化"。而在当代条件下，最多发生的还是"全盘西化"的倾向。因此，我们在考虑西方美学的影响这个向力的时候，不能只看到他对中国当代美学的积极推动作用，还应注意将已成定势的"外求式"理论创新模式转换为"自主式"理论创新模式，以防止和避免这一向力所可能产生的消极后果。最近几年，对"中国特色"、"民族特点"、"本土化"等的强调和提倡，可以看作是为促使"外求式"理论创新走向"自主式"理论创新而作出的新努力。

干预中国当代美学进程的第三个向力是全球化浪潮的冲击。所谓"全球化"是指世界经济一体化的趋势，资本主义的资本无限扩张本性必然导致世界市场的形成和世界经济一体化的指向。所以，从严格的意义上讲，全球化的历程从资本主义生产方式诞生的那一天起就开始了。但是到了20世纪90年代以后，全球化进程突然大大加速，在短短十几年的时间里，几乎整个世界都被卷入了全球经济一体化的巨大浪潮。这主要是因为20世纪80年代末苏美对峙冷战局面的终结、世界新格局的形成以及广大第三世界国家经济发展的迫切需求而促成的。伴随全球化浪潮而来的，是以美国为代表的发达国家强势文化的大规模"入侵"，从而使西方与东方乃至美国与欧洲原有的宗教、意识形态、文化的冲突愈加尖锐化和表面化。就中国而言，全球化浪潮的冲击不仅为中国经济的飞跃发展提供了百年未遇的契机，而且，在经济飞跃发展的前提下，还推进了中国后现代文化状况的迅速萌生蔓延、以现代传媒为依托的大众文化的崛起以及新的文化格局的形成（主流文化、精英文化、大众文化、民间文化四足并立），从而开始了与西方发达国家文化现状的对接。与此同时，全球化浪潮的冲击也促使了中国原有的中西文化之间的矛盾进一步激化。更为重要的是，在全球化的过程中，通过外来文化与本土文化的剧烈冲撞和现实的比照，使得外来文化的诸多消极因素和负面作用逐渐暴露，也使得本土文化一直被遮蔽着的优势和当代价值日益彰显。总之，全球化浪潮的冲击对于中国这样一个发展中国家产生的影响是极为复杂而深远的，给中国的经济、政治、文化和学术带来的巨大变化也是前所未有的。仅就中国当代美学的情况看，近年来中西比较美学的再度兴盛、对"东方主义"和后殖民主义文化理论的普遍关注、人类学美学和当代大众审美文化研究热潮的出现、"本土化"和民族特色的大力倡导等等，都是对全球化所引发的一系列新现象、新变化、新问题的一种回应和反响。

牵制中国当代美学进程的第四个向力是中国艺术与审美实践的发展。如前所说，按照正常的程序，美学理论的建构应该是自下而上地从艺术审美的实践出发，经过艺术审美批评这一中介环节上升到理论概括，然后才能对艺术审美实践切实起到一种导引的作用。但是，由于中国社会历史条件的特殊性以及其他一些原因，中国当代美学理论的建构在很多时候却是走了一条自上而下的道路，即首先引进或"拿来"什么"新"理论，然后再用这种理论去比附中国艺术审美实践，试图用这种理论去规定和约束中国艺术审美实践的发展。这种反常做法的结果必然导致要么实践俯就理论并在理论所规划的圈子里打转，要么实践冲出理论的束缚而自行发展，因为中国当代美学中的实践方面毕竟是最有活力的一个基础层面。前一种情况造成了实践对引发理论革新的根基作用的彻底丧失，后一种情况造成了理论与实践上下两个层面各自运作、各行其是的"两张皮"局面。特别是历史进入新世纪之后，中国的艺术和审美实践领域发生了一系列崭新的变化，如流行文艺、网络文艺、传媒批评、传媒学术讲坛、日常生活审美化现象等等的大量涌现，使得中国当代美学理论与现实艺术审美实践的距离进一步拉大，使得理论与实践两个层面的"脱节"问题愈加突出。也正因如此，实践层面对理论层面固有的原发性激活作用又一次突显出来，它又一次警示人们，新实践亟须新理论的阐释和评价，实践的突破和变化必将催发理论的突破和变化。目前文艺学和美学界出现的关于"日常生活审美化"、关于文艺学和美学研究的"文化转向"、关于大众审美文化的感性化和娱乐化倾向等问题的关注和争论，正是艺术审美实践的发展对美学理论建构所应发挥的原发性激活作用的体现。因此，我们在对中国当代美学进程的反思中，一方面要在特殊的意义上看到理论层面对实践层面的先在规定作用以及由此而造成的与实践层面的脱节，另一方面也要在一般的意义上看到，实践层面作为一种最具活力的基础因素也必然对理论层面构成着一种原发性的牵制力量，因而在很大程度上制约着美学理论的建构和创新。

二、造成美学理论与艺术和审美实践脱节的原因

通过上述四个向力的分析，我们可以清楚地认识到，正是在这四个向力综合起来的交互作用下，在这四个向力构成的"力的平行四边形"之中，中国当代美学走过了它近30年的从实践美学到后实践美学再到后实践美学之后的诸美学流派的曲折发展之历程，形成了它当今多元并存的格局以及复杂多变的现状。同时，我们也可以大致了解到当前中国美学所遭遇的主要问题之一就是美学理论与艺术审美实践的脱节以及造成这种脱节的种种原因。具体地说，造成这种脱节的原因有客观和主观两个方面。

从客观方面看，这主要是因为中国现代性追求的紧迫性和西方文化影响的优先性的缘故。鸦片战争之后，中国所面临的最迫切的任务就是迅速改变清朝专制政府腐败软弱、人民大众贫困不堪的严峻国势以挽救迫在眉睫的沦为西方列强殖民地的亡国亡种的危局，就是尽快走上争取民族独立、国家富强、人民安居乐业的现代化道路以实现中华民族"自立于世界之林"的宏伟目标。而要尽快走上这一现代化道路，在思想文化上就必须要采取便捷快当之途，这就是所谓"以夷制夷"、"取他人之火煮自己之肉"，直接从西方列强那里拿来先进的科学技术和文化思想用以对中国传统的政治、经济、文化进行现代性的革新和改良。毋庸置疑，这种直接从西方"搬用"的做法在当时是完全合乎时宜的，也是大有成效的。但是问题在于，这种以"外求式"为主导的理论创新方式一旦定型为一种范式，就有可能造成外来的某些理论思想并不适合中国具体国情的偏差。当年胡适曾提出的"少谈些主义，多研究些问题"的主张在当时确乎属不识时务之谈，但从今天的观点看还不能说完全没有道理。胡适的意思也许就是提醒学人们注意，并不是所有引进的新思想、新理论都能适合于中国的特殊情况的，应该警惕和避免外来的新思想、新理论与中国的具体实践相背离的问题。而且，在我们看来，像艺术哲学、美学这种原本就缺乏世界普适性人文社会学科理论，在从西方搬用于中国的时候，就更容易出现理论脱离实践的问题。所以当我们反思中国当代美学的进程，这种以"外求式"为主的理论创新模式依然没有根本的改观，尤其是当历史的新发展已经使得艺术审美实践领域的新事实、新情况、新变化层出不穷之时，尤其是当艺术审美实践领域的这些新事实、新情况、新变化亟须理论的梳理、概括和说明之时，我们的理论却仍旧对此缺乏应有的关注而沉浸于这种"外求式"的理论仿制和建造，其代价必然就是理论与实践的背离和脱节。当然，即使在今天新的历史条件下，现代性追求的紧迫性、借鉴西方先进思想文化的必要性、"外求式"理论创新的可行性，还没有发生根本改变。现代性追求所构成的牵引力和西方思想文化的引进所构成的影响力依然是决定中国当代美学发展进程的两大强势因素。所以我们在分析造成中国美学理论与艺术审美实践相脱离的原因时，首先应该承认有些原因属于客观方面的，是人的主观意志难以左右的。

但是，我们对客观方面原因的承认和强调并不能成为我们忽略和抹煞主观方面原因的理由，从理论上讲，客观原因只是促成事物变化的可能性，只有主观原因才能促使这种变化实际地发生。人的主观能动力既受到客观进程的限制，又能够促进甚至创化着客观的进程。而且，就是从中国当代美学发展的客观境遇看，也已经发生了一些重大变化，这就是前面所说的全球化浪潮的冲击和艺术审美实践方面的新进展。这些重大变化已经为变换"外求式"理论创新模式和解决理论与实践脱节问题的主观努力，提供了相当有利的客观条件。但遗憾的是，就目前情况看，这种主观努力做得还很不够、很不自觉。这就需要从主观上深刻反省造成理论与实践脱节的思想认识根源。我们认为，造成理论与实践脱节的思想认识根源可以从历史和现实两个方面作出分析。从历史方面说，主要是近代以来逐渐形成的、在几代学人中几乎已经积淀为"集体无意识"的所谓"学术拿来主义"和"学术普世主义"；从现实方面说，主要是在当代条件下滋生的"学术功利主义"。

即如我们都知道的，"拿来"这个说法最初由鲁迅提出的。按鲁迅本来的意思，"拿来"之"拿"并不是盲目地见什么拿什么，更不是被动地接受"送来"的东西，而是"运用脑髓，放出眼光，自己来拿"，而且，强调"拿来"的理由是因为"没有拿来的，文艺不能自成为新文艺"①。鲁迅的这个见解在当时无疑是明智的，无可非议的。但我们也不能不承认，用"拿来"这一词语表示一种对待外来文化的策略是有缺陷的，这个词语本身就很容易导致"不必费心用力，只需伸手去拿"的误解，况且，"拿来"一旦成为一种"主义"，也就逐渐定型为一种理论了，这种理论的片面性也是显而易见的。后来的历史也证实，在"拿来主义"的支配下，每当中国的美学理论出现问题、需要发展的时候，人们首先想到的就是从国外"拿来"什么理论以及怎样把这理论原样置移到中国，而不是着力研究中国美学到底出现了什么问题，这些问题是怎么产生的，怎样才能解决这些问题。所以，"拿来主义"在理论上只是强调"拿来"的一面，所谓"先拿来再说"，至于拿来之后怎么办并没有一个确定的说法。岂不知更重要的问题恰恰在于拿来之后如何与中国的实际相结合，如何解决中国的实际问题，如何通过解决中国的实际问题再次提升到理论，并把这种提升的理论作为对世界的一份贡献"送出"到

① 《鲁迅全集》第6卷，人民文学出版社1958年版，第32—33页。

国外。因而，对待外国的理论，不仅有一个"拿来"的问题，还有一个"送出"的问题。当然，我们也不能脱离一定的历史条件去苛求前代人，在鲁迅的那个时代，"拿来"已属不易，"送出"更谈何容易！但是，在历史已经发生了巨变的今天，我们的多数论者仍然大讲"拿来主义"，把"拿来主义"奉为不可更改的金科玉律，其结果必然是不仅强化了中国理论对外来理论的依附性，而且也加大了理论与中国具体实践相脱离的严重性。好在近几年有些论者已觉察到单纯"拿来"的弊端，开始提倡"送出"了，譬如前面提到的"文艺美学"、"生态美学"的创建很可能就是中国美学对世界美学的一种"送出"和奉献。所以，在当代条件下，如果要讲"拿来主义"，也必须同时讲"送出主义"，只有把这两种主义结合起来，才是中国美学发展的正途。

所谓"学术普世主义"也是中国近代以来盛行的一种根深蒂固的学术思想传统，它的核心观念就是认为在人文社会科学领域里存在着一种具有全世界意义的"用之四海而皆准"的理论，而且又进一步把这种理论与西方理论挂钩，认为西方理论就是这种具有世界普适性的理论。这种学术观念的流行和深入人心，确实推动了向西方先进学术思想引进、学习和借鉴的热潮，也确实推动了中国学术的超越式发展，其重大的积极作用不能否认。但同样不能否认的是，这种学术观念的通行也直接导致了一些不良后果，这就是在部分学者那里把中国的现代化简单地理解为西方化，把全球化简单地理解为美国化，错误地以为中国要走上现代化的道路，要参与全球化的进程，只要照搬西方和美国的经验，只要向西方和美国看齐，就万事大吉了，至于什么民族性，什么中国化，什么中国的特殊国情，都是无关紧要的，因为他们认为无论是现代化还是全球化，好像西方和美国已经给全世界准备好了一种普遍适用的模式，我们要做的只是按照这个现成的模式去做就行了。如此一来，中国的学术理论与中国的具体实践就必然相隔得越来越远了。尤为严重的是，这种"学术普世主义"作为一种学术传统，至今未绝，对中国学术发展可能造成的危害性不能不引起我们的警惕。只要稍加反省就不难看到，"学术普世主义"在理论上是建立在两个不能成立的信条之上的，一个是相信人文社会科学像自然科学一样可以具有绝对的真理性和普遍性，再一个是受所谓"西方中心主义"的影响。应该承认，自然科学的理论确实具有全世界的普遍性意义，我们不能说物理学仅是哪一国的物理学，世界上只有一个物理学，无论哪一国的物理学家提出了一种理论，只要它是真理，世界各个国家都会同样接受它。但人文社会科学理论却不是这样，它作为一种理论当然也有一定的普遍意义，但由于各个国家的文化传统和文化精神不一样，各个国家的政治经济文化的具体情况不一样，就很难产生一个"用之四海而皆准"的普适性理论。各个国家的人文社会科学理论当然可以相互借鉴和相互影响，但不能相互照搬和相互替代。这就是说，人文社会科学理论既具有普遍性，又具有民族性，"学术普世主义"把人文社会科学等同于自然科学，片面强调世界性而排斥民族性，这是其问题之一。问题之二，"学术普世主义"明显接受了"西方中心主义"的思想，相信西方是世界的中心，代表着世界历史的发展潮流，体现着世界精神的本质。但是，在全球化的今天，这种由西方学者编织的世界历史的现代"神话"已经受到越来越多的质疑，越来越多的学者（包括西方"后殖民主义"学者）已经认识到，世界本没有什么中心，即使有中心也绝非只有一个，世界是多元的，世界中的每一元都是平等的，都有其存在的合理性和合法性。而"学术普世主义"思想依然把西方和美国尊奉为世界的中心，唯西方和美国的马首是瞻，就是不肯认同"中国化"和"本土化"的必要性和重要价值。这种观念对今天的发展中国家来说，不仅是有害于理论与实践的结合，也是极为不合时宜的。

至于"学术功利主义"，是特指近年来在一部分学者那里表现出来的一种不良的学术心态。这里所说的"功利"，不是指对社会的功利，而是指对个人的功利。就是说，某些学者不是将学术看作是自己一生为之奋斗的事业，而是仅仅将其看作是捞取个人名利的手段。他们甚至采取了所谓"玩"学术的做法，不惜通过虚构问题、制造争端、刻意炒作以达到吸引眼球、哗众取宠、名利双收的目的。这种学术态度的养成，固然与人文学科边缘化、不健全的学术评价体系有关，但主要还是因为某些人文学者自身耐不住寂寞、经不起诱惑、急功近利、想走捷径等不正常的学术心态所致。目前，"学术功利主义"虽还未形成一种风气，但其可能造成的危害不能低估。主要危害在于，它助长了不严肃、不认真、不用心、不下力气研究实际问题的学术作风，终致使理论成为理论家手中的一个"玩偶"。可想而知，这样炮制出来的所谓理论，不只是与实践相脱节，而是与实践根本就不搭界、不沾边了。

以上我们已经结合"四大向力"，论证了中国当代美学面临的主要问题之一就是理论与实践脱节的问题，并且分析了造成这一"脱节"问题的主客观两方面的原因。现在需要我们继续探讨的问题是：怎样解决这一"脱节"的问题？其实，问题的解决就已经隐含在对问题根源的分析之中，只要我们找到问题产生的根源，我们也就能有针对性地找到问题解决的具体途径。根据我们对问题产生的主客观原因的分析，我们认为解决中国当代美学理论与艺术审美实践脱节问题的思路主要有两点，一是力倡美学研究的"现实关怀"，二是强化美学研究的"问题意识"。而且我们还认为，这两点也是促使美学理论摆脱目前的困境、获得突破性进展的关键之所在。

三、现实关怀和问题意识

需要首先说明，我们所说的"现实关怀"和"问题意识"并不是各自分离的两端，而是紧密联系的一体，是同一个说法的两个方面。所谓"现实关怀"并不是指一般地从个人之利害出发而关注现实，也不是指一般地从一己之感受出发而评判现实，而是指作为一个美学研究者为了推动美学理论的发展，必须首先要研究和弄清艺术审美实践领域里的现实变化和动向，以便为美学理论研究找到一个真正值得研究的问题。如此看来，作为一个美学研究者的现实关怀是与他的问题意识紧密相连的，问题意识既是现实关怀的目的，也是现实关怀的出发点。同样，"问题意识"也不是说单凭个人意愿、随心所欲地构想出一个问题，更不是说出于某种个人功利的动机而去虚构和炒作一个问题，这样获得的问题都不是真有价值的真问题，因为这些问题都不是从理论家的现实关怀中来的，都不是从艺术审美实践发展的现实需求中来的，而是脱离甚或背离现实的产物，纯属一些无关疼痒的枝节问题甚或虚假问题。所以，在"现实关怀"与"问题意识"之间实际上存在着一种紧密的勾连关系，可以说，两者之间互为出发点和目的，谈"现实关怀"，不能不涉及"问题意识"，谈"问题意识"，也不能不涉及"现实关怀"。

说到"现实关怀"，需要首先指出的是，美学理论研究中一向存在着两种"关怀"，除"现实关怀"外，还有与之相对的"终极关怀"。"现实关怀"是指美学理论研究对实践层面的现实问题的关注，而"终极关怀"则是指美学理论研究对自身的理论革新和构建的关注。很显然，这两种关怀对美学理论研究来说同等重要，终极关怀要以现实关怀为依托，而现实关怀又须提升到终极关怀。我们现在之所以特别强调"现实关怀"，是因为我们认识到中国美学理论一直受西方理论的过强牵制，以致把西方理论作为其理论创构的主要依据和范型，从而造成了理论研究的"终极关怀"与"现实关怀"的断裂，也造成了美学理论与艺术审美实践的脱节。这就是说，中国当代美学理论的这种以"外求式"为主的创构方式，决定了它的"终极关怀"在很大程度上失去了"现实关怀"的有力支撑，也决定了它的理论创构必然与中国自身的艺术审美现实的严重脱节。因此，为了解决这一"脱节"问题，我们认为有必要首先通过加强"现实关怀"，尽快将"外求式"为主的理论创构方式转化为"自主式"为主的理论创构方式，把理论创构重新拉回到现实的艺术审美实践的坚实根基上。那么，在目前的情况下，如何加强现实关怀呢？第一，美学理论的研究要直接介入现实和关注现实问题，从现实出发并以现实为基准丰富和发展理论。在这个过程中，美学理论研究首先要敢于直面现实，要承认现实的客观性和必然性，要对现实采取一种历史主义的"与时俱进"的态度。与此同时，美学理论的研究也不能简单地相信"凡是存在的就是合理的"，还要运用一定的理论原则去评价和引导现实，要在现实面前始终坚守人文主义的批判精神。就是说美学理论在直接应对现实之时，要把介入和顺应现实的历史主义态度与干预和批判现实的人文主义精神结合起来，只有这样，美学理论的研究才能真正触摸到现实的脉动，才能从现实中引申出能够解释现实和导引现实发展的理论。然而，我们目前在关于某些现实问题的争论中，譬如在关于"日常生活审美化"的争论中，更多地看到的不是历史主义和人文精神的结合，而是单纯历史功利主义或单纯道德情感主义的两个极端和偏向。第二，美学理论的研究要贴近艺术审美批评这个中介，并凭借这个中介加强理论与现实之间的互动联系。如前所说，中国当代美学有三个层面构成，上层是美学理论，下层是现实的艺术审美实践活动，中层就是艺术审美批评。所以，艺术审美批评作为一个中介环节，理应在理论和现实之间起到重要的沟通作用。通常情况下，美学理论都是通过艺术审美批评这个中介与艺术审美现实间接发生关系的，这样说来，艺术审美批评也就成为美学理论研究实现"现实关怀"的一条重要途径。但是长期以来，我们的美学理论研究与艺术审美批评联系得并不紧密，可以说两者之间一直存在着相当的隔阂，理论和批评就像是"两股道上跑的车"，各走各的路，各管各的事，这是极不正常的。这种情况本身就是理论与现实分离的一种体现，同时也是促使这种分离更加严重的一种因素。正因这样，目前要特别强调美学理论向艺术审美批评靠拢，关注和参与艺术审美批评所讨论的现实问题，甚至可以说，美学理论首先要成为一种艺术审美批评，也就是首先要成为一种别林斯基所说的"运动着的美学"，只有通过这种"运动着的美学"，美学理论研究才能真正接触到"运动着的"艺术审美实践，才能切实实现它的"现实关怀"，才能从这种"现实关怀"上升到新理论的构建。

　　所谓"问题意识"，是指理论研究中的一种主动地发现问题、捕捉问题的心理意向，这种心理意向是以这样一种认识为前提的，即认为理论研究是由问题触发的，首先是出现了问题，然后才有了理论研究的必要，理论研究是围绕着问题展开的，并以问题为其发展的第一推动力。不言而喻，这种认识无疑具有相当的合理性。整个科学发展的事实也已证明，任何科学理论研究的革新都是从新问题的产生、发现开始的，美学理论的研究当然也不例外。因为理论绝不是"为理论而理论"，理论总是有所指的，这个"所指"就是艺术和审美实践中所出现的问题，正是"问题"的出现促成了理论的革新和变化。尤其是近年来的美学理论研究，仍然以"外求式"理论创新为其理论发展的主导模式，这是一种"从理论到理论"的模式，这种理论创构模式所造成的不良后果之一就是问题意识的普遍淡薄，因而问题意识的强化就显得更加迫切和重要。我们认为，当前"问题意识"的强化应着重从两个方面入手：第一，要把"问题意识"中的"实践指向"与"理论指向"结合起来。即"问题意识"包含两个指向：一个是"实践指向"，即指向于艺术审美实践发展中出现的新问题；一个是"理论指向"，即指向于因艺术审美实践中出现的新问题而引发的原有美学理论中的问题。两个指向中，"实践指向"是原发性的，"理论指向"是继发性的，但从问题的解决程序上看，则是理论问题的解决在前，实践问题的解决在后。因而所谓强化"问题意识"，就是强化"两个指向"，并把"两个指向"结合起来，既要牢牢抓住实践问题不放，又要在理论问题上狠下功夫。譬如"日常生活审美化"成为当前美学界关注的热点，这是一个审美实践中出现的新问题，对这个问题的关注显示了理论开始向实践贴近的迹象，当然要给以充分的肯定。但是要想真正从理论上说明这个问题，还必须首先在某些美学理论问题上（如美学的对象、范围等）有所创新，然后再用这种创新的理论阐释实践中的新问题，也就是要把"问题意识"中的"两个指向"结合起来。第二，"问题意识"的强化还体现在将"实践指向"及时地提升到"理论指向"。理论创新是针对实践问题的，实践问题激发理论创新，是理论创新的真正生长点，从这个意义上说，实践问题是基础性的，处于首要的位置。但这并不意味着加强理论研究的问题意识就是仅仅局限于实践问题上的争论不休。实践问题毕竟是浮在表层的具体问题和个别问题，但实践问题的产生又往往是原有的理论出现问题的一个表征。理论研究的使命就在于，以实践问题为"标尺"来衡量原有理论，看看原有的理论观念在哪些方面出现了问题，在哪些方面还有有待于填充的"空白"，由此推进理论的革新，用以解决实践中的问题。但当前美学理论研究的偏颇恰恰在于：要么无关现实，脱离实践，从理论到理论；要么在实践问题上陷入无休无止的争论，不能上升到基本理论问题上展开讨论。例如关于"文化转向"的争论就是这样，有的论者大力倡导文化转向，有的论者极力反对文化转向，两种观点相持不下，很难达成共识。其实，这种争论很明显地涉及美学研究的方法论等基本理论问题，如果能把这种争论的焦点提升到基本理论问题上给予集中而系统的讨论，所谓"文化转向"也许就不会是一个难以解决的问题了。所以，我认为，近年来的一些有关具体实践问题的争论并不能从根本上解决理论与实践脱节的问题，也不能使美学理论研究从根本上摆脱困境，甚至这些争论本身就是美学研究陷入僵局的一种体现。因此，我们的结论是：只有把"实践指向"和"理论指向"结合起来，并把"实践问题"提升到"理论问题"，我们的美学研究才能具有真正的问题意识和现实关怀，才能从以"外求式"为主的创新转向以"自主式"为主的创新，也才能摆脱目前的困境，跨到一个新的平台上去谋求进一步的发展。

（原载于《山东社会科学》2008 年第 1 期）

克尔凯郭尔论存在和存在的三种境界

汝 信

在克尔凯郭尔的哲学思想中，关于存在的理论占有十分重要的位置。存在这个概念在西方哲学史上有着相当古老的历史①，但从克尔凯郭尔开始，存在作为一个哲学范畴被赋予和以往传统的理解迥然不同的特殊含义，这对20世纪西方哲学和神学，特别是对存在主义思潮的发展产生了巨大的影响。因此，不少西方学者把克尔凯郭尔的存在论看作他对现代哲学思想发展的主要贡献。

克尔凯郭尔究竟作出了什么样的贡献，提出了什么问题？这是需要我们认真探究的。

一、克尔凯郭尔是怎样理解存在的

克尔凯郭尔哲学的研究者一般都承认，存在的概念是理解他的著作的关键。例如，费恩·约尔指出："事实上，只有一个概念可以展示克尔凯郭尔思想的全貌，那就是关于存在的概念。"② 可是，应该指出，克尔凯郭尔虽然在许多著作中广泛地使用存在这个词，并且创造了一系列与此相关联的词汇，如存在者、存在的（作为形容词）、存在的决定、存在的冲突、存在的

---

① 存在（Existence，拉丁语：Existentia）一词源自拉丁语动词 ex-sistere，在古典的拉丁语中它往往与 esse 同义。据考证，存在作为一个名词出现在公元4世纪，与基督教关于三位一体的讨论有关，后来在中世纪经院哲学中，存在这个概念成为本体论讨论的焦点，从而确立为一个重要的专门哲学范畴。

② ［挪威］费恩·约尔：《索伦·克尔凯郭尔——存在的思想家》，奥斯陆1954年版，第90页。

后果、存在关系、存在的内在性、存在的辩证法等等，但他对存在的概念本身却没有前后一贯的、严密的解释。与黑格尔不同，克尔凯郭尔不是一个建立体系的哲学家，而是以反对体系著称的。他不像黑格尔那样严格地使用哲学概念，特别是他认为，对存在这个概念是根本不能下定义的，因此当然也就不可能有明确的界说。威尔德曾经在《克尔凯郭尔对存在的理解》一书中，对这个问题作了专门的研究。他认为，克尔凯郭尔对存在的理解有一个发展的过程，可以大致上划分为三个时期，即《〈哲学片断〉一书最后的非科学性附言》（以下该书简称《附言》）出版前的时期、写作《附言》的时期和《附言》出版以后的时期。他对克尔凯郭尔在这三个时期内的著作进行了比较后指出，到 1841 年为止，克尔凯郭尔主要还是在传统的意义上使用存在这个词①，以后几年开始变化，但"在年轻的克尔凯郭尔那里还没有一个存在的概念"，存在一词应用于不同的语境，其意义并不统一②。直到 1846 年的《附言》一书中，克尔凯郭尔才对存在的概念形成了自己独特的看法，而在《附言》以后的著作中，这一概念不仅没有得到进一步的丰富和发展，其作用反而大为下降了。威尔德得出结论说，由于克尔凯郭尔在不同时期、不同著作里对存在这个词有不同的用法，因此他并没有一个确定地形成了的关于存在的概念，也不能一般地回答在他的著作里存在究竟是什么的问题③。持有这种看法的还有克尔凯郭尔哲学的其他研究者，例如著名的新托马斯主义者吉尔松也认为，"如果我们指望从克尔凯郭尔那里看到关于存在的任何定义或关于存在是'什么'的描述，那就是愚蠢的"④。因此，我们在谈论克尔凯郭尔怎样理解存在时，并不是要弄清楚他所说的存在是什么，而只限于阐明他对存在的理解具有哪些和以往不同的特点。

　　首先必须指出，克尔凯郭尔所理解的存在根本不是我们通常说的与思维、精神相对立的客观物质实在，而是人的一种主观的体验。对他来说，只有人才谈得上存在，其他一切客观事物都应排除在存在的范围以外。所谓存在的状态，也就是不断地提出有关"我是什么"的问题，而这只有人才做得

① ［丹麦］威尔德：《克尔凯郭尔对存在的理解》，哥本哈根 1969 年德文版，第 20 页。
② ［丹麦］威尔德：《克尔凯郭尔对存在的理解》，哥本哈根 1969 年德文版，第 68 页。
③ ［丹麦］威尔德：《克尔凯郭尔对存在的理解》，哥本哈根 1969 年德文版，第 162 页。
④ ［法］吉尔松：《"有"和某些哲学家》，多伦多 1952 年英文版，第 151 页。

到，存在不能靠科学的或历史的分析去理解，而只能通过个人亲身的经验去领会。克尔凯郭尔举例说，一个人不管他具有多少关于爱情的知识，也不能算是一个恋人，除非他果真在谈恋爱，亲自领略了什么是爱情。同样的道理，一个诗人可以把他经验过的事表现得非常之美，人们谈他的诗，可能沉醉于这些美丽的诗句，从审美的角度去欣赏，但除非亲身经历同样的经验，才能真正感受到诗人的这种激情。在克尔凯郭尔看来，存在更是如此，要了解存在只能通过自己存在，有关存在的问题，只有存在本身才是唯一的教师。我们可以事前学习有关其他事物的各种知识，唯一不能事前学习和取得知识的就是存在，因为关于存在的知识是任何人所无法告诉我们的。

显然，这是一种对存在的主观唯心主义的理解。按这种理论，存在完全失去了不依赖于主观的客观性，而被归结为仅仅与个人的主观感受相关的状态。应该承认，存在是包罗万象的大千世界，从简单的无机物到具有高度发达的自我意识的人类确实有很大的区别，但作为存在者来说，其共同特征就在于独立于意识之外的客观物质实在。克尔凯郭尔恰恰从根本上否认这一点，企图用这种办法把存在和意识的矛盾与对立的问题轻易地一笔勾销。他的看法深刻地影响了 20 世纪的存在主义哲学，为这一现代西方哲学流派奠定了思想基础。在存在主义者看来，存在"永远不是一个客体"①，而只是意识自觉其意义的一种主观状态，因此存在只能被理解为人的存在。海德格尔说得十分清楚："存在只有就人的本质才说得上，这就是说，只有就人之'在'的方式才说得上。"② 不仅如此，连人和客观世界之间的关系也被弄颠倒了，不是人的存在必须以客观世界的存在为前提，而是相反，只是由于人的存在，客观世界才成为真实的东西。萨特就这样说过："人是这样一种存在物，由于他的出现，才使一个世界实存。"③ 所有这些思想，无疑地都源自克尔凯郭尔。

其次，克尔凯郭尔所说的存在不仅是主观的，而且带有强烈的个人主义的色彩。从主观唯心主义进一步走向唯我论，这是哲学史上屡见不鲜的一

---

① [德] 雅斯贝尔斯：《哲学》，1948 年德文版，第 13 页。

② [德] 海德格尔：《论人道主义》，见《存在主义哲学》，中国科学院哲学研究所西方哲学史组编译，商务印书馆 1963 年版，第 97 页。

③ [法] 萨特：《状况》Ⅰ，1947 年法文版，第 334 页。

般发展逻辑。克尔凯郭尔也不例外，只是像他那样大声疾呼地要求突出个人的地位、为保卫个人而斗争的哲学家确实是不多的。他强调指出，每一个人的存在都带有他的特殊性和唯一性，只能由这个人本人去体验，只对他有意义，其他任何人都无法替代。因此，存在必然归结为"我的存在"，"我存在"对个人来说是生死攸关的事实，没有它的话也就没有其他的一切。克尔凯郭尔由此得出结论说，"个人的伦理的实在是唯一的实在"①。他坚决反对黑格尔哲学的原因之一，即在于他认为黑格尔由于夸大了世界历史中的普遍理性而完全抹煞了个人的存在。"黑格尔哲学由于不能规定自己和存在的个人的关系，由于忽视伦理的东西，就破坏了存在。"②黑格尔哲学强调普遍而轻视个别，它认为人只有超出自己的个别性而成为普遍的东西的一个环节才能实现其真正的本质。克尔凯郭尔指出：这种理论是极其错误而有害的，现在普遍性的概念几乎统治一切，个别存在的人则遭到蔑视，当今时代不道德的根源即在于此。个人沦为群众的一分子，在整体、"类"中丧失了自身，没有人愿意成为个别的人，因为他害怕如果成为个别存在的人，他就会消失得无影无踪。③但是，克尔凯郭尔认为，"群众就其概念本身来说是虚妄的"，它使个人完全不负责任，"至少是削弱了他的责任感，使之降为零数"。④然而用"类"这一范畴去指明什么是人，乃是一种"误解"，人类所以区别于其他动物的"类"，不仅是由于他们作为一个"类"比动物优越，而且是由于他们的"人的特征"，即这个"类"之中每个个人（而不单是杰出的个人）都比"类"更高。⑤

因此，克尔凯郭尔为自己提出的任务是：重新肯定个人的存在，重新阐明做一个人究竟是什么意思。在他看来，真正存在的只是个人，而过去个人却一直淹没在抽象的普遍性概念里，这样也就不可能正确地去理解存在。他竭力抬高个人，把这作为"自己的范畴"而大肆鼓吹，甚至表示这样的愿望，在自己将来的墓碑上刻上"个人"二字作为墓志铭。在这方面，现代存

---

① ［丹麦］克尔凯郭尔：《附言》，第 291 页。
② ［丹麦］克尔凯郭尔：《附言》，第 275 页。
③ ［丹麦］克尔凯郭尔：《附言》，第 317 页。
④ ［丹麦］克尔凯郭尔：《观点》，1939 年英译本，第 114 页。
⑤ ［丹麦］克尔凯郭尔：《观点》，1939 年英译本，第 88—89 页。

在主义者也继承了克尔凯郭尔的衣钵，他们都叫嚷要为恢复个人的地位而奋斗，并且更加清楚地暴露出他们的观点的唯我论实质。例如雅斯贝尔斯在宣扬个人的同时，直言不讳地承认，"存在乃是指示现实的字眼之一，它带有克尔凯郭尔所强调的重点，它意味着，一切现实的东西，其对我们所以为现实，纯然因为我是我自身"①。他甚至还公然作出"存在是自我的产物"的结论②，这就一言道破了存在主义者所说的存在究竟是什么意思。

最后，还应该特别注意到，克尔凯郭尔对存在的理解是非理性的。这也是他和黑格尔的重大分歧之一。在他看来，存在绝不可能从理性中推演出来，也绝不能用概念来加以表达，像黑格尔或其他唯心主义哲学家那样用理性去解释存在，把存在变成概念，存在就立即不成其为存在，而变得和其他事物一样了。对个人来说，存在这一事实是如此逼人的一种实在，用概念是根本不可能把它再现出来的，"因此，存在的个人不需要麻烦自己去创造存在或在思维中模拟存在，而更需要倾全力去存在"③。克尔凯郭尔认为，存在不能用概念去表达，并不是因为它过于一般和模糊，使人难以思考，而是相反的因为它实在是过于具体和内容丰富，一旦把抽象思维运用于存在，就使存在失去了丰富的具体性，从而消灭了存在着的个人。正因为存在与概念格格不入，所以只可能有概念的体系，而绝不可能有存在的体系。一切体系都是封闭的，都远远脱离存在和真实的生活，而存在的则永远是"开放"的。存在是不稳定的，是生成的过程，它不能作为一个客观对象来认识，而只能由存在着的个人去体会。因此，照克尔凯郭尔的说法，人们在自然科学、数学和逻辑学中可以借助于理性的手段，成功地使用客观思维，但却不能达到真实的存在。要达到存在就必须通过其他途径，理性是无济于事的，因为对存在的理解不是通常的认识活动，而是个人的内心的体察，这是能意会而无法言传的。他用这种非理性的观点去看问题，存在就往往成为神秘莫测的东西，在他的《日记》中就有这样的话："整个存在使我吃惊，从最小的苍蝇到神下凡化身为基督的神秘，每一件事物对我来说都是难以理解的，而最难

① ［德］雅斯贝尔斯：《存在哲学》，见《存在主义哲学》，中国科学院哲学研究所西方哲学史组编译，商务印书馆1963年版，第153页。

② ［德］雅斯贝尔斯：《哲学信仰》，1948年德文版，第28页。

③ ［丹麦］克尔凯郭尔：《附言》，第376页。

以理解的则是我自己。"①

以上这三点是克尔凯郭尔存在论的特点，也可以说是他对存在所做的"新解释"。前面已经说过，克尔凯郭尔并没有对存在这个概念本身作出明确的界说，因此要进一步了解他对存在的看法，必须探讨他对存在的不同境界的具体论述。按他的说法，存在总是具体的，存在的个人只能存在于具体的境界中。

二、存在的第一种境界：审美境界

在克尔凯郭尔的存在论中，最有名的是他关于存在的三个境界或阶段的学说。按照他的说法，存在是分层次的。由于他把存在理解为人的主观的生活体验，因此他所说的存在的层次指的是个人生活境界或人生态度。他用不同的名词去称谓这种存在的层次，有时他把它们叫作"阶段"（特别是在《人生道路上的各个阶段》一书中），有时则叫作"人生观"（例如在《关于人生中的严酷境遇的思考》、《附言》等著作中）。偶尔他也使用"存在的范畴"这一说法，但他主要用的还是"存在的境界"（特别是在《附言》一书中使用得最多）②。必须指出，克尔凯郭尔所说的存在的层次，并不是像黑格尔哲学中的那种前后依次相继的必然发展阶段，有时它们是可能互相重叠出现的，也没有必然出现的次序，因此为了避免误解，最好还是称作境界。关于如何区分不同的境界（或阶段）问题，克尔凯郭尔前后也有两种说法。在早期的巨著《非此即彼》中，他把存在分为两个阶段，即审美的阶段和伦理的阶段，而从《人生道路上的各个阶段》一书开始，他又正式加上了第三阶段，即宗教的阶段。因此，现在人们一般都把三境界（或三个阶段）说作为克尔凯郭尔的成熟观点。

存在的第一种境界是审美境界。克尔凯郭尔在许多著作中都涉及审美境界，特别是集中地描述这一境界的有两篇作品，一篇是《非此即彼》一书中的《勾引者的日记》，另一篇是《人生道路上的各个阶段》一书中的《酒中有真理（In vino veritas）》。前一篇是仿照施莱格尔的《路琴德》写的（但

---

① [英] 布莱格尔编：《克尔凯郭尔文选》，英文版，第 11 页。
② 参阅 [英] 汤姆特《克尔凯郭尔的宗教哲学》，1949 年英文版，第 97 页。

按照勃兰戴斯的意见，《勾引者的日记》写得比《路琴德》高超①），后一篇则以柏拉图的《会饮篇》为范本。这两篇作品文字优美，引人入胜，它们以非常形象化的手段充分表达了克尔凯郭尔对审美领域的基本看法。尤其要注意，克尔凯郭尔在谈论审美境界时，往往掺杂着一些他个人的生活体验。如果我们深入地了解一下有关他的传记材料，那就不难发现在他的私生活中具有强烈的审美的因素，而与这种因素做斗争构成了他个人的内心矛盾和痛苦的精神发展中的重要环节。

在克尔凯郭尔看来，审美境界的特点，就在于感性直接性。审美的人始终停留于感性的水平上，受感觉、冲动和情感的支配，他所追求的就是当下的快感。所以说，儿童是完全的审美者，因为儿童仅仅生活在当前顷刻的快感或痛感之中，而有些人即使长大成人，也仍然保持着这种儿童般的生活在当前顷刻间的方式。所谓审美意识就是在生活中没有任何固定的普遍道德标准和确定的宗教信仰，而只遵循享受一切情感经验和感官愉快的欲望。克尔凯郭尔在《非此即彼》中所刻画的那个玩弄女性的"勾引者"，就是一个典型的审美的人，"他的全部生活的动机就是享乐"②。"勾引者"丝毫没有道德观念，是个彻头彻尾的利己主义者，完全听任自己的情欲的支配，用他自己在日记里的话来说，"我简直不认识我自己了。我的心灵就像被情欲的恶浪所席卷的狂暴的海洋一样"③。他施展各种手段，无耻地勾引考黛丽亚，把这位有才能但又单纯的少女征服以后却又冷酷无情地抛弃了她。克尔凯郭尔认为，和"勾引者"相近似的另一个典型是莫扎特歌剧里的人物唐·璜。在他看来，唐·璜不单是戏剧人物，而认识肉欲的人格化，正是在这个人物身上，"肉欲的天禀"得到了充分的表现。唐·璜本质上就是一个"勾引者"，他的爱是一种肉欲的爱。这个荒淫无耻的花花公子不是爱一个女人，而是爱一切女人，也就是说，他勾引一切女人。他勾引妇女就是靠肉欲的力量，因此在他身上欲望是绝对地作为欲望而表现出来的④。

---

① 参阅［丹麦］勃兰戴斯《克尔凯郭尔和其他斯堪的纳维亚伟人》，1924年德文版，第358页。
② ［丹麦］克尔凯郭尔：《非此即彼》第1卷，第301页。
③ ［丹麦］克尔凯郭尔：《非此即彼》第1卷，第320页。
④ ［丹麦］克尔凯郭尔：《非此即彼》第1卷，第83—102页。

我们在克尔凯郭尔的另一篇著作《酒中有真理》里，又看到那同一个"勾引者"出场讲话。这篇作品记述的是五个酒肉朋友在哥本哈根郊外森林地区的一座新装修的餐厅里举行的一次豪华的酒宴，主人把"酒中有真理"这句话奉为这次酒宴的座右铭，也就是说，要等大家被灌得半醉能吐露真心话的时候，让每一个人都发表一通关于爱情的议论。这些议论中，有毫无恋爱经验的年轻人的抽象观点，有引经据典、轻视女性的高谈阔论，也有人把女性说成神秘莫测的复杂的混合体。其中一位女式服装师则把妇女解释为时装样式（在他看来，生活中的一切，从宗教到裙子，都无非是时装样式）。最后一个发言的是"勾引者"，他所奉行的信条就是自己享乐。他大谈特谈神把妇女造得多么完美，说什么世界上没有什么东西比妇女更奇妙、更有味道和更有诱惑力的了，可是他完全把女性当作满足欲望的手段，而最后的结论则认为妇女仅仅属于当前的顷刻而已。[1] 照克尔凯郭尔后来在《附言》一书中的说法，这个结论一般地说也就是根本的审美原则[2]。因此，所谓审美境界的实质在于在当前的顷刻给人以感官的享受和满足。

但是，克尔凯郭尔指出，我们不应把审美境界单纯地理解为赤裸裸的情欲的追求，也不应把审美的人简单地看作具有粗野的肉欲的人，例如诗人就往往使世界成为一个具有浪漫色彩的现象的王国。在他看来，审美意味着"和现实保持距离"，也就是说，把生活改造得富有诗意，消除它的忧伤的因素而代之以欢愉。诗人的目的是要把事物保持在一定的距离之外，使我们离开令人可怕的现实而得到快感。但是，克尔凯郭尔强调说，不管这种审美境界多么令人迷醉，到头来它却必然会土崩瓦解而使人陷于失望。主张享乐主义的伊壁鸠鲁派总是摆脱不了失望的暗影，他们的最美的诗歌也总是被忧伤所纠缠着，藏在鲜花后面的是露着牙齿的骷髅。"什么是诗人？诗人就是一个不幸的人，他的内心充满很深的痛苦，然而他的嘴唇却具有奇异的构造，当呻吟和哭泣的声音通过他的嘴唇时会变成令人销魂的音乐。"[3]

为什么审美的境界归根结底总是使人免不了痛苦和失望呢？克尔凯郭尔认为，这是因为审美的生活是空虚的，没有意义的。审美的人就像一个在

---

① ［丹麦］克尔凯郭尔：《人生道路上的各个阶段》，1940 年英文版，第 47—88 页。
② ［丹麦］克尔凯郭尔：《附言》，第 265 页。
③ ［丹麦］克尔凯郭尔：《非此即彼》第 1 卷，第 19 页。

生活里匆匆而过的"旅行的烦琐哲学家"，他饱食终日，吃腻了一切，却还是感到饥饿。他追求无限，但这是黑格尔所说的那种"坏的无限"。他尽情享受，从每一朵花上收集甘露，仇恨一切限制他进行自由选择的东西，可是他自己的生活却从来没有确定的形式。克尔凯郭尔指出，审美境界在最好的情况下也是不结果实的，因为它的基本命题是："此时此刻就是一切"。但这就等于说"它就是无"，正如说"一切东西都是真的"就等于说"没有东西是真的"一样。① 如果说此时此刻中只有此时此刻，那么这就意味着此时此刻中一无所有，因为此时此刻作为时间的一个原子是不断地消失的。"对审美的存在来说，最合适的表现就是：它存在于此时此刻"②，但由于审美的人只希望生活在此时此刻，这就使他的全部生活化为"无"。他的生活必然是不幸，他追求快乐，最后得到的却只是痛苦，这终于使他意识到，转瞬即逝的东西就是他毁灭的原因。对于这样的人来说，自杀似乎是解脱的唯一途径，因此克尔凯郭尔认为，每个审美的人最终都渴望死亡。

正因为如此，所以除了唐·璜之外，克尔凯郭尔还借助于浮士德和流浪的犹太人阿哈苏鲁斯③ 这两个人物形象去说明审美境界。如果说，唐·璜体现的是感性直接性，那么浮士德体现的是怀疑，而流浪的犹太人体现的则是绝望。浮士德的形象对克尔凯郭尔的影响很深，他不止一次地在《日记》中承认自己的性格中有浮士德的因素，并且把他自己和前未婚妻雷金娜的关系同浮士德和玛格丽特的关系相比。在他看来，浮士德是唐·璜的再生，由于人的精神无法在直接的感觉和快感的流逝中得到满足就导致对生活采取浮士德那样的怀疑态度。但是，浮士德还没有充分认识到他的那种存在方式的毫无希望，因此还是想要去继续寻找那幸福的时刻，尽管他自己对能否找到也是抱怀疑态度的。按克尔凯郭尔的说法，只有流浪的犹太人才真正承认自己的绝望，没有任何解脱的希望。他认为，流浪的犹太人是现时代的真正的象征，也是审美的存在的最后的结果。可是，绝望不仅使审美的存在最终遭到破灭，而且也是治疗这种疾病的唯一良方。审美境界之所以空洞而没有意义，根本原因在于其中缺乏永恒。那么，怎样才能加以纠正呢？克尔凯郭尔

---

① ［丹麦］克尔凯郭尔：《附言》，1974 年英文版，第 265 页。

② ［丹麦］克尔凯郭尔：《非此即彼》第 2 卷，第 234 页。

③ 根据传说，阿哈苏鲁斯因殴打被押赴刑场的耶稣而被罚终生到处流浪。

通过《非此即彼》一书中的威廉法官之口指出，唯有借助于绝望。正是在极度绝望的情况下，审美的人才要求进入一种更完善的存在形式，这样才有可能经自己的"选择"而"跳跃"到存在的第二种境界，即伦理的境界。

克尔凯郭尔对审美境界的批评，从理论上来说，并没有超出黑格尔的水平。尽管他一向以黑格尔的对立面和批判者自居，但实际上他对"此时此刻就是一切"这个审美境界的基本命题的驳斥，其主要论据却来自黑格尔《精神现象学》中对感性确定性的批判。可是，黑格尔并没有从"此时"的变易无常得出根本否定感性生活的悲观主义结论，而是力求超出个人主观感性的局限，试图到概念、理性中去寻找普遍的、永恒的东西。[①] 相反，克尔凯郭尔则由此走向对现实物质生活采取悲观绝望的态度，并竭力鼓吹把绝望当作新的契机，在个人的主观范围内去进行新的"选择"而求得出路。克尔凯郭尔的立足点始终是个人，他感兴趣的只是个人如何摆脱审美境界的解脱之道，因此他考虑问题以及解决问题的方式都纯粹是个人主义的。他对审美境界的基本看法正是个人主义和悲观主义的混合物。

应该指出，克尔凯郭尔的悲观主义有其一定的特色。它不是一般的对历史发展或人类前途的悲观看法，而是个人对现实生活的绝望。这种绝望之所以产生，也不是由于生活中的欲望得不到满足，而是满足欲望后所感到的空虚、无聊。所以从表面上来看，这种悲观主义似乎是享乐主义的对立面，实际上它们却正好是一对孪生子或同一个硬币的两面。克尔凯郭尔自己也承认，任何生活、包括他个人的生活在内都带有审美的因素，只因为生活中享受过度才对生活感到绝望，从而真正认识了生活的实质。如果用粗俗的比喻，这就好比酒徒醉后头痛时的悔恨心情。克尔凯郭尔自己是拥有大笔遗产可供任意挥霍的花花公子，他当然可以有这种亲身体验。但是我们要问：社会中的大多数人连生活的基本需要都难以得到满足，正在为维持自己的生存而斗争，难道他们能够接受他的这套理论吗？社会存在决定社会意识，只有处于寄生阶级的地位，才能像克尔凯郭尔那样对审美境界进行这种批判。

尽管有人不赞成在哲学史研究中使用阶级分析方法，但离开了阶级分析，还是难以说明问题的。

---

① ［德］黑格尔：《精神现象学》上卷，贺麟、王玖兴译，商务印书馆1979年版。

三、存在的第二种境界：伦理境界

克尔凯郭尔把伦理境界作为存在的第二种境界，但他自己并没有提出系统的伦理学说，而主要是通过他笔下的威廉法官这个人物的生活方式来表述存在的伦理境界。在《非此即彼》第二卷和《人生道路上的各个阶段》一书中的"关于婚姻的各种考察"这一节里，可以找到主要的有关材料。此外，在《畏惧和战栗》和《附言》等著作中，我们也可以看到他对伦理境界的评论。

如果说审美境界的实质是局限于此时此刻的感性直接性，那么伦理境界不同于审美境界的特点就在于它的超越感的普遍性。与审美境界相反，伦理境界承认确定的道德准则和义务，伦理的人必须倾听普遍理性的呼声，自觉地遵守这些客观的普遍的道德规范，使自己的生活具有一定的方式和前后一贯性。就这一点而论，克尔凯郭尔对伦理生活的看法倒接近于康德、黑格尔。他在《畏惧和战栗》一书中说："伦理是普遍的东西，它本身是神圣的。"又说："伦理本身是普遍的东西。它适用于每一个人，从另一观点可以说，它适用于每一时刻，二者说的是一回事。"①

因为伦理是普遍的，所以它也是抽象的。例如，婚姻是普遍人性，因此从伦理学家的眼光去看，结婚是每一个人的义务，通过婚姻就实现了伦理。然而，伦理学家只能告诉人，结婚是他的义务，却不能告诉他应该跟谁结婚。伦理并不能真正解决个人的问题。又如，伦理学家主张每一个人都各有其天命，这可以说是普遍的，但人的情况千差万别，一个人无法告诉另一个人，他的天命究竟是什么。因此，伦理从根本上就带有局限性。

在克尔凯郭尔看来，伦理境界的一个最重要的表现是进行选择。无论什么地方只要存在着严格意义上的非此即彼的问题，那里也就存在着伦理。反之，凡是不存在选择的地方，也就谈不上什么伦理。伦理始终是和选择相联系的，人由于对审美境界感到绝望而选择伦理境界，但绝望本身也是一种选择。克尔凯郭尔指出，一个人可以不经选择而怀疑，却不可能不经选择而

---

① ［丹麦］克尔凯郭尔：《畏惧和战栗》，普林斯顿大学出版社 1941 年英文版，第 79、102 页。

绝望，而当一个人绝望的时候，他又再次进行选择——他选择什么呢？他选择自我，但不是选择处于直接性状态下的作为这种偶然性的个人的自我，而是选择具有永恒确实性的自我。所以，一个人的存在处于什么境界，并没有客观的必然性，而完全取决于他自己，是他进行选择的结果。正因为这是他自己的选择，其后果也当然应由他自己承担。按克尔凯郭尔的说法，唯一绝对的非此即彼，就是善恶的选择，这一选择也是绝对的伦理的选择。但是，这并不是一般人所理解的选择善还是恶，他借威廉法官之口说，"我的非此即彼首先并不意味着在善恶之间进行选择，而是意味着这样一种选择，就是选择善与恶还是排除善与恶"①。一个人进行这样的选择，就使善与恶的范畴在他的生活中具有绝对的意义，这就进入存在的伦理境界。因此，归根到底，基本的伦理选择就是选择自我。古希腊德尔斐神庙里的题名是"认识你自己"，克尔凯郭尔提出的座右铭则是"选择你自己"。这对现代西方哲学思想的发展产生了相当大的影响。

如果说，唐·璜是审美境界的典型，那么苏格拉底就是伦理境界的典型。伦理的人有自己信奉的原则，把原则看作必须遵从的至高的普遍性的东西，并且有为原则而牺牲的英雄气概，因此可能产生克尔凯郭尔称之为悲剧英雄的人物。"悲剧英雄为了表现那普遍的东西而抛弃他自己。"②苏格拉底如此，索福克勒斯笔下的安提戈涅也同样如此。从这一点也可以看到黑格尔的影响，黑格尔正是把苏格拉底和安提戈涅看作伟大的悲剧英雄的。在克尔凯郭尔心目中，苏格拉底一直占有重要的位置，他青年时期的学位论文《论反讽的概念，经常以苏格拉底为参照》主要是研究苏格拉底的。按他的说法，苏格拉底是历史上第一个利用"反讽"的人，可以说是"反讽"的化身③，而"反讽"则是审美境界和伦理境界之间的中间地区。在苏格拉底那里，"反讽"是绝对的否定性，他通过"反讽"否定了当时雅典社会的一切，为新的原则的降临扫清了道路，同时也毁灭了自己。这就是苏格拉底的悲剧所在。至于安提戈涅，她为了维护体现骨肉情谊的传统的不成文律条，毅然地违背国家法令，安葬已成为叛国分子的自己兄弟的尸体，从而牺牲了自己

① ［丹麦］克尔凯郭尔：《非此即彼》第 2 卷，第 173 页。

② ［丹麦］克尔凯郭尔：《畏惧和战栗》，普林斯顿大学出版社 1941 年英文版，第 109 页。

③ ［丹麦］克尔凯郭尔：《论反讽的概念》，第 47 页。

的生命。黑格尔把她誉之为"在地上出现过的最壮丽的形象"①，就是因为她是一种崇高的伦理力量的代表，并敢于为实现这一伦理价值而死。这些悲剧人物确实表现了伦理境界的令人赞颂的一面，但克尔凯郭尔不仅不满足于伦理境界，而且在内心里是对这种境界颇为反感的，主要原因是他认为遵循所谓普遍有效的伦理原则并不能体现个人真正的存在。他所要求的是与个体性相关联的伦理，"伦理的要求设定在每一个个体身上，而且它应该由个体自己来评判自己"②。这样就导向了宗教。

按理说，伦理在本质上应是"普遍与特殊的综合"，义务是要求人按照道德法则去做的普遍的东西，我的义务又是专对我一个人来说的特殊的东西，我完成义务就把二者统一起来了。伦理意识相信自己在道德上的自足性，但它只是用一般方法去解决个人问题，在碰到例外情况时，它就无能为力，甚至无法找到一个行为准则。克尔凯郭尔在《反复》一书中，以他自己和雷金娜的恋爱为例，说明普遍的伦理道德原则根本不能解决他的个人问题。当伦理的人意识到自己不能满足道德律的要求，缺乏自足性，因而感到自己有罪时，就不可能再停留在伦理的境界了。由伦理境界转向宗教境界也是通过选择的。克尔凯郭尔说："只有当我选择自己有罪的时候，我才绝对地选择了我自己"，有罪是"存在的最具体的表现"，是"存在最强烈地自我肯定的表现。"③有罪的事实对伦理是不可克服的障碍，使伦理丧失了它的理想性。在罪面前，伦理束手无策，只能求助于忏悔，于是就跨进了宗教境界的门槛。

四、存在的第三种境界：宗教境界

克尔凯郭尔主要是在《畏惧和战栗》、《人生道路上的各个阶段》的第三部分"有罪还是无罪"、《反复》以及其他著作中，叙述了把宗教境界看作存在的更高阶段的思想。有时他也喜欢使用"伦理——宗教"的说法，似乎二者是密不可分的，但实际上这两种境界的区别还是明显的。他曾以《圣经》上亚伯拉罕愿意听从上帝的命令把儿子以撒献为燔祭的故事为例，去说明宗

---

① ［德］黑格尔：《哲学史讲演录》第 2 卷，王太庆等译，三联书店 1957 年版，第 102 页。
② ［丹麦］克尔凯郭尔：《附言》，第 284 页。
③ ［丹麦］克尔凯郭尔：《附言》，第 470 页。

教境界和伦理境界的区别。他指出，一条伦理准则总是表现为普遍性的东西，要求所有人在特定情况下都应该如此做，但宗教则不然，它可能偏偏要求一个人去做违反普遍准则的事。所有人都珍爱自己儿子的生命，这可以说是普遍的人性和伦理的要求，然而上帝却命令亚伯拉罕去牺牲自己的儿子。从伦理观点去看，服从这样的命令是荒谬的，这么做简直是谋杀，可是从宗教观点去看，却应该这么做，服从上帝的这一命令是崇高的牺牲行为①。由于伦理与宗教之间的矛盾，使人产生畏惧，但结果亚伯拉罕还是克服了自己的思想斗争和疑虑，服从了上帝的命令，这是一种无条件屈从的行动。亚伯拉罕通过牺牲儿子，完成了一次"跳跃"而达到了信仰，而信仰是靠了荒谬才完成的。"他靠了荒谬才相信；因为人的一切计算长久以来就停止活动了。"②克尔凯郭尔说，亚伯拉罕这样做既是为了上帝，因为上帝要求他证明他的信仰，同时也是为了自己，因为他自己要提供这样的证明。有信仰的人直接地与上帝相关联，而上帝对他的要求则是绝对的，根本不能用伦理原则和人类理性的标准去衡量。宗教境界当然并不完全排斥伦理，而是使伦理为它服务，使之获得新的确实性。但决不能把宗教境界归结为道德，因为它是超越道德之上，只有靠"荒谬"、在一切理性原则之外才能达到的无限的境界。"荒谬"不仅是对于高出理性之上的神秘事物的信仰，而且是和一般人类理性相反的。古代"教父学"的著名代表德尔图良说："正因为荒谬，所以我才相信。"克尔凯郭尔鼓吹的实质上是同样的宗教蒙昧主义思想，只不过更加哲学化了。

在克尔凯郭尔看来，宗教境界是人可以追求的存在的最高境界。伦理规则正因为是普遍的，所以只能适用于一般人，不可能把整个的我、把具有我的具体性的个人包括在内。因此我出于宗教意识，就不能不超越伦理规则，使自己成为一个例外，为任何普遍的东西所永远不可能完全包摄的一个具体的存在。克尔凯郭尔断言，一个人只有当他单独地直接面对上帝时，才具有真正的存在，只有个人才能和上帝相关联，如果个人淹没在集体之中，也就失去了上帝。个人与上帝的关系是克尔凯郭尔所确认的真正的伦理，用

---

① ［丹麦］克尔凯郭尔：《畏惧和战栗》，普林斯顿大学出版社 1941 年英文版，第 38 页。
② ［丹麦］克尔凯郭尔：《畏惧和战栗》，普林斯顿大学出版社 1941 年英文版，第 48 页。

他的话来说，伦理是个人与上帝的"密谋"①。宗教的本质即在于个人进入了与"无限者"的无限的关系，与"绝对者"的绝对的关系。

宗教境界的一个突出的特征是它不可避免地包含着痛苦。克尔凯郭尔在《人生道路上的各个阶段》中，把宗教阶段叫作"痛苦的经历"，认为宗教感情必然伴随着痛苦，没有痛苦也就说明没有宗教信仰。他说："与审美的存在或伦理的存在相关，痛苦只是起偶然的作用；可以没有痛苦，而存在的形式仍然是审美的或伦理的……这里的情况就不是如此，对于一个宗教的存在来说，痛苦是某种决定性的东西，而且正是宗教内在性的一个特征：痛苦愈甚，那宗教的存在也就愈高——而且痛苦是持久的。"②他引证了费尔巴哈在《基督教的本质》里的一句话"基督教是痛苦的宗教"作为佐证，可是他们二人的立场却多么不同啊。费尔巴哈说这句话，是为了揭露基督教的本质，对基督教进行无情的批判，而克尔凯郭尔则利用这一思想去维护和美化基督教，硬说什么正是在深沉的痛苦中个人才真正领会存在的意义。克尔凯郭尔所竭力推崇的最高的宗教境界，纯粹是一种非理性的个人内心生活的痛苦的神秘境界，这也使他的存在论带有浓厚的悲观主义色彩。

进入宗教境界的关键在于信仰，克尔凯郭尔对信仰有他自己的解释。他认为，所谓信仰就是一个人确认他和上帝的关系。任何一个人都是有限与无限的混合物，作为有限的东西，他是和上帝分离的，而作为无限的东西，他又是趋向于上帝的运动或精神的运动，虽然他和上帝是有区别的。他反对黑格尔主义的理由之一，就是他认为黑格尔企图抹煞上帝和人之间的区别，创造一个超越信仰之上的虚幻境界。在他看来，一个人在信仰中确认他自己和上帝的关系，才成为真正的人，成为上帝面前的个人。上帝在人的良心中显示自己，使人意识到自己有罪，意识到自己需要上帝。但这种信仰的行动并不是能够一次完成而一劳永逸的，它必须一次又一次地重复进行。因此，信仰永远是一种冒险，一种"跳跃"。

克尔凯郭尔在《训导论文》中的第一篇文章《信仰的期望》里，曾对信仰的特性作了这样的描述：第一，信仰这个东西是没有人可以把它给予别

---

① ［丹麦］克尔凯郭尔：《附言》，第 138 页。
② ［丹麦］克尔凯郭尔：《附言》，第 256 页。

人的；第二，信仰内在于每个人的，每个人都可以具有这种最高、最高尚、最神圣的东西；第三，每个人只要他本人愿意有信仰，就可以有信仰；第四，只有在上述条件下才能有信仰，因此信仰是唯一无穷无尽的善，要获得信仰只有通过不断的追求、不断的发展。照克尔凯郭尔的说法，信仰不仅仅是去掌握某种东西，它本身是一种创造的活动，是意志的活动。假如一个人没有信仰，那么唯一的解释就是他自己不愿意有信仰，假如他失去了信仰，那也只能由他自己负责，因为没有人能剥夺掉他的信仰。潜在地说，信仰这一最高的善是所有人都可以享有的，在这一点上是人人平等的。信仰的这种普遍性，当然是以信仰是内在于一切人的假说为基础，但是信仰又是不相通的，它不能由一个人传授给另一个人。一个人可以为别人做许多事情，可是他却不能给别人以信仰。克尔凯郭尔激烈地反对当时基督教会通过宗教宣传教育向人们灌输基督教义的做法，认为这完全无助于确立信仰，因为宗教信仰完全是个人的事，唯一应该做的就是用苏格拉底的方式说明做一个基督徒究竟是什么意思，启发人们自觉地去建立信仰。

在克尔凯郭尔那里，信仰完全是主观的。主观性是他谈论很多又使用得十分普遍的一个范畴，他也总是强调自己是"主观的思想家"。他的所谓"主观"具有特殊的含义，就是把客观对象抛开不论，而把注意力转向主体及其主观性本身。他提出"真理是主观性"的命题，反对过去人们把真理看作观念和对象的一致、主观和客观的一致的传统看法，认为问题不在于"个人是否与某个客观的真实的东西有关系"，而在于"这种关系是否是真实的关系"。因此，即使与个人有关系的东西不是真的，但只要这种关系是真的，个人也仍然掌握了真理。比如说，有这么一个基督徒，他虽然在知识方面具有关于上帝的真实的概念，并来到真的上帝的教堂里，但却以虚伪的精神来祈祷；而另一个人生活在盛行偶像崇拜的社团里，虽然他的眼睛看着偶像，但却真诚地带着无限的激情来祈祷。那么，在这两人之中谁有更多的真理呢？克尔凯郭尔认为，显然是后者而不是前者，因为后者虽然表面上拜的是一个偶像，却是真心向上帝祈祷，而前者则虚伪地向一个真的上帝祈祷，实质上他崇拜的是一个偶像。[1] 由于客体的真实性完全被搁置一旁，主体面

---

① 参阅［丹麦］克尔凯郭尔《附言》，第 178—180 页。

对的是客观不确定性，因此真理就成为"以无限的激情去选择一种客观不确定性的冒险"。这种真理观排除了任何客观的真理标准，要进行主观选择就只能依靠信仰。克尔凯郭尔自己说，真理是主观性这一定义和信仰是一个意思，因为"没有冒险，就没有信仰。信仰正就是个人心灵的无限激情和客观不确定性之间的矛盾"①。

信仰既然是一种冒险，所以克尔凯郭尔认为，怀疑、痛苦、烦恼等等是和信仰密切不可分的。某些神学家根据正统观点主张消灭怀疑才能坚定信仰，他却指出怀疑不仅应该容许而且是不可避免的，对基督教信仰的最大危险并非来自怀疑，因此反对怀疑是弄错了对象。他写道："你们要使我们相信，对基督教的反对来自怀疑。这永远是一种误解。对基督教的反对是来自不服从、不愿服从、对一切权威的反叛。因此，迄今为止他们一直是徒劳地同反对者作斗争，因为他们一直是在思想上同怀疑作斗争而不是在伦理上同反叛作斗争。"② 他把不服从、不愿服从称之为"我们时代的不幸"，认为这才是信仰的大敌。宗教信仰不仅要求服从，而且不能对其进行论证，因为基督教根本不是一种可以解释清楚并加以论证的学说。他说："如果基督教是一种学说的话。那么同基督教的关系就不是一种信仰的关系了，因为只有理智类型的才能适应于一种学说。因此，基督教不是一种学说，而是上帝存在这个事实。"③ 在他看来，对一个真正信仰宗教的人来说，想对信仰的基础作合理说明的任何企图都将是走入魔道，因为根本就不能用论据去说明那高于理性或与理性相反的东西。基督教的真理性是永远不可能加以证明的，基督的神性绝对超越人类理性之上，谁只要同意进行论辩，谁就是放弃信仰。信仰不需要辩护，辩护就是不信仰或至少是信仰不坚定的表现。信仰如企图自我论证，就毁灭了自己。克尔凯郭尔就是这样竭力把宗教信仰非理性化，用反理性精神去鼓吹对基督教的无条件的盲目崇拜。有的西方学者把克尔凯郭尔和法国思想家巴斯噶相比，实际上前者在提倡信仰主义方面远远超过了后者。巴斯噶诚然把信仰置于理性之上，但信仰并不与理性相对立，他认为如果理性的原则被动摇了，宗教就将成为荒谬可笑。克尔凯郭尔则断言，信仰

---

① 参阅［丹麦］克尔凯郭尔《附言》，第 182 页。
② ［丹麦］克尔凯郭尔：《日记》，1959 年英译本，第 193 页。
③ ［丹麦］克尔凯郭尔：《附言》，第 290—291 页。

不仅高于理性，而且是理性的死亡，是和理性相敌对的。① 从这一点也可以看出他的所谓宗教境界的反理性实质。

五、由克尔凯郭尔引起的若干思考

克尔凯郭尔的存在论渗透着主观唯心主义的精神，并带有强烈的个人主义和非理性的色彩，而且最后引向宗教信仰。他的这套理论就其总体而言是极其错误的、不可取的，应该加以批判，但他也确实提出了一些值得思考的问题。过去我们忽视了这些问题，在理论上留下了薄弱环节，给人以可乘之机，现在应该用马克思主义观点去重新审视这些问题并进行认真的深入的研究。我初步提出以下几点供大家思考。

第一，为了彻底批驳克尔凯郭尔并清除其影响，有必要对"存在"问题作进一步探讨，根据 20 世纪以来哲学发展的新动向、新情况，对存在作出马克思主义的新解释。长期以来，我们通常是从思维对存在的关系上去看存在，把存在理解为不依赖于思维、精神的客观物质实在，强调存在先于思维、精神的第一性地位。这种看法并不错，也是我们需要坚持的唯物主义的基本观点。问题在于，我们对存在本身缺乏进一步的具体分析，特别是对有关人的存在的方方面面没有进行深入的探究。存在是包容浩瀚的物质世界一切事物的十分宽泛的概念，从物质的极微小的基本粒子到巨大的宇宙的星系都可以被看作存在。人是物质世界的一部分，当然也具有存在的普遍的属性，即作为不依赖于思维、精神的一种客观物质实在。但是，人的存在又是不同于一般物质世界存在的一种特殊的存在，有其自身的特殊性。人无论是作为一个"类"或作为一个个体，又有其不同的特殊的存在方式。人和物质世界的其他事物不同，其他事物没有存在的自觉，它们的存在是自在的。人则不然，人不仅自觉到自身的存在，而且还会追问存在的意义，关心自己存在的方式。只有对人来说，才可能产生哈姆雷特所面对的那样的问题，这正是人的存在的特殊性。忽视了这种特殊性，就无法正确理解人是什么，也难以领悟当代世界中困扰着人的一些深层次的问题。遗憾的是，在过去出版的

---

① ［丹麦］克尔凯郭尔：《为了自我检查》，英译本，第 101 页。

马克思主义哲学著作中却很少涉及人的存在的特殊性以及存在的意义那样的问题，这就在理论上留下了一个空白地区，使形形色色的非马克思主义哲学得以在那里自由驰骋。这种状况不能再继续下去了，马克思主义哲学应该向这个新的宽广领域进军，发出自己的声音。

第二，克尔凯郭尔十分强调"选择"，把它作为一个重要的哲学范畴来看待，虽然他同时也对它做了唯心的曲解和片面地夸大了它的作用，但把选择提到哲学的高度来探讨是很有意义的，值得我们深思。实际上，人在实践活动中，从最普通的日常生活中的小事（如穿衣、吃饭）到关系到国家、社会和个人命运的大事，都经常会遇到选择的问题。我们讲人的主观能动性，其重要表现之一（当然不是全部）就是进行选择。可是，很奇怪，在我们常用的马克思主义哲学教科书里却很少谈选择的问题，更没有把选择作为一个专门的哲学范畴来加以阐述。即使谈到选择，也仅限于谈"历史的选择"、"人民群众的选择"，而根本不谈个人的选择，然而在实际生活中绝大多数的选择却是由个人作出的（尽管有时是以别的名义）。各种非马克思主义哲学正是钻了这个空子，指责马克思主义忽视人的主观作用，眼里只有冷冰冰的物质规律，而抹煞了人的自由选择。这种指责当然是没有根据、站不住脚的，但也促使我们重新思考选择的问题，确有必要用马克思主义观点把选择当作一个哲学范畴来进行全面深入的研究，对它作出科学的、辩证唯物主义的解释。我以为，要正确地理解选择，一方面要阐明选择在人的实践活动中的地位和作用，把选择看作实践的一个环节和发挥人的主观能动性的方式之一，承认选择普遍地存在于人的活动中；另一方面，应明确地界定选择的范围和条件，防止把选择抽象化和绝对化。在任何情况下，选择总是受人的认识和实践的水平和各种客观条件的制约，无条件的绝对的选择自由是从来没有的，把选择的自由无限地夸大，就必然导致荒谬的结果。此外，探讨选择的问题也不能停留在有关社会历史发展的重大抉择的层面，还应紧密结合生活实际扩大到有关个人问题、特别是个人生活道路的选择，并阐明选择对个人的伦理意义。马克思主义如果想要真正在人们心灵深处扎下根来，就不仅要帮助人们认识社会规律和历史发展前景，而且要帮助人们在确立人生观、解决人生道路和切身的个人问题上作出正确的选择，成为生活的指导。这是关系到马克思主义哲学今后发展的一个重大研究课题。

第三，作为一个宗教思想家和虔诚的基督徒，克尔凯郭尔大谈信仰问题，他的一整套理论当然是为宗教服务的，其主要谬误在于否定真理的客观性，提倡非理性的盲目崇拜。对他的这套谬论无疑应该予以揭露和批判，但在批判之余往往感到有一种缺憾和不足，那就是对信仰这种产生于人的精神世界深处的复杂现象，我们还没有用马克思主义观点做过认真的深入的研究，因此有关信仰的某些问题还有待于搞清楚。例如，在无神论看来，一切宗教信仰固然都是虚妄而没有必要的，然而除了宗教信仰之外，人是否需要有别的信仰作为人生的目标呢？如果有这种需要的话，那么信仰又在什么范围和限度内才是必要的和合理的呢？信仰超过一定的界限就可能转化为崇拜和迷信，而信仰的缺失又将导致精神的空虚，那么信仰的合理的"度"如何确定呢？从历史上我们看到，一些仁人志士有了坚定的信仰，就能历经艰险、排除万难、勇往直前，甚至可以为了信仰抛头颅、洒热血，虽九死而未悔，这种巨大的精神力量究竟从何而来？信仰和人的认识活动与意志活动是什么关系，要通过怎样的途径和追求才能达到信仰，信仰和主体的主观性又是什么关系？如此等等。只有对这些问题给予辩证唯物主义的科学的解答，才能把唯心主义从信仰这个最顽固的巢穴中驱除出去，从而彻底驳倒克尔凯郭尔。

（原载于汝信《看哪，克尔凯郭尔这个人》，
河南大学出版社 2008 年版，第 90—119 页）

论中国古代的语言美学观

王汶成

我国新时期美学由于大力引进和吸取了西方的成果而极大地推进了我国语言美学研究的发展。但是，若结合全球化的大背景看，不能不指出，在一味引进和借鉴西方语言美学理论的热潮中，我们却忘记了我国传统美学中关于语言美学的宝贵遗产。本文拟对我国古代美学中的语言美学观作较为系统的梳理和评述，以期从一个侧面展示出中国传统文化和学术思想的世界性和当代意义。从中国古代语言美学观的内在构成看，我们可以归纳为儒家、道家、禅宗、诗家四大派理论。

一、儒家的"文质彬彬"

众所周知，儒家所追求的理想人格是所谓"君子"，孔子对何谓君子曾从各个侧面做过许多界定，其中有一条界定是："质胜文则野，文胜质则史。文质彬彬，然后君子。"[①] 从这句话看，孔子认为最符合君子要求的人，不仅要自觉地按照仁、义、礼、智、信的规则做事，即使在言辞上也要显出"文采"，即说出的话要顺理成章和具有感染力。正是孔子的这种"文质并重"的思想构成了儒家诗学观念和语言美学观念的理论基础。

首先，儒家认为思想是必须要靠语言来表达的，不借助语言，再好的思想也无从传达和传播，正如孔子所说的"名不正，则言不顺；言不顺，则

---

① 《论语·雍也》。

事不成；事不成，则礼乐不兴"①。孔子的着眼点固然在礼乐的推行，但礼乐的推行则要靠"名正言顺"，也就是说，没有正确的命名和通顺的言辞，礼乐思想就不能深入人心，当然也就不能实行。唐宋以后的儒家又沿循孔子的这类说法引申出"文以载道"的观点，这个观点将文辞贬低为"道"的附庸，已经有些偏离了"文质并重"的思想，即如宋代周敦颐说的："文所以载道也，……文辞，艺也，道德，实也。……不知务道德而以文辞为能者，艺焉而已。"②这就把文辞看作是完全从属的、次要的东西了。但认为"道"必须要用"文"来传达这一点上似与孔子别无二致。

其次，儒家在承认语言在表达思想上的必要性的基础上，又进一步肯定了语言在思想表达上的可能性。儒家相信有文采的语言具有无限的表达力量，任何深奥的思想都可以通过有文采的语言获得透彻的表达。所以，孔子很看重说话要有"文采"，他说过"情欲信，辞欲巧"③，又说"《志》有之：'言以足志，文以足言。'不言，谁知其志？言之无文，行而不远"④。这些话都说明，孔子认为人的思想感情是完全可以通过现有的语言来传达的，关键在于说出的话要有文采，也就是说要善于使用语言特有的魅力来表达。孔子亲自编订《诗经》并将其作为教授弟子的重要教本之一，主要的原因，一是因为"《诗》三百，一言以蔽之，曰：'思无邪'"⑤；二是因为"不学《诗》，无以言"⑥。就后一个原因看，孔子的意思是，学习诗经可以教会我们更好地说话和表达，因为，诗歌语言正是他所说的那种最有文采的"巧言"和"美言"。孔子的这个意思，也可以联系他对诗歌的基本功能解释作更进一步的理解。孔子在《论语·阳货》中说："小子何莫学夫《诗》？《诗》可以兴，可以观，可以群，可以怨。迩之事父，远之事君，多识于鸟兽草木之名。"在这里，孔子把诗歌四大功能中的"兴"摆到第一位，绝非偶然。"兴"就是指诗歌所特有的启发鼓舞人的感染作用。孔子认为诗歌的这种作用很重要，诗歌只有首先从情感上打动和感染了人，其他的社会教育认识作用才可

① 《论语·子路》。
② 《通书·文辞》。
③ 《礼记·表记》。
④ 《左传·襄公二十五年》。
⑤ 《论语·为政》。
⑥ 《论语·季氏》。

能实现，而诗歌的"兴"的作用主要来自诗歌语言的美。在他看来，诗歌的语言比之平常说的话更有一种特殊的魅力，这种语言可以很快地调动和激发起人的情感，从而在审美的愉悦中接受语言所传达的思想内容。从这里也可看到孔子关于诗歌语言的基本观点，即认为诗歌语言恰恰因为是一种"巧言"和"美言"，所以才能更好地起到一种"兴"的作用，才能更好地完成"诗言志"的使命。这一观点与老子的"信言不美，美言不信"①的说法是正好相反的。

再次，与推崇"巧言"和"美言"的观点相关联，儒家又极为重视修辞问题的研究，并在诗歌修辞学方面提出了一些极富启迪性的见解。修辞学，无论在中国还是在西方，都是一门古老的学问，它主要研究如何通过对言语的润色和修饰使言语更生动、更新鲜、更有审美感染力。但是儒家的修辞学有其自身的特点，这就是儒家不是把语言的修饰仅仅看作是一种语言表达的技巧，而是把语言表达的技巧性同表达者的真诚性和表达内容的真实性联系起来思考。《易传》的作者在解说被孔子列为儒家经典之首的《易经》的有关章节时讲过一句很有名的话，即："修辞立其诚，所以居业也。"②尽管后世对这句话的理解各有不同，但至少有一点是清楚的，那就是在《易传》的作者看来，"修辞"的目的是为了"立诚"，为了"居业"，因此，"修辞"事关重大，是一个人"立诚"和"居业"所必不可少的一种本领；反过来说，"修辞"如果离开了"立诚"和"居业"的目的，就成为一种单纯的说话技巧，甚至成为一种欺骗人的"花言巧语"，也就是孔子反对的"巧言令色，鲜矣仁"③。《易传》的作者一开始就把修辞问题提到了"做人"和"做事"的高度，这个见解不仅奠定了儒家修辞学的基本观点，也由此形成了儒家修辞学的一个基本特点，即始终贯注着一种人文主义的理念和精神。这一点，与西方古代修辞学将修辞仅仅看作是演讲和论辩的技艺的观点是截然不同的。

儒家的这种修辞学思想也体现在对诗歌修辞美学的理解上。我们知道，《诗大序》中提出了关于《诗经》的"六义"说，即："故《诗》有六义焉：

① 《老子》第六十八章。

② 《周易·乾·文言》。

③ 《论语·学而》。

一曰风，二曰赋，三曰比，四曰兴，五曰雅，六曰颂。"很明显，"六义"之说是《诗大序》作者对《诗经》的一种总体解释，但如何理解这种解释？所谓"风、雅、颂、赋、比、兴"到底是指什么？后世学者在这一问题上多有歧见，其中以唐代孔颖达的见解影响最大。他指出："然则风、雅、颂者，诗篇之异体；赋、比、兴者，诗文之异辞耳。大小不同而得并为六义者，赋、比、兴是诗之所用，风、雅、颂是诗之成形。"① 按孔颖达的这种理解，"六义"可分为两大部分，一部分为"风、雅、颂"，主要指诗歌三种不同的体式，一部分为"赋、比、兴"，主要指诗歌所特有的三种修辞方法。唐代以后，孔颖达的这个见解就逐渐构成了儒家修辞美学的核心观点：诗歌语言作为一种"美言"和"巧言"，主要是靠"赋、比、兴"三种修辞方法来实现的，所以作诗必须运用"赋、比、兴"的手法。那么，"赋、比、兴"具体讲的是什么修辞手法呢？宋代大儒朱熹的解释比较清楚而有说服力，我们姑且采用他的观点。朱熹认为，"赋者，敷陈其事而直言之者也"；"比者，以彼物比此物也"；"兴者，先言他物以引起所咏之词也"②。如果把朱熹的这种解释与现代修辞学的相关概念加以比照，那么"赋"就大致相当于"白描"（对事物作直接的描述），"比"就大致相当于"比喻"（明喻和暗喻），而"兴"则大致相当于"象征"（用具体事物暗示某种抽象概念或思想感情）。由此看来，朱熹的解释强调的是诗歌语言的形象性和含蓄性，应该说，这种见解基本抓住了诗歌语言的主要审美特性。

总之，从儒家提出的"修辞立其诚"以及"赋、比、兴"的理论来看，至少在1000多年前，儒家就已经认识到了诗歌语言的主要审美特征：一是形象化，二是含蓄性。这种认识同20世纪的俄国形式主义和英美新批评大讲特讲的诗歌语言的"象征性"和"非直指性"等观点基本是一致的。如"新批评"的先驱休姆认为，在文学作品里，"每个词都必须是一个能见的形象，而不是一个筹码"，为了实现这一点，最需要的就是隐喻手法的运用，不能离开"类比作为观念外衣的隐喻"，"任何时候都要运用类比，因为类比会使我感到，我是在透过镜子看另外一个世界，这也就是我所希望达到的效

---

① 《毛诗正义·关雎正义》。
② 朱熹：《诗集传》。

果"。①"新批评"派的另一个代表人物布鲁克斯说："艺术的方法我相信永远不可能是直接的——永远是拐弯抹角的。"②这些观点其实都是在讲文学语言的形象性和含蓄性，与儒家所主张的"赋、比、兴"的观点在理论倾向上是一致的。这也表明，儒家关于诗歌修辞学的认识已达到较高的学术水平，很值得我们进行充分挖掘和作出新的阐释。

二、道家的"言不尽意"

　　道家关于语言的基本观点与儒家正好相反。儒家相信现有的语言只要运用得当完全可以传达任何深奥的思想，而道家认为现有的语言是有限的，道家追求的"道"则是无限的，因此，只是使用现有的语言是无法界定和传达"道"的。在道家看来，那无始无终、无名无状的无限"道"，一落进语言划定的概念，就成为有限的了。所以，老子的《道德经》开篇即言："道可道，非常道；名可名，非常名。"③按通常的解释，这句话的意思是：可以言说的道，不是永恒的道；可以命名的名，不是永恒的名。言外之意是说，道是不可能用语言表述的，一用语言表述，道也就不是本原的道了。类似的观点，庄子也说过："道不可闻，闻而非也；道不可见，见而非也；道不可言，言而非也。知形形之不形乎！道不可名。"④庄子又说："可以言论者，物之粗也；可以意致者，物之精也；言之所不能论，意之所不能察致者，不期精粗焉。"⑤在这句话里，庄子把老子"言不达道"的观点更推进了一步，不仅"言"不能达道，即使"意"也难以达道，只不过"意"比"言"更接近一点道而已。因此，庄子秉承老子"致虚极，守静笃"⑥的说法，提出通过"心斋"⑦和"坐忘"⑧的境界来体悟道，也即是通过有意识的祛除视听、悬

① 赵毅衡：《"新批评"文集》，中国社会科学出版社1998年版，第272、279页。
② 赵毅衡：《"新批评"文集》，中国社会科学出版社1998年版，第320页。
③ 《道德经》第一章。
④ 《庄子·知北游》。
⑤ 《庄子·秋水》。
⑥ 《道德经》第十六章。
⑦ 《庄子·人间世》。
⑧ 《庄子·大宗师》。

置理智，达到内心绝对的虚静澄明，以便进入物我两忘、天人合一的悟道之境。由此可见，道家对语言的怀疑和不信任已经到了宁可指望"意致"也不依靠"言说"的极端地步。

当然，道家也不是不知道，语言虽不能表达道，但表达道又不能不使用语言。那么，怎么解决这个矛盾呢？庄子认为，"狗不以善吠者为良，人不以善言者为贤"①，因而表达道不能靠"美言"，而是要靠所谓的"寓言"、"重言"、"卮言"。他这样说过："以天下为沉浊，不可与庄语；以卮言为曼衍，以重言为真，以寓言为广。"②庄子的这段话有些费解，大概的意思是说：天下人都浑浑噩噩的，不可与他们正面说话，只能通过醉酒后的那种荒诞不经的话（卮言）来谕示真理，通过重述先哲的话（重言）来宣示真理，通过描述其他的事相（寓言）来暗示真理。所以，我们可以看到，庄子论道很少使用抽象的语言直截了当地说出，而是使用一些含糊的甚至不着边际的词语，或者借用一些故事和具体的形象来隐喻他的思想和观点。由此而形成了庄子文章的最突出的特点，即通篇充满了丰富的想象和大量地讲述寓言故事。庄子的这一"三言"论归结到一点就是：既然语言不能直接表达道，那就只好通过语言所描绘的某种物象、事象或情境间接地传达道了。

如果把庄子的这一"三言"理论与《易传》中著名的"言、象、意"理论加以比照，不难发现，这两者之间存在着明显的相承相通的关系。两者都认为语言不能直接传达道，需要通过"象"间接传达。按照多数学者的意见，《易传》并非孔子所撰，而是成书于庄子之后的战国时期，因此《易传》所提出的"言、象、意"理论应该是受了庄子"三言"理论的影响，应该是对庄子"三言"理论的继承和发展，应该属于道家语言美学的重要组成部分。《易传》是这样表述这一理论的："子曰：'书不尽言，言不尽意。'然则，圣人之意，其不可见乎？子曰：'圣人立象以尽意，设卦以尽情伪，系辞焉以尽其言。'"③在这段话里，《易传》的作者假借孔子之口认为，虽然"言不尽意"，但圣人却有办法表达他的意思，这就是通过"立象"以尽其意，通过"设卦"以辨真伪，通过"系辞"以尽其言。应该说，《易传》的作者在

---

① 《庄子·徐无鬼》。

② 《庄子·天下》。

③ 《周易·系辞上》。

理论上比庄子更进了一步，这就是在"言"和"意"之间明确提出了一个"象"的概念，试图通过"象"来调和"言"和"意"之间的矛盾，同时也昭示了以"象"为中介的"言"、"象"、"意"之间的递联关系。

晋代王弼对《易传》所昭示的"言"、"象"、"意"之间的递联关系做过精辟的论述。他说："夫象者，出意者也。言者，明象者也。尽意莫若象，尽象莫若言。言生于象，故可寻言以观象；象生于意，故可寻象以观意。故言者所以明象，得象而忘言；象者所以存意，得意而忘象。犹蹄者所以在兔，得兔而忘蹄；筌者所以在鱼，得鱼而忘筌也。"①王弼指出，在"言"、"象"、"意"三者中，最重要的是作为目的的"意"，其次是作为表达"意"的手段的"象"；再次是作为表达"象"的手段的"言"。故而只要"得意"，就可以"忘象"，只要"得象"，就可以"忘言"。从王弼的这个解释看，《易传》的"言、象、意"理论虽然也强调"言"、"象"、"意"之间的整体关联，但由于被道家的怀疑论语言哲学观所决定，在这个整体关联中更加看重的还是语言的所指，即"意"的方面，而对于语言的能指本身，即"言"的方面，则相对忽视了。而这一点也是与儒家"文质并重"的语言美学观大相径庭的。

《易传》的"言、象、意"理论最初所针对的还是《易经》这样的哲学文本，也许是因为这一理论的美学特性更接近于诗歌文本，所以魏晋特别是唐代以后，越来越多的诗人和诗论家就借用了这一理论来解说诗歌，于是也就形成了中国古典诗歌特别重视意境创造的独特的诗学传统。公正地说，作为中国古代诗论核心范畴的"意境"说，其理论来源并不是单一的，譬如儒家的"比兴"说也应该是其理论来源之一。但"意境"说的最重要的理论来源无疑还是老庄的"言意之辩"和《易传》的"言、象、意"论。当然，"意境"说在承继老庄和《易传》的相关理论时，其间也出现了诸多的生发和改变。将"意境"说与原来的"言、象、意"理论比较一下，就会发现，两者除了阐释的对象不同外，至少还有两点区别：一是"意境"说从其命名看更侧重于"意"和"象"两个方面，而对于"言"这个方面涉及不多，若有涉及也是更多地把"言"融进"象"里去，这大概是受了庄子以及王弼的

---

① （晋）王弼：《周易略例·明象》。

"得意忘言"思想影响的缘故；二是"意境"说在"意"和"象"的关系上，虽也以"意"为目的，但同时也兼顾了"象"的重要性及其相对独立的审美价值，更多地强调两者之间不可分割的密切联系，主张所谓的"虚实相生"、"情景交融"、"意象合一"、"物我两忘"，以求得"象外之乡"、"景外之景"、"味外之旨"、"言有尽而意无穷"的审美效果。由此也可看出，"意境"说所强调的"意"与老庄所讲的"意"不尽相同，主要不是指那种统贯世界万有、体现世界精神本体的"道"，而是指内含在"象"之中并由"象"生发出来的一种悠长蕴藉的"意味"、"滋味"、"趣味"、"韵味"，而所谓"理"、"情"、"志"、"礼"、"义"等这些观念的东西就是从这种诗性的"味"中领悟出来的。所以，从这一点看，中国古代诗歌美学的核心理念受道家语言美学的影响最大。

三、禅宗的"不立文字"

南朝时期达摩祖师西来东土，开创了中国佛教的禅宗一派，其实早在达摩来华开坛立宗之前，印度佛教中就有了所谓"修禅"的做法。相传佛祖释迦牟尼有一次向会众说法，却突然举起手指"拈花示众"，众皆不解其意，只有摩诃迦叶以"微笑"应之，但不赞一词，于是佛祖说："吾有正法眼藏，涅槃妙心，实相无相，微妙法门。不立文字，教外别传。付嘱摩诃迦叶。"[1] 这一著名的"拈花微笑"的佛家典故说明了中国"禅宗"的创立是在总结印度"禅法"的基础上并将其中国化而形成的一个结果，也说明了禅宗的基本宗旨是对印度古老禅法传统的继承，即后来禅宗六世祖慧能所总结的所谓"教外别传，不立文字，直指人心，见性成佛"[2]。很明显，禅宗这一宗旨的核心精神体现为禅宗所主张的一种独特的语言观，这种独特的语言观可以用"不立文字"四个字来概括。

禅宗的大多数禅师认为，佛法禅意，精妙深邃，既不能靠讲经、诵经、解经获得，也不能靠话语的谈论和言教来传达，只有通过超越了语言文

---

① 《五灯会元》上，中华书局 1984 年版，第 10 页。
② 《五灯会元》上，中华书局 1984 年版，第 495 页。

字的、直接出自心性的静思默想和感受体验，才有可能悟得。这大概就是大多数禅师们守持的"不立文字"信条的主要意思之所在，所谓"明心见性"、"以心传心"、"心心相印"是也。所以，禅宗的语言观归结为一点就是对语言文字的彻底排斥和不信任。我们知道，道家主张"言不尽意"，也对语言采取一种怀疑和不信任的态度，但是道家对语言的怀疑和不信任是有限度的，这个限度就体现在道家至少还承认"言"是获得"意"的一种手段，"言"可以帮助人们获得"意"，只是强调在获得"意"的时候要忘掉"言"。毋庸置疑，禅宗的语言观显然借鉴和吸取了道家的"言不尽意"、"得意忘言"的思想，但是，禅宗的语言观并不是到"忘言"为止，而是从"忘言"进一步走向了"去言"，即认为语言文字不仅不是通向佛法禅意的手段，反而是阻断佛法禅意的一个障碍，也就是禅师们经常警示的所谓"文字障"（佛经中把阻碍众生识心成佛的诸般因由归纳为"文字障"、"理障"、"所知障"、"惑障"等，认为其中的"文字障"为诸障之根），所谓"言语道断，心行处灭"（意思是说，执着于语言文字只能阻断众生与真如本性的亲近，只有祛除一切妄想杂念，归于寂灭，才能证悟成佛）。这就是说，禅宗在排拒语言方面比道家走得更远，更为决绝和彻底。这一点也可以从禅宗和道家对"言"和"意"的关系所做的不同比喻上看出。道家是把"言"和"意"的关系比作"筌"和"鱼"的关系，比作"蹄"和"兔"的关系，这两个比喻很清楚地体现出道家是承认语言在意义传达上的手段作用的，尽管又认为语言的这种手段作用很不理想，很有限度，可以凭借，但不可尽信。而禅宗对"言"和"意"的关系也有一个著名的比喻，这就是佛家语录里常提到的"指月"之喻，其寓意与道家的"筌鱼"和"蹄兔"之喻相去甚远。"指月"的典故最早见于《楞严经》卷二，佛祖在谈到如何"缘心得法"时告诫他的二弟子阿难说："如人以手指月示人，彼人因指当应看月，若复观指以为月体，此人岂唯亡失月轮，亦亡其指。何以故？以所标指为明月故。"① 依照这个思路，禅宗不仅否定了道家所主张的语言的有限手段性，而且还进一步认为语言是阻止人们识心悟道的蔽障，必须彻底铲除这一蔽障，才能明心见性，立地成佛。正是从这一点生发开去，禅宗才提出了"不立文字"的说

---

① 慧因：《楞严经易读简注》，庚申佛经流通处影印本1943年版，第30页。

法，才构筑起它独具特色的语言观。

那么，禅宗认定语言文字是阻断真如本性的蔽障，其立论依据何在呢？在禅宗看来，宇宙之真相、天地之本体必须有一种大智慧（般若智慧）才能觉悟，而这种大智慧只能从扫除了一切"魔障"的、了无挂碍的、归于空灵的本心真性中生出。但是，禅宗认为语言文字断不能给予人们这种大智慧，因为语言文字体现着人的一种逻辑的区分和划定能力，用禅宗的话说就是，语言文字印合着人的一种"分别心"，"分别心"是对"不二如空"之世界的"斟酌"、"拣择"、"取舍"，是人世间一切"妄念"、"偏见"、"烦恼"的根源。正如禅宗三祖僧璨大师在其《信心铭》中说的，"至道无难，唯嫌拣择"，"一切两边，良由斟酌"，"圆同太虚，无欠无余，良由取舍，所以不如"，① 这些说法都意在强调禅宗的"不二法门"，强调"分别心"及其语言表征所造成的对"真一"世界的割裂、歪曲和遮蔽。因此，禅宗才主张"绝言绝虑"、"离分别、离言说"，回到"无分别"、"无挂碍"之本心，以便体认"般若"，参透"真如"，达到"识性成佛"的胜境。如此看，禅宗语言观的哲学依据既是对道家的"洗心涤虑，顺其自然"思想的继承和发扬，也与西方反对主客二分、拆解"逻各斯中心主义"的后现代思想不谋而合。

尽管禅宗"不立文字"的语言观在理论上具有足够的彻底性，甚至提出"动念即乖，开口即错"的极端说法，但在实践上却殊难实行。禅宗要想将其衣钵世代正常地传授下去，完全弃绝言教，仅靠心会默认，几乎是不可能的，也是不现实的。就连力主"教外别传"的六祖惠能也不得不承认，事实上是不可能"不立文字"的，因为他们提出的"不立文字"四个字本身就已经是文字了。② 这就是说，禅宗一方面在理论上主张"不立文字"，另一方面在实践上又不可能离开文字，正是这一理论与实践之间的悖谬，迫使历代禅师创造了一整套独具特色的传教方式，同时也创造了一整套独具特色的禅宗语言。

关于禅宗的传教方式，有论者将其归纳为棒喝、体势、圆相、触境、默照等几种具体的手段，③ 这些具体手段尽管形式各异，但有一个共同的目

① 僧璨：《信心铭》，宗教文化出版社 2003 年版。
② 张玉英：《禅与艺术》，浙江人民出版社 1992 年版，第 68 页。
③ 方立天：《禅宗的不立文字语言观》，《中国人民大学学报》2002 年第 1 期。

的，这就是尽量运用非语言的方式（声音、动作、体态、表情、情景、形象乃至沉默无语等）提醒修行者的注意，以免落入言筌理路的陷阱，达到直指人心、立地成佛的境界。例如"棒喝"，即是不惜采用棒打喝吓甚至骂祖呵佛的极端方式，警示僧众远离经文教条，超越文字障，直接通过心性修持以成正果。但是，禅宗的传教不可能仅仅采用非语言的方式，理论上不立文字而在实践上又离不开文字的矛盾，使得言传言教的方式在所难免。但是，禅宗的言传言教又是以不立文字的宗旨为指导的，如此的言传言教，其实就是利用语言文字来"解构"语言文字，或者说，是对语言文字的一种极为特殊的运用，由此也形成了极为特殊的禅宗语言。

禅宗语言集中体现在历代流传下来的记载关于禅师门的事迹、言行的各种文本中，主要样式有公案、机锋、偈语、灯录等。其中，"公案"和"灯录"是专门记载禅宗历代高僧的言语行为的著述，"机锋"是指禅师们说过的一些内藏玄妙的机智话语，"偈语"是禅师们留下来的议经说法的诗歌。无论何种样式，禅宗语言都显示出以下几个特征：一是反常性，这可谓禅宗语言最突出的特征。因为禅宗使用语言的目的主要不是为了传情达意，而是为了揭露语言的遮蔽性本质，反证禅法"不立文字"的要旨精义，所以禅师们在说话时故意或正话反说，或答非所问，或词语倒错，或不合逻辑，或有违情理，使说出的话语表现出不同寻常的诡谲怪诞甚至莫名其妙的特点。例如，《五灯会元》里载有这样的对话，"僧问：'如何是佛?'师曰：'干屎橛'。"① 又载，"僧问：'如何是祖师西来意?'师曰：'一寸龟毛重七斤。'"② 前一句以最污秽之物说最神圣之物，属正话反说；后一句显然是答非所问，且答话本身也荒谬透顶，龟本无毛，即使有毛，也不会重达七斤。这两句话很典型地体现了禅宗语言的反常性，也就是故意说反常的话显示语言如何偏执、如何遮蔽世界真相和真义的。其他还可以举出很多类似禅门话语。二是含混性，也就是不直接表达，绕弯说话，让人感到似是而非、颇费猜测。例如，"问：'如何是乐净境?'师曰：'有功贪种竹，无暇不栽松。'"③ 又，"问：

---

① 《五灯会元》下，中华书局 1984 年版，第 929 页。
② 《五灯会元》下，中华书局 1984 年版，第 969 页。
③ 《景德传灯录》卷二十四。

'如何是佛法大义?'师云:'蒲花柳絮,竹针麻线。'"① 这里的两句回答很有诗情画意,形式上有对仗有韵律,也很工整,只是语义含糊,禅师并不正面答问,而是绕开去,描绘了一种情景,似乎含有某种玄机妙义,但终又参不透说不清,禅宗语言的含混性由此可见一斑。禅师说法时的这种故弄玄虚,有意制造含糊效果,也是为了表明语言的有限性和不可靠,语言不可能直接说清佛法禅机,只有心领神会才是正途。三是意象性,这一点与上述含混性密切相关,因为含混性常常是由意象性造成的,而意象性又常常是运用了隐喻、象征等修辞手段的结果。如,"僧问:'佛出世时如何?'师曰:'月中藏玉兔。'问:'出世后如何?'师曰:'日里背金乌。'"② 又,"问:'如何是西来意?'师曰:'白猿抱子来青嶂,蜂蝶衔花缘蕊间。'"③ 这里列举的几个答句,不仅对仗工整,还创造了很优美的意象,可谓意境深远,韵味无穷。在禅门语录里,像这样形象生动、富有诗意的语句比比皆是,举不胜举。禅师们正是通过大量意象的创造,调动弟子们的感受力和想象力,以便绕开逻辑思维,跳出语言蔽障,通过直观的默照兴会,达到对佛性禅法的觉悟。

从上述禅宗语言的特点可以看出,禅宗语言与诗歌语言极为接近,诗歌语言讲韵律,讲意境,讲直觉感悟,讲造语的出奇制胜,与禅宗语言的反常性、含混性、意象性等特征是一致的,而禅宗语言中的许多禅言偈句,本身都是可以作为诗歌来阅读欣赏的。因而,禅宗语言虽受诗歌语言影响甚深,但禅宗语言所代表的语言观又反过来对古代诗歌语言美学思想产生了重大影响,这主要体现在中国古代诗论史上唐宋以来业已形成的以禅喻诗的传统上。这方面最有代表性的人物当数南宋时期的诗论家严羽。严羽论诗反对北宋以来以"文字"、"议论"、"才学"为诗的诗风,强调作诗的独特性,认为作诗与修禅相通,可以相互参照。他在《沧浪诗话·诗辨》中指出,"论诗如论禅"④,"大抵禅道惟在妙悟,诗道亦在妙悟","夫诗有别材,非关书也;诗有别趣,非关理也","诗者,吟咏性情也。盛唐诗人惟在兴趣,羚羊挂角,无迹可求。故其妙处莹澈玲珑,不可凑泊,如空中之音,相中之色,

---

① 《景德传灯录》卷七。

② 《五灯会元》卷六。

③ 《五灯会元》卷二。

④ 郭绍虞、王文生:《中国历代文论选》,上海古籍出版社 1979 年版,第 208 页。

水中之月，镜中之相，言有尽而意无穷"。① 这些以禅喻诗的观点，显然是深受了禅宗"不立文字"语言观的影响，把诗歌看作是一种超越了语言和逻辑的"妙悟"，因而需要一种与语言和逻辑不同的才能和兴趣，这种才能和兴趣主要体现在意境的创造上，而不在于语言文字和议论推理。但是，作诗毕竟不等于修禅，作诗不可能不立文字，正如金代的元好问在《陶然集诗序》中说的："诗家所以异于方外者，渠辈谈道不在文字，不离文字；诗家圣处不离文字，不在文字。唐贤所谓性情之外，不知有文字云耳。"② 元好问站在"诗家"的立场上对中国古代以禅说诗的诗学传统理论的偏颇做了必要的修正和补充，由此也可见出诗家与禅宗在语言美学的基本主张上是观点迥异的。

四、诗家的"语不惊人死不休"

"诗家"这个词经常出现在中国古代那些在诗歌创作方面公认的有所创新、有所成就的诗人们的口中，如宋代大诗人王安石说的"诗家语"③，清代诗人赵翼说的"国家不幸诗家幸，赋到沧桑句便工"④。这些诗人在思想倾向上自然有所偏重（或儒家，或道家，或佛家），在创作风格上自然也各有千秋（或豪放，或婉约），但有一点是共同的，这就是对诗歌语言的刻意求工和执着追求，因而他们愿意以"诗家"自称以突出他们对于诗歌语言的一种创造性偏好。如果说禅宗语言观的核心是认为语言是对世界本相的遮蔽，那么诗家语言观的核心则正好相反，主张语言是对诗歌美的彰显，将语言之美视为诗歌美的根本标志，在诗歌创作中始终以语言文字为本，在语言文字上狠下功夫。诗家的这种语言观不仅与禅宗的"不立文字"大相径庭，即使与儒家的"文质彬彬"、道家的"得意忘言"也相去甚远。被称为诗圣的杜甫，虽也有着"致君尧舜上，再使风俗淳"⑤ 的强烈儒家精神和宏大抱负，并力

---

① 郭绍虞、王文生：《中国历代文论选》，上海古籍出版社 1979 年版，第 209 页。
② 元好问：《中州集》卷十，（台湾）商务印书馆影印文渊阁四库全书本 1987 年版。
③ 《诗人玉屑》卷六。
④ 《题元遗山集》。
⑤ 《奉赠韦丞丈二十二韵》。

图在他的诗里展现这种精神和抱负，但他最为痴迷，最为用功之处还是在诗语的烹炼打磨上，因而他一生所取得的最高成就也是在诗歌创作方面。他曾在一首诗里这样说："为人性僻耽佳句，语不惊人死不休。"① 杜甫的这句脍炙人口的诗包含两层意思，一是语言对于诗家最为重要，二是诗家在诗句的锤炼上要达到出奇制胜的效果，即所谓"惊人"的效果，我们完全可以把杜甫的这句诗看作是诗家语言美学观的一种满怀诗情的精辟而又充分的表述。的确，诗家论诗总是将诗语是否"惊人"作为第一标准，陆机早在其《文赋》里就提出了诗歌创作"其会意也尚巧，其遣言也贵妍"②。刘勰在《文心雕龙》里也特设《夸饰》、《比兴》、《熔裁》、《章句》、《炼字》等大量篇章，专讲语句文辞的营造和创新对于诗文创作的重要性及其具体方法；清代王骥德的《曲律》里也有"意常则造语贵新，语常则倒换须奇"③ 之说，而明代著名的诗人、书画家徐渭，则用比喻的语言说明了选取好诗的主要依据就是诗句是否具有"惊人"效果。他说："试取所选者读之，果能如冷水浇背，陡然一惊，便是兴观群怨之品。如其不然，便不是矣。"④ "冷水浇背"的说法非常形象生动，试想，一瓢冷水突然浇到你的背上，将是一种什么感觉？此时，无论你正在做什么，恐怕你整个精神都会立即为之一振并集中在那一瓢水浇在背上的感觉中。因之，诗家何以如此追求"惊人"之句，就在于使读者因诗句的奇特而"惊"，因"惊"而引起"注意"，因"注意"而切实"感觉"到诗句所描绘的"诗境"。如此看来，中国古代诗家所追求的"惊人"之句与俄国形式主义提出的"反常化"理论殊为接近。俄国形式主义的领军人物什克洛夫斯基在其《作为程序的艺术》一文中认为，诗歌在语言运用方面贯彻所谓"反常化程序"，即有意创造反常化语言，以便增加"感觉的难度和范围"，使"感觉被阻挡而达到自己力量的最大高度和最大延时性"。⑤ 这就是说，与中国的诗家一样，俄国形式主义也主张诗人要创造异乎寻常的话语，目的是激发注意力，延迟感觉时间，使读者重新感觉到事物。

---

① 《江上值水如海势聊短述》。

② 郭绍虞、王文生：《中国历代文论选》，上海古籍出版社 1979 年版，第 68 页。

③ 中国戏曲研究院：《中国古典戏曲论著集成》四，中国戏剧出版社 1959 年版，第 123 页。

④ （明）徐渭：《徐渭集》（全四册），中华书局 1999 年版，第 482 页。

⑤ 伍蠡甫、胡经之编：《西方文艺理论名著选编》下卷，北京大学出版社 1986 年版，第 338、385 页。

诗家的这种崇尚独创性、注重奇特性的语言美学观当然是通过具体的创作实践体现出来的，从具体的创作实践来看，诗家的理论探索和总结主要集中在以下几个方面。第一个方面就是所谓诗歌韵律学。讲究韵律美本是诗歌语言的基本特征，而中国古代诗歌由于汉语音调本身的特点在这一点上尤为讲究。其实，中国古代诗歌韵律的创制和形成，既是为了上口入耳和便于传唱，也是为了在语音上追求一种与日常语言不同的奇特效果和音乐美，所以诗家对于"惊人"之句的创造，首先就是从韵律开始的，把合辙押韵看作是写诗填词制曲的至关重要的一环。中国古代诗歌韵律理论的开创者无疑是南齐的沈约等人。早在沈约之前，陆机在《文赋》中已对诗歌特有的音乐美有所论述，他说："暨音声之迭代，若五色之相宜。"①沈约正是沿袭这一认识成为对诗歌韵律进行了专门系统探索的第一人，提出了著名的"四声八病"说，即用"平、上、去、入"四字标四声，并把诗歌创作中出现的使四声不和谐的病犯总结为"平头、上尾、蜂腰、鹤膝"等几种情况。他还特别强调，诗人作诗务必注意"欲使宫羽相变，低昂互节，若前有浮声，则后须切响，一简之内，音韵尽殊；两句之中，轻重悉异。妙达此旨，始可言文"②。沈约声律论的提出，有力地推动了五言古诗向律诗的转变，促使中国古代诗歌的韵律趋向于完美和定型。在沈约之后，宋代的李清照在《论词》一文中指出作诗填词"别是一家"，必须"协音律"，反对当时不讲音韵和谐的"句读不葺之诗"；③明代李梦阳在《潜虬山人记》一文中主张好诗的准则应该是"格古，调逸，气舒，句浑，音圆，思冲，情以发之，七者备而后诗昌也"④，以音律和谐和韵味无穷作为判断好诗的主要标准；清代的沈德潜在《说诗晬语》中也提出"乐府之妙，全在繁音促节，其来于于，其去徐徐，往往于回翔曲折处感人"，"诗中韵脚，如大厦之柱石，此处不牢，倾折立见"。⑤总之，中国古代的重要诗家几乎都把韵律的创构摆在诗歌创作的第一位，都在诗歌韵律理论的发展上作出了贡献。尤其是，明代的王世贞在

---

① 郭绍虞、王文生：《中国历代文论选》，上海古籍出版社 1979 年版，第 68 页。

② 沈约：《宋书》卷六十七，中华书局 1974 年版，第 1779 页。

③ 郭绍虞、王文生：《中国历代文论选》，上海古籍出版社 1979 年版，第 189 页。

④ 李梦阳：《空同集》卷四十八，（台湾）商务印书馆影印文渊阁四库全书本 1987 年版。

⑤ 王夫之等：《清诗话》全二册，上海古籍出版社 1978 年版，第 529、552 页。

其《曲藻》中论到曲词音韵时，提出了"声情"这一概念，并与"辞情"加以区别。他说道："凡曲，北字多而调促，促处见筋；南字少而调缓，缓处见眼。北则辞情多而声情少，南则辞情少而声情多。"① 这种"声情"论的提出，说明中国古代诗家已经在理论上自觉地把韵律形式与情感内容联系起来考虑，这与英国克莱夫·贝尔的"有意味的形式"的理论显然有相通之处，是可以相互参照的。

诗家贯彻它的语言美学观于创作实践的第二个方面的成就是语言风格的创造及其理论上的总结。如前所说，诗家语言美学观的核心就是强调独特语言（惊人语）的创造，也就是强调在诗歌语言上要显示出个人的特色和风格。所以，中国古代诗学一开始就极为重视区分和总结诗人不同的语言风格和风格类型，这种诗歌风格学的理论探讨甚至已成为中国古代诗学体系中最重要的组成部分之一。例如在风格类型的划分方面，早在陆机的《文赋》里就已提出文体风格十大类之说，并且描述了这十类文体风格各自的特点。刘勰在《文心雕龙·体性》中又将诗文的风格归纳为八大类："一曰典雅，二曰远奥，三曰精约，四曰显附，五曰繁缛，六曰壮丽，七曰新奇，八曰轻靡。"② 唐代司空图的《二十四诗品》更是一部对诗歌风格类型进行系统研究的专著，将诗歌风格细分为雄浑、冲淡、纤秾、沉著、高古、典雅、洗练、劲健、绮丽、自然、含蓄、豪放、精神、缜密、疏野、清奇、委曲、实境、悲慨、形容、超诣、飘逸、旷达、流动二十四个品类，每一品类下又对此品类做了细致的描述与说明。其他还有王昌龄的《诗格》、李峤的《评诗格》、皎然的《诗式》、陈骙的《文则》等也都是专论诗文风格的著作。这些对风格的评述和分类是否妥当贴切另当别论，但由此可以看出诗家在风格创造方面所积累的丰富经验以及所取得的巨大成就。

上面说到的韵律和风格毕竟还属诗家实践其语言美学观的间接的高远的追求，而其更直接、更切近的追求则是字、词、句的选择和锤炼。因此，诗家欲要创造出"惊人之句"，就要在选词炼句方面下最大的功夫，因而也在这方面积累了更多的实践经验，进行了更深入的理论探讨。陆机的《文

---

① 中国戏曲研究院：《中国古典戏曲论著集成》四，中国戏剧出版社 1959 年版，第 27 页。
② 范文澜：《文心雕龙注》，人民文学出版社 1958 年版，第 505 页。

赋》以"会意尚巧"、"遣言贵妍"为文人骚客之能事，主张"立片言以居要，乃一篇之警策。虽众词之有条，必待兹而效绩"；① 刘勰的《文心雕龙》也提出，"夫人之立言，因字而生句，积句而成章，积章而成篇。篇之彪炳，章无疵也；章之明靡，句无玷也；句之清英，字不妄也；振本而末从，知一而万毕矣"，② "是以缀字属篇，必须炼择"。③ 无论陆机还是刘勰，都认为诗家功夫完全在篇章字句的组织安排之中，而著文作诗之难之苦也都在篇章字句的组织安排之中。而篇章字句的组织安排又是以字词的"择炼"为根基的，所以，古代诗家甚至奉从"著一字而境界全出"之说。南宋的诗论家胡仔还明确提出"一字为工"的理论，他认为："诗句以一字为工，自然灵异不凡，如灵丹一粒，点石成金也……足见吟诗，要一两字功夫。"④ 胡仔主张的"一字说"也许有些极端，但写诗要在字词上狠下功夫则是不刊之论。胡仔的这一理论显然深受北宋大诗人黄庭坚的影响，而黄庭坚的诗论在文论史上颇有争议，常被后世讥之为"以文字为诗"，近代以来，又多被斥之为"形式主义"而遭否定。其实黄庭坚的诗论无非是偏离了"诗以言志"、"文以载道"的传统，更强调诗歌应以语言为本体，以字句的营造为要务。在他看来，诗语的好坏固然以创造性的有无为准绳，但创造性的诗语并非一定是"自作语"。他在《答洪驹父书》一文中指出"自作语最难"，即使像杜甫、韩愈那样的大家也是"无一字无来处"，因而"古之能为文章者，真能陶冶万物，虽取古人之陈言入于翰墨，如灵丹一粒，点铁成金也"。⑤ "点铁成金"之说固然有因袭模仿之嫌，但其立足点还是站在诗家的立场上说话的，从诗家的立场看，篇章字句的构建和锤炼实为作诗的第一要义，无论怎么强调都不为过，无论怎么议论都有其一定的道理。正是在这个意义上，我们认为，以黄庭坚为代表的江西诗派的理论是真正的诗家理论，它留下来的关于文则诗法这方面的遗产，很值得我们深入发掘和予以重新阐释。

（原载于《上海师范大学学报》（哲学社会科学版）2008 年第 4 期）

---

① 郭绍虞、王文生：《中国历代文论选》，上海古籍出版社 1979 年版，第 68 页。
② 范文澜：《文心雕龙注》，人民文学出版社 1958 年版，第 570 页。
③ 范文澜：《文心雕龙注》，人民文学出版社 1958 年版，第 624 页。
④ 胡仔：《苕溪渔隐丛话》，人民文学出版社 1962 年版，第 64—65 页。
⑤ 郭绍虞、王文生：《中国历代文论选》，上海古籍出版社 1979 年版，第 185 页。

论文艺美学作为学科的事实性存在

冯宪光

　　文艺美学是中国在 20 世纪 80 年代开始创生的一个原创性学科。但是对于它是否是一个规范性学科，这个学科是否存在，在中国学术界一直是有怀疑之声的。有人一再说这是一个伪学科。我认为，当年胡经之提出了一个"文艺美学"的学科名称，并不是意味着只有从 1980 年以后才有文艺美学，而在此之前就没有。

　　在 1980 年提出文艺美学这个学科称谓之后，中国学者对文艺美学的学科性质、内涵界定作了许多重要的探索。在曾繁仁《文艺美学教程》等著作中逐渐形成关于文艺美学学科的共识，即文艺美学是研究艺术创作和艺术欣赏中的审美经验以及由审美经验通过艺术媒介创造与再创造艺术品的审美文本（第一文本与第二文本）的性质、特征、活动规律等的学科，其核心问题是艺术活动中的审美经验以及凝聚审美经验所建构的艺术品的审美文本结构。文艺美学以艺术中的具体审美经验为研究出发点、学科的逻辑支撑点，是它与哲学美学、艺术哲学的研究范式的根本差异，也不同于文艺社会学与文艺心理学。因此，随着文艺美学研究起点和学科内涵的确立，其学科的存在空间与身份也得以确定。应该看到，中国学者提出创立文艺美学并不是偶然之举，这是当代学术文化的学科分化、学科融合的结果。此时一门新兴学科的诞生，并不意味着是白手起家、从零开始，完全没有任何传统学术基础、学术资源。而新兴学科的诞生往往是对原有学术资源作新的理论梳理和学术整合。这种情况与当年鲍姆加通命名美学时的境况是一样的。这正如鲍桑葵所说，"一直到十八世纪后半叶，人们才采用了现今公认的'美学'一词，用来称呼美的哲学，把它当作伦理研究的一个独立的领域。但是，美学事实的存在却要比'美学'一词早得多，因为即令从某种意义上说来不能从更早的哲学家算起，那末至少可以说早在苏格拉底时代，希腊思想家们就开始对美和美的艺术进行思考"①。同样地，文艺美学理论事实上的存在则早得多。文艺美学这个学科名称出现在中国，主要是因为文艺美学学科的事实性存在是中国源远流长的一个学术传统，文艺美学理论的事实早已经在中国存在。

一

"文艺美学"这个称谓，最早在汉语中出现是 1971 年②，目前我们在西方美学文献中，还没有见到类似的语言文字的明确表述。1971 年，台湾出版了一部文学和美学研究的论文集，书名就叫作《文艺美学》，是由尉天骢结集王梦鸥所写单篇论文而成。《文艺美学》一书分为上下两编，上编论述西方文学和文学批评的发展演变，下编主要介绍西方从康德以来的美学形态、流派。在王梦鸥的《文艺美学》中，只谈文学的美学问题，并不涉及文学以外的其他艺术。从王梦鸥的这部著作可以看出，他比较看重文学的审美特征。在中国首先使用文艺美学这个词语的王梦鸥已经意识到对艺术的美学研究可以不走哲学美学的路子。而这个路径在中国传统文学艺术理论中有深厚的传统。王梦鸥在《文艺美学》中思考如何来研究和表述文学的美的特征时，主张用中国传统美学中的"意境"范畴，来代替"文学是具象的描写"、"文学是情感形象化的符号"等种种说法。他说："这里所称为'境'者，即人间词话所谓真景物，所谓'意'者，即人间词话所谓'真感情'。亦即：前者为客观之合目的性，后者为主观之合目的性。""这里，我们虽将'情感形象化'，改用'意境'二字来代表，但我们必须明白，改为意境之后，那形象已经不是本来的形象，换言之，意境也者，是由客观依其自身法则，呈现为合目的性的结果，与主观的目的性相配合而后成立的东西。"③ 用中国的

① ［英］鲍桑葵：《美学史》，张今译，商务印书馆 1985 年版，第 5 页。
② 王梦鸥的《文艺美学》，初版于 1971 年，由（台北）新风出版社出版，后来在 1976 年改由（台北）远行出版社出版。
③ 王梦鸥：《文艺美学》，（台北）新风出版社 1971 年版，第 185 页。

"意境"这个更带有美学色彩和意味的范畴，去置换西方化的"情感形象化"之类的理论话语，就可以使文学研究具有美学的意味，称为"文艺美学"。

美籍华人学者、美国普林斯顿大学文学系教授高友工认为，西方关于文学艺术的研究从总体上说，是一种逻辑推理、理性归纳的研究成果，只是一种文学理论或艺术理论，而中国文化传统对文学艺术的研究，是非逻辑推理、非理性归纳的研究成果，是把描述、体验和判断结为一体的学术研究。这种研究，才是真正的或典型的美学研究。高友工认为，中国传统的艺术批评理论是一种"抒情美学"。他说："对抒情美学的强调表现在对'美学'（aesthetics）这个词的选择上。一些读者或许要问为什么要用'美学'而不用一个更合适的术语'艺术理论'（theory of art），因为我所讨论的文本主要是关于艺术批评的。然而我相信，美学这个词，在它意指各种艺术创造中的综合的艺术符码这个意义上，更有利于我们将古代中国传统中各种不同艺术形式加以整合，而形成一个统一的理论。美学关注个体的创造性体验，而艺术理论则关心和研究艺术的本质。"① 中国古代的文艺批评理论，由于它注重面对艺术实践，面对个体审美体验，集中研究艺术活动中的审美经验和艺术作品的审美价值，而往往不对艺术作形而上学的本质性说明。它的许多成果实际上就是现代意义上的文艺美学。中国传统美学或文艺理论的主要形态就是文艺美学。在理论话语上，中国古代的美学也有文艺美学的特征。缪越在比较中西文论的特征时说："中国古人论诗，极多精义，然习为象喻之言，简约之语；西方文评，长于思辨，肌分理，剖析明畅。中国诗评，宜于会意，西方文论工于言传。"② 中国古代艺术批评的理论话语，往往用描述性论述来展示审美创造活动中的美感体验，形成一种"宜于会意"的话语述说。如果说艺术品本身引起了批评家的审美想象，进入一种会意性的审美体验，那么批评家的批评述说，则可以进一步引发读者、观众在观赏艺术品时，不去着力于概念概括，而投入对所评价的艺术品审美特质的重新感悟之中。如果用西方逻各斯中心主义的话语法则来衡量，中国的古代艺术批评是不成其

① 高友工：《中国抒情美学》，载乐黛云、陈珏编选《北美中国古典文学研究名家十年文选》，江苏人民出版社 1992 年版，第 2 页。

② 缪越：《〈迦陵论诗丛稿〉题记》，载叶嘉莹《迦陵论诗丛稿》，中华书局 1985 年版，第 8 页。

理论的。但是这种负载着强大审美心理信息的话语，正是中国传统艺术批评的特色，是一种非西方理性主义话语的独特理论话语形态。

我们早已习惯于用西方理性主义法则去建立和评价中国过去和现在的学术学科。《文心雕龙》确实是一部体大思精之作，在中国古代美学中确实是一部伟大著作。它的理论逻辑之严整，是可以和西方古代的诗学著作媲美的。在中国古代，《文心雕龙》的严整理论逻辑体系是空前的，同时又是绝后的。对此，我们叹息了许多年，不知古人为什么不前赴后继地写出若干部《文心雕龙》。其实，历史的客观事实就足以使我们认识到，在中国非逻各斯中心主义的思维传统里，《文心雕龙》式的逻辑理论话语方式是特例，而不是常规。在《文心雕龙》之后，我们的古人不但没有继承刘勰的理论思路，反而用片断式、语录式的话语方式，写下大量诗话、词话、画论、乐论。法国理论家福科的"知识考古学"告诉我们，在历史进展发生断裂的时候，断裂之处一定掩埋了文化的遗体。过去，我们时常跨越裂口，直奔可以和断裂之前相连接的理论形态，而忽视了断裂之处留下的巨大空白。这个过去不为理论批评学术史所重视的空白，应当是文艺美学学术传统的聚居之所。中国传统的美学和艺术理论述说，不去探寻艺术和审美的本质和本体，不对艺术的形而上学问题作深究和追问，而把思索的焦点集注于艺术创造和欣赏的审美活动过程的体悟，对充盈期间的审美感受、审美经验进行动态性描述。

陆机在《文赋》的序言中说："余每观才士之所作，窃有以得其用心。夫其放言遣词，良多变矣。妍媸好恶，可得而言。每自属文，尤见其情。恒患意不称物，言不逮意，盖非知之难，能之难也。"① 中国古代的艺术批评家本人也大多是从事艺术创作的艺术家，这与西方美学的主将几乎是哲学家、专业批评家的情况大不相同。中国批评家对于艺术创作中的语言同实在、意义之间的矛盾，有很深切的体认。受逻各斯中心主义的制约，一般的西方理论家都有能够确切地认知对象的自信，而用一定的逻辑框架来网罗艺术审美活动。与此相反，中国美学家则认识到"恒患意不称物，言不逮意，盖非知之难，能之难也"。因此并不强求用理论话语来穷尽艺术实践的方方面面，

---

① 陆机：《文赋》，载郭绍虞主编《中国历代文论选》第一册，上海古籍出版社 1979 年版，第 170 页。

构成一种对于难于言说的审美之秘，不强求言说，而把艺术探索的接力棒交给读者的理论范式。因此，中国传统美学在理论形态和话语方式上，都是围绕着艺术的审美经验作现象体验的研究。

《诗经》是中国第一部诗歌总集。历史上有孔子删诗之说，相传《诗经》经过孔子的整理、编辑。孔子劝导他的学生要阅读这部文学典籍时说，"小子何莫学夫诗，诗可以兴，可以观，可以群，可以怨，迩之事父，远之事君，多识于鸟兽草木之名"①。我认为，这是中国古代文论中关于文学作品较早的一种论述，而这个是围绕着阅读《诗经》的审美经验所做的理论概括。而孔子这段话的论述后来为历代文论家所称道，成为中国美学文论的经典论述的是四个"可以"，即"兴、观、群、怨"。孔子的"兴观群怨"说，就是中国传统美学文论对文学审美经验的一个重要理论概括。清代王夫之说："'诗可以兴，可以观，可以群，可以怨。'尽矣。辨汉、魏、唐、宋之雅俗得失以此，读三百篇者必此也。'可以'云者，随所以而皆可也。于所兴而可观，其兴也深；于所观而可兴，其观也审。以其群而可怨，怨愈不忘；以其怨者而群，群乃益挚。出于四情之外，以生起四情；游于四情之中，情无所窒。作者用一致之思，读者各以其情而自得。"②从现代接受美学的角度来看，"兴观群怨"是从读者的接受立场、接受过程、接受反应、接受需要等方面，对其中的审美经验的集中概括。

中国传统美学的特点是把具体的艺术作品作为主要研究对象，从艺术作品的事实存在概括出理论的术语、问题，围绕艺术作品的创作、欣赏进行理论的思考和分析。《文选》是中国现存的选编最早的一部文学总集。在收录的作品中以体裁和题材分类。其中赋这个文体里，列入了物色类。《文选》在物色类里，收录了宋玉的《风赋》等四篇作品。所谓物色就是自然界四时的风光变化，在中国传统美学中，这是引发艺术家创作冲动与激情的一个主要动因。这样，物色就成为中国古代美学、文艺理论的主要问题。刘勰《文心雕龙》有《物色》篇专门讨论这个问题。刘勰说，"春秋代序，阴阳惨舒，物色之动，心亦摇焉"。"岁有其物，物有其容，情以物迁，辞以情

---

① 《论语注疏·阳货》，载《十三经注疏》下册，上海古籍出版社 1997 年版，第 2525 页。

② 《清诗话》上册，上海古籍出版社 1963 年版，第 3 页。

发。""是以诗人感物，联类不穷，流连万象之际，沉吟视听之区；写气图貌，既随物以宛转；属采附声，亦与心而徘徊。"① 这里的论述从自然风光的外在色容引发艺术创作的情感冲动，具体分析了艺术家"感物"的审美经验的多重结构。从大的层次说，既有艺术的创作冲动和构思，又有艺术的媒介化制作（文学的语言写作）；从小的层次说，在情感贯穿的艺术构思的审美心理活动中，既有视听感觉的丰富表象，亦有连类无穷的想象。在艺术的媒介化制作环节里，文学媒介的形象化描绘既要对物色表象惟妙惟肖的生动刻画，又应该把心灵的激越之情用华章丽声婉转呈现。《文心雕龙》全书类似的论述比比皆是。我们说中国古代美学基本上就是文艺美学，是一个客观的历史事实。

中国传统美学作为文艺美学奠基于各个艺术部类的具体审美实践活动之中的，主要具有对创作与欣赏中的审美经验作体验式的理论阐述的特色。中国传统文艺美学主要涉及的艺术部类是文学、音乐、绘画、舞蹈与中国特有的书法等。

孔子时代的《诗经》是可以入乐弹奏和歌唱的诗歌。孔子本人也专门学习过音乐。司马迁的《史记·孔子世家》记载："孔子学鼓琴师襄子。十日不进。襄子曰：'可以益矣。'孔子曰：'丘已习曲，未得其数也。'有间，曰：'已习其数，可以益矣。'孔子曰：'丘未得其志也。'有间，曰：'已习其志，可以益矣。'孔子曰：'丘未得其为人也。'有间，有所穆然深思焉，有所怡然高望而远志焉。曰："丘得其为人矣。黯然而黑，几然而长，眼如望羊，如王四国，非文王其谁能为此也！"② 这里记载孔子学习音乐的心得，学习音乐不能简单地以掌握"数"（术，音乐的技巧）为目的，还要掌握"志"（音乐的精神），更重要的是要有人对音乐的深沉的体验，将审美经验化为人格的提升，而"有所穆然深思焉，有所怡然高望而远志焉"则是音乐活动本身带给人的审美经验。《乐论》是中国古代音乐美学的经典著作，其中论述了诗歌、音乐、舞蹈在审美经验上的相通性："诗言其志也，歌咏其声也，舞动其容也，三者本于心，然后乐器从之，是故情深而文明，气盛而

---

① 范文澜注：《文心雕龙注》下册，人民文学出版社 1978 年版，第 693 页。

② 张守节：《史记正义：卷四十七·孔子世家》，文渊阁四库全书本。

化神，和顺积中，而英华发外，唯乐不可为伪。乐者，心之动也。声者，乐之象也。文采节奏，声之饰也。"①中国古琴及其演奏现在已经列入在新时代必须保护和发掘的联合国非物质文化遗产名录。在中国传统音乐美学理论中，古琴演奏理论独具特色。明代徐上瀛的《溪山琴况》提出了古琴表演追求的最高境界是"和"，而"和"的音乐审美境界是在指法的运用和心灵的审美经验的感受中达成的。他说："其首众者，和也。和之始，先以正调，品弦，循徽，叶声；辨之在指，审之在听，此所谓和感，以和应之。"②其要诀在"音与意和"，在于古琴弹奏出来的乐音呼唤出审美的情思，在悠扬的琴声中心意婉转游荡，达成"神闭气静，蔼然醉心，太和鼓鬯，心手自知"的"和"的审美体验。

中国画论以顾恺之的《论画》等为最早，而在魏晋六朝时期对后世中国画论有长远影响的，首推谢赫在《古画品录》的序言中归纳的六法。钱钟书在《管锥编》中对谢赫六法重新作了断句，其文为："一、气韵，生动是也；二、骨法，用笔是也；三、应物，象形是也；四、随类，赋彩是也；五、经营，位置是也；六、传移、模写是也。"③六法中，"传移、模写是也"，讲的是对绘画精品的临摹，其余五法都与创作有直接关系。谢赫在品画中反复言说的法式主要是气韵。气韵是其他四法的灵魂，其他四法在运用时，始终要贯穿着"气韵，生动是也"的法则。骨法，是运笔的方法。中国画的笔也就是写字的毛笔，绘画的用笔在于线条对物体轮廓的勾勒，运笔的笔势的强与弱、急与缓、重与轻、放与敛、动与静、疏与密等。这些笔法都把画家的艺术情感、艺术想象等审美经验注入笔墨之中，赋予线条以情感的生命与活力。现代著名画家吕凤子说："'骨法'又通作'骨气'，是中国画的专用的术语；是指作为画中形象骨干的笔力，同时又作为形象内在意义的基础或形的基本内容说的。因为作者在摹写现实形象时，一定要给予所摹形象以某种意义，要把自己的情感直接从所摹形象中表达出来，所以在造型过程中，作者的情感就一直和笔力融合在一起活动着；笔所到处，无论是长线短线，是

---

① 孔颖达等：《礼记正义》，载《十三经注疏》下册，上海古籍出版社 1997 年版，第 1536—1537 页。

② 转引自胡郁青《中国古代音乐美学简论》，西南师范大学出版社 2005 年版。

③ 钱钟书：《管锥编》第四册，中华书局 1979 年版，第 1353 页。

短到极短的点和由点扩大的块，都成为情感活动的痕迹。"①

　　"气韵，生动是也"的人物画准则后来推衍到山水画中，构成了中国画论以审美经验为核心的画论体系，并且促进了中国文论的审美经验形态的理论体系化。谢赫在品画时指出，"顾骏之，神韵气力，不逮前贤"②。因此，钱钟书说，"'神韵'与'气韵'同指。谈艺之拈'神韵'，实自赫始；品画言'神韵'，盖在说诗之先"③。吴调公有专论神韵的著作《神韵论》。吴调公说："'神韵'之成为理论，首先是在六朝画论中出现，而胚胎于中晚唐。由唐司空图，经南宋严羽，而到清初王渔洋，则更形成流派。它的主要内涵，是指诗味的清逸淡远。"④ 中国传统美学中确实有某些在文化层面的实用理性主宰下的哲学美学内容，但是其主潮是"由道家提出的'神'与'意'，由孟子提出的'气'，谢赫提出的'气韵'，由陆机提出的'情'等，发展下来对美感经验的关注，都集中在'韵外之致'（司空图）、'神似'、'意摄'（苏东坡）、'意、味、韵、气'（张戒）、'余意、余味'（姜夔）、'不涉理路……惟在兴趣……无迹可求'（严羽）神韵派、格调派，'兴、趣、意、理；体、志、气、韵；情景，虚实；奇正'（谢榛）等等"理论论述之中。⑤ 这就是中国古代的文艺美学。

　　这些确实说明在中国古代早已存在文艺美学。中国近代发生了从传统社会向现代社会的社会转型。大量西方文化，包括西方美学、文艺理论进入中国，也相应地引起中国美学的新变化。随着社会及其文化的发展，人们对美学的认识和概括，从认知方式、思维形态、概念术语、命题表述等方面，都在不断有所演变和更新。这种变化主要是在现代中国突破了传统美学单一的文艺美学形态，出现了哲学美学。在近代中国最早介绍、引进和接受西方美学的是王国维。王国维接受了康德、叔本华哲学美学的一些基本观点，于1904年写出《〈红楼梦〉评论》，形成中国哲学美学论著。之所以说《〈红楼梦〉评论》是哲学美学著作，是因为作者完全以叔本华的欲望理论解

① 　吕凤子：《中国画法研究》，上海人民美术出版社1978年版，第3页。
② 　谢赫：《古画品录》，载沈子丞主编《历代论画名著汇编》，文物出版社1993年版，第18页。
③ 　钱钟书：《管锥编》第四册，中华书局1979年版，第1353页。
④ 　吴调公：《神韵论》，人民文学出版社1991年版，第1页。
⑤ 　叶威廉：《中国诗学》，三联书店2003年版，第126—127页。

释人生，而且仅仅用康德的崇高美（王国维文中言壮美）、西方悲剧理论来解释《红楼梦》的美学价值。[①] 但是，4 年之后，1908 年王国维在《国粹学报》上发表的《人间词话》则是他在接受了西方哲学美学之后撰写的一部文艺美学著作。《人间词话》虽然有不少西方哲学美学的概念，如理想与写实、客观之诗人与主观之诗人等，但是《人间词话》的主旨是提出词的艺术标准："词以境界为最上"[②]。王国维说："然沧浪所谓兴趣、阮亭所谓神韵，犹不过道其面目，不若鄙人拈出'境界'二字，为探其本。"[③] 什么是境界？这与什么是兴趣、神韵一样，不是一个简单的定义能够说得清楚的。这些中国文艺美学的核心概念主要指的就是个人通过艺术体验所形成和达到的某种特殊的审美经验心理状况。王国维拈出境界，按照他自己的说法，也就是回归了《沧浪诗话》、《渔洋诗话》等探索诗意、诗味的审美经验的道路。王国维的《〈红楼梦〉评论》和《人间词话》代表了中国 20 世纪美学家论著的两种形态。20 世纪中国的美学家在接受了西方的哲学美学之后，一方面适应时代学术变化，撰写了一些哲学美学著作，另外则在中国文艺美学学术的深厚传统影响下，同样地撰写了不少文艺美学论著。在这方面，享有盛名的有朱光潜的《诗论》、宗白华的《艺境》、钱钟书的《谈艺录》、伍蠡甫的《中国画研究》、王朝闻的《以一当十》等。

这些说明，文艺美学在中国早已成为事实性的存在。

二

文艺美学在中国是一个事实性的存在，那么在西方是不是也存在着文艺美学理论呢？回答也应该是肯定的。虽然这个学科的名称，目前只是以汉语语言形式存在，国外学者一般也都不使用文艺美学这个名称，但是这并不等于说西方根本没有文艺美学。

---

① 叶嘉莹认为，尽管《〈红楼梦〉评论》有许多长处，"可是它却无可挽回地有着一个根本的缺点，那就是它想要完全用叔本华的哲学来解说《红楼梦》的错误"。（叶嘉莹：《王国维及其文学批评》，河北教育出版社 1997 年版，第 159 页）这个判断可证此说。
② 王国维：《人间词话》，人民文学出版社 1960 年版，第 191 页。
③ 王国维：《人间词话》，人民文学出版社 1960 年版，第 194 页。

当然在西方美学界一直占据权威地位的美学家主要是哲学家。如柏拉图、亚里士多德、康德、黑格尔这些哲学巨头的美学，其基本形态是哲学美学。我们知道，文艺美学是对具体艺术事实的审美经验的专门研究。审美经验（the aesthetic experience）作为对审美对象的体验和感受的科学术语，首先来自西方美学。当然，审美经验这个概念更多地在现代美学家的著作中出现。1953 年杜夫海纳发表《审美经验现象学》时说："我们将要尝试加以描述的审美经验，在历史上甚至可能是最近的发现。"① 在18 世纪英国经验主义美学中，主体的审美体验是用"趣味"（taste）来概括，康德沿用这些概念，在《判断力批判》中用"趣味判断"（judgment）概念来分析审美判断问题。英国经验主义美学与康德实际上把美的存在或审美活动实现的基础放置在主体的经验的存在之上。由于康德美学提出了无功利无目的的审美态度是审美活动达成即审美经验出现的必要要素和先在前提，因此在西方美学中将审美过程中出现的一切意识心理活动统称为审美意识（aesthetic consciousness）。但是，许多美学家逐渐认识到，"构成审美意识根本特性的因素，与其说是意志的，不如说是情感的，与其说是知性的，不如说是感性的。直接观照和直接感受的作用，在审美意识语源的意义上共同形成 sthetisch 的体验的特征（希腊语 ayóṅηois 指感觉、知觉、情感这样的直接作用）。而且，这种'观'（schauen）和'感'（Fühlen）的作用不是互相乖离背道而驰的，而是紧密地照应融合，形成审美体验的谐和整体"② 。于是，为了真正地把审美意识理解为对于审美对象的审美价值的体验，审美经验一语就逐渐成为现代西方美学的关键词。特别是 20 世纪西方哲学出现了现象学潮流以后，在现象学美学的推动下，对于审美经验的研究逐渐成为当代西方美学的核心问题。

而西方美学在对审美主体的审美体验、感受的研究中，逐渐从审美趣味、审美判断的核心问题，向审美意识的核心问题，再向审美经验的核心问题转变。这个转变过程可以说也是与西方美学从单一的哲学美学，向同时存在哲学美学和艺术哲学，再向同时存在着哲学美学、艺术哲学和文艺美学的美学学科格局的变化同步进展的。

---

① ［法］杜夫海纳：《审美经验现象学》，韩树站译，文化艺术出版社 1996 年版，第 10 页。
② ［日］竹内敏雄：《美学百科辞典》，刘晓路等译，湖南人民出版社 1988 年版，第 170—171 页。

　　哲学美学的特征是把美学置于哲学的从属学科，以哲学的一般理论作为统管美学理论的理论大前提，在哲学理论框架下，研究美学问题。如果仅从鲍姆加通为美学命名开始说起，鲍姆加通的美学与康德的美学肯定是哲学美学。对哲学美学的单一模式的突破，首先在为美学命名的德国发生。康德在《判断力批判》的美的分析中，论述了审美发生的独立性，即主体的一种无概念、无功利、关注形式的快感。康德把美学与认识论和伦理学区别开来，但是并没有把艺术作为美学的主要、甚至是最高的对象。在后来的费希特的个体主观论的创造哲学影响之下，德国浪漫主义艺术和美学思潮兴起，在这一浪潮中，谢林在康德三大批判基础上，在《先验唯心论体系》一书里，讨论理论哲学、实践哲学、目的论及艺术哲学的主客观的同一性问题。但是谢林没有在理论哲学和实践哲学中找到主客观的同一性，而只有在自然目的性和艺术哲学中才发现了主观与客观的无差别的同一性。谢林认为，艺术作为艺术家的个性自由的创造，已经扬弃了意识性而在无意识中展开，成为使大自然的恩宠大放光彩之物。这样，审美直观可以包罗知性直观，艺术可以穷尽哲学。在谢林那里，艺术不仅是美学的唯一对象，而且是哲学的全部。在谢林遗留下来的手稿《艺术哲学》中，艺术作为主客体同一的最高形式，显现宇宙的构成，宇宙原美的实在性直观理念，在艺术中得以作为鲜活的理念来直观。因此，谢林宣布，"艺术不过是哲学的最完美的客观的反映"。"在艺术哲学中我们将必得解决涉及宇宙的所有问题，这些问题正是我们在一般哲学中涉及宇宙时要解决的。"① 这就是西方的艺术哲学的由来。西方的艺术哲学不是用哲学的方法来研究艺术，而是把艺术纳入哲学的逻辑框架之中，用艺术来讲哲学，来解决哲学问题。黑格尔完全继承了谢林艺术哲学的思路，他的《美学》（朱光潜中译本名称）是他在柏林大学开设"美学或艺术哲学"的讲稿，鲍桑葵英译本译为《艺术哲学》。黑格尔也是把艺术作为美的最高形式，是绝对理念的一种形式，艺术在绝对理念发展的进程中曾经作为理念感性显现的最好形式。这种观点与谢林一样，正是艺术在那个时期可以解决哲学的一切问题。

---

① ［德］谢林：《艺术哲学·前言》，载刘晓枫《人类困境中的审美精神》，知识出版社 1994年版，第 114 页。

艺术哲学与哲学美学一样，同样是在哲学范围内研究美与艺术，与哲学美学不同的是，艺术哲学只研究艺术和艺术美。而谢林与黑格尔的艺术哲学的形态体系，又在西方文化发展的进程中受到了冲击，西方的美学再次从艺术哲学中分化出文艺美学。这次冲击主要是由非理性主义思潮和其后的现象学运动发起的。尼采对传统哲学美学以及艺术哲学的批判是众所周知的，就审美而言，哲学敌视感官的感受体验，他说，"要牢牢地保护我们的感官，保持对它们的信仰——而且接受它们逻辑的判断！迄今为止，哲学对感官的敌意乃是人最大的荒唐！"①尼采认为，艺术不是从哲学，而是要从生理学上才能得到理解。他在《偶像的黄昏》和《权力意志》中都提到，"为了有艺术，为了有某种审美行为和观照，必不可少的是一个生理学的先决条件：陶醉"②。海德格尔专门讨论了尼采的美学思想，指出，"尼采对艺术的追问乃是美学。根据我们前面给出的规定来看，在美学中，人们是通过对人的情感状态的回溯来经验和规定艺术的，因为美的生产和享受起于人的感情状态，并且归属于人的感情状态。尼采本人使用了'审美状态'这个表达，并且讨论了'审美行为和观照'。但这种美学要成为'生理学'。这意思就是说，感情状态，被看作纯粹心灵上的感情状态，应当归结为与之相应的身体状态。从整体看来，这恰恰就是那个未被撕碎的，也撕不碎的身—心统一体，就是被设定为审美状态之领域的生命体，即：人类活生生的'自然'。""当尼采说'生理学'时，他固然意在强调身体状态，但身体状态本身始终已经是某种心灵之物，因而也就是一个'心理学'的主题。"③海德格尔进一步指出，尼采的美学思想所关注的是人的审美状态，"'陶醉'和'美'这两个美学基本词语具有相同的含义范围，指示着整个审美状态，以及在审美状态中开启并且贯通审美状态的东西"④。尼采所说的审美状态，就是人在艺术活动中的以情感为核心的审美经验。关注研究艺术活动中的审美经验的美学，就是我们所说的文艺美学。

在西方对传统哲学美学和艺术哲学冲击的更大的浪潮来自现象学哲学、

---

① ［德］尼采：《权力意志》，张念东等译，商务印书馆1991年版，第117页。

② ［德］海德格尔：《尼采》上卷，商务印书馆2002年版，第105页。

③ ［德］海德格尔《尼采》，上卷，商务印书馆2002年版，第104—105页。

④ ［德］海德格尔《尼采》，上卷，商务印书馆2002年版，第135页。

现象学美学即审美经验的现象学研究，这极大地促进了我们所理解的文艺美学的发展。法国学者胡塞尔在 1900—1901 年发表《逻辑研究》时正式提出现象学的名称，他本人也正是现象学的奠基人。现象学并不是一种哲学体系，而是一种研究哲学的方式。这是一种非认识论的研究哲学的方式。现象学的基本原则是面对事实本身，面对事实首先不要有先入为主的念想，把事实存在的信念悬置起来，直观地观看，观察事实显现的方式、在意识中构成的状态，分析和描述表象的、判断的和认识的体验，从而在逻辑学的观念规律中把握和表述事实现象的意义。这种研究哲学的方式可以运用到研究哲学的分支学科和其他人文学科，因此现象学运动波及现代美学的建构和发展。据波兰学者英加登说，第一部现象学美学的著作是瓦尔德马尔·康拉德的《论审美对象》，此后莫里茨·盖格尔出版《审美愉悦的现象学绪论》等著作，使现象学美学成为现代美学的重要派别。[①] 由于现象学美学的非认识论的方式，它所研究的审美事实主要是艺术作品的存在、结构及其艺术的审美经验，因此现象学美学的研究宗旨与中国学者倡导的文艺美学大体上是一致的，甚至可以说现象学美学对艺术的研究就是文艺美学。

从已经发表的若干现象学美学论著来看，现象学美学的著作大多集中于艺术的研究，把艺术作为一个实际存在的事实来加以研究，但是现象学美学对艺术的研究主要有两种类型，一种是把艺术品作为一个客体事实，研究艺术客体的审美结构和审美价值，这是以艺术品客体为中心的研究。现象学美学家盖格尔说："只有在这个从现象出发的出发点上，艺术史学家和美学家的观点才是相同的、美学家感兴趣的不是个别艺术作品，不是波提切利的画布，不是莎士比亚的十四行诗，也不是海顿的交响乐，而是十四行诗本身的本质，交响乐本身的本质，各种各样素描画本身的本质，舞蹈本身的本质，等等，他感兴趣的是那些一般的结构，而不是特定的审美客体。但是他关心审美价值的那些普遍法则，关心那些美学原则在审美客体中的体现。"[②]比如中国学术界熟悉的英加登的《文学的艺术作品》、《对文学的艺术作品的认识》就是盖格尔所说的这种现象学美学研究。美国学者克劳利和奥尔森在

---

①　［波兰］英加登：《现象学美学：其范围的界定》，单正平译，《当代电影》1989 年第 3 期。

②　［德］盖格尔：《现象学美学》，载倪梁康编《面对实事本身——现象学经典文选》，东方出版社 2000 年版，第 243—244 页。

英加登的《对文学的艺术作品的认识》英译本前言中说，英加登的这两部著作提出和解决的问题是："两个关于文学的艺术作品及其经验的基本问题。第一个问题是：认识对象即文学的艺术作品有着什么样的结构，以及它是怎样存在的？第二个问题是：认识文学的艺术作品要经过哪种或哪些过程，有哪些可能的认识方式以及我们可以期待从这种认识中得到什么结果？"① 为什么需要研究艺术作品客体的结构，这是英加登给现象学美学提出的一个重要视角："美学的内容的描述最好针对某一自觉主体与对象（特别是与艺术作品）的联系；这个联系是产生审美经验的源泉，并且相应地也是产生审美对象的结构的源泉。"② 这里提到的对"艺术作品及其经验"的研究，就是中国学者所倡导的文艺美学的基本含义。从我们所见到的现象学美学的著作来看，其中对艺术作品客体结构和审美价值的研究，都应该是西方的文艺美学。

现象学美学的另一种类型就是对审美经验的现象学研究。胡塞尔所说的现象学的还原就是观察者对在观察对象时实际发生的经验采取信任态度，这种尊重个体自主独立的实际经验的立场，与审美活动中审美体验的个体性特征是一致的。因此，现象学运动必然在美学领域大行其道。美国学者凯西指出："在现象学方法的一种主要手段和审美经验的一种主要特征之间存在着明显的联系。在这个基础上……现象学家们只要把自己的方法用于审美现象，他们就有成功的希望。"③ 而法国学者杜夫海纳的《审美经验现象学》的问世，就成为现象学运动的一大成功，也是现象学美学的最为突出的贡献。杜夫海纳从审美经验这个出发点来研究艺术作品作为独立的存在物和艺术作品作为审美对象存在的区别。他指出，艺术作品与审美对象之间并不能划上等号，"艺术作品，作为世界上的一种存在物，能够被这样一种知觉所把握，这种知觉忽视其审美特质"，"相反，审美对象是审美地被感知的客体，亦即作为审美物被感知的客体。这样一来，它们之间的差别就一目了然了：审美对象乃是作为艺术作品被感知的艺术作品，这个艺术作品获得了它所要求的

---

① ［波兰］英加登：《对文学的艺术作品的认识》，陈燕谷等译，中国文联出版公司1988年版，第5页。
② ［波兰］英加登：《现象学美学：其范围的界定》，单正平译，《当代电影》1989年第3期。
③ ［美］凯西：《〈审美经验现象学〉英译本前言》，载《马克思主义文艺理论研究》编辑部编《美学文艺学方法论》下册，文化艺术出版社1985年版，第623页。

和应得的、在欣赏者的驯服意识中完成的知觉。简言之，审美对象是作为被感知物的艺术作品。"① 杜夫海纳的审美经验现象学理论是美学研究中的现象学方法，按照这种方法来研究艺术，就与传统哲学美学、艺术哲学的认识论方法不同，就把艺术活动中的审美经验，特别是欣赏者的审美经验作为艺术活动的最为基本的事实来对待、观察和研究。现象学美学家德索说："我觉得，从认识论的角度去考察这些学科的设想、方法和目标，研究艺术的性质和价值，以及作品的客观性，似乎是普通艺术科学的任务。"② 而杜夫海纳的审美经验现象学的方法，就建构起了与一般文艺学、艺术学、艺术哲学不相同的文艺美学。受到杜夫海纳的影响，德国康斯坦茨学派提出文学阅读的重要意义时，把读者对文学作品的审美体验提高到文学活动的核心地位，认为他们的理论不是一般的文学理论，而是接受美学。接受美学是对文学活动的审美经验的直接研究。姚斯的《审美经验与文学解释学》，把创作视为审美经验的生产、感受作为审美经验的接受、净化成为审美经验的交流，形成对文学活动从审美经验角度进行解释的美学著作。这样的论著就是文艺美学。

现象学美学实际上引起了西方美学整体格局向艺术的审美经验的研究倾斜。有些名为艺术哲学的著作，也以研究艺术的审美经验为主。美国学者奥尔德里奇的《艺术哲学》一开始就从对艺术现象的讨论入手，"对艺术现象进行现象学的研究和考察"③，其理论出发点是审美经验，从审美经验的视角去研究艺术，得出艺术是审美的知觉客体的结论。现代西方的许多艺术哲学论著也是我们说的文艺美学。

20 世纪西方美学在探索艺术的审美特性、审美经验、审美价值的一般性问题和特征的同时，把对艺术的审美经验的研究具体化，直接研究不同艺术样式、种类的审美经验、审美特性，形成文学美学、音乐美学、绘画美学等。这些专门研究具体的艺术部类的美学，也是西方的文艺美学。比如前面谈到的康斯坦茨学派的接受美学就是一种文学美学。

音乐美学这个名称最早见于 1806 年出版的舒巴尔特的《论音乐美学思想》，但是它只是一部音乐通论的著作，并不是名副其实的音乐美学著作。

---

① ［法］杜夫海纳：《审美经验现象学》，韩树站译，文化艺术出版社 1996 年版，第 8 页。
② ［德］德索：《美学与艺术理论》，兰金仁译，中国社会科学出版社 1987 年版，第 4 页。
③ ［美］奥尔德里奇：《艺术哲学》，程孟辉译，中国社会科学出版社 1986 年版，第 7 页。

独立的音乐美学著作开始于汉斯立克的《论音乐美》（1854）。汉斯立克认为，音乐美主要并不是诉诸感官感觉，而是激发想象力。他说："被音乐所激动的感觉只是音乐的一种间接的作用，只有我们的想象力才直接受到影响。"① 音乐美学从汉斯立克开始就把音乐的审美经验以及引发审美经验的音乐作品的艺术形式，作为一个核心问题来研究。当然，汉斯立克同时也提出，音乐作品的乐音的运动形态构成了音乐的形式结构。音乐美学实际上围绕着音乐作品的形式结构和审美经验展开。但是音乐美学的研究者始终没有忘记音乐是为人而存在的，对音乐形式的研究最终也离不开人对于音乐的审美经验。美国学者鲍尔说，音乐美学应该注重研究听觉问题，"像音调这样明确的东西不仅仅是高音和强度问题，而且是听到它的耳朵的录音能力和神经感觉的问题"。当然，音乐的审美经验主要是，"音乐的效果是由感官直接察觉并吸收的。我们通过内在的共鸣（或移情作用，像美学家所说的我们感到自己进入事件的能力似的）感觉到节奏；我们听到旋律与和声，通过知觉和想象的官能把它们解释为意义"②。音乐是一种时间艺术，要把握时间艺术的美学特征，就要区别实际时间（思维的、数学的、客观的、物理的时间）与直观时间（被人所体验的、可计值的、主观的、内心的时间）的区别。德国美学家哈特曼研究了音乐作品音符的时值、节拍、速度等形式结构，指出音乐作品的形式作为时间形态的艺术，是在直观时间与实际时间之间，展开一个从感知、体验和表象的时间到较高级的经验时间和思维的时间的过程，这个过程就是音乐作品形式展开的时间过程。③ 西方音乐美学所着重研究的两个基本问题，都是与音乐艺术的审美特性、审美经验相关的问题，也是我们所说的文艺美学。

西方美学从古希腊开始主要关注的艺术部类是文学，而从 18 世纪开始绘画、雕塑等造型艺术就成为美学研究的主要审美对象。造型艺术美学一直重视绘画等艺术品类的形式特征，对其视觉艺术、空间艺术的性质和光、

① 《音乐美学——外国音乐辞书中的九个条目》，何乾三等译，中国文联出版公司1984年版，第 28 页。
② 《音乐美学——外国音乐辞书中的九个条目》，何乾三等译，中国文联出版公司1984年版，第 26 页。
③ 《音乐美学——外国音乐辞书中的九个条目》，何乾三等译，中国文联出版公司1984年版，第 117 页。

色、线、形等媒介形式要素的审美特性，作过许多讨论。而现代知觉心理学的发展，特别是格式塔心理学的发展，揭示了视觉对于对象的形的整体性完型建构所起的作用，这对于作为视觉艺术的绘画形式特征与观看者的审美经验之间不可分割的关系，作了最好的诠释。阿恩海姆的《艺术与视知觉》、《视觉思维》等虽然一直被看作是艺术心理学著作，但是它们本身围绕着视觉艺术的心理体验来论述，应该是对视觉艺术的审美经验的研究。冈布里奇的《艺术与幻相》是当代美学的名著。它虽然也有浓烈的艺术心理学色彩，但冈布里奇对艺术幻觉的研究，揭示出作为审美经验的主要构成部分的艺术幻觉在艺术创作，特别是绘画中的主要作用，画家的眼光是画家观看事物的方式、途径，它内在地包含着画家的艺术幻觉所引起的精神定向，这是一种建构性的视觉机制。冈布里奇从审美经验层次上把绘画的再现与表现统一起来，成为对西方绘画美学的一种有意义的探索。在当代西方造型艺术理论中逐步超越对艺术形式和主体审美经验分别论述的方式，把审美经验作为艺术形式必然的建构性要素来研究。这些研究就是我们说的文艺美学。

西方社会由于分工比较细密，而且有把艺术实践与艺术美学理论分离开来的倾向。文艺美学主要由理论家来研究。然而，一些艺术家参与了文艺美学的理论研究，结出丰硕成果的也大有人在。最为突出的是托尔斯泰历经 15 年的艰苦思索写下的《艺术论》。托尔斯泰在考察了从鲍姆加通一直到他那个时代的美学家关于艺术的见解，而这些美学家一致的缺点都是从抽象的美与艺术的概念出发，而没有从艺术的事实本身出发。他指出："艺术活动是以下面这一事实为基础的：一个用听觉或视觉接受他人所表达的感情的人，能够体验到那个表达自己的感情的人所体验过的同样的感情。"由此，他认为，"作者所体验过的感情感染了观众或听众，这就是艺术"①。现代抽象绘画的开拓者之一康定斯基在《论艺术的精神》中也发表了类似看法。他说："如同我们自己一样，这些纯粹的艺术家在他们的作品中所追求的仅仅是表达内在和本质的感情。"艺术家用作品中的感情与观赏者交流，"他们之间的程序是：感情（艺术家的）→感受→艺术作品→感受→精神（观赏者的）"②。

---

① [俄]托尔斯泰：《艺术论》，丰陈宝译，人民文学出版社 1958 年版，第 46—47 页。
② [俄]康定斯基：《论艺术的精神》，查立译，中国社会科学出版社 1987 年版，第 12 页。

这些艺术家讨论艺术问题的美学著作，始终把自己长期积累的创作中的审美体验作为理论分析的根据，显然都是文艺美学的著作。值得注意的是，美国学者拉尔夫·科恩主编的《文学理论的未来》这部名著，在 20 世纪 80 年代展望文学理论的未来走向、发展趋势时，选用了法国作家西克苏的一篇文章《从无意识的场景到历史的场景》置于全书卷首。该文没有什么理论的论述，完全是作者创作体验的自述。比如西克苏说："我的写作诞生在阿尔及利亚，出自一个有着死去的父亲和异国母亲的失落了的国度。这种种特征可能是机遇也可能是不幸，它们都成为我写作的动因和机会。""写作就是在这些真理的黑暗状态中前进的。人并不想了解，而只是行走。我闭上眼睛，追随我感觉到的东西。感觉不会把你带入歧途。"① 在《文学理论的未来》这个论文集中收录了海登·怀特、希利斯·米勒、汉斯·罗伯特·姚斯、伊莱恩·肖沃尔特、沃尔夫冈·伊塞尔、乔纳森·卡勒等众多理论名家的文章，但是主编觉得只有让西克苏这样的作家谈自身创作体验置于卷首，才能展示文学理论的未来。拉尔夫·科恩在序言中说："如果有人问我为什么要用西克苏这篇文章作为本文集的开头，我的回答是：西克苏，这位小说家、戏剧家兼批评家，是以一种对写作在她生命中所占的地位的抒情性的意识而进行理论写作的"，"对于一本有关文学理论可能是什么或应当是什么的论文集来说，难道还有更好的开头方式？"② 拉尔夫认识到文学理论乃至艺术美学的未来，都将是以实际的审美经验作为研究的基本支撑点，这种状况是一个客观的趋势，也是当代西方存在着大量文艺美学论著的事实证明。

　　尽管文艺美学这个名称在西方学界还没有使用，也许西方美学界对于中国的文艺美学还知之甚少，或许还不大理解，但是按照中国学者创立文艺美学的命意和所阐释的理论内涵，在西方存在着文艺美学。我们可以通过对中西方文艺美学的比较研究，进一步深入揭示文艺美学的学科内涵，同时也面向世界，向世界传播文艺美学的学科理念。

（原载于《吉林大学社会科学学报》2008 年第 4 期）

---

① ［美］拉尔夫·科恩主编：《文学理论的未来》，陈锡麟等译，中国社会科学出版社 1993 年版，第 20—21 页。

② ［美］拉尔夫·科恩主编：《文学理论的未来》，陈锡麟等译，中国社会科学出版社 1993 年版，第 18—19 页。

文艺美学与文艺研究诸相邻
学科之间的互动关系

马龙潜

如同大多数学科的形成和发展过程一样，文艺美学作为一门新兴学科也不可能是在无所依傍的情况下凭空出现的，而必然是在对传统的美学、文艺理论、艺术哲学和各部门艺术美学等相邻诸学科的肯定性否定中，融合了人类主体长期的审美与艺术活动的实践经验，吸收了上述诸学科发展的最新研究成果的基础上形成并逐步发展起来的。因而，作为一门以其相邻诸学科为基础发展起来的新兴学科，文艺美学与文艺研究诸相邻学科之间天然存在着各种千丝万缕的互动关系。

一、"文艺美学"与"文艺学"

在中国现代学术语境中，所谓"文艺学"，实际上指的就是研究文学现象及其发展规律的学科，中国社会科学院语言研究所编辑的《现代汉语词典》中关于"文艺学"的解释就是"以文学和文学的发展规律为研究对象的科学"[①]。因而，正如许多学者所指出的，在中国所谓"文艺学"其实质就是文学理论，甚至有人认为，"文艺学"应正名为"文学学"[②]。据毛庆耆先生考证，"文艺学"一词是在 20 世纪 50 年代由苏联引入的。苏联大百科全书

---

① 中国社会科学院语言研究所词典编辑室：《现代汉语词典》（修订本），商务印书馆 1996 年版，第 1320 页。

② 近年来甚至出现了一些以"文学学"为名的专著，比如王臻中主编的《文学学原理》，江苏古籍出版社 2001 年版；曹顺庆《比较文学学》，四川大学出版社 2005 年版等。

中的"文艺学"词条，其俄文形式是由"文学"和"科学"构成的，因而正确的含义就是"文学科学"。1955年从苏联大百科全书选译的《文学与文艺学》中，把关于"文艺学"的内容翻译为："文艺学——是论述文艺的学科。"①上海辞书出版社1979年出版的《辞海》也援引这一词条，将"文艺学"解释为"研究文艺的各种现象，从而阐明其基本规律及基本原理的科学，亦称文艺科学"②。

"文艺"一词，在中国古代并不多见，文献中偶有出现的"文艺"一词含义也与现代汉语中"文艺"相去甚远。在古代中国，常见的词汇大多都是单音词（单纯词），多音词（合成词）的含义一般与构成该词的语素有着密切的关系。"文艺"一词的含义正是由"文"与"艺"二者合在一起构成的。"文"指的是"文章、文辞"③，"艺"指的是"才能、技能、本领"④，因而"文艺"的含义就是"写作方面的学问"⑤。可见，在中国古代，"文艺"一词的基本含义就是文学创作方面的本领。早在南朝时期，刘勰就在《文心雕龙》一书中写道：

> 且夫思有利钝，时有通塞，沐则心覆，且或反常；神之方昏，再三愈黩。是以吐纳文艺，务在节宣，清和其心，调畅其气，烦而即舍，勿使壅滞，意得则舒怀以命笔，理伏则投笔以卷怀，逍遥以针劳，谈笑以药倦，常弄闲于才锋，贾馀于文勇，使刃发如新，腠理无滞，虽非胎息之万术，斯亦卫气之一方也。

其中的"文艺"一词，陆侃如、牟世金两位先生的理解就是"作文的技艺"⑥。由此可见，当代学术界对"文艺学"一词中"文艺"内涵的理解，与中国文论传统的"文艺"观念是相通的。

但在现代汉语语境中，所谓"文艺"，含义却并非只是文学。《现代汉语

---

① 毛庆耆：《文艺学正名说》，《学术界》2001年第3期。
② 毛庆耆：《文艺学正名说》，《学术界》2001年第3期。
③ 《古汉语常用字字典》，商务印书馆1998年版，第298页。
④ 《古汉语常用字字典》，商务印书馆1998年版，第345页。
⑤ 《辞源》，商务印书馆1988年版，第737页。
⑥ 陆侃如、牟世金：《文心雕龙译注》（下册），齐鲁书社1981年版，第285页。

词典》中关于"文艺"的解释是,"文学和艺术的总称,有时特指文学或表演艺术"①。于是,作为研究"文艺"的学科,"文艺学"似乎不只是研究文学的,还应该研究其他艺术门类。事实上,也的确有人存在这样的误解。历史地看,"文艺学"在中国学术界一直就是以文学作为研究对象的,以所有艺术门类为研究对象的学科是"艺术学"。因而,作为一门传统学科,"文艺学"的研究范围实际上只限于文学现象,并不包含对其他艺术门类的研究。

但"文艺美学"中"文艺"一词的用法,则不同于以往"文艺学"中将"文艺"等同于"文学"的用法,而是采用了现代汉语对"文艺"一词的解释,将"文艺"概括为是"文学和艺术的总称"。其原因有二:一是从"文艺美学"这一学科兴起的时间看,20世纪80年代初期的中国学术界已经不再拘泥于苏联的理论模式,而是开始以开放的眼光,宽广的胸怀接受包括西方现代哲学文化在内一切有益的理论成果。正是在这样一种时代文化背景中,"文艺"一词可以涵盖"文学和艺术"的用法开始悄悄成为主流,文学和其他艺术门类一起成为时代关注的对象,成为新时期以来社会文化的重要组成部分,"文艺美学"在这样一种时代文化背景中出现,其所关注的对象自然不再仅仅局限于传统"文艺学"所关注的文学。二是十年动乱后人们迫切希望文学艺术不再只是阶级斗争的工具,希望文学艺术更能够给人们带来美的享受。因而,新时期以来人们对文学艺术现象在很大程度上是带着审美的眼光去关注它,欣赏它,这就使得出现于新时期之初的"文艺美学"从一开始就带有明显不同于传统文艺学的特征,更为关注文学艺术的审美特征和美学规律。

但这并不意味着"文艺美学"与传统的"文艺学"之间的对立和疏离,相反,二者之间从一开始就存在着极为密切的互动关系。一方面,文艺美学的出现使得文艺学的研究开始打破单一文艺社会学的局限,以更宽广的理论视角,包括审美的角度来关注文学现象;另一方面,文艺学已经相对成熟的研究方法也逐步被文艺美学研究所借鉴,使文艺美学研究能够在较短时期内获得较为成功的理论和批评实践成果。

回顾新时期以来文艺学发展的历程,可以清楚地看到,文艺理论界一

---

① 中国社会科学院语言研究所词典编辑室:《现代汉语词典》(修订本),第1319页。

直存在一种将文艺的审美特征视为其本质特征的理论倾向，尽管这种理论倾向的出现原因非常复杂，并非文艺美学学科诞生带来的直接后果。但毋庸置疑的是，文艺美学这一新兴学科的出现对这一理论倾向的产生的确起到了极大的影响和推动作用。当然，这种把文艺现象的审美特征视为其本质特征的理论倾向本身并不完善，还存在诸多值得商榷之处，但审美特征无疑是文学艺术的基本特征之一。尤其是艺术和美经历了"文革"期间所受到的极度摧残之后，人们对艺术和美的追求就成为一种非常自然的社会文化潮流。

由于文艺美学本身就是在文艺学、美学等诸多传统学科基础上发展起来的，因而，文艺学已经相对成熟的研究方法自然成为文艺美学最为便捷的借鉴。纵观文艺美学诞生以来短短二十几年的历史可以发现，文艺美学几乎已经将文艺学领域中较为成功的种种研究方法，诸如社会历史研究方法、文本分析研究方法，以及人物传记、读者接受等传统的抑或是新潮的研究方法全部借鉴过来，并成功地运用在文学之外的其他艺术门类的研究中。

二、"文艺美学"与"美学"

"美学"这一学科，是 20 世纪之初由西方传入中国的。由于中西文化发展模式的差异，中国古代文化中尽管存在着极为丰富的美学思想，但却并没有发展出一门独立的学科。因而，中国的"美学"学科从一开始就是由西方传入，并在西方美学的基础上发展起来的。于是，西方美学重理论轻实践的特点，也存在于我国 20 世纪以来的美学研究过程之中。

在西方，自鲍姆嘉通以来，美学就是哲学的一个分支。事实上，鲍姆嘉通建立"美学"的目的在于补足哲学体系的漏洞。因而，"美学"从它诞生的那一刻起就与哲学关系至为密切，历史上很多美学家都首先是哲学家，而在很多哲学家那里，"美学"也是其哲学思想中不可缺少的一个组成部分。这就导致了西方美学特别注重理论思辨，而相对忽视艺术实践的特点。——尽管鲍姆嘉通和其后的很多美学家都声称，艺术现象是其美学研究的一个非常重要的内容，但大多数美学家，包括鲍姆嘉通本人，实际上只是在哲学层面上抽象地探讨艺术和美之间的关系，而很少有人会认真地探讨艺术现象本身。——西方美学的这一特点显然也影响到了我国美学，20 世纪以来我国的美学研究中也普遍存在一种重视理论探讨而轻视乃至忽视艺术实践研究的倾向。还在美学传入中国之初，我国早期的美学研究者范寿康先生就曾经在其所著的《美学概论》一书中明确指出："艺术作品实在不过是构成美的对象的材料罢了。"① 这种看法显然并非为范寿康先生一人所有，而是代表了当时学术界的一般看法。直到今天，我国美学界重视理论研究而相对忽视艺术实践的风气依然非常严重，这不能不说是出于西方美学传统的深远影响。

而 20 世纪 80 年代以来诞生于中国的文艺美学，则以其实际的研究活动，正在有意识地改变这一情况。正如我们一再强调过的，文艺美学是在传统的美学学科，当然还包括文艺学等其他相邻学科基础上发展起来的，这些相邻的学科都在一定程度上影响到了文艺美学的形成和发展，美学对文艺美学的影响就主要体现在其研究文艺现象的角度和方法上，而文艺美学则以其特有的实践精神弥补了传统美学对文艺实践的忽视，使传统美学的理论探讨得以在文艺研究领域中落实为对文艺现象的具体分析。

从文艺美学赖以产生的理论渊源看，文艺美学这种关注现实、注重实践的特点并非单纯是一种理论自觉的产物，而是有着深厚的传统根基的。正如我们一再强调的，中国古代的文艺理论向来不太重视理论自身的建构，这种文论传统一方面可以被认为是我国古代文艺理论研究的不足，有待汲取西方文论重视理论自身发展的特点来丰富和发展我国当代的文艺理论；另一方面，中国古代文论这种关注实践、注重现实的特点也有着非常重要的现实意义，它可以成为我们今天的美学和文艺理论研究的有益借鉴，使我们看到理论的建构必须落实为对文艺实践的批评和研究，否则就会在使理论失去存在目的的同时，也丧失其应有的生命活力。20 世纪 80 年代初以来，我国当代文艺美学的发展，正是在继承我国传统文论注重实践的长处和吸收西方美学注重思辨的优点基础上发展起来的。在这一新兴的文艺研究学科中，传统美学的理论思辨正在逐步展现为对文艺实践的透辟理解和深切关注，而这一对当代文艺实践的深入分析和持续的关注也正在升华为一种全新的理论形态。

不可否认，在当代中国，文艺美学的出现，绝非是一个偶然的、孤立的学术现象，而是在我国学术界继承中国古代悠久的文论传统，吸收各种外

---

① 范寿康：《美学概论》，商务印书馆 1927 年版，第 8 页。

来理论资源的基础上，不断发展、不断完善而来的。而文艺美学的形成和不断发展，也在一定程度上改变着中国当代美学发展的面貌。20 世纪 90 年代以来，生活美学、生命美学、生态美学等等的出现，正预示着中国美学已经开始关注人生冷暖，关注民生实践。这一研究倾向的出现和持续发展，必将给我国当代美学的发展带来一个更加光明的未来。

三、"文艺美学"与"艺术哲学"

在西方，"美学"从一开始就与"艺术哲学"有着不解之缘。众所周知，作为欧洲大陆理性主义哲学的代表人物之一，"美学之父"鲍姆嘉通与他的前辈学者莱布尼兹等人最大的不同就在于他对人的感性认识能力的重视，甚至于他创立美学这一学科的目的就在于弥补莱布尼兹等前辈学者对人的感性认识能力的忽视，西语中"美学"——AESTHETICS——一词的本义就是"感性学"。而且，鲍姆嘉通对人的感性认识能力的重视，原本就是出于他对以诗歌为代表的各种艺术形式的喜爱，试图确立一个专门的学科来研究人们在艺术实践活动中的感性心理活动。因而，在他的《美学》一书中，鲍姆嘉通指出，"美学是以美的方式去思维的艺术，是美的艺术的理论"，而美学所研究的规律可以应用于一切艺术，"对于各种艺术有如北斗星"①。这实际上也就等于承认，在他看来，他所谓的美学与艺术理论基本上就是一回事。鲍姆嘉通的这种观念在西方美学史上产生了极为深远的影响，以至于有许多人干脆认为所谓"美学"实际上就是一门关于艺术研究的理论，最具有代表性的观点当然是黑格尔的说法："这些演讲是讨论美学的；它的对象就是广大的美的领域，说得更精确一点，它的范围就是艺术，或者毋宁说，就是美的艺术。"② 当然，在鲍姆嘉通以及黑格尔等西方美学大师那里，美学并不研究关于艺术创作与欣赏的具体问题，而是从形而上的角度研究诸如艺术的本质之类抽象的问题，这也就等同于从哲学的角度对艺术现象进行的研究了，无怪乎西方很多美学家会认为，所谓美学实际上就是艺术哲学了。

① 转引自杨辛、甘霖《美学概论》，北京大学出版社 2003 年版，第 5 页。
② ［德］黑格尔：《美学》第一卷，商务印书馆 1979 年版，第 3 页。

但在实际的研究活动中，美学与艺术哲学还是会有一些区别的。一般说来，美学研究的领域较为宽泛，举凡人世间的一切都可以用美学的眼光来观照，从而得出迥异于科学研究的结论。而艺术哲学研究的领域则相对狭窄，仅仅限于对艺术现象的观照。但两者也有相通的地方，那就是都较为注重以抽象的方式，对艺术现象作整体的研究，而较少关注对艺术实践活动本身的分析。

从这一意义上讲，文艺美学可以被认为是对美学和艺术哲学的一种融合与超越。融合指的是文艺美学的研究内容基本就是美学和艺术哲学相交叉的领域——在美学方面，是保留了对艺术现象之感性内容的关注；在艺术哲学方面，保留的则是对艺术现象之抽象本质的探讨。超越指的则是文艺美学的研究领域并不局限于美学和艺术哲学的研究对象，而是深入到艺术实践活动的方方面面，真正实现了对艺术活动的全方位的观照。

四、"文艺美学"与诸部门艺术美学

作为一门不同于传统美学和文艺学的新兴独立学科，"文艺美学"创立的初衷就在于沟通涉及文学艺术的理论建设与实践活动。从学科属性上看，"文艺美学"大致可以被看作是文学美学、音乐美学、绘画美学，以及戏剧美学、影视美学等部门艺术美学的"元理论"学科，它以各部门艺术美学为基础，系统研究文学艺术现象的审美特征和活动规律。"文艺美学"的这一学科定位和理论属性决定了它与各部门艺术美学之间的密切联系。

中国古代的文艺理论向来强调文学艺术的社会政治功能，文学艺术也向来被统治者当作实现自己意志的最佳工具，所谓"文以载道"或者"文以贯道"，说的就是文学艺术的这种社会政治功用特征。新中国成立以后，特别是在"文化大革命"期间，文艺的这种社会政治功用特性被推向了极端。新时期伊始，随着整个社会思想解放运动的兴起，文学理论研究也突破了以往简单的政治批判思路，在对"四人帮"推行文化专制主义的社会历史根源进行反思的基础上，开始重新思考文学的本质特征以及社会功能定位等对文学的健康发展至为关键的问题。在一系列反思中影响最大的莫过于始于

1978 年的关于"为文艺正名"①的讨论。纵观在这场讨论中出现的各种不同观点，可以看出，它们基本上都是从文艺应该具有的审美属性以及与之相关的社会功能方面来展开讨论的。

理论研究领域的热烈讨论，也带动了文艺实践领域的创作热潮，20 世纪 80 年代初大量富于审美意味、敢于直面现实的优秀文艺作品的涌现就充分说明了这一点。伴随着这些崭新作品出现的就是诸部门艺术美学的蓬勃发展，这些都为文艺美学作为一门独立学科的形成奠定了坚实的理论和实践基础。

在回顾 20 世纪以来文学、戏剧、影视、音乐、绘画、舞蹈等各部门艺术美学发展史的过程中，我们发现，除了文学、戏剧等思想性较强的艺术门类的美学研究外，针对其他艺术门类的美学研究不惟起步较晚，发展也很不充分。大致说来，影视、音乐、绘画、书法、舞蹈等部门艺术美学的研究，基本上都是在"文革"结束以后才获得较为充分的发展的。历史地看，这些部门艺术美学研究的勃兴与文艺美学作为一门新兴独立学科的出现和发展基本是同步的，这并不是一个偶然的巧合，而是由两者之间的密切关系决定的。一方面，正是由于"文革"结束之初涌动于各部门艺术美学研究领域的审美倾向，改变了当时人们对文艺本质的认识，逐步摆脱直至抛弃了"文革"中盛行的"从属论"和"工具论"观念，转而强调文学艺术的审美功能，这种观念的变化最终促成了"文艺美学"这一新兴学科的出现；另一方面，也正是"文艺美学"作为一门新兴独立学科的诞生，使文艺工作者们清醒地认识到在诸部门艺术理论研究领域强调艺术之审美本性的重要性，这种

---

①　关于"为文艺正名"的讨论缘起于对"文革"期间盛行的文化专制主义的反思。1978 年 6 月，《上海文艺》发表了陈丹晨、吴泰昌的《评"文艺创作都要写阶级斗争"》一文，揭开了文艺界关于"为文艺正名"讨论的序幕。此后，关于这一问题的讨论文章逐渐多了起来，在这些讨论中，"文艺是政治的工具"、"文艺为政治服务"等"文革"中盛行的观点受到文艺理论界普遍的质疑和诘难。在这些讨论的基础上，《上海文学》1979 年第 4 期推出了名为《为文艺正名——驳"文艺是阶级斗争的工具"说》的评论员文章，并辟出专栏开展关于文学艺术本质问题的讨论。此后，全国数十家报刊纷纷参与到这场讨论中来，在不到一年的时间里，就出现了关于这一问题的数百篇论文。在这些论文中，虽然也不乏对"工具论"、"阶级论"、"从属论"表示支持的声音，但大多数学者都表达了对这些观点反对的意见，从不同角度反思了文学艺术活动的本质特征以及应该具有的社会功能等问题。

认识对于"文革"结束后诸部门艺术美学研究的蓬勃兴起无疑起到了极强的助推作用。

与作为哲学研究分支之一的"美学"学科一样，我国的诸部门艺术美学研究也都是从西方辗转引入的。因而，在我国的诸部门艺术美学研究中，西方学科观念的影响也极为深远，这一方面是我国在这些学科的研究中可以有所借鉴，不至于白手起家；但另一方面也使我国学术界在这些研究领域中难以超越西方学者的局限，从而极大地限制了我国诸部门艺术美学的发展。

如前所说，在西方，"美学"自诞生的那一刻起就与艺术理论关系极为暧昧。自鲍姆嘉通时代以来，许多部门艺术美学家实际上就是把各部门艺术美学看作是该部门艺术的理论研究的总称。比如，出版于 1806 年的德国音乐学家舒巴尔特（Daniel Schubart）的一本名为《论音乐美学的思想》的著作，实际上就只是一部音乐通论式的著作。如同鲍姆嘉通的《美学》一书对后世美学研究所产生的深刻影响一样，舒巴尔特的这本著作对音乐美学的学科定位，也给后世音乐美学的研究带来了深远的影响。尽管此后的音乐美学研究者们一再强调音乐美学相对于音乐通论的独立性，但多数以"音乐美学"命名的著作在理论体系的构造方面依然很难摆脱对音乐通论的依赖，仍然沿袭着与舒巴尔特大致相似的理论思路展开他们对音乐美学的研究。

这样一种将诸部门艺术美学视为各部门艺术之理论研究总称的观念也在我国美学界尤其在诸部门艺术美学界产生了极为深远的影响。20 世纪以来，大多部门艺术美学研究者所从事的，实际上就是其所涉及的部门艺术的一般理论研究，而与"美学"并没有多少直接的关系。

然而，新时期以来，伴随着"文艺美学"的出现以及整个文艺美学界对文学艺术之审美特征的强调和重视，各部门艺术美学的研究者们也已经开始将对其所涉及的部门艺术之审美特征的研究作为主要的研究对象了，比如，在音乐美学研究领域，尽管有许多研究者的研究对象依然涉及整个音乐艺术的理论研究，但他们在使用"音乐美学"这一概念时，已经逐渐将关于音乐艺术之审美特征的研究作为其最为重要的研究对象之一了。而在绘画美学研究领域，这一现象就更为明显。早在 1981 年，郭因先生在他所著的《中国绘画美学史稿》、《中国古典绘画美学中的形神论》等论著中，就已经将"绘画艺术美"作为主要的研究对象来探讨了。这些都说明了文艺美学学科的诞生和诸部门艺术美学研究中对艺术审美特征的重视之间存在着一种极为密切的关系。

　　当然，将诸部门艺术美学领域中这种重视各门艺术之审美特征的潮流，完全归功于"文艺美学"学科的创立并不符合实际。事实上，这种潮流的出现，与文艺美学的诞生乃至整个文艺理论领域对文学艺术之审美特征的重视基本是同步出现的，它们同样都是"文革"结束之后，日趋开放和自由的时代思潮的产物。也正因此，我们才有理由相信，文艺美学研究的健康有序发展，与诸部门艺术美学研究的持续深入之间必然存在着深刻联系。而这一点也提醒我们，文艺美学的研究对象既不单纯是对抽象规律的研究，也不单纯是对具体经验的归纳，而是以各部门艺术美学为基础，系统研究文学艺术现象的审美特征和活动规律。因而，文艺美学学科的出现，既不能归结为传统美学的现代形态；也不能归结为诸部门艺术美学的升级版本，而是存在于那些相对抽象的美学理论与那些相对具体的部门艺术美学之间的一个中介性学科，这也是我们将"文艺美学"看作是文学美学、音乐美学、绘画美学，以及戏剧美学、影视美学等部门艺术美学之"元理论"学科的重要原因之一。

　　　　　　　　　　　　（原载于《山东社会科学》2008 年第 12 期）

"借思想文化以解决问题"

——中国现代美学的一种逻辑范式

王德胜　潘黎勇

中西文化碰撞下产生的中国现代人文学术,从发轫之初就被赋予了一种强烈的社会使命和政治诉求。面对国运衰败、民族存亡,学术作为"天下之公器"秉有这样的使命和诉求已然具有了一种不证自明的先天合法性。毫无疑问,中国现代学术在知识体系的建构和研究方法的运用上大量借鉴了西方的理论资源,但其内在的学理气质和思想品格却更多地继承了儒家"为天地立心,为生民请命,为往圣继绝学,为万世开太平"的道德—政治理想以及"学以致用"的实用主义精神。从宏观上来讲,中西思想文化作为创生中国现代学术的两个母胎,主要从两个方面锻造了它的精神面貌:一方面是学术独立这一现代性品格的确立,即"独立之思想,自由之精神"的现代学术追求,它是现代世界赋予学术领域的一种自洽性与合法性根据;另一方面,中国现代学术又天然地受纳了包容在传统文化内核中的儒家理想主义的道德精神和政治抱负,延伸至现实层面就是一种"学术救国"的理念,这成为中国现代学术无可逃脱的一种政治文化宿命。然而,问题的关键在于,以国民性改造为主要内容的思想启蒙运动如何与政治、社会层面的救亡兴国联系起来,它们之间的逻辑关联点在哪里?

一、"借思想文化以解决问题":作为现代学术的逻辑范式

林毓生在考察五四时期激烈的反传统主义(或全盘性反传统主义)的思想根源的过程中,提出了"借思想文化以解决问题"这样一种概述反传统

主义思维路径的逻辑范式。在反传统主义者看来，"必须把过去的社会——文化——政治秩序视为一个整体"①，而以道德伦理为核心的思想文化又是这一"有机式整体"的中心场域，是社会——政治秩序据以凭附的价值前提。既然我们认同社会——政治秩序和文化——道德秩序是作为互相纠结的一个文明整体而存在，那么，对社会——政治秩序的否定，在逻辑向度上势必指向对文化——道德秩序的批判，亦即对整个传统思想文化的批判和否定，进而对其进行改造和重建。虽然社会——政治秩序可以通过外在暴力被摧毁，但其所依附的文化道德价值观念却具有超常的生命力，它作为一种根深蒂固的文化意识形态积淀为凡常的民族心理，并有可能再次成为新的社会——政治秩序的价值依据和心理安全阀。辛亥革命虽从表面上摧毁了封建的社会——政治结构，但是袁世凯称帝、张勋复辟这些事件使一批知识分子相信，如果不从根基上摧毁传统思想文化的结构方式和价值模式，建构新的社会——政治秩序便注定是徒劳的。所以，反传统主义者得出的结论是："以全盘否定中国过去为基础的思想革命和文化革命，是现代社会改革和政治改革的根本前提"，而"思想和文化的改革应优先于政治、社会和经济的改革"，此即"借思想文化以解决问题的途径"。② 进一步来讲，思想文化的改革最终将落实到人的精神层面，也就是对人的价值观念和信仰体系的改造和重建。这种思想文化优先变革的信念在现代社会语境中泛化为知识分子的普遍信仰，成为整个中国现代人文学术的思想范式和精神旨归。现代知识分子坚持认为，"要振兴腐败没落的中国，只能从彻底转变中国人的世界观和完全重建中国人的思想意识着手"③，即后来学界所概括的"启蒙"与"救亡"的时代主题，也就是通过思想文化场域的"启蒙"（在中国现代社会文化语境中则集中表述为改造"国民性"）工程实现对民族国家的"救亡"意图。这就是"学术救国"理念所隐含的逻辑程式。

　　林毓生将"借思想文化以解决问题"这种思想范式看作是儒家一元论和唯智论思想传统在现代社会政治环境中的一种新的变异和发展，其核心观念是将人的道德心智力量看作解释问题、解决问题的最后或终极的分析点和

①　林毓生：《中国意识的危机》，贵州人民出版社 1986 年版，第 2 页。
②　林毓生：《中国意识的危机》，贵州人民出版社 1986 年版，第 9 页。
③　林毓生：《中国意识的危机》，贵州人民出版社 1986 年版，第 44 页。

着力点，以致我们在普遍的文化层次上面临某种道德和政治问题时，便强调基本思想的力量和思想领先的地位成为解决问题的基本途径——具体而言，就是将人心的根本思想改变当作其他一切变革的基础。在林毓生那里，形成"借思想文化以解决问题"的原因在于："第一代和第二代知识分子所处的实际社会政治形势的要求与他们所继承的中国传统文化在心灵深处的爱好这两者是相互作用的。"① 其中，现代知识分子"对中国文化强烈而持久的偏爱"，是形成这种一元论和唯智论思想模式最为重要的因素，它决定了道德心智一元论作为一种分析范畴和思维范式必然在现代思想框架中被再次接受和运用，而使我们过分关注和引起我们更大兴趣的外部社会政治形势却只是辅助因素，它在某种意义上成为在现代社会结构上述思想范式的强效催化剂，而并没有从根本上改变其源自传统文化的思维结构。这也向我们证明，现代知识分子的传统文化背景作为"前理解"视域而对现代美学的精神塑造产生重要影响——它决定了一些重要的西方美学范畴、命题甚至整个美学学科在中国语境中的性质和面貌。

中国现代美学是作为自觉设计的现代性整体工程的一部分而被建构的，其现代性审美精神与中国社会现代化追求的总体目标相一致。在此基础上，我们要特别指出的是，中国现代美学既从传统中继承了深厚博大的道德——政治理想，又在近代西方美学召唤下凸显了建立独立、严格的现代学术规制与体系这一强烈的现代性愿望；而独立的现代学术规制的创立，则又是为了更好地实践道德——政治理想。

从学科知识形态上说，中国现代美学显然得自对西方美学的参照和移植，但由于其学科性质所包含的对人的情感世界的天然关注及其影响，使它成为现代知识分子自觉用来证明和扩大心智一元论这种分析范畴和思维范式之有效性的合理资本。因此，中国现代美学自诞生之日起，就没有被作为一门纯粹的学科来对待，而是"作为思想启蒙运动的一部分而降生"② 的。由于"改造国民性，唤起人民的个体自觉意识和民族自觉意识，从而建成国富民强的新中国"③ 是中国现代启蒙运动的最终目标，而美学学科的内在特征

---

① 林毓生：《中国意识的危机》，贵州人民出版社 1986 年版，第 60 页。
② 陈伟：《中国现代美学思想史纲》，上海人民出版社 1993 年版，第 1 页。
③ 陈伟：《中国现代美学思想史纲》，上海人民出版社 1993 年版，第 2 页。

与这一目标指向一致。因而"美学被引进之时，就决定了它作为启蒙工具为改造国民性而服务的历史使命和现实要求"①。我们有理由相信，中国现代美学在成为思想文化启蒙生力军的同时，也合法地分有了"借思想文化以解决问题"这样一种分析范畴，并将之内塑为美学本身的独特思想范式。从另一个角度来说，中国现代美学并没有过多地对诸如"美是什么"一类本体性问题进行过多追问，而是更多地探究"审美何为"、美学对人有何意义等审美价值学或审美社会学的问题。由于这种逻辑范式导向一种外在的现实诉求，从而不可避免地限制了美学自身在学理层面的拓展与推进，强烈地规约了现代美学的学术品格，并最终造成了现代美学在发展过程中合规律性与合目的性的强烈冲突。

二、"借思想文化以解决问题"：作为一种美学逻辑范式的可能性

我们现在要关注的是，美学如何以其自身学理的特殊性来表述和运用"借思想文化以解决问题"这一逻辑范式？

西学东渐背景下，中国现代美学在立足传统美学资源的同时，合理吸收近代西方美学中最为基本的命题、原则作为构建自身体系的逻辑框架和思想模式，其中包括对 Disinterested 一词的翻译和阐释。王国维把它解说为"可爱玩而不可利用"；朱光潜则将之解释为颇具道家意味的"无所为而为的玩索"；宗白华理解为"唯美的眼光"或者"无所为而为"；在范寿康那里它便成了"艺术观照的态度"或"无我的境地"。这些对审美无利害性原则既具传统文化韵味又体现鲜明现代性色彩的解读，无不是力图将审美从传统的依附、服务于政治和道德功利性目的的存在方式中解放出来，将之构筑为一个独立自足的价值世界。"审美无利害性"原则成为中国美学由古典走向现代的分界岭，也成为中国现代美学得以成立的一个最大根基。

王国维是第一个将审美无利害性观念引进中国美学并对之进行集中阐释的学者。他把美的性质定义为"可爱玩而不可利用者"，从而将中国美学

---

①　陈伟：《中国现代美学思想史纲》，上海人民出版社 1993 年版，第 2 页。

推入现代轨道。我们之所以将王国维奉为"中国现代美学第一人"，很大程度上就是因为他在中国学界扯起了审美独立的第一面大旗，并尖锐地批判了古典美学的政治（道德）功利主义传统，以此为中国美学的现代转型奠定了必要的学理基础。尽管王国维认为美术（文艺）的真正价值在于其"无用"，但他却进一步揭示出了这"无用"之中的"大用"意蕴，即其"无用之用"的美学思想。在《孔子之美育主义》中，王国维说道："我中国非美术之国也！一切学业，以利用之大宗旨贯注之。治一学，必质其有用与否；为一事，必问其有益与否。美之为物，为世人所不顾久矣！……庸讵知无用之用，有胜于有用之用者乎？以我国人审美之趣味之缺乏如此，则其朝夕营营，逐一己之利害而不知返者，安足怪哉！安足怪哉！"①

在他看来，正因为中国人为人为事都是利字当头，所以文艺作为一项非关现实功利的"无用"之事业"为世人所不顾"，但那是因为世人没有认识到审美之无用的背后却隐藏着大用之处。这个所谓"无用之用"的命题包含了两个层面的功用内涵：第一个"用"是指世俗的政治、道德功用；第二个"用"是指对人的精神心灵层面的建设作用和启蒙意义，亦即艺术的美育功能。在这里，王国维主要否定了审美艺术直接政治、道德效用，而强调了它在慰藉人的情感、改造人的精神世界方面的功用。而这种审美艺术对人心的效用又首先立足于审美独立论之上；反过来说，"王国维主张审美和艺术的价值在于使人的情感得到满足和升华，从而拯救人生，这才是他的审美和艺术独立论的本意所在"②。正如有学者指出的，"王国维讲审美无用，实际上还是着眼于'用'；他讲艺术的形而上学意义，实际上还是着眼于现实人生的解救。"③

不能否认，王国维对人生和艺术问题的讨论具有较强的形而上色彩，但是，由于这种形而上色彩建基于政治腐败、民生凋敝、亡国无日这样的形而下的现实土壤，因而就不能不把人生问题与政治、社会问题联系起来考察。而审美通过与人生问题的紧密关联，也就必然隐指政治、社会层面。正因为如此，提倡学术、审美独立而很少将学术讨论直接关联到现实问题上的

---

① 王国维：《王国维文集》下卷，中国文史出版社 2007 年版，第 94 页。
② 杜卫：《审美功利主义》，人民出版社 2004 年版，第 35 页。
③ 杜卫：《审美功利主义》，人民出版社 2004 年版，第 35 页。

王国维，才在《去毒篇》中将吸食鸦片这样的社会问题诊断为"国民之精神上之疾病"，认为根源在于"国民之无希望，无慰藉……其原因存于感情上。"① 所以，他提出要用美术来慰藉国民情感，兴国民希望，以此让国民精神不再空虚，进而达到戒除鸦片烟的目的。在这里，王国维将审美艺术最直接地运用于解决社会问题之上，也就是将美育的功能直接契入当下的社会现实以求得问题的解决。这可以说是"借思想文化以解决问题"这一逻辑范式在中国现代美学中最具体鲜明的体现。

蔡元培则突出强调了美的两种基本特性即普遍性与超脱性，这显然是基于康德对审美判断的分析。但是，他又创造性地将审美判断的这种内在特性做了功利性的发挥，即与现实人生关联起来，强调"美感是普遍性，可以破人我彼此的偏见"，"美感是超越性，可以破生死利害的估计"；② 而"既有普遍性以打破人我之见，又有超脱性以透出利害的关系"③。这样，审美的最终目的就能使我们"不顾祸福，不计生死"，"与人同乐，舍己为群"④，从而养成"宁静而强毅的精神"⑤。这也正是蔡元培所不断阐发的美育陶冶情感的功能。质言之，蔡元培强调美感的普遍性和超越性，并不仅仅局限于对美感特性的单一言说，而是始终围绕陶冶情感、完善人格这一美育目标来加以阐发的。如果我们进一步理解蔡元培所阐述的审美之于国民性改造的意义，很容易发现，他并没有将美育所陶冶之情感当作一种生命本体来对待，而是以情感之陶冶服务于道德提升，把美育当作促进道德进步和完善的推动力。比起王国维，蔡元培的美学具有更激进的功利主义色彩和现实针对性，如主张"以美育代宗教"，并身体力行贯彻到教育实践之中，还非常具体地反复阐述实行美育的步骤和方法等。"蔡元培的美学思想的突出特点，是与现实斗争实践和美育实践紧密联系在一起的。他不遗余力地传播美学思想，实施美育，完全服从于革命救国的需要，是他推行'教育救国'路线和进行新文化运动的重要内容的一个组成部分。"⑥ 这其实也是"借思想文化以解决问题"

---

① 王国维：《王国维文集》下卷，中国文史出版社 2007 年版，第 13 页。
② 蔡元培：《蔡元培教育文选》，湖南教育出版社 1987 年版，第 241 页。
③ 蔡元培：《蔡元培美学文选》，北京大学出版社 1983 年版，第 221 页。
④ 蔡元培：《蔡元培教育文选》，湖南教育出版社 1987 年版，第 195 页。
⑤ 蔡元培：《蔡元培教育文选》，湖南教育出版社 1987 年版，第 218 页。
⑥ 聂振斌：《蔡元培及其美学思想》，天津人民出版社 1984 年版，第 15 页。

这一现代美学范式的一个比较激进和典型的范例。

王国维、蔡元培两位的思想路径，向我们具体昭示了"借思想文化以解决问题"作为一种美学范式的逻辑自洽性，即：他们在立足于"审美无利害性"原则的同时，都将之作了功利主义的阐释和发挥，那么，这种功利主义的操作在何种程度上被认为是合理的呢？将"审美无利害性"作为学理基础的中国现代美学如何能够将"借思想文化以解决问题"这一具有巨大功利性指向、与自身学理基础决然违背的思想范式接纳为体系内在的逻辑范式？"借思想文化以解决问题"这一思想范式在面对"审美无利害性"原则时，又是如何建立自己有效的言说策略的？这些都需要我们进一步探析其内在机制。

三、"借思想文化以解决问题"：对一个"美学共同体"的范式分析

康德最早在《判断力批判》中将审美（鉴赏判断）规定为"是凭借完全无利害观念的快感和不快感对某一对象或表现方法的一种判断力"，它所给予人的是"唯一无利害关系的和自由的愉快"。① "审美无利害性"经过康德的论证而成为西方现代美学的一块最大基石，"无利害性"被认定为审美知觉的最根本特征，成为鉴别审美判断的试金石。康德之后，任何关于审美活动的讨论都必须置于"无利害性"这一自明性原则之上，否则便失去了在现代美学的学理框架内探讨审美问题的合法性依据。"审美无利害性"原则不仅架构了美学作为一门独立学科的逻辑体系，而且体现了现代美学对审美和艺术自律的现代性诉求。可以说，"审美无利害性"原则打造了一个超绝自足的纯然的审美世界，它将人类文化中任何功利性企图或实践排除在这个世界之外，也决不让审美活动越界而染指任何功利性领域。

而在"借思想文化以解决问题"的思维模式中，"思想文化"是一个具有庞大所指的总体性概念，根据林毓生的看法，它应该涉及符号、价值和信仰体系及世界观。这种思维的逻辑路径是：要"解决问题"必须在"思想

---

① ［德］康德：《判断力批判》上册，宗白华译，商务印书馆1964年版，第47—48页。

文化"的两个层面上进行改变:"第一个层次是改变世界观,而世界观的改变将产生第二个层次,即符号、价值和信仰体系的改变——这种文化上的改变将会促使政治、社会和经济的变革。"① 而这一切的落脚点都在人身上,即"改变人的思想,改变人对宇宙和人生现实所持的整个观点,以及改变对宇宙和人生现实之间的关系所持的全部概念"②。这里,"借思想文化以解决问题"乃是一个极其鲜明的功利性命题表述,思想文化的改造只是一种手段和途径,它最终指向对政治、社会问题的解决。

可以认为,在现代中国思想文化语境中探讨"借思想文化以解决问题"作为一种现代美学范式的合法性问题,一定程度上取决于它如何巧妙地处理与"审美无利害性"这一现代美学根本原则的平衡关系。无论我们在美学的学术阵营上如何区分王国维、蔡元培、梁启超、鲁迅、朱光潜、宗白华等一批中国现代美学重要思想家,他们都具有基本相同的思维路径,即:中国所有问题的根源在于人自身,政治改革或社会革命必须以更新人的思想世界作为前提。正如梁启超所说:"苟有新民,何患无新制度?无新政府?无新国家?"③ 而朱光潜以为"中国社会闹得如此之糟,不完全是制度的问题,是大半由于人心太坏"④,因而"思想革命成功,制度革命才能实现,辛亥革命还未成功,是思想革命未成功"⑤。显然,他们几乎都在一种特殊的社会历史语境中强调审美之于人性、人生的重要意义,高扬文艺之于个体生命和国家民族的巨大价值。中国现代美学也因此可以在整体学术形态上被阐释为一种"美育"之学,力图通过美育潜藏的实践性功能和机制,触及世界观改造、国民性批判这一思想启蒙层面,贯彻"立人新民"的主张,以此达到改造传统思想文化和改造现实社会即救亡图存的目的——这也就是"借思想文化以解决问题"之所谓"问题"的最后解决。如果忽略他们在具体的理论框架和逻辑概念上的差异,而从整体的学术精神和思想范式上进行观察,我们完全有理由将他们的美学思想概括为"问题式美学"——内含于理论体系中的一

① 林毓生:《中国意识的危机》,贵州人民出版社 1986 年版,第 44 页。
② 林毓生:《中国意识的危机》,贵州人民出版社 1986 年版,第 44 页。
③ 梁启超:《梁启超全集》第 2 册,北京出版社 1999 年版,第 655 页。
④ 朱光潜:《朱光潜美学文集》第 1 卷,上海文艺出版社 1982 年,第 445 页。
⑤ 朱光潜:《朱光潜全集》第 1 卷,安徽教育出版社 1987 年版,第 19 页。

种现实主义精神所关注的外指性的人生、社会、政治和文化问题，而这种理论体系中的问题意识又被非常圆融地整合进了各自理论的逻辑建构之中。鉴于这种对同类问题的关注，以及解决这些问题所采取的相同的思维路径、分析模式和借用的思想资源，这些美学家群体在某种程度上已然构成了一个统一的"美学共同体"，"借思想文化以解决问题"正是这一美学共同体所秉有的思想范式和学术信仰。

毫无疑问，尽管"美学共同体"成员把"审美无利害性"作为现代美学始基对待，但他们更多地以为，摆脱了政治、道德功利束缚的审美活动能够更加紧密地与人的情感形式、生命状态相联系，从而可以对人的世界观、价值观以及整个思想世界产生巨大的塑形作用。由此，在理论形态上作为审美活动的规律总结、本质阐释的美学，就完全可以合法地参与思想文化的改造，即作为一种启蒙工具参与到人的世界观、价值观乃至整个国民性的改造，并以此使美学顺理成章地与解决政治、社会问题这一功利性目的关联起来。在这里，我们显然看到"审美无利害性"与"借思想文化以解决问题"这种思想范式互相结合的内在机制。

自"民主""科学"这些现代价值理念被引入新文化运动，中国现代思想启蒙就开始从国家民族的整个生存状况出发，寻求民族独立和国家富强的道路，其他一切都必须围绕这一总体目标进行，并据之为自己寻找存在的合法性。这是一种基于社会群体价值层面展开的思想启蒙。这种群体启蒙模式势必在一定程度上忽略个性、个体的价值，而将国家、民族和个体、个性置于启蒙规划的不平等的等差序列之中。这也是造成个体本位在中国社会现代转型后依然缺失的原因之一。本来，艺术、审美这种最能体现个性和自由风格的意识形式是能够对群体启蒙的缺憾进行补救的，但是在强大的民族危机阴影笼罩下，中国现代美学深深地受制于"借思想文化以解决问题"的思想范式，使审美独立、审美无利害性、艺术主体性、个人风格等现代美学范畴带上了浓重的功利主义色彩。就连王国维、朱光潜这些所谓审美主义者，他们的目标同样是要通过审美改造人心，拯救社会。在这种境况下，审美对于人的个体生命的终极关怀意义成为边缘价值而被抛离，代之以对国家利益的思考、国民人格的改造，从而也使审美从对人的形上"救赎"价值沦为形下的民族"救亡"工具。审美、人性这些具有本体意义的概念被中国现代美学解读为一种工具性、对象性的存在。"人性"作为民主政治的需要而被教育着，而不是作为目的本身被关怀着；审美作为教育国民的工具被利用着，而不是作为人性的完满状态被企慕和享受着。当然，我们不能不承认，在中国现代思想文化语境中，"借思想文化以解决问题"仍然具有极大的逻辑必然性和历史合理性，它被有效地整合在中国社会文化的现代性设计中，并为中国美学现代性构筑了一套具有鲜明本土特征的话语逻辑。不过，就在这样的美学现代性建构中，作为关怀情感世界、心灵家园的美学却被当成了解决民族政治危机的工具，从而使中国现代美学走向了理论异化的悲剧性宿命。

（原载于《文学评论》2009 年第 4 期）

失去了灵魂的西方现代艺术

王祖哲

有物质证据的艺术差不多发生在四万年前，这表明在人类历史上，艺术走在了哲学思考之前。事实上，仅仅是由于在 19 世纪末出现到 20 世纪中叶开始衰落的那种"什么都行"的西方现代艺术的可疑行径，才使得"艺术是什么"这个问题被凸显出来，具有了紧迫的现实意义。

这一问题的难处，很可能在于弗朗西斯·培根所说的"市场假象"蒙蔽了我们的思考。如果你知道陈皮其实就是橘子皮在中医制度中获得的一个雅号，那么"陈皮是什么"这个问题就不存在了。但是，如果我们对中医制度有一种由于无知而产生的敬畏，我们就可能受到"市场假象"这种由于滥用词语而造成的混乱的蒙蔽：既然"陈皮"是不同于"橘子皮"的一个名词，那么"陈皮"必定是完全不同于"橘子皮"这种凡俗之物的另外一种高明的东西。这个偏见将使我们无能于理解什么是"陈皮"。与此相似，"艺术"或许仅仅是我们已经知道的某种东西的另外一个名字而已，比方说，"艺术"或许仅仅是"想象力的创造活动"。但是，正像在中药市场上的那个假象蒙蔽我们不相信"陈皮"就是经过加工处理的"橘子皮"一样，如今我们也受到了与此相似的蒙蔽，干脆不承认"艺术"仅仅就是"想象力的创造活动"。

如果我们把这种滥用词语造成的"市场假象"拨开，那么艺术的定义或许就容易得出乎意料了。作为一个一般概念，即广义的艺术，不是别的，仅仅是想象力的创造活动；而现代意义的艺术，即狭义的艺术，是在一种社会制度的框架中进行的不为外在目的的、高水平的想象力的创造活动。如果这一理解是正确的，那么"艺术是什么"这个问题，就变成了"想象力是什么"这个问题。

现代意义的艺术，也就是我们常常讨论的"没有外在功利目的"的"艺术"，是在文艺复兴时期才开始存在的。然而，如果说艺术（广义的）仅仅从文艺复兴时期才开始存在，则大谬不然——古希腊的雕刻作品当然包括在艺术史中，因为它们同样体现了高度的想象力。而在古希腊，工艺与艺术是不分的。古希腊人以及全世界的人类，在受到西方现代文明的影响之前，都不曾设想不为任何外在目的地发挥想象力来进行操作竟然可能成为一种制度。假如我们能够乘坐"时间机器"把罗丹的雕塑《思想者》送到古希腊，古希腊人一定会认为这个雕塑是为了纪念一位哲学家或者政治家，或者是为了荣耀一位奥林匹亚竞技冠军；他们不能理解制作这么一尊雕像仅仅是为了别无目的地欣赏它本身这样一种做法。在中国，起码在清朝之前，就雕塑一事而言，同样的说法也是正确的；换言之，在清朝之前不曾有为艺术而艺术的雕塑家。

把古希腊的雕刻作品收入在现代意义的艺术制度中存在的那些艺术史书籍中，在理论上是尴尬的，因为古希腊的雕刻作品并非在现代意义的艺术制度中的那种为艺术而艺术的背景中产生的，是具有外在目的的，是有功利性的：或者为了宗教的崇拜，或者为了荣耀尘世的伟人。以古希腊人的眼光来看，把他们所崇拜的神像与异教的文物陈列一处，只能领受现代人"欣赏的眼光"而得不到他们的崇拜，这本身是严重的亵渎行为。换言之，如今保存在卢浮宫中的《米罗的维纳斯》是古希腊宗教生活的一个内在的有机部分，不仅仅为自身而存在，更重要的是为宗教而存在。在古希腊人看来，制作本身就是创造，工艺本身就是艺术，这两者是不可分的，因此不需要为"制作""工艺"另立"创造"和"艺术"这种无聊而浅薄的名称。

因此，我们如今把《米罗的维纳斯》称作艺术品，显然不是因为当时并不存在的艺术制度，而是因为这个作品表现出了基于高水平的想象力的创造力，因此为它赋予了"艺术品"这样一个现代的雅号而已。

其实，在古希腊的宗教与社会成为历史云烟之后，那些比习俗更加坚硬的雕像被抛弃在废墟中为时已久。由于文艺复兴运动对古希腊罗马文化的热情，那些雕像才被探险家、军人和考古学家以并非合法的手段转移到了像卢浮宫这样的地方，欧洲人才能有机会脱离古希腊的宗教与社会背景来单纯地、非功利地、无外在目的地赏识古希腊雕像所表现出的高水平的想象力和创造力。这或许就是现代意义的艺术制度得以发生的历史契机：现代人单纯地、非功利地、无外在目的地发挥想象力成为可能了。因此，在西方文化当中，就出现了一个新制度：在这个制度中，一些具有高度想象力的人单纯地、非功利地、无外在目的地进行基于想象力的创造活动，并因此获得了"艺术家"这么一个雅号，他们的活动也获得了"艺术"这么一个雅号。但是，现代艺术家的基于想象力的创造活动，在本质上与他们的古希腊前辈是相同的。

可叹艺术哲学家们或者美学家们却被"艺术"这个雅号本身迷住了，还以为艺术是某种不同于具有想象力的创造活动的另外的东西呢。我们起码可以看到：广义的艺术，在狭义的现代意义的艺术之前，早已存在了。广义的艺术，不是别的，仅仅是想象力的创造活动。反过来说，想象力的创造活动，就是广义的艺术，同样正确。如此说来，从人类诞生的那一天一直到现在，科学与哲学，生活与技术，广而言之，人类生活的方方面面都无不存在想象力的创造活动即艺术。正因为如此，艺术或称想象力的创造活动才配受我们如此的尊崇。象牙塔式的艺术观不可能不是空虚的，实际上也导致了空虚。但是，我们应该承认，只有在现代意义的艺术制度框架中，这个说法才会遭到质疑，那是因为在这个制度框架内，艺术被理解为非功利的和无外在目的的想象力的创造活动，和功利与目的已经处于某种敌对状态中。在这个制度框架之内，任何暗示艺术与目的性和功利性在古希腊的意义上不存在任何矛盾的说法，干脆就被当作对伟大的康德所设定对艺术的基本理解的无知的违背而被打发掉。因此，我们必须说，康德的"无目的合目的性"以及"非功利"的学说，究竟是本身错了，还是其表述方式导致了我们的误解，的确是一个值得学者重新研究的基础性问题。然而，在现代意义的艺术制度之外，如果我们说想象力的创造活动与远古时代一样，直至今日仍然存在于人类生活的方方面面，没有人会反对；毕竟，如果我们说爱因斯坦或者一位汽车设计师是具有基于想象力的创造力的人，应该可以得到普遍的同意。奇怪的是，如果我们说时至今日"艺术"仍然存在于人类生活的方方面面，立刻就会激起可以预料的反对之声——其实这也不奇怪，因为"艺术"这个本质上表示"想象力的创造活动"的雅号，已经被现代意义的艺术制度这座象牙之塔霸占了。

我们或许可以说，现代意义的艺术制度是在现代西方文明中出现的一种对想象力的奢侈的发挥。这个制度挣脱了外在目的与功利主义的羁绊，为想象力的发挥或称艺术提供了最大的自由，因此也就保住了人类想象力在最高水平上的操作，这对文化的发展无疑有积极的作用。可是，为什么外在目的和功利性在现代"突然"就和艺术或称想象力的操作处于矛盾中了呢？这大概是因为现代的大规模生产，采取的是标准化的、重复性的生产方式；尽管任何标准与生产模式在起源上都是想象力的创造活动的产物，但在它们既已设立之后，就成了反对想象与创造的僵硬规则。现代艺术制度的这种断绝于现实生活的自由，却也有危险的副作用，那意味着这种圈养起来的想象力的创造活动与人类生活脱节了，处在人类生活的核心之外。尽管如此，在西方，直到印象派之前，这个象牙之塔似的艺术制度，仍然大致按照老范式进行着想象力的创造活动。

在以往，想象力的创造活动与文明的建造活动是一回事，因此成功的创造活动的评价标准就是文明成功的评价标准，比方说，古希腊的雕像《米罗的维纳斯》是一个优秀的艺术作品，其原因是这个形象表现了希腊公民对这位女神的想象。但是，由于极端的个人主义成了社会主流的意识形态以及其他一些原因，现代意义的艺术逐渐失去了评价标准，走向了彻底混乱的无政府主义和虚无状态。

我们应该幡然明白：艺术哲学家或者美学家如今不遗余力地要为之定义的"艺术"，不过是向来就存在的"想象力的创造活动"的别名。困难之处如前所言，他们受了滥用词语的"市场假象"的蛊惑，错误地以为"艺术"并非"想象力的创造活动"。而在目前，艺术哲学家的噩梦不仅是"市场假象"，而且还是这个已经变质了的现代意义的艺术制度本身。这个制度，正是由于它离开了人类社会的核心而逐渐被边缘化，甚至逐渐背离了"想象力的创造活动"这个赖以安身立命的古老根据本身，逐渐变成了人类社会中怂恿极端个人主义的肆意妄为的场所——果然，在这个场所，"什么都行"竟然成了恬不知耻的口号。在印象派之前的年月，现代意义的艺术制度确实是一座神庙，但是这座神庙逐渐被滥竽充数、装腔作势的骗子们占据了大部分空间。

现代意义的艺术制度的内在根据正是向来就存在的"想象力的创造活动"，正如"陈皮"成为一味中药的内在根据是"橘子皮"中向来就存在的医疗价值一样。但是，当艺术制度既已建立之后，非常误导人的是，一个东西成为艺术品，似乎仅仅是这个制度操作的结果，而与这个东西是否表现出内在的想象力无关，这好像是声称某些植物之所以被叫作中药，仅仅是因为合格的中医或者某些江湖郎中把它们放在药铺里，而与那些植物本来具有的属性无关——这当然是荒谬的。因此，在目前的这个西方现代艺术制度中，到处都是从垃圾堆捡来的物件（如小便器和自行车轮子）、五花八门的随意涂鸦、涂抹了单一颜料的画布、被称作音乐的 4 分 33 秒的静默、用刀片把自己割得鲜血淋漓、肢解动物……在这种艺术制度中，既然"什么都行"，自然不需要强调什么"高水平的想象力的创造活动"，也不需要强调任何其他的标准。

面对这种蔑视任何内在规定性的艺术制度，即被贴上了"现代主义"和"后现代主义"标签的艺术制度，要为艺术下定义，确实是不可能的，因为定义之为定义，无非是在杂多的现象中发现共性，而这些杂多的所谓艺术作品显然不存在共性。唯一可能的，是行为主义地描述一个东西在这种制度中如何被叫作"艺术品"，美国大名鼎鼎的艺术哲学家乔治·迪基的名为"惯例论"的艺术定义就是这么做的：

> （1）一个人工制品；（2）它的一系列方面被某个或某些代表一定社会惯例（艺术世界）而行动的人，授予供欣赏的候选者的地位。①

这是一个可怜的理论，却是一个精确的描述或者新闻报道。然而，出自一位具有权威的理论家口中的描述，在客观上却暗示着对被描述的现状的认可。因此，迪基的这个缺乏任何评价功能的所谓理论，在客观上只是怂恿和加剧了西方现代艺术制度的混乱状态。

迪基最大的颟顸之处，是他首先不假批判地承认现代艺术制度中的一切现象都确实是艺术品，然后试图描述那些现象经过了什么程序才得到了

---

① 蒋孔阳主编：《二十世纪西方美学名著选》下卷，复旦大学出版社 1988 年版，第 135 页。

"艺术品"这个名称。人文学科的学者，必须具备自然科学家并不特别需要的一种批判意识：那就是要识别自己所面对的对象，究竟是不是真正的对象——因为人是会造假的。在后印象派之前，即便我们没有一个艺术定义，单凭直觉，我们也容易识别一个东西是不是艺术品。但是，在典型的现代艺术作品当中，比方说，一个小便器或者一幅看来并无多少章法的涂鸦之作究竟是不是一个艺术品，这本身就成了问题。以色列美学家齐安·亚菲塔因此有这样精彩的说法：

> 有史以来的第一次，出现了这么一种情况：艺术真的需要美学知识，而美学却无能于提供这种拯救。更糟糕的是，不去严肃地问问一个小便器、或者把颜色泼在画布上、或者经过扭曲的废品究竟是不是艺术品，某些美学家却默不做声，另一些去找定义艺术的新路子，其方式是，任是什么东西都能够捏弄成艺术品。不是把陷入杀人狂状态的一群艺术家带往新的福地，美学家们却亦步亦趋，对艺术家们留下的那堆废墟啧啧称奇。不去净化艺术的神庙，他们倒对恶俗顶礼膜拜。①

因此，不难看出，迪基的"艺术惯例论"与已经变质了的现代艺术制度之间构成了共生和共谋的关系：如果我们不假批判地承认这个制度中的一切现象都是艺术，那么我们就不得不承认迪基的理论；另一方面，如果我们承认了迪基的理论，艺术制度就为之提供过于丰富的佐证。一个不假区分地肯定一切的概念体系，意味着它缺乏评价标准，因此它就不是一个理论。而按照我提供的那个艺术定义，名为现代艺术的那种艺术的大部分都将遭到否定，当然也有一小部分将得到肯定——这一部分实际上是传统艺术范式的延伸和变相，如以达利为代表的超现实主义、超级写实主义等等。

关于形象艺术范式的崩溃以及令人怀疑的现代艺术的泛滥，齐安·亚菲塔教授的文章已经分析了其深刻的历史与文化原因。我愿意补充一点：19世纪末到20世纪初这段时间，西方的民主主义与个人主义呈现出了我们如

---

① ［以色列］齐安·亚菲塔：《艺术对非艺术》，王祖哲译，商务印书馆2009年版，第343页。

今所熟悉的那种极端态势的端倪，而毕加索与康定斯基的兴盛期，正处于这个阶段。如果没有民主主义和个人主义的政治与文化背景，这两位大画家的出现是不可思议的。在当时的情况下，任何个人怪癖都会作为一种独特的人权在政治上得到保护。这就如同我国目前的文化状况，尤其是网络社会的文化状况一样，为所有人提供肆无忌惮的话语权力与机会，因此才可能滋生出反传统、反正统、反权威的所谓"草根文化"。与此相似，西方现代艺术流派的名号，起初多为蔑称，具有鲜明的叛逆色彩。但是，在个性得到了夸张的尊重的社会背景下，所有的蔑称最终都变成了美名。然而无论如何，尽管艺术在很大程度上需要个性，但却与民主并无必然的、一对一的内在联系。由于人们在想象能力和创造能力上所具有的差距，他们不可能都成为艺术家。可是在特定的社会氛围中，艺术却被错误地视为一种属于个人表达自由范畴之内的人权问题。1999 年，纽约市布鲁克林博物馆对纽约市长鲁道夫·圭里亚尼的指控就清楚地表明了这一点。由于该博物馆展出了一幅极其粗鄙的绘画《圣贞女玛丽》，圭里亚尼削减了对这家博物馆的财政支持。博物馆把他告上法庭，而联邦法庭判他对该博物馆全额拨款。这一案例说明，在艺术失去了美学标准却又获得了人权价值的情况下，陷入混乱是不可避免的。西方社会的这种教训，不仅需要我们从学理的角度上加以反思，而且需要我们从现实的实践中加以借鉴。

（原载于《学术月刊》2009 年第 9 期）

审美乌托邦研究刍论

周均平

乌托邦作为人类最重要的精神现象之一，是一个涉及广泛领域的重大理论和实践问题，乌托邦及其精神植根于人的本质，为人所特有，是人类前进的精神原动力之一。在一定意义上说，没有对指向完美的乌托邦的追求，就没有人类的进步。作为一种"元叙事"，它几乎贯穿人类世界的整个历史，构成了人类想象世界与现实生活里的特殊一隅。近年来，审美乌托邦作为乌托邦最重要的表现形态逐渐成为国内外学术研究的热点和新趋向。所以如此，有多重成因。对审美乌托邦进行全面系统的探讨，具有重要的学术价值和实践意义，并且是一项艰巨而长期的学术任务。本文拟在对国内外乌托邦研究特别是审美乌托邦研究现状简要梳理的基础上，概括阐明对审美乌托邦研究的初步看法，抛砖引玉，是为刍论。

一

国外对乌托邦的研究起步很早且源远流长。陈周旺《正义之善：论乌托邦的政治意义》认为，真正将乌托邦这一现象独立出来，对其进行审视和研究的成果，最早可追溯到古希腊亚里士多德的《政治学》。文艺复兴时期有记载的乌托邦研究是一位名叫阿雷菲尔多的学者在1704年出版的拉丁文著作，其后有更大发展。路易斯·雷勃在1840年首次提出"乌托邦社会"概念，摩尔则列举了柏拉图以来的25种乌托邦，试图结合政治学的方法对之加以研究。恩格斯的《社会主义从空想到科学》则成为这一时期乌托邦研究的代表性著作。恩格斯用"空想"来概括乌托邦的特征，认为乌托邦只是少数天才头脑中的产物，是非历史的，根本不可能进入历史发展进程，因为其道路是虚幻的。在恩格斯看来，随着资本主义社会发展的成熟，乌托邦必然会被更科学和成熟的理论所取代。二战后乌托邦研究蓬勃发展，法国学者雷蒙鲁耶在 1950 年从心理学的角度首次提出"乌托邦精神"的概念，雅克·沙维尔在 1967 年出版的小册子中，结合社会学和心理学的方法，对乌托邦的历史进行分析，拉斯基的《乌托邦与革命》则是运用社会学与政治学方法研究乌托邦的重要尝试。20 世纪上半叶两次世界大战的空前危机、斯大林主义在苏联所受到的批判、欧美学生运动的失败以及福利国家的困境，表明乌托邦时代正逐渐走向衰落，哈贝马斯称之为"乌托邦力量的穷竭"。而乌托邦研究恰恰是在这一时期走向了成熟。赫茨勒在 1923 年出版的《乌托邦思想史》是较早的以编年史形式对乌托邦进行研究的著作，而卡尔·曼海姆在 1929 年出版的《意识形态与乌托邦》则运用知识社会学的方法对意识形态和乌托邦进行了详细的分析和区分，赋予乌托邦全新的政治意义。由此，乌托邦引起了学术界更为广泛的兴趣。20 世纪 70 年代以来，由于研究方法特别是由于研究价值取向上肯定、否定，既肯定又否定的不统一，乌托邦研究逐渐走向多样化。肯定者如布洛赫的《乌托邦精神》和《希望的法则》以及蒂里希的《政治期望》都企图在信仰贫乏的年代高扬乌托邦精神，把乌托邦直接置于人类生存状态的终极关怀上。乌托邦对政治现实的超越被看成一种意味着历史的创造和人的解放的积极力量。否定者如英国的哈耶克和卡尔·波普。哈耶克的《通往奴役之路》和卡尔·波普的《开放社会及其敌人》均从对立的角度研究乌托邦，把乌托邦与极权主义在价值层面等同起来，将乌托邦看成是对个人自由的压制和对人类理性的羞辱。还有一些价值中立的、持客观研究立场的学院派研究者，如曼努尔兄弟和库玛。曼努尔兄弟的《西方世界的乌托邦思想》和库玛的《现代的乌托邦与反乌托邦》坚持对乌托邦作"整体性"的纯学术性考察，在肯定乌托邦的价值意义的同时，也探讨乌托邦的局限性。①

国内对乌托邦的研究起步较晚且相对滞后，大体上可分为三个阶段：新中国成立至"文革"主要研究空想社会主义，托马斯·莫尔、康帕内拉、圣

---

① 陈周旺：《正义之善：论乌托邦的政治意义》，天津人民出版社 2003 年版，第 2—6 页。

西门、傅立叶和欧文等人的著作，都相继被译介出版。译介的主要目的在于使人们通过对作为马克思主义来源的三个组成部分之一并作为科学社会主义对立面的空想社会主义的了解乃至批判，更充分深入地认识和把握马克思主义，虽然也有一些学者专门从事空想社会主义的理论研究，但囿于当时特定的目的，而且空想社会主义只是乌托邦思想演变发展的一个阶段或类型，因此，这种研究既未上升到整体和全面的乌托邦研究的高度，又在早期受到苏联学者很大的影响，具有明显的片面性和局限性。"文革"结束至 90 年代初，虽然乌托邦研究在改革开放的新的历史条件下，逐步扩大，缓慢发展，不仅对西方乌托邦思想的一些新老代表人物如柏拉图、莫尔、布洛赫、弗洛姆、马尔库塞和哈贝马斯等等进行了初步研究，而且论及中国古代、近代的乌托邦问题，论及西方和西方以及西方和中国典型个案的比较研究等等。但出于对"文革"惨剧和东欧剧变的反思，就基本态度和主流倾向而言，大多以反乌托邦为主要取向，对乌托邦严厉拒斥和简单否定。90 年代中期以来，不少学者认识到乌托邦的价值并对此进行了重新思考和再认识，不仅继续翻译评价出版国外研究乌托邦问题的著作，如乔·奥·赫茨勒《乌托邦思想史》，卡尔·曼海姆《意识形态与乌托邦》，奈森·嘉内尔斯《乌托邦之后》，莫里斯·麦斯纳《毛泽东与马克思主义、乌托邦主义》，拉塞尔·雅各比《不完美的图像：反乌托邦时代的乌托邦思想》，等等，而且出现了大量的论文。据中国知网中国学术期刊网络出版总库检索标题包含"乌托邦"的相关论文：1979—2009 年共有 1427 篇，其中 1990—2009 年共 1371 篇；2006—2008 年共 728 篇，其中 2006 年 150 篇，2007 年 161 篇，2008 年 201 篇，2009 年则达到了 216 篇。甚至出现了大量学位论文、出版了若干相关著作。据检索标题为乌托邦的相关学位论文 114 篇，其中博士论文 19 篇，硕士论文 95 篇。出版相关学术著作，如衣俊卿《历史与乌托邦——历史哲学：走出传统历史设计之误区》，陆俊《理想的界限："西方马克思主义"现代乌托邦社会主义理论研究》，陈周旺《正义之善：论乌托邦的政治意义》，张康元《总体性与乌托邦——人本主义马克思主义的总体范畴》，贺来《现实生活世界——乌托邦精神的真实根基》，谢江平《反乌托邦思想的哲学研究》，陈刚《大众文化与当代乌托邦》，周宁《永远的乌托邦》和《孔教乌托邦》等等。这些成果分别从哲学、政治学、社会学、历史学、文化学对乌托邦问题做了较为深入的探讨，代表了世纪之交中国对乌托邦问题理论思考的水平。

需要特别指出的是，在这个多样化的认识过程中，近年来，审美乌托邦作为乌托邦最重要的表现形态，在世界范围内前所未有地凸现出来，越来越受到人们的重视，逐渐成为国内外学术研究的热点和新趋向。学界对这个术语使用越来越频繁，研究面也越来越广，不仅发表了颇多论文而且也出现了不少相关著作。

就国外而言，对审美乌托邦的研究主要表现在对审美乌托邦理论和乌托邦文学艺术现象两方面。有研究者曾对作为审美乌托邦组成部分之一的乌托邦文学研究的情况作过较细的梳理，认为：虽然乌托邦文学的历史久远，但将这一文学现象自觉地上升到乌托邦的层面进行研究，还是近代才开始出现的。国外自觉意义上的乌托邦文学研究从20世纪30年代起，缓慢地发展，到近20年形成高峰。西方（包括苏联）出版了近百种研究乌托邦文学的著作，乌托邦作品多达2000余种，有比较丰硕的研究成果。其中对乌托邦文学进行整体研究的，如保罗·哈斯恰克所著的《乌托邦/反乌托邦文学：文学批评参考索引》，是一本非常重要的、总揽式的研究指南，基本涵盖了20世纪近一百年来英美及世界各国用英文表述的乌托邦文学研究资料来源，为研究提供了便利。英、美著名的文学史，都对西方各国乌托邦文学作过分阶段的、比较简要的介绍和评价。1995年斯诺格拉斯主编的《乌托邦文学百科全书》，将西方世界（主要是欧美）的乌托邦文学作品、主要人物、主要作家、常见主题、常见类型收录其中，试图作全景式的扫描。对乌托邦文学进行分阶段研究的专著，有戴维斯的《乌托邦和理想社会：1516—1700英国乌托邦作品》，阿贝鲍姆的《十七世纪英国的文学和乌托邦政治》，奥尔森的《科学的王国：1612—1870文学乌托邦和英国教育》，利斯的《乌托邦想象和十八世纪小说》等等，而布克尔的《作为社会批评的小说：现代文学的反乌托邦冲动》以及琼斯等编的《女性主义、乌托邦和叙事》等等，则对乌托邦文学的不同类型进行了研究。除了专门著述外，还有大量的文学研究刊物及登载其上的大量研究论文。美国的《乌托邦研究》期刊，专门研究世界范围内的乌托邦文学作品；英美一些主要文学研究杂志、期刊，也刊登或摘登了近70年来英美70多种刊物上的有关乌托邦文学、乌托邦文学作家和作品的批评研究论文①。有人感叹："只要你向 google 这类搜索引擎键入'乌托邦文学'或'文学乌托邦'（utopian literature or literary utopia）这样的字眼，至少会发现有十万个以上的网页或网站在等待着你去访问。想想十万是一个什么样的概念！"② 作为审美乌托邦研究一个组成部分的乌托邦文学研究兴旺尚且如此，作为审美乌托邦研究整体的盛况就更可想而知了。

就国内来说，审美乌托邦研究也发展迅速，出现了前所未有的高潮。据统计，在近年发表的 700 余篇论文中，约有 50 篇在标题上直接使用了审美乌托邦的提法，如邹强《乌托邦与审美乌托邦》、颜翔林《论审美乌托邦》、马睿《走向审美乌托邦》，刘月新《意境与审美乌托邦》，赵文薇《劳伦斯审美乌托邦的本体论研究》等等，有些虽然未在标题上直接运用，但所论对象或问题，实际应属审美乌托邦研究，如王一川《语言乌托邦之诞生——语言学转向与 20 世纪西方美学》，刘康《普遍主义，美学，乌托邦》，姚文放《美学与乌托邦》，刘晓文《乌托邦精神与忧患意识》，刘月新《艺术接受与乌托邦体验》等等，还有大量研究乌托邦文学、艺术的论文。有的从总体上研究乌托邦文学，如姚建斌《乌托邦文学论纲》和《乌托邦小说，作为研究存在的艺术》，赵渭绒《试析世界文学中的乌托邦现象》，覃庆辉《论世界文学中乌托邦的审美意义和现实价值》，李志斌《欧洲文学的乌托邦情结》，李霞《西方乌托邦文学的发展与变异》，等等，有的研究不同国别、时期、思潮、流派的乌托邦文学，如麦永雄等《乌托邦文学的三个维度：从乌托邦、恶托邦到伊托邦笔谈》，刘象愚《反面乌托邦小说简论》，田俊武、王庆勇《从天堂到地狱——论乌托邦文学在英国的发展和嬗变》，董晓《乌托邦与反乌托邦：苏联文学中的两种精神》，胡传胜《水泊梁山与肉蒲团：中国文化的两个乌托邦》，伍方斐《论新时期小说欲望叙事的乌托邦倾向》；有的则从作家、作品类型等方面研究乌托邦文学，如王维燕《金庸笔下的性别乌托邦——论〈神雕侠侣〉中的两性世界》，胡昌平《幻灭的乌托邦——"革命＋恋爱"小说之革命论》，《〈神曲〉：诗性的乌托邦》；有的侧重中西乌托邦文学的宏观或个案的比较研究，宏观如徐爱琳《中西文学之"乌托邦"

① 李小青：《永恒的追求与探索：英国浪漫主义文学的嬗变》，博士学位论文，2006 年，第 13—15 页。

② 姚建斌：《乌托邦小说：作为研究存在的艺术》，《北京师范大学学报》2003 年第 2 期。

现象概论》，伍辉《解读英国文学中乌托邦类型的中国形象》，微观如王曼平《"桃花源"与"乌托邦"》，彭小燕《走近"乌托邦"——〈边城〉、〈魔沼〉比较探析》；有的研究乌托邦艺术，如《从乌托邦到怀旧——新世纪中国电影的情感变化》、《乌托邦舞蹈的证据》、《乌托邦和歌舞世界》、《爱情乌托邦——流行音乐批判》、《建筑与乌托邦》、《园林乌托邦》、《京剧乌托邦》、《乐园：游的乌托邦》、《电子乌托邦》、《数字乌托邦》、《网络乌托邦》、《明星崇拜与乌托邦》等等。在研究乌托邦的学位论文中，审美乌托邦研究也占了较大比重。如在 19 篇博士论文中，就有高伟光《英国浪漫主义的审美乌托邦情结》，李小青《永恒的追求与探索：英国浪漫主义文学的嬗变》，周黎燕《中国近现代小说的乌托邦书写》，张伟《詹姆逊与乌托邦理论的建构》，孟岗《消费时代的身体乌托邦——比较文论视域中的"身体写作"研究》，欧翔英《西方当代女权主义乌托邦小说研究》等 13 篇可以视作审美乌托邦的研究在 95 篇硕士论文中，就有 50 余篇也属此类。如邹强《雅典娜之光——法兰克福学派审美乌托邦研究》，陶淑兰《总体性追求与审美乌托邦的建构》，冯学雨《席勒、马尔库塞审美乌托邦之比较》，吴爱红《艺术：乌托邦的守护神》，范亚丽《网络艺术与新审美乌托邦》，朱海军《浅议中国文学中的乌托邦精神及其表现》等等，而且这些论文都是新世纪以来写成的。更值得关注的是相关著作陆续问世。如李春青《乌托邦与诗——中国古代士人文化与文学价值观》，宋伟杰《从娱乐行为到乌托邦冲动——金庸小说再解读》，马睿《未完成的审美乌托邦：现代中国文学自治思潮研究》，武跃速《西方现代主义文学的个人乌托邦倾向》，武庆云《中国和英语文学乌托邦中的女性作用》等等。这些成果不仅涉及审美乌托邦的理论形态和形象形态，而且涉及不同国别、思潮、流派、作家作品、不同的类型及倾向等等，特别是对西方马克思主义及法兰克福学派代表人物审美乌托邦思想的研究，更成为这一研究趋向的一个显著标志。

二

走向审美乌托邦研究有着多重成因和重要意义。

首先，从研究现状来看，走向审美乌托邦研究是弥补以往乌托邦研究薄弱环节的需要。应该说审美乌托邦研究是既具有基本理论研究性质，又具有重大现实实践价值的前沿性文艺美学课题。如前所述，近年来审美乌托邦问题虽然受到学界较大的关注，发表和出版了一些相关成果，为进一步探讨提供了继续研究的生长点，但从总体来看，目前关于乌托邦的研究从社会学、政治学、心理学、历史学、哲学、文化学层面或角度研究得较多，而从美学角度，在审美层面上研究较少。在审美和文艺范围内，局部的、个案的研究较多而整体的全面的研究则极为罕见；具体现象的研究较多，而理论的研究则很少；至于对审美乌托邦的"元理论"研究则就更少了。这种状况与审美乌托邦的实际地位和影响极不相称，迫切地需要从理论上给予全面系统的研究。对这一重要理论、实践问题，在研究思路上，应在乌托邦和审美乌托邦问题上的多重矛盾、悖论的统一和超越中，更注重从认识论到价值论，从社会学到美学，从政治理论到艺术理论，从外部研究到本体研究，从一般性研究到特殊性研究，从局部零散研究到整体系统研究，特别突出本体性、特殊性、比较性和系统性，从而在更深广的学术视野和更宽厚的学术基础上，推动乃至实现应有形态的审美乌托邦理论的建构。在研究方法上，应在对象与方法的相互制约和相互适应中，总体运用辩证思维和系统方法，坚持历史与逻辑的统一和理论与实践统一的方法论原则，以价值论方法为中心，融合语义分析方法、形态学方法，比较方法和个案分析方法等等方法真正实现方法上的一元与多样的统一，力求达到对审美乌托邦问题的全方位理论把握。

其次，从词源学分析，乌托邦原初就有"美好"之意。众所周知，乌托邦一词出自英国人文主义者托马斯·莫尔写于1516年的《关于最完美的国家制度和乌托邦新岛》（简称《乌托邦》）一书。莫尔根据古希腊语臆造了"utopia"这个词。此后"乌托邦"被人们不断地阐释、解读，乃至有意无意地"误解"和"误读"，或在修辞意义上使用，其含义不断扩大泛化。除上文所列之外，尚有《艺术教育乌托邦》、《自由乌托邦》、《生态乌托邦》、《绿色乌托邦》、《空间乌托邦》、《对话乌托邦》、《物质乌托邦》、《市场乌托邦》、《时尚乌托邦》、《明星乌托邦》、《安全乌托邦》、《医学乌托邦》、《气功乌托邦》、《汽车乌托邦》等等，诸如此类，不一而足，时至今日，仍众说纷纭，歧义迭出。以致有人说"乌托邦仿佛是个'大箩筐'，什么东西都可以往里装"①，使我们难见其庐山真面目。从词源学的角度分析，"utopia"是由"u"和"topia"两部分组成的。"u"来自希腊文"ou"表示否定，"topia"来自希腊文"topus"，意思是地方或地区，两部分合起来意指"不存在的地方"。同时，"u"也可以和希腊文的"eu"联系起来，而"eu"有好、完美的意思，于是"utopia"也可以理解为"eutopia"（优托邦），即完美理想的地方②。这里乌托邦的词义呈现出"美好"与"乌有"的二重悖论性意义结构，这些双关含义本来都是乌托邦的应有之义。但当乌托邦一词的适用范围逐渐扩展，成为人文科学（尤其是政治学、社会学和历史学）领域各种想象中的理想社会或理想境界的通行语时，人们由于种种原因把乌托邦视为一种从来未实现或永不可能实现的虚幻的或不切实际的构想，是"空想""幻想"及"无意义"的代名词，往往忽略、遮蔽乃至消解了其本身具有的双关义中的"美好"内涵，而仅剩"乌有"之义。在这个意义上说，审美乌托邦研究不过是把被忽略的重视起来，把被遮蔽的敞亮开来，把被消解的恢复过来，还乌托邦以本来的完整的面目。

再次，从表现形式或文体渊源来看，乌托邦经常是以乌托邦文学或乌托邦小说等文学艺术形式形象显现出来的，这为审美乌托邦研究提供了丰富的历史资源和有力的历史支撑。克瑞杉·库玛曾指出：从定义上讲，所有的乌托邦都是小说；与历史著作不一样，前者处理的是可能的世界而不是实际世界。就这个意义而言，它们同想象的文学的所有形式相似③。库玛的概括并不一定准确，但它至少说明所有的乌托邦都有审美的因素，与文学都有形式上的某些相似性，而乌托邦小说或乌托邦文学则更无疑义。乌托邦文学在西方源远流长，其渊源可追溯到柏拉图的《蒂迈欧篇》，至少自托马斯·莫尔以来已成为自觉运用的一种叙事文体，至今其创作、研究方兴未艾。乌托邦文学在我国也丰富多彩，刘明华《大同梦》、孟二冬《中国文学中的"乌托邦"理想》、朱海军《浅议中国文学中的乌托邦精神及其表现》、《水泊梁山与肉蒲团：中国文化的两个乌托邦》等等对此做了初步研究。不仅如此，有些学者已直接提出了关注和研究乌托邦文学的文学性和审美特性的问题。

---

① 姚建斌：《乌托邦文学论纲》，《文艺理论与批评》2004年第2期。
② ［美］吉列斯比：《欧洲小说的演化》，胡家峦、冯国忠译，三联书店1987年版，第28页。
③ Kumar Krishan, *utopianism*, Miltm, Keynes, Open University Press, 1991, p.25.

从他们对乌托邦小说和乌托邦文学的界定可以看出这一趋向。如姚建斌认为：乌托邦小说（含反乌托邦）是一种叙述体的文学样式，它借助高度惊人的想象力展开叙述，以独特的虚构笔法描绘一个理想社会或它的反面为中心，通过与旅行或航海等相关的故事情节的描写，深刻地反映人们对美好未来的向往或对噩梦般的未来的拒绝，以艺术的手段来研究人的存在①。李小青则倾向于用一种宽泛的、具有包容性的方式，将乌托邦文学看成是一种普世人类追求的反映，是绵延不断的传统，它的核心价值是批判现存社会状态、追求美好生存的乌托邦精神。这一核心是恒定的，其表现方式则是丰富的、变动不居的，也就是不限于小说，而中心内容关注社会，但不是仅仅着眼于制度的整体设计，也表现处于社会关系中的个体生存状态，以折射对社会的批判或憧憬。作为一种文学表现形式，乌托邦文学的本质是虚构，对读者的影响主要表现在精神领域，更多地具有安抚、教育和批判的功能，力图让人们心中的希望之火永不泯灭②。虽然审美乌托邦和乌托邦文学或乌托邦小说不能简单地等同，但乌托邦文学或乌托邦小说具有审美特性或是审美乌托邦的重要表现形态则是显而易见的。这实际昭示了在乌托邦文学丰富的历史根源的基础上，走向审美乌托邦研究已成为拓展和深化乌托邦研究的必然选择。

第四，从当下审美和文艺创造实践观照，是对乌托邦背离、消解或缺失的一种反拨。对当前审美和文艺创造现状不如人意的状况，不少学者和批评家作过痛心疾首和触目惊心的描述。如凤群、洪治纲指出，在晚生代作家群中，拒绝乌托邦式的写作几乎已成为一种时尚。他们以绝对认同的方式再现、复制庸常的现实人生，甚至首肯、鼓噪那些为实利而东奔西走的都市平民的价值形态。作为创作主体，他们普遍地放弃"知识精英"这一理想化的社会角色，撤离了自我作为社会意识形态中坚分子的生存区域。在背离乌托邦的诗意观照之后，不仅使他们的写作陷入了无法超越既成现实的怪圈之中，同时也使他们失去对各种生存现实进行审度和批判的勇气。不仅实际上大大地削弱了他们自身的艺术表达空间使他们的许多作品都在既成现实面前

---

① 姚建斌：《乌托邦小说：作为研究存在的艺术》，《北京师范大学学报》2003年第2期。

② 李小青：《永恒的追求与探索：英国浪漫主义文学的嬗变》，博士学位论文，2006年，第107页。

变得更加忍气吞声，成为现实生活的简单复制，而且缺乏对人的存在性进行必要的深层分析。不仅导致他们的作品普遍缺乏创新的审美倾向，也使他们丧失了应有的激情及其独特的人格魅力。更令人遗憾的是，晚生代作家不仅没有对自己所处的写实困顿有所警醒与反思，相反，大多数作家还仍然陶醉于对市场化所引动的那些争名逐利的社会现象进行热情的追踪和临摹，或者干脆以更激进的思想推销欲望化的生存法则，唯恐自己的时势意识和价值观念落后于大众心态，从而把乌托邦精神当成了一种嘲笑的对象。像晚生代作家这样明确地拒绝甚至嘲讽乌托邦精神存在的必要性，把乌托邦从自我心理结构之中剔除得干干净净，这无疑是一种失败的写作。所以晚生代作家尽管人数如此之广（同时崛起的约有十余人）、作品如此之多（几乎占据了当前所有重要刊物的显著位置），却无法同余华、格非们相抗衡。他们既没有什么公认的富有经典意义的作品，也没有一个具备领袖性质的人物，这的确是一种悲哀①。金秋也指出：反乌托邦情结作为中国"后新时期"文学创作的一种精神向度，表现在不少作家醉心于精神与情感的卑微排除一切价值观念，拆解人类的艺术良知，永无节制地渎神弑神，消除精神的乌托邦情怀。进入80年代中期，"理想"与"崇高"日渐尴尬，并成为文坛中人执意嘲弄和消解、颠覆的最大对象。无论是新潮和后新潮小说家们的革新和试验，先锋诗人的"表演性"写作，还是新写实小说家对"直接经验"的追求，新批评家对主体已死亡的文化策略的选择，都表明后现代主义是以文化因子的方式渗透、存在于中国文坛之中。作家们接受"怎样都行"的创作主张，刻意消解文学最本质的思想启示和审美的双重功能，任意摧毁文学赖以存在的历史和现实依据，将文学作品的价值和意义虚无化，从而具有明显的后现代文化品性。其表现为：深度意义的消失，历史意识被抹去，主体的跌落等②。对这种审美和文艺创造状况造成的根本原因进行反思时，不少学者和批评家不约而同地把它归结为乌托邦的背离、消解或缺失。因为，乌托邦就是一种理想，是一种纯精神性的、对存在目标的形而上的假设，是从未实现的事物的一种

---

① 凤群、洪治纲：《乌托邦的背离与写实的困境——晚生代作家论之二》，《文艺批评》1996年第3期。

② 金秋：《乌托邦情结的消解——中国"后新时期"文学创作的一种精神向度及其文化品性》，《广州师范学院学报》2000年第6期。

虚幻的表现，是一种不在场的存在。在审美心理结构中，它只是作家主体的假想之物，是为了满足人们对精神理想的某种期待。也正因为这样，人类才始终在乌托邦的构想中保持了一种尚未实现的可能性理想。乌托邦精神之所以至今不死，人类之所以还要时常提及这种形而上的乌托邦情怀，正是人们需要拒绝理想、情感、爱情、艺术、友谊等等生命特质不断被物化的命运。对于一个真正的作家，这种乌托邦情怀正是其不可或缺的审美内质。在文艺创造中，无论是在精神深层和宏观整体的理想层面上洞悉和确立人类生存与发展的种种新的可能性动向，还是话语方式的选择与话语深度的建构，乃至艺术表现细节的创造性处理，乌托邦精神都居于核心地位，发挥着关键作用。真正的乌托邦精神的确立，可以帮助作家拓宽表达视野，引导他们洞悉人类存在的多重可能性，并支撑他们对抗物欲增值的现实对人心灵的盘压，对抗经验主义的平庸和工具理性的世俗化状况，保持作家自我独特的声音，拥有自我独立的艺术理想而不被社会热流所吞噬。这种乌托邦精神的守卫者在近期的文坛上不乏成功的范例。① 这些论析，虽然不无偏激、失谨之处，但总体来看，应该说是针砭时弊，切中要害的。它从审美创造实践的侧面凸现了审美乌托邦的重要意义。

最后，从本体论来看，走向审美乌托邦研究，是由审美乌托邦不可替代的重要性质、内容、地位和价值决定的。乌托邦及其精神植根于人的本质为人所特有，是人类前进的精神原动力之一。在一定意义上说，没有对指向完善的乌托邦的追求，就没有人类的进步。审美乌托邦则是乌托邦最重要的表现形态，是人们对完美的历史化永恒追求的情感形象表现及其理论表征。无论是在宏观上进行美好理想社会的建构还是具体进行美的欣赏、美的评价、美的创造和美的研究，审美乌托邦都居于不可替代的地位，起着极为重要的作用。审美乌托邦的研究内容大多是学界未曾探讨或未曾系统深入探讨的，因此，很多问题是有待突破的难题。如审美乌托邦何以可能？即审美乌托邦的存在依据和基础是什么？换句话说，有没有审美乌托邦？虽然学界已

---

① 参见凤群、洪治纲《乌托邦的背离与写实的困境——晚生代作家论之二》，《文艺批评》1996 年第 3 期；金秋《乌托邦情结的消解——中国"后新时期"文学创作的一种精神向度及其文化品性》，《广州师范学院学报》2000 年第 6 期；米学军《审美乌托邦的缺失——论中国 20 世纪 80 年代以来的文学创作》，《商丘职业技术学院学报》2008 年第 3 期。

越来越频繁、越来越广泛地使用这一术语，但并不能说这个问题已经解决。解决这一问题难度很大，它至少涉及审美乌托邦与乌托邦、审美乌托邦与审美理想、审美乌托邦与审美主义、审美乌托邦与人文精神、审美精神与艺术精神、审美乌托邦与审美现代性、审美乌托邦与审美意识形态以及审美乌托邦有没有独特的性质特征、作用等等一系列问题。又如，审美乌托邦主要包括哪些形态类型？从横向静态来看，到底它是只有理论形态还是只有形象形态，或者兼而有之？从纵向历史发展看，它有哪些主要的历史形态？等等。再如，中国到底有没有乌托邦和审美乌托邦？如果有，它与西方的同异是什么？为什么？等等。为此，在研究的主要内容上，应根据新世纪乌托邦研究发展走向的迫切要求，针对审美乌托邦研究相对薄弱的现状多元综合创新，在分析、鉴别、比较的基础上，科学地借鉴和吸收中外相关研究成果，对审美乌托邦进行系统深入的研究，全面探讨审美乌托邦的理论渊源、多重基础、性质特征、形态类型、功能效用、当代趋向等诸多规律及中西异同，建构体现时代水平和应有形态的审美乌托邦理论，丰富当代乌托邦理论和美学理论。审美乌托邦研究虽属基础理论研究，但却具有突出的前沿性、前瞻性和现实针对性。它对于全面辩证地认识乌托邦及审美乌托邦，自觉合理地发挥审美乌托邦的作用，活跃审美活动，推动审美创造，塑造完美人格，促进当代审美文化健康发展和尽善尽美的和谐理想社会的建设，都有重要的实践价值。

（原载于《文学评论》2010 年第 3 期）

试论艺术思维的特征

——从文化创意谈起

王晓旭

近年来，随着文化产业的崛起，"文化创意"这一概念也渐渐响亮，越来越被人挂在嘴边。这倒是印证了世界著名的未来学家阿尔温·托夫勒在20世纪末所做的预言。他认为"创意时代"即将来临，认为主宰21世纪商业命脉的将是创意。"创意"一词从字面理解，"创"即"创造"、"独创"，"意"即"主意"、"意念"以及"意趣"，"意境"等。所以，"创意"就是创造一个新主意，迸发一种新意念，代表着一种创造性思维过程的起点。而所谓文化创意，就是与文化相联系的创意，是对文化资源进行创造与提升。

但是，迄今为止，"文化创意"还没有令人满意的界定，这直接影响到对文化产业或文化创意产业的定位。本文试对艺术思维的特征进行重新概括与论证，是因为艺术（包括表演艺术、视觉艺术、音乐创作等）是文化创意产业的最主要的产业类型，那么，在人的各种思维形态中，艺术思维无疑与文化创意有着最直接的联系。

艺术思维是指人类进行艺术活动时的思维方式。它与人类在其他实践活动中的思维方式相比较，具有不同的特点。我们把后者统称为非艺术思维。思维方式实质上是人类从精神上掌握世界的不同方式。马克思曾对人类掌握世界的方式做过区分。他说：思维着的"头脑用它所专有的方式掌握世界，而这种方式是不同于对世界的艺术精神的、宗教精神的、实践精神的掌握的"①。也就是说，把人类掌握世界的方式分为科学（理论）的、艺术的、

---

① 《马克思恩格斯选集》第2卷，人民出版社1995年版，第19页。

宗教的、实践——精神的四种。这为我们理解艺术思维与非艺术思维提供了钥匙。

一、人类的两种基本思维形式

人类的基本思维形式有两种，即概念思维与意象思维。思维形式是随着人类实践活动的进程而变化的。

人类最初的实践活动是物质实践活动，那时人对世界的掌握也是一种物质的掌握。就是说，人在生产中，通过实践，利用工具作用于客体，改造客体使之符合人的需要与目的。这是一种物质的掌握。在这种物质掌握活动的不断重复中，人产生了最初的意识。这种意识还不涉及概念，是一种对具体的物像的归类。但这种意识活动中已有了分析、综合、比较、概括等等。许多逻辑学家、语言学家承认这也是思维，由于它是一种无概念的、不脱离形象的思维活动，因此称之为形象思维，也称为前概念思维或前语言思维。这种思维形式也可以称为"感性掌握"。就如黑格尔所说："这种掌握首先是单纯的看，单纯的听，单纯的触之类。就像在精神紧张的时候，走来走去，心里什么也不想，在这里听一听，在那里看一看……"因此，这是一种"最低级的而且最不适合心灵特色的掌握方式。"① 这种无概念的形象思维，直到今天还存在着，不过是在更高的历史水平上发展了。这是一种初级的思维形式，只凭这种意识是无法从事创造性的实践活动的。

人类的实践活动很快就由物质的掌握过渡为实践——精神的掌握。这是因为人类在劳动中发展起来的精神意识马上会作用于人类实践，使人不仅从物质上掌握世界，而且从精神上掌握世界，这里就体现出了人的超越性。实践——精神的掌握，是指对世界的实务精神的掌握，或是说，这时对世界的精神掌握是与物质掌握交织在一起的。实践——精神的掌握方式也有一个由低到高的发展过程，从简单的摹仿性再现，一直到复杂的创造性活动。在这种实践——精神的掌握活动中，概念逐步产生，人类由此也进入了概念思维的阶段。概念是对对象的本质的一种抽象。马克思详细分析过"价值"这

① ［德］黑格尔：《美学》第 1 卷，商务印书馆 2009 年版，第 45 页。

一概念的产生过程。那是人在积极的活动中取得满足自己需要的外界物，并且"从理论上"把这些能满足自己需要的外界物同一切其他的外界物区别开来，然后按照类别给予名称。这样，人就赋予物以有用的性质，好像这种有用性是物本身所固有的。这也就是物被"赋予价值"。马克思因此说："'价值'这个普遍的概念是从人们对待满足他们需要的外界物的关系中产生的，因而，这也是'价值'的种概念。"① 概念产生之后，人们的思维就以概念为材料进行，产生概念思维。概念思维不像无概念的形象思维那样，它是以语言为思维的物质手段，语言学家称之为语言思维。概念思维的产生，是人的思维方式和思维能力的突变。

概念思维并不排斥形象思维。相反，人的形象思维在概念思维的影响下得到新的发展，成为与最初的、即无概念的形象思维不同的思维形式。也就是说，有了概念思维之后，它必然参与、影响、制约着形象思维，把形象思维提高到一种新的水平，即形成有概念的形象思维。有概念的形象思维仍是形象思维而不是概念思维，但由于概念的参与、影响，在最初的无概念的形象思维中作为思维材料的感性物象（表象）与概念相联系了，被改造为思维化了的映象，或称"意象"，即有意之象，意中之象，也有人称之为意象思维。

意象思维首先不同于无概念的形象思维，不同于对世界的"感性掌握"。其实，只要是思维、思想、思考，就只能是用语言来进行，而不能用形象。但意象思维也不同于概念思维，它是伴随着形象的思维，或者说，是把概念具体化为形象的思维。

这种思维形式在现实中是存在的。人对世界的实践——精神的掌握，就需要意象思维。人的实践活动是有意识、有目的的活动。这个目的在人的脑海中出现时，不能只是个概念。马克思讲人在大脑中先造好的"蜂房"，是个观念形式，但这个观念的形式是作为内心的意象而存在的，不只是个概念。所以他说："消费在观念上提出生产的对象，把它作为内心的图像、作为需要、作为动力和目的提出来。"② 这是因为生产实践的目的不是创造概

---

① 《马克思恩格斯全集》第 19 卷，人民出版社 1965 年版，第 406 页。
② 《马克思恩格斯选集》第 2 卷，人民出版社 1995 年版，第 9 页。

念，而是具体的感性的物。空洞的抽象的概念不能作为生产的动力和目的，只有"内心意象"，才能支配劳动过程，制约着劳动的方式和方法，并使自己的意志服从于这个意象。劳动过程，也就是人的"内心意象"物化的过程。意象的形成和物化过程，是意象思维与概念思维的交替、结合的过程。最简单的意象也是概念和表象的结合，复杂的意象则是概念和表象的更加复杂的结合。

人对世界的科学的、艺术的、宗教的掌握方式，都是在实践——精神的掌握方式的基础上发展起来的精神掌握的方式。这些精神掌握的方式一经发生和发展，也反过来作用于实践——精神的掌握。所谓精神反作用于物质，其实是必须通过实践——精神的掌握为中介的。科学、艺术、宗教等对人的实践（生产的、政治的等等）的影响，是在实践活动中去影响实践——精神，从而通过实践——精神转化为实践行为。科学、艺术、宗教等形式的对世界的掌握，都不能直接转化为物质生产力，而只有通过实践——精神的掌握，去影响人对世界的实践掌握。因此，在科学的、艺术的、宗教的掌握方式中，也都存在着两种基本的思维形式，只不过思维方式的运用上侧重点不同罢了。

二、科学思维与艺术思维

科学思维是指人的科学活动中的思维方式。一般认为，科学掌握中以概念思维为主。因为人对世界掌握的最重要的方面是科学的掌握，从而从实践上真正把握世界，改变世界与人的对立关系。而这种掌握需要的是对现象本质的客观掌握，只有通过概念的概括才能达到对事物的本质把握。因此，在科学思维中，感性映像的加工改造的第一段路程是"完整的表象蒸发为抽象的规定"[①]，即由感性的具体上升为理性的抽象，完整的表象上升为抽象的概念。这个抽象概念，是把一般与个别相统一的事物表象中的"一般"抽取出来加以综合。这里的"一般"并非都是本质。真正的科学思维就是要在抽象概念中综合表象中的本质的"一般"。科学思维把概念提出之后，就进一

[①] 《马克思恩格斯选集》第 2 卷，人民出版社 1995 年版，第 18 页。

步运用概念进行思维，这个过程却是使"抽象的规定在思维行程中导致具体的再现"①。也就是要使概念从抽象上升为具体，抽象概念转化为具体概念。这种"从抽象上升为具体的方法"，被马克思看作"科学上正确的方法"②，这个概念不断运动的过程，是概念思维不断深化和转化的过程。在概念思维中，思维的基本材料是概念，人运用思维能力，使概念和概念不断结合，从概念和概念的联系中得出判断，从概念到概念的转移中推理，概念与概念不断转化，抽象概念转化为具体概念，概念与概念综合为范畴或概念体系。这个由概念思维造成的具体概念、概念体系就把客观世界对象的整体反映出来了。这不是完整的表象所反映出来的混沌一片的整体，而是揭示了世界对象的本质关系的整体。因此，概念思维的基本特征，就是运用思维（分析、综合），使概念和概念不断结合，使概念运动不断深化，抽象概念上升为具体概念（范畴或概念体系），形成科学理论。

在以概念思维为主的科学思维中，也有意象思维存在。特别是在从抽象上升为具体的过程中，概念不时要和表象相联系，形成意象，有时还要把不同的意象结合起来进行想象。科学思维是不能少了想象的。列宁指出，有人认为只有诗人需要幻想的提法是没有理由的、愚蠢的偏见。甚至在数学上也需要幻想，没有幻想就不可能发明微积分。爱因斯坦明确提出，想象力比知识更重要，想象力概括着世界的一切。想象是头脑中的表象活动，想象可以把思想具体化，在脑海中构成形象。苏格兰物理学家麦克斯韦养成了把每个问题在头脑中构成形象的习惯。德国化学家凯库勒叙述他在编写化学教科书的思维特点时有这样的话：原子在我眼前飞动：长长的队伍，变化多姿，靠近了，连结起来了，一个个扭动着，回转着，像蛇一样。看，那是什么？一条蛇咬住了自己的尾巴，在我眼前轻蔑的旋转……于是他发现了苯环结构。这里的思维，无疑是伴随着形象的思维，是把概念具体化为形象的思维。但在这里，意象思维只是为了配合概念运动的进行，它服从于概念思维而无独立的意义。这种意象是对概念的图解，它有时能成为科学论证中的事实材料，但不是概念思维的基本材料。这种意象思维或想象中有推理，但推

① 《马克思恩格斯选集》第 2 卷，人民出版社 1995 年版，第 18 页。
② 《马克思恩格斯选集》第 2 卷，人民出版社 1995 年版，第 18 页。

理是按照概念思维的方式和思维逻辑进行的。

人类思维的逻辑有两大类型：一是高级的思维逻辑，即辩证逻辑；一是初级的思维逻辑，即形式逻辑。思维中的辩证逻辑，指诸如认识中的辩证法：主观与客观的统一，个别与一般的结合、感性与理性的结合、相对真理与绝对真理、具体与抽象的转化等等。思维中的形式逻辑，主要指推理、论证、判断的逻辑。任何思维形式，都要遵守思维逻辑，否则就不是思维。在科学思维中，思维活动按照思维逻辑进行，而且主要是运用概念。科学想象中运用形象的推理，也是严格地按照形式逻辑来进行的。

艺术思维是指艺术活动中的思维方式。艺术思维与科学思维不同，它是以意象思维为主。因为艺术的掌握是对世界的感性的审美的掌握，这种感性的审美的掌握是以一定的物象或形象为基础的。我国先秦时期的能工巧匠生产的物品、器皿，如钟（礼器）、鼎（食器）、鼓、磬（乐器）等，既有实用价值，又有审美价值，同时体现着人对世界的科学把握和审美——艺术把握。而真正的艺术活动，是从审美需要出发，以创造艺术形象为目的的活动。由艺术家内心的审美需要而产生的"内心意象"与物质实践活动中由物质需要而产生的"内心意象"不同，不是未来实际存在的实用物品的意象，而是未来的艺术形象，因而可以是想象中的、虚构的、实际上并不存在的审美意象，这是艺术掌握中的意象思维与实践——精神的掌握中的意象思维的不同。但艺术活动不能离开具体形象，因此决定了艺术思维是以意象思维为主的。

艺术思维与科学思维一样，第一步都是要对头脑中的生活印象（感性映像）从思维上进行加工、改造。与科学思维不同的是，艺术思维对直观的表象的加工不是从表象到抽象的概念，而是把完整的表象转化为审美的意象。也就是说，表象上升为与概念联系着的或结合着的意象。这里经过了思维的抽象，提取了完整表象中的"一般"。但这一般又不是与个别相脱离的，却是充分地体现着一般的独特的"个别"，或是称综合之后的"个别"，即意象。这个意象中的"一般"，可能是审美属性，也可能是非审美属性。艺术思维需要抓住审美属性，形成审美意象，而不是一般的非审美意象。

艺术思维的第二步与科学思维的抽象概念转化为具体概念相对应，是从一般的审美意象转化为艺术典型形象的过程。这个过程是一个分析与综合的过程，或者说是抽象与概括的过程，即把特点、情节分离，进行归纳、概括的过程，经过这种思维过程创造具体形象。与科学思维不同的是，这个思维过程的每一步都伴随着意象运动，思维的基本材料是意象，思维的运用如分析和综合等等，主要是使意象和意象不断结合，简单意象综合为复杂意象，单一意象综合为复杂意象，初级意象综合为高级意象，最后形成完整的艺术典型或者统一的意象体系。这也就是艺术创造的过程。在这个过程中，还存在着概念思维。这不仅是指意象思维本身就是一种把概念具体化为形象的思维，而是指艺术思维中把意象与意象结合时需要借助于概念，有时还需要概念思维。特别是对生活现实还不是十分了解时，在创作时意象运动就会受阻，需要先进行概念思维，对生活本质作一番探查，然后再把概念转化为意象。在艺术思维中，概念思维处于从属的地位，它不能代替意象思维，因为什么概念都不能创造出艺术形象或艺术典型。

艺术思维中的意象思维与科学思维中的意象思维也不同，这主要表现在想象的特点上。想象是一种意象思维，是产生意象和使各种意象相结合的主要方式。意象与意象的结合有多种方式，最主要的是两种，一是意象与意象的联接，一是意象与意象的融合。在联接的方式中，联想的作用较大，在融合的方式中，想象更为重要。在科学思维中，联想和想象都是概念的图解，论证的例证，只不过把概念推理变成形象推理。这样产生的仍然是某一概念的图解，虽有形象，却像科学挂图一样，是没有艺术价值的。概念化的艺术作品之所以产生，就是因为仅仅依靠推理的想象来创造出意象，这种意象是概念的图解。

艺术思维同样遵守思维逻辑。哲学大师黑格尔说过一个小故事：市场上有个女商贩在卖鸡蛋。一位女顾客挑拣之后，说"你卖的鸡蛋是臭的呀！"一句话惹恼了女商贩，她连珠炮似的回敬那位女顾客道："什么？我的蛋是臭的?! 你自己才臭哩！你怎么敢这样说我的鸡蛋！你？你爸爸吃了虱子，你妈妈跟法国人相好吧！你奶奶死在养老院里了吧？瞧，你把整幅被单都做成了自己的头巾啦！你的帽子和漂亮衣裳大概也是用床单做的吧！除了军官们，是不会像你这样靠穿着打扮来出风头的！规规矩矩的女人多半是在家照料家务的，像你这样的女人，只配坐监牢！你回家去补补你袜子上的窟窿去吧！"黑格尔说：那个女商贩"也是抽象地思维的：仅仅因为那位女顾客说了一句她的蛋是臭的，得罪了她，于是她就把女顾客全身上下编排了一番：从帽子到床单，从头到脚，还有爸爸和所有其余的亲属。一切都沾上了这些臭蛋的气味，可是，女商贩所谈的那些军官们（至于他们和这件事有什么关系，是大可怀疑的）却宁愿注意一些与此完全不同的别的东西……"① 黑格尔所说的"抽象思维"，是指与辩证思维相对立的局限于表面的抽象的思维。这种思维也是不遵守辩证逻辑的，说了一句臭鸡蛋怎么可能她自己和家人都有臭鸡蛋的味儿了呢？军官更是风马牛不相及。这种思维方式只能是蛮不讲理的方式。这里虽然有形象，很生动，但却不是艺术思维。艺术思维中的想象有虚构的成分，但必须符合生活逻辑。除此之外，艺术思维还遵守着一种情感逻辑，这种情感逻辑是艺术想象中的意象连接和融合的中介。某些意象能在人心中引起相同的情感，在艺术想象中往往被连接在一起。俄国心理学家、教育家乌申斯基说过："如果一个诗人看出海的啸声和人们的吼声相似，诗人从明亮眼睛中看见闪电的光辉，从树林发出的声音中听到泣诉，从美妙生动的风景中看到微笑，等等，那么，实质上这只不过是一种相似联想，不过这种相似不是由理性，而是由人的诗意情感揭示的而已。"② 尽管科学思维与艺术思维在使用人类的两种思维方式上有所侧重，但用思维方式来区分艺术思维与非艺术思维还是有局限的，艺术思维的特殊性仍需要总结。

三、艺术思维的基本特征

艺术思维与非艺术思维的区别，首先表现在思维的角度和中心上。

艺术认识与科学认识的对象，就其是感性的客观事物这个方面来说，是没有什么区别的。马克思在《1844 年经济学哲学手稿》里说过："从理论领域说来，植物、动物、石头、空气、光等等，一方面作为自然科学的对象，一方面作为艺术的对象，都是人的意识的一部分，是人的精神的无机界，是人必须事先进行加工以便享用和消化的精神食粮；同样，从实践领域

---

① ［德］黑格尔：《谁在抽象地思维》，见［苏］古留加《黑格尔小传》，商务印书馆 1978 年版，第 65—66 页。

② ［俄］康·德·乌申斯基：《人是教育的对象》上卷，郑文糖译，人民教育出版社 2007 年版，第 313 页。

说来，这些东西也是人的生活和人的活动的一部分。"① 事实如此，差不多世界上所有的东西，都可以是艺术家艺术活动的对象，当然，它们也是科学家关注的对象。

因此，它们的区别只是在思维的角度和中心上。艺术思维是以人为中心的，特别是人的思想、感情、心理、愿望、性格、精神世界等等。当然，艺术思维对人的思考不是孤立的，艺术描写的许多是外在世界，但这并不否定以人为中心。黑格尔说："因为自然不只是泛泛的天和地，人也不是悬在虚空中，而是在小溪、河流、湖海、山峰、平原、森林、峡谷之类某一定的地点感觉着和行动着。"② 艺术思维中的环境是属人的环境，自然是"人化的自然"。艺术描绘自然，是为了描写人。艺术史上描绘对象的变化，是被时代的特点、政治的和艺术家的世界观的需要所决定的。黑格尔还说过："艺术的对象就是自由的具体的心灵生活，它应该作为心灵生活向心灵的内在世界显现出来。"③ 艺术还不只是感性观照，且必须以外在世界为媒介表现内心生活，内在世界。这里可以见出医学、心理学等也是以人为对象的科学与艺术的区别。"疾病本身并不足以为真正艺术的对象，欧里庇德斯之所以采用它，只是就它对于患病的人导致进一步的冲突。"④ 所有的艺术作品中谈到的疾病、伤痛、残疾、死亡之类，都是为了故事情节和冲突的发展，而不是以单纯的疾病作为艺术的对象的。有的文学家因对人心理的深刻描述而被人看作心理学家，但实际上，心理学叙述的只是人的心理的一般规律，也是抽象的规律，而艺术揭示人的心理的具体活动，特别是揭示人的灵魂和情感深处的秘密，并用外在形象描绘出来，思维的角度是不一样的。

其次，艺术思维与非艺术思维的区别，表现在对意象的取舍上。

艺术思维的方式主要是意象思维，这一点已如前述。艺术家要以感性形式表现人的思想、感情、精神等等内心世界，就要构造形象，而不是图解概念。而在这种构造中，特别强调的是艺术思维注重意象的美或美的形式。这也是在所有的意识形态中只有艺术才拥有最广大的群众性的原因之一。黑

---

①　《马克思恩格斯选集》第 1 卷，人民出版社 1995 年版，第 45 页。

②　[德] 黑格尔：《美学》第 1 卷，朱光潜译，商务印书馆 2009 年版，第 323 页。

③　[德] 黑格尔：《美学》第 1 卷，朱光潜译，商务印书馆 2009 年版，第 101 页。

④　[德] 黑格尔：《美学》第 1 卷，朱光潜译，商务印书馆 2009 年版，第 262 页。

格尔说得好："把痛苦和欢乐尽量叫喊出来并不是音乐，在音乐里纵然是表现痛苦，也要有一种甜蜜的声调渗透到怨诉里，使它明朗化，使人觉得能听到这种甜蜜的怨诉，就是忍受它所表现的那痛苦也是值得的。"① 艺术家在对感性映像进行加工改造时，往往保留各种表象中的审美属性，使形成的个别意象具有鲜明的审美特征。在意象的进一步加工、综合成艺术典型时，更注意综合各种意象中的审美因素，如高尔基所说的把小商人、僧侣、小市民等类人所固有的许多个别的特点综合起来塑造形象，鲁迅的"杂取种种人"所"拼凑起来的"典型，以及我们在我国的戏剧舞台上所看到的儒雅风流聪明智慧的诸葛亮：他的"羽扇纶巾"来自周瑜，使艺术典型有一种美的魅力。不讲形式美，就等于取消艺术。

其三，艺术思维与非艺术思维的区别，表现在艺术思维与情感融合的特征上。

没有情感，任何伟大的事业都不能完成，因为人的兴趣和感情是激发人的全部潜能与才能的基础，是人类活动的最深层的动力性根源。马克思指出："人作为自然存在物，而且作为有生命的自然存在物，一方面具有自然力、生命力，是能动的自然存在物；这些力量作为天赋和才能、作为欲望存在于人身上；另一方面，人作为自然的、肉体的、感性的、对象性的存在物，和动植物一样，是受动的、受制约的和受限制的存在物，也就是说，他的欲望的对象是作为不依赖于他的对象而存在于他之外的；但这些对象是他的需要的对象；是表现和确证他的本质力量所不可缺少的、重要的对象。"因此，马克思又指出，因为人是一个受动的存在物，并且人感到自己是受动的，"所以是一个有激情的存在物。激情、热情是人强烈追求自己的对象的本质力量。"② 马克思指出的是表现为自然的欲望与需要的自然生命力，是人与生俱来的本质力量，是人类活动和发展的最终动因。那么，不难理解，在人类活动中发展、展开的感性生命，仍然是人类活动和发展的动因，并且是使人类在自我丰富、自我完善的过程中更为强有力的永不枯竭的动力。正如列宁所说："没有'人的热情'，就从来没有也不可能有人对于真理的追

---

① ［德］黑格尔：《美学》第 1 卷，朱光潜译，商务印书馆 2009 年版，第 205 页。
② 《马克思恩格斯全集》第 42 卷，人民出版社 1979 年版，第 167—169 页。

求。"① 而艺术思维是伴随着情感的思维，艺术思维中的感觉作为一种认识机制，受到"享受"的欲望的支配，使主体总是被对象的能引起自己愉快的个别的色彩、质地和声音所吸引；艺术思维中的知觉往往按照情感的需要去选择并加工对象，按照情感图式去选择与"判断"对象；艺术思维中的想象按照主体的情感要求对表象材料作出情感的判断，按照自己的情感要求和情感规律的走向去创造新的合乎自己情感目的的形象，并享有极大的自由。通过想象，主体在现实中不能得到的东西可以得到，在现实中不能满足的欲望、兴趣能够达到高度的满足。而艺术思维中的理解往往是一种个人的体悟，通过体悟获得包括对人生与宇宙的最高真谛、对生命与人生的内在意义的最深切的理解，这也是一种饱含着情感的理解。这一类感觉、想象、理解等心理因素在艺术思维过程中表现出来的与在其他思维活动中截然不同的特点，源自于它们摆脱了理性的严酷的限制与束缚，而听从欲望、心灵、情感的指挥。

因此，脱离情感的思维不是艺术思维。但艺术中的情感活动不能代替有意识的思维或思考，认为艺术创作中的理性的思考会影响与妨碍创作情绪这种观点是于创作有害的。人的情感不是空穴来风，总是由某一对象引起的，只有在对这一对象理解的基础上，才会有情感的发生。

最后，艺术思维与非艺术思维的区别，表现在艺术思维的主体性特征上。

所谓主体性特征，是指人类活动中自主、主动、能动、自由、有目的的特征，体现着强烈的精神自由的特征。

在人的物质实践和社会生活中，人虽然具有主体性，却都受到自然规律与社会要求的制约，因此，在这些活动中的思维往往也受到规范和制约，精神自由只能在一定的范围内实现。

相比之下，人类的审美活动和艺术活动是对主体性的发挥最少局限和制约的活动，是人的自主性、能动性能得到最充分的体现的活动，最表现出精神自由的活动。在审美活动和艺术活动中，人们对于对象的选择是自主、能动和自由的，可以不受外部力量的强迫，所以在选择中主体自身的兴趣、

① 《列宁全集》第25卷，人民出版社1988年版，第117页。

爱好、理想等等起着主要的作用。你陶醉于典雅美妙的古典韵律，我沉浸于激烈狂放的现代音乐；你赞赏列奥纳多·达·芬奇的大手笔，我偏爱儿童的涂鸦；你为《红楼梦》中众女子感叹，我为金庸小说中众侠士动容；你向往广袤的沙漠戈壁，我依恋潺潺的小溪流水；你喜欢春日灼灼的红花，我欣赏秋日飘零的黄叶……这一切都是很自然的，是外在力量很难干涉的。正因如此，才会有艺术家对于对象的不同选择，而且会把经由多次审美活动而获得的美的意象传达出来。所以，真正的艺术创作往往被视为人类最为自由的活动方式。美国人本主义心理学家马斯洛把艺术创作称为人类的一种超越性的自我实现需要，他说："一位音乐家必须作曲，一位画家必须绘画，一位诗人必须写诗，否则他就无法安静。"[①] 他们通过创作表达自己的审美理想、审美情感和意趣，这是一种自由自在的表达。

对艺术思维的基本特征的概括，不仅说明了艺术思维具有创造性的特征，而且说明了艺术思维为什么会具有创造性的特征，这对于深入理解文化创意应该是有益的。

（原载于《艺术百家》2011 年第 1 期）

---

① ［美］马斯洛：《动机与人格——自我实现的人》，徐金声等译，三联书店 1987 年版，译者前言部分。

西方马克思主义美学与当代中国美学的理论指向

马龙潜

马克思主义的中国化，面临着诸多复杂的问题，而其中最根本的问题，就是马克思主义的中国化是立足于中国的实际，从中国改革开放的现实出发，还是踩着西方马克思主义理论家们的脚印，从复兴马克思主义的理想和愿望出发？实践证明，那些被标榜为具有"普适性价值"的"世界文学理论"，如果不能同当代中国社会发展的实际、不能同中国文化的民族特点相结合，也就是说它如果不能最终实现中国化、不具有中国特色，那它必将成为不能解决"中国问题"的空洞的理论。理论与实践的脱节，知与行的分裂，始终是中国学术研究的病疾。我们不能不承认在一些专家学者那里所存在的这样的现实：一方面在标榜对马克思主义的坚持、发展和创新，一方面却唯心主义横行，形而上学猖獗；一方面在高喊构建社会主义核心价值体系的口号，一方面拜金主义和极端个人主义却大行其道；一方面在呼唤人文精神的回归，一方面却是将人文精神徒托空言，实用主义膨胀，新权威主义肆虐。这一切都显示了我国当代美学的理论指向与社会文化的整体发展和全面现代化之间的不协调，也暴露了西方马克思主义本身的弱点和局限性。深入分析这些局限性对于我们全面理解和适当借鉴西方马克思主义美学，从而完善自身的美学理论有着重要的意义。

一

西方马克思主义的创始人卢卡奇在《历史与阶级意识》一书中认为，

恩格斯把马克思的辩证法从社会历史领域扩大到自然领域，从而用传统认识论哲学的反思模式，即坚持主客体的二元对立，把自然世界看作与主体对立的客体存在的思维模式来取代马克思辩证的认识论。他说，由于"辩证法的决定性因素，即主体和客体的相互作用、理论和实践的统一、在作为范畴基础的现实中的历史变化是思想中的变化的根本原因等等，并不存在于我们对自然界的认识中"①。卢卡奇的这一观点对后来的西方马克思主义产生了重要影响，很多西方马克思主义的代表人物都认为马克思与恩格斯的差别就在于恩格斯接受了自然辩证法和传统认识论哲学的反思理论。卢卡奇及其后继者们之所以反对自然辩证法，看似由于他们将马克思主义理论视为一种单纯的社会历史领域的理论，而其实质却是在根本的哲学立场上不认同唯物主义，即便是马克思主义的唯物主义。他们认为马克思主义的哲学根基只能是历史主义的，它的研究对象也只能是人自身以及他所创造的社会历史。葛兰西就明确把马克思主义称为"绝对的历史主义"②。

马克思的研究固然集中在社会历史方面，但作为其哲学根基的唯物辩证法绝不能被理解为单纯的社会历史领域的辩证法。马克思唯物辩证法的先进性不完全在于对历史发展规律的辩证把握，也不完全在于对传统哲学观念的批判，而在于从根基上对传统形而上学进行摧毁从而实现哲学革命。马克思对客观世界或者自然界的看法当然不是形而上学的，他对主体或者人的看法更不是形而上学的，那些将客观世界当作一种异质的东西排斥在主体的世界之外，或者将它当作主体活动附属物的观点，都是回到了马克思所反对的形而上学立场。

恩格斯的《自然辩证法》将辩证法引入自然领域从而凸显了辩证法的"客观性"，的确深远地影响了苏联和我国的马克思主义理论，使"东方马克思主义"哲学出现了偏重客观性的倾向，甚至出现了庸俗的经济决定论等思想。西方马克思主义针对"东方马克思主义"哲学偏重社会发展的规律、关系和结构的客观性的倾向，主张高扬主体性，具有一定的纠偏作用，但他们过分重视人和主体的作用，又使自己陷入了"主观唯心论"的泥淖。我国美

---

① ［匈牙利］卢卡奇：《历史与阶级意识》，杜章智等译，商务印书馆1992年版，第51页。
② ［意］葛兰西：《实践哲学》，徐崇温译，重庆出版社1990年版，第161页。

学界近年来关于实践本体论问题的讨论，可以说反映了西方马克思主义关于辩证法问题讨论的基本面貌，其中主张用实践本体论取代物质本体论的观点，明显地可以在西方马克思主义那里找到根据，体现了他们在理论指向上的一致性。实践的确是马克思主义哲学的基础概念，但实践本体论与物质本体论并不必然是对立的，我们不应该把实践理解为与物质存在对立的人的主观性活动，正如不应该把物质理解为与人的存在对立的自在存在，将二者对立起来，正说明没有理解辩证法和实践的本质。

　　在马克思主义原典中，美学问题并没有得到充分论证，而在西方马克思主义和以苏联为代表的所谓"东方马克思主义"中形成的较为系统的美学理论，由于各种原因都存在着一定问题，并且二者由于所处社会环境和学术背景的不同，呈现出不同的理论倾向。"东方马克思主义"是在经济文化相对落后的社会环境的革命实践中发展起来的，理论上更注重马克思主义对客观的社会历史规律的阐释，对人本身的价值和意义有所忽略，甚至以阶级性取代人的共通性和个体性。西方马克思主义者一方面受到西方近代和现代哲学的影响，另一方面又面临着西方国家革命的失败和当代资本主义经济结构、政治制度、社会结构和阶级结构全面调整的社会现实，他们对"东方马克思主义"的理论倾向产生了怀疑并进行了修正，在批判传统哲学、美学的同时更加强调人的主体性，因而走向了人本主义。在美学研究中，他们一方面反对西方美学的形式主义倾向，反对抛开主体，单纯从艺术作品本身进行研究；另一方面也反对单纯的反映论，反对将艺术简单地视为对现实生活的反映。他们认为艺术的本质根源于人的本质，艺术是人克服现实社会对他的异化，实现其自身存在本质的重要方式。

　　为了将马克思主义美学落实到人本主义的基础之上，很多西方马克思主义者力图把马克思主义美学与西方一些非马克思主义美学流派"结合"起来，这是西方马克思主义的一个重要特征。如法兰克福学派的主要倾向之一就是力图把马克思主义和弗洛伊德主义相结合，从而形成"弗洛伊德——马克思主义"。其代表人物马尔库塞认为，人的全面解放绝不仅限于经济和政治领域的权利的获得，而是在认知和感受方式上就被压抑，被异化了，所以，尤其要强调人的感性生命的全面解放，而现代艺术则恰能符合人的本能欲求而超越于现实社会对人的异化。他指出："艺术的世界就是另一个现实原则的世界，另一个异在的世界。"① "存在主义的马克思主义"，则将马克思主义与存在主义结合起来。萨特认为，艺术的本质在于自由，而艺术的自由源于想象的自由，"在人类所具有的各种各样的禀赋中，最能给人类带来自由与光荣的，就是想象力"②。但在西方马克思主义者看来，并非所有的艺术都具有这种解放人的功能，只有真正的艺术才符合人的本性，真正艺术与非真正艺术之间的区别一方面表现在生产方式的不同，即精英艺术与大众艺术的区别；另一方面则表现在艺术的审美形式上。所谓审美形式，按照马尔库塞的观点，"是指把一种给定的内容（即现实的或历史的、个体的或社会的事实）变形为一个自足整体（如诗歌、戏剧、小说等）所得到的结果。有了审美形式艺术作品就摆脱了现实的无尽的过程，获得了它本己的意味和真理。这种审美变形的现实，是通过语言、感知和理解的重组，以至于它们能使现实的本质在其现象中被揭示出来：人和自然被压抑了的潜能。"显然，这与形式主义文论的观点有某种近似之处，即认为艺术区别于一般事物的根源在于它对日常的语言等媒介的变形，通过这种变形脱离于现实世界而形成一种意义自足的体系。与形式主义不同的是，马尔库塞始终在艺术与现实的关系中分析审美形式，也就是说，审美形式不仅是将艺术的意义凸显出来，而且使其与现实世界对立起来，"在这种意义上，摒弃审美形式就是放弃责任，它使艺术丧失掉形式本身，而艺术正是依赖此形式，在现存现实中创造出另外一个现实，即希望的宏大世界"③。阿尔都塞也认为，艺术与一般意识形态的区别就在于，一般意识形态是以真理的面貌出现，起到肯定现实的作用，而艺术则通过审美变形，刻意与现实世界的显现方式拉开距离，从而揭示意识形态的虚假性。他在分析布莱希特的"间离效果"时指出，"当布莱希特不再用自我意识的形式表达剧本的意义和潜在意义时，他推翻了传统戏剧的总问题。我想说的意思是，为了使观众产生一种新的、真实的和能动的意识，布莱希特的世界必定要打消任何想以自我意识的形式充分地发现自己

---

① ［美］马尔库塞：《审美之维》，李小兵译，广西师范大学出版社 2001 年版，第 197 页。

② 韩忠良：《21 世纪中国文学大系：2003 年文学批评》，春风文艺出版社 2004 年版，第 211 页。

③ ［美］马尔库塞：《审美之维》，李小兵译，广西师范大学出版社 2001 年版，第 196 页、第 224 页。

和表现自己的念头"①。通过这种艺术形式的突破所要达到的是对已习以为常的、构成为我们认识和感受之前提的，但又非真理的意识形态的揭露，"艺术的特性是——使我们看到、使我们觉察到、使我们感觉到某种间接提到现实的东西。艺术使我们看到的乃是它从中诞生出来、沉浸其中、作为艺术与之分离开来并且间接提到着的那种意识形态"②。可见，西方马克思主义的美学理论虽然也很重视艺术的形式问题，但其根本的思路与形式主义是不同的，它只是有限地肯定了艺术的自律性，根本上还是在艺术与现实社会的关系中考虑形式问题，将艺术与人的本性问题联系起来。

我国当代美学由于在很长一段时期受政治环境的影响，过于强调人的阶级性、艺术的工具性等，对人的主体性尤其是感性欲求、精神追求等问题避而不谈，因此新时期之后出现了理论方向的反弹；西方人本主义思潮的涌入，也对这种倾向起到了推波助澜的作用。比如所谓的"后实践美学"，以生命、生存、超越等概念取代实践概念，强调人的感性存在和精神生命的价值，实际上，也是受到了存在主义、精神分析学等西方人本主义理论的影响。在这一点上，与西方马克思主义有相近之处。但与西方马克思主义将人本主义同马克思主义嫁接相比，后实践美学具有更强烈的反马克思主义的倾向，这在一定程度上源于长期以来我们对马克思主义的片面理解。我们认为，马克思主义对人的理解是全面的、辩证的，它并不否认人的主观能动性，无视人的感性存在和精神存在也并不符合马克思主义的人学观，从这个意义上说，后实践美学对人本身的强调有其合理性。但人在社会实践中的主体性地位并不是绝对的主体性地位，人并不是社会历史的原因而是它的结果，所以，他的感性生命、精神生活等不是超越于社会实践之上，而是奠基于社会实践之中，只有奠基于社会实践才能对人有一个全面的理解，否则，片面强调人的某种存在特性，看似强调了人的存在价值，实际上反而把人抽象化了。

---

① ［法］阿尔都塞：《保卫马克思》，顾良译，商务印书馆 1984 年版，第 119 页。

② ［法］阿尔都塞：《列宁和哲学及其他论文集》，（台湾）远流出版公司 1990 年版，第 245 页。

二

意识形态是马克思主义理论中与美学关系较为紧密的概念之一，也是"正统马克思主义"美学的重要概念之一。在我国当下的社会环境和文化环境中，意识形态理论并没有丧失它的适用性，相反，由于经济体制和社会结构的急剧转型，价值观的多元化倾向越来越明显，在意识形态领域出现了一些混乱的局面，这种社会现实要求理论界对当代社会意识形态进行深入的研究，对各种意识形态的根源和表现进行深刻的批判，只有在此基础上才能建立起符合时代和国情的社会主义核心价值体系。但是，我国理论界在意识形态理论上所做的努力和取得的成果，显然并不能满足社会现实的要求，其原因很大程度上在于没有完全贯彻意识形态理论的批判性原则，在这一点上法兰克福学派和结构主义马克思主义的意识形态批判理论对我们具有一定的借鉴意义。必须明确的是，意识形态是一个与科学相对的概念，也就是说进行意识形态研究绝不能完全放弃批判的立场。在我国当代美学和文艺学界产生重要影响的审美意识形态论，将文学艺术的本质界定为审美意识形态，姑且不论这个概念有多大的合理性，这一概念本身就说明它应当是从意识形态批判的角度进行文艺思想批判的，然而，它恰恰忽视了意识形态的批判性，将意识形态理解成一种中性的，甚至带有科学性的概念。

大众文化是法兰克福学派意识形态批判的重要内容，因为，在当代发达资本主义社会，大众文化在意识形态实现其功能的途径中占有非常重要的地位。所谓大众文化主要是指 20 世纪 30 年代之后在美国出现的一种新型文化现象，这种文化既不具有法西斯的或集权的特性，表面上看是自由的甚至是民主的，但同时却又具有强烈的操纵性和控制性，甚至比一切集权的文化对人们的控制更加严密和深入。这是一种发达的流行文化网络，这种文化虽然与过去的民间文化有血缘关系，但在根本上是不同的：它们充分利用大众媒介的作用，尤其是新型的电子媒介；它们以资本的运作为主要手段，从而达到赢利的目的。

在西方马克思主义阵营中，多数学者对大众文化持批评态度，这种批评主要集中在以下方面：

　　大众文化是一种"肯定文化"。马尔库塞认为，"所谓肯定的文化，是指资产阶级时代按其本身的历程发展到一定阶段所产生的文化。在这个阶段，把作为独立价值王国的心理和精神世界这个优于文明的东西，与文明分隔开来。这种文化的根本特性就是认可普遍性的义务，认可必须无条件肯定的永恒美好和更有价值的世界。这个世界在根本上不同于日常为生存而斗争的实然世界，然而又可以在不改变任何实际情形的条件下，通过协调个体的'内心'而得以实现。"① 也就是说，大众文化一方面宣扬高尚的、美好的价值观念，使这些价值观念成为超然在上的、与现实生活毫不相关的理想世界，同时，它所宣扬的东西又与现实世界相脱离，它不是鼓励人们去反抗现实世界的不公，而是纯然地肯定一些脱离现实的东西，使人们安于这种美好的梦境，从而掩盖了现实世界的矛盾。

　　大众文化是一种强制性的文化。之所以这样说有三个方面的原因。第一，大众文化不是一种自发的文化现象，不是大众本身直接创造的文化，而是一种依靠资本运作和营销手段强加给大众的文化现象，阿多诺称之为文化工业。他说："在我们的设计草案里，我们谈到了大众文化。我们用'文化工业'取代这种表述，以便一开始就排除赞同其倡导者的下述解释的可能：这是一个类似一种从大众本身、从流行艺术的当前形式自发产生出来的文化问题。文化工业必须与后者严加区分。选择文化工业这种表述而舍弃大众文化，主要原因在于为了消除一种误会，即防止人们望文生义，认为大众文化的主要特点是从人民大众出发，为人民大众服务。"② 从根本上说，大众文化不是大众自身创造的，也不是为大众而是为资本服务的。第二，大众文化是一种同质性文化，法兰克福学派认为，由于大众文化的典型做法就是"不断重复"、"整齐划一"，从而导致"一个人只要有了闲暇时间，就不得不接受文化制造商提供给他的产品"③。这就使得大众文化具有了强制性，剥夺了人的选择的自由。而且，大众文化对人的影响是单向的，个人很难有能力影响

① ［美］马尔库塞：《马尔库塞文集》，李小兵等译，上海三联书店 1989 年版，第 167 页。
② 陈学明等编：《社会水泥——阿多诺、马尔库塞、本杰明论大众文化》，云南人民出版社 1998 年版，第 5 页。
③ ［德］霍克海默、阿道尔诺：《启蒙辩证法》，渠敬东、曹卫东译，上海人民出版社 2006 年版，第 111 页。

文化的生产和传播。大众文化不鼓励个性化和创造性，相反，它压抑个性化和创造性，它通过现代科技尤其是传媒手段批量化复制，大规模传播，对人的生活进行无孔不入的渗透，从而对人的精神心理产生控制性力量。第三，大众文化是一种商品文化，它的生产模式是现代工业的生产模式，因此，它也代表着其背后工业资本的利益；为了不断满足资本的利益，大众文化不断刺激人的消费欲望，甚至"创造出"人的消费需求，使消费产生异化；同时，大众文化也带给人们一种虚假的满足感，使人们在不断的消费中似乎得到了某种自由，进而使消费者满足于这种自由，但它实际上掩盖了资本主义的剥削和压迫，削弱了人们的主体性和革命性，因而维护了资本主义的现状。

　　法兰克福学派对大众文化的批判无疑是深刻的，并且对于当代中国的文化研究有着重要的借鉴意义，但法兰克福学派的大众文化研究也存在着局限性。(1) 文化生产是发达资本主义社会整个社会生产的一部分，应该放到整体的社会生产当中进行分析，而法兰克福学派基于意识形态批判的立场，只专注于文化生产自身，难免有片面性；(2) 法兰克福学派用生产消费的理论来研究大众文化，过于强调文化生产对文化消费的控制力，而忽略了文化消费对生产的影响；(3) 大众文化本身是一种复杂的文化现象，它既包含广告等纯商业的内容，也包括电影、音乐、文学等属于艺术范围的内容，法兰克福学派过于强调大众文化的意识形态共性，而没有对艺术性的大众文化的艺术特性进行分析；(4) 法兰克福学派的大众文化理论强调现代传媒对大众文化的巨大作用，但由于时代的局限，他们没有能够对新型的网络媒体区别于传统媒体的新特点进行分析，比如，网络文化的自发性、互动性等等，这些特点与他们对大众文化的分析存在着差异；(5) 我国大众文化的根本属性不同于发达资本主义国家的大众文化，大众文化生产者的主流不是垄断资本集团，而是国家所属的文化机构，法兰克福学派的批判理论不能直接套用。

　　虽然我国在整体的现代化程度上还落后于西方发达国家，但由于大众传媒的迅速发展、国际交流的日趋扩大以及文化产业的勃兴，在大众文化领域越来越出现与西方国家一体化的趋势，这就使得西方马克思主义美学的大众文化批判理论对我们有特别重要的意义。大众文化问题是当前理论界的热点问题之一，但与法兰克福学派的批判理论不同，我们的大众文化研究主要体现在两个方面：一是文化产业研究，二是日常生活审美化研究。文化产业研究包括文化产业的运营机制、文化生产与文化消费的关系、文化传播机制以及更为具体的时尚和流行文化创作原理等问题，它更为关注大众文化的经济和社会基础，但它的目的仅仅是对文化产业进行技术分析和技术指导，却忽视了它的意识形态属性，不具有批判精神。日常生活审美化研究的现状则比较复杂，一部分学者在一定程度上继承了西方马克思主义的批判立场，从价值批判的角度对流行的审美文化持否定态度。也有一部分学者认为，日常生活审美化是社会进步和科技进步的必然结果，代表了现代社会发展的趋向，因此对其持肯定态度，并且认为这个问题之所以引起广泛关注，对于我们的美学和文艺学研究的转型以及破除传统美学、文艺学研究的理论壁垒有着积极的意义。我们认为，对于大众文化既不能简单地肯定，也不能简单地否定，文化生产作为整个社会生产的一部分，应该为人民群众的精神需求服务，大众文化的兴起使审美文化突破了狭窄的领域，惠及更广大的群众，这一点不能否认；但同时文化生产又是一种经济活动，必然会受到经济因素的影响，即必然要追求经济利益，这使它不可避免地出现这样那样的问题，尤其是在当前的社会环境当中，这些问题更应该受到重视，因此，西方马克思主义的文化批判立场对我们是非常必要的。关于美学和文艺学理论本身我们必须有清醒的认识，大众文化研究是当代美学、文艺学的重要问题，但不是其全部，传统美学、文艺学对美和艺术的理解存在局限性，这并不意味着美的本质和艺术本质问题本身是虚假的，以大众文化的属性取代美和艺术的属性，从而"突破"对美和艺术的传统理解，这绝不是一种理论上的进步，也不是美学、文艺学发展的新方向。我们固然不能完全接受西方马克思主义的文化保守主义立场，应该在文学艺术自身的发展中研究审美问题，但绝不能消解掉审美价值，更不能以传播范围、经济效益作为评判艺术价值的尺度，许多东西还是必须坚守的。

（原载于《天津社会科学》2011 年第 3 期）

后经典时期马克思主义文艺
美学的形态与主题

谭好哲

一

如果将德国古典美学解体之后直到今天这一历史时段称为现代文艺美学的发展时期的话，那么一个毋庸置疑的事实是，马克思主义文艺美学理论是构成这一现代发展期的重要一翼，确切地说，是最重要的一翼。说它最重要，是因为在现代文艺美学发展史上，还没有另外一种文艺美学有比马克思主义文艺美学更为久远的历时年代，比它更为庞大的理论队伍，比它更为阔大的影响空间。马克思主义文艺美学理论在现代文艺美学领域里的地位，正如整体的马克思主义在现代思想和社会领域里的崇高地位一样，是任何其他的理论都难以比肩的。

就历时态而言，马克思主义文艺美学大致上经历了两大发展时期：从 19 世纪 40 年代到 90 年代，是这一全新的文艺美学理论的创始期，创始人是马克思和恩格斯；从 19 世纪末叶至今，则是这一全新的文艺美学理论的进一步发展期，参与并推动了这一理论发展时期的人员数量众多且身份多样，其理论代表人物也因研究者的理论阐释和评价的重点相异而各有不同。上述两大发展时期，也可以简单地命名为以马克思和恩格斯为代表的"经典"时期和马克思恩格斯之后的"后经典"时期。应该说，对马克思和恩格斯的文艺美学思想，国际学术界已做了较为充分的研究，对其理论内容、理论性质和理论价值的认知与评价也有着较多的共识，在苏联和中国学者中尤其如此。而对后经典时期的马克思主义文艺美学理论，中国学界甚至国际学界的研究，相对来说就不是那么充分，而且在其理论版图的厘定，尤其是在对其不同理论派别代表人物的理论性质和成就的认识与评价上往往存在着较大的甚至根本相异的分歧。这样一种研究状况，是从事马克思主义文艺美学研究的学者都自然会遇到而且不能不面对的。

　　从科学地全面地把握和认识马克思主义文艺美学的历史状貌、理论内容、理论性质和理论价值来说，对马克思主义文艺美学后一个发展时期的研究面临着更多的理论困难和挑战。虽然如此，我们却必须勇敢地去应对这种困难和挑战。这首先是因为后一个发展时期构成了马克思主义文艺美学发展的一个新的阶段，这一阶段产生了新的理论代表人物，提出了新的理论观念和命题，形成了新的建构，忽视乃至完全漠视之，就不足以全面认识马克思主义文艺美学的整体状貌和丰富多样的理论内容。进一步来说，虽然马克思主义文艺美学创始期的思想成果和理论遗产与马克思、恩格斯所创立的科学世界观和共产主义学说联系紧密而直接，其"马克思主义"性质无可置疑，但马克思恩格斯的文艺美学思想毕竟是在19世纪的文艺现状和现实需求基础上产生的，其理论内容的现实指向或针对性必然使之与我们今天的现实需求和理论创生语境形成一定的"距离"和"疏隔"；而尽管马克思主义文艺美学后一个发展时期的人员构成和理论内容复杂多样、驳杂不一，有不少理论的"马克思主义"性质尚存争议，但它们大都是在20世纪以来的文艺现状和现实需求基础上生成的，其理论指向或针对性更具当下性，从而与我们今天的理论创造有着更为亲近、直接的共时性关联。就此而论，尽管我们在当代形态的中国化马克思主义文艺美学的创造中依然要在艺术审美理想、科学世界观与方法论诸方面从马克思恩格斯那里汲取理论滋养，但在现实问题的应对、理论观点的创生、理论创新的取向等方面，我们却与近一个世纪的马克思主义文艺美学理论有着更多的亲近感和相关性，而且作为发展期马克思主义文艺美学的一个重要分支，自20世纪20年代后期逐渐创生与发展起来的中国化马克思主义文艺美学在很多年代很多情况下往往就是以西方同期的马克思主义文艺美学为范本、为参照、为资源、为动力的。因此之故，对坚持与发展马克思主义文艺美学来说，认真地研究马克思主义文艺美学创始期的经典理论是必要的，而认真地研究、分析与总结马克思主义文艺美学后经典时期的理论成就与贡献、发展经验与教训同样也是必要的。而从后经典时期马克思主义文艺美学的发展与中国现当代文艺美学发展的共时性关联和影响关系以及学界对其研究的相对不足来看，对后经典时期的研究应该说有着更强的现实价值和现实紧迫性。

由于每个研究者的知识素养和理论旨趣的差异，对后经典时期马克思主义文艺美学的研究当然可以是多样而不同的。就其人员构成而言，可以做个案式的单人研究、流派研究，也可以做总体性的历史描述与分析；就其理论内容而言，可以做个别问题的理论研究，也可以做总体理论特征的归纳，还可以做不同理论观念与模式的比较性分析；就其理论特色与价值而言，可以对其不同的理论家和理论派别进行比较，也可以将后经典时期单个人的理论、某一流派的理论甚至整个时期的理论与经典理论加以比较，还可以将它们与不同时期的非马克思主义文艺美学加以比较，在比较中作出分析与评判，如此等等。可以说有多少不同的研究个人，就可能有多少不同的切入视角，有多少不同的理论认知与评判。而在我们看来，后经典时期的马克思主义文艺美学的整体历史状貌和基本理论主题问题，相对而言更为重要一些，应首先予以关注，因为这一问题的解决不仅可以为如上所胪列的其他相关研究奠定基础，而且可以给当下的理论创新提供重要的理论参照和启示，从而将对对象的研究最终转化到当下的理论创造中来。

不难理解，就上述整体历史状貌和基本理论主题两方面研究而言，整体历史状貌的研究应该是对基本理论主题作出进一步研究的基础和前提。但是，由于后经典时期马克思主义文艺美学本身的多样性和复杂性使然，整体历史状貌的分析本身就不是那么容易展开的。我们知道，自 19 世纪末 20 世纪初马克思、恩格斯的战友和学生拉法格、梅林、考茨基、普列汉诺夫等人在致力于工人运动的实践和传播马克思主义学说的同时，也大量涉及美学研究和文学评论工作起始，直到当今活跃于国际学术舞台上的新马克思主义文艺美学家詹姆逊、伊格尔顿等人，后经典时期具有国际性影响的马克思主义文艺美学家少说也有几十位之多。就身份而言，这其中既有拉法格、考茨基这类以马克思、恩格斯的战士和学生身份名世的马克思主义理论家、著名工人运动活动家、第一和第二国际的领导人，有列宁、毛泽东这样公认的 20 世纪马克思主义思想家、政治家、革命领袖，也有卢卡契这类既有政治活动经历又主要以学术扬名的人物，更有像阿道尔诺、马尔库塞、阿尔都塞、戈德曼、威廉斯、詹姆逊、伊格尔顿这样一大批以学术为业的书斋学者。就思想倾向而言，这其中既有正统甚至今天也已成为经典的马克思主义者，也有在诸多思想领域向正统马克思主义提出挑战的所谓"西方马克思主义"或"新马克思主义"者，也有的基本上只是马克思主义的信仰者，思想成分中只有少量的马克思主义的因素。这种多样而复杂的状况，自然就给研究工作带来了相当的困难。在对马克思主义创始人的研究中，虽然也有因年代演进而带来的前后期思想的发展变化，有因个性差异和研究者的不同而带来的两位思想家的思想观点和思维方式上的细微差别，但他们二人的理论观点包括文艺美学思想在总体上属于同一个思想体系，可以做统一的整体的描述，而对后经典时期的马克思主义包括马克思主义文艺美学理论在内，做统一的整体的描述则不是很容易。通常，在对这一时期的马克思主义文艺美学理论的研究中，人们往往采取两种著述方式：大部分研究著作是按年代顺序、按国别或将年代与国别相结合的方式分而述之，在一一缕述中显示其整体的历史状貌，如我国学者吕德申主编的《马克思主义文艺理论发展史》、王善忠主编的《马克思主义美学思想史》和苏联著名美学家卡冈主编的《马克思主义美学史》等都是如此；也有少部分著作是按不同的理论取向或理论模式进行模块式研究，如英国学者戴维·福加克斯在其参与撰写的《现代文学理论导论》第六章中对20世纪马克思主义文学理论五种模式的分类①，弗朗西斯·马尔赫恩在其1992年新出版的《当代马克思主义文学批评》一书"引言"里对当代马克思主义文学批评三种相位的概括②，以及我国学者冯宪光

---

① 福加克斯把20世纪马克思主义文学理论分为以卢卡契为代表的反映模式，由马歇雷所阐发的生产模式，由戈德曼所创立的发生学模式，由阿道尔诺所倡导的否定认识模式，以及巴赫金学派的语言中心模式（参见［英］安纳·杰佛森等《西方现代文学理论概述与比较》，陈昭全等译，湖南文艺出版社1986年版）。

② 马尔赫恩把马克思主义文论发端与发展的历史区分为三种不同的相位："一种古典主义或科学主义的相位，这一相位由马克思和恩格斯创立，一直强劲地持续到19世纪后半期和20世纪前半期；一种具有自我风格的批判相位，这一相位从本世纪20年代兴起，在随后的30年中成熟和趋于多样化，然后在60年代确立一种'非正统的规范'；一种新的相位，这一相位起初效忠于60年代早期的批判古典主义，在其后的10年间得到广泛传播，然后又在'唯物主义'和'反人文主义'之类含义宽泛的名目下迅速多样地发展、演变，这个发展演变的过程今天仍在继续。"（［英］弗朗西斯·马尔赫恩编：《当代马克思主义文学批评》，刘象愚、陈永国、马海良译，北京大学出版社2002年版，第3页）。

在其《"西方马克思主义"美学研究》里以美学研究的核心问题和基本走向为经对西方马克思主义发展面貌的历史梳理①，即属于此类研究。应该说这两种研究方法各有优点，按年代顺序和国别区分进行的编著体例有利于呈现各个文艺美学家及其文艺美学思想在历史绵延中的时空分布，而按观念取向和理论模式进行的研究方法则有利于凸显马克思主义文艺美学思想的理论疆界、思想高地和动态走向。但这两种研究方法也各有其缺陷，前者容易使人只见到一棵棵树木的方位，而形不成关于整个森林的印象，而后者勾画了整个森林的大致轮廓，却又易于模糊了一棵棵具体树木的方位及其相互之间的时空关联。

为了克服上述两种方法各自的缺陷同时汲取其优长，在对后经典时期马克思主义文艺美学的整体历史状貌的研究中我们尝试将年代顺序的演进与思想取向的区分有机地统一起来，希图借助于这种研究方法找到一种新的理论分析构架。根据这一新的认识思路，后经典时期的马克思主义文艺美学可以分为四种理论形态，即科学型的马克思主义文艺美学，政治型的马克思主义文艺美学，社会批判型的马克思主义文艺美学以及文化分析型的马克思主义文艺美学。这种区分，既从发生学的角度理清了各种类型的马克思主义文艺美学的先后序列，又凸出了各种类型的马克思主义文艺美学的思想取向和理论特色，有助于我们更为全面也更为深入地把握和分析后经典时期的马克思主义文艺美学理论。

二

依时间序列而言，后经典时期马克思主义文艺美学的第一种历史形态应是科学型马克思主义文艺美学。19 世纪末 20 世纪初，当马克思恩格斯在世和去世之后，他们的学生和战友拉法格、梅林、考茨基、普列汉诺夫等

---

① 冯宪光在《"西方马克思主义"美学研究》中，分别以"坚持和发展现实主义的美学"、"走向浪漫主义的美学"、"维护现代主义的美学"、"读解文本的结构主义美学"、"艺术政治学的美学"和"走向文化学的美学"为题，勾画了"西方马克思主义美学"自 20 世纪 20 年代至 90 年代 70 余年的发展面貌（参见冯宪光《"西方马克思主义"美学研究》，重庆出版社 1997 年版）。

人，先后撰写了大量文学评论和有关艺术、美学的论著。在这些文艺美学论著中，他们力图用马克思恩格斯创立的历史唯物主义理论为世界观和方法论指导，对历史上和现实中的文艺和审美现象作出科学的评述和探讨，为在文艺美学领域传播和发展马克思主义的历史唯物主义理论作出了贡献。梅林对古典作家的评论和对"现代艺术"的批判，对历史唯物主义的捍卫和发展；拉法格对资产阶级作家及其作品的局限性的揭露和批判，对民歌民谣和语言问题的研究；普列汉诺夫对艺术的起源、艺术的本质和社会作用的研究，对美感的生理基础和社会条件的探讨，对文学批评的性质和原则的分析；考茨基关于艺术与自然的审美关系的观点，关于艺术的精神生产与物质生产之间的矛盾的探讨等等，都是马克思主义文艺美学发展历程中凝结下的重要思想成果，至今仍是值得汲取的珍贵理论资源。虽然如此，这一代马克思主义者的文艺美学思想也存在较为明显的理论缺陷，这就是辩证精神的欠缺。列宁和卢卡契都曾分别指出过梅林、普列汉诺夫这一代人的哲学和文艺美学研究中"辩证法的不充分"或忽视辩证法的问题。对辩证唯物主义的忽视，使得拉法格、梅林、普列汉诺夫等人的文艺美学论著更多地关注不同时代的文艺和审美现象对一定的社会生产方式和阶级关系的被动依存性，而相对忽视了文艺意识形态的复杂性与能动性，更多地关注文艺和审美现象与社会生活的联系性，而相对忽视文艺的审美特殊性和自主性。有鉴于此，卢卡契在研究马克思恩格斯的文艺思想以及在建构自己的美学理论体系时一再申明，马克思主义美学的研究必须以历史唯物主义和辩证唯物主义为统一的哲学基础，并在其大量文艺研究论著尤其是其美学代表作《审美特性》中较好地贯彻了这一点。与卢卡契同时或在其之后，苏联和东欧各社会主义国家以及中国20世纪三四十年代开始直到六七十年代占据主导地位的学院派文学理论和美学，基本上都是以历史唯物主义和辩证唯物主义的认识论或反映论为理论建构的哲学基础，以文学艺术对社会现实的审美反映关系为理论框架，以马克思恩格斯所赞赏的19世纪现实主义文艺创作为艺术典范的，因而也都属于科学型马克思主义文艺美学之列。此外，以阿尔都塞、马歇雷、戈德曼为代表的结构主义马克思主义美学，也是在将马克思主义与现代结构主义思潮相结合的基础上追求着文学理论与批评的"科学"属性的。尽管马歇雷、戈德曼等人的理论与卢卡契的理论比起来有不同的理论旨趣，但他们基本上都是在卢卡契的反映模式所开创的研究艺术——历史——意识形态这三者关系的理论传统基础上向前作进一步理论拓展的。

其次是政治型马克思主义文艺美学。作为马克思主义的一个有机组成部分，马克思主义文艺美学理论从来都不讳言文学和艺术的思想倾向性，不讳言文学和艺术与阶级、党派也就是政治的关系。可以说，政治从来都是马克思主义文艺美学思想家审视文学和艺术的一个重要维度。换言之，在马克思主义文艺美学中也存在着一个政治诗学的美学相位。马克思恩格斯关于文艺的思想倾向性问题的有关论述，他们对革命文艺的历史使命的论说，对文艺创作中各种与无产阶级的革命事业和科学世界观相悖的资产阶级、小资产阶级错误倾向的批判，以及他们的学生拉法格、梅林、普列汉诺夫等对无产阶级艺术的审美本质和审美理想的张扬，对于资产阶级现代派艺术的批判，都与这个政治诗学的相位有关。当然，在马克思主义文艺美学的发展中，将文艺与政治的关系、将文学的党性原则提高到一个新的理论高度和时代高度的是苏联十月革命前后至第二次世界大战期间实际从事政治斗争并历史地成为社会主义运动领袖的一代马克思主义者，首先是列宁和毛泽东。英国学者马尔赫恩指出："政治组织、革命斗争的策略与战术、社会主义建设的令人敬畏的新奇感，是列宁、托洛茨基、卢森堡等辈注定要全神贯注的问题，是他们著作中最重要的题目，也是他们思考艺术和文化时具有决定作用的语境。"[①] 他并且认为正是对革命与新文化建设问题的导向性关怀使这一代人的文论与普列汉诺夫等老一代具有实证主义倾向的科学型文论形成了鲜明的对比和截然对立的论题。而在东方，毛泽东的《在延安文艺座谈会上的讲话》则是列宁1905年所提出的文学的党性原则在中国的历史语境中的一个创造性的发展。应该说，以列宁和毛泽东为代表的这一阶段的马克思主义文艺理论之所以有着鲜明强烈的政治性，这是有其特殊的历史规定性的。因为在20世纪上半叶，马克思主义的基本历史任务就是在新型革命政党的组织之下，在马克思主义革命理论和策略指引之下，完成夺取和巩固政权这一个革命实践任务，文艺理论的内容和性质也不能不被这一革命实践任务所规约。

---

① ［英］弗朗西斯·马尔赫恩编：《当代马克思主义文学批评》，刘象愚、陈永国、马海良译，北京大学出版社2002年版，第10—11页。

列宁曾在《社会主义政党和非党的革命性》一文中明确指出："严格的党性是高度发展的阶级斗争的随行者和结果。"① 这里，应该进一步补充说，文学的党性原则的提出或者说对文学艺术的政治性的高度关注正是这种结果的必然伴生物。政治型的马克思主义文艺美学经常受到一些人的责难和攻击，其中最主要的一点就是指责这种文艺理论以政治取代审美，不讲艺术性，不讲艺术的特殊性。这种指责有一定的针对性，在某些政治型的文论和批评中，的确存在着此种情形。但是，不加区分，一概而论，认为所有的政治型文论统统如此，则是有违事实的，也是极不公允的。这里，需要指出的一点是，把列宁、毛泽东等人的文艺理论思想归结为政治型的，只是表明这种理论比较注重文艺与政治的关系，却并不意味着他们的文艺理论是唯政治的，只有政治的取向而别无其他。比如列宁讲文学的党性原则，同时也讲文艺创作的自由，讲文艺创作中世界观与现实主义创作方法之间的矛盾，讲文艺创新中的历史继承性，如此等等。毛泽东虽然有政治标准第一、艺术标准第二的提法，也并不意味着他就轻视或者忽视文艺的审美特点。在延安文艺座谈会讲话之后不久的一次报告中他就一方面批评了许多文艺工作者忽视革命性的偏向，又批评了忽视艺术特殊性的偏向②。当然，我们虽然作出了以上的辩护，也并不惮于承认列宁、毛泽东的文艺美学思想具有鲜明的政治性。这种政治性，从相对小一点的角度来看，是形成这些理论的时代特点和列宁、毛泽东的政治领袖身份决定的，而就更为广泛的视野来看，正是文艺美学理论的意识形态性质使然。正如倡导"政治批评"的新马克思主义美学代表人物伊格尔顿所指出的，包括文学理论在内，任何一种与人的生存意义、价值、语言、感情和经验有关的理论都必然与更深广的信念密切相联，而这些信念涉及个体与社会的本质，权力问题与性问题，以及对于过去的解释、现在的理解和未来的瞻望。因此，文学理论必然具有政治性③。从当代西方马克思主义文艺美学范围来看，萨特主张文学介入现实政治斗争的"存在主义的马克思主义"美学与伊格尔顿的"审美意识形态"论和"政治批评"理论都可以

① 《列宁选集》第1卷，人民出版社1972年版，第656页。
② 《毛泽东文集》第2卷，人民出版社1993年版，第428—429页。
③ 参见［英］伊格尔顿《二十世纪西方文学理论》"结论：政治批评"，伍晓明译，陕西师范大学出版社1987年版。

说是马克思主义政治型文艺美学的代表性形态。由萨特和伊格尔顿所取得的理论成就和产生的较大影响来看，文艺与政治的关系问题还没有终结，马克思主义的政治批评直至今天依然有其理论价值和学术生命力。

后经典时期马克思主义文艺美学理论的第三种形态是以法兰克福学派为代表的社会批判美学和文论。作为新型无产阶级的革命理论，马克思主义既是人类历史上一切优秀的精神文化遗产的继承和发扬，也是在对于资本主义社会现实和各种错误思想理论的研究与批判中形成的，从一定的意义上说，与现实斗争紧密结合着的批判性，乃是马克思主义的本质性特征。对资本主义社会现实和各种错误的文学艺术观念和美学理论的批判一直是构成马克思主义文艺美学的一个基本传统，这种传统在各种形态、各种流派的马克思主义文艺美学中都有其理论表现，而在法兰克福学派中体现得尤为充分。法兰克福学派的理论家们从马克思早期的异化理论和意识形态批判以及卢卡契的物化理论和"总体性"思想中汲取理论营养，先后对法西斯主义、启蒙理性、工具理性和当代发达工业社会的科学技术控制形式、实证主义哲学思潮、大众文化和正统美学等等，展开了多方面理论批判，在不屈不挠的批判中表现了他们与现存秩序的对立立场，并从中展现了他们对一个更加正义、人道的理想社会的乌托邦渴望。在《单面人》中，马尔库塞写道："社会批判理论……始终是否定性的。"① 在《否定》中，他又指出："在矛盾中思维，必须变得在同现状的对立中更加否定的和更加乌托邦的。"② 将这种理论主张推延到艺术领域，那就是把植根于个人的主体性经验的具有自主性的艺术作为一种与社会现实唱反调的力量，高度肯定艺术对社会规范和体制的否定意向和批判意识。可以这样说，尽管从经典马克思主义到正统的马克思主义，其理论活动从来都不乏批判的意向，却只有法兰克福学派思想家们才把马克思主义本身即理解为批判理论，并把批判作为理论活动的唯一要务。始终一贯的批判品格赋予了该派的社会批判美学与众不同的理论特色。相比较而言，科学化的马克思主义美学大多具有实证主义的倾向，以自然科学为知识的典范，理论建构追求体系化，而批判型的马克思主义更多召唤的是黑格

---

① ［美］赫伯特·马尔库塞：《单面人：发达工业社会意识形态研究》，左晓斯等译，湖南人民出版社 1988 年版，第 220 页。

② Herbert Marcuse, *Negations*, Boston：Beacon Press, 1968, p.20.

尔的哲学遗产，强调的是从黑格尔到马克思的辩证法传统，有的理论家如阿道尔诺由于片面强调辩证法的否定性一面，其理论研究中更有反体系化的特点；在美学方面，前者较多的是讲艺术在人的历史活动中的社会价值，并把19世纪的现实主义作为艺术的典范，而后者更多的是论艺术对异化现实的否定力量，且大多站在维护现代主义艺术的立场上。与政治型的马克思主义美学比起来，批判型的马克思主义美学也非常注重文艺的政治作用，但他们不是在文艺与外在的社会革命的隶属关系上谈政治性，而是从艺术自身、从艺术的审美形式中揭示艺术的政治潜能。科学型与政治型的马克思主义文艺美学一般都肯定艺术的意识形态性质，并由此界定艺术的社会本质和社会作用，而批判型的马克思主义文艺美学则仅把为社会所同化的艺术视为意识形态，而把基于主体自由的美的表现的艺术视为统治意识形态的对立面，从主体自由与美的关联中界定艺术的性质和价值。

上述三种形态之外，文化分析型的马克思主义文艺美学构成了后经典时期马克思主义文艺美学的又一个重要传统。自20世纪90年代以来，西方文化界和文论界出现了一股声势浩大的文化研究或文化批评浪潮，目前这股浪潮也深入地波及到了中国学界。仔细研究这一新的学术思潮的历史与现状便不难发现，虽然文化研究并非马克思主义文艺美学的专利，而有着更为悠久、广泛的学术背景，但马克思主义无疑构成了文化研究的重要思想资源，并且构成了文化研究最具活力和影响的一翼。国内有学者曾指出，就当前时兴的文化研究的知识构型而言，其理论来源可以直接上溯到后结构主义和当代新马克思主义，"而当代新马克思主义主要可以划分为三大块：其一是法兰克福学派；其二是葛兰西的文化霸权理论；其三是威廉姆斯代表的英国文化唯物论"①。这个分析是确当的。从时间线索上看，意大利马克思主义思想家葛兰西的"文化霸权理论"构成了当代马克思文艺美学文化分析和文化批评思潮的第一道风景。从所谓"文化霸权"（cultural hegemony）即意识形态领导权的思想出发，葛兰西在其"实践哲学"和政治学说中特别地凸现出了意识形态——文化问题，注重对美学和艺术进行文化性质和功能的分析，希

---

① 陈晓明：《文化研究：后—后结构主义时代的来临》，见陶东风等主编《文化研究》第1辑，天津社会科学出版社2000年版，第3页。

冀以此提出和探索建立工人阶级自身的文化领导权问题。他关于建立"民族——人民"的新文学的思想，关于艺术的"卡塔西斯"（净化）作用的论述，都直接派生于其"文化霸权"理论。葛兰西之后，法兰克福学派的社会批判其实首先是一种文化的批判，因而该派顺理成章地也就成为文化分析型马克思主义文艺美学的一个重要学派。佩里·安德森说西方马克思主义典型的研究对象不是国家或法律，"它注意的焦点是文化"①。这一点在法兰克福学派中表现得尤为充分。正如马丁·杰伊在其《辩证的想象》一书中所指出的，法兰克福学派对文化问题进行了广泛的分析，"研究所的成员始终不渝地抨击作为人类努力的崇高领域的文化与作为人类状态卑微方面的物质存在之间的对抗"②。阿道尔诺自己也说过："批评的任务决不是被要求承受文化现象的特定的利益集团，而是解释那些文化现象所表现的总的倾向，并且由此实现它们自身最大的利益。文化批判必须成为社会的观相术。"③这点明了该派的社会批判作为文化批判的特色。可以说，法兰克福学派对资本主义时代大众文化工业的批判和在哲学、社会学、美学与科学技术领域所展开的意识形态批判都与该派学者的文化观念紧密相关，也只有从其文化观念出发，才能更好地理解他们在各个具体的文化领域展开的文化批判的意义和价值。就美学而言，阿道尔诺将艺术规定为"异界事物"，马尔库塞声称艺术"毕竟是一个唱反调的力量"，尤其是该学派对大众文化的激烈批判，从根本上说都是出于他们对文化的否定性的认识。与法兰克福学派对大众文化的激烈批判相反，以威廉斯为代表的英国文化研究学派却从不同的文化观念出发，对大众文化问题作出了新的阐释。英国文化研究学派把文化理解为一种整体的生活方式，强调文化形式和文化实践与生产关系和社会变迁的关系，既反对庸俗的经济化约论和阶级决定论，重视文化在社会发展过程中的重要作用，同时也反对精英文化与大众文化的对立模式，不赞成将文化局限于传统的精英文化的狭隘定义之中。英国五六十年代的文化研究因其对于工人阶级文化生活和大众文化具有民族志传统的具体展示和分析，显示出了很强的重视经

---

① ［英］佩里·安德森：《西方马克思主义探讨》，见陆梅林编著《西方马克思主义美学文选》，漓江出版社1988年版，第165页。
② 董学文、荣伟编：《现代美学新维度》，北京大学出版社1990年版，第402页。
③ 董学文、荣伟编：《现代美学新维度》，北京大学出版社1990年版，第404页。

验的特色。这一特色使之恢复了学术研究与工人阶级的联系，同时这种研究
也在批判庸俗的经济化约论和阶级决定论方面做了积极的理论探索。70 年
代以后，英国的文化研究又接受了阿尔都塞的意识形态理论和葛兰西的"文
化霸权"理论，将文化研究进一步导向了工人阶级的主体性和现实社会的政
治斗争和政治操控领域，从而更加强化了文化与政治的关联，为文化研究走
出书斋进入社会生活的广阔领域提供了理论动力，同时随着阶级、种族、性
别等成为文化研究的基本主题，也使文化研究具有了更为广阔的社会与学术
视野。当前颇有影响的英、美新一代马克思主义理论家詹姆逊和伊格尔顿等
人的文化和文学研究，就既深受英国文化研究学派的传统理论的影响，又广
泛吸取了结构主义马克思主义、法兰克福学派以及葛兰西、卢卡契等人思想
的滋养，甚至深受女权主义、新历史主义和后结构主义等其他学术思潮的影
响。无论是詹姆逊的辩证批评思想和后现代主义文化研究，还是伊格尔顿意
识形态论的"政治批评"理论和后现代主义文化幻象研究，都既具有理论综
合与包容的气度，又具有面向现实与实践的意向，既秉有马克思主义理论一
贯的批判本色，又富有马克思主义理论"历史的"与"政治的"思维取向，
从而在当代文化研究思潮中独树一帜，彰显出马克思主义文化批评的独特
魅力。

三

如同马尔赫恩所指出的，"马克思主义"的含义一直是 20 世纪文化中意
见最为分歧的，多样性也是马克思主义的一个传统。以多样性形态而存在的
马克思主义从来都不是一种单一的、只有一个声音的核心教义，"多样性的
观点和各种观点的争论在马克思主义知识分子的生活中从来没有消失过"①。
以上对后经典时期马克思主义文艺美学四种观念形态的梳理，就体现出了这
种多样性。多样性使得马克思主义文艺美学和批评既因其内部争论而显示出
内在的差异和活力，也因其相互之间的关联而在整体上显示出马克思主义文

---

① ［英］弗朗西斯·马尔赫恩编：《当代马克思主义文学批评》，刘象愚、陈永国、马海良译，
　北京大学出版社 2002 年版，第 1—2 页。

艺美学和批评的丰富与博大。

不过，以上对多样性的认可和论断，并不意味着各种形态的马克思主义文艺美学和批评之间是截然有别、互不相关的。其实，相互之间的区分是相对的，是相对于其各自的主要观念和方法论取向而言，而不是绝对的。由于后经典时期的马克思主义文艺美学共有同一个主要的思想来源——经典马克思主义，都是从马克思主义这棵思想大树上蘖生出来的分枝，这就使得马克思主义文艺美学不仅有着多样性的传统，而且在本质上又是具有共通性与统一性的。对于这种共通性与统一性，学术界一般都是从哲学基础的角度加以解释。从西方美学和文艺理论史上来看，由于美学和文艺理论大多是作为哲学的分支学科而存在或作为一定的哲学观念在审美和艺术中的具体体现，因此，各种文艺学和美学的思想特色和体系统一性往往是与其哲学体系和观念密切相关的。同样，也正是因为将马克思主义哲学尤其是历史唯物主义作为思想基础，所以马克思主义文艺美学才能在文艺的社会本质和功能之类根本文艺问题上形成大体一致的观念，从而显示出统一性。因此，从马克思主义哲学出发寻求不同形态的马克思主义文艺美学的统一性是有道理的，有一定说服力的。

不过，仅仅从哲学基础出发寻求不同形态马克思主义文艺美学的统一性还是不够的。这是因为哲学理论仅为学术研究提供一般的世界观和方法论指导，从一般哲学理论到具体的文艺美学研究还需理论的转化，需要寻找和形成新的理论建构的纽结点和贯穿理论的核心观念。马克思在谈到哲学研究时曾指出：“哲学史应该找出每个体系的规定的动因和贯穿整个体系的真正的精华，并把它们同那些以对话形式出现的证明和论证区别开来，同哲学家们对它们的阐述区别开来……哲学史应该把那种像田鼠一样不声不响地前进的真正的哲学认识同那种滔滔不绝的、公开的、具有多种形式的现象学的主体意识区别开来，这种主体意识是那些哲学论述的容器和动力。在把这种意识区别开来时应该彻底研究的正是它的统一性，相互制约性。在阐述具有历史意义的哲学体系时，为了把对体系的科学阐述和它的历史存在联系起来，这个关键因素是绝对必要的。”① 在这里，马克思把一种哲学的统一性和相互

---

① 《马克思恩格斯全集》第 40 卷，人民出版社 1982 年版，第 170 页。

制约性首先归之于其"体系的规定的动因和贯穿整个体系的真正的精华"，文艺美学的研究又何尝不是如此？在一篇探讨马克思恩格斯艺术哲学思想变革意义的文章中，我们曾经阐明，构成马克思恩格斯艺术哲学体系的真正的精华就是其审美理想，正是它形成了马克思恩格斯多方面艺术哲学思想和内容的归结点和贯穿主线，成为统摄整个体系、显示内在统一性和逻辑连贯性的核心观念。马克思恩格斯的审美理想不是脱离开现实的人和人的现实的历史条件抽象地谈论艺术的自由，而是以艺术理想、人的理想、社会理想三者的有机统一为基本内容，将艺术审美理想的实现置于人的自由和解放与社会的进步和革命的基础之上①。这样一个基本的认识对整个马克思主义文艺美学来说也是适用的。由于在马克思主义的思想系统中，人的自由和解放与社会主义革命及其未来前景是一而二、二而一的事情，因此也不妨进一步说，以社会进步与革命为基础和存在背景的艺术与人的自由和解放的关系问题，是马克思主义文艺美学的基本构成主题。澳大利亚学者波琳·约翰逊在其所著《马克思主义美学——日常生活中解放意识的基础》一书的"导论"中写道："初看起来，马克思主义美学理论领域是由一些极少共同之处的有差别的理论集合而成的。如果我们孤立地以它们的个别内容为视角来考虑这些理论，它们看来完全无共同尺度。例如，我们就面临着卢卡契关于伟大的现实主义传统的解放潜能的思想与阿道尔诺关于某些先锋派作品的概念准确的解释之间差别显著的对比。然而，撇开存在于它们的具体内容之间很实际的差异不论，马克思主义美学理论的主流确实共有一个相同的问题构架。马克思主义美学理论赋予艺术一种启蒙能力：它们全都试图去决定艺术作品的解放效果的基础。因此，在重视它们系统阐述的全部问题的同时，通过考虑它们的适当性，我们可以尝试对这些个别理论的相关价值进行评估。"②这里，所谓"解放"当然是指对人的解放，把艺术作品的解放效果作为马克思主义美学共有的主题，并由此确定马克思主义美学的统一性，的确是很有见地的。

我们知道，将艺术与人的自由和解放问题联系起来，自德国古典美学

---

① 狄其骢、谭好哲：《艺术哲学的革命》，《文学评论》1991 年第 3 期。

② ［澳］波琳·约翰逊：《马克思主义美学——日常生活中解放意识的基础》，伦敦：罗特列吉与凯根·保尔出版社 1984 年版，第 1 页。

就开始了。康德第一个从与生理快感、道德实践及科学认识的比较中论证了审美和艺术活动的自由性质，提出了美是无利害感的自由的愉快的观点。席勒追随其后，将艺术和审美作为人类由受局限的"感性人"变成自由的"理性人"的路径和桥梁。黑格尔也明确指出艺术以及一切行为和知识的根本和必然的起源就是人的自由理性，并将审美和艺术的自由性与人的解放联系起来，提出了"审美带有令人解放的性质"①这一重要理论观点。关于艺术的自由性和人性解放功能的思想是德国古典美学的精华，然而由于这一思想在德国古典美学诸思想家那里都是在论者将审美和艺术活动与其他人类活动尤其是人类最基本的实践活动相剥离的情况下展开的，因而带有极为抽象和唯心的性质。马克思恩格斯则在历史唯物主义新世界观的基础上，批判地继承、改造和发展了上述思想遗产，从文化与社会历史发展辩证关系的角度阐发了艺术自由与社会进步和人的解放的关系问题，把艺术的自由和人的解放置于社会进步与革命的基础之上。应该说，后经典时期的马克思主义文艺美学诸形态也都从不同的角度切入了艺术的解放功能这一基本理论主题。而且正是从这一主题，才越发能够看清马克思主义文艺美学多样性与统一性的关系。比如政治型与社会批判型的马克思主义文艺美学是有很大不同的，前者多强调文艺的工具性质，后者多以文艺的审美自律性对抗压抑性现实秩序，并且对正统马克思主义文艺美学的政治思维取向不感兴趣甚至提出质疑和批评。但是，社会批判美学的主将马尔库塞等人将美和艺术视为自由的一种形式，借此形式对异化现实提出控诉和抗议，同时又借此给人以幸福的允诺，把美和艺术视为"解放形象的显现"和"解放的象喻"②，而以列宁和毛泽东为代表的政治型文艺美学虽然强调了文艺参与现实政治斗争的必然性，同时也把艺术的自由与社会主义革命的远景和人民大众的解放有机地联系了起来，坚持了文艺的人民本位和人民方向，可见二者在艺术的价值追求或终极功能设定上是存在一致性的。同样，科学型美学的后期代表卢卡契之所以特别重视现实主义、重视现实主义艺术反映的整体性，就在于他认为真正的艺术能够在一个拜物化即异化了的现实中为恢复人的意义、人的价值而贡献力

---

① ［德］黑格尔：《美学》第 1 卷，朱光潜译，商务印书馆 1979 年版，第 147 页。

② ［英］赫伯特·马尔库塞：《美学方面》，引自绿原编《现代美学析疑》，文化艺术出版社 1987 年版，第 2、42 页。

量。他认为"对人和人类事物的把握、在社会以及自然中恢复人的权利的要求构成了在反映现实中再现运动的中心"①。对于现实的审美反映就具有一种自发的倾向，"这种倾向会使在人类发展过程中出现的、不论在生活实践中还是科学和哲学中都起作用的偶像崇拜或拜物化综合体瓦解，使实际对象关系在人的世界图像中恢复相应的地位，并在世界观上重新获得由于这种歪曲而被贬低了的人的意义的认识"，因此，"真正的艺术按其本质说来内在地含有反拜物化的倾向"②。而卢卡契之所以将巴尔扎克、托尔斯泰视为自己美学言说的"英雄"，也就在于"为了人的完美而斗争，反对各种对人的歪曲的假象和表现方式构成了——当然在其他大艺术家那里也是这样——他们作品的基本内容"③。在他那里，现实主义的主要美学问题乃是在于充分地表现人的完整的个性，并从中展示出人的本质属性以及人类的统一性。由此可见，尽管卢卡契现实主义的艺术反映理论模式与阿道尔诺、马尔库塞等社会批判美学为现代艺术辩护的反现实主义理论模式大异其趣，但却有着相同的人道主义的底蕴，在反抗现实异化，张扬艺术自由，致力于人的解放方面是有相通性的。此外，文化分析学派的文艺美学，将文学、文化的研究与工人阶级生活和社会主义革命策略结合起来，实际上也直接切入了人的解放这一主题，更是不待多言的。

　　当然，虽然在人的解放问题上，各种形态的马克思主义文艺美学有着相同的旨归，但在艺术与人的自由和解放的具体关系的认识上，它们又是各有不同的。科学型的马克思主义文艺美学——尤其是在其早期的代表人物那里——更多地把人的解放问题置于生产力和生产关系自然发展的基础之上，而对艺术在社会革命和人的解放进程中的积极能动作用缺乏辩证的认识。法兰克福学派的社会批判美学特别维护艺术的自主性和自由性，并以此作为实现人的自由和解放的途径，他们片面地发展了艺术与文化革命的能动作用，但却把艺术和文化领域的革命与政治、经济领域的社会革命割裂开来，重新

---

① ［匈牙利］卢卡契：《审美特性》第 2 卷，徐恒醇译，中国社会科学出版社 1991 年版，第 166 页。

② ［匈牙利］卢卡契：《审美特性》第 2 卷，徐恒醇译，中国社会科学出版社 1991 年版，第 169 页。

③ ［匈牙利］卢卡契：《审美特性》第 2 卷，徐恒醇译，中国社会科学出版社 1991 年版，第 167 页。

回到了德国古典美学的旧有思路，因而带有很强的审美乌托邦的意味。英国文化分析学派的理论家们虽然对文化的复杂性有更科学的认识，对工人阶级的文化生活有一种出自阶级本能的认同，但他们的视野似乎也很少超出文化领域，对工人阶级的解放之路缺乏一种切实的有实践指导性的理论思考。相比较而言，政治型马克思主义文艺美学将艺术和审美问题的思考与社会主义革命事业的发展有机地联系了起来，在一定程度上回复到了经典马克思主义的本原思路上来，但20世纪某些政治型马克思主义文艺美学确实又往往在革命的名义之下相对淡忘乃至牺牲人的个体自由问题，同时往往以政治代替审美，忽视艺术审美的自主性。因此之故，如何在现代历史条件之下实现艺术理想与人的理想和社会理想的有机统一，在艺术的自由与繁荣中彰显人的自由和解放，在人的自由和解放中孕育艺术的自由和繁荣，这不仅是一个有待理论研究努力去解决的历史课题，也是一个有待历史去自觉实现的理论之谜。

（原载于《山东大学学报》（哲学社会科学版）2011年第6期）

论徐渭的艺术美学取向

傅合远

生活于明中后期社会大变革时代的徐渭，虽然人生坎坷，屡经磨难，终生穷困潦倒，但却是一位在诗文、戏曲、书法、绘画等方面取得卓越成就的艺术家和美学思想家。他重视情感自由，强调"本色"个性，敢于突破和超越古典艺术的桎梏与局限，呈现出狂逸奇伟的审美境界，对中国艺术及美学都有着深远的影响。本文拟对徐渭的艺术美学取向问题作深入而系统的探讨。

一、以情为本的表现意识

徐渭较前人更为重视和强调艺术主体的情感和自由，坚持以情为本、以神造形，将艺术的创造和表现变为情感的物化或直接宣泄。毋庸置疑，我国的艺术及美学思想是以重表现、尚情感为其传统和特点的。无论是先秦时期《尚书·尧典》提出的"诗言志"思想，还是晋陆机《文赋》"诗缘情而绮靡"的理论，都深刻揭示了诗歌与情感的内在关系。但由于儒家重伦理、重教化艺术观的影响，古代艺术及美学理论明显存在着以理节情、以理围情、以理化情、情在理中、情理统一的思想局限，大大消解和弱化了艺术表现的情感自由与张力。直到明中叶前期，"缘情"说远不及"载道"、"明理"、"写意"、"传神"理论发展的充分和完善。自明中叶以降，随着商品经济的萌芽和陆王心学的冲击，人的个性思想和情感都获得了前所未有的解放和自由。如果说李贽的"异端"哲学对儒家的伦理思想进行了前所未有的抨击和颠覆，那么徐渭则对艺术创作中重情感表现的理论有了新的认识。他在《选古今南北剧序》中说："人生堕地，便为情使。聚沙作戏，拈叶止啼，情眆此已。迨终身涉境触事，夷拂悲愉，发为诗文骚赋，璀璨伟丽，令人读之喜而颐解，愤而眦裂，哀而鼻酸，恍若与其人即席挥麈，嬉笑悼唁于数千百载之上者，无他，摹情弥真则动人弥易，传世亦弥远……"①又在《曲序》中说："语曰，睹貌相悦，人之情也。悦则慕，慕则郁，郁而有所宣，则情散而事已，无所宣或结而疢，否则或潜而必行其幽，是故声之者宣之也。"②他首先肯定情感之于人的本体意义，进而认为艺术是因情而发、因情而生，是人对"涉境触事"喜怒哀乐情感的物化形式。情感的特质决定艺术的色彩，情论徐渭的艺术美学取向感是艺术创作的决定因素，而人们欣赏和把握艺术作品，也主要是对艺术作品所蕴含情感的感受与体验。艺术作品所蕴含的感情越是真切、鲜明，便愈能感染人，愈能产生"喜而颐解，愤而眦裂，哀而鼻酸"的艺术效果。因此，情感的多与寡、真与假，便成了衡量艺术作品优劣、好坏的标准，成了艺术作品能否得以传诵或流传久远的先决条件。正是在这样一种认识前提下，徐渭倡导艺术要"本乎情"，"古人之诗本乎情，非设以为之者也，是以有诗而无诗人。迨于后世，则有诗人矣，乞诗之目多至不可胜应，而诗之格亦多至不可胜品，然其于诗，类皆本无是情，而设情以为之。夫设情以为之者，其趋在于干诗之名，干诗之名，其势必至于袭诗之格而剿其华词，审如是，则诗之实亡矣，是之谓有诗人而无诗"③。他称赞古人"本乎情"，因情而发，"为情造文"，"非设以为之"，天机自动，触物发声，率意无为，自然而然，情真意切的作诗境界，而对今人"本无是情，而设情以为之"，或"为文而造情"，必至于袭诗之格而剿其华词，在于"干诗之名"，堕落到有诗人而无诗的境地，表示出不满，批评的矛头直指当时笼罩文坛的前、后七子的"格调"说。明代前、后七子尽管对于诗之"格"的理解不尽相同，但他们皆以"格"将"情"纳入一定的理性规范与程式，修饰装扮，刻意为之，影响了情感表现的直接性与自由性，也势必削弱了艺术鲜活的表现力。很显然，徐渭所要表现的情，不是"发乎情，止乎礼义"，为社会理性认识所规范的儒家的伦理情感，它带有一定的即兴性、自然性与非理性特征，具有无限自由与解放的意义。

---

① （明）徐渭：《选古今南北剧序》，见《徐渭集》第 4 册，中华书局 1982 年版，第 1296 页。
② （明）徐渭：《序曲》，见《徐渭集》第 2 册，中华书局 1982 年版，第 531 页。
③ （明）徐渭：《肖甫诗序》，见《徐渭集》第 2 册，中华书局 1982 年版，第 534 页。

　　徐渭是一位卓有成就的艺术家，他的艺术创作是其尚情感、重表现美学思想的物化和体现。徐渭的现实人生与这个世界有着太多的矛盾和对立。他博学多才却不为世用，儒家的入世思想使他不能割舍这个世界，而心学的影响又使他不能苟且、顺应这个社会。人生的曲折、磨难使他有着无尽的愁绪、愤懑和悲哀。如果说，他曾以自残、自杀和杀人的极端发泄方式险些将自身毁灭的话，那么，他以诗文、戏曲、书画等多种艺术方式，表现、宣泄自己的情感意绪，则使他的人生获得了延续和肯定，使他的人格精神得到升华与超越。"画成雪竹太萧骚，掩节埋清折好梢。独有一般差似我，积高千丈恨难消。"①"画里濡毫不敢浓，窗间欲肖碧玲珑，两竿梢上无多叶，何事风波满太空。"②他的艺术是由世间之"风波"、胸中之"痛"、心头之"恨"浇铸出来的。如其诗："短剑随枪暮合围，寒风吹血着人飞。朝来道上看归骑，一片红冰冷铁衣。"③以情生景，景中见情，非有亲身参加抗倭战斗的体验，不能如此激越慷慨，不能如此情真意切。他的戏曲《四声猿》是对古代历史传说的创造性改造。他将《狂鼓吏渔阳三弄》、《玉禅师翠乡一梦》、《雌木兰代父从军》、《女状元辞凰得凤》四个互不相连的故事结合在一起，以猿声道心声，借戏曲人物之言行抨击黑暗无道的社会现实，抒发自己的悲愤与孤傲。钟人杰评曰："文长终老缝掖，蹈死狱，负奇穷不可遏灭之气，得此四剧而少舒。"④这可谓是对徐渭"因情成戏"艺术创作的真解之言。

　　徐渭以情为本、重表现的价值取向，不仅进一步突破了形似的束缚，大胆决绝地高歌"只开天趣无和有，谁问人看似与不"⑤，而且超越了宋元文人画以人写物使客体物象内在化、精神化的审美取向，使其绘画走向"从来不见梅花谱，信手拈来自有神。不信试看千万树，东风吹着便成春"⑥，"不求形似求生韵，根拨皆吾五指栽"⑦，物由情出，借物写人，因心造境的新境

---

① （明）徐渭：《雪竹》其三，见《徐渭集》第 3 册，中华书局 1982 年版，第 844 页。

② （明）徐渭：《风竹》其一，见《徐渭集》第 3 册，中华书局 1982 年版，第 844 页。

③ （明）徐渭：《龛山凯歌》四，见《徐渭集》第 2 册，中华书局 1982 年版，第 340 页。

④ 钟人杰：《四声猿引》，见《徐渭集》第 4 册，中华书局 1982 年版，第 1356 页。

⑤ （明）徐渭：《墨花卷跋》，见《徐渭集》第 4 册，中华书局 1982 年版，第 1307 页。

⑥ （明）徐渭：《题画梅二首》其二，见《徐渭集》第 2 册，中华书局 1982 年版，第 387 页。

⑦ （明）徐渭：《画百花卷与史甥，题曰漱老谑墨》，见《徐渭集》第 1 册，中华书局 1982 年版，第 154 页。

界。如他画的《葡萄图》、《榴实图》等中的野葡萄与山石榴，本都是在画史上不被人青睐、难登大雅之堂的物象，但经徐渭曲直、徐疾的笔线勾勒，浓淡枯润的墨色渲染，便显示出无限生机和强大的生命活力。其题画诗"半生落魄已成翁，独立书斋啸晚风。笔底明珠无处卖，闲抛闲掷野藤中"①，成了他对自身命运的慨叹与写照。他画竹，多画雪竹、风竹、雨竹，却不是为了歌颂竹的劲健挺拔、清逸高雅的节操，而是为了描述竹子在自然生长过程中所经受的风雨、雪压的摧残与折磨。"送君不可俗，为君写风竹。君听竹梢声，是风还是哭？"② 以竹喻人，诅咒和批判这个社会的黑暗与无道。由此可见，徐渭重情感、尚表现的审美取向，赋予了他的艺术以更多的情感自由和主观创造特性。这也许就是画史上称宋元文人画为"写意"画，而称徐渭的画为"大写意"的因由吧。

二、"本色"、"出于己"的个性创造理论

徐渭更为深刻地发掘了"本色"的理论价值，为艺术创作弘扬"真我"、个性化创造开拓了道路。诚然，"本色"作为一个美学范畴引入艺术批评领域并非始自徐渭。早在宋代，陈师道便在《后山诗话》中说："退之以文为诗……虽极天下之工，要非本色。"③ 其后，严羽在《沧浪诗话》中也说："大抵禅道惟在妙悟，诗道亦在妙悟。且孟襄阳学力下韩退之远甚，而其诗独出退之之上者，一味妙悟而已。惟悟乃为当行，乃为本色。"④ 可见，宋人艺术批评中的"本色"论，多是指某种艺术形式应有的语言或思维表现特质而言的。明人唐顺之对"本色"内涵的揭示有所深化，并首次将"本色"同艺术主体"瑜瑕俱不容掩"的"真面目"联系起来。他说："近来觉得诗文一事，只是直写胸臆，如谚语所谓开口见喉咙者，使后人读之，如真

① （明）徐渭：《葡萄》一，见《徐渭集》第2册，中华书局1982年版，第401页。
② （明）徐渭：《附画风竹于篇送子甘题此》，见《徐渭集》第1册，中华书局1982年版，第160页。
③ （宋）陈师道：《后山诗话》，见（清）何文焕辑：《历代诗话》上，中华书局1981年版，第309页。
④ （宋）严羽：《沧浪诗话》，见（清）何文焕辑：《历代诗话》下，中华书局1981年版，第686页。

见其面目，瑜瑕俱不容掩，所谓本色……"①徐渭的"本色"论受唐顺之的影响和启示，不是就某种艺术形式而言，而是指一切艺术形式的创作，特别是揭示了"本色"同艺术家内在精神的密切关系。他在《西厢序》中说："世事莫不有本色，有相色。本色犹俗言正身也，相色，替身也。替身者，即书评中婢作夫人终觉羞涩之谓也。婢作妇人者，欲涂抹成主母而多插带，反掩其素之谓也。故余于此本中贱相色，贵本色，众人啧啧者我响响也。岂惟剧者，凡作者莫不如此。"②这里的"本色"或"正身"，是与"相色"或"替身"相对的一种概念存在。徐渭至此虽也没有对"本色"作出直接的解释，但他对婢作夫人的内在心理、外在表现有很生动的描述，可以看作是对"相色"与"替身"的揭示。在徐渭看来，婢作夫人"终觉羞涩"，在心态上表现为不真实、不坦然。"欲涂抹成主母而多插带，反掩其素之谓也"则是在行为上表现为涂脂抹粉，矫情做作，掩盖了自己"素"的真面目，是"非我"的。而与"相色"或"替身"相对的"本色"或"正身"，就是心态上的自然而然，行为上的率真而为，无拘无束，是一个由里而外完全属于自己本性的"真我"。所谓"真我"，徐渭在《涉江赋》中有明确的阐释："爰有一物，无挂无碍，在小匪细，在大匪泥，来不知始，往不知驰，得之者成，失之者败，得亦无携，失亦不脱，在方寸间，周天地所。勿谓觉灵，是为真我……"③可见，"真我"是一种与生俱来的自然本性，或是一种我之所为我，以区别于他人的内在精神与个性特质。它同李贽所极力倡导的"绝假纯真"、"最初一念之本心，若失却童心，便失却真心，失却真心，便失却真人"④的"童心"，有异曲同工之妙。徐渭的"贵本色"、"贱相色"，实际上就是强调艺术家要保持人之为人的自然本性和我之为我的独特的个性价值，而反对一切封建教化与桎梏，自立规矩，独造新韵。显然，这种意识是深受陆王心学特别是季本"自然本性"思想影响的结果，是具有鲜明的近代思想启蒙与个性解放意义的。

---

① （明）唐顺之：《与洪方洲书》，见《荆川先生文集》卷七，四部丛刊本，第 13 页。

② （明）徐渭：《西厢序》，见《徐渭集》第 4 册，中华书局 1982 年版，第 1089 页。

③ （明）徐渭：《涉江赋》，见《徐渭集》第 1 册，中华书局 1982 年版，第 36 页。

④ （明）李贽：《童心说》，见张建业、张岱注《李贽全集注》第 1 册，社会科学文献出版社 2010 年版，第 276 页。

正是在这样一种哲学意识的前提下，徐渭将"本色"这一范畴用于艺术创造领域，并将是否"本色"，有真情、个性，作为衡量一切艺术表现价值高低的标准。在文学方面，徐渭在强调"本色"的基础上，提出了"出于己"的思想。他在《叶子肃诗序》中指出："人有学为鸟言者，其音则鸟也，而性则人也。鸟有学为人言者，其音则人也，而性则鸟也。此可以定人与鸟之衡哉？今之为诗者，何以异于是。不出于己之所自得，而徒窃于人之所尝言，曰某篇是某体，某篇则否，某句似某人，某句则否，此虽极工逼肖，而已不免于鸟之为人言矣。若吾友子肃之诗则不然，其情坦以直，故语无晦，其情散以博，故语无拘，其情多喜而少忧，故语虽苦而能遣其情，好高而耻下，故语虽俭而实丰，盖所谓出于己之所自得，而不窃于人之所尝言者也。"①在徐渭看来，言为心声，诗为情铸，艺术就是将主体的内在性情与个性给以真实而自然的展示与物化。一切皆从于中、"出于己"，而绝不从于外，"窃于人所尝言"，好友叶子肃之诗，正具有这种特质与境界。为此，他满怀热情给予褒扬与赞美。反之，对于那种言不由衷，尺寸古人，模拟经典，矫真饰伪，失去真情本色与个性创造之诗，他给予了最不客气的痛斥与贬抑，称其为鹦鹉学舌，"鸟之为人言"。徐渭的重"本色"、个性的文学观，驱散了明中叶前、后七子"文必秦汉，诗必盛唐"以复古作伪为"创新"的阴霾，开启了明代诗文创作的新风貌，正如袁宏道所评："先生诗文崛起，一扫近代芜秽之习，百世而下，自有定论。"②

在书法艺术方面，徐渭在强调"心为上，手次之，目口末矣"③的同时，更注重"露己意"。他在《书季子微所藏摹本兰亭》中指出："凡临摹直寄兴耳，铢而较，寸而合，岂真我面目哉？临摹《兰亭》本者多矣，然时时露己笔意者，始称高手。"④在此，他突破甚至改变了传统"尚精"、"贵似"的临帖标准，强调临帖过程中的意造、神似，表现主体的"真我面目"与"己意"，将被动的临帖学习过程变为主动的审美创造，把"出乎己，而不由乎

①　（明）徐渭：《叶子肃诗序》，见《徐渭集》第 2 册，中华书局 1982 年版，第 519—520 页。
②　袁宏道：《徐文长传》，见《徐渭集》第 4 册，中华书局 1982 年版，第 1344 页。
③　（明）徐渭：《玄抄类摘序》，见《徐渭集》第 2 册，中华书局 1982 年版，第 535 页。
④　（明）徐渭：《书季子微所藏摹本兰亭》，见《徐渭集》第 2 册，中华书局 1982 年版，第 577 页。

人"①，真实地表现自我，作为书法艺术表现的理想境界。

在绘画艺术方面，徐渭更是"随手所至，出自家意，其韵度虽不能尽合古法，然一种山野之气不速自至，亦一乐也"②。他画的牡丹，独具匠心，意象清奇。牡丹，历来被称为富贵之花，传统画法无不极尽描摹勾勒、烘托渲染，着力以五彩表现其华丽富贵之态。而徐渭则以水墨为之，赋予牡丹以清雅脱俗的格调。对于这种前无古人的创作变化，徐渭认为是"盖余本窭人，性与梅竹宜，至荣华富丽，风若马牛，宜弗相似也"③，"五十八年贫贱身，何曾妄念洛阳春？不然岂少胭脂在，富贵花将墨写神"④。可见，是徐渭的人格本色和"己意"决定了艺术形象创造的精神特质。从这个意义上来讲，徐渭重"本色"、出"己意"的艺术理论，是明代中后期艺术自由和个性创造的理论基石，更是一种富有近代启蒙意义的思想。

三、奇伟狂逸的审美境界

徐渭突破了古典艺术简淡闲雅、和谐优美审美风尚的历史传统与局限，大胆追求狂逸奇伟、充满矛盾与对立因素、具有近代浪漫气息与崇高特质的艺术境界，进一步开拓和深化了人们的审美感受。如前所述，徐渭以情为本的价值取向是对宋元文人画理论的深化与超越，因而他对明代的文人画创作，特别是"吴中画派"所形成的以墨淡形简、清雅秀润为高致的艺术范式颇为不满。他说："吴中画多惜墨……不知画病不病，不在墨重与轻，在生动与不生动耳。飞燕、玉环纤秾县（悬）绝，使两主易地，绝不相入，令妙于鉴者从旁睨之，皆不妨于倾国。"⑤他认为，绘画艺术的简与繁、重与轻、纤与秾是各有其美的，最重要的是要有"妙于鉴者"之心，即依据艺术家内在的情感意绪特质表现出对象的生命与活力，使其生动感人，而不应该刻意

---

① （明）徐渭：《把张东海草书千文卷后》，见《徐渭集》第 4 册，中华书局 1982 年版，第 1091 页。
② （明）徐渭：《跋画为沈文泉》，见《徐渭集》第 4 册，中华书局 1982 年版，第 1324 页。
③ （明）徐渭：《墨牡丹》，见《徐渭集》第 4 册，中华书局 1982 年版，第 1310 页。
④ （明）徐渭：《牡丹》，见《徐渭集》第 2 册，中华书局 1982 年版，第 397 页。
⑤ （明）徐渭：《书谢叟时臣渊明卷为葛公旦》，见《徐渭集》第 2 册，中华书局 1982 年版，第 574 页。

迎合某种社会理性审美范式和价值取向而影响其艺术表现的自由和创造性。他指出："奇峰绝壁，大水悬流，怪石苍松，幽人羽客，大抵以墨汁淋漓，烟岚满纸，旷如无天，密如无地为上。"① "试取所选者读之，果能如冷水浇背，陡然一惊，便是兴观群怨之品，如其不然，便不是矣。"② 由此可见，徐渭所追求和表现的艺术理想，是一种纵情任性、狂逸奇伟、墨纸淋漓、烟岚满纸、张扬外露，具有荡气回肠、陡然一惊审美感受的艺术境界。

徐渭的绘画如《雨中芭蕉》、《芭蕉梅花图》，善于运用夸张的手法，驱墨如云，渲染芭蕉的躯干顶天立地；而宽大舒展的枝叶，湿润厚重，有一种遮天蔽地、无天无地的笼罩力，使人感到空间的逼仄和生存的压抑与苦闷。

徐渭的书法，特别是草书《杜甫诗轴》，既非二王的不激不厉、中和闲雅，也非张旭、怀素的自由狂放，而是强悍、粗肆，用笔既盘环勾连，又长拉硬扯，字的间架结构完全被破坏，一个字可以携手两行，松松紧紧，疏疏密密，亦写亦画，横倒竖歪，怪状百出，字的可识性受到挑战，局部的技巧美失去了价值。作品似乎只是在创造、渲染一种氛围、一种气势，在一片浑然苍茫之中，有一种排山倒海、摧枯拉朽的气息迎面袭来，令人惊骇令人愁，又无处逃避也无可躲藏。这不是一种理性的表现，而是一种病态的疯狂，非理性宣泄。正如袁宏道所评："强心铁骨，与夫一种磊块不平之气，字画之中宛宛可见。意甚骇之"，"不论书法而论书神，先生者诚八法之散圣，字林之侠客也"。③

徐渭的诗也是掀雷挟电，意象诡异，如"黑松密处秋萤雨，烟里闻声辨乡语。有身无首知是谁，寒风莫射刀伤处。关门悬蠹稀行旅，半是生人半是鬼。犹道能言似昨时，白日牵人说兵事……"④ 荒寒幽凄，鬼语秋坟，刀光剑影，动人心魄。

徐渭的戏曲《四声猿》更给人奇异瑰丽、荡气回肠的审美感受，如澂道人《四声猿引》中所评："俄而鬼判，俄而僧妓，俄而雌丈夫，俄而女文

---

① （明）徐渭：《与两画史》，见《徐渭集》第 2 册，中华书局 1982 年版，第 487 页。
② （明）徐渭：《答许口北》，见《徐渭集》第 2 册，中华书局 1982 年版，第 482 页。
③ 袁宏道：《徐文长传》，见《徐渭集》第 4 册，中华书局 1982 年版，第 1342—1343 页。
④ （明）徐渭：《阴风吹火篇呈钱刑部君（附书）》，见《徐渭集》第 1 册，中华书局 1982 年版，第 113—114 页。

士，借彼异迹，吐我奇气，豪俊处、沉雄处、幽丽处、险奥处、激宕处……即以为有明绝奇文字之第一，亦无不可。"[1]"奇"，可谓是对徐渭艺术审美境界特点最为简洁、准确的概括。"奇"的艺术境界，与传统的尚中和、尚优美和尚简雅的审美趣味不同，它更具有怪异、偏激、狂逸、粗肆等难以穷尽、不可言说的价值取向。这种艺术境界的审美感受，也完全不同于古典传统的温文尔雅、赏心悦目的品味，而是一种强烈的刺激，它有一种强大的难以抗拒的情感、理性和非理性力量，冲击人的心灵，开拓人的胸襟，给人以震撼惊诧之感。甚或称这种艺术审美境界是一种"魔趣"和"别调"[2]，实道出了徐渭这种艺术表现境界不同于古典传统艺术的新感受和新趣味。

总之，徐渭重情感表现，尚个性创造，追求狂逸奇伟艺术境界的美学取向，具有鲜明的时代特征。它对于中国古典艺术及美学思想向近代的历史深化与发展，具有启蒙、引领和推进的意义。因而徐渭的艺术美学，也不仅"遂为公安一派之先鞭"[3]，更给晚明、清代乃至近、现代的艺术家如汤显祖、八大山人、石涛、郑板桥、齐白石等人的艺术美学思想以深刻的启示和影响。这也正是本文研究的意义和价值所在。

（原载于《山东大学学报》（哲学社会科学版）2012 年第 4 期）

---

[1]　澂道人：《四声猿引》，见《徐渭集》第 4 册，中华书局 1982 年版，第 1357 页。

[2]　（清）永瑢等撰：《四库全书总目》卷 178《徐文长集提要》，中华书局 1965 年版，第 1606 页。

[3]　（清）永瑢等撰：《四库全书总目》卷 178《徐文长集提要》，中华书局 1965 年版，第 1606 页。

"里仁为美"：先秦儒家美学思想的元问题

谭好哲

一

　　做中、外美学史的研究，可以发现这样一种明显的对比状况：西方美学史上的大家，其美学思想通常都与其哲学体系紧密相关，而且其美学观点一般都有一个元问题性质的理论命题，这个元问题性质的理论命题既将美学问题的探讨提升到一定的形而上高度，同时又成为其他相关美学问题由之生发的始原，比如古希腊时期柏拉图的"美在理念"说和近代德国哲学家黑格尔的"美是理念的感性显现"说就是如此。与之相较，中国古代思想家的美学观点，由于通常缺少一个系统化的哲学体系为理论支撑，因而其美学思想也形不成系统化的理论表述，以致后人也很难从中披沙拣金式地提炼出其美学思想的元问题。这种状况，就造成了在中国美学思想史的研究中对古代美学思想家和思想流派的研究往往是智者见智仁者见仁，认识评价莫衷一是。对于孔子和孟子等先秦儒家美学思想的研究也是如此。

　　在中国古代美学大厦的建构中，以孔子和孟子为原始经典代表的先秦儒家美学占据着主导性的位置。研读《论语》和《孟子》这两部纪录孔、孟言行的经典文献，可以发现孔子和孟子在不同场合之下关于美与审美的许多直接或间接的言论和见解，从传统文化的传承和古今思想的融通角度来说，这是现代美学研究需要面对的一份重要遗产。可以说，自 20 世纪初叶西方现代美学观念传入中国之后，从现代美学的思想和方法出发对于先秦儒家美学思想的研究和反思就已开始了，并已产生大量有见识有价值的学术成果。但是倘若我们仔细检索一下这些研究成果，则不难发现，从老一辈学术大家

王国维的《孔子之美育主义》，朱光潜的《中国古代美学简介》，宗白华的
《中国美学史中重要问题的初步探索》、《中国美学思想专题研究笔记》，蒋孔
阳的《先秦音乐美学思想论稿》，到 20 世纪 80 年代以来的各种中国美学史
书写，大多数论者都是基于儒家的礼乐观，就孔子、孟子关于诗歌、艺术和
审美鉴赏中的一些具体言论加以梳理和总结，有不少的研究虽然提供了比较
丰富的思想资料，也做了较多的梳理条陈，但是却不能言简意赅地归纳总结
出一个具有思想涵盖性和原生性的理论命题，致使读者很难形成对于先秦儒
家美学思想的明确认识和把握。如果有人试问最能代表孔、孟美学观点的言
论究竟为何？就现有的研究成果来说，尚不能给出一个确切的回答和论定。

　　为什么会出现上述情况？是因为孔子孟子的美学思想中从根本上就缺
少这样一种理论质素呢，还是由于研究者的理论认识不足、学理阐发不够才
造成的呢？我的回答是后者。事实上，在先秦儒家的美学思想中是存在一个
具有元问题性质的美学理论表述的，这个表述即是"里仁为美"。《论语》"里
仁篇"的开篇写道："子曰：'里仁为美。择不处仁，焉得知？'"（《论语·里
仁篇》，知，同智）① 这里的"里"指居住的地方，"仁"即仁德，或译为仁
厚的风俗。孔子的两句话直译为现代汉语，就是：住的地方有仁德就是美。
不选择有仁德的地方居住，怎么能说是聪明呢？孔子这里谈的是居住之地的
选择，孟子后来又在谈到人应该谨慎地选择职业时引述了孔子的这两句话：

　　　　孟子曰："矢人岂不仁于函人哉？矢人唯恐不伤人，函人唯恐伤人。
　　　巫、匠亦然。故术不可不慎也。孔子曰：'里仁为美。择不处仁，焉得
　　　智？'夫仁，天之尊爵也，人之安宅也。莫之御而不仁，是不智也。不
　　　仁、不智，无礼、无义，人役也。"②

　　从《论语》和《孟子》的这两处引文来看，孔子和孟子都是在论及人
的生存行为时提出"里仁为美"这一表述的。从孔子话中选择居住之地的本

---

① 　引见杨伯峻译注：《论语译注》，中华书局 1980 年版。以下《论语》引证皆为此版，不
　　一一注明页码。
② 　《孟子·公孙丑章句上》。引见杨伯峻《孟子译注》，中华书局 1992 年版。以下《孟子》
　　引证皆为此版，不一一注明页码。

意上看，"里仁"也可以翻译为"以仁德为邻居"或"与仁共处"、"居住于仁德之地"等等，这与孔子经常谈到的"亲仁"、"依于仁"等等是同样的意思，从一般的人生观意义上来看，都是强调要把仁作为人生的根本，而以仁为本的人生就是美的。明白这个基本人生道理的人才算是聪明亦即有智慧的人，否则就是愚蠢没有智慧的人。由此可见，美与仁有关，也就是与人的生活，与人的生存选择有关。我们知道，德国现象学哲学家胡塞尔曾经把哲学史上许多重要的哲学体系称为"人生观哲学"，认为"人生观哲学"以人本主义的态度看待世界，其目的在于发展社会和改善人类，是一种"生活的智慧"，而不关心他所推崇的"客观的真理"①。暂且撇开胡塞尔谈论"人生观哲学"的贬低意味不论，仅就思想系统的特点而言，将中国古代的儒家思想解读为"人生观哲学"或简称为人生哲学，倒是十分妥帖的，相应地，则可以将儒家美学视为人生观美学或曰人生美学（在中国古代美学内部，与儒家的人生美学相对应的是道家的自然美学）。"里仁为美"的观点集中反映和体现了儒家人生美学的内容和特点，可以作为先秦儒家美学一个具有元问题性质的理论命题来看待。

二

为什么把"里仁为美"作为一个具有元问题性质的理论命题来看待，而不选用其他的提法呢？这要做一点具体的分析。

一般来说，美学问题之所以能被称为元问题，或者说美学元问题之成立，一是在于它能够显示与一定的哲学观念的内在联系，从而揭示美得以生成、审美得以发生的深层根源；二是在于它能够成为一种美学思想系统中其他相关观念和问题的始原，其他相关观念和问题都由此衍生出来，并可借此而获得具有理论自洽性的解释。由此认识，我们试来分析一下《论语》一书中其他各种涉及美的言论和观点。在《论语》一书中，"美"字共出现了14次，从语义上分析大致有两层含义：一是广义或泛指的用法，在各种场合和行为领域里都可使用，可释义为好、好的、美好的事等，与好、善、优、

---

① 参见杜任之主编《现代西方著名哲学家述评》，三联书店1980年版，第239页。

良、吉等等字义相通；二是狭义或特指的用法，即在审美意义上使用，可释义为漂亮、美丽，或直接理解为并翻译为现代意义上的美字。具体梳理可见，其中有 7 次是在与人交谈时涉及有具体所指的美，如形容人之美："不有祝鲍之佞，而有宋朝之美"①，祝鲍、宋朝皆为古代人物；衣服、器物之美："恶衣服而致美乎黻冕"②，"有美玉于斯"③；宫室之美："不见宗庙之美"④。这些有具体所指的言论所涉及的"美"字通常是在狭义上加以运用的，虽然从中体现了孔子的审美观念，但缺少必要的理论提升和抽象，难以作为概括性的理论命题加以运用。此外，在《论语·学而篇》中引述了孔子的学生有子对"礼之用"的评论："礼之用，和为贵。先王之道，斯为美；小大由之。"《论语·颜渊篇》引述了孔子"君子成人之美（好事），不成人之恶（坏事）。小人反是"的言论。《论语·尧曰篇》里有孔子对弟子从政要"尊五美"的教导，即具备"惠而不费，劳而不怨，欲而不贪，泰而不骄，威而不猛"五种优秀素质。这些虽体现了孔子的思想，但言论的宗旨都是在评论什么是好的应该做的、什么是不好的不应该做的事情，审美评判的意味并不突出，也不足以引申为概括性的美学命题。相比较而言，孔子对舜时代的《韶》乐和周武王时代的《武》乐的评论非常具有美学理论价值，也被各种美学史著作多加阐发。原文为："子谓韶，'尽美矣，又尽善也。'谓武，'尽美矣，未尽善也。'"⑤ 显然，这段评论言简意赅，厘定了善与美各自的相对独立性，将美与善作了区分，但是却并没有对美何以成为美作出解答，其中间接地提出了中外美学理论研究中都必涉及的美善关系这一重要理论问题，但放在儒家美学的整个思想体系中来考量，这还算不上是一个元理论问题。

相比较而言，在孔子的言论中，只有"里仁为美"才可以作为一个元问题性质的美学理论表述来看待。首先，这一理论表述突出地显示出了孔子的美学思想与其仁学思想体系的紧密联系，揭示出美之为美的仁本根源。美是怎样才得以形成的呢？它是在礼乐教化的培育中，在仁爱人格的塑造中，

① 《论语·雍也篇》。
② 《论语·泰伯篇》。
③ 《论语·子罕篇》。
④ 《论语·子张篇》。
⑤ 《论语·八佾篇》。

在仁善行为的累积中，在仁政理想的追求中，才得以充实、生成起来的，而且美能够以其对于仁性光辉的焕发进入到崇高以至神圣的境界。其次，这一理论也成为孔子对于人生、社会、艺术以及自然等等各个不同领域进行审美思考和审美评判的依据和标准，换言之，孔子涉及审美问题的各种言论和观点，都可以由此获得合理的解释。比如说，孔子对于做人不欣赏过分文饰，尤其厌恶巧言令色，而主张"文质彬彬，然后君子"①，就是因为质朴做人，不离本分，与仁较近，而过分文饰就会陷于虚浮，离仁较远，至于巧言令色之人则"鲜矣仁"②，自然就更不值一提了；孔子论诗，有"诗三百，一言以蔽之，曰：'思无邪'"③之说，是由于思无邪才有仁心在；孔子论乐，讲"人而不仁，如礼何？人而不仁，如乐何？"④，又说"礼云礼云，玉帛云乎哉？乐云乐云，钟鼓云乎哉？"⑤，都是强调音乐同礼仪一样，必须是以仁为内容为基础的。其他像孔子"恶紫之夺朱也，恶郑声之乱雅乐也，恶利口之覆邦家者"⑥，以及谴责鲁国权臣季氏"八佾舞于庭，是可忍也，孰不可忍也？"⑦，也都是由于乱雅乐的郑声和季氏"八佾舞于庭"违仁背礼的缘故。

众所周知，在先秦儒家之中，与孔子思想一脉相承的孟子也有过大量涉及审美问题的言论和观点，并且对美下过一个定义。在回答浩生不害关于乐正子算不算善人、信人，何为善、何为信的问题时，孟子发表了如下一段言论：

> 可欲之谓善，有诸己之谓信，充实之谓美，充实而有光辉之谓大，大而化之之谓圣，圣而不可知之之谓神。乐正子，二之中、四之下也。⑧

在这里，孟子提出了"充实之为美"的理论命题。我们知道，孟子的思想体

---

① 《论语·雍也篇》。
② 《论语·学而篇》。
③ 《论语·为政篇》。
④ 《论语·八佾篇》。
⑤ 《论语·阳货篇》。
⑥ 《论语·阳货篇》。
⑦ 《论语·八佾篇》。
⑧ 《孟子·尽心章句下》。

系是从仁义出发的，讲求人的行为要行仁由义，实则其"义"的含义也包括在孔子所说的"仁"中。孔子认为对爹娘的孝顺和对兄长的敬爱是仁的根本，所谓"孝弟也者，其为仁之本与！"①；孟子则说："孩提之童无不知爱其亲者，及其长也，无不知敬其兄也。亲亲，仁也；敬长，义也"②，"仁之实，事亲是也；义之实，从兄是也"③。对上面孟子与浩生不害的相互问答，一定要与孟子的仁义观念结合起来，才能得到较为确切的理解。在孟子的回答中，"可欲"直解为值得喜欢或可以追求，值得还是不值得，可以还是不可以，按照孔、孟的思想应从符合不符合仁义来判断，符合仁义值得喜欢的可以追求的就是"善"（好），好的品德实际存在于本身便叫作"信"（实在，诚实），以好的品德充满自身便叫作"美"，"美"以"善"与"信"等好的品德为内在的充实物，也就是以仁义为根本，以仁义充实自己。在孟子看来，凡是人类，其实都于自身的心性中存在着仁善的根性，他称之为"不忍人之心"以及"恻隐之心"、"羞恶之心"等等，只要不断地用好的东西来扩而充之，发扬光大之，人就会走在事父事君、齐家治国、成仁成圣的路上。对此，《孟子》有过如下一段著名的论述：

> 孟子曰："人皆有不忍人之心。先王有不忍人之心，斯有不忍人之政矣。以不忍人之心，行不忍人之政，治天下可运之掌上。所以谓人皆有不忍人之心者，今人乍见孺子将入于井，皆有怵惕恻隐之心——非所以内交于孺子之父母也，非所以要誉于乡党朋友也，非恶其声而然也。由是观之，无恻隐之心，非人也；无羞恶之心，非人也；无辞让之心，非人也；无是非之心，非人也。
>
> 恻隐之心，仁之端也；羞恶之心，义之端也；辞让之心，礼之端也；是非之心，智之端也。人之有是四端也，犹其有四体也。有是四端而自谓不能者，自贼者也；谓其君不能者，贼其君者也。
>
> 凡有四端于我者，知皆扩而充之矣，若火之始然，泉之始达。苟

---

① 《论语·学而篇》。
② 《孟子·尽心章句上》。
③ 《孟子·离娄章句上》。

能充之，足以保四海；苟不充之，不足以事父母。"①

从这段话里，可以更加明了孟子要求"充实"的内容究竟是什么，他所要求"充之"、"扩而充之"的就是人之固有心性——恻隐之心、羞恶之心、辞让之心、是非之心——中包含着的人性"四端"，即仁、义、礼、智这四种仁善的萌芽。由此可见，孟子对美的界定与孔子本质上是一致的。但是，"充实之为美"作为一个单独的抽象理论命题来看，充实什么或用什么来充实没有确指，只有联系上下文才能理解，不如"里仁为美"的语义更为明确，故而本文还是愿意选择"里仁为美"作为先秦儒家美学的元理论问题。

三

将"里仁为美"作为先秦儒家具有元问题性质和阐发价值的美学表述，揭示了美的人学底蕴。

汉代许慎的《说文解字》对"仁"字的解释是："仁，亲也，从人从二。"宋代的徐铉注曰："仁者兼爱，故从二。"②对"仁"字的这种解释是符合先秦儒家思想实际的。如前所述，儒家的思想体系是关于人生智慧的学说，或者说是一种人生哲学，而"仁"则是其思想的核心。在孔子和孟子那里，"仁"既是对人之应然本性的概括，也是关于人生和社会的道德规范与理想标准。从人之应然本性角度来说，"仁"首先表示的是建立在血缘亲情基础上的亲属之爱。"樊迟问仁。子曰：'爱人。'"③孝顺父母，敬重兄长，都是这种爱的表现。但是，仁者之爱，不限于自己的亲属，还有一种推己及人之爱，所以孔子教导弟子要"泛爱众，而亲仁"④，孟子讲"人皆有不忍人之心"、有"恻隐之心"⑤，倡导"老吾老，以及人之老；幼吾幼，以及人之幼"⑥。"仁"不仅是人之为人应该具有的一种善良本性，同时这种本性又是

---

① 《孟子·公孙丑章句上》。
② （汉）许慎撰：《说文解字》，中华书局1979年版，第161页。
③ 《论语·颜渊篇》。
④ 《论语·学而篇》。
⑤ 《孟子·公孙丑章句上》。
⑥ 《孟子·梁惠王章句上》。

易于被社会环境所污染、消泯的，所以人生还有一个如何"亲仁"、"依仁"、"守仁"、"为仁"、"成仁"、"求仁"，即在追求"仁"的过程中保持和发扬自己固有的仁爱本性以成为"仁人"的问题，这就使得"仁"又成为一种人生在世的道德修养和人格塑造的标准，而且是一个很高的标准。孔子轻易不许人以"仁人"，相反他总是强调求仁由己，强调人应该永远追求仁，向仁的精神境界提升。孔子说："为仁由己，而由人乎哉?"①，又说"君子去仁，恶乎成名? 君子无终食之间违仁，造次必于是，颠沛必于是。"② 他甚至要求"当仁，不让于师"，强调"志士仁人，无求生以害仁，有杀身以成仁。"③ 孔子和孟子不仅要求一般人要培育和发扬自己的仁爱之心，求仁得仁，如孔子所言"我欲仁，斯仁至矣"④，而且期望将仁爱原则普及到全社会，特别是强调居上位的统治者要有仁心行仁政，《孟子》中的许多篇章都是记述孟子如何劝导统治者施行仁政的。按照仁爱原则来治理国家，教化人民，简言之以仁济世，是儒家的社会理想。

由于"仁"的上述这些含义，致使以"里仁为美"为基础和原生思想的先秦儒家美学具有了如下一些特点：

其一，先秦儒家美学思想具有很强的人生意味。在孔子和孟子那里，美其实是人生追求或者说生命成长中的一种很高的生命境界。值得追求的人生境界包括善、信、美、大、圣、神六阶，这都是"仁"所具有的不同精神阶位。从这六阶精神阶位的关系上来看，后边的阶位以前边的阶位为前提和基础，具有包容关系，同时又是对前边阶位的超越，是逐层提升的关系，越往后边越高。于是可见，儒家的人生目标和理想是超越性的，越是要达到更高的目标和理想，越是要充实更多的仁善内容，作出更多的仁行努力。这其中，善、信、美三阶是一般的人生可以企及和追求的，而大、圣、神三阶就不是常人可以企及的了。孔子和孟子经常拿善、信、美来评价古今人物及其言行，但却不轻易用大、圣、神来评价人。孔子曾以"大哉"、"巍巍乎"、"荡荡乎"形容尧，盛赞他"巍巍乎其有成功也，焕乎其有文章"，也以"巍

———————

① 《论语·颜渊篇》。
② 《论语·里仁篇》。
③ 《论语·卫灵公篇》。
④ 《论语·述而篇》。

巍乎"称誉过舜、禹①，但是却认为"圣"的境界"尧舜其犹病乎"②，亦即尧舜都达不到，这就更不用说"神"的境界了。不过，大、圣、神的境界是以善、信、美的存在和追求为前提的，常人虽难企及却可想望，而且是导引人生和人性向上提升的更高理想与标准。就美而言，在这六种精神阶位中，它在常人世界中是人生所能达到的最高境界，又是大、圣、神三个更高阶位的起点，从孔子对"大"即崇高的形容中可见，"大"的境界中是发散着美的光辉的，由此可见美在常人生活世界中的作用是何其重要，在价值序列中的位置又是多么不可或缺。美是基于人生又超越人生的，人生的无限延伸，使美具有了无尽的绵延属性，哪里有人生，哪里就有美，同时美的超越性，又使得具体的人生具有了精神向上提升的不竭动力，从而使美成为人类终极性的价值追求。这是美的现实性人性底蕴所在，也是其形而上价值理念所在。

其二，先秦儒家美学思想虽然已经认识到美与善的区别，在不少情况下从事物和人类活动的形式、外观等等来论美，但是在大多数情况下依然偏重于从内容、内在性质方面来论美。由于儒家所言之美以仁为本根，需要用善与信来充实自身，所以其美论是人性化、社会化了的美论，而不是形式化、自然化的美论。也正由于偏重于从内容、内在性质方面来论美，所以在先秦儒家的言论中，美、善在语义上往往是一致的，可以相互训释。在孔子和孟子的美学言论中，致使他们谈到了自然事物方面的美、形式外观方面的美，通常情况下也都是要说明与人，即与人生修养或国家治理等等有关的问题。比如，《论语》中有两段话谈到宫室之美：

　　　子谓卫公子荆，"善居室。始有，曰：'苟合矣。'少有，曰：'苟完矣。'富有，曰：'苟美矣。'"③

　　　叔孙武叔语大夫于朝曰："子贡贤于仲尼。"
　　　子服景伯以告子贡。子贡曰："譬之宫墙，赐之墙也及肩，窥见室家之好。夫子之墙数仞，不得其门而入，不见宗庙之美，百官之

① 《论语·泰伯篇》。
② 《论语·雍也篇》。
③ 《论语·子路篇》。

富（官，本意指房舍——引者注）。得其门者或寡矣。夫子之云，不以宜乎？"①

　　前一段话是孔子用来夸赞卫公子荆会持家过日子，勤俭而不尚奢华，后一段话是子贡用建筑之美来形容孔子思想的博大精深。再比如，孔子对自然美也有很高的欣赏兴致，但面对自然，他通常想到的还是"知者乐水，仁者乐山"②，将自然的山水与主体的志意连接起来，从而把自然的欣赏高度人化。

　　其三，先秦儒家美学思想虽然已经将美列为一个与善（好，对"可欲"的追求）、信（实，确实具备的良善品德）、大以及义、礼、智、忠、恕、勇、恭等等有所区别的概念范畴，但是却并不把美的存在以及审美活动看成是与其他存在和活动相互绝缘的东西。这是因为所有这些概念都是涵盖在仁学思想之中的，人类所有的活动都应该是在仁性光辉的普照下展开的。"仁"字从人又从二，它实际上讲的就是人生世界人与人之间的关系问题，扩而言之又包括人与他人、人与社会、人与其所处的自然世界等等不同的关系，在这些不同的关系中都包含着善、信、礼、义、智等等的问题，也包含着审美的问题。孔子不仅以仁释礼，同样也以仁为善、信、美的本根。这些不同的概念，有时候标示的是有所区别相互不同的存在，而这些存在大多数情况下则是混然相处、难别你我的，处于你中有我我中有你的交叉、交融状态。这一点，还可以从孔子关于"成人"也就是全人的看法中得到证实。子路问孔子说，什么样的人才可以称为"成人"呢？孔子回答说，要有智慧，寡欲望，勇敢，多才艺，还要用礼乐来成就文雅风采，才可以称之为"成人"③。可见，艺术也就是审美的教养是人在求仁得仁的过程中成为全人的一个方面，而这一方面又是与其他方面相辅相成，不能截然分离的。这就是《论语》和《孟子》中的美字具有多种含义，可以不限于狭义的审美而作多种解释的原因所在。

---

① 《论语·子张篇》。
② 《论语·雍也篇》。
③ 《论语·宪问篇》。

四

基于前面的简要分析，我们可以得出两个基本的结论：第一，"里仁为美"的表述可以抽象提升为先秦儒家美学思想中一个具有元问题性质的理论命题。第二，这一命题包含着极为丰富深广的人学底蕴。因此，深入分析和研讨"里仁为美"这一理论命题，对我们把握中国古代儒家美学思想的丰富内容及其特点和精髓，具有提纲挈领、纲举目张的作用，是我们借以洞识先秦儒家美学思想的一个关键。

这里，还有一点需要特别加以点明，就是"里仁为美"思想产生的时代背景。我们知道，孔子和孟子处于一个社会制度和社会关系发生剧烈动荡与变革的时代，从整个国家政治层面上看，周王朝的统治基础严重动摇，统治能力渐趋式微，列国纷争，战乱不止；从社会关系、生活秩序上看，上下失序，纲常紊乱，统治者朝不保夕，奢侈腐化，骄贪暴虐，老百姓深陷水火，苦于苛政，民不聊生；从文化上看，则是礼崩乐坏，人心不古，礼仪传统遭到破坏，文学艺术流入淫靡，文饰之风盛行。正是基于这样一种时代和文化背景，孔子和孟子才以当仁不让的精神，以一个士人的济世情怀，奔走呼号地到处张扬仁义精神，推广礼乐文化，宣传仁政理想，为时代的政治法度、道德观念和思想文化而"正名"。子路曾经问孔子，假若卫国的国君招孔子去治理国政，他准备首先做什么？孔子的回答是"必也正名乎！"子路认为这是迂腐之举，孔子则反驳说：

> 野哉，由也！君子于其所不知，盖阙如业。名不正，则言不顺；言不顺，则事不成；事不成，则礼乐不兴；礼乐不兴，则刑罚不中；刑罚不中，则民无所错手足。故君子名之必可言也，言之必可行也。君子于其言，无所苟而已矣。①

由孔子的这段话，可以见出他对于"正名"是多么看重，实际上他一生的努

---

① 《论语·子路篇》。

力就是在为当时的社会和人生走上正道，为文化的发展步入正轨而做"正名"的工作。他宣扬仁政反对苛政，是在为政治正名，季康子曾经向孔子问政治，孔子干脆明确地回答说："政者，正也。子帅以正，孰敢不正?"①他推崇仁爱忠恕厌弃下流不善，赞美君子人格，鄙视小人做派，是在为人性正名；而他授徒讲学，整理文献，崇雅乐，讲雅言，放郑声，恶巧言，如此等等，则是在为文化正名。可以说，"里仁为美"的美学表述正是他所做的这种"正名"大业的一个组成部分，是在为美正名。

　　如前所述，在春秋战国时代，美已经逐渐作为一种特殊的价值从一般或普泛意义上的好、善中独立出来。美的这种相对独立性的发展有其必然性与合理性，并在艺术活动尤其是在当时的音乐艺术中比较充分地表现出来。不过，这种独立性也表现出一些新的趋向和问题。如当时的音乐艺术已逐渐地脱离开礼的规范独立发展开来，不再完全作为统治阶级进行"礼治"的一种政治工具，这是一种进步，但当时的音乐在上层社会却逐渐沦落颓变成为"王公大人"追求享乐的一种重要形式，在下层社会则成为表达民众生活和心声的形式。墨家学派由于看到了当时音乐艺术的前一种表现形式给广大劳动人民带来的沉重负担，喊出了"上不厌其乐，下不堪其苦"②的不平之声，并发起了著名的"非乐"运动。墨子在阐明自己的"非曰"理由时明确指出："子墨子言曰：仁人之事者，必务求兴天下之利，除天下之害。将以为发乎天下，利人乎即为，不利人乎即止。且夫仁者之为天下度也，非为其目之所美，耳之所乐，口之所甘，身体之所安，以此亏夺民衣食之财，仁者弗为也。是故子墨子之所以非乐者，非以大钟、鸣鼓、琴瑟、竽笙之声以为不乐也，非以刻镂华文章之色以为不美也，非以犓豢、煎炙之味以为不甘也，非以高台、厚榭、邃野之居以为不安也。虽身知其安也，口知其甘也，目知其美也，耳知其乐也，然上考之不中圣王之事，下度之不中万民之利。是故子墨子曰：为乐非也。"又说："今王公大人惟毋为乐，亏夺民衣食之财以拊乐，如此多也。是故子墨子曰：为乐非也。"③对音乐脱离礼的规范而变为一

---

① 《论语·颜渊篇》。

② 《墨子·七患》。吴毓江撰、孙启治点校《墨子校注》，中华书局2006年版。以下《墨子》引证同为此版，不注明页码。

③ 《墨子·非乐上》。

种享乐形式的发展趋向，孔子也是反对的，他对季氏"八佾舞于庭，是可忍也，孰不可忍也"①的愤怒谴责即是一例。但孔子的愤怒不是因为过于排场靡费财力，加重了劳动人民的负担，而是因为季氏行八佾舞的逾于礼，僭越了一个臣子应该享受的礼乐的规定名分。同时，对当时音乐的后一种发展状况，孔子也不满意，这主要是因为许多的民间音乐内容不健康，不符合雅乐的标准。比如他在回答颜渊如何治理国家时要求"乐则韶舞（同武）"、"放郑声"，原因就在于"郑声淫"②，不符合善与美的标准。孔子对两种不同倾向的排斥，首先都是从内容方面着眼的，是由于它们都不符仁的要求，逾越礼的规范。虽然如此，孔子却不像墨家学派那样一概反对音乐艺术的存在。他充分认识到音乐以及包括诗歌在内的各种艺术在人生和社会生活中的重要作用，其关于"志于道，据于德，依于仁，游于艺"③，"兴于诗，立于礼，成于乐"④等等的言论，一再表明了这一点。于是，他在文学艺术领域所做的工作，同样也是正名。孔子曾不无自得地说："吾自卫反鲁，然后乐正，雅、颂各得其所。"⑤这里的"正"是整理也是正名，整理的目的即在于正名。基于以上这些分析，可以说孔子对乐的整理或者说正名，正是其"里仁为美"思想在其艺术审美领域里的贯彻和体现。由此可见，"里仁为美"思想的形成相对孔子的时代和孔子的思想来说，都是有必然性的，是孔子从其仁学思想和仁政理想出发，对其时代的社会生活状况和审美文化状况的思想回应，这是我们应该给予历史地体察的。

此外，从古为今用的角度来说，"里仁为美"的思想也具有极为显明的现代价值。这里，有两个方面值得特别加以指明：首先，我们今天所处的世界与孔子和孟子的时代在许多方面有相似之处，包括社会制度和生活的转型与动荡，人生观念和信仰的变革与迷茫等等，因而孔子对其时代状况的哲思当有许多可以为今人吸取的精神智慧。比喻，"里仁为美"思想所标举的仁爱精神，可以对当代人类欲望膨胀的物化人生起到一定的矫正作用，将之引

---

① 《论语·八佾篇》。
② 《论语·卫灵公篇》。
③ 《论语·述而篇》。
④ 《论语·泰伯篇》。
⑤ 《论语·子罕篇》。

入到一个向善向美的精神维度，同时这种仁爱精神所倡导的处事原则，如"己欲立而立人，己欲达而达人"①、"己所不欲，勿施于人"②、"老吾老，以及人之老；幼吾幼，以及人之幼"③ 等等，则能够给由于利益争夺而冲突不断的世界增添一副趋于和谐通往友爱的精神润滑剂。其次，当代的文化和审美状况与先秦时代也有不少相似的地方，如文化和艺术的政治取向的降低，传统精神价值的失落，以及艺术审美中对形式外观的重视并相应地对思想内容的淡化等等。由于受消费主义文化潮流的影响，当代人类的艺术审美活动趋向于追求消闲和娱乐，以致造成了内容空虚、情趣低俗的普遍性流行趋向。认真地吸取"里仁为美"思想的仁本精神，发扬传统艺术审美以善导美、美善并举的优秀传统，对于克服当下艺术潮流和审美趣味的种种弊端，也将发挥有益且有力的作用。

（原载于《文艺理论研究》2013 年第 3 期）

---

① 《论语·雍也篇》。

② 《论语·卫灵公篇》。

③ 《孟子·梁惠王章句上》。

艺术情感体认与中华民族精神的传承

周纪文

体认，即体察认识；体，指身体，认，指认识，识别，分辨。体认在中国古典哲学思想中是一个非常重要的范畴，熊十力就在《十力语要》中说："中国哲学有一种特别精神，即其为学也，根本注重体认的方法。"① 明代著名的心学家湛若水就提出了"随处体认天理"的方式。中国古典哲学有时也把"体认"简称为"体"，比如"体道"、"体无"，这里的"体"主要是"以身体之"的意思，这是古代哲学家十分推崇的一种认知方式，这种方式重视的是亲身体验，他们甚至认为"体认"的认知方式比读书学习的认知方式更加有效，"夫学之所益者浅，体之所安者深"②。

张岱年先生在分析了张载的《正蒙·大心》时指出，"体认"应该是一种直觉认识方法。熊十力在《新唯识论》中也说要认识和证实真实的存在，只有依靠"觉"，即直觉。熊十力先生的直觉论有一个批判西方哲学，尤其是实证主义哲学认识方法的前提。他的这个"觉"是一种既不依赖感觉经验也不依赖理性分析的独立的认识方式，他称之为"反观自照的直觉"。由此可见，体认作为一种认知方式，虽然以感觉为主，以区别于理性分析，但是并不等同于感性认识，而是感性认识和理性认识的结合；虽然以直观的方式为主，但是也有对抽象概念的识见。因此，它是一种认识方式，而不是感觉方式。这种识见不是西方式的以概念范畴为中心的分析判断式的认识方式，而是以个体经验为中心的直观洞见式的认识方式。

---

① 熊十力：《十力语要》（卷二），辽宁教育出版社 1997 年版，第 126 页。
② 《世说新语·赏誉》。

　　体认方式因其直观性和以个体体验为主，就自然地符合了艺术表现和接受的规律。我们知道艺术创作的任务主要是具体形象，艺术表现的核心主要是情感，而艺术欣赏的主要方式则是直观，在这个艺术表达与接收的过程中，体认方式都具有天然的契合性。人类所有的认知都起始于感觉，感觉是思维的起点，无论是感性认识还是理性认识都离不开感觉，但是感觉作为感官对于外界刺激的反映，当它成为科学分析的材料和研究对象时，其认识的目的是发现真实；而当它作为艺术思维的材料和对象时，其目的就成了表现情感。这是艺术思维的特点，但是艺术除了表现情感，同样可以认识真理，就像亚里士多德在《诗学》里所说的写诗比写历史更富于哲学意味，因为诗描述的事带有普遍性，而历史叙述的则是个别的事。也就是说，艺术思维作为一种形象思维，虽然一直都不离开具体形象和个体体验，但是同样也具有抽象思维的意义，反映事物的普遍性。这一点和体认方式既注重亲身体验又强调洞见本质的特点是一致的。

　　另外，艺术表现的核心是情感，无论是艺术创作还是艺术欣赏，从心理活动的策动到心理因素的组合，其枢纽和助动力都是情感。当然，艺术表现的情感不完全等同于我们的日常个体情感，正像苏珊·朗格一直强调的："艺术所表现的是一种概念，是标示情感和其他主观经验产生、发展和复杂性的概念，这些概念就是艺术形式的内涵，艺术正是那种将这些概念细腻而深刻表现出来的符号手段。""艺术表现的正是人类情感的本质。"① 而个人情感只是把握这种普遍情感的媒介。朗格把这种普遍的情感称之为生命力，而艺术表现的功能和目的就是创造出"生命的形式"，即艺术幻象。生命的形式极为复杂，朗格说"艺术与情感的关系显然要比单纯的净化和刺激微妙得多"②。而表现和接受这种极为复杂和微妙的"生命形式"，注重"以身体之"、"以心悟之"的体认方式无疑是最恰当和有效的。

　　因为艺术是一种情感的表现符号，因此我们不妨把应用于艺术创作和欣赏的体认方式称之为情感体认方式。我们说体认方式是一种具有中国哲学基础和思维特征的思维模式，而表达和传递人类微妙的生命形式的情感体认

---

① ［美］苏珊·朗格：《情感与形式》，中国社会科学出版社 1986 年版，译者前言第 11 页。
② ［美］苏珊·朗格：《情感与形式》，中国社会科学出版社 1986 年版，译者前言第 27 页。

方式也无疑是最契合中国古典审美模式的。

比如说，宗白华先生就曾经对比总结过中西绘画艺术中的空间意识。西方绘画的空间意识有着严格的几何概念，视角是焦点透视；而中国传统绘画则是"以大观小"，视角是散点透视，因此在欣赏绘画时，西方绘画适于站立观看，而中国绘画适于游目欣赏。"全幅画面所表现的空间意识，是大自然的全面节奏与和谐。画家的眼睛不是从固定角度集中于一个透视的焦点，而是飘瞥上下四方，一目千里，把握全境的阴阳开阖高下起伏的节奏。"① 宗白华先生认为，中国古代的画家并不是不懂得透视法，他们这样的处理方式是有意为之，因为他们重视的不是对自然外物的精准描摹，而是在意对内心世界的情感传达，他们要表现的是心中的理想境界和人生感悟，是对"道"的追求和阐释，相对而言，不是"务实"，而要"务虚"。如果说苏珊·朗格所讲的"艺术幻象"必须具有脱离现实的"他性"，具有虚幻的光泽的话，那么中国古典艺术的"他性"特征就尤为明显。无论是艺术表达还是接受，中国古典艺术都旨在"悟道"。

中国古典艺术的表达方式之所以是情感体认的悟道方式，是与中国哲学的气论和心学有着直接关系的。古人认为"气"充塞天地，化育万物，老子讲"道生一，一生二，二生三，三生万物"。其中"一"可看作混沌未分之元气，而"道"作为万物的本源与本体，看似"无"，其实孕化着生成万物的"气"，所以，古代哲人最为重视的就是"体道"和"体无"。之所以选择体认的方式，和"无"的特性有关。同样，万物由"气"而生，正如道家所谓"聚则成形，散则成气"。因此，中国古典艺术的形象表达，就不仅仅要有"形"，更要有"神"，外在的形似固然重要，内在的神似更加必须。同时，中国古代艺术十分关注于内心，"凡音之起，由人心也，人心之动，物使之然也。感于物而动，故形于声"②。而音乐最初的功能之一就是"养心"。"心"在中国人的观念中不仅仅是一个人体器官，还是思维判断的"头脑"，是"气"汇聚之所，是理想形成之地，可以说是生命和精神的主宰和象征。因此，禅宗才有"以心传心"的传道和修行方式，心学家王阳明才讲"心外

---

① 宗白华：《宗白华全集》（2），安徽教育出版社 2008 年版，第 422 页。
② 《礼记·乐记》。

无物，心外无事，心外无理，心外无义"。无论是"神"还是中国人意识中的"心"都是虚体的，是"道"的体现，是"气"的化成，所以，中国古典艺术的创作讲求"外师造化，中得心源"，艺术表达追求"象外之象"，"韵外之致"，"味外之旨"，艺术的特征是气韵生动，艺术的手法是虚实相生、情景交融，因此，认知方式也就只有"置心在物中"（朱熹语）的情感体认方式了。

情感体认方式不仅仅契合于艺术的创作、传达与接受，在其他文化领域同样作用明显。哲学作为中国式体认认知方式的创立和实践的主要领域，我们可以看到大量的哲学思想是通过文学性的语言和形象思维方式来表达的。孔子所说的"己所不欲，勿施于人"，其实就是一种体认式的道德思想表达，而"父父子子，君君臣臣"，"修身，齐家，治国，平天下"的家国一体的伦理思想本身也是一种体认式的构建方式。因此可以说，情感体认方式是中华民族传统的思维模式，是产生于中国古代文化，又构造了中国古代文化的思维模式，也是今天学习和继承传统文化，保持和弘扬民族文化的关键。

宗白华先生认为，继承民族文化精神的关键在于立足于民族文化的个性。我们民族文化的个性在于我们的核心观念和价值理想，而对于观念和理想的阐释与传承又无疑要依赖于本民族特有的，也是习惯接受和建立的思维习惯。究其原因一方面和荣格所讲的"集体无意识"有关。荣格认为一些观念和思想是遗传的，就成了一种"全民族的心理传统"，而包含这些观念和情感的带有原始意义的意象则是艺术创作的源泉，于是艺术无疑成了民族情感和经验积淀的挥发地和传习者。宾格勒也说："每一种文化都以原始的力量从它的土生土壤中勃兴起来，都在它的整个生活期中坚实地和那土生土壤联系着；每一种文化都把自己的影响印在它的材料、即它的人类身上；每一种文化各有自己的观念，自己的情欲，自己的生活，自己的死亡。"[①]另一方面这又和教育的特性，即文化习得有关。广义知识观认为，习得是个体获得事实性知识，并习得对外办事、对内调控能力的过程。而个体的人格形成和心理构造，是在消化、积累、运用以及创造性地发展文化的过程中进行的。

---

① [德] 奥斯瓦尔德斯·宾格勒：《西方的没落》（上卷），商务印书馆 1963 年版，第 39 页。

艺术作为文化的重要组成部分，作为鲜活而广泛的表达方式，是情感体认方式应用与建构的主要对象；艺术作为教育的重要部分，作为生动而深刻的优质资源，是情感体认方式学习与实践的最有效的材料。因此，以情感体认方式来欣赏艺术、阐释艺术，也就可以更好地理解民族的价值观念和核心理念，更好地传习民族的文化精神和理想追求，无疑就可以成为民族文化传承的重要途径和方式。

（原载于《东岳论丛》2013 年第 7 期）

气本论生态—生命美学的发现
及其重要意义

——宗白华美学思想试释

曾繁仁

促使我写这篇文章的动因是近 20 年来在美学与文学理论领域一直在讨论"失语症"与古代理论的现代转换的问题，一些学者认为我国自五四运动以来发生了一个古代与现代文化断裂的严重问题，目前包括美学与文学理论在内的文化领域基本上是西方话语的一统天下。对于这一问题我在比较认真地学习了中国 20 世纪美学史之后认识到这一问题在美学与文学理论领域是一个被过于夸张了的"问题"。尽管我国学术领域中国话语问题仍然在建设之中，但 20 世纪以来经过一代一代学人的努力已经初步建立了中国自己的理论话语，需要我们很好地研究与继承。从美学与文学理论领域来说包括王国维、梁启超、蔡元培、朱光潜、宗白华、邓以蛰、钱钟书等一批批老一代学人均做了卓有成效的探索，取得了耀目的成果。其中特别要提到宗白华在美学领域历经 60 多年的辛勤耕耘，以其特有的热爱并沉潜于艺术的散步风格，在中西对比的宏阔背景上进行了极富特色的中国现代美学话语的建构。在众多现代美学家之中，宗白华是成果并不多的一位，但却是成绩很大、极为值得咀嚼并价值不凡的一位。我个人觉得宗白华在美学建设方面的贡献是特别突出的。宗白华美学理论的特点是从中国美学出发，紧密结合中国艺术实际，达到理论与实际水土相融密不可分的地步。像我这样在东西文化与艺术修养方面都甚欠缺的学人对于宗白华的并不太长的一篇篇美学论文反复研读都难以进入其境界，领略其真谛，需要不断地研读体会。对于宗白华美学思想的价值其实早就有比较恰当的评价。冯友兰曾在 20 世纪 40 年代说道：

"在中国，真正构成美学体系的当属宗白华。"①台湾作家杨牧在台湾版《散步美学》序言中写道："五十年来以短文连缀西方美学与中国传统文艺的，还有朱光潜和钱钟书，甚至还有方东美。但朱光潜失之于浅，钱钟书为文不可不说是杰格桔橇，持才使气，难以相与。方东美玄奥，不易落实。宗白华论中西异同，意趣妙出，恰到好处。"②在这里，冯友兰以"真正"两字对宗白华作了极高的评价。而对于杨牧对其他理论家的评价我们先放到一边，但对宗白华美学的"意趣妙出，恰到好处"的评论却是恰当的。对于宗白华美学思想已经有众多理论家研究与论述，均各有特色与价值。在这里，我试着将宗白华的美学思想概括为"气本论生态—生命美学"，加上上述对于宗氏理论在学习领会时的深邃之感，所以我将自己的论述说成是"试释"。

一

宗白华是在 20 世纪 30 年代提出"气本论生态—生命美学"论题的。我们目前在宗氏发表于 1934 年的《论中西画法的渊源与基础》一文中首先发现了宗氏对这一论题的提出与论述。他说："中国画所表现的境界特征，可以说是根基于中国民族的基本哲学，即《易经》的宇宙观：阴阳二气化生万物，万物皆禀天地之气以生，一切物体可以说是一种'气积'（庄子：天，积气也）。这生生不已的阴阳二气织成一种有节奏的生命。"③在这里，宗氏明确地将中国艺术的根基归结为《易经》阴阳二气化生万物生命的气本论生命哲学。这里所说的"积气"应是列子在"天瑞"篇中所言"天，积气耳，亡处亡气，若屈伸呼吸"，说"天"充满阴阳二气，无处不在，呈屈伸呼吸之状。而庄子则在《应帝王》中提出"气机"一说，即言阴阳二气处于调和的"太冲"状态因而平静而守气不动。这里说明宗白华运用了《易经》与道家的气本论生命观论述其生态与生命论美学思想。1944 年，他又在《中国艺术意境之诞生》中提出"中国哲学是就'生命本身'体悟'道'的节

---

① 《中国现代美学家文丛·宗白华卷》，浙江大学出版社 2009 年版，第 3 页。
② 王德胜：《散步美学》，（台湾）商务印书馆 2007 年版，第 400 页。
③ 《中国现代美学家文丛·宗白华卷》，浙江大学出版社 2009 年版，第 268 页。

奏"①，说明宗氏将中国古代哲学与美学归结为"气本论生命哲学—美学"是一以贯之的，因为"道"即气也，所谓"道生一，一生二，二生三，三生万物，万物负阴而抱阳，冲气以为和"。而《易经》的宇宙观以及阴阳二气化生万物的核心就是"天人合一"与"天地人三才说"，包含浓郁的东方古典生态智慧。所以我们说这种哲学观与美学观是"生态的与生命的"，总括以来就是"气本论生态—生命美学"。

"气本论生态—生命美学"的提出不是偶然的，是一种时代与社会发展的需要。众所周知，人类社会自 20 世纪以来处于经济文化与社会的转型时期，资本主义经济社会的弊端已经显现，哲学与文化上的工具理性主导、认识本体与人类中心主义已经逐步地显现其错谬之处。随着德国古典哲学的终结，一种新的人生的与生命的哲学与美学悄然兴起，就是叔本华与尼采为代表的生命哲学与美学。宗氏于 1917 年即在《萧彭浩哲学大意》一文中写道："继康德而起者多人，而萧彭浩（今译叔本华）最为杰出。造《世界唯意识论》，人谓此书，集欧洲形而上学之大成，其义尤与佛理相契合，阅者自明，今不强解。其言曰：唯物唯心，皆坠独断，盖心外无物，物外无心，心物两者，成此幻想，心不见心，无相可得，不生心则无自相（此皆译述《世界唯意识论》首篇大意）。而超乎心物两者之上，立于两相之后，发而为心（按此心字当识字义），因而见外物者，阙维意志。此意志为混沌无知之欲，所欲者，即兹生存（所谓生存者，即现此世中）。"② 在这里，宗氏认为叔本华的唯意志论人生与生命哲学超越了传统的独断论哲学而成为世界哲学之潮流，并从中读到佛理之影响，"以为颇近东方大学哲之思想"，预见到东方文化在新世纪走向复兴的曙光。而在另一篇写于 1934 年的文章中更从艺术发展的角度论述了世界哲学与文化的转型。他说，"惟逮自近代西洋人'浮士德精神'的发展，美学与艺术理论中乃产生'生命表现'及'情感移入'等问题。而西洋艺术自二十世纪起乃思超脱这传统的观点，辟新宇宙观，于是有立体主义、表现主义等对传统的反动"③。此后，宗氏进一步认识到在这转型时期，积贫积弱的中国站在历史的转折点上必须通过历史的反思，继承中

① 《中国现代美学家文丛·宗白华卷》，浙江大学出版社 2009 年版，第 220 页。
② 《中国现代美学家文丛·宗白华卷》，浙江大学出版社 2009 年版，第 102 页。
③ 《中国现代美学家文丛·宗白华卷》，浙江大学出版社 2009 年版，第 264 页。

国文化的美丽精神，创造新的民族文化，以实现中华民族的自立与自强。他在写于 1944 年的《中国艺术意境之诞生》一文中说道："现代中国站在历史的转折点。新的局面必将展开。然而我们对旧文化的检讨，以同情的了解给予新的评价，也更重要。就中国艺术方面——这中国文化史上最有世界贡献的一方面——研寻其意境特构，以窥探中国心灵的壮采，也是民族文化的自省工作。希腊哲人对人生指示说：'认识你自己！'近代哲人对我们说：'改造这世界！'为了改造世界，我们先得认识。"① 很明显，宗氏对于中国传统哲学与艺术的反思是为了改造世界，创造新的中国美学与艺术，使得中华文化与艺术的美丽精神在新时代得以延续发展。这就是他处于历史转折点提出"气本论生态—生命美学"的历史与时代责任所在。

宗氏提出"气本论生态—生命美学"运用的是中西比较对话的重要途径。宗白华在 1920 年刚到德国访学不久写给友人的信中写道："我预备在欧几年把科学中理、化、生四科，哲学中的诸代表思想，艺术中诸大家作品和理论，细细研究一番，回国后再拿一二十年研究东方文化的基础和实在，然后再切实批评，以寻出新文化建设的真道路来。我以为中国将来的文化绝不是欧美文化搬了来就成功。中国旧文化中实有伟大优美的，万不可消灭。"② 此前，宗氏对于新文化建设曾经更加明确地表示"保存中国旧文化中不可磨灭的伟大庄严的精神，发挥而重光之，一方面吸收西方新文化的菁华，渗合融化，在这东西两种文化总汇基础之上建造一种更高尚更灿烂的新精神文化"③。我们在这里不仅看到宗白华为了建设新的中国文化所进行的不懈努力，而且看到他所探寻的中西对话交流渗合融化的正确道路。宗氏是这样说的，也是这样做的。我们现在看到，他所发现和创立的"气本论生态—生命美学"的确是吸收了西方叔本华、柏格森等人的生命论哲学精华，但却给予极大的扬弃。他严厉地批评了叔本华的悲观论思想，说道"盖宇宙一体，无所欲也，再进则意志完全消灭，清净涅槃，一切境界，尽皆消灭，此其境界，不可思议矣"。而对于柏格森则批评了他的"生命创化论"中"人类智慧具有机器之天性"机械论思想，认为是"堕入机械唯物论"，"所以纯粹的

① 《中国现代美学家文丛·宗白华卷》，浙江大学出版社 2009 年版，第 212 页。
② 《中国现代美学家文丛·宗白华卷》，浙江大学出版社 2009 年版，第 71 页。
③ 《中国现代美学家文丛·宗白华卷》，浙江大学出版社 2009 年版，第 20 页。

机器观是不能成立的"。①

他的"气本论生态—生命美学"则是完全从中国现实艺术为出发点的，是一种对于旧文化伟大庄严精神的保存与发扬。他认为"在西方，美学是大哲学家思想体系的一部分，属于哲学史的内容"；"在中国，美学思想却更是总结了艺术实践，回过来又影响着艺术的发展"。因此，主张"研究中国美学史的人应当打破过去的一些成见，而从中国极为丰富的艺术成就和艺人的艺术思想里，去考察中国美学思想的特点"②。所以宗氏美学研究的立足点不完全是传统的从文献中搜寻美学论述的方法，而是着力于中国的艺术实践。而对于大量传统的诗论、画论、书论与乐论等，他又根据自己的体悟与当下语境作了全新的现代阐释。因此，他的美学思想是传统的也是现代的。因为不仅他的阐释是现代的，而且他所依据的中国艺术形式例如国画、书法、建筑与民乐等仍然生存于当下，活跃在广大人民的现实生活之中。如果说转化的话，宗白华就为我们作出了示范。这是一种发现，更是一种创新，具有极强的生命力。

宗白华的美学也是一种接着说，如果说冯友兰的哲学是从程朱理学接着说，那么我们也可以说宗白华的美学主要是从魏晋文化艺术与美学接着说。1941 年他在《论"世说新语"和晋人的美》一文中认为："汉末魏晋六朝是中国政治上最混乱、社会上最痛苦的时代，然而却是精神上极自由、极解放，最富于智慧、最浓于热情的一个时代"，其艺术成就"无不是光芒万丈，前无古人，奠定了后代文学艺术的根基于趋向"。③ 在 1979 年的《中国美学史中重要问题的初步探索》中宗白华也说："学习中国美学史，在方法上要掌握魏晋六朝这一中国美学思想大转折的关键。"④ 宗白华正是从以魏晋六朝为代表的中国美学思想接着说，所谓"接着说"其实就是以之为主进行现代阐释，"说"就是"阐释"，就是发现与发展，由此说明宗氏"气本论生态—生命美学"的现代价值与意义，也从另一个角度向我们揭示了研究中国美学的途径与方法。我们现在也可以说是接着宗白华说，当然也是一种我们

① 《中国现代美学家文丛·宗白华卷》，浙江大学出版社 2009 年版，第 110 页。
② 林同华主编：《宗白华全集》第 3 卷，安徽教育出版社 1994 年版，第 393 页。
③ 《中国现代美学家文丛·宗白华卷》，浙江大学出版社 2009 年版，第 195 页。
④ 《中国现代美学家文丛·宗白华卷》，浙江大学出版社 2009 年版，第 172 页。

在当下语境下的阐释，但这种阐释不应离开宗白华的原旨。

二

我们说宗白华的"气本论生态—生命美学"是一种发现，而"发现"就是当下语境下的一种阐释，当然也就是一种创新。

宗白华首先是发现了中国美学的相异于西方的前提，一个就是中国特有的"历律哲学"宇宙观；另一个就是中国古代特有的礼乐教化的文化传统。先说他对中国哲学与美学所凭借的"历律哲学"宇宙观的阐释。他在没有发表的大约写于 1928 至 1930 年手稿《形上学（中西哲学之比较）》一文中全面论述了作为哲学基础的中西形上学即宇宙观的差异，提出了中国美学据以成立的"历律哲学"。他说："中国哲学既非'几何空间'之哲学，亦非'纯粹时间'（柏格森）之哲学，乃'四时之成岁'之历律哲学也。纯粹空间之几何境、数理境，抹杀了时间，柏格森乃提出'纯粹时间'（排除空间化之绵延境）以抗之。……时空之'具体的全景'（Concret whole），乃四时之序，春夏秋冬、东南西北之合奏的历律也，斯即'在天成像，在地成形'之具体的全景也。'是故法象莫大乎天地；变通莫大乎四时；显象著明莫大乎日月；崇高莫大乎富贵；（充实之美）备物致用，立成器以为天下利，莫大乎圣人。''以制器者尚其象。'象即中国形而上学之道也。象具丰富之内涵意义（立象以尽意）于是所制之器，亦能尽意，意义丰富，价值多方。宗教的，道德的，审美的，实用的溶于一象。所立之象为何？八卦成列，象在其中矣！"[1] 这一篇文章与这一段话非常重要，奠定了宗白华"气本论生态—生命美学"的哲学根基，也就是他不断说的"宇宙观"。在这里他划清了中西哲学之区别：西方为抽象时空之几何哲学，中国为"四时成岁"之天地人、春夏秋冬全景之"历律哲学"。他在 1946 年发表的《中国文化的美丽精神往哪里去？》一文中指出："古人拿音乐里的五声配合四时五行，拿十二律配于十二月[2]，使我们一岁中的生活融化在音乐的节奏中，从容不迫而感到内部

---

① 林同华主编：《宗白华全集》第 1 卷，安徽教育出版社 1994 年版，第 628 页。

② 《汉书·律历志》。

有意义有价值，充实而美。"① 所谓"历律哲学"即以音乐之律与记录气候农时的月令来解释天地人现象的中国古代哲学。有关乐律与四时五行的关系上述宗白华已经作了解释，关于月令与四时五行的关系冯友兰写道："它是小型的历书，概括地告诉君民，他们应当按月做什么事，以便与自然保持协调。在其中，宇宙的结构是按照阴阳家的理论描述的，这个结构是时空的，就是说，它既是空间结构，又是时间结构。"② 这就说明，"历律哲学"实际上就是一种以"天人合一"为其核心的描述天地人、春夏秋冬与政治文化战争艺术现象的一种有机的生命的关系的哲学形态。《易经》就是这种哲学形态的经典。诚如《周易·系辞下》所言："古者庖牺氏之王天下也，仰则观象于天，附则取法于地，观鸟兽之文与地之宜，近取诸身，远取诸物，于是始作八卦，以通神明德，以类万物之情。作结绳而为网罟，以佃以渔，盖取诸'离'。"形象地描绘了"天人之际"背景中的天地人全景式的关系。这就是中国古代文化的宇宙观，宗白华一直非常重视这种宇宙观与审美及艺术的密切关系。中国审美与艺术的另一个前提就是中国古代特有的礼乐教化传统。宗白华写道："礼和乐是中国社会的两大柱石。'礼'构成社会生活里的秩序条理。礼好像画上的线文钩出事物的形象轮廓，使万象昭然有序。孔子曰：'绘事后素。''乐'滋润着群体内心的和谐与团结力。然而礼乐的最后根据，在于形而上的'天地境界'。"③ 在中国古代，"国之大事惟祭与戎"，祭祀就必然要有祭礼与礼器，而祭礼与祭乐密切相关，礼器中的外形与图案又与艺术相关。宗白华指出："中国哲人则侧重于'利用厚生'之器，及'观其会通以行其典礼'之器之知识。由生活之实用上达之宗教境界、道德境界及审美境界。于礼器象征天地之中和与序秩理数！使器不仅供生活之支配运用，尤须化'器'为生命意义之象征，以启示生命高境如美术，而生命乃益富有情趣。"④ 宗氏不止一次地论述到祭祀所用之鼎中的花纹之线性艺术与整个中国线之艺术的特点密切相关。而礼乐教化最后还是归结到"天地境界"，从而归结到"天人合一"的"历律哲学"。

---

① 冯友兰：《中国哲学简史》，北京大学出版社 1996 年版，第 117 页。
② 冯友兰：《中国哲学简史》，北京大学出版社 1996 年版，第 117 页。
③ 《中国现代美学家文丛·宗白华卷》，浙江大学出版社 2009 年版，第 66 页。
④ 林同华主编：《宗白华全集》第 1 卷，安徽教育出版社 1994 年版，第 607 页。

宗白华的"气本论生态—生命美学"还发现了《易经》是中国古代重要美学经典。按照通常的说法，《易经》是一种卜筮之书，但加上《易传》后成为一种重要的哲学经典，其中并没有直接说到美学问题，但宗白华却将之视为美学经典。正如他的学生刘纲纪在发挥宗氏周易美学思想的《周易美学》一书所说，中国古代常常在没有美字的地方有美学。宗白华指出："《易经》是儒家经典，包含了宝贵的美学思想。如《易经》有六个字：'刚健、笃实、辉光'，就代表了我们民族一种很健全的美学思想。《易经》的许多卦，也富有美学的启示，对于后来艺术思想的发展很有影响。"①按照宗白华的看法，《易经》中的哲学思想不仅为我国古代美学提供了作为根基的宇宙观（即天人合一的历律哲学），而且《易经》中的许多卦，其卦象与卦辞作为中国古代祭祀的"礼"文化的符号，包含了古代美学的原素，如"贲卦"对于文饰与素净之美的张扬；"离卦"对于附丽与透空之美的强调等等。这样的看法都为我国现代美学建设提供了依据与重要资源，因为《易经》作为中国古代文化与思维方式的最原初的因子，对于理解与建设包括美学在内的中国文化具有极为重要的价值与意义。诚如冯友兰在去世之前对李泽厚与陈来说道，"中国哲学将来一定会大放光彩。要注意《周易》哲学"②。

宗白华的"气本论生态—生命美学"还发现了中国古代美学的生态内涵，意义不同寻常。他首先从农业经济社会的角度论述了中国古代哲学与美学的生态根基。他认为，中国古代的"礼乐生活，直达天地境界，是一片混然无间，灵肉不二的大和谐，大节奏"。"因为中国人由农业进于文化，对于大自然是'不隔'的，是父子亲和的关系，没有奴役自然的态度。中国人对他的用具（石器铜器），不只是用来控制自然，以图生存，他更希望能在每件用品里面，表出对自然的热爱，把大自然里启示着的和谐，秩序，它内部的音乐，诗，表现在具体而微的器皿中。"③以上是1947年发表于《学识》半月刊的《艺术与中国社会》中的文字。1959年他又在《道家与古代时空意识》一文中写道，《周易》里"时空统一体"的意识"这是和农民的生产

①《中国现代美学家文丛·宗白华卷》，浙江大学出版社2009年版，第179页。
② 蔡仲德：《冯友兰先生年谱初编》，河南人民出版社2001年版，第784页。
③《中国现代美学家文丛·宗白华卷》，浙江大学出版社2009年版，第69页。

劳动相结合，反映农业生产的宇宙意识的"①。那时在国内外生态并没有成为热点，充分说明宗氏严谨的治学态度与预见性。他还认为中国艺术的根基与最后目的是对于自然的热爱。他在写于 1943 年的《中国艺术的写实精神》一文中说道："艺术的根基在于对万物的热爱，不但爱它们的形象，且从它们的形象中爱到它们的灵魂。"又说："动天地、泣鬼神、参造化之权、研象外之趣，这是中国艺术家最后的目的。"② 他还在比较中西艺术之中论述了中国艺术所包含的生态意识，说道："中西画法所表现的'境界层'根本不同：一为写实的，一为虚灵的；一为物我对立的，一为物我浑融的。"③

同时，宗白华还进一步使用现代通用的语体文在古今结合中阐发了其"气本论生态—生命美学"的内涵。其语言不仅灵动巧妙，而且切中中国艺术要旨，内涵丰富，好似一种现代形态的诗论、画论与乐论。他非常重视艺术的生命内涵，认为生命本体是艺术的最后根基与源泉。他在阐释画家宗炳所言"澄怀观道"时说道："他这所谓'道'，就是宇宙里最幽深最玄远却又弥纶万物的生命本体。"④ 他在阐释《易经》所谓"天地氤氲，万物化醇"时说道："这生生的节奏是中国艺术境界的最后根源。"⑤ 由此，我们将其美学思想归结为"生命论美学"。

此外，他还围绕着气本论生态—生命美学论述了一些相关的论题。一是"阴阳对比的呼吸之美"。他在阐释王船山"以追光摄影之笔，写通天尽人之怀"时说到"这两句话表出中国艺术的最后的理想和最高的成就"⑥，原因在于"通天尽人之怀"可以产生一种天人、阴阳相生的蓬勃的生命之力，所谓天乾地坤、天阳地阴、天地交而万物生也，表现为虚与实、动与静、笔与墨、明与暗等一系列阴阳对比所产生的一种生命的力量与生命的情调。他将这种对比比喻为好像活生生人体的呼吸，一呼一吸，一起一伏产生无尽的生命之美。他通过分析倪云林的绝句"兰生幽谷中，倒影还自照。无人作妍媛，春风发微笑"说道："中国的兰生幽谷，倒影自照，孤芳自赏，虽

① 林同华主编：《宗白华全集》第 3 卷，安徽教育出版社 1994 年版，第 393 页。
② 《中国现代美学家文丛·宗白华卷》，浙江大学出版社 2009 年版，第 69 页。
③ 《中国现代美学家文丛·宗白华卷》，浙江大学出版社 2009 年版，第 235 页。
④ 《中国现代美学家文丛·宗白华卷》，浙江大学出版社 2009 年版，第 263 页。
⑤ 《中国现代美学家文丛·宗白华卷》，浙江大学出版社 2009 年版，第 203 页。
⑥ 《中国现代美学家文丛·宗白华卷》，浙江大学出版社 2009 年版，第 219 页。

感寂寞，却有春风微笑相伴，一呼一吸，宇宙息息相关，悦泽风神，悠然自足。"① 在这里，兰花与倒影、幽谷与春风形成鲜明对比，从而产生生命之力。这种一呼一吸、一起一伏所形成的生命之力在书画等其他艺术中也是一种普遍规律，所谓"一阴一阳之为道也"。二是"虚实相生的生命深度之美"。宗氏认为"空白在中国画里不复是包举万象位置的轮廓，而是溶入万物内部，参加万象之动的虚灵的'道'。画幅中虚实明暗交融互映，构成缥缈浮动的氤氲气韵，真如我们目睹山川真景。此中有明暗、有凹凸、有宇宙空间的深远，但却没有立体的刻画痕；亦不似西洋油画如可走进的实景，乃是一片神游的意境。因为中国画法以抽象的笔墨把捉物象骨气，写出物的内部生命，则'立体体积'的'深度'之感也自然产生，正不必刻画雕凿，渲染凹凸，反失真态，流于板滞"②。在宗氏看来，虚空在中国艺术中不是"无"，而是万象之动的道，生命起点的"一"，所谓道生一，一生二，二生三，三生万物。在虚空中几笔的勾画，能够点石成金，提供给我们的不是写实的景，而是意蕴生动的"境"，生命的深度深不可测，其奥妙尽在画外。三是"线纹流动的动态之美"。宗氏在论述顾恺之的画时说道："东晋顾恺之的画全从汉画脱胎而出，以线纹流动之美（如春蚕吐丝）组织人物衣摺，构成全幅生动画面。"又说："中国画自有它独特的宇宙观点与生命情调，一贯相承，至宋元山水画、花鸟画发达，它的特殊画风更为显著。以各种抽象的点、线皴擦摄取万物的骨相与气韵。其妙处尤在点画离披，时见缺落，逸笔撇脱，若断若续，而一点一拂，具含气韵。"③ 宗氏指出，西方艺术是一种"团块"的艺术，而中国的艺术则是一种线条的艺术，着重于线条的流动。正因为中国艺术所凭借的宇宙观是"天人合一"的生命观，就决定了中国的线性艺术是一种生命的动态之美，也就是生命的时间之美。不似西方艺术是一种"团块"的空间之美。中国以线条的飞动充分表现出生命的灵动与空灵的意蕴，给人以无边的想象空间。四是"以大观小的全景之美"。这是说的中国艺术特殊的全景式的透视法，完全相异于西画的立足于一个点的焦点透视。宗氏说道："中国画的透视法是提神太虚，从世外鸟瞰的立场观

① 《中国现代美学家文丛·宗白华卷》，浙江大学出版社 2009 年版，第 223 页。
② 《中国现代美学家文丛·宗白华卷》，浙江大学出版社 2009 年版，第 224 页。
③ 《中国现代美学家文丛·宗白华卷》，浙江大学出版社 2009 年版，第 263 页。

照全整的律动的大自然，它的空间立场是在时间中徘徊移动，游目周览，集合整层与多方的视点谱成一幅超象虚灵的诗情画境（产生了中国特有的手卷画）。所以它的境界偏向远景。'高远、深远、平远'，是构成中国透视法的'三远'。在这远景里看不见刻画显露的凹凸及光线阴影。浓丽的色彩也隐没于清烟淡霭。一片明暗的节奏表象着全幅宇宙的氤氲的气韵，正符合中国心灵蓬松潇洒的意境。故中国画的境界似乎主观而实为一片客观的全整宇宙，和中国哲学及其他精神方面一样。"① 宗氏所言中国画的"三远"之透视法实为散点透视法，是一种在生命时间中移动的透视之法，事物的内外、远近、上下均能够得到呈现，更能够鸟瞰全景，呈现一种"全景之美"，是一种体现了中国"天人合一"宇宙观的万物之平等。相异于西画之焦点透视，它看似写实实际上是只看到近景，而淡去了远深高处之景，是一种以视点为中心的透视法，反映了西方人类中心主义观点。因此，中国艺术的以大观小的全景之美更加符合艺术与审美的实际。五是"芙蓉出水的白贲之美"。宗氏将中国艺术的美归结为错彩镂金与芙蓉出水两种类型的美，但认为在中国艺术史上更受推崇的应该是"芙蓉出水之白贲之美"。他说："魏晋六朝是一个转变的关键，划分了两个阶段。从这个时候起，中国人的美感走到了一个新的方面，表现出一种新的美的理想。那就是认为'初发芙蓉'比之于'镂金错采'是一种更高的美的境界。"接着他又进一步从《论语》有关"绘事后素"的论述与《易经贲卦》"上九，白贲，无咎"的卦辞说到"最高的美，应该是本色的美，就是白贲"②。这里所谓"绘事后素"是说文与质的关系，通过绘画应在白色的底子之上说明礼应在道德的基础上。而"白贲"是从绚烂而归于平淡，所谓"极饰反素"。这是一种与中国传统气本论生命观相一致的，因为道家素来主张大美而无言，大音而希声，知其白守其黑。这种由黑到白，不同于西方通过阐释达到，而是通过黑与白、虚与实之对立对比，白之生命本源与本色得以逐步呈现，由遮蔽到澄明之境。这是一种中国的、东方的美学哲理，玄妙而深奥，魅力无穷。

---

① 《中国现代美学家文丛·宗白华卷》，浙江大学出版社 2009 年版，第 264 页。
② 《中国现代美学家文丛·宗白华卷》，浙江大学出版社 2009 年版，第 270 页。

三

宗白华不仅简洁而精炼地论述了"气本论生态—生命美学"的基本内涵，而且通过对于各类艺术形式的研究进一步阐发了这种美学形态的艺术呈现。

国画是一种"气韵生动之美"。宗白华将"气韵生动"作为国画之主题。他说："中国画的主题'气韵生动'，就是'生命的节奏'或'有节奏的生命'。"[①] 这真是以明白如话的语体文对于"气韵生动"的简洁而清晰的阐释。其实在他看来，"气韵生动"是整个中国艺术的共同追求，是艺术的"最高使命"。如何达到这一目标呢？宗氏认为还是通过中国生命艺术的"一阴一阳之为道"的创作途径。他说："画家用笔墨的浓淡，点线的交错，明暗虚实的互映，形体气势的开合，谱成一幅如音乐如舞蹈的图案。"[②] 在这里，笔墨、虚实、点线、明暗、形体、气势等等艺术元素的相生相克、相辅相成，构成中国特有的生命艺术形态。同时，还得通过"骨法用笔"具体落到实处。宗氏说道，飞动姿态之节奏和韵律的表现"这内部的运动，用线纹表达出来，就是物的'骨气'（张彦远《历代名画记》云：古之画或遗其形似而尚其骨气）。骨是主持'动'的肢体，写骨气即是写着动的核心。中国绘画六法中之'骨气用笔'，即系运用笔法把捉物的骨气以表现生命动象。所谓'气韵生动'是骨法用笔的目标与结果"[③]。这就是中国艺术作为线的艺术凭借特殊的毛笔及特殊的运笔，体现出具有动感的笔力，从而使之具有中国艺术特有的"骨气"，渗透出生命的力量。

书法艺术是一种"筋骨血肉之美"。书法是中国独有艺术，为世界上其他国家所无。宗白华将这种独有的书法艺术之美概括为"筋肉血骨之美"。他说："中国古代的书家要想使'字'也表现生命，成为反映生命的艺术，就须用他的方法和工具表现出一个生命体的骨、筋、肉、血的感觉来。但在这里不是完全像绘画，直接模示客观形体，而是通过较抽象的点、线、笔

---

① 《中国现代美学家文丛·宗白华卷》，浙江大学出版社 2009 年版，第 170—180 页。
② 《中国现代美学家文丛·宗白华卷》，浙江大学出版社 2009 年版，第 268 页。
③ 《中国现代美学家文丛·宗白华卷》，浙江大学出版社 2009 年版，第 277 页。

画，使我们从情感和想象里体会到客体形象里的骨、筋、血、肉，就像音乐和建筑也能通过诉之于我们情感及身体直感的形象来启示人类的生活内容和意义。"① 宗氏不仅多处论述书法之美，而且专门写有《中国书法里的美学思想》一文论述书法之美。他认为，书法的筋肉血骨之美主要通过三个途径实现：其一是中国字的象形特征。诚如东汉文字学家许慎所言"字者，言孳乳浸多也"。就是说所谓"字"乃是在象形中的一种繁殖生命般的发展滋生，意义与内涵丰富多义变幻无穷。其二是通过书法特有的工具"毛笔"，毛笔用兽毛所做，与西方的鹅管笔、钢笔、铅笔以及油画笔迥然不同。它可以铺毫抽锋，极富弹性，巨细收纵，变化无穷。其三是书法特有的用笔与结构章法。用笔则通过书法特有的中锋、侧锋、藏锋、出锋、方笔、园笔、轻重、疾徐等等区别表现内在情感与世界诸象。结构是点与画连贯穿插而成的空白之处，虚实相生，形成生命力量。所谓章法则指整幅字的布局，管领与应接，做到不仅每个字结构优美，更注意全篇的章法布白，前后相管领，相应接，有主题，有变化，一气呵成，风神潇洒，不黏不脱，表现出生命的精神风度。

建筑艺术是一种"虚实节奏的飞动之美"。宗氏认为，中国艺术是一种"天地境界"的象征，尤其是建筑更是如此。他说："中国建筑能与自然背景取得最完美的调协，而且用高耸天际的层楼飞檐及环拱柱廊，栏杆台阶的虚实节奏，昭示出这一片山水里潜流的旋律。"② 又说："这种飞动之美也成为中国古代建筑的一个重要特点。"③ 中国建筑与园林的这种虚实节奏的"飞动之美"表现在诸多方面。从装饰来说常常通过飘动的云彩、雷纹、雄壮的动物，表现一种生命的活力；在建筑形象上则采用飞檐表现动态；在空间的运用上更是虚实相生，天井、院子与窗子的运用可说是根据生命意境对于空间的敛放自如，虚实相生，意趣无尽。而在大自然的利用上中国建筑则通过借景、分景、隔景等特殊手法将建筑与自然融为一体，反映出虚实节奏的动态之美。

戏曲艺术是一种"以动带静的动态之美"。宗白华专门对中西戏剧进行

---

① 《中国现代美学家文丛·宗白华卷》，浙江大学出版社 2009 年版，第 67 页。
② 《中国现代美学家文丛·宗白华卷》，浙江大学出版社 2009 年版，第 191 页。
③ 《中国现代美学家文丛·宗白华卷》，浙江大学出版社 2009 年版，第 219—221 页。

过比较研究，他认为"中国戏曲和中国画有很多相同的地方，中国画从战国到现在，发展了几千年，它的特点就是气韵生动。站在最高位，一切服从动，可以说，没有动就没有中国戏，没有动就没有中国画。动是中心。西洋舞台上的动，局限于固定的空间。中国戏曲的空间随动产生，随动发展"①。接着，他举了越剧里的"十八相送"的例子，没有任何背景，十八送就是十八个景，景随动作表现出来。又举了中国戏曲舞台上并没有门，演员用手一推就是一个门，产生了门里门外两个空间。在另外的文章中他还举了京剧《三岔口》里的夜是依靠演员的摸黑演出的动作表现出来的，而川剧《秋江》中的船与起伏的江水都是通过艄翁与陈妙常精妙表演的动作表现以及戏曲的骑马也是仅靠马鞭与表演体现的等等，说明中国戏曲是一种以虚带实，以动带静的动态之美。对于这种美有的专家将之说成是一种"反观之美"，就是说需要观众通过演员的表演动作反观出静态的山水情境戏剧内容。与西方戏剧的"三一律"、"第四堵墙"与空间的板块式结构差异甚大。中国戏曲的这种动态之美是一种特殊的美的形态，宗氏借用画论之"实景清而空景现，真境逼而神境生"，说明这是一种需要观众用生命之力直接参与的神奇之美。由此，对于中国戏曲曾经在英文中翻译为"Beijing Opera"，目前已经直接改为"京剧"的拼音"jingju"。

舞蹈艺术是一种"生命玄冥的肉身化之美"。关于舞蹈之美，宗白华说道"这最紧密的律法和最热烈的旋动，能使这深不可测的玄冥的境界具象化、肉身化"；又说"舞是它最直接、最具体自然的流露。'舞'是中国一切艺术境界的典型"。② 在宗氏看来，舞蹈是将浩荡奔驰的生命力量化作身体的韵律，表演着宇宙的创化与玄冥。他举了郭若虚《图画见闻志》中描写的唐将军裴旻的剑舞"走马如飞，左旋右转，掷剑入云，高数十丈，若电光下射"。而杜甫《观公孙大娘弟子剑器行》则写道："昔有佳人公孙氏，一舞剑器动四方，观者如山色沮丧，天地为之久低昂。"均形象地表现了这种生命玄冥肉身化的艺术意境。

音乐艺术是一种"字声统一，声情并茂的胜妙之美"。宗白华认为从逻

---

① 林同华主编：《宗白华全集》第 3 卷，安徽教育出版社 1994 年版，第 280 页。
② 林同华主编：《宗白华全集》第 3 卷，安徽教育出版社 1994 年版，第 395 页。

辑语言到音乐语言就有一个"字"和"声"的关系问题。他说道："宋代沈括谈到过'字'与'声'的关系，提出中国歌唱艺术一条重要规律：'声中无字，字中有声'。"① 他认为，"声中无字"并非要将字取消，而是将之融入声中化而为"腔"做到行腔圆润如贯珠，字正腔圆，韵味无穷。其标准就是达到"胜妙之境"即"务头"。所谓"务头"就是"其胜妙处名曰务头。这就是说，'务头'是指精彩的文字与精彩的曲调的一种互相配合的关系"②。

诗歌艺术是一种"情景交融的意境之美"。宗白华认为诗歌的美是一种"意境之美"，而"意境是'情'与'景'（意象）的结晶品"。又说"艺术意境的创构，是使客观景物作我主观情思的象征"。他举了很多例子加以说明，比如元人马东篱的《天净沙小令》："枯藤老树昏鸦，小桥流水人家，古道西风瘦马，夕阳西下——，断肠人在天涯。"前四句写景，末一句写情，全篇点化而成一片哀愁寂寞，宇宙荒寒，怅触无边。而创构意境的最好素材就是大自然，借景抒情，"所以中国画和诗，都爱以山水境界做表现和咏味的中心。和西洋自希腊以来拿人体做主要对象的艺术途径迥然不同"。所以，诗画意境的创构重点是主观的修养与胸怀，这样才能够从直观感想的摹写到活跃生命的传达，再到最高灵境的启示，最后进入"澄怀观道"的禅境。他说："所以中国艺术意境的创成，既须得屈原的缠绵悱恻，又须得庄子的超旷空灵。缠绵悱恻，才能一往情深，深入万物的核心，所谓'得其环中'。超旷空灵，才能如镜中花，水中月，羚羊挂角，无迹可求，所谓'超以象外'。色即是空，空即是色，色不异空，空不异色，这不但是盛唐的诗境，也是宋元人的画境。"③

四

宗白华气本论生态—生命美学的发现意义重大。首先是发现了一个深深植根于中国民族文化又充满新鲜活力的相异于西方的东方美学形态——气本论生态生命美学。这是两种哲学观（宇宙观）、美学观、生态观与生活观

---

① 《中国现代美学家文丛·宗白华卷》，浙江大学出版社 2009 年版，第 189 页。
② 《中国现代美学家文丛·宗白华卷》，浙江大学出版社 2009 年版，第 190 页。
③ 《中国现代美学家文丛·宗白华卷》，浙江大学出版社 2009 年版，第 214—219 页。

的分殊。古希腊是以几何测量为基础的科学哲学观，中国则是以农业生态为基础的"四时成岁"的"历律哲学观"；古希腊是"人飞跃于自然之上而征服之"的人与自然对立的生态观，而中国则是"深潜于自然核心而体验之"的人与自然一体的"天人合一"生态观①；古希腊是一种以"比例对称和谐"为目标的形式论的审美观，而中国则是"气韵生动"的生命论审美观；古希腊是贵族与平民对立，艺术（art）与高雅文化分立的生活观，而中国则是礼乐教化为社会基础，礼与乐紧密结合而礼乐渗透于"厚生之器"的生活观。正因此，中国古代的气本论生态—生命美学是与中国人的艺术存在与生活方式是密切联系的。中国人的传统艺术以及中国人的生活方式由于经济社会与文化发展的不平衡，所以并没有随着社会的变迁而发生彻底的消除，而是仍然保留着基本的形态。所以气本论生态—生命美学仍然是与中国的艺术与中国人的生活方式是密切相联的，是仍然具有生命力的。前不久听到一位老的艺术工作者说延安的秧歌在民间是有一个拿伞之人与扇伞之人领头的，表明这是一种民间祭祀求雨的舞蹈。目前陕西民间仍然保留这种形式，更不用说年画等民间艺术中保留的这种美学形态的艺术形式。以上事实说明中国传统艺术是一种生态的自然的艺术，相异于西方的理性显现的艺术。气本论生态—生命美学就建基于中国这种传统的生态的自然艺术之上。非常可惜的是这种民间生态的自然的艺术（也就是文化遗产）正在以极快的速度消失，许多古老的年画已经再也找不到了，这将是民族的文化记忆的丧失！因此，我们说气本论生态—生命美学仍然是活的，是现实的存在形态。宗白华将这种中国古代美学与现实的传统艺术形式归结为一种"气本论生命美学"是他的一个重要发现。当然，这种气本论生态与生命美学是中国古代美学自身存在的，但将之发掘并总结出来却是宗白华的独具慧眼。犹如温克尔曼将古代希腊艺术美归结为"高贵的单纯，静默的伟大"、黑格尔将西方古典美归结为"理念的感性显现"以及尼采从古代希腊悲剧中发现酒神等等，其价值是相同的。宗白华是在掌握中西艺术与美学发展态势的前提下，在整个世界哲学与美学转型的关键时刻进行这一总结与概括的。其时正值20世纪30年代前后，国际哲学与美学发展处在从认识本体到人生与生命本体的大突破并从

①《中国现代美学家文丛·宗白华卷》，浙江大学出版社2009年版，导读9页。

轴心时代寻找资源的关键时期，宗白华作为中国美学家表现了应有的民族自信与学术自信，从中国传统文化特别是《周易》中探寻到与工业革命时代认识论美学相异的气本论生命美学精华，表现出前所未有的见识与气魄，作出杰出贡献。应该说气本论生态—生命美学是一种既具有国际视野又具有民族特色的理论概括，是一种运用国际通用话语的理论思考与表达，具有重要的价值意义。

宗白华气本论生命美学的提出等于回答了西方关于中国古代有无美学这样的诘难。从学科所必具的相对稳定的核心范畴、相对稳定的研究方法与相对稳定的学者群体考虑，气本论生命美学以其"天人合一"与"阴阳相生"为其哲学支点，生发出"保合太和"、"气韵生动"、"和实相生"、"文气"、"虚实节奏"、"骨法筋肉"、"声情妙胜"与"意境"等等贯穿美学本体、绘画、音乐、诗歌、舞蹈、戏曲与建筑等各个领域的特殊美学范畴，独具特色；而从方法上来说中国古代美学是一种"究天人之际，通古今之变，成一家之言"的体验与历史相结合的方法，是一种相异于西方逻各斯中心主义科学方法的东方的体验的人文的方法，独具特色。"天人合一"这种中国古代智慧正在成为中国甚至是世界文化建设的重要资源。诚如李泽厚于 1981 年在给冯友兰信中所言："'天人合一'乃中国哲学之精髓，而可予以马克思主义之解释，对来日哲学极有价值。"[①] "气本论生态—生命美学所凭据的"历律哲学"之根源就是"天人合一"。其独特性与价值已经被众多学者所认识。宗白华气本论生命美学近年来越来越受到中国美学工作者的重视，研究者的数量日益增长，逐步成为中国美学研究者的共同理论兴趣与追求，学者群体正在形成。这是中国古代美学学科化与话语体系形成的标志，也是其具有现代表达形态的标志，中国气本论生命美学被世界美学界所重视与倾听正在成为现实。从这个角度说，中国现代不是美学的完全"失语"而是美学学科中国化的重建以及今天我们在回顾总结 20 世纪中国现代美学史时对于这种重建的重视与同情，并与科学的态度加以认识与吸收。有论者认为"我们根本没有一套自己的文论话语，一套自己特有的表达、沟通、解读的学术规则。我们一旦离开了西方文论话语，就几乎没办法说话，活生生一个学术哑巴"。

---

① 　蔡仲德：《冯友兰先生年谱初编》，河南人民出版社 2001 年版，第 638 页。

从上述宗白华气本论生态—生命美学思想的发现来看，实际上已经基本形成了一套中国特有的表达、沟通和解读的学术规则，是与西方话语有着明显差异的。当然，宗白华的"话语"创造既不是简单僵硬的"以西释中"，也不是简单僵硬的将中国传统术语硬译成西音介绍出去，这两种途径都证明并不成功。他是一种中西的交融会通，例如他以"有生命的节奏"与"有节奏的生命"阐释"气韵生动"就是明证。应该说他的这种发现与创造总体上是成功的。但按照当代话语理论"话语"包含着某种"权力"属性来看，宗白华的这一套中国特色的美学与文论话语的确还不具有在国际甚至国内学术领域"言说"与发生重大影响的权力。但这与时代以及学术氛围密切相关，在长时期西方话语霸权的形势下，当然没有这种中国话语的位置，这也与我们的文化自觉与自信的欠缺紧密相关。但随着形势的发展，我们愈来愈发现文化软实力的重要，发现审美作为人类艺术生存方式的反映，任何外域的美学理论都不可能完全反映中国人的艺术生存方式。只有深植于民族文化深处的美学理论才能真正反映中国人民的艺术生存与审美需要。宗白华早就预言"不可能把欧美文化搬来就成功"，而必须"竭力发挥中国民族文化的个性"。从目前情况看，宗白华的美学理论愈来愈得到更多学者的重视，在进一步完善后逐步走向世界应该是指日可待的。我们应该在实际行动中多一点发现与自信，这就是对于"失语症"的回答。

宗白华的气本论生态—生命美学是一种崭新的具有世界意义与价值的生命的生态的美学。蒙培元曾言，中国古代哲学就是深生态学。这是由充分理由的，因为中国古代哲学的要义就在"究天人之际"，而其最终追求则是"保合太和乃利贞"，其生态内涵突出。而在此基础上的中国生命论美学也是一种古典形态的生态美学。因为，中国古代气本论生命美学所说的生命并不仅仅是西方生命论美学所讲的人的生命，而是"万物一体"的万物的生命，天然地包含着生态观念；气本论生态—生命美学将"生命"作为审美的第一要义，远远超出了西方古代的"比例、对称与和谐"的形式美学，这是非常重要的。诚如西方一些环境美学家所言形式之美是一种浅层次的美，而生命之美是一种深层次的美。加拿大著名环境美学家卡尔松曾说："当我们审美地喜爱对象时，浅层含义是相关的，主要因为对象的自然表象，不仅包括它表面的诸自然特征，而且包括与线条、形式和色彩相关的形式特征。另一方面，深层含义，不仅仅关涉到对象的自然表象，而且关系到对象表现或传达给观众的某些特征和价值。普拉尔称其为对象'表现的美'，以及霍斯普斯谈到对象表现'生命价值'。"① 由此可见，在当代，生命之美是一种高于形式之美的深层次的美，而宗白华发现的中国的气本论生态—生命美学就是一种深层次的"生命之美"。恰恰说明，中国传统艺术与审美观念中这种混沌的主客不分的审美形态如果在现代的工业革命时代难以被西方接受的话，那么在后现代的"生态文明"时代却具有了空间的生命力，正是这种生命论美学大放光彩的时光。这种生命之美恰是 20 世纪哲学与美学大转型中受到重视的生命与生态的美学形态，在很大程度上与当下西方的环境美学与知觉现象学中身体美学研究相合拍，但宗白华总结的气本论生命美学与以上美学形态相比可以说是更好地体现了当代美学的发展，在强调"万物一体"，对抗人类中心论上甚于上述国际美学领域的各种环境美学理论。在这里需要特别说明的是宗白华气本论生态—生命美学的提出更加进一步证明了近年来中国学者所坚持"生态美学"与西方的"环境美"在内涵上还是有着明显区别的，"生态"与"环境"是有着截然不同的内涵的。美国著名生态批评家劳伦斯·布依尔在其写于 2005 年的《环境批评的未来》一书的序言中说道，我特意避免在书名中使用"生态批评"，其原因是"首先，生态批评在某些人的心目中仍是一个卡通形象——知识肤浅的自然崇拜者的俱乐部。这个形象树立于这项运动的青涩时期，即使曾经属实，今天也不再适用；第二，也是更重要的，我相信，'环境'这个前缀胜过'生态'，因为它更能概括研究对象的混杂性———一切环境实际上都融合了'自然的'与'建构的'元素"②。布依尔在其术语表中对于"环境"(Environment) 一词解释道："可以指某一个人、某一物种、某一社会，或生命形式的周边。"这说明，他这里使用的"环境"仍然是环绕着人与社会的"周边"之意，包括前面所言"建构的元素"等，都没有跳出"人类中心论"的窠臼。而我国学者力主"生态美学"之"生态"就是立足于对于人类中心论的突破，而且，也只有生态美学才能契合中国古代"天人合一"的哲学观点，中国传统的美学与艺术才能

① ［加］卡尔松：《环境美学》，杨平译，四川出版集团 2006 年版，第 207 页。
② ［美］劳伦斯·布依尔：《环境批评的未来》，刘蓓译，北京大学出版社 2010 年版，序言。

够吸收进生态美学理论之中。而且，从我们上述宗白华气本论生态——生命论美学来看，生态美学对于中国来说是一种与农业经济以及"合四时农事"的"历律哲学"宇宙观相融合的，是一种原生性美学形态。而对于西方以商业航海经济为基础的形态与理性主义宇宙观来说，生态美学则是一种滥觞于对工业革命反思的"后生性美学"形态。这种观点以及学术界有关"生态与环境之辩"本人已经在有关文章中专门论述，在此不赘。① 在这里，我们还要说到现代中国美学史上的"宗白华现象"。那就是宗白华在中国现代美学史上从未大红大紫，他没有一味的西化，也没有紧跟俄式"马列主义"，也没有紧跟所谓"美是人的本质力量对象化"等等一度极为流行的美学模式，只是慢慢地以散步的方式做着自己的中西交融的美学思考，在丰富绚丽的中国艺术之中体味其真髓。但他具有世界视野，从中国文化传统出发，更从中国现实的艺术实际出发，从艺术的品位开始，进行自己的美学理论建构。他研究绘画、建筑、书法、青铜器、戏曲，墓画、壁画，研究别人可能并不注意的《周易》、《考工记》等等。他实际上运用的是一种"实证"的科学的方法，契合美学是一种艺术生存方式的学术方向，契合中国美学的实际状况，在没有美字的地方发现了丰富深厚的美学，所以取得了耀眼的成果。但他自己却一直对自己的工作不满足，直到生命的最后还自责"贡献不多"，真的使我们感动。我们从宗白华尚未发表的笔记中发现他还有许多非常重要的思考，例如有关"历律哲学"宇宙观的"形上学（中西哲学之比较）"一文就一直没有发表，除了他自觉还需完善外，应该与长期以来我国以苏俄"唯物与唯心二元对立"哲学作为主流哲学形态有关，而中国以"天人合一"为其标识的传统哲学——美学及艺术形态与此肯定是不相切合的。由此，我们想到宗白华在某种程度上离开了这种唯心与唯物二分对立的哲学模式，所以才取得一定成功，而其又囿于这种哲学模式则正是使其没有最后完成其美学建构的原因之一。由此说明，思想的解放对于学术建设的重要，说明一切从实际出发而不是从某种理念出发才是学术研究正途。回顾我国现代美学史，应该重视的恰是宗白华这样默默无闻的从中国实际出发进行耕耘的美学家。

　　当然，气本论生态——生命美学及其所凭借的"历律哲学"与"天人合

---

① 　参看曾繁仁《中西对话中的生态美学》，人民出版社 2012 年版。

一"观念等还包含着"天人感应"的特殊的迷信落后内容，还需要我们对于这种前现代产生的哲学与美学形态进行进一步的总结、概括、改造与发展。而这种气本论生态—生命美学还需要进一步的发掘，包括进一步发掘《周易》哲学中的生态美学内涵，从民间艺术发掘生存的生命的美学内涵，从《黄帝内经》等医学养生理论中发掘出从四时之气的角度研究养生的中国古代"身体美学"等，在此基础上建设现代形态的中国生态美学。这就是我们当今的工作重任所在。

（本文为 2013 年 10 月山东大学文艺美学中心主办的"海峡两岸第三届生态批评学术研讨会"所作）

（原载于《文学评论》2014 年第 1 期）

朱光潜的鲍姆嘉滕美学观研究之批判反思

程相占

引　言

美学基础理论研究首先会遇到一个所谓的"逻辑起点"问题：研究美学时，我们究竟应该从哪里展开我们的理性思考与理论构建？笔者一直认为，这个起点应该是"美学观"，即对于"什么是美学"这个问题的回答。① 笔者对于这个问题的回答是：美学就是鲍姆嘉滕意义上的"审美学"或"感性学"。

中国学者对于鲍姆嘉滕的接受大概始于1915年出版的《辞源》的"美学"条目，② 距今已有百年。但是，鲍姆嘉滕审美学的本义究竟是什么？众所周知，鲍姆嘉滕包括《美学》在内的主要著作都是用艰深的拉丁语写成的，这一客观因素大大制约了《美学》一书的传播和准确接受，比如说，该书至今尚无英语全译本。这对我们准确理解鲍姆加滕美学理论造成了极大困难。

新中国成立后研究鲍姆嘉滕的学者当中，时间较早且影响巨大的应该首推朱光潜先生。朱先生的一代学术名著《西方美学史》设置专章研究鲍姆嘉滕，其内容不可谓不详尽。但是，受制于当时主导性美学观念，朱先生在具体论述过程中，有意无意地回避了鲍姆嘉滕的美学定义，在误用第二手文献的基础上提出"美学是研究艺术和美的科学"这个不确切的论断，从而在

---

① 参见程相占《怎样研究美学?》一文，《中国研究生》2013年第4期。
② 下文将对此作出比较详细的介绍。

中国当代美学观中大大突出了"美"的位置，为后人将美学误解为"美的学问"提供了不恰当的历史根据。

非常遗憾的是，这个不符合鲍姆嘉滕美学观本义的论断却成了中国当代主导性美学观，许多影响巨大的美学论著都不加反思地采纳了朱光潜先生的论断，导致了一系列值得批判反思的理论后果。比如，李泽厚先生就采纳了这个观点并做了一点修改，提出了一个影响深远的说法："美学——是以美感经验为中心，研究美和艺术的学科。"① 他出版于 1989 年的《美学四讲》集中体现了这种美学观：四讲其实就是四章，依次分别是"美学"、"美"、"美感"和"艺术"；除了第一章是对于美学观的讨论之外，二、三、四章清楚地显示了一种美学模式，即"美—美感—艺术"。②

笔者认为，如果不从学术史的角度对鲍姆嘉滕的美学观进行一些正本清源的基础性工作，中国美学必将长期陷入理论泥潭而难以自拔。

一、朱光潜对鲍姆嘉滕美学定义的误解与忽视

鲍姆嘉滕之所以被后人称为"美学之父"，是因为他最早在 1735 年就提出了"审美学"（即感性学），并在 1750 年出版的《美学》第一卷中进行了更加详尽的论证。后人研究鲍姆嘉滕的美学理论，无论如何也无法回避他的美学定义。朱光潜先生的一代学术名著《西方美学史》开辟专节介绍鲍姆嘉滕③ 的美学思想，其核心内容当然要涉及鲍姆嘉滕的美学观。但是，令人颇为费解的是，朱光潜没有直接介绍鲍姆嘉滕《美学》开宗明义的美学定义，而是引用了如下一段较长的文字，我们不妨抄录如下：

> 美学的对象就是感性认识的完善（单就它本身来看），这就是美；与此相反的就是感性认识的不完善，这就是丑。正确，指教导怎样以

---

① 李泽厚：《美学三书》，安徽教育出版社 1999 年版，第 447 页。

② 参见李泽厚《美学三书》，安徽教育出版社 1999 年版，第 469—596 页。拙文《论生态美学的美学观与研究对象——兼论李泽厚美学观及其美学模式的缺陷》（《天津社会科学》2015 年第 1 期）有比较详尽的说明，此处不赘。

③ 朱光潜先生的译名是"鲍姆嘉通"，本文据商务印书馆 1999 年版《德语姓名译名手册》修正。

正确的方式去思维，是作为研究高级认识方式的科学，即作为高级认识论的逻辑学的任务；美，指教导怎样以美的方式去思维，是作为研究低级认识方式的科学，即作为低级认识论的美学的任务。美学是以美的方式去思维的艺术，是美的艺术的理论。（"感性认识的完善"实际上指凭感官认识到的完善。——引者）①

朱光潜特别注明，这段引文是转引自赫特纳的《德国十八世纪文学史》卷2第4章的引文，也就是说，朱光潜并没有去检查鲍姆嘉滕的原著，而是转引了二手文献。紧接着这段转引的文字，朱光潜得出了一个结论："从此可见，美学虽说作为一种认识论提出的，同时也就是研究艺术和美的科学。"②

今天看来，朱光潜的这个结论实在是做得过于匆忙了，原因至少有如下三个：第一，所使用的文献有欠准确。核对鲍姆嘉滕的《美学》可知，朱光潜所转引的赫特纳的那段话是拼接三句话③而成的，并非鲍姆嘉滕《美学》一书的原文。其中，第一句对应的是鲍姆嘉滕《美学》的第14节："美学的对象就是感性认识的完善（单就它本身来看），这就是美；与此相反的就是感性认识的不完善，这就是丑。"此后的两句话则出处不明，待查。

第二，翻译不确切，把关键性的"美学的目的"误译为"美学的对象"，引起了较大混乱。国内学者对鲍姆嘉滕《美学》第14节已经有过两种翻译，第一种是简明的译文：

美学的目的是感性认识本身的完善（完善感性认识）。而这完善也就是美。据此，感性认识的不完善就是丑，这是应当避免的。④

李醒尘的译文与朱光潜的译文差别更大：

---

① 朱光潜：《西方美学史》（上卷），人民文学出版社1963年版，第280页。尽管作者在1978年修订再版了这部著作，但这一部分依然保持原样。参见朱光潜《西方美学史》，人民文学出版社1979年版，第289—290页。
② 朱光潜：《西方美学史》（上卷），人民文学出版社1963年版，第280页。
③ 一个句号为一句话。
④ ［德］鲍姆嘉滕：《美学》，简明、王旭晓译，文化艺术出版社1987年版，第18页。

美学的目的是使感性认识本身得以完善，并且还应避免感性认识的不完善，即丑。①

两种译文的主语都是"美学的目的"，而不是"美学的对象"。为了谨慎起见，笔者依据德国学者出版于 2007 年版的拉丁语—德语对照版鲍姆嘉滕《美学》，将这句话试译如下：

美学的目的是感性认识的完善，这就是美；而缺少它，就是不完善，这就是丑。②

撇开细微的差别可以断言：鲍姆嘉滕《美学》第 14 节所讲的是"美学的目的"——美学这门学科的意义或价值，它远远不同于朱光潜所理解的"美学的对象"——美学的研究对象。"目的"与"对象"之间无疑有着巨大差别。

如果说上述两个原因属于文献选择和翻译方面的缺陷的话，那么，第三个原因则是不恰当的学术策略。我们不妨设问：究竟应该根据什么文献来把握鲍姆嘉滕的美学观？根据笔者的理解，美学观也就是美学的定义（或"工作性定义"），鲍姆嘉滕的美学定义无论如何也应该是我们重点分析的文献。但是，非常奇怪的是，朱光潜却回避了鲍姆嘉滕的美学定义，他的《西方美学史》竟然对此只字不提。③

客观地说，朱光潜比较熟悉鲍姆嘉滕的《美学》，比如，他在《西方美学史》的相关部分引用了鲍姆嘉滕《美学》的第 18 小节；④ 尤其重要的是，

---

① 马奇主编：《西方美学史资料选编》（上卷），上海人民出版社 1987 年版，第 693—694 页；刘小枫主编：《人类困境中的审美精神》，知识出版社 1994 年版，第 4 页；刘小枫选编：《德语美学文选》，华东师范大学出版社 2006 年版，第 4 页。

② Baumgarten, Alexander Gottlieb. *Ästhetik* [Lat.-Germ.], translated, with an introduction, notes and indexes ed. by Dagmar Mirbach, vol. 1. Hamburg, 2007, p.20. 对于此处拉丁语的理解，笔者得到了拉丁语专家、中国人民大学文学院雷立柏（Leo Leeb）教授的帮助，特此说明并致谢。

③ 一种可能是，朱光潜当时尚未接触到与鲍姆嘉滕美学观相关的文献。

④ 朱光潜：《西方美学史》（上卷），人民文学出版社 1963 年版，第 281 页。

他还曾经翻译过鲍姆嘉滕《美学》开宗明义的那个著名的美学定义。我们且看他对鲍姆嘉滕美学定义的翻译：

> 美学（美的艺术的理论，低级知识的理论，用美的方式去思维的艺术，类比推理的艺术）是研究感性知识的科学。①

应该说，这个翻译比较准确，后来的翻译基本上与此近似。我们不妨比较另外两种翻译。第一种是简明的译文：

> 美学作为自由艺术的理论、低级认识论、美的思维的艺术和与理性类似的思维的艺术是感性认识的科学。②

这位译者在所翻译的《美学》一书的"前言"中介绍，他是"根据一本权威的德文译本翻译的"，但没有具体提供该版本的译者姓名、出版社和出版日期等相关学术信息。③ 译者简明认真细致地分析了这个美学定义所包含的内容，笔者觉得可以概括为如下三个要点：

第一个要点是"自由艺术"，即相对于西方传统的农业、商业、手工业、几何、哲学、天文学等"艺术"的那些"美的艺术"，包括演说术、诗、绘画和音乐等，鲍姆嘉滕提出美学是"自由艺术的理论"。第二个要点是"低级认识"或"感性认识"，二者其实是一回事，都是指与德国理性主义哲学家沃尔夫的"高级认识"（即理性认识）相对的一种感性认识，鲍姆嘉滕认为美学就是研究感性认识的科学。第三个要点是"思维"。鲍姆嘉滕提出，美学除了研究前两者之外，还要研究人类的思维方式，这种思维方式应该是"美的"、"与理性类似的"，鲍姆嘉滕也将之称为"艺术"——这种意义上的"艺术"与前面提到的"自由艺术"完全是两码事。④ 根据上述分析

---

① 北京大学哲学系美学教研室编：《西方美学家论美和美感》，商务印书馆 1980 年版，第142 页。

② ［德］鲍姆嘉滕：《美学》，简明、王旭晓译，文化艺术出版社 1987 年版，第 13 页。

③ ［德］鲍姆嘉滕：《美学》，简明、王旭晓译，文化艺术出版社 1987 年版，第 3 页。

④ 参见［德］鲍姆嘉滕《美学》，简明、王旭晓译，文化艺术出版社 1987 年版，第 5—9 页。

可见，这个定义与名词性的"美"（即所谓的"美的本质"意义上的"美"）根本无关，鲍姆嘉滕所使用的"美的"那个修饰语，所修饰的只不过是"思维"，也就是说，是用来描述那种很恰当的、很高明的思维方式。根据笔者的理解，这些"美的思维"包括鲍姆嘉滕所说的"仔细地选材"、"分明的条理安排"和"寻求恰当的表达"等。①

李醒尘的译文则更加清楚：

> 美学（自由的艺术的理论，低级知识的逻辑，用美的方式去思维的艺术和类比推理的艺术），是研究感性知识的科学。②

如果排除细节的差异，综合上述三种译文我们可以极其清楚地看到，鲍姆嘉滕的美学定义与名词性"美"毫无关系；定义中出现的"美的"这个形容词，所修饰的是"思维的艺术"——这里的"艺术"主要指思维的精巧或深刻，与"艺术品"意义上的"艺术"完全是两码事。也就是说，朱光潜如果根据这个定义，根本无法得出他的《西方美学史》中的结论——"美学是研究艺术和美的科学"。笔者据此推测：朱光潜之所以避开他所熟悉的鲍姆嘉滕的美学定义，而去根据第二手文献转引一长段并非美学定义的拼接文字，目的是为了让名词性"美"顺利进入鲍姆嘉滕的美学定义之中，其深层原因是为当时的中国主导性美学观寻找历史根据。也就是说，朱光潜先生不恰当地把"美"添加到了鲍姆嘉滕的"美学"定义之中，对于中国当代美学

---

① ［德］鲍姆嘉滕：《美学》，简明、王旭晓译，文化艺术出版社 1987 年版，第 17 页。朱光潜把"用美的方式去思维"解释为"用审美的态度去关照事物"，笔者觉得同样是一种缺少根据的"过度诠释"。参见北京大学哲学系美学教研室编《西方美学家论美和美感》，商务印书馆 1980 年版，第 142 页。

② 马奇主编：《西方美学史资料选编》（上卷），上海人民出版社 1987 年版，第 691 页。译者注明所依据的文献是汉斯·鲁道尔夫·施威泽尔的《美学史感性认识的哲学》，1973 年德文版。这个译文后来又收进刘小枫主编《人类困境中的审美精神》，知识出版社 1994 年版，第 1 页。该书的扩展版题为《德语美学文选》，华东师范大学出版社 2006 年版，第 1 页。李醒尘后来又将译文修改如下："美学（作为自由艺术的理论、低级认识论、美的思维的艺术和与理性类似的思维艺术）是感性认识的科学。"参见李醒尘《西方美学史教程》，北京大学出版社 2005 年版，第 183 页。在这个修正版中，"美的思维的艺术和与理性类似的思维艺术"更加清楚地表明，美学所研究的内容包括思维方式。

观产生了广泛的误导，其理论后果需要我们认真清理反思。

二、"审美能力"：鲍姆嘉滕"审美学
（感性学）"中被遮蔽的核心要义

众所周知，鲍姆嘉滕曾经先后三次界定过美学的定义。第一次是发表于 1735 年的《诗的感想——关于诗的哲学默想录》，他使用 aesthetics 这个术语来表示"事物被感官认识的科学"；四年后，在其《形而上学》一书中，鲍姆嘉滕扩展了这个定义，用来包括"低级认识能力的逻辑，优美与缪斯的哲学，低级的认识论，以美的方式来思维的艺术，理性类似物的艺术"等。① 第三次则是 1750 年《美学》中的那个著名定义，与第二个定义十分接近，我们上文已经讨论过了。笔者认为，要确切把握鲍姆嘉滕的美学观，必须综合分析他的三个美学定义。我们理应返回到他最初的美学构想。

研读《诗的感想——关于诗的哲学默想录》会发现，鲍姆嘉滕所讨论的是他自幼童时就被深深吸引、几乎没有一天不读的诗歌。这个"诗学"文献所探讨的是"领悟感性表象"的"低级认识能力"，② 反复陈述的是"富有诗意的表象"或"唤起情感的表象"，提出了"唤起情感是富有诗意的"或"唤起情感则富有诗意"这样的论断。③ 在这里，最容易引起误解、同时也是最核心的内容，就是鲍姆嘉滕所说的"低级认识能力"——它的确切含义到底是什么？

鲍姆嘉滕明确指出，他的"哲理诗学""是指导感性谈论以臻于完善的科学"，而"哲理诗学""先行假定诗人有一种低级认识能力"。这说明，所谓的"低级认识能力"是诗人的作诗能力。鲍姆嘉滕既然那么痴迷于诗歌，就不可能在否定意义上来使用"低级"这个修饰语。根据当时的学术背景和鲍姆嘉滕的相关论述可知，与"低级"对应的所谓"高级"认识能力，就是

---

① 参见 Paul Guyer, "The Origins of Modern Aesthetics：1711-35," in Petev Kivy, ed., *The Blackwell Guide to Aesthetics*, Blackwell Publishing Ltd, 2004, p.15.

② 章安祺编订：《缪灵珠美学译文集》（第 2 卷），中国人民大学出版社 1987 年版，第 88、89 页。

③ 章安祺编订：《缪灵珠美学译文集》（第 2 卷），中国人民大学出版社 1987 年版，第 97 页。

"领悟真理的"逻辑能力，也就是当时理性主义哲学所强调的"理性"。以沃尔夫、莱布尼茨为代表的理性主义哲学在当时占据着思想界的主导地位，所以，鲍姆嘉滕才小心翼翼、略带调侃地提出："哲学家们还可以有机会——而且不无很大报酬——去探讨一下方法，借此改进低级认识能力，增强它们，而且更成功地应用他们以造福于全世界。"他相信："有一种有效的科学，它能够指导低级认识能力从感性方面认识事物。"①

简言之，在鲍姆嘉滕看来，人类具有一种不同于逻辑认识能力的感性认识能力；这种能力的典型代表就是诗人的作诗能力——诗人正是凭借这种能力才创造出了"富有诗意的表象"或"唤起情感的表象"。哲学家们绝对不应该忽视这种能力；恰恰相反，鲍姆嘉滕认为应该找到适当的方法来"改进低级认识能力，增强它们"。针对当时现有学科的缺陷，他尝试着创立一个新的学科——"一种有效的科学"——来认认真真地研究这种能力，来"改进低级认识能力，增强它们"，从而"指导低级认识能力从感性方面认识事物"——这就是青年鲍姆嘉滕的学术意图和努力方向。

鲍姆嘉滕明确地意识到自己的独特贡献。他指出，希腊哲学家和教会的神学者都慎重地区别过"感性事物"和"理性事物"；但是，非常遗憾的是，他们并不把二者"等量齐观"，相反，他们"敬重远离感觉（从而，远离形象）的事物"——我们今天也知道，柏拉图正是这种倾向的典型代表，他的理念式的"美本身"不但远离具体的"美的事物"如漂亮的少女、美丽的鲜花等，而且是感觉器官根本无法把握的——某种程度上可以说，柏拉图的美学其实是"反感性"的，是与鲍姆嘉滕的"感性学"格格不入的。有鉴于此，鲍姆嘉滕大胆地提出了他那天才般的论断，让一个崭新的学科冲破西方自柏拉图以来的理性主义独霸天下的局面而腾空出世：

> 理性事物应该凭高级认识能力作为逻辑学对象去认识，而感性事物（应该凭低级认识能力去认识）则属于知觉的科学，或感性学（Aesthetic）。②

---

① 章安祺编订：《缪灵珠美学译文集》（第2卷），中国人民大学出版社1987年版，第129—130页。
② 章安祺编订：《缪灵珠美学译文集》（第2卷），中国人民大学出版社1987年版，第130页。

鲍姆嘉滕的思想脉络可以简单地概括如下：高级认识能力——理性事物——逻辑学；低级认识能力——感性事物——感性学。

综观鲍姆嘉滕三个美学定义会发现，"低级认识能力"是鲍姆嘉滕的关注核心，所谓的"低级认识论"正是研究这种能力的理论，鲍姆嘉滕将之称为"感性学"。因此，鲍姆嘉滕的"感性学"其实是"低级认识能力学"。因此，如何准确地理解"低级认识能力"成为我们正确理解鲍姆嘉滕美学的关键。

笔者认为，鲍姆嘉滕"哲理诗学"所讨论的"作诗能力"就是他所谓的"低级认识能力"。在评价这种能力时，我们应该注意两方面的问题：第一，不应该将之纳入国内通行的认识论哲学所确定的"认识过程"来理解。按照新中国成立后通行的认识论模式，学术界一般将认识过程概括为"从低级的感性认识到高级的理性认识"，因此，鲍姆嘉滕的"低级认识能力"的真正意义一直以来都被遮蔽了。第二，我们应该将"作诗能力"与维科的"诗性智慧"联系起来进行解读。按照维科的理论，"诗性智慧"是一种有别于"理性智慧"的独特智慧，以之为基础的作诗能力、读诗能力绝不是一种"低级的认识能力"，在很多情况下这种能力甚至很"高级"，甚至高得远远超过能够达到"理性认识"的所谓的"高级认识能力"。因为受制于当代中国主导性的认识论框架，中国当代美学曲解了"认识"一词，从而偏离了鲍姆嘉滕美学的重心"认识能力"，以至于我国美学论著很少认真研究"审美能力"这样的关键词。①

三、"审美"（the aesthetic）的确切含义：美学之门

朱光潜之所以得出"美学是研究艺术和美的科学"这个没有历史根据的论断，主要是受制于新中国成立后所谓的"第一次美学大讨论"：学者们当时争执不下的核心问题是所谓的"美的本质"，似乎这是"美学"的唯一

———————————

① 在我国，"审美能力"通常被理解为"艺术鉴赏力"，也就是"人们认识美、评价美的能力"，包括审美感受力、判断力、想象力、创造力等。参见百度百科，http: //baike.baidu. com/link? url=xDvttE7HENcVGGCrThkZ0Tgz0Rxn5P63z-Qg_QAaxwQLJu5eYPlfrFj2Slp6Q 9UJswUyUooqrCl1rNNJ0JJGsa，2013/10/6 访问。

问题，除此之外就没有其他问题了。在这种情况下，取消了"美"与"美学"的关联，似乎就意味着取消了美学——这在当时是根本无法想象的。

但是，我们必须清醒地认识到："美"与"美学"的联系并非必然，中国美学将二者联系起来带有很多偶然性，其学术后果可谓利弊参半。众所周知，"美学"对应的英语术语为 Aesthetics，该术语在 19 世纪末、20 世纪初开始从西方传入中国。根据学术界的相关研究可知，最早翻译该术语的学者是颜永京（1838—1898）。颜氏 1854 年赴美留学，1861 年大学毕业，次年回国，1878 年起担任上海教会学校圣约翰书院院长，同时兼授心理学等课程。颜氏曾先后翻译出版过《心灵学》等书，其中《心灵学》将"美学"翻译为"艳丽之学"，将"审美能力"翻译为"识知艳丽才"。这种译法在学界产生了一定影响，比如，益智书会负责审定和统一外来名词的美国传教士狄考文，1902 年编订了《中英对照术语辞典》(1904 年正式出版)，即采用"艳丽之学"来对译 Aesthetics 一词。1908 年，颜永京之子颜惠庆主编、商务印书馆出版的影响久远的《英华大词典》，在译 Aesthetics 为"美学"、"美术"的同时，也仍保留着"艳丽学"这一译法。1915 年出版的《辞源》设有"美学"专条，在解释了美学的内涵后特别说明："18 世纪中，德国哲学家薄姆哥登 Alexander Cottlieb Baumgarten 出，始成为独立之学科。亦称审美学。"①

简言之，英语术语 Aesthetics 传入中国后至少出现了三种译法：艳丽学，审美学，美学。其中，第三种译法最容易使人望文生义，误认为"美学"就是"关于美的学问"，从而将"美"与"美学"之间的关系误解为一种天然的、必然的关系。然而非常遗憾的是，从整个 20 世纪中国美学的发展实际来看，"美学"这个译法大行其道，由望文生义造成的误解泛滥成灾；不少学者认识到这种弊端之后，在 20 世纪末开始采用"审美学"或"感性学"的译法来补偏救弊。不过，"艳丽学"则完全绝迹了——笔者绝不认为"艳丽学"就是一个恰当的译法，但是它的好处就是提醒学术界：所谓的"美学"与那个"美"字并无必然联系，将"美的本质"视为美学的第一问题或核心问题可能是非常危险的理论陷阱。

---

① 参见黄兴涛《"美学"一词及西方美学在中国的最早传播——近代中国新名词源流漫考之三》，《文史知识》2000 年第 1 期。文中的"德国哲学家薄姆哥登 Alexander Cottlieb Baumgarten"即鲍姆嘉滕，这大概是国人对于鲍姆嘉滕的最早介绍。

作为一个独立的现代人文学科，美学孕育、发生、发展在西方。它不仅与西方的哲学思想与文化传统密切相关，而且与西方的语言特点和表达方式相关。单纯从语言表述的角度来说，西方语言比汉语更加富有逻辑性，词性的变化标志更加明显，因此更容易将理论问题解释清晰。如果有人仅仅根据思维方式与语言的血脉关系就断言，汉语不太适合理论思维、甚至进一步怀疑汉语美学的理论性，我们当然难以同意这样的极端观点；但是，本文最基本的观点是：汉语由于缺乏明显的词性标志，无法清清楚楚地区分一些成对的术语，从而导致很多不必要的误解。我们这里尝试着追本溯源，以英语术语为参照来清理美学的本义及其关键词，试图找到美学的真正门径。

美学的英语术语 aesthetics 由作为词根的形容词 aesthetic 加上表示学科的后缀 s 复合而成。这就意味着，美学的门径就是对于 aesthetic 这个词根的准确理解。按照通常的解释，aesthetic 是个形容词，它主要有个义项，一是"审美的"，另外一个是"感性的"。① 西方学术界也似乎有着同样的思考，按照英语的表达习惯，在形容词前面加上定冠词 the，该词就转化成了名词。所以，西方学术界出现了"the aesthetic"这个比较常见的术语。比如，国际著名的《劳特里奇美学指南》的第 16 章就以此为题，它开门见山地指出：

> "审美"这个术语最初由 18 世纪哲学家亚历山大·鲍姆嘉滕所使用，用来指通过各种感觉器官所得到的认知，也就是感性知识。他后来用它来指代各种感觉器官对于美的知觉，特别是对于艺术美的知觉。康德继承了这个用法并将这个术语运用到对于艺术美和自然美的判断上。最近，这个概念再次扩大了内涵，它不但用来修饰判断或评价，而且也用来限定属性、态度、体验和愉悦或价值，它的运用也不仅仅局限于美。审美的领域也比审美上令人愉悦的艺术品领域要更加宽广：我们也可审美地体验自然。……本章将首要地聚焦于审美属性和审美体验，关注人们在感知这种属性或产生这种体验时，是否涉及一种特殊的态度。简言之，审美态度、审美属性与审美体验这些概念是相互界

---

① Aesthetic 也可以用作名词，直接表示"美学"。不过，这种用法在西方不太通行。

定的概念。①

　　这段话可谓言简意赅，涵盖着西方美学从鲍姆嘉滕直至当代自然美学（或环境美学）二百多年的发展历程。它给我们透露的学术信息非常丰富，主要有两方面：第一，"审美"绝不仅仅与"美"或"艺术"相关，特别是，康德美学的核心内容之一"崇高"就与"美"无关，而是与"美"并列的一种审美形态；第二，要想准备理解"审美"的含义，最佳的途径就是解释它作为形容词所修饰（或限定）的那些美学核心术语（或范畴），诸如审美态度、审美属性、审美体验等———旦我们理解了这些术语的内涵，我们就理解了"审美"这个词的内涵。也就是说，包括"审美"在内的这些美学术语其实是一个"家族"——美学术语家族，其内涵就像一个家族的成员之间的关系那样，必须互相界定。比如说，只有通过"丈夫"才能界定"妻子"，反之亦然；只有通过"兄长"才能界定"弟妹"，反之亦然。也就是说，美学术语所包含的内涵不是一种柏拉图式"本质性"定义，而是维特根斯坦哲学所说的"关系属性"。考虑到这些概念的"互相界定性"隐含着一种"诠释循环"，《劳特里奇美学指南》"审美"一章的作者从"审美属性"开始本章的讨论。笔者认为，这种理论思路非常值得我们借鉴———旦我们理解了审美态度、审美属性、审美体验等术语，"审美"一词的内涵就不难理解了；而一旦我们把握了"审美"的确切含义，它与"美"、"艺术"的关系就不难把握了；最终，我们就会更加深切地把握"美学"作为"审美学"的确切含义——笔者坚信，上述思路具有较大的优越性，远远胜过恪守柏拉图式的"美的本质"、时时刻刻围绕着"美"来展开美学思考的那种美学门径——西方古代、中世纪美学与现代美学之间的历史分野就在于此。简言之，将柏拉图式的"美的本质"问题转化为"审美"问题，才是鲍姆嘉滕对美学的最大贡献——尽管他远远没有实现他学术上的雄心壮志。

　　纵观整个美学史会发现，美学曾经先后讲过希腊语、拉丁语、德语、法语、英语等，20世纪之初开始尝试着讲汉语。与西方语言相比，汉语的

---

① Gaut，Berys and Dominic McIver Lopes，eds.，*The Routledge Companion to Aesthetics*，London：Routledge，2001，p.181.

组词方式和表达方式独具特色，从而使得汉语美学产生了一系列的理论混乱：没有明确标志的词性变化，使得汉语美学无法清晰地区分名词"美"与形容词"美的"，进而无法区分"美的对象"与"审美对象"；混淆了"美"与"审美对象"之后，又衍生出"美感"、特别是"美感经验"这样内涵混乱的术语；按照动宾词组的思维习惯将"审美的"（即"感性的"）拆解为动宾词组"审—美"，导致一部分汉语美学固守"美的本质"这样的古希腊形而上学命题而无法进入"审美对象"这样的现代美学视野；追求简洁的表达传统使得汉语美学将"审美教育"简称为"美育"（即美的教育），从而严重曲解了审美教育培养"审美能力"的根本意义。汉语美学的独特贡献在于凸显了"审美的"与一般"感性的"之间的区别，使得汉语美学有可能更清醒地研究美学的阿基米德点；同时，由动宾词组"审—美"衍生出来的"审—丑"则有助于美学解释现代艺术。但是，这些根源于汉语语言特点的理论混乱使得汉语美学长期陷入理论窘境，严重制约着中国美学与国际美学的对话交流。

四、简论作为中国美学研究方法的"反译"

已经有许多著名学者谈论过美学研究的方法论问题。笔者认为，美学研究可以视为安身立命的一门"手艺"，不同的人完全可以有不同的做法。笔者的做法是"古今中西的互动诠释"——理想的美学形态（今）、中国美学（中、古）与西方美学（西）的"互动诠释"。①

上述方法所隐含的前提是中西美学的平等对话。但是，我们必须清醒地认识到：直到目前为止，中国美学与西方美学之间的平等对话依然是一个学术梦想，甚至是一个比较遥远的梦想；无可争辩的事实依然是：我们目前依然必须大量引进西方美学（包括当代西方美学），而中国当代美学被西方引进的情况则凤毛麟角。

引进西方美学的主要方式是翻译，也就是将西语美学翻译成汉语美学。

---

① 参见程相占《生生美学的十年进程》，《鄱阳湖学刊》2012 年第 6 期；又见程相占《生生美学论集——从文艺美学到生态美学》，人民出版社 2012 年版，"自序"第 13 页。

有鉴于此，笔者这里尝试着提出一种方向相反的研究方法——"反译"，也就是把我们汉语美学中的关键词尝试着翻译回到它所来自的语言，至少是国际美学通用的工作语言英语，看看这中间会发生什么样的变异或歧义。试举一例。上文已经提到，汉语美学的关键词"审美"本来译自英语的aesthetic，但是，受到汉语动宾词组组词方式的习惯性影响，汉语美学通常将"审美"理解为一个动宾词组——"审—美"，意思是"欣赏美"。① 为了检验我们的理解与接受是否准确，"反译"法就会发生重要作用：把"欣赏美"翻译成英语，一般的表达将是如下一个短语：to appreciate beauty。仅仅从直观上来看，这个短语与 aesthetic 已经有了天壤之别。从"翻译"到"反译"，就会很容易地发现中西美学在交流过程中所产生的歧义，就会有效地避免不必要的理论混乱。

　　除了核查我们的理解是否准确之外，"反译"法的另外一个益处是促使我国美学研究的国际化，即通常所说的"与国际接轨"。笔者一直坚持，美学是一门国际化程度很高的学科，无论有多少理由去强调中国美学的"中国性"、"中华性"或"民族性"等，美学的国际性是毋庸置疑的基本事实——笔者坚持认为，国际性才是汉语美学应该努力达到的正确方向，衡量一位学者美学水平的尺度无疑是其学术成果国际化程度的高低。中国美学研究要想与国际接轨，其最基本、最简单也是最有效的方法就是"美学术语的国际接轨"：国际美学界通用什么样的术语，我们最好就使用什么样的术语②——这丝毫不是压制或贬低中国美学家的独特创造——恰恰相反，如果某一位中国美学家所创造的一个或几个美学术语得到了国际美学界的普遍接受，那说明中国美学已经达到了国际水准、在国际美学界产生了一定影响——在此之前，我们最好还是"遵照国际惯例"。笔者这里提倡的"反译"法，目的正在于为我们的美学研究"遵照国际惯例"提供一条切实可行的操作方法。

（原载于《学术月刊》2015 年第 1 期）

---

① 对这种误解及其所隐含的思维方式的分析，参见程相占《论生态审美的四个要点》，《天津社会科学》2013 年第 5 期。

② 中国美学史研究除外，笔者这里讨论的主要是中国当代美学研究问题。

编 后 记

山东大学文艺美学中心成立于 2001 年，至今已经 15 年了。15 年来，在教育部、山东大学和学界同人的大力支持和本中心全体成员的共同努力下，本中心在学术研究和人才培养方面均取得了一定的成绩，在国内外扩展了自己的学术影响。为总结和呈现以往所取得的成绩，特编辑此系列文集，作为《文艺美学研究丛书》第二辑予以出版。

此系列文集中所选文章包含了本中心全体成员、中心的基地重大项目承担者、中心学术委员会成员以及中心所培养的博士生和博士后的代表性成果。由于文集容量有限，对于项目承担者和学术委员会成员原则上每人收录 1 篇，而对博士和博士后的文章，则只择优收录了部分人员在读或在站期间以中心为第一署名单位所发表的成果。

文艺美学是由中国学者命名和发展起来的一门文艺研究学科，自文艺美学研究中心成立之日起，我们就把该学科的发展壮大作为中心成员的自觉使命。经过多年发展，本中心形成了文艺美学、生态美学、审美教育和审美文化等相对稳定而又具有较大影响的研究方向。因此，本文集即按照这几个方向编排各分册的内容，希冀以此展现出中心学术研究的基本概貌。

山东大学文艺美学研究中心在以往的发展中得到了社会各界尤其是学界的呵护与关爱。借此机会，对长期以来支持我们学科建设和学术发展的各位学界同人尤其是本中心学术委员会和专家委员会的各届成员，以及本中心重大项目承担者表示由衷的感谢！也向给予我们以极大信任和支持、为我们的学术成果得以问世付出心血的报刊与出版社编辑们敬达谢忱！

谭好哲

2016 年 4 月 20 日

责任编辑:房宪鹏

封面设计:徐　晖

图书在版编目(CIP)数据

文艺美学的学科拓展/曾繁仁,谭好哲 主编. —北京:人民出版社,2016.6
(2021.4 重印)

(文艺美学研究丛书)

ISBN 978－7－01－016053－5

Ⅰ.①文…　Ⅱ.①曾…②谭…　Ⅲ.①文艺美学-研究　Ⅳ.①I01

中国版本图书馆 CIP 数据核字(2016)第 065408 号

文艺美学的学科拓展
WENYI MEIXUE DE XUEKE TUOZHAN

曾繁仁　谭好哲　主编

人民出版社 出版发行

(100706　北京市东城区隆福寺街 99 号)

北京一鑫印务有限责任公司印刷　新华书店经销

2016 年 6 月第 1 版　2021 年 4 月第 3 次印刷

开本:710 毫米×1000 毫米 1/16　印张:23.75

字数:380 千字

ISBN 978－7－01－016053－5　定价:62.00 元

邮购地址 100706　北京市东城区隆福寺街 99 号

人民东方图书销售中心　电话 (010)65250042　65289539